IVONNE HÜBNER

Ketzerhaus

Ein Reformationsroman

mitteldeutscher verlag

Meinen Töchtern

personis dramatae

Elsa Mälzer	Tochter des Braumeisters Johannes Mälzer
Katharina Mälzer	Elsas Mutter
Johannes Mälzer	Elsas Vater
Siegtraut, Anneruth, Irmel	Elsas Schwestern
Andres Hinterthur	ältester Sohn des Brauers Orwid Hinterthur
Johanna und Maria	Andres' Schwestern
Jost Hinterthur	sein Bruder
Reinhilde Hinterthur	Andres' Mutter
Orwid Hinterthur	Brauermeister
Niclas Tylike	Braumeister, zweiter Ehemann der Reinhilde Hinterthur
Gunnar Tylike	Niclas Tylikes Sohn und Erbe der Görlitzer Brauerei
Ignatius Weidner	Druckermeister
Matthes Weidner	dessen Sohn, Pastor nach Luther'scher Lehre ab 1520
Barbara Weidner	des Druckermeisters Frau
Susanna Weidner	deren Tochter

personis historiae

Andres Hinterthur	im 16. Jh. einer der wenigen namentlich belegten Görlitzer Studenten zu Wittenberg
Christian Vollhardt	Schwertfeger und Gassenrichter, flieht 1521 aus der Stadt
Pleban Martin Schmid	gen. Faber, geistliche Spitze in Görlitz bis 1520
Pleban Franz Rupertus	gen. Rothbart, tritt seine Nachfolge an, predigt die Evangelien
Rat der Stadt	Johannes Haß, Stadtschreiber und Chronist; Bürgermeister: Michael Schartze (1517), Franz Schneider (1518), Peter Tyle (1519), Matthias Rosenberg (1520)
Doktor Joppener	Physikus seit 1517
Valentin Trotzdendorf	Unterschulmeister bis 1518
Johannes VIII.	Bischof zu Meißen
Thomas Leiße	Erzpriester von Görlitz
Dr. Martin Luther	Theologe, Reformator, 1483–1546

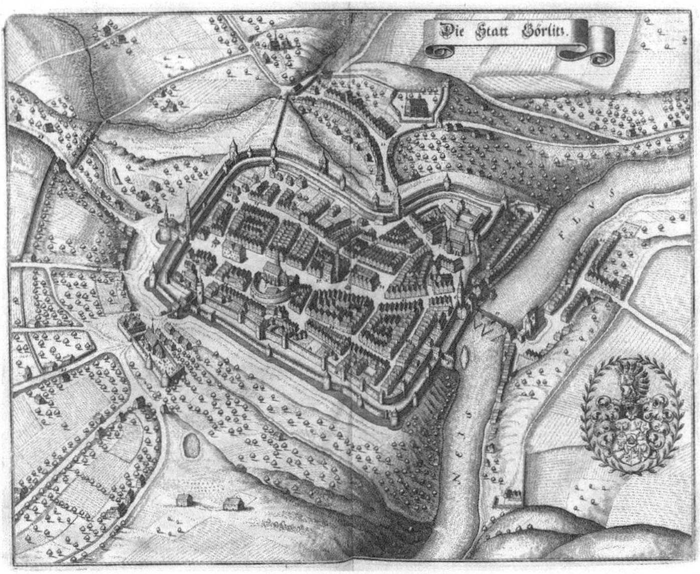
Die Statt Görlitz.
FLVS
NEIS

I

**Als unser Gott und Herr Jesus Christus sagte:
Tut Buße usw., da wollte er,
dass das ganze Leben der Gläubigen Buße sei.**

Prolog

Görlitz, Nebelung 1517

Das Mädchen wurde von einem scharrenden Geräusch wach. Zuerst glaubte es, es sei wieder die Ratte. Eine fette Ratte hier oben unter dem Dach. Niemand schaffte es, die Ratte zu fangen. Nicht Meister Niklas, auch nicht sein Sohn Gunnar, nicht die klimpernde Reinhilde, des Meisters zweites Eheweib, und die schöne Peternelle erst recht nicht. Peternelle war die erste Magd. Das Mädchen die zweite. Keine Magd dieser Welt brachte eine so dreiste Ratte zur Strecke. Nicht die erste und nicht die zweite Magd.

Da! Da war es schon wieder, dieses Scharren, dieses Kratzen, das sich mit dem tosenden Herbststurm vermengte. Doch nun mischte sich noch ein ganz dumpfes Rumpeln unter das Übrige. Das Mädchen setzte sich auf. Das Stroh raschelte unter ihm. Es versuchte die Geräusche der Nacht besser voneinander zu trennen und zu verstehen, was sich hier oben zutrug. Auf das Rumpeln folgte träges Schleifen. So etwas brachte selbst die allerfetteste Ratte nicht zustande. Hier oben unterm Dach gab es kein Fenster, durch das der Mond einen gnädigen Lichtschimmer hätte schicken können. Einzig die Vorstellungskraft des Mädchens erhellte die Sache. Ihre Fantasie war farbenfroh und unzuverlässig wie ein Frühblüher.

Die Fingerkuppen ertasteten die rauen, knubbeligen Flicken auf der gemeinsamen Zudecke, fanden die Schultern der anderen und rüttelten so lange, bis Peternelle wach wurde. Natürlich hatte diese nur ein Murren für das Mädchen. „Lausch!“ Flüsternd reckte es den Hals in die stockdunkle Nacht. „Hörst du das nicht?“

Peternelle schnaufte wie jemand, der in tiefen Schlaf zurücksank. Mit dem jetzt sehr nahen Krachen versteifte sich Peternelles Körper. Sie rappelte sich auf. Schulter an Schulter saßen beide reglos.

„Sieh nach, was das ist!“, befahl Peternelle.

Das Mädchen zögerte. Natürlich zögerte es. Wer wollte schon mitten in der Nacht – in einer eher kalten als wohligen Nebelungnacht – mit blanken Füßen über den kalten Dielenboden tapsen, um ein unheimliches Geräusch zu ergründen? So etwas macht doch keiner!

„Na los!“, piekste Peternelles Zeigefinger sie gemein in die Seite. Ihr Tonfall war in den hohen Lagen altjüngferlich lang gezogen. Das Mädchen wusste, Peternelle würde es ihr bei nächster Gelegenheit heimzahlen, wenn es jetzt nicht gehorchte.

Während das Mädchen nun also mit den Zehen nach ihren Holzschuhen tastete, die da irgendwo neben dem Strohlager sein mussten, wurde das Rumoren auf der anderen Seite der Bretterwand, die die Mägdekammer vom restlichen Dachboden trennte, immer drängender.

Wie eine Blinde streckte das Mädchen die Arme weit von sich. Es wusste, es sind drei Schritte bis zur Wand, tastete sich bis dorthin und erstarrte wie ein Mime auf dem Marktplatz. Schritte: ganz deutlich. Und dann, keine zwei Herzschläge später, schlich ein Lichtschimmer unter und zwischen den groben Brettern der Tür hindurch. „Ich will lieber nicht …“ So ein dünnes Flüstern.

„Schau nach, was dort los ist!“ Peternelles ruppige Art mochte täuschen.

Die Jüngere legte die Hand vorsichtig auf den hölzernen Riegel. Der Riegel klemmte. Dann knarzte er, wie um gegen die nächtliche Störung zu protestieren. Es war also absolut unsinnig, sich die Mühe einer lautlosen Auskundschaftung zu machen und das Mädchen konnte da nicht ahnen, dass die Schritte genau gegenüber der Tür innegehalten hatten.

Ihr Blick fiel direkt auf das, was ganz sicher nicht für Zuschauer aufgeführt wurde. Es waren zwei, eigentlich drei, aber einer zählte ja kaum, denn er war wohl tot. Jedenfalls hingen seine Arme schlaff herunter. Der Kopf wippte mit den schlurfenden Schritten der beiden, die den dritten trugen, beziehungsweise getragen hatten, bevor das Mädchen sie dabei ertappt hatte. Und jetzt starrten die beiden verblüfft herüber.

Zuirst

wird im irsten Teyl erzeleth, wie es sich zugethragen vom Frühjahr anno 1510 bis zum Ausklang anno 1512

in der Parochie Hurke einem Flecken in der Landvogtey Görlitz

—

2

Diese Worte können nicht von der sakramentalen Buße, d. h. von Beichte und der Genugtuung, die durch das Amt der Priester geübt wird, verstanden werden.

Sie trippelte auf der Stelle, als übte sie eine *Courante,* obwohl sie nicht wissen konnte, wie man sie tanzte. Der Sandweg war so aufgeheizt. Wenn sie nicht die Grasbüschel traf, brannten ihre Fußsohlen. Den Krug umklammerte die Kleine. Kein Tropfen durfte verloren gehen. Sie musste ihn zum Schauplatz tragen. Dort würde ihre Mutter die *Brui* verkaufen. Das hatte der Herr Vater so aufgetragen.

Er, Johannes Mälzer, hoffte auf das große Geschäft an diesem Tag. Einem Tag, an dem eine Schauhinrichtung für Abwechslung sorgen sollte. Das Mädchen, das behänd den Weg entlanghüpfte und das Krügelein balancierte, hatte keine konkreten Vorstellungen davon, was es bedeutete, zum Tode verurteilt zu sein. Sie hatte ihre Mutter mit den Weibern aus dem Dorf sprechen hören. Man äußerte sich erstaunt darüber, dass sich die Unholdin Margarete Rieger ausgerechnet das Wasser zu diesem Zwecke erwählt hatte. Die Kleine aber erstaunte es, dass ein Mensch nicht durch Gottes Hand, sondern durch Menschenhand hinübergeführt werden würde. Und wieso ertränken? Weil einem dann niemand beim Sterben zusehen konnte? Sie hätte niemals Ertränken ausgewählt. Das

Mädchen war nicht in dem Alter, abzuwägen, auf welche Todesart ihre Wahl fallen würde. Sie war nicht in dem Alter, Vor- und Nachteile zu ermessen. Beim Erwürgen konnte man zumindest sitzen.

Am Tage Marci, dem fünfundzwanzigsten des Ostermonds, sammelte sich nun also das halbe Dorf am Fluss mit Namen Weißer Schöps und der Krug wurde schwer.

Der Schöps kam vom Süden, vom Eigen, führte dunkelgrünes Wasser, roch eigentlich nach Gras und war an einigen Stellen so tief, dass man fürchten musste, er sei von Querxen und anderen Gestalten bevölkert. Den Mälzerhof fand man am Schwarzbach im südöstlich von Horka gelegenen Mückenhain. Dort floss das Wasser stetig. Unaufgeregt.

Des Mädchens Augenmerk galt dem Krug und nichts als ihm. Das bauchige Gefäß in ihren schmalen Händen wurde immer schwerer. So schwer. Die Kostbarkeit, für die sie Verantwortung trug, war unter einem festgezurrten Tüchlein vor Schmutz und Fliegen geschützt. Ihm entströmte der saure Geruch, der überall in ihrem Elternhaus hing und legte sich über den zarten Duft der ersten Blüten am Feldrain.

Von Ferne war dies sensationslüsterne Rufen und Lachen zu hören. „Du wirst gut hinsehen, wenn es so weit ist!“, hatte ihre Mutter gemahnt. Aber noch war es nicht so weit. Vorerst machte man aus dem Spektakel ein Fest.

Der Karren mit der Hexe wurde aus Görlitz erwartet. *Ehebrecherin, Mörderin* hatte der Vater die Unholdin genannt. Die Frauen im Dorf soll sie verhext haben, damit die ihre Kindlein des Nachts im Bette ersticken oder sich gar von dem falschen eines machen ließen. Der Teufel hatte seine Buhlin unfruchtbar gemacht, damit ihr Mann die Ehe schied und die Hexe verbannte. So erst konnte sie ihr wahres Werk vollenden. Oben auf dem Weinberg hatte man sie zum Einsiedler gesteckt. Nur wenige Monate war sie dort geblieben. Doch der Alte hatte die Riegerin keines Besseren belehren können: Sie brachte trotzdem Bauer Rieger um. Und dafür musste sie jetzt ins Wasser des Schöps', der doch nichts dafür kann.

Ihr linker Arm war taub. Das Mädchen blieb mitten auf dem Weg stehen und stellte das kostbare Gut vor seinen Füßen ab. Und, dass du dich bloß beeilst!, hallte Vaters Stimme nach. Die Sonne stach im Nacken.

Die Kleine drehte sich um, sah zuerst die Staubwolke aufwirbeln, wie wenn die Mutter die Strohmatten ausklopfte, dann erst das johlende Rudel Halbwüchsiger nahen. Mädchen waren auch dabei. Älter als sie und ohne Krug unterwegs.

Als Nächstes spürte sie ihren Hintern im Sand aufschlagen und einen dumpfen Schmerz im Steiß. Die Horde hinterließ Fußabdrücke im knisternden Schaum, der sich zu einem Rinnsal vereinte. Aller Fußabdrücke, außer von zweien. Zwei blieben stehen, unschlüssig zwar, ob sie den anderen folgen sollten, entschieden sie sich letztlich zu bleiben.

„Hast du dir wehgetan?"

„Lass mich in Ruhe, Andres!", ging das Mädchen den an, der es offenbar gut mit ihm meinte, von dem es aber keine Hilfe wollte, weil der Vater gesagt hatte, die Hinterthurs können mehr als nur Wasser kochen. Sie rückte den verrutschten Reif auf ihrem Haar zurecht.

„Ach, komm schon, Els." Aber Elsa begann zu weinen, weil sie sich schämte und müde war und der Krug leer. Sie weinte, wie es eben Mädchen von zehn Jahren tun. Sie hob aber nicht den Blick, sondern schaute den sich in den Staub grabenden Perlenschnüren zu, wie sie ein Löchlein, eine Unebenheit suchten, um zu versacken, und keine fanden, weil es seit Tagen nicht geregnet hatte.

Die beiden Jungen, die stehengeblieben, waren Brüder. Das schloss man aus den dunkelbraunen Strähnen im halblangen, leicht gelockten und widerborstig verknoteten Haaren und den schmalen Gesichtern. Beide guckten die Jüngere unschlüssig an. Ein weinendes Mädchen ist keine einfache Angelegenheit. So wurde sie vom

Älteren, Blasseren und Unscheinbareren verunsichert, vom anderen eher belustigt gemustert.

Die Verhältnisse zwischen den Nachbarsleuten Mälzer und Hinterthur waren kompliziert. Obschon zwischen beiden Gehöften nicht nur besagter Weinberg, sondern auch der Schwarzbach, einige schmale Hufen und ein verschlungener Pfad durch ein Waldstück führten, waren es immer noch Nachbarn. Nachbarn, die einander inniglich verachteten. „Hau ab!", schrie das Mädchen und nahm allen Mut zusammen, den Jungen ihr allerbösestes Gesicht zu zeigen. Das machte es nur noch schlimmer.

Jost, der jüngere der beiden, neigte sich zu ihr hinab. „Na komm, steh auf."

Sie nahm seine Hand, weil er hübsch war. „Ihr könnt eurem Vater schöne Grüße bestellen, dass dem Mälzer nun der letzte Schluck ausgegangen ist!" Sie war nur ein Mädchen, wusste aber, dass mit diesem letzten Tropfen, das Ausschankrecht ihres Vaters verwirkt und der Nächste an der Reihe war, sein Rezept anzurühren.

„Komm mit, ich hab eine Idee", hob Jost an und bückte sich nach dem Krug. Das sture Kind in Elsa entwendete ihn ihm.

„Ich will deine Ideen nicht, ich will die Briu meines Vaters zurück!"

„Hör endlich auf zu heulen. Komm mit." Jost nahm entschlossen den Krug. Beide Buben schlugen dann die Richtung ein, aus der sie eben gekommen waren.

Im Abstand von fünf Fuß folgte die Kleine ihnen, denn schlimmer, als ohne *Suppergeld* nach Hause zu kommen, war es, ohne Geld und ohne Krug zurückzukehren.

Andres Hinterthur, zwei Jahre älter als sie, ließ sich zurückfallen und ging neben ihr her. Er war groß für sein Alter und hager. Anders als der Jüngere, der das Haar lang über die Schultern trug, verwegen wie ein Städter, reichte Andres' Kopfkraut, das sich noch entscheiden musste, ob es einmal gelockt oder gesträhnt wachsen wollte, jedoch krumm wie Grashalme fiel, bis zu den Ohren.

Während Jost Hinterthur selbstbewusst und unbehelligt vor ihnen her schritt, passte sich Andres scheinbar ihrem vorsichtigen Gang an. „Ihr führt mich ab, wie eine, die was Unrechtes gemacht hat", murrte Elsa. Sie bekam keine Antwort vom Jungen. Jost hatte sie nicht hören können. „Euch entgeht das Spektakel!", setzte sie gehässig einen oben drauf. „Mein Vater sagt, wer das *Sempel* sich nicht anschaut, wird selber zum Verbrecher."

„Du meinst wohl *Exempel*. Es ist Blödsinn", murmelte Andres.

„Willst du sagen, mein Vater lügt?" Elsa, kühn, holte den Schritt nach links auf und rammte ihm die Schulter in den Oberarm. Vom Mädchenrempler blieb Andres ungerührt. „Nein, ich sage, dass das Zuschauen an sich schon einen schlechten Menschen aus einem macht, uns von bösen Taten aber nicht abhält!"

Elsa fiel nichts Schlagfertiges dazu ein. In Gedanken formulierte sie hässliche Verwünschungen. Der Hinterthur-Hof sollte in Flammen aufgehen, oder vom nächsten Schlossenwetter erfasst und davongeschwemmt werden. Dass Hinterthur und Mälzer die ärgsten Konkurrenten im Geschäft mit der bernsteinfarbenen Briu waren, wusste ja jeder, doch ging der Hass nicht so weit, dass sie einander Besuche abstatteten, um sich Lästereien anzutun. So aber geschah es jetzt, da Elsa Mälzer mit den Hinterthurjungen den Hinterthur-Hof betrat.

Die Buben beschieden, Elsa möge warten und verschwanden mit ihrem Krug im Pfannenhaus, ohne über Hühnerlöcher zu stolpern, weil die Hühner eingezäunt waren. Bei Elsa zu Hause stolperte man in einem fort über irgendwas. Gerümpel und Unordnung suchte man auf dem Hinterthur-Hof vergeblich. Unter dem Laubengang fanden sich weder Küchenabfälle noch tierische oder menschliche Hinterlassenschaften, alles hatte seinen Platz. Man konnte den Hof überqueren, ohne den Saum des Kittels heben zu müssen, weil der Sand geharkt und Pfützen und Rinnen regelmäßig aufgeschüttet wurden.

Von dort, wo in Sudpfannen Gerste verkocht wurde und es stickig heiß werden konnte, trat Meister Orwid auf den Hof. Einen Krug in jeder Faust. Elsa erkannte, dass der ihre von Matsch befreit, das Zeichen der Mälzers im braunen glänzenden Steingut schön poliert worden war. Die andere Kanne zeigte das Emblem der Hinterthurs.

„Hier, Mädchen. Du kannst nichts dafür, dass dein Vater ein Idiot und die Dorfjungs Rüpel sind." Mit diesen Worten und einem Grinsen stippte Meister Orwid das Mädchen an der Nasenspitze. Sie wich nicht rechtzeitig vor seinem breiten Finger zurück. Sie hätte ihm gern ins Gesicht gespuckt, was sie sich natürlich nicht getraute. Der Hüne wandte sich nach dem Pfannenhaus um und rief nach seinen Söhnen. „Wie besprochen, Jungs: halbe, halbe. Ihr bekommt einen Schock für den Krug, verlangt also einen halben Groschen pro Becher. Mach die Becher voll. Wir berumsen unsere Kundschaft nicht." Letzteres besiegelte er mit einem Augenaufschlag für Elsa. „Guck nicht so belämmert", meinte er zu ihr, „du bekommst das Doppelte von dem, was das Gebräu deines Vaters eingebracht hätte."

„So bereichert Ihr euch auch am Unglück der Unholdin? Ihr habt heut nicht Ausschank", reckte Elsa das Kinn, um sich gegen den Meister zur Wehr zu setzen. Der aber fuhr ihr kurz entschlossen über den Rand: „Und du hast keine Briu mehr." Es wäre nicht nötig gewesen, aber Meister Orwid erinnerte das Mädchen dennoch an die Fehde von vor zwanzig Jahren, die den Kindern beizeiten erzählt wurde, damit sie die Zunft und deren Mitglieder ehrten.

Wie eine tönerne Glocke klang das Antippen von Hinterthurs breitem Daumennagel, als er Elsa den Krug gab. Er war leicht und leer.

„Ich rette dir wahrscheinlich den Arsch, kleine Zicke. Also nimm das Angebot an, dann wirst du heut Nacht ruhig schlafen. Andernfalls wird dir der Hintern noch mehr wehtun als so schon."

Die Hinterthurbrüder hatten wohl berichtet, wie sie vorhin auf ihrem Allerwertesten gelandet war.

Abermals öffnete sich die Tür. Ein Gesicht, blass und glatt wie Milch unter einer ebenso straffen Haube schob sich in die Sonne. Reinhilde war damals aus der Stadt gekommen, um den Orwid Hinterthur zu heiraten. Sie war und blieb die Städterin, auch wenn sie ein gut Dutzend Jahre schon in der Parochie lebte. Die Reinhildin zahlte das ihr entgegengebrachte Misstrauen mit barer Münze zurück. Sie herrschte wie eine Königin über ihren Besitz. Schön und klug, fromm und geschäftstüchtig.

„Sind die Mälzers so gottlos, Geschäfte mit dem Tod zu machen?“, rief sie über den Hof. Elsa steckte die freie Hand in die Tasche ihres Kittels, damit niemand sah, wie sie sie zur Faust ballte. „Ist es nicht genug, dass ihr über alle Meister herzieht, müsst ihr sie nun auch behelligen?“

Elsas Schlagfertigkeit reichte nicht weiter als sie spucken konnte. Die Brauleute verschwanden im Haus.

„Mutter hat recht. Wir sind kein Stück besser als Mälzer“, sagte Andres, kaum, dass sie in die Richtung unterwegs waren, wo der Schöps am tiefsten war. „Wir bereichern uns am Unglück der Unholdin und der Gaffsucht der Leute, wenn wir am Schafott unsere Ware feilbieten.“

Sein Bruder Jost winkte ab und schenkte Elsa ein neckisches Grinsen. Es gefiel ihr.

„Mal im Ernst, Jost“, beharrte Andres, „Die arme Seele! Unser Herr würde das nicht wollen.“

Jost blieb abrupt stehen und schaute seinen älteren Bruder teils genervt, teils ungeduldig an. „Dann lauf doch zurück, Andres, geh zu Mutter und bete, oder spiele mit deinen Glasmurmeln.“ Wieder dieses Lächeln, und Elsa kicherte.

Andres aber tat nichts dergleichen. Nur ließ er sich hinter sie zurückfallen.

„Meinen Bruder interessiert sein Seelenheil mehr, als sein Geldbeutel“, spöttelte Jost.

„Richtig, Dummkopf“, kam es von hinten. „Wir haben mit der Riegerin nichts zu schaffen. Unser Herrgott weiß das. Der

Herr hat es gefügt, dass Elsa ihren Krug verschüttet hat, damit sie keine Geschäfte am Schafott macht." Elsa protestierte. So war der Hergang nicht gewesen.

Der Herr wolle gern, dass die Wartenden am Schöps eine Erfrischung bekämen, erwiderte Jost. Ein Zwinkern für Elsa, das wohl tat wie ein Löffel voll Honig. Jost trug die bauchige Kanne mit Leichtigkeit, denn er war stark.

Während von Elsa die Sorge des Groschens und die Angst vor Vaters Schlägen verblassten, sie gewillt war, dem sonnigen Tag im Ostermond endlich das Wärmende abzugewinnen, kam Andres so schnell nicht mit seinen Gewissensbissen zurecht. „Aber, wenn es Gottes Wille ist, dass die Zuschauer mit dem Gebräu aufgemuntert werden, dann verfehlt die Hinrichtung doch ihre Anschaulichkeit."

„Halt endlich die Klappe", blaffte Jost. „Genieß die Sonne, das Vogelzwitschern, die arbeitsfreie Stunde, oder willst du lieber beim Vater Pfannen schrubben oder Maische rühren bei der Mutter?" Andres antwortete nichts. „Na also."

Elsa wollte es so halten wie Jost: Sie wollte den nichtsnutzigen Moment genießen, obwohl Müßiggang eine Todsünde war.

„Wenn du so sehr haderst, Andres, dann kannst du dich an den Wegrand setzen und mit deinen Glasmurmeln spielen. Wir erledigen dann schon den Rest, was Mälzerin?" Jost knuffte Elsa freundschaftlich in den Oberarm. „Das wär doch gelacht, uns von so einer *Mörderin* das Geschäft verderben zu lassen!"

Zu Josts Worten nickte Elsa entschlossen: „Ja, das hat mein Vater auch gesagt."

„Na also!" Jost wiederholte die verschwörerische Geste.

„Sie hat unter Folter gestanden, Jost", sagte Andres jetzt mit einer klaren, reifen Stimme. „Ihr Geständnis soll gekauft worden sein."

Jost war des Themas überdrüssig. Doch Andres zog ihn jetzt rüde am Arm zu sich herum, sodass alle drei im Kreis standen. „Ist dir nicht der Gedanke gekommen, dass die Riegerin unschuldig ist?"

Jost machte sich los. „Sie hat ihm keine Kinder geschenkt. Das spricht für die Buhlschaft mit dem Teufel. Fertig."

„Fertig", äffte Andres seinen jüngeren Bruder nach, „Fertig! Gott sei auf Knien gedankt, dass du Briuwer wirst und nicht Jurist!" Er schubste den Jüngeren von sich und ging weiter voraus. Jost versicherte Elsa, sein Bruder sei nicht ganz normal im Oberstübchen, was er mit einer Geste untermalte, über die Elsa kichern musste. Andres drehte sich nicht zu ihnen um.

„Im ersten Buch Mose steht", sprach er über die Schulter zu ihnen, wodurch Jost laut aufseufzte, „dass Rahel ebenfalls unfruchtbar war. Sie konnte Jakob keine Kinder schenken. Lea aber, Rahels Schwester, schenkte Jakob sechs Kinder. Rahel wurde auch nicht zum Tode verurteilt."

„Weil sie von Jakob geliebt wurde", leierte Jost die Worte herunter.

„Nein, weil sie von Gott geliebt wurde. Gott hat aus übergroßer Liebe Rahel keine Kinder geschenkt?", rief Andres gereizt nach hinten.

Wie gut die beiden sich auskannten! Elsa selbst brachte meist alle biblischen Namen durcheinander. Die Hinterthurs waren nicht nur reich. Sie waren auch so fromm, dass sie eine eigene Kirchenbank besaßen.

„Das ist ein Gleichnis, du Idiot!", schimpfte Andres jetzt. „Gott wollte, dass Jakob beide Frauen liebte und deshalb hat er derjenigen, die er nicht mochte, den Kindersegen geschenkt. Gott wollte nicht, dass Rahel neidisch auf ihre Schwester war und daher ..."

„Jakob hat es mit allen getrieben, Andres, sei nicht so dumm. Jakob hat sogar bei den Mägden seiner Frauen gelegen, um Gott milde zu stimmen und Rahel den Kindersegen zu bringen."

„Nein, so darfst du nicht reden." Während Andres schulmeisterte, Lea habe nichts als Intrigen und Rahel den Neid gehabt, beobachtete Elsa Jost. Der lächelte müde über den Schlauberger. „Gott lehrt uns Geduld", schloss Andres, „und Genügsamkeit. Das, was der Rieger mit seinem Weibe damals nicht konnte, und deshalb muss sie heut sterben und das ist furchtbar! Sie stirbt wie unser Herr für die Sünden, die andere begangen haben."

„Er schläft mit der Heiligen Schrift unterm Kopfkissen", flüsterte Jost und grinste in Elsas Richtung. Sie, seiner Anziehung verfallen, erwiderte das Lächeln. Das Buch der Bücher hatte sie noch nie von Nahem gesehen. Zu Hause besaß ihre Mutter eine Bilderbibel. Aber das war nicht dasselbe wie die dicke Heilige Schrift mit dem ganzen lateinischen Text.

Sie erreichten den Fluss. Wie eine überreife Traube hingen die Menschen am Schaugerüst, drängelten um die besten Plätze, schoben sich dichter ans Wasser. Elsa konnte ihre Mutter nicht sehen und vollzog gemeinsam mit Jost den Betrug. Andres weigerte sich, Zeuge des Spektakels am Fluss zu werden. Er blieb an einem sacht ansteigenden Hügel unter einer Birkengruppe zurück und wachte über den gedemütigten Krug der Mälzers.

Die Leute streckten Jost ihre Becher entgegen. Sie wussten, das Produkt seines Vaters war das beste, was man kriegen konnte. Man beäugte Elsa, als befürchte man, sie könnte einen Krug vom Mälzer-Gepansch zücken, das man dann umständlich ablehnen müsste. Beim Mälzer schmeckte es eben nicht. Es gab neuerdings Reinheitsauflagen. Die konnte man leicht umschiffen, wenn man Bilsenkraut oder Tollkirsche beimischte, so wie es schon Johannes' Vater getan hatte. Es gab dem Gebräu zwar etwas Säuerliches, intensivierte jedoch die Wirkung, und ließ sich gerade deshalb um ein paar Kannen strecken. Der Rausch, den man sich mit Johannes' Gesöff antrank, war ein anderer. Johannes' wenige Stammkunden wussten das.

Natürlich bekam Jost Hinterthur doppelt so viel für seines, als es Elsa mit dem ihren je erzielt hätte. Natürlich hielt er sich ans Wort seines Vaters, gab ihr einen halben Schock, was mehr war, als ihr Vater für einen ganzen Krug bekommen hätte.

Katharina Mälzer, als sich Elsa mit barer Münze zu ihr durch die Menschen durcharbeitete, war höchst zufrieden.

3

**Doch bedeutet es nicht nur die innerliche Buße:
ja, die innerliche Buße ist nichtig, wenn sie nicht
nach außen mehrfache Abtötung des Fleisches bewirkt.**

Elsa hatte nicht hingesehen. Sie hatte wohl den einen oder anderen Kommentar gehört, aber zugesehen, wie man Margarete Rieger mit Steinen beschwerte und ins Wasser führte, hatte sie nicht.

Spät kamen sie heim. Die Urteilsvollstreckung hatte sich hingezogen. Der Kaplan war nicht erschienen. Was die Klatschweiber sich nach dem Spektakel erzählten, war schlimm. Nein, Ertränken wäre nichts für Elsa. Sie war froh, dass sie keine Bilder im Kopf hatte. Jost Hinterthur hatte hingesehen und brüstete sich damit. Elsa verzieh ihm das.

Am Abend, das Knie der ein Jahr jüngeren Siegtraut im Kreuz, den riechenden Fuß der zwei Jahre jüngeren Anneruth an der Nase und das Geschrei der neu geborenen Irmel im Ohr, hörte Elsa die Mutter noch lange mit der Base tuscheln. In Elsas Traum tauchte Jost auf. Ihm hätte sie am Nachmittag gerne Danke gesagt für seine Idee mit der Briu.

Tags darauf ging die Kunde von Mund zu Mund. Eine Kunde, die alles Schauderbare überstieg. Und als die Neuigkeit bis auf den Mälzer-Hof rollte, musste Elsa die ganze Zeit an Andres Hinterthurs Worte denken.

„Ist die Riegerin also unschuldig gestorben?“, fragte das Mädchen, als die Klatschtanten von dannen gezogen waren. Wenn man ihnen glauben wollte, war noch am selben Tag, als man die Margarete Rieger zu Tode brachte, der Priester Czeppil doch noch aufgetaucht, unpünktlich zwar, und auch nicht in guter Verfassung. Tot. Nicht etwa selig entschlafen in seinem Daunenbette, sondern eingeschlossen und elendiglich wie ein armer Sünder unter der Erde in einem alten, halb verfallenen Fluchtgang, der von der Kirche in die Wälder führte, krepiert. Erstickt? Konnte man vor Angst sterben?

„Gottes Wille!“ Beim Sprechen zitterten die Zipfel der Hörnerhaube der Base. Der Einsiedler habe den Priester gefunden, hieß es weiter. Der Priester hatte den Bauer Rieger auf dem Gewissen, raunte man. Den Mord hatte demnach nicht die Riegerin begangen?

„Also ist sie unschuldig verurteilt worden“, schlussfolgerte Elsa, weil es die Erwachsenen nicht taten.

Ein Ersatz für die Pfarre fand sich so schnell nicht. Die Menschen fühlten sich von Gott im Stich gelassen. Ein gewisser Priester Simon Horn kam für die Predigt ins gottlose Dorf. Es kursierten zweierlei Ansichten: Die einen meinten, dass der Riegerin ein Unrecht angetan worden war, wofür jetzt die Gemeinde büßen sollte. Die andere besagte, dass allein die Hexenkunst der Riegerin den Priester Czeppil im wahrsten Sinne unter die Erde gebracht hatte.

Letztere Meinung erhielt Zuspruch, als auf den fruchtbaren Lenz eine beschwerliche Hitze im Sommer folgte. Der Sonntagspfaff Simon Horn hatte keine tröstenden Worte und man schob die Dürre auf die Hexe, die den Pfarrer vor ihm ermordet haben soll. Der verwaiste Riegerhof im Norden der Parochie wurde zunächst gemieden, dann aber, eines Nachts, brannte er lichterloh. Gott sei Dank! Man war froh, als das Unglück bringende Gehöft weg war. Regen aber kam trotzdem keiner.

Die Felder drohten zu vertrocknen. Gebete wurden lauter. Elsa musste hart anpacken, die goldgelbe Gerste mit Kübeln aus dem Schwarzbach bewässern.

Auf dem Hinterthur-Hof wurden Leitungen aus Holz gelegt und ein Esel im Göpel um den Brunnen laufen gelassen, um stetig Wasser zu schöpfen. Das schütteten die Jungs in die Rinnen, die dann das Wasser direkt auf die Felder führten. Die Hinterthur-Mädchen, Johanna und Maria, spornten den Esel mit Streicheleien zwischen den Ohren und Löwenzahn an.

Elsas Vater hatte weder Söhne noch Geld für Brunnen, Esel und Göpel. Nicht einmal genügend Löwenzahn wuchs auf der dürren Wiese vor dem Haus. Also mussten die beiden ältesten Mälzertöchter die Wasserkübel zum Feld schleppen. Jeden Abend sanken sie mit berstenden Rückenschmerzen, wunden Händen und Füßen auf das Lager.

Elsas zunächst dankbare Erinnerung an Meister Hinterthur schlug um in jene abgrundtiefe Abneigung, die sie von ihren Eltern vorgelebt bekam. Ihre abendlichen Gebete waren weder von christlicher Nächstenliebe noch von Demut und Reue bestimmt. Sondern von Neid. So fügte sie heimlich jedem Gebet an, den Hinterthur sollte der Blitz treffen.

Auf jede Dürre folgt ein Regen. Regen kam so viel, dass es den Leuten in der Parochie auch wieder nicht recht war. Ein heftiges Wetter im Spätsommer peitschte die Gerste und ließ den Fluss über seine Ufer treten. Jetzt mussten die Mälzertöchter die Wasserkübel aus dem Hause tragen. Das Strohdach war so marode, dass es dem Gotteszorn nicht standhalten konnte und mit einem heftigen *Wuschsch* einfach in sich zusammenfiel. Nun war die Gerste zwar prall gegossen, aber die Familie saß ohne Dach über dem Kopf im Nassen.

Es gab genügend Dörfler, die ein Erbarmen hatten, und die Kinder getrennt – nicht alle vier auf einmal! – für ein oder zwei Tage aufnahmen, so lange Johannes Mälzer das Stroh auf dem Dach erneuerte.

Auch die Reinhildin, von Gottgefälligkeit getrieben, bot an, eines der Kinder zu nehmen. Sie hatte ein Auge auf die stille Anneruth geworfen. Mit ihr würde sie ein paar Tage lang gut zurechtkommen. Katharina Mälzer aber wollte keines ihrer Kinder ins Haus derjenigen geben, die schlecht über sie sprachen.

„Denk doch mal nach, Weib", forderte Johannes Mälzer. „Lass uns die Große geben. Die soll tüchtig helfen und dann das Rezept auskundschaften."

Das Letzte, was Elsa wollte, war zu den Hinterthurs zu gehen. Und wenn dort fünf von Josts Sorte wohnen würden. Vor der Reinhilde hatte sie Angst. „Bitte, Herr Vater, steckt mich nicht zur Reinhildin!" Elsa schwor, fleißig beim Dachdecken zu helfen. Sie versprach, die Strohbündel selbst zu schnüren und wenn sie noch so viele Flöhe davon bekam. Sie gelobte, bei der nächsten Dürre das Feld ganz allein zu bewässern ... alles, nur nicht zu den Hinterthurs! Aber das Betteln half nichts. Elsa musste fort, weil Johannes Mälzer das Geheimnis von Hinterthurs Erfolg wissen wollte.

Und die Reinhildin konnte wohl kaum ihre Mildtätigkeit Lügen strafen, indem sie die älteste Mälzertochter nicht aufnahm.

Hier ging es anders zu als daheim: Die Kinder aßen mit den Eltern am Tisch. Sie durften sogar sitzen. Auch wenn sie als Letzte etwas zu Essen bekamen, wurden sie doch satt. Nach dem Gebet wurde die Mahlzeit nicht schweigend eingenommen, wie es bei den Mälzers an der Tagesordnung war. Wer beim Essen sprach, verlor Gottes milde Gabe und die Speise verkehrte sich in Schlechtes. Nein, hier unterhielt man sich: Die Erwachsenen sprachen mit den Kindern!

Elsa aber schwieg, weil sie ja nicht wollte, dass Gottes gute Gaben sich beim Sprechen mit dem Verderbten des Alltäglichen in Schlechtes verwandelten.

Wie es ihr der Vater aufgetragen hatte, lauschte das Mälzer-Mädchen jedem Wort und merkte sich alles ganz genau. Doch ein Geheimnis, eine Rezeptur konnte sie nicht in Erfahrung bringen. Elsa musste die Briustube putzen. Es schien ganz so, als taten die

Hinterthurs nichts anderes, als den lieben langen Tag zu putzen. Sobald ein Maischekübel abgeschöpft war, wurde der geschrubbt. Elsa konnte sich nicht erinnern, dass ihr Vater je einen Maischekübel sauber gemacht hätte. Hinterthurs Lauge stank zum Himmel und bald bildete sich Elsa ein, dass sie genauso roch.

Die Eltern und die Buben hatten ihre Stuben oben, unter dem Dach. Die Mädchen nächtigten im Erdgeschoss. Sittsamkeit wurde hier geachtet. Elsa lauschte dem Spiel der Erwachsenen. Geräusche, fremd und Ehrfurcht einflößend wie eine Verlockung, wie eine Weise in einer fremden Sprache drangen zu ihr und jagten ihr Schauder über den Rücken. Sie fragte sich, ob es Jost auch hörte und wenn ja, ob er dann ebenso peinlich berührt war wie sie.

4

**Deshalb währt die Strafe,
so lange die Selbstverachtung währt.
Das ist die wahre Buße im Innern, nämlich
bis zum Eingang ins Himmelreich.**

Elsa schlief unstet unter dem fremden Dach. Der Regen trommelte unaufhörlich, blieb aber draußen. An den Dielen über dem festen Fundament vermochte er nicht zu saugen. Die Kleine hockte in einem Lehnstuhl mit Polstern und Wolldecke wie ein aufgeplustertes Vögelchen. Die Hinterthur-Mädchen, Maria und Johanna, schliefen in einem richtigen Himmelbett. Sie rochen auch nicht säuerlich. Elsa vermisste ihre Schwestern. Das Heimweh jedoch wurde gemildert durch die Gewissheit, Jost ganz nah zu sein.

In der zweiten Nacht wurde Elsa aus ihrem Dämmer von einem Klacken und Klimpern geweckt. Es war kein so einschüchterndes, alles zum Stillstand bringendes Geräusch eines Tieres, das sich Zugang zu etwas Essbarem verschaffte, oder der Trieb der Erwachsenen. Elsa sortierte die Elemente, Stein auf Stein? Ton auf Ton? Nein. Holz auf Holz? Metall? Auch nicht. Elsa konnte sich zwar nicht erklären, wie dieses Geräusch zustande kam, aber es beruhigte sie und brachte sie in ruhigen, traumlosen Schlaf.

„Wie viel weißt du über das Handwerk deines Vaters?“, fragte Meister Hinterthur sie am folgenden Tag. Fest und entschlossen.

Elsa spürte aller Augen auf sich ruhen. Das Duckmäuserchen in ihr wäre am liebsten unter den Tisch gekrochen, und wie unendlich langsam sich Haferbrei kauen ließ! „Zum Brauen soll man nicht mehr nehmen als so viel Malz, als man zu den drei Gebräuen von dreizehn Maltern und ein Viertel Gerstenmalz braucht", sagte sie aus der *Statuta thaberna,* die sie von ihrem Vater gelernt hatte. „Es sollen auch nicht in die Briu weder Hafer noch keinerlei andere Ungeferck. Dazu soll man nichts anderes geben als Hopfen, Malz und Wasser. Das verbietet man bei zwei Mark und derjenige, der muss die Gemeinde für vier Wochen räumen."

Mit jedem weiteren Wort wurde Meister Hinterthurs Lächeln breiter, die runden Augen, die er Jost vermacht hatte, strahlender. „Bist doch nicht so dämlich, wie dein Vater aussieht. Siehst du, sie kann es. Du nicht."

Jost kreuzte die Arme vor der Brust. Auf der anderen Seite von Elsas Gesicht, dort, innen, wo es niemand sah, strahlte sie und zum ersten Mal in ihrem Leben hatte sie das Gefühl, etwas gut gemacht zu haben und zu etwas nütze zu sein.

„Warum aber hält sich dann dein Vater nicht dran?", fragte Meister Hinterthur und Elsas innerliches Strahlen verglomm. „Was soll das Gepansch mit dem Tollkraut?"

„Weiß ich nicht." Elsa mied den Blick in die Gesichter der ehrbaren Hinterthurs und der alte Hass war wieder da. Auf diesem Thema wurde nicht beharrt, doch der Meister verstand es, mit solch kleinen Spitzen Elsa klarzumachen, dass ihr Vater ein Beflecker der Zunft war. So dachten alle.

Den restlichen Tag hingen Elsa und Jost kopfüber in den Maischekübeln und Sudbottichen und lösten mit den Schweineborstenbürsten die Überreste des Würzekochens. Nur die Malzdarre musste nicht geschrubbt werden. Damit das Aroma haften blieb, erklärte Jost. Elsa staunte, was er alles wusste. Auch, dass beim Schroten des Malzes die Spelzen, die kleinen Vorblättchen, erhalten blieben, erklärte er. Die waren brauchbar. Beim Kochen sanken sie auf den Grund des Bottichs. Malzkuchen nannte man das. Jost zeigte ihr die keimende Gerste. Sie sah viel praller und dicker aus als die, die ihr Vater erzielte. Und Jost erklärte, wie man das Feuer unterhalb des Sudes so anschürte, dass die Würze nicht zu heftig aufkochte. Die Erschwernisse ihrer Aufgaben und der Groll, den Elsa gegen Orwid Hinterthur hegte, verbaten ihr jedes Wort, aber sie merkte sich jeden Handgriff, den sie tat, um ihrem Vater davon zu berichten. Sie wollte sich nicht länger ihrer Herkunft schämen.

Am Abend sangen die Hinterthurs fromme Lieder. Reinhilde hielt strenge Gebetsstunden ab. *Missa canonica.* Andres konnte alles auswendig und Jost langweilte sich. Dessen Fuß suchte unter dem Tisch Elsas, was das Mädchen sehr vom Beten abhielt. Ab und an machte sich Orwid über Reinhildes stundenlanges Beten und Singen lustig. Manchmal folgte Streit und Geschrei und darauf wiederum die Weise in der fremden Sprache.

Schon nach wenigen Tagen verheilten die Blasen an Elsas Füßen. Von bleischwerer Müdigkeit war nichts zu spüren. Elsa schwor sich, der Mutter davon nichts zu berichten, auch nicht, dass sie der Reinhildin geholfen hatte, die Kleider zu richten, dass sie am Abend am offenen Fenster gesessen und bis zum Sonnenuntergang beobachtet hatte, wie Andres Hinterthur, vor dem Haus kauernd, Rinnen in die nasse Erde zog und bunte Glasmurmeln dort entlanggleiten ließ. Und sie wollte nicht erzählen, wie Jost an Andres vorbeischlenderte, wie zufällig in die gezogenen Spurrinnen trat, sich übertrieben dafür entschuldigte und Elsa etwas Lustiges daran fand, wie Andres mit zerknitterter Miene von vorn beginnen musste. Und das tat er. Elsa musste wieder an das Gleichnis der Geduld denken, das Andres im Frühjahr erzählt hatte. „Gott lehrt uns Geduld und Genügsamkeit.“ Beim dritten Mal fanden es weder Elsa noch Jost unterhaltsam, dem anderen das Spiel zu zerstören und suchten sich eine andere Beschäftigung.

Zu Hause war kein Platz für Müßiggang. Zu Hause half Elsa der Mutter bis zum Umfallen mit der Ernte von Kräutern und dem Binden von Amuletten, die unter den Frauen verschenkt wurden. Jedes Amulett hatte seinen Zweck. Kranke und Schwangere waren Mutters häufigste Besucher. Manchmal kamen auch Frauen mit Liebeskummer, die hartnäckigste, wenn auch harmloseste aller Krankheiten, wie Mutter es nannte.

Elsa rollte sich auf dem Lehnstuhl zusammen und lauschte lange dem Klacken Glas auf Glas, das Andres' Perlen von sich gaben, wenn sie in der Rinne aneinanderstießen.

5

Der Papst will und kann keine Strafe erlassen, außer denjenigen, die er nach seinen eigenen oder nach den Satzungen Ermessen auferlegt hat.

Das Dach der Mälzers war so weit in Schuss gebracht, dass die Kinder zu ihren Eltern zurückkehren konnten.

Die Finger der Mutter flochten behände eine Strähne von Siegtrauts Jungfrauenhaar zu einem Faden und um einen Mondstein herum, den eine Kundin mit anhaltenden Frauenleiden und Kopfschmerzen bestellt hatte. Für derlei Bestellungen musste das Haar der Töchter herangezogen werden. Katharina verstand, den Preis zu staffeln: Elsas Haar war am billigsten. Wegen der Farbe. Katharina Mälzers Finger hielten nur inne, wenn Johannes im schroffen Tonfall seine Tochter im Berichten unterbrach. Er wollte jede Einzelheit der Hinterthurschen Brauweise erfahren, musste aber feststellen, dass seine vom Vater und Vatervater erlernte Kunst sich gar nicht von der des Konkurrenten unterschied. Was war also Orwids Geheimnis? Vielleicht, so überlegte Elsa, waren die kleinen Details, über die ihr Vater die Nase rümpfte, der Schlüssel zu Orwids Erfolg? Sie würde sich hüten, ihre Beobachtung laut auszusprechen.

„Mich soll die Blindheit schlagen, wenn dein Herr Vater eines Tages seinen Jähzorn überwindet“, murmelte Katharina Mälzer, als Johannes nicht in Hörweite war, und schickte die Kinder zu Bett.

Elsas Vater schrubbte die Kessel und Sudpfannen nicht. Wie es seine Ungeduld nun einmal gebot, streckte er weiterhin den Sud mit zu kurz gekeimter Gerste und dem Tollkraut, da konnte die Hölle zufrieren, bevor er davon abkam, weil er nicht ahnen konnte, dass zweitägiges Mälzen dem Gebräu sein bitterherbes Aroma vermachte. Eintägiges Mälzen jedoch das Ganze wie Pisse schmecken ließ. Sein Produkt blieb billig, die Familie kam über die Runden.

Wochen strichen belanglos an ihr vorbei, bis Elsa all ihren Mut zusammennahm und die Wanderung auf die andere Seite des Rittergutes antrat, um der Familie Hinterthur einen Besuch abzustatten. Sie hatte gut anderthalb Stunden Fußmarsch Zeit, sich ein Gespräch zu überlegen und hatte zu diesem Zwecke der Mutter ein Körbchen roter, saftiger Äpfel aus der Ernte abgeluchst, die sie der Reinhildin überbringen wollte. Für die Bewirtung im Spätsommer.

Elsas Dank wurde von Reinhilde Hinterthur formell angenommen. Vom Meister Orwid wurde sie über das Befinden der Eltern ausgefragt, von Andres kaum eines Blickes gewürdigt, aber von Jost beäugt, als wäge er einen Schabernack ab, den sie beide treiben konnten. Elsa wollte nicht länger als nötig verweilen, und obschon es sich nicht schickte, dass Mädchen und Buben Zeit miteinander verbrachten, es sei denn, sie waren Geschwister und gingen einer nutzbringenden Arbeit nach, erlaubte Meister Orwid Jost und ihr, sich ins Wäldchen hinter dem Hof zu verdrücken, um zu spielen. *Spielen* hatte es in Elsas Wortschatz bislang nicht gegeben. Höchstens heimlich, vor dem Zubettgehen und in den wenigen Augenblicken, die ihr manchmal blieben, wenn sie eine Aufgabe erledigt hatte und die Mutter noch keine neue für sie ersonnen hatte. Dann spielte sie mit Stöckchen und was man eben so fand. Jungen durften spielen. Nicht aber Mädchen. Deshalb genoss Elsa die Stunde, die sie gemeinsam mit Jost verbrachte, obschon ihr Anteil daran im Eigentlichen darin bestand, Jost beim Spielen zuzusehen.

Sie bewunderte, wie behände er über den Bachlauf sprang: hin und wieder zurück. Mehrmals. Sie liefen die Weide hinauf bis zur Baumgruppe. Elsa konnte kaum Schritt halten. Jost zeigte ihr einen Kletterbaum und wie man in die Krone kam. Elsa suchte eine Ranke oder eine Winde, mit der sie den Rock zwischen ihren Beinen hätte zusammenbinden können, wurde aber nicht fündig und sah sich auf das Vergnügen, im Wipfel zu sitzen, verzichten. Jost versprach ihr, nicht zu gucken und kletterte voran, damit sie ungeniert hinter ihm her konnte.

Es war herrlich, die Welt von oben zu sehen. Nie zuvor hatte Elsa in einem Baum gesessen. Jost pflückte ihr einen Apfel. Von hier oben konnte man die Spitze des Kirchturms sehen, das von Bäumen gesäumte silbern glitzernde Band des Weißen Schöps', die überreifen oder schon abgeernteten Hufen, die von jedem Hof abgingen und das ein oder andere Fuhrwerk, das den Dorfweg gen Osten entlangrumpelte, um auf die Hohe Straße und Richtung Görlitz zu gelangen. Görlitz war mit dem Ochsengespann in gut vier Stunden zu erreichen. Elsa war noch nie in der Sechsstadt gewesen. Die Geschichten von Vater und Mutter, die dort manchen Krug vom Gebräu zu verkaufen suchten, beängstigten sie. Niemals wollte sie in die übervolle, übellaunige und garantiert stinkende Stadt!

Jost erzählte ihr von der Sechsstadt, die auch das Tor nach Osten genannt wurde. Er hatte dort Verwandte mütterlicherseits und gab sich weltmännisch. Elsa war beeindruckt. Er erzählte, was man in der Stadt Schönes kaufen konnte. Er beschrieb das feine Tuch, das dort hergestellt wurde, und den Stapel, in dem alles, was das Herz begehrte, gelagert wurde. Er berichtete von den Gauklern, die auf den beiden Marktplätzen ihre Kunststücke zeigten und Lieder sangen. Manchmal kamen richtige Bänkelsänger vorbei oder ganze Trupps von Schaustellern. Der Junge sagte das so, als fuhr er monatlich einmal dorthin, um sich diese Spektakel anzusehen. Elsa war immer nur hier gewesen. Hier kannte jeder jeden. Man musste genau aufpassen, wem man was erzählte, damit es nicht am nächsten Tag alle und vor allem die Falschen wussten. Jost beschrieb die Spielsachen, mit denen in Görlitz gehandelt wurde. Spielsachen! Elsa staunte über Josts übergroße Schlauheit. „Du meinst Dinge, die zu nichts anderem da sind, außer zum Herumtollen und sonst keinen Nutzen haben? So wie die Murmeln von Andres?"

Jost nickte. „Ja, die auch, aber Murmeln sind langweilig. Ich meine Steckenpferd, Reifen und Kegel und so. Ich zeig dir ein Spiel." Damit sprang Jost aus der Astgabel, suchte und fand unterm Baum drei Stöcke. „Na, komm schon." Elsa kletterte vorsichtig vom Baum und dieses Mal guckte er doch.

Jost zeigte ihr ein Spiel mit drei Stöcken, bei dem es darum ging, einen Stock mit den beiden anderen hochzuwerfen, und wieder aufzufangen. Die Schwierigkeit bestand darin, dass sich der hoch geworfene Stecken in der Luft drehen sollte. Elsa gelang das nicht. Jost amüsierte sich köstlich über sie.

Von nun an machte sich Elsa für den Gottesdienst besonders fein: kämmte ihr Haar so lange, bis es glänzte, steckte den Reif mit Hingabe auf und achtete auf ihren Sonntagsstaat. Hatte sie früher ein kleiner Fleck oder ein gezogener Faden nicht gestört, so behob sie den Makel wie ein zu verbergendes Schandmahl. Das alles tat sie nicht aus tiefster Gottesfurcht. Sie wollte nicht Gott gefallen, sondern einem anderen.

Diesen Plan verfolgte aber so ziemlich jedes Mädchen der Parochie. Elsa fiel auf, dass die Mädchen sich verhohlen nach Jost umdrehten, kaum, dass er die Kirche betrat. Er war immer noch eine Elle kleiner als sein stattlicher Vater, doch vom selben Stolz beseelt wie jener und von eben jenem Ansinnen erfüllt, sich in der Gemeinde als *der* Briuwer hervorzutun. Nur Elsa verrenkte sich nicht den Hals nach ihm. Dazu war sie zu schüchtern. Sie schlug das Kreuz und die Augen nieder, wie es sich an diesem Ort gehörte, und war doch mit jeder Faser drüben, auf der Nordseite des Kirchenschiffs, wo die Hinterthurs ihre Bank hatten. Elsa hörte den Priester sprechen. Dessen Worte tummelten sich im Kirchenschiff, ohne an ihrem Verstand zu kratzen. Ihre Gedanken glitten in den Apfelbaum zurück. Es gehörte sich nicht, das Gebet zu sprechen und die Lithurgie zu singen und gleichzeitig nur an diesen Jungen zu denken.

Es lag sicher nur an seinem Aussehen. Das Oberlausitzische war gnädig zu seinen Menschen. Anders als das Böhmische mit seinen Mondgesichtern hinter dem riesigen Gebirge. Aber dort redete man sicherlich genauso über die Hiesigen. In der Markgrafschaft Oberlausitz war die Luft rein, waren die Herzen fromm. Es gab nur wenige Exemplare, denen Elsa das Attribut wirklicher Hässlichkeit hätte anheften wollen. Die Hinterthurs waren allesamt von einer Ebenmäßigkeit gezeichnet, die einen schaudern ließ. Alle außer einem: Womit der Jost gesegnet war, war dem Andres abholt. Der war blass, schien verhärmt und schmal und seine Extremitäten taten stets etwas anderes, als sie sollten.

„Wer mit so viel Schönheit in der Jugend gesegnet ist, dem steht Schlimmes im Alter ins Haus", pflegten die Basen zu wettern, wenn das Gespräch auf die Hinterthur-Sprösslinge fiel. Sicher: Man durfte dem Orwid Hinterthur nicht zu viel Segen und Glück wünschen, wenn man als Mälzer überleben wollte. Doch waren die Hinterthurs vom besonderen Schlage. „Wer reich und schön ist, hat doch was beim Gehörnten schuldig", meinte die Schwägerin einmal und Katharina Mälzer erwiderte: „Das wäre mir egal. Ich würde jede meiner Töchter den Jungs geben." Worte, die Elsas Herz hüpfen ließen. Freilich: Das hatte die Mutter nur so dahingesagt, wie sie sich schon des Öfteren einen jungen Burschen von der Straße weg ins Haus gewünscht hatte, weil ihnen eben der anpackende Sohn fehlte. Elsa aber blieben diese Worte besonders im Gedächtnis. Von allen Buben in der Gemeinde war der Jost ihr der liebste. Gedanken, mit denen sich Elsa versündigte.

6

Der Papst kann keine Schuld vergeben, es sei denn er erkläre und bestätige, sie sei von Gott vergeben, oder sofern er die ihm selbst vorbehaltenen Fälle vergibt, die zu missachten ein Verbleiben in Sündenschuld bedeuten würde.

Die Weihnachtszeit war insofern die schönste, da man jetzt besonders häufig in die warme Kirche kam. Elsa achtete darauf, bei der Eucharistiefeier zu Josts Linker zu stehen. So nahm sie den Kelch von seinen Lippen, und sie tat so, als berührten ihre die seinen.

Es wunderte sich die Katharina Mälzer über die plötzliche Frömmigkeit der ältesten Tochter. Sie stellte die *biblia picta*, Erbstück der Mutter und Großmutter, bereitwillig zur Verfügung. Das Kind sollte der Heilserlangung teilhaftig werden. Die aus ihrem Einband weitestgehend gelösten Blätter waren an den Rändern speckig, eingerissen sogar. Überaus kostbar war das Buch. Doch im Grunde nichts weiter als eine zerschlissene Blattsammlung mit vielen verblichenen Stellen und wenig Text.

So klang das Jahr im Herrn Fünfzehnhundertzehn aus. Die Schicksalsschläge, die in diesem Jahr über die Parochie hereingebrochen waren, wurden einem gnädiglichen Vergessen anheimgegeben oder zumindest versucht zu verdrängen und in eine weit entfernte Vergangenheit geschoben.

Elsa ging beständig in die Kirche. Sie beneidete die Jungen, die mit Hochwürden Horn nach dem Gottesdienst den Katechismus lernten. Mit Elsas Frömmigkeit zeigte sich Meister Mälzer gern und erzählte jedem, der es nur wissen wollte, wie eilig es die Zehnjährige hatte, am Kirchentag das Weihwasser zu nehmen und stets in Reue und Demut ganz hinten zu sitzen. Dass der kindliche Antrieb ein ganz und gar unfrommer war und Elsa hinten Platz nahm, um ab und an Jost einen Blick zuzuwerfen, das erkannte lediglich ihre Mutter.

Katharina Mälzer erbat sich beim Priester Simon Horn die Erlaubnis, dem Kind das Lesen der *biblia picta* beizubringen. Zunächst lachte der Priester über die Schnapsidee. Als er erkannte, dass Katharina Mälzer von bitterem Ernst beseelt war, erlaubte er ihr, dem Mädchen das Alphabet beizubringen. Außerdem dürfte dem gelegentlich in der Parochie predigenden Geistlichen bekannt sein, dass die Kräuterfrau zumindest die Damen der Schöpfung auf ihrer Seite hatte. Insgeheim glaubte er nicht daran, dass der Backfisch weiter als bis zum G kam. Dass Elsa es bis zum P schaffen würde, konnte er da noch nicht wissen. Für die priesterliche Absolution die Lektionen betreffend, forderte Horn für seine alte, gebrechliche Mutter ein stärkendes Tonikum, welches Katharina aus Kräutern fertigte.

So stand Elsas frommem Ansinnen nur noch der eigene Vater im Wege. Ein Weibsstück hatte nicht zu lesen! Johannes Mälzer gehörte zu denen, die dachten, wenn man etwas lange genug nicht tut, kann man es eines Tages auch nicht mehr. Bei seiner eigenen Eheschließung hatte er gehofft, niemandem würde auffallen, dass sein Weib lesen konnte, hatte gehofft, sie würde es verlernen. Vielleicht hatte er recht. Die Bilderbibel war ja eben bebildert, damit man nicht lesen können *musste*. Das war Mälzers Ansicht. Dem Wort des Priesters aber widersetzte er sich nicht. Er tat auf andere Weise seinen Unmut kund.

An einem stürmischen Januarnachmittag begann Katharina Mälzer also den Unterricht. Es war einer jener Tage, an denen man nichts anderes tun konnte, als bei geschlossenen Fensterläden um das Feuer herum zu sitzen und zu warten, dass der schreckliche Winter mit all seiner Kälte und Ungemütlichkeit vergehen möge. Elsas Mutter streute Asche auf ein Brett und zeichnete mit einem Stecken das A hinein.

Die Gelegenheiten, in denen Tochter und Mutter ungestört üben konnten, waren spärlich gesät. Die Frucht nicht üppig. Dafür sorgte schon Johannes. Wenn Elsa nicht mit der Mutter übte, versuchte sie mithilfe der Buchstaben, die sie bereits kannte, neue Wörter zu entschlüsseln. Die Handschrift der Armenbibel jedoch war so unstet, dass sie auf jeder Seite unterschiedlich aussah und es Elsa schwerfiel, Buchstaben, geschweige denn Wörter zu finden. Entzifferte sie doch mal eines treffsicher, fehlte ihr noch die Übersetzung aus dem Lateinischen in die Volkssprache. Mit Latein war es bei Katharina Mälzer auch nicht weit her. Elsa nahm diesen Umstand als Grund, mit Jost ins Gespräch zu kommen.

Sie waren über die oberen Grenzen des Dorfes hinaus, da hatte sich Elsa längst in haltloses Geplapper verstrickt. Sie wurde von Jost ausgelacht, von Andres missmutig in ihrem kindlichen Verständnis von heiligen Zusammenhängen korrigiert. Einige Tage auf dieses dumme Gespräch klopfte es, leise aber dringend. Katharina Mälzer wusch mit den Jüngeren am Schwarzbach die Wäsche, der Vater hatte in der Sudküche zu tun. Elsa öffnete die Tür. Die Überraschung, einen der Hinterthur-Burschen zu erblicken, wog die Enttäuschung, dass es der falsche war, nicht auf. Andres übersprang die Grußformel und streckte Elsa ein Leinenpäckchen entgegen. „Die kannst du haben.“

„Was ist das?“

„Eine Bibel.“

„Eine Bibel?“

„Ja. Ich denke, wenn es dich wirklich interessiert, kommst du mit den Bilderzetteln nicht weit.“

„Bilderzettel!“ Bezüglich der Degradierung des größten Familienschatzes stemmte Elsa die dünnen Fäuste in die Hüften und bot trotzdem keine Angst einflößende Erscheinung. Andres reckte wachsam das Kinn. Er beäugte das gereizte Mädchen von oben herab und nahm das Päckchen, das er dem Mädchen die ganze Zeit hingehalten hatte, zurück vor seine Brust, als könne es ihn vor dem kindlichen Zorn schützen.

„Blasphemie ist das und ich werde es dem Hochwürden Horn sagen!“, schimpfte Elsa aus Wut, weil nicht Jost, sondern der andere zu ihr gekommen war.

„Es wird ihn brennend interessieren“, spöttelte Andres, meinte aber nicht, was er sagte. Das erkannte Elsa sehr wohl. Und ihr entging nicht das kleine Lächeln, das ihm nur flüchtig in den Mundwinkel gerutscht war. Das machte sie nur noch wütender. Im Grunde war ihr die Sache mit der Heiligen Schrift ganz egal, aber es hätte der andere sein müssen, der auf sie aufmerksam wurde. Dem Jungen, der es bestimmt nur gut gemeint hatte, aber eben der falsche war, knallte sie die Tür vor der Nase zu.

Und dabei hatte Andres nichts Verkehrtes gesagt: Die Blattsammlung der Armenbibel war nicht mehr als ein paar Zettel, unterteilt in drei Bereiche: Spruchband mit Miniatur zuoberst, im Mittelstück zumeist Brustbilder von irgendwelchen namenlosen Propheten oder Heiligen und darunter zwei sich reimende Zeilen, die nichts weiter darstellten als die Namen der beiden unteren Propheten mit vielen Symbolen, die selbst Elsas Mutter nicht deuten konnte.

Vor Katharina Mälzer konnte Elsa schlecht verheimlichen, von wem sie Besuch bekommen hatte. Katharina Mälzers Stirn lag in Sorgenfalten. Nicht, weil ein Halbwüchsiger das Mädchen überrascht hatte, was einem Skandal gleichkam und um nichts in der Welt ins Dorf getragen werden durfte, sondern die Tatsache, dass Elsa mit dem Bibellesen hausieren ging. Eine altkluge, des Lesens kundige Jungfrau war schwer an den Heiratswilligen zu bringen. Das erklärte sie dem Mädchen und stellte die Lesestunden ein. Die Lithurgien in der Kirche mussten genügen. Das beschied Katharina Mälzer und Johannes konnte diesen Entschluss nur gutheißen.

Das war, als Elsa noch nicht einmal das P wie *Papa* – Papst – sicher beherrschte. Und das Gefühl blieb, als fehle ihr noch eine ganze Reihe von Buchstaben.

Trotz alledem suchte Elsa Josts Gesellschaft. Sie wurde eine Meisterin der Effizienz. So schaffte sie die meisten Arbeiten in immer kürzerer Zeit, sodass sich ab und an Gelegenheiten boten, über den Kamm des Weinbergs zu laufen und auf Jost zu warten. Ihre Treffen wurden bald regelmäßig.

Elsa hatte längst begriffen, dass Jost seinen großen Bruder nicht leiden konnte, weil der in den freien Stunden entweder las oder mit seinen Glasmurmeln spielte. Elsa willigte ohne zu zögern ein, Andres eins auszuwischen. Sie willigte ein, weil sie Jost gefallen wollte. Außerdem war sie von einer inneren Wut auf Andres beseelt, die im Grunde nur darin begründet lag, dass sie sich einfach nicht dazu durchringen konnte, sich bei Andres für ihr freches Benehmen von neulich zu entschuldigen.

So gab Jost ihr eines Tages den Auftrag, beim Wurzelheinrich einen Viertelscheffel Baumharz zu holen. Jost hatte ihr die Münze dafür zugesteckt. Was genau Jost mit dem klebrigen Zeug vorhatte, war Elsa schleierhaft. Für sie war es eine unheimliche Herausforderung, ohne Begleitung in den Wald zum Pechklauber zu gehen. Sie fürchtete sich schon allein vor dem Ruf, der dem von der Menschheit vergessenen Alten vorausging.

Mit dem Viertelscheffel gelangte sie mit Einbruch der Dunkelheit am Brauhof Hinterthur an. Im Osten war der Himmel schon ganz finster, aus dem Schöpstal schallte Hundegebell und an ihren Füßen kroch die Lenzeskälte herauf. Elsa beobachtete, wie die Haustür geöffnet und wieder geschlossen wurde. Sie versuchte in der Gestalt, die den Hof überquerte, Jost zu erkennen. Das Schlagen von Schuppentüren kreuzte das Keckern einer aus ihrem Winterschlaf geweckten Fledermaus. Dann ein kräftiges Anschlagen einer Axt. Wer auch immer im Schuppen Holz gemacht hatte, war wieder ins Haus zurückgekehrt.

Elsa wartete, bis es ganz still war und betrat den Hof. Wie abgemacht, klopfte sie an die Tür der Sudküche. Jost, der sie schon erwartet hatte, öffnete ihr. Das breite Grinsen in seinem Gesicht hätte das Mädchen eingeschmolzen, wenn es nicht vor Furcht und Kälte schon fast erstarrt wäre. Jost weihte Elsa in den Plan ein, der ihr ganz und gar nicht gut gefiel.

7

Niemanden vergibt Gott die Schuld, den er nicht gedemütigt dem Priester als seinen Stellvertreter unterwirft.

Das Klacken der Glasmurmeln, die aufeinanderstießen, weil Andres in der Bubenstube damit spielte, hatte sie noch in den Ohren, als sie aus dem Hause Hinterthur rannte. Das Klacken der Glasmurmeln, das Poltern und Andres Schmerzensschreie, die in gottlose Flüche mündeten.

Das nächste Mal, als sie Andres sah – von der Distanz aus dem Kirchengestühl her – lag sein geschienter Arm in einer Schlinge. Elsa musste zugeben, dass es sich schwierig gestaltet, das Gleichgewicht am Kopf der Treppe zu halten, wenn der Körper zwar voran will, die Füße aber in einer Lache aus Harz festkleben. Und war es nicht Gottes Gnade gewesen, dass Andres sich nur den Arm und nicht das Genick gebrochen hatte?

Aber wo sich Gottes Gnade fand, war auch unweigerlich Gottes Zorn. Elsas Blick wanderte hinüber zu Jost, der aus einem von Veilchen geränderten Auge zum Altar hin und seiner Bußfertigkeit entgegenblickte. In Elsas Brust zitterte die anerzogene Angst vor Gottes Zorn. Ihre Gottesfurcht wurde so erstickend, dass sie es nicht wagte, ihre Sünde zu beichten, aber freiwillig drei *Ave Maria* aufsagte, die zu sprechen der Priester ihr zur Buße verordnet hätte.

Drei *Ave* würden das Vergehen aus ihrem Sündenregister bestimmt streichen.

Noch Wochen später, als Andres' Schiene längst abgenommen und der Arm wieder zusammengewachsen war, fühlte Elsa sich unwohl, sobald sie ihn sah. Doch auch dieser flaue Anflug schlechten Gewissens wurde bald von der Sommerhitze erstickt.

Am Schöps, wo sich die Kinder für eine Abkühlung trafen, verbündeten sich Elsa und Jost aufs Neue. Andres saß im Schatten, ein Buch auf den Beinen, und beobachtete, wie die Jungen an einem tief hängenden Ast über den Schöps schwangen. Nur die mutigsten getrauten sich, bis zu den Knien in den Schöps zu waten. Wer sich das getraute, musste das *Gebenedeit seist du Maria* aufsagen, weil sonst die Querxen auf dem Grund des Flusses wach würden oder die verlorene Seele von Margarete Rieger aus dem Wasser emporsteigen würde. Solches Gerede machte Elsa Albträume.

Sie zog es sicherheitshalber vor, nicht in den Fluss zu steigen. Sie fürchtete sich vor den unergründlichen Wesen, die hier lauerten. Außerdem konnte sie nicht schwimmen. Wer konnte schon schwimmen! Elsa gab vor, mit einem der Mädchen Hahn oder Henne zu spielen. Ein Spiel, bei dem die Wedel der Gräser zwischen Daumen und Zeigefinger noch oben geschoben werden mussten, um zu sehen, welche Form sie annahmen. In Wahrheit aber beobachtete sie aus dem Augenwinkel die Hinterthur-Jungs. Wieso es immer dann, wenn sie Jost ansah, in ihrem Bauch kribbelte, verstand sie nicht, dass es ihr von Tag zu Tag schwerer fiel, sich ungezwungen in seiner Nähe zu geben, war ihr lästig. Und vielleicht war es an der Zeit, sich bei Andres für den dummen Streich mit dem Baumharz zu entschuldigen, vielleicht bei Jost für seine Verschwiegenheit zu bedanken? Aber nichts davon tat sie, sondern betete wieder drei *Ave Maria* für die Vergebung ihrer Sünde. Und alles sollte noch schlimmer werden.

Josts Freundschaft bedeutete ihr so viel, dass sie nicht merkte, dass er sie abermals für einen seiner Streiche gebrauchte. „Er hat mich vor Vater einen Dummkopf genannt. Ich hab ihm seine blöden Glasmurmeln in die Suppe getan, damit er daran erstickt", erzählte Jost mit beleidigter Miene. „Ist er aber nicht. Und Vater hat mit mir geschimpft und dann hat Andres mich bei Mutter angeschwärzt, weil ich Maria den Hof hab' fegen lassen", beschwerte sich Jost.

„Aber du solltest den Hof fegen, richtig? Und nicht deine Schwester."

„Das spielt doch keine Rolle. Andres ist ein Halunke! Also ... hilfst du mir?"

Elsa überlegte. Sie wollte eigentlich nicht noch einmal Gottes Zorn auf sich laden.

„Ich seh schon, ich muss mir eine andere Freundin suchen. Vom Wagner die Elisabeth hat mehr Schneid als du."

Das konnte sie nicht auf sich sitzen lassen. „Die Wagner-Elisabeth schielt!"

Jost grinste, stellte sich dicht vor sie und nahm ihre beiden Hände in die seinen. „Hilfst du mir?"

Elsa willigte ein, wieder nur, weil sie Jost gefallen wollte. Sie trafen sich am darauffolgenden Tag bei Einbruch der Dunkelheit im Pfannenhaus der Hinterthurs. Es war ein lauer Frühsommerabend. Jost brachte eine Schale Kirschen mit, Elsa einen Mörser, mehr brauchte es nicht. Bevor sie ans Werk gingen, ließ Jost Elsa beim Kirschkernweitspucken gewinnen. Sie spuckten das Fruchtfleisch in den Mörser. Elsa wandte einiges Geschick dafür auf, das Rot so unter Josts Nase und in seinen Mundwinkeln zu verteilen, dass es echt aussah. Auch am Ellbogen verteilte sie ein bisschen was von dem Matsch. Sie warteten jenen Moment ab, da Orwid Hinterthur die Schweine fütterte und Reinhilde den Hühnerstall verschloss. Johanna und Maria waren ebenfalls draußen beschäftigt und sammelten die tagsüber gelegten Eier ein.

Jost stieg zu den Schlafstuben hinauf. Er wusste, dass Andres in der Kammer hockte, las oder betete oder beides. Als Jost vor der Tür Aufstellung bezogen hatte, gab er Elsa ein Zeichen. Daraufhin schlug sie so kräftig die Haustüre, dass es oben gut zu hören war, imitierte die Stimme einer der Hinterthur-Mädchen und rief Andres' Namen. Folgsam, wie der Langweiler nun einmal war, riss er die Kammertür auf. Jost warf sich zu Boden, ließ seinen Bruder im Glauben, vom Türblatt hart gegen den Kopf getroffen worden zu sein. Er brüllte und zappelte wie einer, der einen Anfall bekam. Dann blieb er steif liegen, die Augen starr gen Dachstuhl gerichtet. Elsa, immer noch in der unteren Haustür, hatte einen vortrefflichen Blick nach oben und unterdrückte ihr Gelächter. Andres, schockiert und erschrocken von seiner Gewalttat, beugte sich über ihn, stammelte seine Entschuldigungen, sandte Stoßgebete zum lieben Herrgott und rüttelte Jost an den Schultern, um ihn zurück zu den Lebenden zu holen.

Bald mimte Jost, zu sich zu kommen, spuckte den blutroten Kirschsaft um sich – auch gegen Andres' Gesicht – und obendrein eine Salve Kirschkerne. Danach hielt es ihn nicht länger und er prustete los.

„Witzig!", stieß Andres den Lachenden, der sich aufrichten wollte, zurück auf die Dielen und verschwand in der Kammer. Jost lachte noch, als er sich am Schwarzbach den Kirschmatsch aus dem Gesicht wusch, und beschrieb immer wieder Andres' Miene. Er begleitete Elsa noch ein Stück heimwärts.

„Das nächste Mal …" Und Jost kreierte weitere Gemeinheiten gegen seinen Bruder, die kaum zu übertreffen waren. „Zu keinem ein Wort, kleine Els, ja?"

Elsa nickte. Jost lächelte. „Wir haben ein Geheimnis miteinander, Elsa". Er zeigte das Lächeln, das den Hinterthurs eigen war. Ein Lächeln, das Reinhildens harte Züge weicher aussehen ließ, weiblicher und beinahe besorgt, ein Lächeln, das auf Orwids Stoppelgesicht schelmisch, in Johannas Gesicht kokett und auf Marias kleiner schmaler Miene irgendwie mitleiderregend wirkte, ein Lächeln, das bei Jost und Andres eine verheißungsvolle Note hatte. Aber anders als Andres' offenes Lächeln hatte Elsa bei Jost das Gefühl, dass er mit seinem Lächeln Versprechen brach und ihm dennoch immer verziehen würde.

Jener Sommer anno 1511 erbarmte sich der Felder. Sie sonnten sich nach kurzen, ergiebigen Schauern und gediehen. Der Schöps war randvoll, erhob sich aber nicht aus dem Flussbett. Die Kinder tollten nach dem Kirchgang oder in den Abendstunden an seinen Ufern, wenn alle Arbeit verrichtet war.

Elsa hatte das Gefühl, in diesem Sommer ein beträchtliches Stück erwachsener geworden zu sein. Nicht nur, dass es inzwischen genügend Kinder gab, die jünger waren als sie selbst, sondern auch die Tatsache, dass sie bald zwölf war, machte sie selbstsicherer.

So erlebte Andres' Heilige Schrift Höhenflügel, als sie eines schönen Sonntages in den Wipfeln der Weiden am Schöps verschwand, weil er nicht bemerkt hatte, wie Jost eine Schnur um sie gelegt, während Elsa ihn abgelenkt hatte. Andres verzog keine Miene, wartete bis sein jüngerer Bruder den Spaß an der fliegenden Bibel verlor und sie schließlich wieder herunterließ. An einem anderen Tag legten sie mit seinen Murmeln eine Spur, der Andres unweigerlich folgen musste, wenn er seine Perlen einsammeln wollte. Die schönste aller Murmeln thronte leider in einem riesigen, stinkenden Kuhfladen. Elsa und Jost bogen sich in ihrem Versteck vor Lachen, als sie beobachteten, wie Andres ein Stöckchen suchte, um die Murmel aus dem Scheißhaufen zu klauben. Auch hierbei verzog Andres keine Miene. Er wusch die Murmeln und seine Hände im Schwarzbach.

Ein Streich allerdings ging nach hinten los. Es war Erntedank. Jost und Elsa hatten in kleinlicher Mühe in den inneren Kragen von Andres' Kirchenhemd Hagebuttenbrei geschmiert und freuten sich schon darauf, wenn er beim Hochamt halb wahnsinnig würde, um dem Juckreiz zu widerstehen. Pleban Horn würde versucht sein, an ihm einen Exorzismus zu vollführen.

Umso erstaunlicher war es für Elsa, zur Heiligen Messe Jost zu beobachten, der mit hochrotem Kopf und verbissener Miene im Gebälk saß, von Reinhilde gerügt wurde, weil er sich unanständig im Nacken kratzte und die daneben Sitzenden schon abrückten aus Angst vor Flöhen. Jost war der Erste, der nach der Messe das

Weite suchte. Elsa entging das genügsame Lächeln auf Andres' Miene nicht.

Elsa durfte einen Abstecher zum Fluss machen, wo sie Jost schon von Weitem sah: Knietief und kopfüber gebeugt stand er im Fluss und schrubbte seinen Nacken und sein Haar. Das Hemd tänzelte in der Strömung. Jost zog es immer wieder zu sich zurück. „Er hat es umgetauscht, der Bastard", schimpfte er, kaum dass er Elsas gewahr wurde. „Wir haben die gleichen Kirchenhemden und er hat das mit den Hagebutten einfach auf meinen Stapel gelegt."

Elsa verkniff sich ein Grinsen. Als sie schon auf dem Rückweg war, rief er ihr noch hinterher, dass er sie am Nachmittag an der Weggabelung treffen wolle, dann würden sie überlegen, wie sie sich rächen könnten. Elsa, die sich bei Andres für gar nichts rächen musste, würde zur Weggabelung kommen. Dagegen war sie machtlos. Sie trat auf die Dorfstraße und kreuzte geradewegs den Weg der Familie Hinterthur. Geordnet, die Eltern voran, die Kinder hinterdrein, gingen sie hinauf Richtung Weinberg. Unter den gesenkten Lidern ließ sie Andres, neben dem sie herging, nicht aus den Augen. Ihr war bislang nicht aufgefallen, dass sie ihm bereits bis zu den Schultern reichte. Selten fiel ihr auf, wie schnell sie wuchs. Reinhilde fragte sich, wo Jost bloß steckte.

Andres wischte seine struppigen, leicht gelockten Haarsträhnen hinter die Ohren. „Ich könnte mir vorstellen, dass Jost ein Bad nötig hat – aber wen juckt das schon?"

Elsa spürte, wie ihr Gesicht von innen glühte. „Es war nicht meine Idee", murmelte sie kleinlaut.

„Ich weiß." Insgeheim war sie ihm dankbar, dass er ihr keine Vorwürfe machte, oder schlecht von ihr dachte. Sie merkte, dass er sie musterte. „Nimm dich vor ihm in Acht."

Elsas Blick kreuzte den seinen. Aus seinen dunklen Mandelaugen sprach nichts als Aufrichtigkeit. „Ich kann auf mich selbst aufpassen!", raunte sie, raffte den Rock und sprang die Böschung hinauf, um eine Abkürzung zum Mälzerhof zu nehmen.

8

Die die Buße betreffenden Satzungen haben Geltung nur für den Lebenden und dürfen in keiner Weise auf den Sterbenden angewendet werden.

Um die Jahreswende machte bald die Runde, dass einer der Gerßdorffschen Jagdhunde versehentlich erlegt worden war. Elsa mochte die Hunde nicht unbedingt. Sie preschten bellend durch die Wälder und man konnte nie wissen, ob sie nicht einen Abstecher auf den Hof nahmen und dann um sich bissen. Ihr Gewissen jedoch war bleischwer, weil sie wusste, wer sich heimlich, wenn der Wildhüter nicht in seiner Hütte war, die Armbrust nahm und auf harmlose Tiere zielte. Gott würde sie und Jost Hinterthur hart bestrafen. Das wusste Elsa.

Jost war schlecht gelaunt, weil nach der Sache mit dem Jagdhund die Hütte verriegelt blieb. Allein der Wildhüter musste erahnt haben, dass hier jemand wochenlang sein Unwesen getrieben hatte. Elsa war froh und glücklich, dass Jost nicht mehr die Armbrust stibitzen konnte.

Mit dem Januar anno 1512 kam der Schnee. Sie bauten Schneehütten und sausten mit den vielen anderen Kindern den Weinberg hinunter. Der Winter hielt lange, der Schnee lag bis Ostern, aber dann schob sich die Sonne mit aller Macht vor die Wolken und schickte die Schmelzwassermassen aus dem Gebirge und vom Eigen mit aller Wucht herunter, dass der Schöps über seine Ufer trat. Viele Gehöfte standen unter Wasser. Das Vieh musste trotz der nächtlichen Kälte auf den höher gelegenen Hufen stehen. Manch einer verlor seine Lehmhütte an die Fluten. Sie nahmen die Häuser einfach mit. Die Menschen beteten für weniger Wasser.

Die Brauhöfe vom Mälzer und Hinterthur waren höher gelegen und so konnten die Wassermassen ihnen nichts anhaben. Katharina Mälzer sah es als ihre Pflicht zu helfen. So war ihr Haus voller Kinder, deren Hütten weggeschwemmt worden waren und wo die Eltern neue bauen mussten. Es war eine lustige Zeit für die Jüngeren, weil sie den ganzen Tag tun und lassen konnten, was sie wollten. Elsa war froh, sich um die Kinderschar kümmern zu können. So würde sie Buße tun für das, was sie im Herbst nicht verhindern hatte können.

„Du machst dir da viel zu viele Gedanken", schüttelte Jost den Kopf, als sie sich wieder einmal an der Baumgruppe zwischen den Höfen trafen. „Es waren nur dumme Hunde." Er schickte seinen Blick hinunter zu den Kindern, die barfuß in den feuchten Wiesen wateten und Jungfrösche aufscheuchten. Mit seinen dreizehn Jahren war Jost schon recht stattlich, wie Elsa fand. Seine breiten Schultern ließen ihn älter erscheinen, aber auch sie war runder geworden, immerhin hatte sie das zwölfte Jahr abgeschlossen und sie war erweckt worden. Das Ereignis hatte sie unerwartet heimgesucht.

„Es sind Gottes Geschöpfe", sagte sie und merkte, wie Jost sie musterte.

Er schüttelte knapp den Kopf. „Tiere und Weiber sind nichts in Gottes Augen." Er schaute zu den Kindern hinüber, die mit jedem Frosch, den sie aufscheuchten, herzhaft quiekten und lachten.

„Ich wäre lieber als Junge geboren."

Jost drehte sich abrupt zu ihr um, stellte sich ganz dicht vor sie hin und griff ihr plötzlich so rüde in die bauschenden Röcke, dass sie vor ihm zurückwich. Er rückte auf, hatte sie immer noch fest im Griff. „Dazu fehlt dir aber einiges."

Elsa wich nicht vor seiner Hand zurück. Schockstarr wie ein verängstigtes Reh. So stand sie noch da, als er schon längst wieder von ihr abließ. Sie schaute ihm nach wie er zu den anderen Kindern rannte, eine Rute von einer Weide abbrach. Die Jungfrösche quakten nur so lange, bis er sie auf den Stab spießte.

Tage später lag die Wiese so, als habe es das Hochwasser nicht gegeben. So schnell war das Wasser verschwunden, wie es gekommen war. Elsa war einerseits froh, das Strohlager wieder für sich und ihre Schwestern zu haben, andererseits traurig über die Stille, die ins Haus zurückkehrte. Jost übte nach wie vor Anziehung auf sie aus, obschon da noch etwas war, wonach sie in den Tiefen ihres Herzens suchte wie eine gründelnde Ente, aber nichts zu fassen bekam. Das Düstere, das von ihm ausging, sah sie nicht.

Der liebe Herrgott verteilte Sonne und Regen gnädig über die Felder. Mensch und Tier waren fruchtbar und mehrten sich. Die Münzen, die im Umlauf waren, hatten guten Wert. Dass das nicht so bleiben würde, ahnte niemand. Nichts sollte Elsas Tage überschatten, und der Sommer sollte herrlich werden. Sie fühlte sich genauso wie jedes andere Mädchen geschmeichelt von Josts Übermut, den er freimütig zur Schau führte.

Die Warnungen der Mütter vor den Knaben waren allgegenwärtig und wurden mit der Reife der Mädchen immer eindringlicher. Wovor im Speziellen gewarnt wurde, blieb Elsa ein Rätsel. Insbesondere die lauten, umtriebigen Jungen seien zu meiden. Darin waren sich die Mütter einig. Dass die lauteren Jungen den stilleren vorzuziehen waren, mussten die Mütter doch wissen!

Im Spätsommer erst, als Jost und Elsa verborgen im hohen Gras der Baumgruppe nebeneinanderlagen und einen Apfel nach dem anderen verspeisten, sollte ihr klar werden, was genau die Mutter meinte.

„Ich habe mit den Jungs eine Wette laufen“, sagte Jost, schnippte den Apfelstrunk hinter sich und rollte sich zur Seite, sodass er Elsa ansehen konnte. „Sie sagen, du würdest dich nicht getrauen, mir zu zeigen, ob deine Haare überall rot sind.“

Elsas Augen weiteten sich. Jost aber betrachtete sie fachmännisch. „Zeigst du's?"

„NEIN!" Elsa war mit einem Satz auf den Beinen.

„Wenn du's tust, kriege ich einen Heller vom Dicken." Benannter Dicke war ein stämmiger Bursche aus dem Dorf, dessen Eltern Großbauern waren.

„Nein! Das ist unanständig, Jost! Außerdem kann der Dicke nicht wissen, ob ich dir meins wirklich gezeigt hab. Wie will er es nachprüfen?"

„Das ist eine Sache des Vertrauens."

„Das ist eine idiotische Sache, meinst du wohl."

„Wir teilen den Heller", sagte der Junge geschäftstüchtig.

Das war natürlich etwas anderes. Elsa überlegte. „Dann zeigst du mir deins auch!"

Jost betrachtete die über ihm Stehende. Seine Augen verengt, wie es sonst eigentlich sein älterer Bruder tat, nickte er schließlich. „Einverstanden. Du zuerst."

„Gleichzeitig."

Jost willigte ein, stellte sich ihr gegenüber und begann seine Hose aufzubinden. Elsa wurde es ganz flau im Bauch, während sie den Rock raffte. „Ich kann's nicht", seufzte sie enttäuscht über sich selbst und strich den kaum gehobenen Rock glatt. Jost, der mit seiner Schnur schon fertig war, murrte ärgerlich.

„Sag ihm doch, dass ich's dir gezeigt hab", schlug das Mädchen vor.

Jost schüttelte den Kopf. „Der Dicke merkt, wenn man ihn anlügt." Sein Blick veränderte sich, wurde fest und eindringlich. Und dann passierte so vieles auf einmal, dass Elsa nicht begriff, wie ihr geschah. Die Bedrängnis, in der der Junge das Mädchen brachte, verstand sie zunächst nicht. Ein Spiel? Ein Kräftemessen, für den er den falschen Adressaten gewählt hatte? Erst als sie auf dem Boden unter ihm nicht mehr vorkam, er seine Hand unter ihren Rock schob, bekam sie es mit der Angst zu tun. Quieken schien er als Ansporn zu verstehen. Schreien störte ihn, denn er drückte seine Hand auf ihren Mund. Sie schmeckte sein Blut, hörte seinen Fluch, sah seinen blutigen Finger, doch ließ er nicht ab von ihr.

Erschöpft und resigniert schloss sie die Augen und biss die Zähne zusammen. Jost, eben schwer und unhandlich wie ein Grasbatzen, wurde mit einem Male federleicht. Elsa fühlte sich umspielt von einer Woge, duftend nach heißer Wolle und feuchter Erde.

Sie öffnete die Augen und erkannte, wie Jost am Arm seines Bruders zappelte. Und Jost erkannte, wie sie Daumen, Zeige- und Mittelfinger abspreizte und so auf ihn deutete. Nur einen Herzschlag lang, aber er erkannte es deutlich. Elsa drückte sich ins hohe Gras. Andres schüttelte seinen Bruder am Schlafittchen. „Bist du von allen guten Geistern verlassen?"

„Ich war's nicht!", jaulte Jost an Andres' Arm. „Ich kann nichts dafür! Ehrlich! Sie hat angefangen. … Sie hat mich verhext!"

„Spar dir das für Vater!" Andres schleifte seinen jüngeren Bruder mit sich, als sei er ein Sack Pusteblumen.

„HEXE!"

Das Wort hallte nach. Es traf tief, tat weh und blieb da. Es war das erste Mal, dass einer dies Wort zu ihr sagte.

Lange kauerte Elsa dort. Sie sah zu, wie die Jungen unten auf dem Hof verschwanden. Erst, als sie sicher war, dass niemand sie sehen würde, eilte sie nach Hause. Der Schreck saß tief.

Nach dem nächsten Gottesdienst trat Jost zu ihr, um sich bei ihr zu entschuldigen. Elsa erkannte genau, wie er von seinen Eltern von Ferne beaufsichtigt wurde und sie schämte sich. Mit einem Kopfnicken tat sie es. Dass Jost sich nicht bloßstellen ließ, nicht von seinem Bruder, nicht von seinen Eltern, hätte ihr klar sein müssen.

So kam es, dass Jost bald darauf, der Herbst kündigte sich mit Stürmen und Regenfällen an, um das ohnehin feuchte Jahr zu besiegeln, sich an ihr und seinem Bruder rächte.

9

**Daher tut der Heilige Geist im Papste wohl daran,
dass er in seinen Verfügungen immer den Sterbensfall
und die äußerste Not ausnimmt.**

Elsa wimmerte. Ihr Hintern tat weh. Der Vater war noch nicht fertig mit ihr. Sie versuchte sich an der Wandung der Feuerstelle hochzuziehen. Er trat mit einem wütenden Aufschrei ihre Hand weg, sodass Elsa abermals in der Asche davor landete.

„Eine ganze Pfanne!", röhrte er. „Du hast dem Hinterthur eine ganze Pfanne verdorben!" Mit dem letzten Wort landete sein Riemen abermals auf ihrem Leib. Elsa schrie auf. Sie hörte, wie die Mutter kleinlaut flehte, er möge von dem Kind ablassen, aber Johannes Mälzer war außer sich. Wieder knallte der Lederriemen auf Elsa nieder, dann wirbelte er herum und gab Katharina eine Ohrfeige. Das Klatschen und ihr Keuchen hörte Elsa, den Schmerz im ganzen Körper und die Tränen auf ihrem Gesicht spürte sie.

„Ich hab das nicht gewollt", weinte sie, was sie schon Dutzende Male gesagt hatte, seit der Hinterthur mit Zeter und Mordio bei den Mälzers auf dem Hof aufgetaucht war. „Ich hab es doch nicht gewollt!" Sie schrie auf, weil ihr Vater sie am Schlafittchen packte und sie am Kragen so hochhob, dass seine Faust ihren Kehlkopf abdrückte.

„Du hast es nicht gewollt?“ Er hob Elsas Gesicht vor das seine.

„Lass sie runter, du bringst sie ja zu Tode“, hörte Elsa ihre Mutter. Sie hielt dem wässrigen Blick ihres Vaters stand.

„Das wäre noch das Beste, was ihr widerfahren könnte!“

„Es war ein dummer Kinderstreich, Herr Vater, verzeiht mir“, ächzte Elsa. Abrupt ließ ihr Vater sie fallen. Als sie auf dem Boden aufschlug, knackste ihr rechter Knöchel. Ein stechender Schmerz fuhr hinauf bis in ihr Knie.

Breitbeinig stand Johannes vor ihr und Elsa war seltsam gespannt darauf, was er ihr als Nächstes antun würde. Sie wollte vom Erdboden verschluckt werden oder doch besser gleich sterben. Ihr Vater stemmte die Hände in die Seiten und brüllte, wobei er jedes einzelne Wort betonte: „Kuhscheiße in eine Sudpfanne kippen und dann behaupten, es sei Andres gewesen, ist kein dummer Kinderstreich!“

„Ich dachte, es sei der Reinigungssud. Der Hinterthur kocht die Pfannen immer zum Saubermachen aus. Ich wusste nicht, dass es der richtige Würzesud war!“ Jost hatte behauptet, dass es die Lauge war, die da vor sich hin blubberte. Andres war an diesem Tag für die Pfanne zuständig. Jost hatte Elsa in dem Glauben gelassen, es sei nur das Waschwasser gewesen, das Andres einen Moment unbeaufsichtigt gelassen hatte. Jost war weggerannt, nachdem er die Kuhfladen in die Pfanne gekippt hatte. Und Elsa war so dumm, fasziniert zuzusehen, wie sich die Scheiße im kochenden Wasser auflöste. Den bestialischen Gestank würde sie wohl nie wieder los werden. Wieso Meister Hinterthur plötzlich im Brauhaus auftauchte, obwohl Jost gesagt hatte, sein Vater sei auf dem Feld, begriff sie immer noch nicht. Es war auch einerlei. Sie schämte sich und wollte sich in Luft auflösen.

Elsa konnte tagelang nicht sitzen, humpelte und nachts schlief sie schlecht. Alles tat ihr weh. Die verdorbene Würze hatte der Vater dem Hinterthur bezahlen und sich dafür beim Schultheiß einen Vorschuss geben lassen. Elsa wusste, den Vorschuss würde ihr Vater so lange vor sich hertragen und nicht zurückbezahlen können, bis sie verheiratet werden würde.

Sie sollte sich beim Hinterthur für die verdorbene Pfanne entschuldigen. Das tat sie auch. Sie fing den Meister am Morgen ab, während der die Schweine fütterte, um allein mit ihm zu sprechen. Und weil sie nichts zu verlieren hatte, sagte sie, es sei Josts Idee gewesen. Sie verriet alles, was Jost jemals ausgefressen hatte. Der Braumeister hörte ihr schweigend zu und entließ sie dann.

Sie spielte nie wieder mit Jost. Elsa blieb die meiste Zeit auf dem Mälzer-Hof und lernte, dass ihre Mutter recht gehabt hatte. Die dunkle Jahreszeit brachte mit sich, dass Elsa lange und versonnen in der zerfledderten Bilderbibel blätterte und feststellen musste, dass sie die meisten Buchstaben, die sie einst gelernt hatte, um Jost zu beeindrucken, längst wieder vergessen hatte. Wie töricht sie gewesen war! Das Haus verließ sie nur, um auf die jüngeren Schwestern beim Rodeln ein Auge zu haben. Sie verwünschte Jost. Sie hasste ihn von ganzem Herzen und das tat sehr weh.

Der Winter mit klirrender Kälte kam früh in diesem Schreckensjahr und die Kinder staunten über den zugefrorenen Schöps. Und als habe Elsa das Unglück durch ihren Hass heraufbeschworen, war das Eis ausgerechnet an der Stelle zu schwach, auf der Jost schlitterte.

10

Unklug und übel handeln die Priester, welche Sterbenden kirchliche Buße fürs Fegefeuer vorhalten.

Elsa, durchgefroren und zitternd, weinte den ganzen Nachmittag. Katharina legte dem Mädchen zuweilen die Hand auf den Schopf, Johannes Mälzer predigte, als habe er nie etwas anderes getan. Aber all das machte Jost auch nicht wieder lebendig.

„Es war Gottes Wille", hörte Elsa ihre Mutter in ausgesucht ruhigem Ton sagen. Das Mädchen aber schüttelte schluchzend den Kopf. Sie fühlte sich schuldig, weil sie Jost alles Schlechte an den Hals wünschte, nachdem sie seinetwegen so viel Prügel bezogen hatte. Sie hörte der Mutter kaum zu: „Gott straft seinen Übermut, den Leichtsinn, die Herausforderung." Kopfschütteln seitens des Mädchens. „Gott will nicht herausgefordert werden. Er richtet gerecht, Elsa." Das Mädchen schüttelte nur immer wieder den Kopf, zog den Rotz hoch und schluchzte abermals auf.

„Hauptsache, der Schreck sitzt tief", wusste Johannes Mälzer dazu zu sagen, und: „Hauptsache, es hat den Richtigen getroffen. Es hätte auch der andere sein können. Das wäre ein Verlust gewesen, wo der Andres so still und fromm ist!"

Elsas Gedanken schweiften zurück zum Schöps. Sie erinnerte sich nicht, wie sie nach Hause gelangt war. Mutter hatte sie aus der

Schockstarre rütteln müssen. Vater hatte auf sie eingebrüllt. „Was ist denn los, was ist denn bloß los?!"

Sie hatte das Geschrei der Kinder noch im Ohr und den Geruch von ihrem eigenen Angstschweiß. Sie riefen, Andres solle sich beeilen, solle schneller machen. Und dann, als Jost unter das Eis trieb, war es mit einem Male ganz still am Flussufer geworden. Alle starrten fassungslos auf den Spalt unter dem Eis, unter dem Jost verschwunden war. Die Strömung hatte ihn mitgerissen. Andres blieb regungslos stehen, wo das Eis unter ihm nachgegeben hatte und schaute ins Nichts. Er hatte seinen Bruder nicht packen können.

„Mit dem Fluss ist nicht zu spaßen", erklärte Elsas Vater, als sei das etwas Neues.

„Auf dem Grund des Flusses gibt es keine Querxen und die Seele von Margarete Rieger werdet ihr da auch nicht finden", zischelte die Mutter und reichte dem durchgefrorenen Mädchen einen heißen Kräuteraufguss.

Von diesem Tag an wusste Elsa, dass der Fluss böse war und Böses tat. Vielleicht, so überlegte das Mädchen, war Jost vom Geist der Margarete Rieger in die Tiefen gezogen worden, vielleicht war es auch nur ein Unfall. Er hätte nicht zur Mitte gehen sollen, alle haben ihn gewarnt. Elsas Gemüt war bleischwer. Sie zog sich mit all ihrem Unglück hinter die Feuerstelle zurück.

Die Beileidsbekundungen mussten den Hinterthurs entgegengebracht werden. Also machte sich die ganze Familie auf den Weg entlang des Schwarzbaches und stattete der trauernden Familie einen Besuch ab. Elsa scheute den Blick in die Augen der Hinterthurs. Auf sonderbare Weise schämte sie sich für den Tod des zweitältesten Sohnes. Sie überlegte, dass es wohl nichts Schlimmeres gab, als einen Leichenschmaus ohne Leiche.

Die Hinterthurs hatten ihr Kind im wahrsten Sinne verloren. Der Schöps würde ihn erst mit der Schmelze im Frühjahr freigeben.

Abends vor dem Einschlafen wurde Elsa von den Bildern gequält: Josts aufgedunsener, zerschundener, von Tieren angefressener Körper, angeschwemmt zwischen Löwenzahn und Vergissmeinnicht im Garten einer Bäuerin, die einen Schreck fürs Leben davontragen würde. Das machte es nicht einfacher. Die Bilder hatten sich in ihrem Kopf verhakt und ließen sie nicht los. Elsa wusste nicht, wie weit die Spree floss, in die irgendwo der Schöps mündete. Der Mensch, der irgendwo im Norden den Leichnam finden würde, würde nicht wissen, dass es Jost Hinterthur aus der Parochie Hurke, am Weinberg gelegen, war. Und wen sollten die Hinterthurs beerdigen? Selbst Priester Horn wusste nicht, wie man eine Totenfeier ohne Toten abhielt. Also ließen Orwid und Reinhilde einen Stein meißeln und an die Stelle legen, wo Jost von den Fluten mitgenommen worden war. Der Dorfklatsch übertraf sich in Spekulationen, was die Erlaubnis dafür bei Priester Horn gekostet haben mochte.

Die Dörfler zerrissen sich die Mäuler über den tragischen Unfall des zweiten Hinterthurjungen und rätselten, wer die Brauerei übernehmen sollte. Der Älteste, Andres, taugte wohl kaum dafür und die Mädchen … die waren Mädchen und konnten froh sein, wenn der Orwid sie noch gewinnbringend verheiraten konnte. Man wusste von Arrangements zu berichten, die Orwid mit Reinhildens Verwandtschaft in Görlitz traf. Maria und Johanna waren ihren Vettern versprochen, beides Kaufherren dort. Der Orwid aber, der wurde seltsam. In die Kirche kam er nicht mehr. Die Reinhilde und die Mädchen dafür umso häufiger. Orwid blieb für sich, soff aber auch nicht unbedingt, was nur erklärbar gewesen wäre, schwor im Gegenteil dem Gesöff ab, redete wirr, wenn er sich mit seinem Produkt in den Schänken blicken ließ und wurde sogar vom Priester Horn vorgeladen, weil Orwid geschimpft haben soll, Gott sei tot und solch Lästerhaftes. All so etwas schob man auf Josts Tod.

Zu spät erfuhr Elsa, dass man Andres nach Görlitz geschickt

hatte. Vielleicht hätte sie sich von ihm verabschieden wollen, vielleicht hätte sie ihr Gewissen erleichtern wollen. Vielleicht aber war es besser so, dass er klammheimlich weggegeben worden war.

Angeblich wohnte er bei seinem Ohm und der Muhme mütterlicherseits in der Stadt. Nicht einmal an den höchsten Kirchentagen kam er ins Dorf und bald vergaß man ihn.

Viel später erst erfuhr Elsa, dass Andres die Lateinschule besuchte. Der Hinterthur-Hof wurde von einer Hecke aus Mysterien und Rätseln überwuchert. Sehr still wurde es um die Leute dort. Die Briu war das Einzige, was von dort nach außen drang. Mit jedem weiteren Monat, der ins Land ging, verschwanden die Hinterthurs aus Elsas Bewusstsein.

Einmal noch, das war, als Elsa schon beinah erwachsen und die zunehmende Erkrankung ihrer Mutter wie Gottes Zorn und Strafe auf alles Böse, das die Mälzers je getan hatten, voranschritt, machte der Hinterthur-Hof von sich reden. Das war, als Meister Orwid verstarb. Niemand hatte mitbekommen, dass er krank gewesen war. Einige behaupteten, der Blitz habe ihn plötzlich getroffen. Und Elsa erinnerte sich an den Fluch, den sie ihm vor Jahren an den Hals gewünscht hatte. Jedenfalls war er weg, tot und bestenfalls begraben. Reinhilde verkaufte den Hof an das Rittergut Gerßdorff und ging zu den Töchtern Johanna und Maria nach Görlitz.

Elsas Vater sollte Orwid ein Jahr später folgen. Es war ein Husten in einem viel zu langen, nassen Herbst gewesen, den Johannes nicht überlebte. Katharina hatte in der Parochie keine Hilfe zu erwarten. Sie verlor den verschuldeten Hof. Das Briuwerrecht behielt sie. Damit konnte sie ohne Hof und Ehemann jedoch nichts anfangen.

Es war eine Fügung, als in jener Zeit, welche Katharina und die Mädchen an den Bettelstab gebracht hatte, Reinhilde Hinterthur auftauchte, um den Stein vom Schöpsufer entfernen zu lassen. Wovon auch immer sich Reinhilde Hinterthur, die wieder geheiratet hatte und jetzt Tylike hieß, reinwaschen wollte, Elsa würde den Tag verfluchen, an dem ihre Mutter Reinhildes Angebot angenommen hatte und ein gesichertes Auskommen in Görlitz der Parochie vorzog.

Und weiter:

wird im zwoten Teyl erzeleth, wie es sich zugethragen vom
Nebelung anno 1517 bis Sommer anno 1518

sowohl in der Schwesterstatt Görlitz,
Handelspunkt und Teyl des Sechsstettebundes,
als auch in dem Stettchen Wittenberg

—

11

Dieses Unkraut, kanonische Strafen in Fegefeuerstrafen zu verwandeln, scheint gesät zu sein, als die Bischöfe schliefen.

Sie hatte nicht schnell genug das Türblatt in den Rahmen gezogen. Sie hatte gerade noch gesehen, wie der junge und der alte Tylike die Dachluke hinter sich und dem vermutlich Toten in den Boden senkten. Sie erkannte die Kleidung des mittig zwischen ihnen Schwebenden mit der Lampe auf der Brust: Pluderhosen von besserem Tuch, Entenschnabelschuhe aus vielleicht gelb gefärbtem Leder – so genau konnte es das Mädchen im Halbdunkel des Flackerlichts auch wieder nicht erkennen – und einen samtenen Koller mit blauem Schimmer. Dies alles verriet eine vornehme Herkunft des Mannes, dessen Kopf zwischen den Schultern baumelte. Man hatte ihm die Kappe auf Hals und Kinn gelegt. So konnte das Mädchen sein Gesicht nicht sehen. Die Schaube, also der Umhang, streifte den Boden und wischte eine Spur in den Staub. Das Binsenlicht wankte bedächtig.

Dies alles hatte die zweite Magd der Tylikes gerade erkannt, da war der Meister auf sie aufmerksam geworden. Er ließ die Beine des Leblosen auf die Dielen hinab. Mit zwei Schritten war er an der Tür. Er zerrte an ihr. Das Mädchen wollte das Brett nicht hergeben und musste doch. Tylike verengte die Augen gegen die

Funzel in seiner Hand, um die heimliche Späherin besser sehen zu können. Seine fahlen Hamsterbacken warfen sich auf. Die feucht glänzenden Lippen verbreiterten sich zu einer Grimasse. Solch ein Gesicht vermutete man bei einem, der seine Notdurft, wenn überhaupt, so doch zumindest unter Schmerzen verrichtete. Der Reinhilde schwachsinniger Vetter war an verstockter Notdurft gestorben. So sagte man. Kein schöner Tod. Warum nur musste das Mädchen in Anbetracht Niklas Tylikes verschrobener Miene an die Verstopfungen des Blöden denken?

„DU!"

Das Mädchen zuckte zusammen und senkte die Lider. Die Flackerbinse spielte mit den Mäusekrümeln auf dem Boden. Tylike spitzte in die Kammer. Peternelle gab vor zu schlafen.

„Scher dich ins Bett, Els!" Beim Schnauzen zu flüstern, nahm einem breiten Mann wie dem Tylike das Furchteinflößende. Normalerweise. Aber Elsa hatte trotzdem immer Angst vor ihm.

„Ich bitte Euch, vergebt mir gnädiglich."

Der rechte Nasenflügel des Briuwers zitterte. Die Verzückung, um *gnädigliche* Vergebung gebeten worden zu sein, war groß. „Ein Wort, zu irgendwem, Mädchen, und du …" Mit dem Zeigefinger fuhr er sich langsam über die schwammige Kehle. „Kein Wort!"

Elsa nickte rasch.

Allgemeinhin war Tylike bekannt als Baron vom Bierfass und Anhänger ausschweifender Gaumenfreuden. Er hatte kaum für seine eigene Leibesbürde genug Puste, um eine Treppe hinaufzusteigen, geschweige denn einen Mann zu tragen. Tylikes Sohn Gunnar aalte sich im Glanz seines Vaters und dem achtmaligen Briuwerhof. Acht Mal im Jahr Bier machen zu dürfen, privilegierte Niklas Tylike, einen Stuhl im Rat zu besetzen. Doch machte Tylike kein Geheimnis daraus, das neunmalige Briuwerrecht anzustreben, und erst, wenn man es ihm gewährte, wollte er der Stadt die Ehre seiner Schöppenschaft zuteilwerden lassen. Große Vorhaben, wusste jeder.

Des Brauers Kopf ruckte und er blickte über seine Schulter. Einen Moment lang starrten Elsa und er gleichermaßen zu Gunnar und dem Leblosen. Gunnar reckte sich, um gerader und prächtiger zu wirken. Der ahnte nicht, dass halb Görlitz sich über ihn lustig machte. Armer Gunnar, armer Narr. Und selbst, wenn er nicht nach vergorener Gerste und Hopfen und den Brauereipferden riechen würde, könnte Elsa nichts an ihm finden.

Der Meister drückte die Tür in den Rahmen.

Sie stand wie gebannt im Dunkel und lauschte den schlurfenden Schritten, die sich mit dem Ächzen der beiden Träger vermischten und nicht die Geräusche einer fetten Ratte waren. Ihre Fantasie reichte so weit, beim Schlagen der gegenüberliegenden Korridortür und dem Schleifen über den Gang, sich den alten und den jungen Tylike vorzustellen, wie sie den leblosen Körper dorthin brachten, wo eine weitere, abgelegenere Kammer war. Elsa selbst meinte, dort, wie in jedem Winkel hier oben, Gerümpel gesehen zu haben. Sie konnte Niklas Tylike fluchen hören wegen eines Rumpelns, wie, wenn man sich den Fuß an einer Schwelle oder den Ellbogen, dort, wo es am meisten wehtut, an der Türkante stößt.

Sie hörte Türen klappen, Sohlen auf den Dielen schaben, Schlurfen, gedämpfte Befehle des Älteren an den Jüngeren und abermals Schritte nahen, beobachtete das aufgeregte Binsenlicht, wie es unterhalb des Türspaltes hin zur Dachluke wanderte. Das Öffnen derselben, Schritte, die nach unten zur Schwarzen Küche stiegen.

„Peternelle!" Doch die rührte sich nicht.

Elsa stand noch einen Moment hinter der Tür, horchte und hörte bald nichts als ihren eigenen Herzschlag, hörte Peternelles gleichmäßigen Atem. Sie war, im Vorwand zu schlafen, eingenickt. Elsa lauschte tiefer in die Nacht und meinte nach einer Weile, die fette Ratte wieder zu hören. Die fette Ratte und ihr Scharren: schnüffelnd auf der Suche nach einem Happen. Hier oben aber gab es nichts als Mäusedreck, Staub, den muffigen Strohsack und Peternelles Atem und … Elsa hielt die Luft an … Ein Stöhnen gab es hier.

Vorsichtig öffnete sie abermals die Kammertür. Gebannt starrte sie in die Dunkelheit. Das Stöhnen von eben hatte sie sich nicht eingebildet, aber vielleicht war es auch nur ein verzerrtes Geräusch von der Gasse her gewesen. Der Ausschank hatte längst geschlossen. Das wusste sie genau, denn sie selbst hatte den Fichtenzweig hereingeholt, das Tor verriegelt und den Balken davor gehängt. Vielleicht irrten der Gunnar und der Brauermeister noch im Haus herum? Manchmal hörte Elsa sogar Geräusche aus dem Pferdstall bis hier herauf, obwohl der Pferdestall über den Hof ging. Und da, plötzlich war es wieder: dieses Keuchen. Ein schweres Atmen vielleicht. Elsas Augen taxierten die rabenschwarze Wand und starrten in die Richtung, wo sich die andere Dachkammer hinter zwei Türen, getrennt von einem schmalen Korridor, befand.

Zögerlich tastete sie mit der Hand nach der Holzkiste, die ihr und Peternelle als Kleidertruhe und Tischchen gleichermaßen diente, und angelte nach den beiden Feuersteinen. Ein gelungener Streich und der Funke sprang in das Knäuel von Zunder, mit dem sie die Binse in der Drahthalterung entfachte. Peternelle lag mit dem Gesicht in Richtung des Fachwerks. Sie bekam vom flackernden Lichtschein nichts mit. Elsa verließ die Mägdekammer und begab sich, so leise es ihre Holzpantinen erlaubten, auf die andere Seite des Dachbodenflures. Die erste Tür öffnete und schloss sich geräuschlos. Auch sonst war es ruhig hier oben. Nur das Wimmern des Nebelungwindes war zu hören. Ihr war so, als vernahm sie den Geruch von Metall.

Der Riegel war nur vorgeschoben, nicht aber mit einem Schloss versehen worden. Die Scharniere knarzten widerwillig, während die Tür von dem Mädchen aufgezogen wurde. Der metallische Geruch wurde intensiver und vermischte sich mit dem Geruch frischer Wunden und geronnenen Blutes. Das kleine Licht erhellte die Angelegenheit nicht wesentlich. Elsa konnte zwei Schritte tief in die Kammer sehen und da war nichts als schmutzige Dielen. Den Mann, den Gunnar und Niklas heraufgetragen hatten, erkannte sie kaum, nicht einmal schemenhaft. Mit dem Röcheln, das der Fremde hören ließ, stolperte ihr Herz erschrocken. Elsa hatte Tylikens Warnung und Verbot noch im Ohr, andererseits war es ihre Christenpflicht, nach dem Mann zu sehen. Ganz offenbar ging es ihm gar nicht gut. Elsa wog ab, überlegte verzweifelt, was sie tun konnte, was sie tun durfte und was nicht und wagte schließlich, das Binsenlicht voranwandern zu lassen.

Die Kammer war so klein wie die, die sich die Mägde auf der anderen Giebelseite teilten. Das Haus war von der Neißgasse aus traufständig zu sehen, machte aber einen Knick wie ein liegendes L in den Hof, sodass, anders als die Mägdekammer, die ans nächste Wohnhaus angrenzte, diese hintere Dachkammer ein Giebelfenster aufwies. Dem Luxus zum Überfluss verhalf das klobige Bettgestell und die darauf befindliche, mit Stroh gefüllte Matte. Dort lag der Mensch, nein, seine Hülle, nein, der Rest dessen, was einmal die Hülle einer Menschenseele gewesen sein mochte. Elsa hob die Binse so weit, damit sie das, was einst ein menschliches Antlitz gewesen war, besser sehen konnte. „Oh Herz Jesu und Heilige Jungfrau Maria!“ Sie schlug das Kreuzzeichen und ging vor dem Bett in die Hocke wie vor einer Reliquie, die sie nach langer Wallfahrt endlich erreicht hatte. Den Binsenhalter stellte sie auf den Boden neben sich.

Das Gesicht des Mannes war eine rot in rot verquollene Gebirgslandschaft. Dort, wo die Augen saßen, sah Elsa jetzt zwei walnussgroße rot-violette Schwellungen. Die Nase ragte kaum merklich aus den verkrusteten Wölbungen der Wangenknochen hervor, hier prangten Platzwunden, genauso wie an den Lippen und den Augenbrauen.

Elsa wusste, sie durfte hier nicht verweilen, aber ihr ungläubiger Blick wanderte an der armen, zerschundenen Gestalt entlang. Das Haar des Mannes schimmerte im Schein der Binse rötlich und klebte in langen Strähnen an der Blutkruste des Gesichtes. Zumindest die Fülle des Haares wies auf das jugendliche Alter des Mannes hin. Die Kleidung trog auch von Nahem besehen nicht. Und die Blut- und Schmutzflecken täuschten nicht darüber hinweg, dass der junge Mann aus gutem Hause kam: Feinster

Sammet, aufwendige Stickereien und teurer Atlas harmonierten miteinander und hoben sich schwach, kaum merklich unter seinen flachen Atemzügen.

Elsas Blick glitt zu seinen Händen. Schlanke, aber kräftige Hände, Hände, die wohl üblicherweise gepflegt waren und selten fest anpackten. Nicht die Hände eines Stallknechtes oder Brauereilehrlings. Gunnar hatte immer Schwielen an den schmalen Händen mit Spinnenfingern. Wenn er etwas falsch machte, hörte man Meister Tylike gern schimpfen, er besäße nicht die Hände eines Brauers, sondern die eines Minnesängers.

Diese Hände hier waren jedoch kräftig, wenn auch schmutzig jetzt, und die Knöchel waren verschorft. Anzunehmen blieb, dass dieser Mann genauso viel ausgeteilt wie eingesteckt hatte. Aber was es auch immer war, so überlegte Elsa, kann kein Mensch der ganzen Erdscheibe so viel Schlechtes tun, um solche Prügel verdient zu haben.

Sie erhob sich und ihr Blick streifte ein Bündel, das am Fuße der Bettstatt lag. Der Koller lag zuunterst, ein Reisesäckchen darauf. Die seltsam lang geformten Schuhe standen auf dem Boden.

„Herrimhimmel“, kam es vom Mann auf dem Bett und Elsa wich mitsamt ihrem Binsenlicht zurück. „Wer bist du?“ Er rührte sich nicht, als er das stöhnte. Nicht einmal seine Lippen bewegten sich merklich. „Wo bin ich?“ Er versuchte nicht einmal, die zugeschwollenen Augen zu öffnen oder den Kopf zur Seite zu drehen und in ihre Richtung zu wenden. „Ignatius? … Matthes?“ Erschöpfte Worte. Die junge Frau kannte niemanden mit diesen Namen.

Elsa, deren Herz jetzt wie vorhin entsetzlich pochte vor Aufregung, ging rückwärts aus der Kammer und überließ den Fremden der Dunkelheit. Aber in den Schlaf fand sie nicht wieder. So müde ihr Körper war, so wach waren ihre Sinne. Das Leid, das dem Fremden widerfahren war, ließ sie nicht los.

12

Ehedem wurden die kanonischen Strafen nicht nach, sondern vor der Lossprechung auferlegt, gewissermaßen als Prüfstein der echten Reue.

Christian Vollhardt streckte seine Beine aus, damit er es bequemer hatte, das Mädchen zu betrachten. Sie musterte ihn nicht weniger, als er sie. Er wusste seit jeher sein vorteilhaftes Äußeres, seine große, schlanke Gestalt und sein helles Haar bei den Mädchen in die Waagschale zu werfen. Dass er gut aussehend war, hatte er früh begriffen und er wusste, dass weder seine Herkunft, noch sein Berufsstand ihm die vortreffliche Partie eingebracht und ihm zu bescheidenem Wohlstand verholfen hatte. Nun war seine Gemahlin aber längst bei den Seligen und was sie ihm an Geldmitteln vermacht hatte, war so gut wie aufgebraucht. Blieben ihm noch das Haus und ein paar bewegliche Güter, die er anzutasten noch nicht betrunken genug gewesen war. Seine Ehe war nicht von großen Gefühlen geprägt gewesen. Die Kinder, die sie ihm geschenkt hatte, waren allesamt nach wenigen Tagen gestorben. Bis das letzte sie mit sich genommen hatte. Aber das Andenken an sie bewahrte er so, wie sie es als rechtschaffene, brave Bürgerin verdient hatte. Ihr Ableben im Kindbett war Fluch und Segen gewesen. Das Trauerjahr war vorbei und Christians Bedürfnisse waren lebendig wie ehedem.

Die meisten Mädchen, die er zu sich einlud, waren verzagt. Mit den meisten war nichts anzufangen. Diese hier jedoch bewegte sich, kaum dass sie das Stadthaus des Schwertfegers betreten hatte, zielsicher und selbstbewusst durch die Räumlichkeiten, wie es nicht einmal Vollhardts Haushälterin tat. Das Mädchen stellte sich an den Tisch, auf dem eine Karaffe mit Erlesenem stand. Christian Vollhardt war weder reich noch adelig, aber wenn es um sein kleines Vergnügen ging, sparte er sich den edlen Tropfen gern vom täglich Brot ab. Er war betucht des Erbes halber, aber er wusste, er würde gut haushalten müssen, wollte er seinen angeheirateten Wohlstand noch eine Weile genießen. Christian Vollhardt war kein Kaufherr. Er verstand es nicht, seine finanziellen Mittel zu vermehren, aber er verstand es, genau das vorzugeben. In den Augen der Mädchen war er wohlhabend und allein darum ging es ihm. Das Bürgerrecht hatte er sich schon vor seiner Heirat erkauft und vielleicht war ihm das zu Kopfe gestiegen. Er war immerhin Mitglied des Städtischen Rates, auch wenn er seines seligen, längst verstorbenen Schwiegervaters wegen und der Quote wegen im Rat saß und man auf seinen Ratschlag keinen Wert legte.

„Wollen wir dann anfangen?“, fragte das Mädchen, nachdem es sich eingeschenkt hatte. Vollhardt wies in die Richtung, wo sich das Heimlichste befand. Das Mädchen ging voraus, nicht ohne die Karaffe mit sich zu nehmen. Ihr blondes Haar endete in verspielten Löckchen, die mit jedem Schritt auf ihren Hüften tanzten. „Zwei Heller und nicht ganz“, sagte sie und Vollhardt wusste, was sie meinte. Er hatte bislang jedes seiner Mädchen zum ganz Äußersten und zum vollendeten Genuss gebracht. Das brauchte seine Zeit.

Er wies sie an, sich langsam zu entkleiden. Um nicht einen Moment dieses Aktes zu versäumen, platzierte er sich auf das breite, von Atlassen bedeckte Bett. Die Schabracken um den Bettkasten, Vorhänge und Teppiche waren allesamt Erbstücke seines verstorbenen Weibes, ebenso die Gemälde derer, die Christian nicht kannte, und das böhmische Kristall natürlich.

„Nicht so schnell", murmelte er in sein Weinglas und das Mädchen hielt inne, die Fibeln vom Überkleid zu lösen. Das hölzerne Schuhwerk und die vielfach gestopften, wollenen Strümpfe hatte sie abgestreift, auch der Überwurf war längst zu Boden gegangen. Langsam fädelte sie die Schnüre des tief ausgeschnittenen Überkleides auf. Es war ein schlichtes Gewand mit an den Schultern befestigten, weiten Ärmeln, das das Mädchen jetzt vom Körper gleiten ließ. Er übersah geflissentlich die Schmutzflecken an gewissen Stellen des Unterkleides. Er würde ihr für ihre Treffen die Kleider seiner Verflossenen zur Verfügung stellen, damit der Moment des Entkleidens perfekt würde. Auch hatte es einen besonderen Reiz, die Ärmel selbst vom Schulterstück zu nesteln. Fürs Erste diente diese Schau der Güteprüfung. Seine Wahl bestätigte sich als qualitätvoll.

Die Rundungen blieben auch nach dem Entkleiden genau dort, wofür das geschnürte Kleid geworben hatte. Festes Fleisch. Er nickte zufrieden und versenkte den Blick ins Weinglas. Sie entschied, was weiter geschah. So schaffte er es, sie irgendwann ins Bett zu bekommen. Er bezahlte nicht so gut, dass sie sich bereitwillig und voll und ganz hergeben würde. Das brauchte Zeit, wie gesagt. Unter den gesenkten Wimpernkranz hindurch sah er, wie sie abwartend neben ihm lag, nackt und unschlüssig. Auf die Seite gedreht, begann sie, seinen Hosenlatz aufzuknöpfen, nahm ihm sein Weinglas ab und machte, dass ihm das Blut heiß durch die Adern schoss. Sie fesselte seinen Blick und er ließ sich keuchend in die Kissen zurückfallen. Es war viel zu schnell vorüber, weil er seit Wochen kein Mädchen mehr gehabt hatte. Keine der Dirnen vom Hotertor hatte ihm gefallen. Die Jüngeren waren dreckig, verlaust, verfloht und überteuert. Die Älteren waren nicht nur schmutzig und von Ungeziefer besiedelt, sondern obendrein auch noch zahnlos und verfilzt, sodass man nicht wusste, wie der Weg hineingefunden werden sollte. Sie waren in ihrer Verzweiflung so billig, dass selbst Christian skeptisch geworden war. Nein, er wollte eine frische, die nur ihm zu Diensten war und sonst keinem. Sie war ja keine Dirne. Das hatte er klargestellt, als sie aufgetaucht war. Ja, Christians Mädchen kamen freiwillig zu ihm.

Lange bevor er sie angesprochen hatte, hatte er sie beobachtet: Auf dem Markt, beim Waschhaus, war er ihr bis zu ihrer Behausung gefolgt und hatte sich ihrer Armseligkeit vergewissert. In ihren Bemühungen, ein rechtschaffenes Leben zu führen, war ihm ihre Verzweiflung aufgefallen und der schmale Grad zwischen Recht und Unrecht, den sie täglich beschritt. Er hatte sie beobachtet, wie sie in der Fleischergasse ein etwa faustgroßes Stück von der Fleischbank geschnappt hatte. Sie war nicht hastig davongelaufen, sondern hatte die Fleischersfrau sogar noch in ein Gespräch verwickelt. Das hatte Christian beeindruckt. Auch, dass sie nach dem Diebstahl nicht gleich nach Hause, sondern erst einmal in die Kirche zum Beichten gegangen war. Ein schmaler Grad eben.

Als es kälter wurde, sie für Almosen auf dem Markt herumstrolchte und mit den Benediktinermönchen um den besten Betelplatz stritt, hatte er sie angesprochen. Ob sie sich nicht bei ihm und einem Glas Wein aufwärmen wolle. Ein unverfängliches Angebot mit unmoralischem Hintergedanken. Das sah ein Blinder mit Krückstock.

Sie hatte ihn angeblafft, so eine sei sie nicht und sie würde ihn melden, wenn er sie noch einmal belästigte. Er hatte sein verführerischstes Lächeln gezeigt, sich entschuldigt und ihr gesagt, wo er wohne, falls sie es sich anders überlegen würde. Sein Angebot gelte uneingeschränkt, hatte er ihr zugeraunt, dann hatte er abgewartet. Als der erste Frost schon ein paar Nächte anhielt, hatte es an seiner Tür geklopft. „Ich bin keine Hure“, hatte sie zur Begrüßung gesagt. Sie erwiderte sein Lächeln, vorsichtig zwar, aber untrüglich. Dann nannte sie ihren Preis. Es hatte ihn überrascht, dass sie sich unter Wert verkaufte, oder vielleicht kannte sie die gängige Währung dieser Stadt nicht. Das hatte er ihr freilich nicht gesagt. Sie würde schon selbst dahinterkommen.

„Gut“, murmelte er, nachdem es vorüber war, wischte sich den Schweiß aus der Stirn und rieb seine Augen. Zuerst schälte sie sich aus dem Bett, wobei er sie beobachtete, wie sie sich in ihr Kleid schnürte. Dann rappelte er sich auf. Ächzend zog er seine Hose hoch. In der Kleidertruhe wühlte er nicht lange. „Hier", förderte er ein blaues Überkleid zutage. „Das trägst du das nächste Mal."

Das Mädchen beäugte das Stück Tuch in seiner Hand. „Von Eurer Verflossenen?"

Christians Zeigefinger schnellte vor. „Niemals erwähnst du mein verstorbenes Weib. Klar?"

Sie nickte und deutete auf das Stück: „Ich darf diese Farben nicht tragen. Ich bin keine Bürgerin."

Er nickte. „Zieh es unters Cape. Es wird schon niemand darauf achten."

Sie nickte abermals und nahm auch das blütenweiße Unterkleid entgegen, das er aus den Tiefen der Truhe barg. Sie vereinbarten einen festen Abend in der Woche, an dem er sie sehen wollte. Mehr als einmal wöchentlich konnte er sich nicht leisten. Das gestand er ihr freilich nicht. „Mehr Zeit hab ich nicht", sagte er stattdessen, schob ein keckes Augenzwinkern hinterher, das dem Mädchen bedeuten sollte, dass er die übrigen Abende der Woche für verschiedene andere Vergnügungen reservierte. Und ganz gelogen war es ja auch nicht. Ein, zwei Mal traf er sich mit Kumpanen auf ein Bier im Ausschank, der eben an der Reihe war und Brautag hielt.

Nach einer wohligen Nacht kam Christian am folgenden Morgen der Einladung des ehrenwerten Hohen Rates nach und fand sich in der Ratsstube ein. Es war nicht weit von seinem Haus hinter dem Kloster bis zum Rathaus am Ring. Aber auch ein paar Schritte genügten, um sich an den Fäkalien zu beschmutzen, dem ganzen Dreck und Matsch, dem Gemüll in den engen Gassen, wo so große Unreinlichkeit herrschte. So war Christians schön bestickte Schaube schon nach wenigen Schritten besudelt, die Entenschnabelschuhe aus feinstem Leder durchweicht. Doch alle Scheiße dieser Welt hätte seine gute Laune nicht trüben können. Nicht einmal die langen Gesichter der Ratsherren.

Die besprachen sich bereits, da war die Versammlung noch nicht einmal durch den Bürgermeister eröffnet worden. Neben dem Bürgermeister Schwartze fanden sich die Räte und die Ältesten, ferner die Innungsvorstände und solche wie er, Christian, die Gassenrichter und Handwerker, die in ihrem Viertel nach dem Rechten sahen. Die elf Ratsmannen und sieben Schöppen tauschten die Ratsämter per Kooptation.

Christians Platz war hinten, nahe der Hallentür. Es war noch nicht lange her, da war neben den Brauern auch den Handwerkern genehmigt worden, den Rat zu besetzen, des Scheins wegen. Das Mitsprechen war aber eine andere Sache.

Das Sonderbare an der heutigen Sitzung war, dass auch die Kirche vertreten war. So bot der Pleban Martin Faber zur Rechten des Bürgermeisters eine von Sorgen tief gefurchte Miene, während er auf den Schwartze einredete und der wiederum seine Stirn in Falten legte. Faber war ein sonderbarer Kauz mit ganz eigenen klerikalen Vorstellungen und wartete immer wieder mit Überraschungen auf.

Bald hatte Christian dem Raunen der Menge entnommen, was den Rat der Stadt so in Aufruhr versetzte. Drei waren geächtet worden, keiner von ihnen auffindbar. Soweit die Kurzfassung. Christian wusste, er hatte eine gute Stunde Müßiggang vor sich, um an das Mädchen zu denken, mit dem er sich vergnügt hatte, während hier über die Suche nach den Geächteten verhandelt wurde. Zwei Männer und eine Frau, so hieß es, waren umtriebig geworden. Zumindest derer zwei Namen waren nicht unbekannt. Es handelte sich zum einen um den Stiefsohn des Braumeisters Tylike, dem Andres Hinterthur, zum anderen um des Druckermeister Weidners Erstgeborenen Matthes. Ein dritter Name allerdings war selbst den städtischen Lästermäulern unbekannt: Carolina Müllerin. Keine Tochter der Stadt Görlitz, sondern – wie es Schwartze versicherte – aus dem Anhaltischen stammend.

Diesen Dreien wurde zur Last gelegt, die ketzerischen Schriften eines gewissen Doktor Martin Luther verbreitet zu haben.

„Nie gehört", maulte der neben Christian sitzende und auf einem Strohhalm herumkauende Scharfrichter Alfons Sieder. Sein Geruch ging ihm voraus, denn sein Metier war nicht nur das Richten, sondern die Entsorgung der Kleidung der Toten und der Tierkadaver sowie die Häutung derselben, was dem Hoter, Häuter, den unschönen Beinamen verpasst hatte. Alfons Sieder hatte allemal Christians Respekt gepachtet, denn war nicht auch die Hygiene der Mädchen vom Hotertor des Hoters Aufgabe? Der schaute nicht Christian oder seinen Nachbarn zur anderen Seite an, sondern beobachtete die selbstherrlichen Herren vorn an der Tafel. „Zeitverschwendung." Er spuckte den Strohhalm zu Boden.

„Du ziehst es sicher vor, einen Dieb vor den Toren der Stadt zu hängen, als hier herumzusitzen", versuchte es Christian mit einem Scherz, wurde aber von Sieder mit einem überdrüssigen Blick bedacht. Der Scharfrichter hatte kein Stimmrecht und keinen wirklichen Ratssitz hier. Ihn zu den Versammlungen einzuladen, ersparte den Gang in die Büttelei und das Wiederkäuen aller Beschlüsse. Die Büttelei lag nicht weit entfernt von Christians Haus, doch ein nachbarschaftliches Verhältnis war mit dem Hoter schwer herzustellen. Da war das Verhältnis zu den Ratten und Mäusen wärmer als zum Henker!

Weil Pleban Faber laut wurde, widmete sich Christian dem Schaustück da vorn. Faber echauffierte sich, er dulde auf keinen Fall die Verbreitung solcher Blasphemie in seinem feinen Städtchen. „Luthers Worte sind wie Gift!", regte er sich auf, sodass er ein ganz rotes Gesicht bekam. „Und er vergiftet so viele. Die Jüngeren sind besonders gefährdet."

„Aber ist die Reichsacht nicht ein bisschen zu hart ...?", mischte sich Bürgermeister Schwartze ein und erntete entschiedenen Widerspruch von Johannes Haß. Er war Schrift- und eigentlicher Wortführer in der Runde.

Haß erhob den Zeigefinger. „Wenn einer die Kurie und die römische Kirche anschwärzt, gehört er gehängt!" Johannes Haß, Protonotarius aus Passion, suchte den Schulterschluss mit Scharfrichter Sieder. Und Christian sah aus dem Augenwinkel, wie jener geflissentlich, nicht aber eifrig, nickte.

„Nein! Zuerst die Zunge raus, die Luthers falsche Reden verbreiten, danach die Hände ab, die seine Schriften vervielfältigen und dann erst erhängt gehören die Drei!“, redete sich der Pleban in Rage und Sieder nickte auch dazu.

Als man das Kopfgeld auf Andres Hinterthur, Matthes Weidner und Carolina Müllerin aussetzte, ging ein Raunen durch die Menge. Zwei Gulden war eine Summe, die auch Christian gut gebrauchen konnte.

Dem Bürgermeister Schwartze vertrauten die Leute. Er hatte schon Schlimmeres durchgemacht, denn er war schon Ratsmann gewesen, als im Jahre des Herrn 1496 die Pest gewütet hatte. Er war es gewesen, der wusste, wie wandelbar der Tod und wie umtriebig das Sterben sein konnte. Aber anders als damals, da die Ratskür ausgefallen war, aus Angst vor jedem Atemzuge, mit dem man sich würde anstecken können, war jetzt die Streiteslust ungebrochen.

Ein Geächteter war immer eine angenehme Abwechslung, über die es sich zu sprechen lohnte. Seuchen gab es ja alle paar Jahre, aber Geächtete, die es wagten, vom einen in das andere Königreich zu fliehen? So wurde die Frage erörtert, unter welchem Gesetz die Drei jetzt eigentlich stünden und wie mit ihnen verfahren werden sollte, wenn man sie endlich gefasst haben würde? Darüber geriet man in Streit, dessen Ausgang Christian nicht nachvollzog.

Noch am selben Morgen wurde die Stadt auf dem Reißbrett in acht Winkel aufgeteilt und die Stadtbüttel ausgesandt, jedes Haus, jeden Stock, jede Grube, jeden Stall nach den drei Delinquenten zu durchsuchen. Christian, kraft seines Amtes als Gassenrichter, führte einen der Trupps an, die sich durch das südwestliche Tortenstück fraßen.

Hier inspizierten sie als Erstes das Haus des Druckermeisters Weidner, dessen Werkstatt sich nahe der doppelten Stadtmauer, dem Zwinger, in der Nikolaigasse befand. Meister Ignatius Weidner war insofern kooperativ, als dass er sich nicht den Stadtdienern in den Weg stellte, sondern sie lediglich als Ränkeschmiede und der Bürgerschaft untreu beschimpfte. Er behinderte also die Büttel zumindest nicht bei der Hausdurchsuchung. Der Druckermeister hatte neben seinem Erstgeborenen, dem Ketzer Matthes, noch zwei Töchter, die aber längst vermählt waren. Susanna, die älteste, bewohnte mit ihrem Mann und der Kinderschar die Dachstuben. Die andere Tochter war auswärts verheiratet worden.

Die stinkende Druckerei in den Kellergewölben bot nicht einmal einer Maus eine Ritze, einen Kasten oder eine Truhe, um sich zu verstecken. Im Gewölbelabyrinth befanden sich die Druckpressen und die Schränke mit den breiten Schubladen. Christian musterte die an Leinen aufgehängten Blätter mit den sauberen Reihen schwarzer Buchstaben. Er war bislang auch ohne sie durchs Leben gekommen.

„Hier ist kein Versteck für den Ketzer", rief er, nachdem er alle Kellerräume durchstöbert, alle Schränke, die nur halbwegs einen erwachsenen Mann würden verbergen können, geöffnet hatte, und wandte sich zum Druckermeister um. Dem war die Puste ausgegangen, jetzt stand er mit puterrotem Gesicht und zu Fäusten geballten Händen da und taxierte den Gassenmeister. „Euch dürfte klar sein, was mit Euch passiert, wenn sich herausstellen sollte, dass Ihr Eurem Sohn Unterschlupf gewährt." Christian hatte sich vor dem untersetzten Drucker aufgebaut. Dessen Angstschweiß war hinter der versteinerten Miene trotzdem zu riechen. Er erwiderte nichts. „Ihr werdet allesamt gehängt: der Matthes, Ihr, Euer Weib, Eure Tochter und deren Mann, Eure Kindeskinder. Alle, die unter diesem Dach hausen." Noch einen Moment lang kostete Christian seine Macht aus. Ein überraschendes, ein gutes Gefühl, die Regungen seines Gegenübers lenken zu können.

„Hier ist er nicht", stieß Meister Weidner aus, „und er wird sich hüten, hier aufzutauchen. So dumm ist er nicht. Im Gegenteil, er ist sehr schlau. Mein Sohn ist überaus gebil…" Am Weitersprechen hinderte ihn Christians Faust, die er dem Älteren in die Magengrube rammte. Er sah zu, wie Weidner sich, nach Luft japsend, aufrichtete, aber an ihm vorbeiblickte. „Was glaubst du, wer du bist, Bürschchen", knurrte der Weidner und seine hellen, blutunterlaufenen Augen fanden jetzt Christians Blick.

„Der Gassenrichter", zuckte jener mit den Achseln. „Und Ratsmitglied."

Der Weidner spuckte vor Christians Füße und der musste sich zusammenreißen, seine Fäuste nicht abermals spielen zu lassen. „Du bist kein Ratsmitglied", grollte der Alte. „Du bist deren Lakai, ein Bückling, sonst nichts. Fällst weder Entscheidungen, noch wirst du um deine Meinung gefragt. Sie schicken dich los, wenn es was Schmutziges zu erledigen gibt. Zu was anderem brauchen die dich nicht."

„Halt's Maul", verlor Christian den Kampf gegen seine Vernunftstimme. Er packte Weidner am Kragen und drückte ihn gegen die Felssteinwand des Gewölbes. Die Binse in der Halterung neben seinem Gesicht flackerte nervös. „Halt einfach die Klappe, hörst du?" Er forschte im Gesicht des anderen, das keine Regung zeigte, und ließ Weidner los. In Christians Mund floss Speichel zusammen, sein Herz schlug erregt. So weit war er noch nie mit einem Unruhestifter gegangen. Es bereitete ihm Vergnügen, auszuspielen, was Weidner nicht hatte: Jugend, Kraft, Schönheit, Aufstiegsmöglichkeiten.

„Dein Vater, Gott sei ihm gnädig, der würde sich im Grab umdrehen, Bengel!", raunte Weidner, scheute aber den Blick ins Gesicht des Jüngeren.

Christian, Zeit seines Lebens mit seinem Vater uneins, spuckte am Weidner vorbei an die Wand. Er wusste, dass sein Vater, der Schmied, seinerzeit mit dem Druckermeister gut bekannt war, aber sein Vater war tot und hatte gar nichts mehr zu melden.

Sollte der Druckermeister doch in seinem Gewölbe vermodern! Christian wandte sich ab und ging, zwei Stufen auf einmal nehmend, wieder hinauf.

13

Die Sterbenden werden von alledem gelöst und sind für die Bußsatzungen bereits gestorben, haben somit Kraft derselben Befreiung erlangt.

Druckermeister Ignatius Weidner lauschte dem Widerhall der Stiefelabsätze auf den buckligen Steinplatten in der obigen Wohnhalle, folgte ihnen durchs Haus, ins kleine Ladenlokal, das sein Vater seinerzeit zur Nikolaigasse hinaus eingerichtet hatte. Dann war es totenstill. Die Geräusche der Gasse hallten nicht bis hier herunter. Ignatius brauchte noch ein, zwei Momente, bis er von der Gewissheit beseelt war, die Stadtdiener seien verschwunden.

Er hastete hinüber in den angrenzenden Raum, ging vor der Hochdruckpresse in die Knie und schaute unter den Drucktisch. „Alles in Ordnung?“, fragte er unter die Tischplatte.

„Ja, aber das Seil schneidet allmählich ein“, kam die Antwort unter dem Tisch hervor.

Ignatius nickte, was sein Sohn nicht sehen konnte, weil er von unten an den Tisch geschnürt war. Der Alte schnitt Matthes vom Tisch ab. Der krabbelte unter der Presse hervor, blieb aber auf dem Boden sitzen. „Ich kann hier nicht bleiben, Vater. Das wird zu gefährlich.“

Ignatius nickte. Er hatte so viele Fragen an seinen Sohn. Er begriff nicht, wie es so weit hatte kommen können, dass man Matthes als Geächteten suchte. „Wieso?“, war das Einzige, was er herausbrachte. Wieso ward ihr so leichtsinnig? Was ist nur in euch gefahren?, wollte er fragen, schüttelte aber den Kopf. Sein Sohn war schon immer der Hitzkopf gewesen, dem die Druckerei zu klein, die Welt aber zu groß war.

Matthes zeigte ein unsicheres Lächeln. „Weil es sein musste, Vater ... Ich muss Carolina finden.“

Carolina, das Mädchen, aus dem Anhaltischen. Ignatius hatte in einem von Matthes Briefen von ihr erfahren, wollte sie aber nicht wahrhaben, wollte nicht, dass Matthes mit einer Küchenmagd anbandelte, wo sein Weg für die Bürgerstöchter oder allemal für Gottes Werk geebnet war. Ignatius erwiderte nichts. Es war nicht an der Zeit, seinen Sohn wegen seiner Wahl zu ermahnen. Er nickte nur und rang Matthes das Versprechen ab, achtsam zu sein.

„Es ist vermutlich tagsüber ungefährlicher als nachts“, sagte er und war schon fast aus der Druckerei verschwunden. Und doch drehte sich Matthes noch einmal um. „Ich hoffe, Andres hat es überlebt. Sie haben ihn halb tot geprügelt. Um ihn müssen wir uns sorgen, nicht um mich. Bitte, finde heraus, wie es ihm geht.“

Ignatius nickte. Andres war ihm wie ein Mitglied der Familie, wie ein Sohn, seit er damals gemeinsam mit Matthes die Lateinschule besucht hatte. „Ich schließe ihn in meine Gebete ein, genau wie dich und ...“, gib dir einen Ruck, alter Knochen! „... Carolina.“

Matthes zeigte ein Lächeln, kam die wenigen, sie voneinander trennenden Schritte zurück und umarmte seinen Vater fest. Mit flatternder Schaube und tief ins Gesicht gezogenem Barett lief er auf die Gasse. Ignatius blieb zurück und wusste nicht, wann er wieder von seinem Jungen hören würde. Sein Gefühl sagte ihm, dass die Gefahr nicht vorüber war und dass irgendetwas Unheilvolles auf sie alle zurollte. Aber er hätte nicht in Worte fassen können, was es war.

14

Ein unvollkommenes Genesen von der Sünde oder eine vollkommene Liebe des Sterbenden erzeugt naturgemäß eine große Furcht, die umso größer ist, je geringer jene waren.

Durch gewaltiges Donnern und Rütteln am Hallentor schreckten sie zusammen. Elsa war gerade mit dem Scheuern der Scherben vom Morgenmahl beschäftigt, als eine Handvoll Büttel in die Küche gerauscht kam wie eine verfrühte Schneewehe. Ihre Schwerter klapperten in den Gurten, während sie hastig und mit zackigen Fragen auf den Lippen jeden Korb, jede Kiste umdrehten, jede Luke, jede Türe aufrissen. Aus dem Spektakel, das sie veranstalten, erfuhr Elsa, dass sie nach drei Geächteten suchten. Es fielen keine Namen. Auch auf Nachfrage wurden nicht die Namen der Gesuchten genannt.

„Woher sollen wir dann wissen, dass es die Geächteten sind, wenn wir sie vor die Nase kriegen?", fragte die Reinhildin und stellte sich dümmer als sie war. Sie bekam keine Antwort. Reinhilde beobachtete das Spektakel um sie herum mit interessierter, wachsamer Miene, so als wollte sie sich jede Regung der Büttel einprägen. Dem Alter versagte Reinhilde sein Recht. Ihre Haut zeigte sich nach wie vor blass und glatt wie Milch. Schuld an den Runzeln um den Mund und auf der Nase war jemand anderes:

Verbitterung, tief gegrabene Verbitterung. Allein ihr Hals, quer aufgeworfen wie die Seide einer Hörnerhaube, erzählte von den Jahren der Frau. Elsa bemerkte, dass Reinhildes Finger zitterten und sich am Schlüsselbund festhielten. Das sonst so nervtötende Klimpern klang stumpf. Seit dem Tod ihres Orwid und der Heirat mit dem Tylike war Reinhilde Hüterin der Schlüssel.

Peternelles dummes Gekicher riss Elsa aus ihren Beobachtungen. Was Elsa längst begriffen hatte, dass das Auftauchen der Büttel mit den nächtlichen Umtrieben im Hause zu tun haben musste, begriff Peternelle nicht. Ein Hieb von Reinhildens Schlüsselbund auf ihren Allerwertesten brachte Peternelle zur Ruhe.

Auch Niklas Tylike und Gunnar verfolgten mit einer gehörigen Portion Argwohn die Hausdurchsuchung. Elsa hätte Niklas Tylike alle möglichen Laster zuschreiben können: Völlerei, Trunksucht, Aufschneiderei und Überheblichkeit, aber er war auch ehern. Reinhilde hatte es sich zur Aufgabe gemacht, Orwids Zunftzeichen zu ehren. Dessen Braukunst fortzuführen, bedurfte es eines Braumeisters. Ganz gleich, was für einen. Reinhilde führte das Regiment, vertreten durch Niklas Tylike. Der würde dichthalten. Es hing viel zu viel von einer gut funktionierenden Brauerei ohne Skandale ab.

Eben, als die Büttel die Stiege zum Dachboden hinaufgingen, heftete sich der beleibte Brauer mit meisterlicher und nie vermuteter Wendigkeit an deren Sohlen. Er faselte von seinem letzten Brautag. Der war gestern gewesen. Und, da er den einen oder anderen Büttel gelegentlich in seinem Ausschank begrüßen durfte, fragte er nun nach deren ehrlicher Meinung, was den Biergeschmack anbelangte. Tatsächlich ließen sich die beiden Stadtdiener, die den Dachboden zu inspizieren trachteten, auf ein Gespräch, die *Cervisiae* betreffend, ein. Beide hatten vom Brauen so viel Ahnung, wie man es brauchte, um das Brunnenwasser abzukochen und ihm mit Gewürzen und Getreide Geschmack und Leben einzuhauchen, aber das eigentliche Handwerk steckte im Mälzen.

Niklas' Zunge arbeitete effizient, wenn es ums Verkosten und Fachsimpeln ging. So gelang es ihm, die beiden Büttel in einen Diskurs über das Tylike'sche Produkt im Vergleich zu dem des Nachbarn, der der Reihe nach den nächsten Brautag und abendlichen Ausschank haben würde, zu verwickeln. Er brachte die Stadtdiener dazu, den Dachboden nur eines streifenden Blickes zu würdigen.

Elsa konnte hören, wie Reinhilde erleichtert aufatmete, als die Büttel überzeugt davon waren, hier keinen Geächteten, aber die beste Briu der Stadt vorzufinden.

„Wie kommen die auch darauf, dass hier einer der geächteten Ketzer untertaucht?", stutzte Peternelle einfältig und betrachtete schließlich Elsas Werk im Überlegen, ob der Abwasch an der Luft trocknen könnte. Die Frage wurde durch Reinhilde beantwortet, die ein Tuch vom Haken zerrte und es der bedächtigen Magd vor das Leibchen warf. „Mach dich nützlich!"

Der Blick, den die Eheleute Tylike miteinander wechselten, entging Elsa nicht. Tylikes Miene: nichts als Wut. Seine fleischigen Wangen waren vor Anspannung gerötet wie bei einem fiebernden Kind. Auf seinen Schläfen glänzten Schweißperlen. Er packte Reinhilde am Ärmel, befahl seinem Sohn im barschen Ton, ihnen zu folgen. Zu dritt verließen sie die Küche nach nebenan in die große geräumige Wohnhalle, deren Fenster auf die Gasse hinaus gingen. Tylikes Stimme presste sich zwischen seiner Wut und dem Bemühen, leise zu reden, hervor, sodass Elsa kein Wort verstand. Peternelle machte nicht den Eindruck, an dem Wutausbruch ihres Dienstherrn interessiert zu sein. Sie war eine aufmerksame Beobachterin ihrer selbst. Beim Ansetzen der Getreidegrütze, beim Backen des Brotes und der Wecken, beim Füllen von Saublase und Kalbshirn mit Griespaste, beim Drehen des Ferkelspießes, beim Flicken der Kleider, beim Waschen der Wäsche, beim Wirken der Wolle … bei allem, was Peternelle tat, vergaß sie nicht, darauf hinzuweisen, dass sie eigentlich zu schade dafür und zu Höherem bestimmt sei. Sie nutzte jede Gelegenheit, sich aus dem Staub zu machen, während an Elsa ein Großteil der Arbeit im Brauhof hängen blieb. Tylike nutzte aus, dass Elsa einer Brauerei entstammte. Er trug ihr alle möglichen schweren Aufgaben auf, für die sich Peternelle dumm stellte. Elsa wusste, auf sie warteten heut Dutzende Sudpfannen. Zum Schrubben. Geerbte Pflicht der Reinhilde.

„Du musst mir helfen, Kind." Von der Tylikin so abrupt angesprochen, stolperte Elsa über ihre schweren Holzschuhe, weil sie sich nach Peternelle umsah. Die war über alle Berge. „Lehm, Stroh ...", zählte die Reinhildin an der Rechten ab, „... Wasser aus dem Brunnen, rasch!" Der erhobene Daumen zeigte die Richtung an, in die Elsa mit dem Gewünschten zu kommen habe.

Es klingt wie Stein auf Stein, wenn die Hacke auf die gefrorene Erde trifft. Der Lehm ließ sich nur müßig bergen. Fast gar keine Scheiße förderte sie zutage. Elsa hatte Glück, dass die Reinhilde nicht im Hochsommer auf diese Idee gekommen war. Das Stroh hingegen lebte vor Flöhen.

„Hast du den Lehm in Kunnewalde geholt, oder wo?", missbilligte Reinhilde, dass die Magd so lange gebraucht hatte. Elsas Augen gewöhnten sich allmählich an die Dunkelheit des Dachbodens. „Komm schon!" Ihre Stimme kam von dort, wo in der vergangenen Nacht der Halbtote abgeladen worden war.

Wie wenn man Kuhscheiße in einen Suppersud rührte, roch es auf dem Dachboden. Zum Mäusedrecksgestank kam der beißende, süßliche Geruch von offenen Wunden, der metallische von Blut und das Muffige von feuchter Kleidung entgegen. Ein Schaudern fuhr in Elsa beim Anblick schmieriger Leinenfetzen. Den Verletzten selbst konnte sie lediglich als Schattengebirge vor dem Flackerlicht der Binse und dem einfallenden Licht durchs Loch im Giebel erkennen. Das Loch war Elsa vergangene Nacht nicht aufgefallen. „Wer ist das?", fragte sie, und stellte die beiden Eimer ab. Zur Antwort nur ein „Pssst". Dann wurde sie an beiden Schultern gepackt und der Blick auf den Verwundeten wurde ihr von Reinhilde versperrt. „Frag nicht", taxierte die eine die andere. „Frag bloß nicht wieder!"

„Einer der Geäch..."

„Ich sagte, frag nicht!" Wieder Reinhildens Zischeln, dieses Mal begleitet vom erhobenen Zeigefinger.

„Andres?“ Elsa bemühte sich, einen Blick auf den Mann zu werfen.

Reinhilde fuchtelte mit den Händen herum, als wolle sie eine störrische Fliege vom Apfelmus fernhalten. „Hilf, das Loch zu stopfen!“

Sie mussten die Pritsche mit dem nicht gerade federleichten Mann ein Stück Richtung Tür ziehen, damit Elsa an das Loch in der Wand herankam. Der Lehm war steif vor Kälte, das Stroh blieb nicht richtig haften. Es war unnötig, Reinhilde darauf hinzuweisen, dass es nicht die geeignete Jahreszeit dafür war, Fachwerk auszubessern. Reinhilde bemerkte es selbst und half der Jüngeren beim Anrühren der Masse.

„Raus mit dir und zu keinem ein Wort! Auch meine Töchter dürfen nichts davon wissen!“, sagte Reinhilde, als das Gefach geflickt war. „Johanna ist ein Klatschmaul und Maria verhuscht.“ Die Reinhildin hatte recht. Dies waren keine so günstigen Charaktereigenschaften, wenn es darum ging, ein Geheimnis zu wahren. „Wenn du einer Seele auch nur eine Silbe von ihm ...“ Sie deutete auf den Verwundeten, ... erzählst, dann ...“

„Ich weiß.“ Elsa vervollständigte Reinhildens Drohung mit der Geste, ihres Zeigefingers, der über ihre Kehle strich.

Ein Stöhnen riss beider Aufmerksamkeit an sich. Reinhilde drehte sich zur Pritsche um, beugte sich über den Körper. Elsa erkannte im tänzelnden Licht der einsamen Binse kaum etwas, nur die Dämonen, die das zuckende Flackern auf der unebenen Fachwerkwand zum Leben erweckte, dass es sie ängstigte. Was der Mann murmelte, verstand Elsa nicht.

15

Diese Furcht und dieser Schrecken ist an sich selbst – von anderen zu schweigen – groß genug, um die Qual des Fegefeuers zu schaffen, da sie dem Grauen der Verzweiflung am nächsten kommt.

Über den Tag beobachtete Elsa die Veränderungen im Hause, die die Geschehnisse mit sich gebracht hatten: Gespräche verstummten, wenn die Mägde hinzukamen, der Braumeister, sein Sohn Gunnar und die Hausherrin Reinhilde wechselten Blicke, die Elsa nicht deuten konnte. Sie gaben sich Zeichen, wenn es die Situation verbat zu sprechen. Auch mogelte Reinhilde die Wäsche des Fremden unter die Hauswäsche. Die Kleidung des Fremden mochte Peternelle für Gunnars halten, der schon manches Mal verdreckt von oben bis unten heimgekehrt war, weil er im Suff durch die Gassen stolperte.

Außerdem beobachtete Elsa ein reges Kommen und Gehen. Nicht nur die übliche Kundschaft in der Brauerei beobachtete sie: Piechkarren trafen ein, die im Neißegässel unter dem Hallengewölbe durch die große Hallendurchfahrt auf den Hof fuhren, um die leeren Fässer zu bringen, denn auch die Schultheißen, der umliegenden Dörfer kauften hier. Auch die Ratsleute stellten sich ein, mit dem Tylike zu reden. Elsa hörte obendrein, das stete Klimpern, das mit der Reinhildin hinauf zum Dachboden wanderte.

Das Klimpern eilte der Reinhilde voraus, es ging neben ihr her, es verfolgte sie, es kündigte sie an. Das Klimpern verriet allen im Haus, wann die Frau nahte, wie weit sie sich entfernte, ob sie sich entfernte. Mit dem Tod ihres ersten Mannes hatte sich Reinhildes Gemüt noch mehr verhärtet. Aus der Städterin, die versuchte eine Dörflerin zu werden, war eine Städterin geworden, die versuchte, die Jahre auf dem Lande zu vergessen.

War das Klimpern stakkatoartig, drohte ein Unwetter, denn dann marschierte Reinhilde auf der Suche nach dem Sünder durchs Haus und durch die Brauerei. Hörte man das Klimpern gleichmäßig, melodiös, dann konnte man beruhigt seiner Arbeit nachgehen, ohne Schimpf und Schelte zu befürchten. Wurde das Klimpern aber erstickt, und ebbte dieses blecherne Rasseln auch nach einer gewissen Zeit nicht ab, so wusste man, dass Reinhilde mit dem Schlüsselbund an ihrem Hüftgurt spielte. Dieser nervösen Angewohnheit lief sie immer dann auf, wenn sie verunsichert war. Verunsicherung stand der stolzen Brauersfrau nicht gut. Verunsicherung konnte sie nicht leiden. Und dann war jedem geraten, ihr aus dem Wege zu gehen. Jetzt also stießen die Schlüssel von Reinhilde entschlossen mit jedem Schritt, den sie hinauf auf den Boden tat, gegen ihre Oberschenkel und gaben ein rhythmisches Schellen von sich.

An diesem Tag setzte die Reinhildin ihre kostbaren Kleider, den prächtigen Atlas und die teure Seide mehrmals dem Staub und Mäusedreck – und der fetten Ratte – im Dachgeschoss aus. Und ein weiteres Mal hieß sie Elsa, ihr zu folgen. „Du machst da oben reine. Und mucksmäuschenstill! Und wo steckt eigentlich Peternelle?“

Peternelle war unauffindbar. Also machte sich Elsa allein an die Arbeit. Nie zuvor hatte irgendjemand daran Anstoß genommen, in welchem Gestank und Mist die Mägde hausten. Nie zuvor hatte man den Mädchen die nötige Zeit eingeräumt, das Unersetzliche zu tun. Sie unterdrückte ein Husten, als der Staub unterm Besen aufwirbelte. Sie gönnte sich und Peternelle einen Sack frischen Strohs. Die Mäusescheiße hatte sich über Jahre angehäuft, mit Staub und Fledermausdreck zu einer klebrigen Kruste über die hier gelagerten Werkzeuge und auf die Bodendielen gelegt und war mit dem Putzlumpen kaum abzukriegen. Elsa kratzte mit dem Fingernagel an der Würzepfanne herum, und erinnerte sich an das Reinheitsgebot, das Orwid Hinterthur stets ernster als die Bibel genommen hatte. Elsa zuckte jedes Mal zusammen, wenn Metall auf Metall kratzte, Holz auf Holz klackte. *Mucksmäuschenstill* ließen sich die abgestellten Gerätschaften nicht sauber machen. Orwid Hinterthur würde Blitze auf den Tylike entsenden, könnte er sehen, wie in der Stadt mit seinem Gerät umgegangen wurde. Was die Reinheit des Biers anging, so war dies ein steter Streit zwischen Reinhilde und Niklas Tylike.

Es gab drei Dinge, über die sich Reinhilde beständig ärgern konnte: Erstens, dass ihr zweiter Mann kein so gutes Gebräu kochte, wie ihr erster, obwohl sie die Rezeptur mit in die Ehe gebracht hatte und es immer noch besser als die meisten anderen war. Zweitens, dass man immer weniger für ein Fass bekam. Das Geld rann ihr zwischen den Fingern hindurch, wie sie sagte. Elsa verstand nichts vom Geldwechsel, begriff aber so viel, dass die Görlitzer schlecht gemünzt hatten und auf dem Städtetag in Löbau, dem Landtag in Bautzen und den Zusammenkünften in Prag Botschaften nach Meißen, Dresden und in die Niederlausitz geschickt worden waren, um eine neue, vollgültige Görlitzer Münze anstelle der bösen Stücke, wie die weißen und schwarzen Schrötlinge genannt wurden, zu fordern.

Die Görlitzer aber galten seit jeher als hartköpfig und ließen sich auf eine neue Münze nicht ein. So wurden Drohungen laut, man wolle ihnen die Warenzufuhr sperren. Niemand wollte mit schlechter, minderwertiger Münze bezahlt werden. Die auswärtigen Händler gingen so weit, den Oberststadtschreiber Haß als Lügner zu schelten, weil der vorgab, die Görlitzer Münze sei sauber. War sie aber nicht. Es wurden weitere Drohungen laut, die besagten, die fünf Schwesternstädte des Sechsstädtebundes wollten die Görlitzer Münze ganz verbieten und aus dem Verkehr ziehen. Das würde Görlitz' Rausschmiss aus dem Sechsstädtebund bedeuten.

Das dritte grundsätzliche Ärgernis, das Reinhildens Blut in Wallung brachte, war das Getreide selbst, das natürlich rar wurde, wenn niemand mehr seine Ware nach Görlitz brachte, woran wiederum die schlechte Münze schuld war. So etwas nannte man Teufelskreis, wusste Elsa. Sie wusste, dass ein Reinheitsgebot immer noch eine gewisse Güte an Getreide forderte, was Braumeistern wie einem Johannes Mälzer fern gewesen war. Reinhilde inspizierte jedes gelieferte Getreidekorn auf Heller und Pfennig und versuchte, Orwids Ansprüche ans Reinheitsgebot in Ehren zu halten.

Elsas verstorbener Vater, Johannes Mälzer, wurde immer als Beispiel zitiert, wenn sich Reinhildens und Niklas' Meinungen überwarfen. Es mangelte nicht an abfälligen Bemerkungen diesbezüglich, doch Elsa war mit den Jahren taub für die Schmach geworden, die die Lebenden den Toten angedeihen ließen. Auch wenn die üble Nachrede berechtigt war, Johannes Mälzer war immerhin ihr Vater gewesen. Sie schloss sein Seelenheil in ihre Gebete ein.

Die Würzepfanne war groß, die Beschläge rostig und das Holz der Aufsteller längst vom Wurm zernagt, aber wenn die Reinhilde wünschte, dass Elsa ihn schrubben sollte, dann würde sie es tun: so lange, bis man ihr eine andere Aufgabe gab. Während sie also mit dem Lumpen am gusseisernen Deckel rieb, wurde sie vom hellen metallenen Klimpern, das sie sehr wohl kannte, aufgeschreckt. Elsa wirbelte herum. Reinhilde fuhr geradezu ertappt zusammen.

Sie schaute schuldbewusst auf die Wasserschüssel in den Händen und die Leinen, die über ihren Unterarmen baumelten. Einen Herzschlag lang erkannte Elsa in der Frau, die in den vergangenen wenigen Jahren um fünfzig Jahre gealtert sein musste, jenes Gottvertrauen und jene Klugheit, die sie als Kind an ihr bewundert hatte. Die beiden Frauen maßen sich mit Blicken, dann verhärteten sich Reinhildes Züge wieder und zeigten die Brauerin, die das Schicksal gestählt hatte.

„Zu niemandem ein Wort, bei deinem Leben!", mahnte sie wie schon am Morgen und erwiderte Elsas Kopfnicken. Dann deutete sie auf die Pfanne, an der Elsa geschrubbt hatte und das Klimpern entfernte sich nach hinten zur rückwärtigen Kammer. Jetzt bemerkte Elsa, dass Reinhildens feines Kleid nach den wiederholten Ausflügen hier herauf eine lichte Spur in den Staub geschrieben hatte wie einen Weg. Die junge Magd machte sich daran, die Bodendielen zu schrubben, damit niemandem der Pfad zur hinteren Kammer auffiel. Während sie das tat, waren ihre Sinne hellwach. Elsa gehörte nicht zu den neugierigen Menschen, aber wenn ihr so oft mit Strafen gedroht wurde, war ihr Interesse geweckt. Ihre ohnehin im kalten Wasser steif gefrorenen Hände erstarrten, als ein Schluchzen aus der Kammer drang.

Elsa hatte in den Jahren, seit sie bei Reinhilde im Dienst stand, die Frau nie anders als verbittert und streng, kühl zu jedermann, erlebt. Stets hatte Reinhilde mit den Fügungen von oben gehadert. Jetzt aber schien sie ganz weich und schutzlos zu sein. Reinhildes Weinen wurde ab und an unterbrochen von geflüsterten Worten, die Elsa aus der Entfernung nicht verstehen konnte, und es wurde ergänzt vom Ächzen desjenigen, der in der Kammer wie ein Toter aufgebahrt lag.

Über den Tag beobachtete Elsa, dass Reinhilde die Mahlzeiten in aller Heimlichkeit auf den Dachboden brachte und mit kaum angerührten Speisen wieder herunterkam. Stets war die Hausherrin bedacht darauf, sich vor Peternelle nicht blicken zu lassen. Den Mut zu fragen, ob es sich tatsächlich um Andres Hinterthur in der Dachkammer handelte, brachte Elsa nicht auf, obschon jede Logik sich allein für diese Tatsache aussprach.

In den nächsten Tagen belagerten nicht nur die Stadtdiener, sondern auch Reinhildens Töchter die Nerven ihrer Mutter. Genau wie es die Herrin gesagt hatte, strahlte Johanna eine Neugier aus, die ihren seidenen Schleier zwischen den Buckeln der Hörnerhaube nervös erzittern ließ, wenn sie den Kopf ruckartig in Richtung der Neuigkeit reckte. Johanna, Gemahlin eines hiesigen Tuchhändlers, teilte sich gern jedem mit, der nur lange genug zuhörte.

Was Johannas Talent, war Marias Laster – oder umgekehrt, je nachdem von welchem moralischen Standpunkt aus man die Hinterthur-Töchter betrachtete. Maria kam nicht leicht mit anderen Menschen ins Gespräch, schaute ihrem Gegenüber nie in die Augen, sondern eher auf die Nasenspitze und wich stets einen halben Schritt vor einem zurück, wenn man sie ansprach. Ihre abgekauten Fingernägel zeugten von überbordender Vorsicht, welche sich mittels Querfalten in ihre Stirn gegraben hatte. Ein Jahr jünger als die andere, strahlte sie, die sonst so Hübsche, heut den Liebreiz und die Eleganz einer alten Jungfer aus, die es aufgegeben hatte, sich nach einem passenden Ehemann umzusehen. Und das, obwohl Maria mit dem ansehnlicheren der beiden Schwiegersöhne vermählt worden war; einem *Umgeher*, was ein beachtlicher Rang in der Weberzunft am Ort war. Die Mitgiften waren durch den Verkauf der Hinterthur'schen Brauerei beglichen worden. Elsas Verhältnis zu den Hinterthur-Töchtern war genau genommen oberflächlich. Auch der Dienst bei der Reinhildin hatte sie den Mädchen kaum näher gebracht. Im Gegenteil. Doch Elsa war es nicht schade darum.

Während also Johanna mit ihrem Geschnatter und Maria mit ihren verhuschten Blicken auf Reinhildens Nerven herumtrampelten, taten es die Stadtbüttel noch weitere Male in Form von Haussuchungen auf Geheiß der Stadträte. Elsa bekam von der Befragung nur so viel mit, dass Reinhilde und Niklas Tylike sich für einen lauthalsen Streit ins eheliche Gemach zurückzogen, kaum dass die Büttel und die Töchter wie die Raben auf die Gasse hinausgestoben waren.

Elsa ahnte, dass der Streit der Brauersleute den heimlichen Gast im Dachgeschoss zum Gegenstand hatte. Zu den Schlafgemächern der Herrschaften und ihrer Söhne mit Fenstern Richtung Hof, führte ein schmaler Gang in der abgeknickten Haushälfte. In diesen dunklen Korridor gelangte man über jenen Galeriegang, welcher die Hallendurchfahrt halb bekränzte. Tylike warf von hier oben gern einen Blick ins Kassenfensterchen, um zu prüfen, wie voll der Schankraum war. Faulenzende Mägde waren für ihn inakzeptabel. Auch von der Küche ging es mittels eines schmalen Durchstoßes auf den Galeriegang, doch wer welchen Flur und welche Treppe betreten durfte, war klar geregelt. So war es nicht gern gesehen, wenn die Mägde den Zugang zur Wohnhalle über die Empore nutzten, da es eine Tür zwischen Küche und Wohnhalle gab. Die Reinhildin wünschte nicht, dass es zwischen hohen Besuchern und dem Gesinde zu Zusammenstößen auf dem schmalen Galeriegang kam.

Wie ihr Reinhilde geheißen hatte, ließ Elsa die Essensreste im geschrubbten Sautopf verschwinden. Aber nicht die Schweine, sondern der Bewohner am anderen Ende des Dachbodens würde die Bratenstücke und den Kohl bekommen.

„Du glaubst nicht, was in der Stadt los ist“, flüsterte Peternelle, als es hinten in den Schlafstuben ruhiger geworden war. Elsa verbat sich nachzuhaken und in Peternelles Klatsch einzustimmen, weil sie die andere nicht auf gewisse Umtriebe im Haus aufmerksam machen durfte. Peternelle erzählte trotzdem alles, was sie über Matthes Weidner, Andres Hinterthur und besagter Carolina Müllerin zu wissen glaubte. Wie sich die Menschen die Mäuler über andere zerrissen, widerte Elsa an.

Eigentlich konnte Peternelle einem Leid tun, überlegte Elsa. Bildete sie sich tatsächlich ein, das Rätsel um die drei Geächteten lösen zu können? Sie beobachtete die erste Magd, die all ihr Halbwissen gestenreich zum Besten gab. Elsa entschied, der Reinhilde beim Hüten des Dachboden-Geheimnisses beizustehen. Ganz gleich, wie gemein und herrisch sie auch war. Weder Reinhilde noch sonst jemand hatten es verdient, von einer Klatschtante wie Peternelle zerfetzt zu werden!

„Andres ist an der Universität“, sagte Elsa in der Hoffnung, Peternelle würde es dabei bewenden lassen. Sie hatte alle Hände mit der quellenden Hirse zu tun, die am Morgen aufgetischt werden würde.

Peternelles Blicke brannten in ihrem Nacken. „So denkt man, ja.“ Dünnlippige Besserwisserstimme.

„Wo soll er sonst sein? Er ist Student. Allemal studieren und pilgern tun die.“ Sie hatte bereits den Gutenachtgruß entboten, umrundet schon den Treppenpfosten zur Bodenstiege, da kam es schneidender als vorhin von Peternelle: „Wohl kaum! Sonst wäre er nicht in der Acht.“

Elsa hielt dem Blick der anderen stand.

Peternelle zeigte ein schiefes Lächeln, bevor sie schulmeisterte: „Klugheit und Schlauheit sind nicht dasselbe. Und nur weil einer klug genug ist, an der *Uniservität* angenommen zu werden, heißt es nicht, dass er auch schlau genug ist, unbescholten durchs Leben zu gehen. Also, was auch immer die feinen Herren Studenten getan haben. Es ist der Obrigkeit zwei Dukaten wert, sie zu fassen und büßen zu lassen.“

Elsa hätte Andres Hinterthur und seine Mutter mannigfach verteidigen können, tat es aber nicht, weil es Verdacht geschürt hätte. So nickte sie und wiederholte den Gutenachtgruß.

16

Hölle, Fegefeuer und Himmel scheinen mir sich in der Weise voneinander zu unterscheiden, wie Verzweiflung, annähernde Verzweiflung und Heilsgewissheit.

Elsa fand nicht in den Schlaf und wollte nicht mit der anderen reden, als diese sich auf das Strohlager drängelte. Die zwei Gulden kreisten vor Elsas innerem Auge umher. Zwei Golddukaten! So viel Geld! Einer davon entsprach sechsundneunzig Groschen. Wenn man davon absah, dass man für sechsundneunzig Groschen heute nicht mehr so viel bekam wie gestern, war es dennoch eine ordentliche Summe. Wenn Elsa Andres meldete, konnte sie ihre Familie mit zwei Golddukaten gut ein halbes Jahr lang ordentlich ernähren! Wenn aber herauskam, dass sie Andres verpfiff, würde Reinhilde sie achtkantig aus der Wirtschaft werfen und Elsas Familie würde am Bettelstab hängen, sobald die beiden Goldstücke aufgebraucht wären. War das eine Option für Elsa?

Reinhilde hatte sich die Abhängigkeit von Elsas Sippe gesichert, indem sie den Armengroschen für das Jakobsstift, in dem Katharina Mälzer und die drei übrigen Töchter lebten, zahlte. Sie hatte Elsa in den Dienst genommen, sich Gottes Segen und einen Platz im Paradies durch ihre übergroße Mildtätigkeit gesichert, welche Elsas Familie vor den Toren der Stadt als Recht- und Mittellose im Stiftshof leben ließ. Würden zwei Gulden vielleicht genügen, um irgendwo ein Zimmer zu kaufen? Alles wäre besser als das Jakobsstift, in dem selbst die kleine Irmel hart anpacken musste.

Was konnte Andres Hinterthur angestellt haben, dass er zwei Gulden wert war? Und davon, dass er es war, der zehn Schritt entfernt in der Kammer lag und Qualen litt, war Elsa inzwischen felsenfest überzeugt. Wieso versteckte ihn seine Mutter, wo doch sein Name mehrmals täglich ausgerufen wurde? Andres Hinterthur ein Verbrecher, Gefahr für Kirche und Krone? Reinhilde gefährdete alles, was sie aufgebaut hatte, indem sie sich zur Komplizin eines Geächteten machte. Elsa durchfuhr es eiskalt. Und sie selbst auch! Sie selbst war die Komplizin der Komplizin! Sie bekreuzigte sich und faltete die Hände zum innigen Gebet. Jeder wusste: Wer in der Acht war, galt als rechtlos, dem stand weder Brot noch Bett zu. Wer einen Geächteten einfing oder gar tötete, galt nicht als Verbrecher. Ihm drohte keine Strafe. Wer jedoch einem Geächteten half, für den galt dasselbe: das Todesurteil.

Erinnerungen an ihre Kindertage kreuzten ihre Gedanken: Andres, der stille, blasse Junge, unter dem Baum sitzend, über ihm die Bibel schwebend wie ein Heiligenschein; Andres versunken ins Tischgebet in der elterlichen Brauerei und wie er ihr aus der Patsche geholfen hatte, als ihr Krug umgekippt war. Andres, dem sie und Jost so unsagbar viele Streiche gespielt hatten. Und jetzt hatte man zwei Gulden auf ihn gesetzt und nannte ihn einen Ketzer! Elsa verstand das alles nicht.

Es gab nur eine Lösung für das Rätsel: Andres war vom Leibhaftigen heimgesucht! So musste es sein. Man sagte, der Teufel komme in jeglicher Gestalt, nistete sich in den Arglosen ein, benutzte ihre Schwäche für seine Ziele. Was, wenn Andres Hinterthur genau das passiert war und er vom Beelzebub beseelt in der Kammer lag und das Böse in ihm nur darauf wartete, dass die Hülle verschied, damit er sich das nächste Opfer suchen konnte? Frauen waren bevorzugte Opfer des Teufels. Und Frauen waren schon für weniger auf dem Scheiterhaufen gelandet, durchfuhr es Elsa, sodass sie sich vor Schreck dreimal bekreuzigte.

Als sie endlich eingeschlafen war, träumte sie von einer blutüberströmten Fratze, die sie heimsuchte und zum Stillschweigen verdammte. Einen verdrehten, kaputten Finger führte der Fremde an die verschorften Lippen. In ihrem Traum hatte Elsa Wassereimer geschleppt und als sie ihr eigenes Spiegelbild in der Wasseroberfläche betrachtete, sah sie, dass ihr Mund mit fettem Zwirn zugenäht war. Ihr Traum-Ich schüttete die Wassereimer aus, in einen Fluss, einem teils zugefrorenen Fluss, unter dessen Eisschicht der Fremde gesogen wurde.

Es variierte, wenn sie von Josts Tod träumte, doch wachte sie stets schweißgebadet auf.

Elsa war verunsichert und fahrig. Ihr gelang nicht viel an diesem Vormittag und deshalb beschloss sie, ihrer Mutter einen längst überfälligen Besuch abzustatten. Ihre Mutter wusste bestimmt, was man zum Schutz vor dem Beelzebub im Hause tun konnte, ohne, dass sie ihr verraten musste, was genau sich in der Nikolaigasse abspielte.

Wie es die Fügung wollte, war Markttag. Elsa machte sich gemeinsam mit Peternelle auf den Weg zum Ringmarkt. Dieser fand sich nur wenige Schritte die Neißgasse westwärts bergan. Es war ein sich ringartig um die Stadtwaage schmiegender Platz. Schon nach wenigen Schritten die kleine Anhöhe empor war Elsa vom strengen Wind so durchgefroren, dass sie ihre Zehen in den harten Holzschuhen kaum mehr spürte. Die leere Kiepe auf ihrem Rücken wog jetzt schon so schwer, dass sie ganz außer Atem war.

Elsa mochte nicht die vielen Menschen auf dem Markt. Sie verabscheute die Leiber, die sich an ihren Körper drückten. Sie hatte ab einem bestimmten Alter festgestellt, dass es die älteren Männer waren, die sich im Getümmel absichtlich eng an die Mädchen drückten, die Hände dann entschuldigend vor die Brust hoben, nicht ohne die der Mädchen zu streifen. Das hasste sie. Sie konnte den Gestank nicht leiden, der jedem einzelnen Körper entströmte.

In einem reinen Körper stecke eine unreine Seele ging die Weisheit. Deshalb wuschen sich die Leute selten. Zumindest die Männer wuschen sich so gut wie nie. Und spätestens wenn die Frauen aus ihren Tagen waren, wuschen auch sie sich nicht. Schlimmer noch als der Geruch war der Lärm. Dieses schnaufende Ungetüm einer hundertköpfigen Schlange schnappte und kreischte, brüllte, ächzte, lachte, pfiff und schimpfte. Aber mehr noch als der Gestank und der Lärm nervte Peternelles Eile.

Wie immer saß Peternelle die Zeit im Nacken, denn je schneller sie die Einkäufe erledigt haben würden, desto mehr Zeit blieb ihr, sich bei ihrem Liebsten einzufinden, ohne einen Ausbruch bei Reinhilde heraufzubeschwören, die keine Ahnung hatte, mit wem die erste Magd poussierte.

Peternelles Liebster war der Schuhmachersohn Michel. Sein Vater war so reich, dass er eines der Handwerkerhäuschen in der Zeile bewohnen konnte. Die Zeile war die mittige Ansammlung von Häusern, die vom Ringmarkt umarmt wurde. An der östlichen Stirn befand sich besagte Waage, zu der die Händler mit ihren Gütern strömten wie die Gläubigen nach Santiago de Compostela. Bei diesem Gedanken war Elsa wieder bei Andres. Warum erzählte Reinhilde auch angeberisch von den Pilgerreisen, die Jahre zurücklagen und so, als habe sie sie selbst erlebt? Wohin Andres damals gereist war, hatte Elsa vergessen. Irgendwas Italienisches.

Die Schuhe, die Michels Vater herstellte, waren nicht zu vergleichen mit den italienischen und trotzdem so hochwertig, dass Michel Anwartschaften auf gut Bürgerliche anmelden durfte. Wahrscheinlich, so überlegte Elsa, war Peternelle das gar nicht klar. Doch würde diese Erkenntnis Peternelle dann hart treffen, wenn der reiche Schustersohn die gut betuchte Posamentenmachertochter heiratete, wovon der Klatsch zu berichten wusste, wovor Peternelle aber vehement die Ohren verschloss. Die Posamententochter war sehr schön.

Für Elsa war es nicht schwer, andere Mädchen schön zu finden, denn in einem jeden meinte sie, den Spiegel ihrer eigenen Makel zu finden. Sie hätte es nicht benennen können, aber ihrer Nasenspitze fehlte der freche Stups, sie folgte schnurgerade dem vorgezeichneten Weg. Ihrem Haar mangelte es am Gold des Honigs. Sie war froh, es unter der Haube verstecken zu können, so fiel der Schlag ins Rote nicht auf, wenn man es nicht wusste. Ihren Wangen ging jenes Rosé von verdünntem Wein ab, das im Allgemeinen ein Attribut für Gesundheit war. Elsas Wangen waren blass. Ihre Lippen waren nicht zu vergleichen mit saftigen Erdbeeren, und ihre Augen waren weit entfernt vom Strahlen eines Sonnentages. Ihre Augen waren grau oder graugrün mit braunen Sprenkeln. Oder braun mit blauen und grünen Sprenkeln. Ihre Augenfarbe war auf der dunklen Wasseroberfläche in den Putzeimern schwer zu deuten. Doch ihre Brüste, waren gut: rund, nicht zu voll, nicht zu platt, hingen nicht, standen nicht ordinär ab. Das lederbraune Rund saß genau mittig und reckte seine zartrosa Knospe mutig der Welt entgegen. Das nützte ihr aber nichts. Mit ihren Brüsten konnte sie kaum hausieren gehen. Gott bewahre! Elsa konnte sie nicht für sich sprechen lassen, um auf dem Markt die Preise zu drücken.

„Nun komm endlich!", knurrte Peternelle und zerrte Elsa am Arm mit sich, sodass die einen ihrer Holzschuhe verlor. Sie stolperte mindestens einmal am Tage über ihre eigenen Füße. Sie wusste nie so recht, wohin mit ihren Gliedmaßen, die stets und ständig im Wege zu sein schienen.

Elsa griff nach ihrem Schuh. Doch sie langte ins Leere, weil der von irgendwem weggestoßen wurde. Wer fluchte wütender? Elsa oder Peternelle? Elsa verfolgte auf allen Vieren ihre schlitternde Pantine. Diese wurde von den Marktgängern unwissentlich vorangeschoben und torkelte über das Pflaster wie ein Hühnerei. Elsa ließ ihren Schuh auch nicht aus den Augen, als die Menschenbeine dicht wie ein Wald vor ihr aufragten. Und dann, endlich lichtete sich der Wald und Elsa hechtete auf den freien Plan, bekam das Schuhwerk zu fassen und richtete sich auf.

Tosender Applaus. Elsas Blick streifte die Masse von Leuten, die im Halbrund um sie standen: jubelnd, und klatschend.

Sie war verwirrt und ihre Blicke landeten passgenau in Johanna Hinterthurs schockstarren Augen.

„Wenn du dich endlich davonbewegen würdest", sagte eine knorrige Stimme hinter ihr. Elsa wandte sich um und entdeckte den Marktschreier, dem sie vors Podest gerannt war. Der Applaus hatte nicht ihr gegolten. Das Gejohle war seiner neuesten Verkündigung gezollt worden. Mit frischer Zunge düngte er die Köpfe der Leute und zeitigte die Neuigkeiten, die seit zwei Tagen die Menschen der Stadt beschäftigten.

Elsa zog die Pantine an und den Kopf ein. Sie huschte in Richtung der Menschengruppe und stellte sich neben Andres' Schwester Johanna, dunkelblau gewandet wie die Jungfrau Maria. Der Blick, den sie dem Schreier widmete, war kalt und Elsa entging nicht, dass ihr, Johanna, von einigen Umherstehenden scheele Blicke zugeworfen wurden. Es dürfte nur allzu bekannt sein, dass sie die Schwester des als Ketzer Verschrienen war. Das, was der Neuigkeitenerzähler zum Besten gab, handelte von Gottesstrafe, vom Jüngsten Gericht und davon, dass keine ehrbare Menschenseele in Versuchung geraten dürfe, einem flüchtigen Ketzer Schutz zu bieten. Worte wie „Blasphemie", „Haeresis" und „Ächtung" schwappten herüber. Johanna bedachte Elsa nicht mit ihrer Aufmerksamkeit, als sie grollte: „Er beschmutzt mein Ansehen. Das Ansehen meines Mannes!" Dass sie nicht den Schreier, sondern ihren Bruder meinte, begriff Elsa. Sie legte der anderen teilnahmsvoll die Hand auf den Unterarm, mehr konnte sie für Johanna nicht tun. Diese schien von der Berührung kaum Notiz zu nehmen, wandte sich um und wurde von der Menschenmenge geschluckt.

Elsa schaute noch einen Moment Johannas dunkelblauem Atlas hinterher, dann begab sie sich auf die Suche nach Peternelle. Die Stimme des Marktschreiers wurde faserig wie zu lange gereifter Kohlrabi, dann verschwammen die Worte wie Eierflocken im Eintopf und bald waren sie von der hungrigen Meute aufgefressen.

Kaum entdeckt, schimpfte Peternelle mit ihr wie mit einem ungezogenen Kind. Die maulte, weil die Preise von Minute zu

Minute stiegen. Kohl, Rüben, Zwiebeln und Honig musste auf Vorrat beschafft werden. Die vorweihnachtliche Fastenzeit hatte vor Kurzem begonnen. Bis Weihnachten durfte kein Fleisch mehr gegessen werden und auch keine Butter. Elsa erinnerte sich, dass Orwid Hinterthur einmal behauptet hatte, das Weihnachtsfasten sei erfunden worden, weil im Winter die Lebensmittel so knapp wurden, dass die Königshöfe, der Kaiserhof und der Heilige Stuhl befürchteten, zu wenig zu essen zu kriegen. Aus diesem Grunde müsse von den Armen genommen werden. Elsa war zwar schon erwachsen und heiratsfähig, aber sie wusste bis heut nicht, ob Orwid Hinterthur recht hatte oder nicht.

Peternelle blieb abrupt stehen, als habe sie die heilige Gans erspäht. Elsa, ihre Schulter reibend, die sie an Peternelles Rücken gestoßen hatte, folgte dem Blick der anderen und schaute hinüber zum Marktschreier, den Peternelle vorhin gern ignoriert hatte. „Woran ist der alte Hinterthur eigentlich gestorben?"

„Weiß ich nicht", antwortete Elsa

„Wieso weißt du das nicht? Ihr habt doch in derselben Parochie gelebt, oder nicht?"

Elsa wunderte sich nicht über Peternelles Neugier. „Ich glaube, es war eine Krankheit. Wieso fragst du?"

„Vielleicht sind sie von der Erbsünde befallen?" Peternelle ruckte mit dem Kinn aufmüpfig Richtung Marktschreier. „Vielleicht hat der Andres das Gleiche angestellt wie sein Vater?"

„Er ist an einer Krankheit gestorben", rebellierte Elsa, obwohl sie den Wahrheitsgehalt ihrer Worte nicht kannte.

„Aber du weißt es nicht sicher! Komm hier herüber. Die sehen gut aus", riss Peternelle sie am Arm und aus ihren Gedanken. Die Grünkohlköpfe, die in der Kiepe auf Elsas Rücken wanderten, waren nicht die schönsten, aber immer noch besser als das, was man noch kriegte, wenn die Meute sich vom Marktschreier losgemacht und über das Gemüse hergefallen sein würde. „Woran erkennt man so einen Ketzer, wenn man einen vor der Nase hat?", fragte Elsa, deren Gedanken um nichts anderes kreisten.

Der Bauer hinter dem Warentisch wandte sich zu ihr: „An der riesigen Nase, der Warze darauf und den struppigen Haaren.“ Er tippte jedes benannte Körperteil an. Der Mann nickte zu seinen Worten und beteuerte im Brustton der Überzeugung weiter, die meisten Ketzer hätten eine verkrüppelte Hand. „Oder ein kaputtes Bein und hinken. Manche haben auch verdrehte Finger, genau wie der Gehörnte.“ Dieses Mal fuchtelte der Bauer wissend mit den Händen herum. Die Riemen der Kiepe schnitten in Elsas Schultern, das Gewicht der Kohlköpfe zog sie nach hinten, als sie den Bauern entlohnten und gingen.

Peternelle feilschte nicht schlecht um drei Dutzend rote Rüben, ebenso viele Lauchstängel, Zwiebeln und zwei Beutel Erbsen. Davon nahm Peternelle eine Handvoll und stopfte sie in Elsas Umhangtasche. Ein verschwörerischer Blick wurde zwischen den Mädchen getauscht. „Und ein Weck für Anneruth, wenn ich etwas länger bleiben darf.“ Elsa nickte und Peternelle steckte ihr auch den zu.

Die Kiepe war so entsetzlich schwer, dass Elsa sich ihrer bei Peternelle entledigte. Sie würde sie später nach deren Stelldichein wieder in Empfang nehmen. Viel leichter und geschwinder jetzt verschwand Elsa in östliche Richtung. Verließ den Ring entlang der Brüderstraße gen Süden, um hier, am Kloster vorbei an der Südseite des Neumarktes hinüber zum Frauentor zu gelangen. Das Steintor neben dem dicken Turm war ein trutziger Bogen, ein offenes Maul, das schrie: *Hier herein und von hier fort kommt niemand unbemerkt.* Über dem Torbogen prangte das Stadtwappen, umgeben von den Steinbildern. Die zeigten Maria und Barbara und eine Inschrift, die Elsa nicht entziffern konnte, weil sie das Alphabet nur bis zum P kannte und auch dies nur noch unsicher. Seit der Lehrzeit bei ihrer Mutter hatte Elsa nie wieder den Antrieb und schon gar nicht die Zeit gehabt, die Buchstabenfolge zu vervollständigen. Flankiert wurde das Steinmaul von zwei steil emporragenden Zeigefingern: *Überlegt es euch noch mal – draußen ist es gefährlich. Draußen hält der Rat nicht seine schützende Hand über euch.*

Im breiten Tordurchgang stauten sich die Leute. Elsa hörte den Tumult schon von Weitem. An normalen Tagen kam man, wenn man seinen Namen und Bürgen nannte, leidlich geschoben und gequetscht in die Stadt hinein und auch wieder raus. Wenn Markt gehalten wurde, musste man eine eingehende Begutachtung über sich ergehen lassen. Erst recht, wenn man drei Vogelfreie suchte. Elsa reihte sich in die Schlange der Wartenden ein.

Das Tonnengewölbe verzerrte die Flüche derer, die es eilig hatten. Auch gab es zu dieser fortgeschrittenen Morgenstunde immer noch Händler und Käufer, die in die Stadt wollten. Eine Hühnerfrau mit schwerem Oberlausitzer Mundwerk beschwerte sich, dass ihre Hühner zu alt würden und sie keiner mehr kaufen wollte, wenn das hier noch lange dauerte. Ein Korbmacher fiel ins Gemecker ein, die Weidenruten seiner Körbe würden neu austreiben, wenn man ihn noch länger zwang, hier in der feuchten Kälte zu stehen.

In der Tat staute sich die Kloake in den Spurrinnen im Gewölbe zu matschigen, stinkenden Rinnsalen. Hier, wo kaum ein Sonnenstrahl hinreichte und der Strom der Reisenden nie abbrach, trockneten die immer breiter werdenden Fugen im Grauwackepflaster nie ganz ab. In den tiefen Rinnen, die die Fuhrwerke mit der Zeit gegraben hatten, schäumte das gelbe Tauwasser, sodass Elsa nicht nur eiskalte, sondern bald auch nasse Füße hatte. Vom Gestank der Äpfel und Fladen, die die wartenden Pferde- und Ochsengespanne zurückließen, ganz zu schweigen.

Gezeter wurde laut, weil, so kam das Raunen bis zu Elsa an, jemand die schlechte Münze aus Görlitz herausschmuggeln wollte. Es war aber verboten, die Görlitzer Münzen auszuführen. Die Torwächter unterlagen da der königlichen Order, obschon sie dem Rat der Stadt gern dabei geholfen hätten, die Schrötlinge loszuwerden. Der Befehl des Königs aber wog schwerer. Also wurde dem Delinquenten das Geld abgenommen und er achtkantig der Stadt verwiesen, nicht ohne dass dem Ganzen über Gebühr Aufmerksamkeit und Zeit gewidmet wurde.

Elsa beschlich eine Angst, sie würde weder rechtzeitig raus-, noch beizeiten wieder in die Stadt zurückkommen und Ärger mit Peternelle und anschließend mit Reinhilde riskieren. Elsa überlegte hin und her, während sie geschubst und geschoben wurde, ob sie nicht lieber zurück zum Ringmarkt laufen sollte. Ihre Unsicherheit wuchs, als vorn in der Reihe, wo die Turmwächter die Leute inspizierten, schrilles Geschrei und Gekeife laut wurde. Elsa war zu klein, um über die Hünen vor ihr hinwegspähen zu können. Auf den Gesichtern der Leute spiegelten sich geile Sensationslust und unwürdige Neugier. Das Geschrei von da vorn kam aus der Kehle einer jungen Frau, aber was sie angestellt hatte, dass man sie dermaßen triezte, konnte Elsa dem Tumult nicht entnehmen.

17

Den Seelen im Fegefeuer scheint ebenso eine Minderung des Grauens, wie eine Mehrung der Liebe notzutun.

Die arme Seele war nackt und musste entsetzlich frieren. Sie versuchte mit der einen Hand ihren Oberkörper, mit der anderen ihre Mitte zu bedecken. Elsa, die, anders als die übrigen Gaffenden, sich bemühte, wenn überhaupt, dann ins Gesicht der gedemütigten Frau zu sehen, spürte eine Wut tief im Innern gären, während ihre Taschen vom Torwächter durchsucht und die wenigen Rüben und die Handvoll Erbsen gezählt wurden.

Das Mädchen, das bloßgestellt wurde, war sehr hübsch. Sie war keine von hier. Das konnte Elsa gleich erkennen. Dem Mädchen fehlte die zweifelnd aufgeworfene Stirn oder zumindest das Fragende im Blick, was jedem hier anhaftete. Anstelle der Streiteslust der Lausitzer und dem losen Mundwerk der Schlesier war sie beseelt von Stolz und Aufrichtigkeit. Ihr Haar war flachsblond, wie es Elsa nur von ihrer Schwester Siegtraut kannte und wie es den Leuten hier eigentlich fremd war. Die Augen der meisten hier waren hell. Die Augen des Mädchens waren dunkel und wachsam.

Für einen Sekundenbruchteil glitt Elsas Blick in den der Fremden und dieser Augenblick fuhr ihr pfeilschnell und scharf ins Herz. Elsa versuchte sich an einem Lächeln für die Fremde, von der sie nicht wusste, was sie sich hatte zuschulden kommen lassen und ob die Strafe vielleicht sogar gerecht war. Ihr Lächeln verfehlte seine Wirkung, denn der starre Blick der Fremden glitt an ihr vorbei und Elsa wurde unsanft weitergeschoben; weiter voran, um den nächsten Passanten zu durchsuchen.

„Was hat sie angestellt?", fragte Elsa einen gutmütig dreinschauenden Bauern, neben dem sie das Tor hinaus auf die Felder im Süden der Stadt passierte.

„Sie hat Papier dabei gehabt."

„Papier?" Elsa überlegte, seit wann Papier etwas Anrüchiges, Verbotenes war, wurde aber nicht schlau daraus und den Bauern konnte sie auch nicht weiter befragen, denn der suchte mit großen Schritten das Weite, froh, dem städtischen Mief entkommen zu sein, um sich wieder seiner Hufe zu widmen. Ein jeder Markttag musste eine Last für die Bauern sein, zumal sie so wenig vom Ertrag überhaupt zum Markte tragen durften. Das meiste wurde vom Lehnsherrn eingefordert. Der geringste Teil musste zum eigenen Überleben reichen.

Elsa nahm die Beine in die Hand, sprang über die Schlammrinnen im Feldweg und beeilte sich weiter in südliche Richtung, wo das ehemalige *domus leprosum* schon von Weitem zu sehen war. Jetzt, da die Lepra seltener wurde, hatte das Armenhaus die Aufgabe, die Mittellosen aufzufangen. Dabei handelte es sich um jene privilegierte Armen, die einen Bürgen hatten, der sich um Kost und Logis kümmerte. Wer keinen Bürgen vorwies, wurde nicht im Hause der Mildtätigkeit aufgenommen, sondern landete in der Gosse, bettelte, verhungerte oder verendete an einer dieser vielen Krankheiten, die sich schnell über einen geschwächten Körper hermachten. Doch so lange es einen Bürgen gab, nahm man die Armen gern auf. Die Versorgung der Hilfsbedürftigen mit dem Notwendigsten war gegeben, da die Besseren sich gern ein Stückchen Seelenheil sicherten, indem sie tatkräftig spendeten. Das Armenhaus konnte geheizt, instand gehalten und seine Bewohner verpflegt werden. Zum Leben zu wenig, zum Sterben zu viel, sagte Siegtraut gern.

Im Jakobsstift war Elsa ein häufig begrüßter Gast. Besonders gern gesehen war sie in der Küche. Dort brachte sie die roten Rüben und die Handvoll Erbsen hin, erhaschte ein gutmütiges Lächeln der Vorsteherin und ging nach hinten zum Holzhaus, wo in kleinen Kammern die Mittellosen untergebracht waren.

Als Elsa mit ihrem Klopfen in die Stube trat, schlug ihr der Wohlgeruch von Lavendel, Ringelblumen und Melisse, gemischt mit allerlei Düften von Blüten, Wurzelteilen und Rindenspänen in die Nase, die in Leinensäckchen an Haken und in irdenen Gefäßen auf Wandborden lagerten. Zwar war Johannes Mälzers Hinterbliebenen der Zunftgroschen verwehrt, weil der Mann sich zu Lebzeiten den Zunftgeboten widersetzt hatte, doch durfte Katharina Mälzer ihre Kräuter und Steine, ihren Rat für kleine Wehwehchen feilbieten.

„Mutter, ich bin's, die Els", rief die Eintretende ausgesucht fröhlich, um sich nicht anmerken zu lassen, dass sie furchtbar fror und in Eile und eigentlich schon wieder auf dem Rückweg war. Ihre Mutter durchschaute sie mit dem dritten Auge, auch wenn sie mit dem Rücken zu ihr saß.

„Nimm am Feuer Platz, Els, wärm dich auf, erzähl vom Treiben in der Stadt."

Elsa erkundigte sich zunächst nach den Schwestern. Anneruth und Irmel verdingten sich im Spital, erzählte die Mutter. „Doch der Herr allein weiß, wo sich Siegtraut herumtreibt!" Katharina Mälzers Lächeln war unerschütterlich, obschon Elsa wusste, ihre Mutter sorgte sich um ihre Zweitälteste.

Siegtraut war zu alt, um tagein, tagaus im Armenhaus zu hocken und zu jung, um sich in der Stadt herumzutreiben. Eine Anstellung hatte sich bislang nicht gefunden. „Es sind schwere Zeiten, Mutter", setzte sich Elsa neben sie. „Weil doch die Münze nichts taugt." Der Wertverfall der Münze war nicht schuld an Siegtrauts Lage. Das wusste sogar Elsa. Eine aus dem Armenhaus durfte nicht auf eine gute Partie hoffen. Elsa übrigens auch nicht. Elsa stand in Kost und Logis und hatte nicht damit zu rechnen, sich jemals eine Mitgift anzusparen. Sie hatte nichts. Eine Magd ohne Mitgift konnte froh sein, wenn sie von einem Gerber geheiratet wurde. Doch die Gerber trugen grobes, kratzendes Tuch am Leib und stanken bis zum Himmel. Ihre Hütten erst recht. Man fand sie stromabwärts am nördlichen Zipfel vor der Stadtmauer. Nein, Elsa wollte keinen Gerber. Dann lieber ein Leben als jungferliche Magd.

Sie knetete ihre Finger vor dem offenen Kaminfeuer und erzählte vom Markttag, von dem Münzenschmuggler vorhin am Tor, nicht aber von der Frau, die man wegen ein paar Papieren entblößt hatte. Gott allein wusste, ob die Ärmste ihren Tag am Schandpfahl würde verbringen müssen oder direkt in die Büttelei gebracht wurde. Elsa erzählte von den Preisen auf dem Markt, die in schwindelerregende Höhe gestiegen waren, von Reinhilde, „Die hat Kummer, aber hält sich tapfer", und biss sich auf die Unterlippe. An der Regung auf dem Gesicht ihrer Mutter aber erkannte sie, dass diese längst Bescheid wusste. „Der Andres – vogelfrei."

Katharina nickte versonnen, das Gesicht ihrer ältesten Tochter zugewandt, die Augen starrten an Elsa vorbei. Elsa wusste nicht, was sie weiter erzählen könnte und kam auf den eigentlichen Grund ihres Besuches. „Soso, einen Stein brauchst du", murmelte ihre Mutter, nachdem Elsa mit ihren Anliegen herausgerückt war. „Einen Stein, der dich vor dem Beelzebub schützt?" Elsa beobachtete, wie ihre Mutter einen Wimpernschlag lang die linke Augenbraue interessiert hochzog. Dann erhob sie sich von ihrem Schemel. Zielsicher ging sie in der engen Kammer hinüber zur Regalwand, wo in kleinen Körben jene Steine ruhten, die sie mit Sprüchen und Weihwasser zu dem machte, weswegen die Leute herkamen, um sie zu kaufen. Kraftsteine.

„Er ist wie ein Lebewesen, Els, behandle ihn gut."

Elsa wartete, bis sich ihre Mutter wieder auf den Schemel gesetzt hatte. Katharina öffnete die Faust und auf dem fingerlosen, verschlissenen Handschuh glänzte weiß und hell ein etwa daumennagelgroßer Stein. Ein Bergmann brachte ihr den Bergkristall aus dem Zittauer Gebirge mit. „Es ist ein besonders schönes Stück." Elsa erkannte, was ihre Mutter meinte, und beobachtete, wie Katharinas Fingerspitzen die Kanten und kegelartigen Erhebungen der Herzform umrundeten.

„Es gibt keinen Stein, der dich vor dem Beelzebub bewahrt, das kann nur dein Glaube und dein tugendhaftes Leben", sagte Katharina rau. „Dummkopf, der etwas anderes behauptet. Dieser Stein bestärkt dich in deinem Glauben, schützt deinen Leib und deine Seele vor dem Schlechten. Knüpfe ihn um ein Band, geflochten aus dem Haar einer reinen Seele – Anneruth!"

„Sie ist nicht hier, Mutter."

Die Frau, die wohl vergessen hatte, dass die beiden Jüngsten Erledigungen nachgingen, nickte knapp. „Du kannst auch dein eigenes Haar nehmen. Trotz der Farbe. Trage den Stein über dem Herzen."

Elsa nickte gehorsam: „Und das schützt mich vor dem Teufel?" Und wenn es Andres Hinterthur war, so war er vom Leibhaftigen besessen und deshalb geächtet!

„Der Teufel!", stieß Katharina aus und für einen Sekundenbruchteil verschwand ihr Lächeln vom Gesicht. Dann sagte sie mild. „Wenn der Teufel in Gestalt eines Menschen unter uns weilt, kann dich keine Macht vor ihm beschützen, wenn er etwas Schlechtes mit dir vorhat und dich zu seinem Werkzeug macht. Dann wird es so geschehen." Sie bekreuzigte sich und erhob sich abermals mit knackenden Knien und kaum vernehmbarem Ächzen. „Hier, nimm der Reinhildin etwas vom Mädesüß mit, weil sie immer unter diesem Kopf leidet." Elsa musste aufbrechen. Sie hatte viel zu lange verweilt.

Die Tür flog auf und herein wirbelte Siegtraut – „Am Frauentor, da ..." – in dem Moment, als Katharina ein kleines Säckchen mit dem süß-herb duftenden Kraut in Elsas Hand legte. „Was machst *du* denn hier?", zog sie die Augenbrauen hoch, während sie mit dem Hinterteil die Tür zustieß.

Elsa erhob sich. „Es ist Zeit zu gehen, Mutter, auf bald."

„Was ist am Frauentor?", begehrte Katharina zu erfahren.

„Hat sie wieder was geholt, ohne zu zahlen?", wich Siegtraut der Frage der Mutter aus und spitzte auf das Säckchen in Elsas Hand, wobei sie die Arme vor der Brust verschränkte.

„Sie gibt mehr, als uns zusteht", sagte die Mutter und Elsa war froh, dass sie den kleinen Bergkristall längst verwahrt hatte.

„Wo kommst du so spät her? Es wird bald dunkel draußen!" Elsa wusste, es ging sie nichts an. Sie war nicht Siegtrauts Vormund. Das Verhältnis zwischen ihr und ihrer Schwester war verseucht von Neid seit dem Tage, da Elsa eine Anstellung bei der Reinhildin gefunden hatte und Siegtraut mit sechzehn Jahren immer noch ohne Auskommen war.

Siegtraut löste ihre provokante Haltung. „Sprich aus, was du denkst." Ihre Augenbrauen zuckten angriffslustig.

„Hast du gebettelt?"

„Was denkst du denn? Zuerst habe ich gebettelt, dann habe ich mir von einem Reichen was zum Essen kaufen lassen und danach hab ich mich in sein Bett gel..."

„Das reicht", schoss Katharina einen Pfeil zwischen die beiden Zankziegen. „Bei meinem Augendunkel! Vertragt euch." Die Mädchen schwiegen betroffen.

„Niemand unterstellt dir so etwas", beschied Elsa ihrer Schwester. Sie schämte sich für Siegtrauts ungezügelte Niedertracht und schämte sich gleichzeitig für ihren eigenen Hochmut, der sich in solchen Momenten in ihrem Herzen breitmachte.

„Andres Hinterthur wird immer noch ausgerufen", sagte Siegtraut jetzt in ruhigerem Ton.

Katharina Mälzer nickte. Und dann geschah, was selten der Fall war, dass Elsa das Gefühl hatte, ihre Mutter schaue ihr direkt ins Herz und beschwor sie, sich in Acht zu nehmen.

„Er ist ein Ketzer", zuckte Siegtraut mit den Achseln und legte ihren Umhang ab.

Das Nicken, das Katharina jetzt zeigte, war weder für die eine noch für die andere Tochter bestimmt. „Wir sind alle Ketzer", sagte sie gedankenverloren. „Jeder von uns auf seine Weise. Wir legen, bequem und lasterhaft, wie wir sind, unsere Geschicke in Gottes Hände."

„Meinst du den Hunger oder das Armenhaus?", murrte Siegtraut.

„Danket dem Herrn", murmelte die Mutter von ihrem Platz aus und ihre Finger falteten sich. „Danket dem Herrn und der Heiligen Jungfrau, dass Elsa ihre Stelle beim Brauer riskiert, um uns was zu essen zu bringen." Ein jugendliches Lächeln huschte über Katharina Mälzers Lippen in Elsas Richtung.

Elsa wandte sich ab und drängte sich an der wie ein Bollwerk stehenden Schwester vorbei. Sie würde nach den jüngeren Mädchen Ausschau halten, um sich wenigstens von ihnen zu verabschieden. Sie fand Anneruth und die siebenjährige Irmel beim Saubermachen der Jakobskapelle; einem Dienst, der ihnen dereinst gutgeschrieben würde. Die Mädchen ließen die Besen fallen, rannten vor Freude quiekend auf die Schwester zu und fielen ihr in die Arme. Den Dreien blieb nicht viel Zeit, die neuesten Neuigkeiten auszutauschen. Es war Elsas ganze Freude, machte ihr aber auch das Herz ganz schwer, den beiden Mädchen dabei zuzusehen, wie sie den Wecken teilten und verspeisten. Elsa wollte sich pfleglich führen, damit sie die Stellung bei Reinhilde nicht verlor und den Mädchen ab und an Zuckerzeug bringen konnte.

18

**Und es scheint mir weder durch Vernunftsgründe,
noch durch Gründe der Schrift erwiesen zu sein,
dass sie außerhalb des Standes des Verdienstes,
noch der Vermehrung an Liebe seien.**

Kaum war Elsa in die Neißgasse gebogen, sah sie von Weitem schon den Fichtenzweig draußen im Fass stecken. Stimmengewirr und gelegentliches Scheppern von Steinzeug war bis auf die Gasse zu hören. Elsa war auch auf dem Rückweg am Stadttor aufgehalten worden. Sie fürchtete sich vor Reinhildens Abreibung und Peternelles Schimpfen. Sie kalkulierte das Ausmaß ihrer Strafe. Peternelle würde den ganzen Abend nicht mit ihr sprechen. Warum auch? Sie hatte die Kiepe allein nach Hause wuchten müssen und jetzt, am Abend, den Ausschank zu versorgen: die großen Krüge und die kleineren Trinkgeschirre aus schwerem Waldenberger und Muskauer Steinzeug, dazu die Platten mit Brot und Zwiebeln. Elsa hatte noch nicht einmal die Betten der Herrschaften aufgeschüttelt. Die Reinhilde legte großen Wert darauf. Wegen des Ungeziefers. Elsa würde nicht unbemerkt am Tylike vorbei ins eheliche Gemach schlüpfen können.

Im Obergeschoss brannte Licht. Dort bewirtete der Brauer seine privaten Gäste. Elsa würde Ärger bekommen, wenn Tylike ausgerechnet heut Ehrengäste hatte und die zweite Magd fehlte.

Er war als Briuwer kein Gastwirt, legte aber dennoch Wert auf eine geschickte Bewirtung mit den kleinen Gaben, die dem Brauer erlaubt waren. Was Tylike nach seiner Brauberechtigung herstellte, hatte er selbst zu verantworten und im eigenen Haus feilzubieten. Was er nicht selbst ausschenkte, wurde für die Belieferung der Kretschame im städtischen Schankbereich verfügbar gehalten. Der Verkauf über die Straße war verboten. Ausnahmen stellten die Ratskür dar oder die Wahl des Erbrichters oder des Schützenkönigs. Tylike hatte sich nach den ihm zugeteilten Brau- und Schankzeiten zu richten und seine Mägde auch.

Als Elsa die gewölbte Hallendurchfahrt des Brauerhauses durch die ins zweiflügelige Tor eingelassene Mannpforte betrat, schlug ihr der typische säuerliche Geruch mit der feinen herben Note entgegen und der angespitzte Zeigefinger der Brauerin Reinhilde hart vor ihre Brust. „Wo bist du bloß gewesen!?“

Verdutzt, Reinhilde in die Arme gerannt zu sein, als habe diese auf sie gewartet, stammelte Elsa ihre Entschuldigung, wurde jedoch barsch unterbrochen: „Du musst den Wundarzt holen.“ Reinhildes Flüstern überschlug sich am Kreuzgewölbe der Durchfahrtshalle. Sie schaute sich um wie eine Diebin, ob sie und Elsa belauscht wurden. Die Tür zum Ausschank war geschlossen. Über den Hof in der Mälzerei ging es fleißig zu. Niemand beobachtete sie, von dort, wo die gekeimte Gerste in Weichfässer umgefüllt werden musste, damit sie nach achtwöchiger Keimruhe zwei Tage lang aufweichen konnte. Es war Gunnars Aufgabe, die nach dem Weichen an der Saftoberfläche schwimmenden Reste wie Schalen und tote Körner abzuschöpfen.

Eben, als Reinhilde Luft holte, um fortzufahren, wurde die Tür zum Schanksaal geöffnet. Die Frauen beobachteten, wie der Gast das Geld fürs Bier in der kleinen Wandnische hinterlegte, das Peternelle nachher abholen würde. Der Gast schob sich an Elsa vorbei durch die Mannpforte auf die Gasse.

„Wer ist denn krank?“

„Frag nicht!“ Reinhildes Zeigefinger durchstach die Luft. „Frag bloß nicht! Beeil dich!“

Elsa nickte und machte auf dem Absatz kehrt. Ihre Füße hatten keine Gelegenheit gefunden, sich aufzuwärmen. Die Zehen waren ganz taub. Die grobe Wolle ihrer Strümpfe rieb am Holz der Schuhe.

„Und sag dem Ismael“, wurde Elsa von Reinhilde am Arm aufgehalten. „Er möchte die Gerätschaft mitbring…“

„Ismael?“, unterbrach Elsa die andere und schloss die Pforte wieder hinter sich. „Wieso zum Doktor Ismael?“ Ismael war der jüdische Arzt. Sein Haus stand auf der anderen Seite der Neiße, außerhalb der von den doppelten Mauern geschützten Stadt. Die Leute misstrauten den Juden. Elsa misstraute den Juden. „Soll ich nicht lieber den Doktor Joppener holen? Das geht schneller. Der wohnt doch in der Krebsgass…“

„Kschhh!“, machte Reinhilde und ihre Augen drohten überzulaufen, als ergriffe sie eine kleine Panik: vielleicht die Angst davor, die brave Magd sei gar nicht so brav und würde sich weigern, den Juden zu holen. „Nicht den Stadtphysikus! Der muss nicht wissen, was hier los ist.“

Elsas Gedanken flogen sogleich zum Dachboden. „Was ist denn hier los? Ist einer der Schankgäste verletzt? Gab es eine Rauferei?“ Sie stellte sich absichtlich dumm. Sie war neugierig, ob Reinhilde sich und ihren geheimen Gast verriet.

„Nein! Hol einfach den Ismael. Ihm sagst du, er soll dieses Ding mitbringen, das er den Leuten umbindet, wenn sie sich einen Arm gebrochen haben. Los doch!“

„Wer hat sich einen Arm …“ In Elsa wurden sogleich die Worte des Kohlbauern wach. Hatte er nicht erzählt, Ketzer hätten verkrüppelte Gliedmaßen?

„Du sollst nicht fragen, hab ich gesagt!“ Die Reinhildin schob Elsa in den Sturmwind hinaus wie eine hungrige Katze, die sich ihr Futter allein suchen sollte.

Elsa stemmte sich mutig in die Tür. „Einen gebrochenen Arm, so wie damals der Andres?" Andres Hinterthur war der einzige Mensch, den Elsa kannte, der sich einen Arm gebrochen hatte. Und Elsa entging nicht, wie Reinhildes Unterlider zuckten.

Die machte einen unwilligen Laut, dann schob sie Elsa aus der Tür in den Herbststurm hinaus, der den Geruch nach Schnee über die Stadt legte und sich mit den staubigen Ausdünstungen der Schlote vermischte.

Es war längst dunkel. Die stimmgewaltigen Diskussionen der Männergesellschaften aus Handwerkerkreisen brandeten auf und verloren sich mit dem Wind. Elsas Magen knurrte. Der Weg zum jüdischen Arzt war weit. Hätten die Juden nicht vor über hundertfünfzig Jahren die Brunnen vergiftet, hätten sie sich gewiss innerhalb der doppelten Stadtmauer ansiedeln dürfen. So aber war die Seuche nach Görlitz gekommen. Es ärgerte Elsa, dass sie das getan hatten und sie jetzt so weit gehen musste. Aus Rache für die Aussiedlung hatten sie vor kaum zehn Jahren die Pest abermals über die Stadt gebracht, fiel ihr jetzt ein.

Über die Brücke ging Elsa nicht gern ohne Begleitung und schon gar nicht im Dunkeln. Die Bleichwiesen waren jetzt wieder leer. Die Wäsche trocknete in der feuchten Herbstluft ohnehin nicht mehr. Die Neißufer waren jetzt von den Fischern zurückerobert. Es roch durchdringend sauer und metallisch nach Gekröse und Blut. Weiter stromabwärts und außerhalb der Stadtmauern lebten die Ledermacher und Wirker. Dahinter kam nichts als die Armut. Die Ärmsten lebten im Schatten der Gerber und Färber und verdingten sich mit Leineweberei und als Zuarbeiter. Und immer, wenn Elsa in diese schlimme Gegend musste, hatte sie ein Einsehen, dass es ihrer Mutter und ihren Schwestern im Jakobsstift noch leidlich gut ging.

Das Angelusläuten verhallte, als Elsa und Doktor Ismael zurück in die Stadt kamen. Sie hatte ihm weder Auskünfte über das Leiden noch über den Kranken selbst gegeben. Das stand ihr gar nicht zu. Über ihre Lippen war nichts gekommen, was sie bei der

Reinhilde in noch größere Ungnade hätte bringen können. Die Geldkatze war leer. Elsa hatte Zoll und Verschwiegenheit bezahlt. Ein verschwiegener dünner Arzt begleitete sie durch die Dunkelheit.

Völlig ausgehungert und durchgefroren ließ Elsa sich in der Schankstube und unter Peternelles beleidigtem Blick nieder, um ihre tauben Füße aus den Pantinen zu pellen. Der Dunst der gehäuteten Zwiebeln trieb Elsa das Wasser in die Augen. Auch der leidgeprüfte, von Tränen benetzte Augenaufschlag beeindruckte die andere nicht. „Du machst den Rest. Ich gehe zu Bett.“ Peternelle riss das Geschirrleinen von ihrer Hüfte und hängte es über das Bierfass, das heute noch geleert werden wollte.

Elsa wusste, sie würde bis zur Sperrstunde Platten und Krüge schleppen, Speisen herrichten, Abfälle beseitigen und keine Sekunde ihre inzwischen wütend zwickenden Füße ausruhen. Während des Zapfens genehmigte sie sich eine rohe Zwiebel und den Rest einer verschmähte Kruste vom frischen Brot eines eben verabschiedeten Gastes.

Weit nach der Sperrstunde, als sie die Schankstube gefegt, die Tische und Stühle gewischt und das Geschirr gesäubert hatte, fiel Elsa totengleich auf das Lager neben Peternelle. Sie hatte nicht einmal Zeit darüber nachzudenken, wie wohl Doktor Ismaels Krankenbesuch ausgegangen war und ob er wirklich so verschwiegen war, wie es die Dukaten hoffen ließen. Mutters Bergkristall würde sie heut nicht mehr in ihr eigenes Haar flechten.

In dieser Nacht träumte sie vom Zerschundenen in der hinteren Dachkammer und von dem nackten Mädchen. Elsa wachte mit der Gewissheit auf, dass der eine mit der anderen etwas zu tun haben musste.

19

Ebenso wenig scheint mir aber bewiesen, dass sie oder wenigstens alle, der Seligkeit sicher und gewiss seien, mögen wir dessen auch ganz gewiss sein.

Zumindest die Carolina Müllerin war gefasst. Leider war es nicht Christian geglückt, die Gespielin des Teufels aufzuspüren, sondern einem anderen Gassenmeister. Der war jetzt um zwei Gulden reicher. Das Weibsstück hatte man erwischt, wie es mit einer Handvoll verdächtiger Papiere durch das Frauentor verduften wollte.

Der Torwächter, ein Dummkopf ohnegleichen, hatte die Papiere ins Feuer geworfen, sodass nicht zweifelsfrei herauszufinden war, ob jene Schriften vom *Index Librorum Prohibitorum,* der Liste verbotener Bücher, stammte oder nicht. Immerhin aber hatte man eine verdächtige Person erwischt. Eine die keine Görlitzerin war und auch keinen Bürgen nennen konnte – oder wollte. Und wenn sich ein Mädchen in den Klauen der Torwache keinen Bürgen einfallen ließ, ja, dann war sie schon per se verdächtig, fand Christian.

Zu gerne wäre er dabei gewesen, als der Torwächter das Mädchen bloßgestellt hatte. Noch an Ort und Stelle war die Teufelsbuhlerin nackend vor die Wachstube gebunden und der Öffentlichkeit preisgegeben worden. Zum Glück war Markttag und das Tor – wie wohl alle Tore dieser Tage – verstopft. So konnten der

Läuterung wegen besonders viele brave Bürger der Sünderin ansichtig werden. Sich auf die Spiele des Teufels einzulassen, hatte noch niemandem gutgetan.

Als man die Dirne des Satans in die Büttelei gebracht hatte, hatte sie freilich ihre Kleider wieder angehabt. Aber auch so war zu sehen, wie der Teufel ihre Gestalt und ihr Antlitz verführerisch geformt hatte. Nur so war es ihr möglich gewesen, die ehrbaren Studenten Weidner und Hinterthur in ihre ketzerischen Machenschaften zu verstricken. Einem jeden schönen Weibe wohnte der Teufel inne. Das wusste selbst Christian.

Die Büttelei wurde Stockhaus genannt. Noch bis vor Kurzem, bevor man Käfige mit Schlössern hineingestellt hatte, waren die Delinquenten an Holzpflöcken – Stöcken – festgekettet worden, damit sie nicht ausreißen konnten. Dieses Stockhaus lag hinter dem Fischmarkt. Es war ein in der Tiefe lang gezogenes, windschiefes, bis an die südliche Stadtmauer reichendes Gebäude. Das nach der Büttelei benannte Stockgässel war so eng, dass hier nur eine Person gehen konnte. Aus diesem Grund und weil man nicht ins Stockhaus eingesperrt werden wollte, mied man diese Stockgasse im Allgemeinen.

Es war Christian Vollhardt als Gassenrichter zwar gestattet, die Büttelei so ohne Weiteres zu betreten, nicht aber die Gefangenen zu besuchen. Die besonders ansehnliche Gefangene hätte er sehr gern näher betrachtet. Das Mädchen, das man für die gesuchte Carolina Müller hielt, schwieg beharrlich. Man war darin geübt, eine Teufelsbuhlerin zum Sprechen zu bringen und das mit Sicherheit nicht mit der Zankgeige. Da kannte man andere Hilfsmittel. Görlitz war berüchtigt für seine wirksamen Methoden. Dennoch hielten der Bürgermeister und der Züchtiger Alfons Sieder an der Reihenfolge fest. Ordnung musste sein. Da hatte sogar Christian Vollhardt ein Einsehen. Die Satansbraut musste zuerst auf dem Ring vorgeführt werden, danach musste sie einem Gericht und dann, wenn sie weiterhin schwieg, dem Scharfrichter zur peinlichen Befragung überführt werden.

Christian kam wegen all dieser Aufregungen erst spät aus der Büttelei nach Haus. Er war froh, dass er nicht mit dem Trupp der Stadtdiener ein weiteres Mal durch die Gassen ziehen musste, um nach den übrigen beiden Ketzern zu suchen.

Sein Mädchen hatte beobachtet, wie Vollhardt in seinem Haus verschwunden war, dann erst schlich es an der dicht um den Klosterplatz gedrängten Häuserzeile entlang und klopfte an die Tür des Schwertfegers. Drinnen tat sich zunächst nichts. Als die junge Frau schon längst ihre zweite Bettelrunde zum Neuen Markt fortsetzen wollte, hörte sie den Gassenrichter die Stiege herunterkommen.

Er riss die Türe auf und stutzte. „Hatten wir uns nicht für nächste Woche verab…, was willst du?“ Christian schaute sich um. Die Stadt war in diesen Tagen wie ein aufgescheuchter Ameisenhaufen.

„Die Leute geben nichts, weil sie dem Stadtschreier zuhören und mit ihren Einsetzen beschäftigt sind.“

Christian hatte von den Wetten gehört. So etwas konnte er nicht gutheißen. Er zog das Mädchen in die Eingangsnische vor der Tür. Ins Haus ließ er sie aber nicht. Dass sich das Mädchen der Verabredung widersetzte, behagte ihm nicht. Er war der Mann! Er hatte die Zügel in der Hand! Er stellte die Bedingungen. Einmal wöchentlich! Alles andere war zu auffällig und würde ihn in Verruf bringen – und bankrott machen. „Was willst du?“

„Sie sagen, ohne Papiere komme ich nicht wieder in die Stadt rein, weil sie doch die Geächteten suchen.“

Christian hörte ihr ungeduldig zu. Er nickte, schaute sich auf der Gasse nach Zuhörern um. Da war niemand, nur ein herrenloser Hund, der sein Glück im Rinnstein suchte. „Ja und? Du hast gesagt, du hast einen Bürgen.“

Sie schüttelte den Kopf. „Nicht ich selbst. Mein Vormund hat einen, aber der zählt für mich nicht mehr mit.“ Darauf ließ Christian ein Seufzen hören. Er mochte nicht, wenn das Vergnügliche Probleme mit sich brachte. Das Mädchen sprach gedämpft weiter.

Eine Bürgerwürde müsse gekauft werden. Für die Papiere. „Oder zumindest einen eigenen Bürgen vorweisen.“ Ihre Augen blieben erwartungsvoll an Christian haften. Er forschte auf ihrem hübschen Gesicht. „Das Geld hab ich nie und nimmer!“ Ihre funkelnden Saphiraugen ruhten ungeniert in seinem Blick.

Christian stutzte und zerrte sie ins Haus. Der erstickte Aufschrei, den sie von sich gab, fuhr ihm kribbelnd in den Bauch und tiefer. Er drückte sie gegen die Wand. Ihre Rundungen berührten seine Brust. „Und du meinst, ich würde dir die Papiere beschaffen?“

Sie schaute ihn aus ihren Unschuldsaugen an, zuckte die Achseln. „Ich weiß nicht?“

Er drückte sich fester an sie, spürte, wie sich ihr Körper versteifte. „Und du meinst, ich beschaffe dir die Papiere für nichts?“

Sie schüttelte knapp den Kopf, wurde aber immer kleiner, als wollte sie mit der Wand verschmelzen. „Ich dachte, Ihr bezahlt mich nicht, bis die Schuld abgetragen wäre.“

Christian lachte auf und ließ sie los. So groß der Reiz auch gewesen war, ein Kätzchen, dass sich vor Angst in einen nässenden Hund wandelte, wollte er nicht. Jetzt nicht. „Das kann dauern.“

Sie nickte.

Christian betrachtete sie. Er hatte keine Lust, sich eine Neue zu suchen. Es hatte lange gedauert, diese hier zu finden. Er wollte nicht akzeptieren, dass es sich als Fehler herausstellen sollte, eine Bettlerin gewählt zu haben. „Na schön. Bleib in der Stadt, verhalte dich ruhig, komme heut Abend wieder.“

„Danke.“ Sie knickste.

Er wollte nicht, dass sie knickste. „Ich mag nicht, wenn du das machst, du bist nicht meine Magd!“

„Verzeihung“, sagte sie, wollte abermals knicksen, besann sich, lächelte schelmisch und gab ihm einen Kuss auf die Wange, was ihn überraschte. Sie wandte sich ab.

„Warte …“ Widerwillig zückte er seine magere Geldkatze, in

der es hell nach leichten Münzen klimperte. „Ich will nicht, dass du durchgefroren und ausgehungert wiederkommst."

Es widerstrebte ihm, sich abermals warm anzuziehen und hinüber ins Rathaus zu gehen. Andererseits war um diese Zeit dort so wenig Betrieb, dass er ungehindert die nötigen Siegel unter ein vorgefertigtes Papier würde setzen können. Es war mühsam, den neuen Markt zu überqueren, um zum Rathaus zu gelangen. So viele Leute tummelten sich hier. Hatten die kein Zuhause? Alles, was bei Sinnen war, war auf den Gassen. Man sprach über nichts anderes als das gefasste Mädchen. Aber da alles auf den Gassen war, war es um so ruhiger in den Amtsstuben. Ein verstaubter Sekretarius hinter einem Schwung von Papieren und aufgestapelten Büchern hielt die Stellung.

Christian würde aus der Bettlerin keine Bürgerin machen. So weit kam es noch! Er würde ihr einen eigenen Bürgen geben. So würde sie ungehindert die Tore passieren können. Und da fiel ihm wohl zum allerersten Male auf, dass er nicht viel über sein Mädchen wusste, nicht die Herkunft, nicht das Gewerk des Vaters. Christian war sich nicht sicher, ob es ihm behagte, nichts über seine Kleine zu wissen. Dennoch hatte er das anfangs recht reizvoll gefunden.

Er erklärte dem Sekretarius sein Anliegen. Der seufzte, als beschäftigte er sich den ganzen Tag schon mit nichts anderem als dem Problem, das die Stadträte frisch aus der Taufe gehoben hatten. Jeder dumpe Bauer, der die Stadt passieren wollte, brauchte nun einen Bürgen und sei es ein befreundeter Kaufmann oder eine wohlgesonnene Dame. „Selbst unser Doktor Joppener bürgt für die Wehmutter, damit sie vor den Toren die Kindlein auf diese beschissene Welt holen kann." Der Beamte schüttelt den Kopf. „Dabei gibt es der Bettler und Gesindel genug. Die brauchen sich nicht auch noch zu vermehren!"

Christian mischte sich nicht in die schlechte Laune des anderen ein, setzte den Namen des Mädchens auf das Papier und seinen eigenen als Bürgen daneben.

„Kenn ich nicht, wer ist das?", ächzte der Sekretär mit Blick auf den Mädchennamen, gab aber dem Schriftstück ein Wachssiegel.

„Meine Nichte, angeheiratet. Nicht Blutslinie."

Der Sekretär ließ einen knarzenden Laut hören und widmete sich schon der nächsten Schreibarbeit. Christian war froh, nicht weiter zu diesem Mädchen befragt zu werden.

Sie gab sich Mühe an diesem Abend. Das musste ihr Christian lassen. Sie war erpicht auf das Stück Papier, das auf dem Tischchen neben dem Bett lag. Sie ging nicht bis zum Äußersten, aber das hatte Christian auch nicht erwartet. Sie war keine Dirne. Sie war ein junges Ding, das noch nie zuvor mit einem Mann zusammen gewesen war. Sie verwöhnte ihn aufs Trefflichste, das keinen Wunsch offen ließ. Noch vor der Sperrstunde verließ sie mitsamt dem Papier sein Haus.

Es brauchte seine liebe Zeit, bis sie aus der Stadt heraus war. Die Wächter würdigten das kostbare Papier nur eines flüchtigen Blickes, worüber sich das Mädchen ein bisschen ärgerte, nach all der Mühe.

Als die junge Frau vor einiger Zeit von Christian Vollhardt angesprochen worden war, hatte sie geglaubt in einen tiefen Abgrund gestoßen zu werden, aus dem sie nie wieder herauskommen würde. Nach so kurzer Zeit schon, eine Bürgschaft in der Hand, zahlte sich das sündhafte Arrangement aus. Und so lange er sich mit ihren Lippen und ihren Händen zufriedengab, würde sie vom Sündenpfuhl nicht verschluckt werden. Wie lange sie ihn noch hinhalten würde können, wusste sie allerdings nicht.

20

Deshalb versteht der Papst unter dem vollkommenen Erlass aller Strafen nicht alle überhaupt, sondern nur den Erlass der von ihm selbst auferlegten Strafen.

Reinhilde verlangte einen starken Eintopf und wünschte denselben auf zweierlei Weise zu kochen: eine Hälfte wie üblich in der Fastenzeit mit ein bisschen Fisch darin, die andere Hälfte mit Fleisch. Während sie das anwies, schlürfte sie den Kräutersud gegen das Kopfdrücken, den ihr Katharina mitgegeben hatte. „Unser Herr wird das verzeihen", pustete die Brauerin in ihren Becher. Sie meinte die Fleischeinlage. „Eine ordentliche Suppe vom Federvieh. Hörst du Mädchen?" Elsa nickte. „Und dass du dich nicht erwischen lässt!" Reinhilde wedelte den Dampf über dem Becher fort, gab das heiße Gebräu auf und verschwand nach oben in die Dachkammer.

Später, zum Mittagsmahl, als Elsa die Fischsuppe in die Wohnhalle zur Tafel brachte, war Reinhilde immer noch nicht zurück. Der Brauer, der der guten Speise wohlgesonnen war, rümpfte angewidert die Nase, als Elsa den Topfdeckel lüpfte und ihm der säuerliche Dampf entgegenschlug. „Draußen riecht es nach Hühnersuppe und drinnen stinkt es nach Fisch?" Die Faust mit dem Zinnlöffel darin prallte auf den Tisch. Elsas Herz sprang ihr fast aus dem Hals. Peternelle, die eben noch das Brot geschnitten hatte, ließ das Messer sinken und schaute zwischen Elsa und dem Brauer hin und her.

Gunnar, der seinem Vater ergeben war, erhob sich von der Tafel und stapfte geradewegs nach nebenan in die Küche. Er kam mit dem Zeugnis des Verbotenen zurück. Ein paar der Hühnerknochen, die Elsa im Schweinekübel hatte verschwinden lassen, schwenkte er siegessicher wie eine Fahne hoch erhoben und merkte nicht, wie kleine Fitzelchen davon auf sein Barett fielen.

Der Tylike starrte die abgeschälte Hühnerkeule an. Als Nächstes Elsa und zum Schluss schenkte er dem Hausaltar mit dem bronzenen Kruzifix und dem hölzernen Laurentius, Schutzpatron der Briuwer, und den flackernden Kerzen in den vergoldeten Kandelabern einen leidenden Blick. Die Empörung und die Wut, von der Tylike beseelt war, mündeten in dem Hieb, den er Elsa gegen die Wange verpasste. Sie verlor das Gleichgewicht. „Spottest du unserem Herrn und unseren Geboten?"

Elsa schüttelte den Kopf. Sie versuchte sich aufzurappeln, aber ihr war ganz schwindelig. Sie blieb auf dem kalten harten Steinboden liegen.

„Es scheint ganz so!" Mit einem Satz war der Mann über Elsa, zerrte sie auf die Beine und erhob abermals die Hand. „Willst du den Zorn des Herrn über uns bringen?" Er holte aus, seine Handbewegung aber fror ein, weil metallenes Klirren in den Raum brach, gefolgt von der Stimme seiner Frau: „Lass uns Essen, Mann."

Tylike senkte die Hand neben die Naht seiner Beinlinge.

Nicht er, wie es üblich war, sondern Reinhilde hob zum Tischgebet an. Sie vermengte das *Gegrüßet seist du Maria* mit dem Tischgebet. Elsa stutzte und obwohl ihre Wange brannte, der Stoff ihres Ärmels, den sie dagegen presste, kratzte und die Tränen hinter ihren Augen bissen, fasste sie klare Gedanken und wusste, Reinhilde schloss den heimlich Einquartierten in ihr Gebet ein. „Bitte für uns, heilige Maria, Muttergottes, tritt als Mutter vor den Herrn und …"

„Das reicht, Weib!" Tylike schob sein „Amen" hinterher und bekreuzigte sich. Er brach ein Stück vom Fladen. Die Fischsuppe rührte er aus Protest nicht an. Die Briu soff der Baron vom Bierfass, sodass ihm ein Rinnsal aus dem Mundwinkel über die beiden Kinne perlte.

Elsa, die, wie es üblich war, neben Peternelle am hinteren Ende der Tafel, nahe der Tür zur Küche saß und als Letzte, aber immerhin noch vor den Schweinen in die Schüsseln langen durfte, beobachtete die Hausherrin, die das Kreuzzeichen ganz langsam über Stirn, Herz und Schultern strich und die Hände dann wieder im Schoß faltete. Seit sie sich die Bürde auf den Dachboden geladen hatte, rührte sie die Speisen kaum mehr an.

„Dein Fasten läutert ihn auch nicht", gab der Brauer missmutig zu verstehen. Verhuschte Blicke hin zu Peternelle. Die aber fügte Tylikes Worte nicht zusammen, sondern titschte das Brot in die Suppe, dass es schmatzende Geräusche von sich gab. Die Anspannung zwischen den Brauersleuten war für Elsa Genugtuung. Sie mochte nicht abwägen, was besser tat: die Abscheu gegen den Mann oder die Schadenfreude gegen die Frau, die, wer weiß wie lange noch, verheimlichen konnte, dass sie ihren geächteten Sohn unter dem Dach versteckte.

Tylike ließ sich von der Hühnersuppe auftischen. „Das Fastengebot hast *du* gebrochen, nicht ich! Du hast die Suppe kochen lassen." Sein Löffelzeig wanderte weiter zu Elsa. „Und *du* hast sie zubereitet!"

Elsa nickte. „Verzeiht."

Etwas Unverständliches murrte Reinhilde und hob die Tafel auf. Peternelle war die Erste, die mit ein paar Scherben aus der Wohnhalle verschwand.

Die Stimmung besserte sich nicht.

Tage, nachdem Doktor Ismael da gewesen war, bemerkte Tylike, dass eine beträchtliche Summe Geld nicht mehr im Kästchen war. Elsa und Peternelle hörten bis in die Küche, bis ans offene Feuer, wo sie eben das Frühmahl für den nächsten Morgen vorbereiteten, den bösen Streit zwischen dem Brauer und seiner Frau. Während Reinhilde mit fester, beinahe abfälliger Stimme behauptete, es sei sowieso ihr Geld und der Brauer könne froh sein, dass er an ihrem Wohlstand teilhaben dürfe, wurde der Alte immer lauter und tobte, er sei immerhin der Einzige, der dafür sorge, dass überhaupt noch Geld in die Kasse komme.

„Was für Geld?", spottete die Reinhilde. „Deine Briu wird immer schlechter, sodass uns ein Kunde nach dem anderen davonläuft und der Ruf meines lieben Verflossenen bald aufgebraucht ist."

„Dein lieber Verflossener!", bellte der Tylike. „Ein Schandfleck im Zunftverzeichnis!"

Elsa stutzte. Der *Schandfleck im Zunftverzeichnis* war doch allgemeinhin der Beiname ihres Vaters gewesen – mochte er in Frieden ruhen. Wenn über einen Brauer schlecht gesprochen wurde, war nie der Name Orwid Hinterthur gefallen!

„Wenn dein lieber Verflossener mehr christlichen Anstand gehabt hätte", hörte man Tylike weiter donnern, „dann würde er noch leben und ich hätte nicht meine Not mit dir und der verlotterten Wirtschaft!

„Dann hättest du gar keine Wirtschaft mehr, du versoffener Sack!", konterte Reinhilde. „Zeig Dankbarkeit, dass dir von der Zunft vergeben wurde und du mit dem Rezept meines lieben Gatten noch einmal von vorn anfangen konntest!"

Das brachte den Tylike in unsachliche Raserei. „Dankbarkeit?", brüllte der jetzt. „Dankbarkeit! Aufgepflanzt hat man dich mir, vergiss das nicht, meine liebe Reinhilde. Die Witwe eines Ketzers …"

Das, was Elsa da hörte, glitt ihr bis tief ins Herz. Witwe eines Ketzers? Orwid Hinterthur ein Ketzer? Elsa war verwirrt. Orwid Hinterthur war einer Krankheit erlegen. Tylike musste sich irren! Er hatte solch Abscheuliches gewiss nur gesagt, weil es eine Gemeinheit war, die einem schnell über die Zunge rollt. „Jawohl, ein Ketzer, der sich und die ganze Zunft zu Schaden brachte. Lieber wäre ich im Suff verendet, anstatt dich und deine unsägliche Brut jetzt am Halse zu haben!"

„Bei der Heiligen Muttergottes und allen Heiligen! Wärst du bloß in einem deiner Bierfässer ersoffen!"

Und dann war es still. Der Streit hatte ins Schluchzen der Frau und das Gepolter des Mannes, der aus der Wohnhalle gestürmt kam, gemündet. Tylike stampfte hinunter in die Mälzerei, wo die eingeweichten Gerstenkeime jetzt so weit gewachsen waren, dass der Grünmalz fertig und durch Erhitzen für den nächsten Brautag getrocknet werden konnte.

Es blieb frostig zwischen den Eheleuten, frostig im Haus, genau wie draußen. Der Wintereinbruch hatte das Markgraftum in Fesseln gelegt. Elsa bedeckte die Glut des Herdfeuers mit dem Trichter, damit sie bis zum Morgen nicht ganz verglomm und die Küche über Nacht nicht allzu sehr auskühlte. Von Reinhilde hatte Elsa ein zweites Paar Wollsocken geschenkt bekommen. „Weil du so brav warst", hatte die gesagt, „und fürs Schweigen."

Elsa schwieg. Sie schwieg, wenn die Reinhilde mit Waschschüssel und Schmutzwäsche von oben herunterkam, sie schwieg, wenn Reinhilde mit den Mahlzeiten nach oben stieg. Peternelles Neugier schien kein nutzbringendes Laster zu sein, wenn man so sehr mit sich und seiner Liebschaft beschäftigt war, nicht mitzubekommen, was sich unterm eigenen Dach abspielte. Die Posamentenmachertochter machte Peternelle zu schaffen. Elsa konnte es kaum glauben, dass Peternelle noch immer nicht begriff, was hier los war. Andererseits tat es ihr leid, dass Peternelles Paradies von Gewitterwolken verhangen zu sein schien.

Elsa hatte es sich zur Angewohnheit gemacht, sich oben im Dachgeschoss so lautlos wie möglich zu bewegen. Manchmal verweilte sie, lauschte in die Dunkelheit. Zuweilen beschlich sie der Verdacht, der heimliche Gast logiere längst nicht mehr dort hinten, bald aber überzeugte Reinhildens Geschäftigkeit sie vom Gegenteil.

Inzwischen hatte Elsa auch Zeit gefunden, den Bergkristall in eine Strähne ihres eigenen Haares zu knüpfen. Sie trug ihn unter dem Schweißhemd auf ihrem Herzen. Dreimal am Tag betete sie und vergaß nicht, nach dem Kreuzzeichen den Stein zu berühren, damit er seine schützende Wirkung versprühe.

21

Somit irren die Ablassprediger, die sagen, dass durch Ablässe des Papstes der Mensch von aller Strafe befreit und selig werde.

„Gott zum Gruße, Els …“, Johanna wirkte verlegen. Zwar erweckte ihr Benehmen den Anschein, sie habe der anderen aufgelauert, als Elsa die enge Passage unter den Arkaden passieren wollte, wand sich nun aber um die Angelegenheit, mit der sie Elsa betrauen wollte. „Gern möchte ich unsere Freundschaft aufleben lassen und bitte dich morgen zur Vesper in unser Haus.“ Heuchlerische Freundlichkeit war nicht tugendhaft.

Elsa musste ihren überraschten Gedanken gemäß dreingeschaut haben. Eine Einladung? „Du meinst zu euch?“

Johanna trat ungeduldig auf der Stelle. Sie schaute sich um, als habe sie eine ganz andere Frau gemeint, die sie zu sich bitten wollte. Ihre Wangen waren vom eiskalten Wind gerötet, die Lippen taub von Kälte, was an ihrer Intonation zu hören war. Sie nickte. „Maria wird auch da sein.“ Mit der Uhrzeit, wann sie Elsa für den kommenden Tag erwartete, ließ sie die andere stehen, ohne auf eine Zu- oder Absage zu warten.

Elsa, von den Gedanken angetrieben, was die Frau des Tuchhändlers Wichtiges mit ihr zu besprechen haben könnte, machte sich an die Erledigung ihrer Aufgaben.

Der folgende Tag war klirrend kalt. Einer dieser Tage, an denen man sich einfach nicht aufwärmte. Elsa wurde von Johanna erwartet. Sie hatte kaum den Türklopfer berührt, da wurde die Mannpforte vor ihrer Nase aufgerissen. Eine Magd hieß sie eintreten und nahm ihr den Umhang und das Wolltuch ab, wie Elsa es sonst bei den Herrschaften machte. Elsa wurde durch eine tief gewölbte Eingangshalle geführt, die anders als die der Tylikes keine Durchfahrtshalle war, sondern eine Art Saal, von dem mehrere eisenbeschlagene Türen abgingen und von dem eine Steintreppe emporführte. Durch eine dieser Türen wurde Elsa geleitet.

Sie wurde von Johanna empfangen. Die machte den nervösen Eindruck, schon geraume Zeit durch den Raum spaziert zu sein und an den einst eng anliegenden Säumen ihres Oberteils herumgespielt zu haben. Die sahen ganz ausgeleiert aus. Elsa knickste vor der Gattin des Tuchhändlers. Johanna war mitten im Raum stehen geblieben und bot ihr die Hand zum Gruß, was in Elsas Augen nicht standesgemäß schien.

„Gut, dass du kommen konntest“, sagte eine dünne Stimme vom Kamin her. Erst jetzt entdeckte Elsa Maria. Es sah aus, als drücke die wagemutige Haube sie in den Sessel. Maria erwiderte Elsas förmlichen Gruß mit einem Kopfnicken, mit dem sie tiefer in ihre Wolldecke zu rutschen schien.

Die Magd tischte ein Heißgetränk auf, das nach Hagebutten und Hollerbeere roch. Dazu Gebäck. Johanna beschied Elsa, sie möge auf dem dritten, eigens für sie herangeschobenen Stuhl am kleinen Tischchen Platz nehmen.

So saßen die drei jungen Frauen am Kamin, dessen Wärme Elsa willkommen war. Eine kleine Verlegenheit breitete sich zwischen ihnen aus, die dazu genutzt wurde, am Becher, daran eine Schlinge für den Zeigefinger, zu nippen.

Maria, die ihre gute Erziehung nicht vergessen hatte, erkundigte sich nach Elsas Befinden, das der lieben Mutter, ging auch jede Schwester durch, wobei sie die Namen aller drei falsch in Erinnerung behalten hatte: Siegrun, statt Siegtraut, Irmtraut, statt Irmel und Anne statt Anneruth. Elsa nickte geflissentlich und beschied, die Familie sei bei angemessener Gesundheit, wobei dies in Bezug auf die Mutter nicht stimmte. Elsa war schlau genug zu wissen, dass sie nicht ihrer Familienangelegenheiten wegen hier war, sondern … „Worüber wolltet ihr mit mir sprechen?"

„Nun …", begann Johanna, wobei ihre nicht weniger verwegene Haube mit dieser kleinen Silbe bebte. „Du hast sicherlich das Gewese um die drei gesuchten Ketzer mitbekommen." Sie konnte hinter ihrem aufgesetzten Lachen weder Verunsicherung noch Angst verstecken. Maria schenkte ihrer Schwester einen konsternierten Blick. Wer in Gottes Namen hatte *nichts* von den ausgerufenen Ketzern gehört?

„Mir scheint, die Leute verlieren das Interesse an den immer gleich klingenden Ausrufen und Versprechungen, die Ketzer zu fangen und die Gefährdung unseres Seelenheils im Keim zu ersticken." Elsa bemühte sich um eine gewählte Sprache. Als Töchter von Braumeistern entstammten sie alle drei im Grunde dem gleichem Stand. Johanna, mehr denn Maria, versuchte sich durch ihre reiche Vermählung bis in den Himmel von Elsa, der Magd, abzusetzen und zeigte das vom Seidenschleier bis zum Entenschnabelschuh. Elsa stellte behutsam den Becher ab und fixierte die ältere der beiden Hinterthur-Schwestern. Warum sie mit einem Male an das nackte Mädchen vom Frauentor denken musste, war ihr ein Rätsel.

„Mutter benimmt sich seltsam", durchstieß Maria mit ihrem feinen Stimmchen die Stille, die sich den Dreien inzwischen aufgedrängt hatte.

„Verständlich." Elsas Augen streiften den Kaminsims, wo prachtvoll geätzte Zinnbecher standen, und schweiften weiter hinab zum Kaminfeuer, das lustig tanzte. „Bei dem, was man über ihren Sohn erzählt."

„Das meine ich nicht. Sie verhält sich anders seltsam", insistierte Johanna. Elsa scheute den Blick in die Gesichter der Schwestern. Ihr kam der plötzliche Gedanke, die Reinhildin täte besser daran,

Andres – mit jedem Tag wurde Elsas Gewissheit fester, ihr heimliches Mündel sei Andres Hinterthur – woanders unterzubringen.

„Andres …" Johanna räusperte sich und schaute sich sogar nach der Tür um, als lauerten dahinter Heerscharen von Langohren. „Er … ist auf der Liste der Geächteten, wie du weißt." Eine unnötige Erwähnung.

„Hier geht es nicht um Diebstahl oder eine Rauferei", riss überraschenderweise Maria auf sehr resolute Art das Gespräch an sich. „Solche Banalitäten hätte man am Schandpfahl ächten können. Dessen sich Andres schuldig gemacht hat, nennt sich Verletzung der Heiligen Gebote. Das falsche Zeugnis wider die Heilige Schrift."

Kaum war es ausgesprochen, atmete die eine tief ein und aus, hielt sich die andere die Hand vor den Mund und blinzelte energisch, um Tränen der Erschütterung zurückzuhalten. Soweit jedenfalls Elsas Deutung. Sie konzentrierte sich auf ihre eigenen Regungen: entspannte Gesichtszüge, gleichmütige, wenn auch offene Körperhaltung, leicht zur Sprecherin geneigt und Anteilnahme vortäuschend, indem sie Maria, genau wie deren Schwester vor ein paar Wochen, die Hand leicht auf den Unterarm legte.

Mit den Gedanken aber war sie nicht hier, sondern drüben in der Neißgasse und wollte sich nicht ausmalen, was ihr blühte, wenn man den Mann in seinem Versteck fand. An Reinhilde war eine enorme Anspannung zu beobachten. Das hatte die jüngere ihrer Töchter ganz richtig erkannt. Reinhilde sah verhärmt aus und sie wurde immer stiller, obschon leicht reizbar. Oft war über den Tag nur ihr Schlüsselbund zu hören.

In solcherlei Gedanken versunken, hörte Elsa kaum zu, während Johanna und Maria, zunächst stockend, dann sich überschlagend, die Veränderungen ihrer Mutter diskutierten. Elsa selbst schätzte, sie habe sich ebenso verändert wie die Reinhildin, seit sie das Geheimnis zu hüten hatte. Ihr ganzes Verständnis der Gegenwart hatte sich verändert. Sogar des Nachts erzählte Peternelle Gruselgeschichten. Es brauchte nicht viel, um Elsa das Fürchten zu lehren. Sie war ein verschrecktes Mädchen, dem das umtriebige Stadtleben nicht geheuer war. Die Geächteten waren bald nur Beiwerk für Peternelles Schauermärchen.

„Ist dir denn gar nichts aufgefallen?“, wurde Johanna nun ungeduldig, weil Elsa gar so beharrlich schwieg. Elsa wusste, sie musste ihnen ein Krümchen vorsetzen, um das Bröckchen für sich behalten zu können. Sie nickte. „Sie macht sich genauso Gedanken um Andres wie ihr, denke ich. Sie betet sehr viel.“ Elsa atmete durch, dankbar für diesen Blitzgedanken. „Ja, sie betet in einem Fort für Andres' Unschuld. Sie ist sich übrigens sicher, dass das alles nur ein Irrtum ist.“ Noch ein Blitzgedanke, komm schon! Ihre Blicke irrten zwischen den beiden Schwestern hin und her. „Andres, so allein in der Ferne …“ Elsa senkte die Lider, seufzte übertrieben und schüttelte besorgt den Kopf.

„Wie meinst du das … *so allein in der Ferne*?“, überschlug sich beinahe Johannas Stimme. Sie suchte den Schulterschluss mit ihrer Schwester und rutschte in ihrem Polster weiter nach vorn.

„Nun …“ Elsa legte eine besonders erstaunte Miene auf. „Rom …“ Zwischen ihren weichen, blassrosa Lippen hielt sie das O fest und achtete auf die Reaktion der beiden Hinterthur-Töchter. Elsa wagte sich sehr weit in unbestimmtes Terrain vor, aber irgendetwas musste sie doch sagen, um die jungen Frauen von Reinhilde abzuziehen.

„ROM?“, echoten die beiden wie aus einem Munde.

Bitte, oh, Herr, sandte Elsa ein stummes Gebet gen Himmel, noch ein Geistesblitz, bitte schnell! „Ja. Reinhilde sagt, Andres habe sich schon lange vor Allerheiligen auf Pilgerfahrt nach Rom begeben … und … seither sei keine Nachricht von ihm eingetroffen … weswegen eure Mutter ja so außer sich ist.“ – Danke, oh Herr, für deine Eingebung! – „Sie beginnt selbst an dem Wahrheitsgehalt seiner Nachricht zu zweifeln, … doch sagt ihr ihr Mutterherz, dass Andres wohlbehalten in der Ewigen Stadt weilt …“ Elsa schob in Anbetracht der ungläubigen Mienen ein zittriges Lachen hinterher. „… Der Glückliche.“

Maria und Johanna wechselten einen Blick, kalkulierten, wie viel oder wie wenig sie von Elsas Neuigkeit glauben wollten und nickten dann. „Wieso hat sie das nicht erwähnt? Herrgott!“

„Weil sie überzeugt davon ist, dass ihr Bescheid wisst …“ Elsas Antwort war vielleicht ein bisschen rasch herausgeplatzt, aber Johanna schien beschlossen zu haben, dem Ganzen zu glauben.

Der Kräuteraufguss wurde bei weitaus leichterer Unterhaltung ausgetrunken, die Gesellschaft einer Magd jedoch nicht über Gebühr strapaziert. Und so verabschiedete sich Elsa noch vor Einbruch der Dunkelheit vom Hause am Ringmarkt, um die hundert Schritte bergab in die Neißgasse zu hasten.

Reinhilde fiel zuerst aus allen Wolken und danach in dankbare Ausrufe, als Elsa von dem Stelldichein mit den Hinterthur-Töchtern und der Lüge als Ergebnis berichtete.

„Du musst nicht denken, dass dir diese Lüge gestraft wird“, schob die Reinhildin nach, „Im Gegenteil, Els, sie wird dir vergolten. Nun … sehr gut … Andres ist auf Pilgerfahrt. Sehr schön.“ Reinhildens Blick irrte in der Küche umher, als wähne sie in einem der Kessel ein Sichtloch nach Rom. Sie nickte entschlossen, wischte sich wie nach langem Werk die Hände am Rock und wandte sich ab.

„Wollt Ihr nicht endlich zugeben, dass Andres da oben ist?“, Elsas Kopf ruckte empor Richtung Dachkammer und Reinhildens zurück in ihre Richtung. „Ich weiß es so oder so.“ Elsa tat eine Hilfe suchende Geste, dann schüttelte sie über das verschreckte Gesicht, das die Reinhildin der Maria vererbt haben dürfte, den Kopf und seufzte.

„Andres ist in Rom, Elsa!“, gab Reinhilde engelsgleich von sich. „Wie kann er dann in der Dachkammer sein?“ Sie verließ die Küche mit direktem Weg hinauf auf den Dachboden. „Vergesst nicht, es Peternelle zu berichten“, rief Elsa der anderen hinterher, „wenn Ihr sichergehen wollt, dass es morgen die ganze Stadt weiß.“

Die Reinhildin steckte noch einmal den Kopf hinter dem

Treppenpfosten hervor, musterte Elsa von oben bis unten, dann nickte sie, wobei ihre Augen abenteuerlustig funkelten.

Es war der Tag Apostel Johannes. Kurz vor Neujahr, als die Stadt dahingehend irritiert wurde, dass der Geächtete Hinterthur in Rom zu weilen schien und die Hetzjagd auf ihn in der Stadt sinnlos war. Elsa beobachtete, dass diese Neuigkeit zumindest bei jenen, die ein bisschen mehr als Stroh in der Birne hatten, auf Misstrauen stieß. Wieso ging ausgerechnet jetzt die Kunde, dass der Hinterthur auf Pilgerfahrt sei? Wenn einer pilgert, kann er wohl kaum wegen Häresie gesucht werden …

„Das ist es ja gerade“, seufzte Elsa, die ihrer Schwester Siegtraut, Mutter des allgemeinen Argwohns, die Sache zu erklären suchte. „Das eine geht mit dem anderen gar nicht einher. Andres Hinterthur kann mit den Ketzerschriften gar nichts zu tun haben, wenn er in Rom ist, oder?“

Siegtraut verzog missbilligend den Mund, dann zuckte sie die Achseln. „Mir egal. Wenn es nur eine Ausrede der Reinhildin ist, um das Geschäft zu retten. Wie ich höre, endete der letzte Ausschank der Tylikes nicht allzu reichlich. Andres' Ächtung wirkte sich ungünstig auf die Geschäfte der Hinterthur-Schwiegersöhne aus. Soll sie eben solche Lügen verbreiten! Wenn Andres Hinterthur ein Ketzer ist, wird er so oder so Besuch vom Hoter bekommen.“

„Redet nicht so“, ächzte die Mutter. Ihr Atem ging rasselnd und schien ihr Schmerzen zu bereiten. „Der Andres Hinterthur ein Ketzer …“ Katharina Mälzer schüttelte kaum merklich den Kopf. „Der wird zum Ketzer, wenn dem Teufel in der Hölle der Arsch zufriert.“

Anneruth und Irmel auf ihren Plätzen kicherten, Siegtraut verdrehte die Augen. Elsa wusste, sie konnte nicht länger bleiben. Nichts zog sie hinaus in die Kälte. Obschon kaum geheizt war, erwärmte sie die Gesellschaft ihrer Familie. Sogar Siegtraut. Vielleicht war Elsas Rührseligkeit auch nur der feierlichen Zeit zwischen den Jahren geschuldet. Zwischen den Jahren neuer Schnee, kommt im Mai die Liebe wie der Klee.

Und der Schnee fiel in dichten Flocken, als Elsa das Frauentor in die Stadt hinein passierte und Zeugin wurde, wie sich die Torwachen in einer aufgeregten Diskussion überschlugen. Elsa, die auf die Prüfung ihrer Papiere warten musste, vernahm zwar mehrmals den Namen der Delinquentin Carolina Müllerin, begriff aber nicht gleich, was sich zugetragen hatte. Erst, als sie auf den Durchlass beharrte, fasste sie genug Mut nachzufragen, was denn los sei. So erfuhr sie, dass die Hexe, mutmaßlich besagte Müllerin, aus der Büttelei, wo sie auf den Richterspruch gewartet hatte, entkommen sei. Eine ungeheuerliche Neuigkeit. Und das, wo die Stadt so stolz gewesen war, zumindest einen der drei Geächteten geschnappt zu haben. Seit Andres Hinterthur als Pilger von der Geächtetenliste gestrichen werden musste, Matthes Weidner immer noch wie vom Erdboden verschluckt schien, hatte sich die Stadt mit der Gefangennahme der Hexe gebrüstet. Vergeblich auch das. Keine gloriose Abrechnung.

Die Torwachen überschlugen sich. Elsa reimte sich zusammen, der wachhabende Büttel habe das Türchen zur Kammer der Hexe unverschlossen gelassen und sei obendrein auf der Ofenbank eingeschlafen. Letzteres hatte selbstverständlich nur geschehen können, weil der Büttel von der Hexe verzaubert worden war. Nur durch Zuhilfenahme von Hexerei habe sie aus dem Stockgässel gelangen und im Schutze der Nacht fliehen können.

„Wenn die wieder eingefangen wird, hat die nichts mehr zu lachen.“ Weiter beschied der Torwächter, wie energisch der Büttel abgestritten habe, unachtsam gewesen zu sein, was den Verdacht auf Hexerei verhärtete. Böse Zungen behaupteten, dass, wenn einer sich an nichts erinnern kann, er wohl geschlafen haben dürfte. Trotz aller Widrigkeiten drohte einem Büttel, der sich von einer Hexe hatte beeindrucken lassen, beziehungsweise während des Stubendienstes eingeschlafen war, die Amtsenthebung für ein Vierteljahr. Er konnte von Glück reden, wenn er Freunde und Verwandte hatte, die ihn und seine Kinderschar bis zur Rückkehr in den Dienst durchbrachten.

22

Vielmehr erlässt er den Seelen keine Strafe im Fegefeuer, die sie in diesem Leben nach den kirchlichen Satzungen hätten büßen müssen.

Wie man eine Hexe mit Wunderkraft in einem Verließ festhalten hätte können, war allen ein Rätsel. Und jetzt, nachdem die Metze sich selbst frei gezaubert hatte, wusste man, dass man Hexen besser gleich verbrannte! Der Rat war wie toll. Pleban Faber ließ durch den Schreiber für Ruhe im Saal sorgen und sprach sich dafür aus, auch in den Wachstuben Altäre aufzustellen, die den Unholdinnen das Handwerk erschweren würden.

Christian verfolgte teils amüsiert, teils ermüdet die Versammlung, die einen Büttel zwölf Wochenlöhne gekostet hatte. Der Büttel, dem das Weibsstück durch die Lappen gegangen war, wurde zwar angehört, seine Aussage jedoch nicht berücksichtigt. Er wurde der Stadt für drei Monate verwiesen.

Während Bürgermeister Schwartze seinen Hals nach dem Hoter reckte wie ein Hahn nach seiner Schar, tat Alfons Sieder so, als ginge ihn das Ganze nichts an. „Ich bin dafür zuständig, ihnen den Hals abzuschneiden, nicht dafür, auf sie aufzupassen“, murmelte er und besah seine Fingernägel, schwarze Mondsicheln, die zur dunkel marmorierten Hornhaut an seinen Fingerkuppen und zur Seele des Henkers passten.

Der junge Schwertfeger Vollhardt beobachtete den Hoter einen Moment. „Da hast du recht. Aufpassen hätten die Büttel müssen." Er wurde vom Henker beäugt wie jemand, den er vergessen hatte zu köpfen. Sieders Augen lagen tief in den Höhlen, waren aber von warmem Braun. So konnte man denken, er litt unter seinem blutigen Amt genauso wie seine Klientel. Alfons Sieder ließ sich zu einem gnädigen Nicken herab. Seinen stinkenden Atem seufzte er in Christians Gesicht. „Nur, dass sie anstatt, auf sie aufzupassen, auf sie draufgesprungen sind. Der, dem sie zuletzt die Eier poliert und sich dann davongemacht hat, will es nicht zugeben." Christian schaute an der Reihe der an der Wand stehenden Büttel entlang, angeführt vom Humpelhannes, dem Ältesten, der sich einzig durch die Tatsache, schon immer Gassenrichter gewesen zu sein, in seinem Amt halten konnte. Welcher der Wächter den Eindruck eines jüngst zurückliegenden genussvollen Ereignisses machte, hätte Christian nicht sagen können. Doch hatte Alfons die passende Antwort auf Christians Überlegungen: „Man müsste ihnen nur die Hosen runterziehen. Die mit den blauen Eiern haben allesamt ihren Dienst nicht verrichtet."

Christian versteckte sein Lachen hinter seinem Lederhandschuh. „Ich hatte nicht das Vergnügen. Welch Glück."

„Ich auch nicht", grinste der andere. Der Henker, so überlegte Christian, konnte ja nichts dafür, dass er ein so verrufenes Gewerk von seinem Vater geerbt hatte. Im Grunde war er ein guter Kerl.

Nach der Versammlung lud Christian den Hoter auf ein Bier ein. Obschon er sein Seelenheil riskierte, wenn er sich mit dem Henker einließ, witterte Christian die Chance, dem Hoter ein neues Richtschwert aufzuschwatzen. Ihm gingen die Aufträge aus. Seinen einzigen Gesellen hatte er längst entlassen.

Der Zufall wollte es, dass der Brauermeister Schwerdtlein in der Petersgasse an der Reihe war auszuschenken, obschon niemand dort gern trank, weil seine Brühe mit Abstand die übelste war. Man kehrte beim Schwerdtlein ein, weil die anderen geschlossen hatten und damit man sich schon auf das gute Bier der anderen freuen konnte. Wenn draußen der Schnee stiebte, war einem jeder warme Ofen recht, auch der vom Schwerdtlein.

„Hatten die nicht letztes Jahr ein Brauereigesetz auferlegt bekommen?", rümpfte Christian die Nase über die sehr helle Briu, die ihnen vorgesetzt wurde, kaum, dass die Wirtin und ihr ausladendes Hinterteil davongewackelt waren. Der Sieder brummte zustimmend.

Beim Trunk erzählte Alfons Sieder, was er über die Hexe Carolina Müller wusste. Es war nicht viel, wich auch kaum vom Klatsch ab, den man auf den Gassen zu hören bekam. In der Stunde, da die Nacht am schwärzesten war, muss sie aus der Büttelei in der Stockgasse verschwunden sein. Auf ihrem Besen, hieß es. Der glühende Schweif habe Richtung Bautzen gedeutet. Aber sofern man die Suche nach ihr aufgenommen hatte, fehlte jede Spur von ihr.

Der Hoter verhandelte bereits über sein neues Schwert, vergaß nicht den Preis zu drücken, aber Extras zu erwarten, da war Christian in Gedanken noch bei der Müllerin. Ein bisschen bedauerte er es, dass er sich um den Wachdienst in der Büttelei gedrückt hatte. Dieses Weibsstück wäre bestimmt eine willkommene Abwechslung gewesen, zumal sich seine Kleine immer noch zierte, die Beine breitzumachen, nicht dass er die übrigen Möglichkeiten nicht ausschöpfte, aber es war doch etwas anderes. Ein Hurenwirt hatte einmal gesagt, solche wie die Müllerin seien doch nur als eine Reihe lukrativer Öffnungen zu betrachten. Recht hatte er.

23

Wenn ein Erlass aller Strafen überhaupt jemand gegeben werden kann, dann sicherlich nur den vollkommensten, d. h. den allerwenigsten.

Siegtraut interessierte es herzlich wenig, was mit der Hexe passiert war. Sie betete zwar für das Heil der Stadt – weil man es eben tat – und versah auch ihre Heiligendienste, wie man es von den Leuten erwartete, um sich vor dem Zorn der Hexe zu schützen. Die Hexe im Speziellen interessierte sie nicht sonderlich. Siegtraut haderte mit Elsa, die so samaritanisch tat, seit die Mutter mit einem grässlichen Husten darniederlag.

Siegtraut war dabei, Salbei zu zerkleinern, um der Mutter einen Trank aufzubrühen, der das Abhusten erleichtern sollte. Sie beobachtete, wie Elsa den Alkoven lüftete und den Vorhang des Kastenbettes, aus dem die Mutter seit Tagen nicht mehr aufgestanden war, um die Bettpfosten wickelte.

Siegtraut haderte ein ums andere Mal mit ihrer Mutter, die nach Vaters Tod aufgrund der Augenkrankheit nicht gewinnbringend hatte heiraten können. Insgeheim gab Siegtraut Elsa die Schuld dafür, dass die Mutter mit Blindheit geschlagen worden war. Was genau sie zu dieser Schuldzuweisung bewog, hätte Siegtraut nicht erklären können. Sie war Elsa gram. Immer war sie bevorzugt worden, trotzdem sie als Mädchen so viel Ärger ins Haus gebracht hatte. Elsa hatte es geschafft, hatte eine Anstellung. Elsa sei Dank, hatte die Familie mit der Reinhildin eine Bürgin vorzuweisen. Elsa hier, Elsa da.

Doch Mutters Beiname war *die Frau des Befleckers der Zunft* geblieben. Leichter war das Leben nur für eine geworden. Für Elsa. Katharina hatte indes genau anzugeben, welche Kräuter sie vertrieb und wurde durch den Arzt und Physikus Joppener regelmäßig geprüft. Doch seit das Geld weniger wert war, gingen die Geschäfte immer schlechter. Katharina konnte sich glücklich schätzen, ab und an ein Büschel Beinwell gegen Krämpfe oder Lavendel zur Beruhigung loszuwerden. Dass Katharina sich auf die Kraft der Lapides verstand, wussten nur Eingeweihte: schutzlose Witwen wie sie oder ungewollt Schwangere. Eine jede hatte Katharina das Versprechen gegeben, sie nicht beim Rat anzuschwärzen und sie würden sich hüten, die einzige Steinkundige anzuprangern. Man war ja froh über jedes Mittel gegen das Schlechte dieser Tage.

Katharinas Gesicht war ausdruckslos gen Betthimmel gerichtet. Siegtraut beobachtete, wie die Mutter mit der Rechten nach Elsas Hand tastete. Sie unterhielten sich gedämpft und Siegtraut spürte, wie sie mit jedem weiteren Wort immer mehr ausgeschlossen wurde aus der Zweisamkeit zwischen ihrer Mutter und deren Lieblingstochter. Sie beobachtete, wie sich Elsa auf Mutters Geheiß vom Bett erhob und hinüber zur Truhe ging, in der die paar Habseligkeiten der Mälzers verwahrt waren.

„Ganz unten, noch unter dem Traukleid …“ Weil die Mutter nun lauter sprechen musste, wurde sie von einem Hustenanfall unterbrochen. Siegtraut, die eine Ahnung hatte, was die Mutter vorhatte, spitzte die Ohren, schärfte den Blick und vergewisserte sich, dass Irmel und Anneruth vor dem Kamin hockten und mit der Arbeit vorankamen, die die Vorsteherin ihnen aufgetragen hatte. So walzten sie zwischen den kleinen, ungeübten Fingern grobes, hartes Wachs, aus dem sie einen feinen Wachsstock wickeln sollten, wobei es Irmel noch immer schwer fiel, um den Docht herum eine gleichmäßige Wurst zu formen.

„Es muss sein, Els", hörte Siegtraut ihre Mutter keuchen. Indem Siegtraut den Wasserkessel ans Dreibein im Kamin hängte, war sie näher bei der Mutter und konnte ihre Worte besser verstehen. „Hol es her!"

Elsa legte die Dinge, die sie aus der Truhe geräumt hatte mit übertriebener Sorgfalt wieder hinein. Siegtraut erkannte den Ballen von Leinen, das mit den Jahren spröde geworden war, und roch die Lavendelstängel, die die Motten fernhalten sollten. Und erkannte schließlich, wie Elsa sacht über das eine Buch strich. Die *biblia picta.*

„Was gibt es da zu grinsen?", rutschte es Siegtraut aus dem Mund, weil sie es nicht leiden konnte, wenn sie aus einer Gemütsregung ausgeschlossen wurde. Elsas Gesichtszüge ebneten sich und sie schaute ernst herüber. Ihre flache Hand ruhte noch immer auf dem Buchrücken, als sei es der Rücken eines Kindes. „Nichts. Sie erinnert mich an Andres."

„Führe hier nicht den Namen des Ketzers!", zischte Siegtraut, suchte nach dem Schulterschluss mit ihrer Mutter, doch Katharinas leerer Blick haftete am Betthimmel. Das Wasser begann zu sieden. Bevor sich Siegtraut abwandte, um die Kräuter im Steinzeug zu übergießen, beobachtete sie, wie Elsa eine Rolle aus derbem Leder aufnahm und sich an Mutters Bett setzte. Siegtraut stellte sich mit dem dampfenden Aufguss hinter ihre Schwester, um über deren Schulter spähen zu können. Elsa knetete die Lederrolle in den Händen. Sie alle hier wussten, was sie beherbergte.

„Du nimmst sie an dich", sagte Katharina. In Siegtrauts Schläfen pochte der Puls. Die Wut auf Elsa war ins Unermessliche angeschwollen. Siegtraut empfand es als ungerecht, dass ihre Mutter der älteren Schwester nun das Wertvollste aus dem Familienbesitz anvertrauen wollte und sie spürte, dass es Elsa unangenehm war, Siegtraut im Nacken zu wissen.

„Nein, Mutter." Elsa schickte einen flüchtigen Blick über ihre Schulter, aber Siegtraut dachte nicht daran, die beiden unter vier Augen sprechen zu lassen. Was mit den Wertgegenständen der Familie passierte, ging sie auch etwas an! Eigentlich sollten die beiden jüngsten Schwestern ebenfalls einbezogen werden. Siegtraut beugte sich vor und gab der Mutter vom Aufguss zu trinken. Sie erhielt keinen Dank. Die Mutter war in Gedanken bei dem, was sich in der Lederrolle befand.

„Doch, Els. Nimm sie an dich und verwahre sie gut. Wenn der Herr mich zu sich ruft, was eher heut als morgen passieren kann …"

„Ach, Mutter, rede doch nicht so."

„Was soll ich um den heißen Brei reden. Es ist eine Tatsache. Also: Wenn es an der Zeit ist, dann wirst du sie brauchen. Sie wird alles sein, was dich und die Mädchen vor dem Armenhaus rettet. Versprich, dass du die Mädchen zu dir nimmst, wenn du heiratest."

Siegtraut stellte den Becher scheppernd auf den Schemel neben der Bettstatt und setzte sich hinüber zu ihren jüngeren Schwestern, nicht aber, ohne Elsa aus den Augen zu lassen. Wenn die Älteste die Zunfturkunde bekam, um sich in Stand und Ansehen emporzuheiraten, was blieb dann ihr? „Hat Elsa einen in Aussicht?", wollte Siegtraut wissen. Von Elsa wurde sie verständnislos gemustert.

Die Mutter ignorierte Siegtrauts Äußerung und fuhr darin fort, ihr Ableben vorzubereiten. „Die Urkunde hier hat nichts mit dem zu tun, was euer Vater falsch gemacht hat, Els. Euer Vater, der Herr sei seiner Seele gnädig, hatte Unrecht getan, indem er anderes Bier als das Görlitzer braute, ganz einfach, weil das Görlitzer nach Heiligem Stuhl riecht …" Die Mädchen verkniffen sich in Anbetracht von Katharina Mälzers Ernst das Lachen. „Elsa, du wirst es so machen, wie es das Gebot fordert und wirst deine Schwestern hier herausholen!

Euer Vater unterlag der Zweimeilenzone und das hieß, er durfte nur Görlitzer Bier machen, was dir das Recht einräumt, dereinst dein eigenes Brauhaus zu eröffnen oder mit einem Brauereigesellen das Görlitzer Bier zu machen." Elsa nickte. Sie alle kannten die

Zunftgesetze und die Rechte der Zunftmitglieder. Die Urkunde machte Elsa nicht zu einem Mitglied der Zunft – Gott bewahre! Frauen war es nicht gestattet, auch nur bei den Versammlungen teilzunehmen, geschweige denn eigene Ansprüche geltend zu machen. Nein, die Zunfturkunde eröffnete Elsa genau das, was die Mutter gesagt hatte: ein Zunftmitglied zu ehelichen. Was aber blieb ihr, Siegtraut? Sie ballte die Hände zu Fäusten und taxierte Elsa, die mit der Mutter tuschelte, als seien die übrigen drei gar nicht da. Vielleicht wünschten sie sich, dass die anderen nicht mehr da wären?

Siegtraut konnte nicht klar denken vor Wut. Sie sprang auf, was von Elsa nicht unbemerkt blieb, zerrte ihr Tuch vom Haken und war schon bei der Tür.

„Wohin so eilig?", durchschnitt Katharinas rauchige Stimme die Stille; vergessen waren Gebrechen und Gebrechlichkeit. „Hast du den Wachsstock fertig?"

Siegtrauts Blick huschte zum Kamin, dann wieder zur Mutter, deren blasse Augen auf dem Flecken umherwanderten, wo Siegtraut wie vom Blitz getroffen stehen geblieben war. Das Mädchen schüttelte den Kopf und weil Katharina das nicht sehen konnte, schob sie ein leises Nein hinterher.

„Na dann …" deutete Katharina auf den Platz vor dem Kamin. Doch Siegtraut blieb nahe der Türe stehen. Sie beobachtete jede von Elsas Regungen. Sie missbilligte, wie Katharina nach Elsas Hand griff und sie verschwörerisch drückte, und sie erkannte, wie Elsa ihre Hand unter der der Mutter hervorzog.

„Die Zeit ist noch nicht gekommen, Mutter. Wenn es so weit ist, dass sich ein ehrbarer Bursche meiner erbarmt …" Das ließ Elsa unvollendet. Sie rollte das Pergament zusammen, um es wieder in die Lederrolle zu schieben. Damit erhob sie sich und verkündete, bald wieder nach der Mutter schauen zu wollen. Dann drückte sie sich an Siegtraut vorbei und da war dieser Blick – nur ein flüchtiger Augenaufschlag, den die Schwestern tauschten und in dem mehr als alle Worte steckte. Auf Elsas Gesicht, als sie die Tür aufzog, rangen Erschöpfung, Furcht und das Bemühen, beides vor den Jüngeren zu verbergen, miteinander. „Gesegneten Johannestag wünsche ich euch." Dann war sie fort.

24

Deshalb muss die große Menge des Volkes durch das unterschiedslose und hochtönende Versprechen der erlassenen Strafe getäuscht werden.

Am Dreikönigstag geschah es. Alle ihre Zweifel wurden an diesem Tag fortgeräumt. Und das wegen eines Geräusches.

Aber von vorn: Zunächst hatte Elsa oben in der Mägdekammer nur schnell ihr wollenes Umschlagtuch holen wollen. Der Küchenschlot zog schlecht und aufgrund der dicken Luft hatte man den ganzen Vormittag die Fenster offen stehen lassen müssen. Und als Elsa eben zurück in die Küche eilen wollte, hörte sie es ganz deutlich: ein Klacken. Aus der hinteren Dachkammer. So ein Klicken und Klacken. Und das fuhr ihr tief ins Mark. Es nagte an ihren Erinnerungen, rüttelte tief Schlafendes wach und warf sie zurück in eine ferne Vergangenheit. Es öffnete ein Fenster hin zu einem Wiesenpanorama vor einem seicht ansteigenden Hügel, hinter dem ein verträumter Bach entlangsprudelte. An dem Bach lag zur einen Seite eine kleine, zur anderen Seite eine große Brauerei und in der kleinen Brauerei wohnte ein Mädchen und in der großen ein Junge. Und das Mädchen beobachtete den Jungen, der am liebsten mit seinen Glasmurmeln spielte.

Elsa nahm allen Mut zusammen, zog die schweren Holzpantinen aus, um den Dielen des Dachbodens kein Geräusch abzunötigen und schlich nach hinten. Das Ohr legte sie an das rissige Holz der Türbretter. Da war es ganz deutlich: dieses Klimpern. Glas auf Glas.

„Andres?“, flüsterte sie und das Klacken brach abrupt ab. Kein Laut, kein Hauch war mehr zu hören. Elsa schalt sich. Was hatte sie sich dabei gedacht? Sie wusste, wenn derjenige – Andres Hinterthur oder nicht – der Reinhildin erzählte, was sie getan hatte, würde sie sie vor die Türe setzen. Elsas Mutter und ihre Schwestern würden aus dem Armenhaus fliegen, weil sie keinen Bürgen mehr hätten. Wie unfassbar dumm musste man eigentlich sein? Elsa tastete nach dem Bergkristall unter ihrem Leibchen. Wie viel musste man beten, um die schlimmen Konsequenzen auf solch leichtfertiges Handeln abzuwenden? Sehr viel sicherlich.

Obendrein zogen die Kaminfeger eine tote Taube aus dem Schornstein, was ein schlimmes Vorzeichen war. Die Reinhildin betete am Hausalter und Elsa braute ihr einen besonders kräftigen Sud aus Mädesüß. „Ich muss zu deiner Mutter“, bestimmte die Reinhildin am Abend. Elsa aber hatte ganz andere Sorgen. Sie wurde von dem, was sie oben in der Dachkammer gehört hatte, nicht mehr losgelassen. Sie beobachtete Reinhilde, der der heimliche Gast vielleicht längst verraten hatte, dass Elsa eine Idee von der Identität des Fremden nährte. Reinhilde nickte entschlossen. „Gleich morgen! Ich muss mich beraten lassen, was diese dumme tote Taube für ein Vorbote ist!“ Damit erhob sich Reinhilde und Elsa blieb nichts als Warten auf ihr Gericht.

Da sie auch zwei Tage nach diesem Vorfall nicht vor die Tür gesetzt worden war, ging Elsa davon aus, dass Andres Hinterthur sie nicht verpetzt hatte. Ihre Mutter hatte der Tylikin beschieden, die tote Taube sei ein Vorbote auf etwas Neues, etwas Große, etwas Besonderes, das dem Hause Tylike bevorstand. Seither zermarterte sich Reinhilde den Kopf darüber, was denn das Große, Neue, Besondere sein könnte. Dass es mit der Entdeckung des Andres Hinterthur zu tun haben könnte, kam der Brauerin nicht in den Sinn. Doch seit Elsa die Brauereiurkunde ihrer Eltern in

Händen gehalten hatte, nahmen Überlegungen ihre Zukunft betreffend Gestalt an. Wabernde, nicht greifbare, nebulöse Gestalt. Besonders des Nachts, wenn sie wach lag, spielten Koketterie und Vernunft miteinander. Es knusperte Elsas Tagtraum an dieser Vernunft herum wie die fette Ratte an den Holzbeinen der alten Sudkessel. Angeknabberte Wünsche und Träume gaukelten Elsa ein Bild einer Zukunft vor, die ihr gar nicht zustand. Sie war nur eine Magd. Eine Magd im Hause der Mutter eines als Ketzer Verrufenen! Magd im Ketzerhaus.

Das plötzliche Klacken Glas auf Glas riss sie aus ihren Gedanken. Obschon es von hinten aus der Dachkammer kam, durchstieß es aufdringlich die Stille der Nacht. Elsa wurde wütend. Sie hatte diese Geräusche, die Geheimniskrämerei, die zusätzliche Arbeit im Hause und die scheelen Blicke der Städter satt. Entschlossen warf sie sich das wollene Tuch über. Mit den Füßen tastete sie nach den Holzpantinen. Sie gab sich, anders als sonst, nicht gerade Mühe, leise zu sein. Schon nach den ersten Schritten verebbte das Klacken. Elsa, in unaufhaltsamem Aufruhr, vergaß vorsichtig zu sein. Sie hätte sich aus den Angelegenheiten heraushalten sollen. Doch ihre Rücksicht war aufgebraucht.

Mit unüberhörbarem Knacken, das selbst die fette Ratte auf dem Dachboden eingeschüchtert haben dürfte, ließ Elsa das Schloss, dessen Schlüssel steckte, hochschnappen. Sie stieß die Tür auf. Die Hand vor Augen konnte man hier nicht sehen. Weder sie noch der Mann in der Kammer hatten ein Licht.

Vielleicht war seine Gestalt schemenhaft zu erahnen, vielleicht täuschte das auch. So starrte Elsa, verblüfft über ihre eigene Kühnheit und starr vor Verlegenheit, die jetzt leider zu spät in ihr hochkroch, ins Innere der Kammer und sprach in die Richtung, wo sie den Menschen vermutete. „Was soll das die ganze Nacht? Es gibt Leute hier, die schlafen müssen, um dich morgen wieder zu bedienen! Ruhe jetzt!“

Die Tür flog wieder ins Schloss. Der Hahn rastete ein. Elsa ließ ihre zitternden Hände noch einen Moment auf den Brettern des Türblattes ruhen. Ihr ganzer Körper bebte. Jetzt, viel zu spät, klopfte die Reue an. Jetzt, viel zu spät, war sich Elsa sicher, mit ihrer vorlauten Art ihre Familie an den Rand der Existenz getrieben zu haben. Und was sollte sie dann machen? Elsa wusste, was schlimmer war, als auf dem Marktplatz zu betteln und am Markttag den Leuten in die Röcke zu greifen, um die Geldkatze zu klauen oder im Vorbeirennen den Händlern Brot, Früchte, Fleisch und Fisch vom Auslagentisch zu stehlen. Das alles hatte sie schon Hunderte Male beobachtet. Sie hatte genau wie Peternelle und Reinhilde ihr Urteil über die Diebe und Bettler gefällt. Sie wusste, was es Schlimmeres gab als das. Schlimmer als zu betteln und zu stehlen war, sich am nördlichen Neißeufer, jenseits der Werkstätten der Gerber und Färber feilzubieten. Das war schlimmer!

„Verzeiht", murmelte sie gegen das Holz, das sie sacht streichelte, als könne sie so ungeschehen machen, was sie sich erlaubt hatte. „Bitte sagt nichts der Reinhildin. Bitte." Sie ließ von der Tür ab und ging, wie sonst auch, lautlos hinüber zu ihrer Kammer. Gerade, als sie darin verschwinden wollte, drang etwas zu ihr herüber: eine warme Stimme, nicht die eines erwachsenen Mannes, aber auch nicht die eines Kindes und schon gar nicht die Stimme, die sie vom blassen, hohlwangigen unscheinbaren Andres Hinterthur in Erinnerung hatte. Eine Stimme, ganz ruhig, ganz unaufgeregt, als schlummere ein kleines Lächeln darin. „Entschuldige, ich wollte deine Nachtruhe nicht stören."

Elsa horchte in die Tiefe des Dachbodens, um das Weitere genauer hören zu können, aber der Fremde sagte nichts mehr.

Wenn sie des Tags auf dem Hof zu tun hatte, flog ihr Blick von nun an häufiger hinauf zum kleinen Dachfenster. Und manchmal, wenn das Pergament vor der Dachluke weggenommen worden war, blieb sie stehen, um hinaufzusehen. So lange sie auch draußen im Schnee ausharrte, niemals erspähte sie den Mann, zu dem die Stimme gehörte. Diese schöne kluge Stimme. Diese Stimme war um sie, bei allem, was sie tat, und Elsa suchte in ihren Erinnerungen nach einem Gesicht, das zu dieser Stimme passen könnte, und hatte das Gefühl, dem Eingesperrten jetzt ein Stück näher zu sein.

Elsa wusste, dass Reinhilde für ihren Schützling täglich Speisen und Waschschüssel sowie die Notdurft versorgte. Doch neuerdings trug sie auch Bücher hinauf. Richtige Bücher mit eisernen Buckeln und Schließen an den ledernen Einbänden. Solche bewahrte Reinhilde hinter den Butzenglasscheiben des Prahlhans' in der Wohnhalle auf.

Da Elsa alles nach dem P fehlte, hatte sie sich bisher nicht für die Bücher interessiert, außer, wenn sie den Prahlhans abstauben musste und die vielen Buchrücken ihre Zeit stahlen. Dann hatte sie sie verflucht. Jetzt aber war ihr Interesse ein anderes und ab und an nahm sie beim Staubwischen eines der dicken Bücher in die Hand, um deren Gewicht und das abgegriffene Leder zu spüren. Nie hätte sie gewagt, eine der Schließen zu öffnen.

Die Reinhildin schimpfte sehr, als sie Elsa erwischte, wie sie eines der schweren Bücher umständlich mit beiden Händen aus dem Schrank nahm. Elsa entschuldigte sich und gab vor, dahinter Staub wischen zu wollen und tatsächlich war es hinter den Büchern ganz furchtbar schmutzig, sodass Reinhilde sie gewähren ließ. „Aber pass bloß auf, dass die nicht feucht werden. Und wehe, du schlägst sie auf!" – Warum sollte Elsa ein Buch schlagen? – „Und wenn ich dich erwische, wie du sie aus dem Zimmer trägst! Sei brav, Mädchen!"

Wenige Tage später gab es eine Schererei! Elsa folgte einem seltsamen flatternden, knisternden Geräusch in die Wohnhalle. Und wie erschrak sie vor zwei Tauben, die durchs geöffnete Fenster geradewegs auf den Hausaltar geflogen waren und ihn nun flügelschlagend verwüsteten. Sie pickten die Kerne aus den längst getrockneten Fichtenzapfen, die dem hölzernen Laurentius als Zier gedient hatten. Es verwunderte Elsa, wie es die Tauben geschafft hatten, das bronzene Kruzifix und den vergoldeten Kandelaber auf den nackten Steinboden zu stellen. Elsa schoss mit viel Gefuchtel auf das Federvieh zu, packte die eine Taube und drehte ihr den

Hals um. Das Spektakel der anderen Taube verebbte erst, als auch die niedergestreckt war.

„Was für ein Lärm!“ Die Reinhildin erstürmte die Halle. Es fiel ihr sichtlich schwer, die toten Tauben in Elsas Händen und den verwüsteten Altar übereinzubringen. Elsa begann schon, sich zu rechtfertigen. Die andere hob abwehrend die Hand.

„*Hier* ist der!“, rief Reinhilde und beäugte das, was vom Hausaltar übrig geblieben war, hob das Tuch, das vollgekackt und unordentlich dalag, und nickte. „Schaff das Geflügel in die Küche und dann hilf mir damit!“ Reinhilde meinte den Altaruntersatz, auf den sie prüfend klopfte.

Elsa nickte und dankte Gott, dem Herrn, dass die Reinhildin sie nicht der Altarschändung bezichtigte. Wie ihr geheißen, tat sie das Federvieh in einen Korb und war bereit, der Reinhildin beim Aufräumen zu helfen. Sich nach dem Laurentius bückend, wurde sie von der Hausherrin angeherrscht: „Lass den stehen, komm her! Pack an … Nicht dort, hier an der Kante. Der Tisch muss auf den Dachboden.“

„Auf den Dachboden? Aber der ist doch noch gut.“ Elsa prüfte an den aufwendig gedrehten Tischbeinen, ob der Wurm bereits darin wohnte.

Die Reinhildin überging Elsas Überlegungen und grummelte etwas davon, überall nach diesem Möbel gesucht und nicht vermutet zu haben, dass Tylike ihn als Altaruntersatz verwendete. Sie warf das Tischtuch auf den Steinboden.

„Wir müssen zuerst den Altar herrichten, das wird der Meister als Erstes bemerken“, gab Elsa zu bedenken.

Reinhilde hielt inne, betrachtete die Bescherung und nickte. „Du hast recht, Els. Komm, lass uns vom Hof ein Fass holen.“

Zwecklos über den Rang eines Fasses zu diskutieren und im Leben eines Braumeisters hatte es wohl einen anderen Stellenwert als in Elsas. Auf dem Hof fanden sich allerlei ausgediente Fässer mit kaputten Reifen oder geborstenen Dauben und warteten darauf, vom Böttcher zum Flicken abgeholt zu werden.

Es gestaltete sich nicht so einfach, ein hüfthohes Fass quer zu legen, geschweige denn, es bis ins Obergeschoss zu kriegen. Außerdem verhakte es sich an den hohen Holzschwellen und krachte, wenn es darüber hinweghopste. Obendrein müffelte es nach Vergorenem. Elsa hatte so eine Ahnung, wer das Ding würde schrubben dürfen. „Du machst das sauber, Els, aber zuerst der Tisch."

Der Tisch war schwer. Die Tischplatte an sich war nicht sehr ausladend, eine Armspanne breit wie lang, aber die Platte war aus Eiche und die dicken Beine auch.

„So, kschschh", machte Reinhilde mit fuchtelnden Armbewegungen in Richtung der störrischen Katze. „Den Rest mach ich allein. Kümmere dich ums Fass!"

Elsa deutete einen Knicks an und schloss die Luke über dem Kopf. Nach unten ging sie jedoch nicht sogleich. Da: diese Stimme. Ganz deutlich wieder zu hören. Diese alles beherrschende Stimme. Was der junge Mann und die Reinhilde miteinander sprachen, konnte Elsa nicht verstehen, aber dass er seinen Widerwillen und die Reinhilde ihre Beharrlichkeit zum Ausdruck brachten, begriff sie doch.

Zum Abschluss dieses Tages hockte Elsa im Bierfass und schrubbte den Geruch weg, von dem sie würgen musste.

Das Erste, was dem Niklas Tylike auffiel, als er zum Nachtmahl in die Wohnhalle trat, war, dass es wohlig nach Bier roch. Als zweites entdeckte er das Fass, das Elsa mit einem feinen Atlas bedeckt und mit den Reliquien bestückt hatte. Elsa, um ihre Haut vor der Wut des Hausherren zu retten, hatte sich die Mühe gemacht, Efeu zu pflücken und ihn wie eine Ranke um das Fass drapiert, damit dessen Hässlichkeit nicht gar so ins Auge stach.

Der Tylike schaute in die Runde: zuerst traf sein nicht wenig streitlustiger Blick sein Weib, dann seinen Sohn, dann Peternelle und zum Schluss Elsa. „Was soll das?"

„Faber hat das empfohlen", antwortete Reinhilde mit dem, was sie sich zurechtgelegt zu haben schien. „Es soll wirksamer sein als ein Tisch. Er meinte, das Fass könne Laurentius' Schutzkraft verstärken und was wir am meisten brauchen, ist eine gute Läuterung." Letzteres meinte nicht die Buße, sondern das irdische Läutern – Trennung von Malz und Würze für den nächsten Brautag. Der Tylike schien noch nicht überzeugt. Elsa konnte deutlich erkennen, wie seine Nasenflügel zu zucken begannen.

Aber wie sich zeigte, war die Reinhilde bestens gegen den Wutausbruch ihres Mannes, der auf jedwede Einschnitte ins Gewohnte folgte, gewappnet. Unter dem eckigen Ausschnitt ihres nachthimmelblauen Kleides zückte sie jetzt eine Phiole hervor. „Weihwasser." Sie entkorkte das Fläschchen und reichte es dem Tylike. Der beäugte das Glasgefäß und roch sogar daran. „Damit besprengst du das Fass und es ist genauso geweiht wie der alte wackelige Tisch." Triumphierend klatschte Reinhilde in die Hände, dann faltete sie dieselben und stimmte das Gebet an.

25

Die Macht, die der Papst über das Fegefeuer insgeheim hat, hat jeder Bischof und Pfarrer in seinem Sprengel und seiner Pfarre insbesondere.

Elsa stand in dieser Nacht lange auf der Diele des Dachgeschosses und lauschte hinüber zur Dachkammer des Fremden. Sie fror entsetzlich. Der Wind klapperte mit den hölzernen Dachpriegeln. Und sie verharrte schon viel zu lange regungslos. Und eben in dem Moment, als sie es aufgab zu lauschen, um ins Bett zu gehen, hörte sie es: Glas auf Glas. Elsa merkte auf und die Tatsache, ein Lebenszeichen von dort drüben zu hören, ließ ihr Herz hüpfen. Die Anwesenheit des anderen gab ihr das Gefühl, nicht ganz so einsam zu sein. Es gab dort jemanden, der noch mehr allein war als sie. Was auch immer Elsas Gedanken jetzt kreuzte, es wurde verdrängt von einem kullernden Geräusch, wie dem Rollen einer Kugel, und es kam auf sie zu durch die Dunkelheit. Elsa lauschte dem Geräusch, konzentrierte sich auf die Veränderungen des gleichmäßigen Surrens, etwa, wenn es über die Dielenkanten hopste oder entlang einer Rille rollte. Und dann schlug das Geräusch hölzern an. Elsa spürte kaum merklich das Anstupsen an ihrem Fuß. Glas auf Holz.

Elsa ging in die Hocke. Mit den Fingerspitzen tastete sie nach dem kleinen Gegenstand, vorsichtig, ihn nicht wieder fortzustoßen. Eine Murmel. Nichts weiter als eine Perle ohne Loch, wie Kinder welche zum Spielen haben, glatt und kalt. Elsa schlüpfte aus den Holzschuhen und schlich hinter zur Tür. Hier ließ sie die Murmel drunter durch rollen. Sie lauschte dem sich entfernenden Kullern. Sie hörte es nicht anschlagen. Die Murmel musste entweder auf etwas Weiches gestoßen oder vom Menschen hinter der Tür mit der Hand aufgefangen worden sein. Sie erhielt prompt Antwort. Die Murmel kam wieder zu ihr zurück. Dieses Mal mit lautem Surren – „Autsch" – an ihren Zeh.

„Verzeihung."

Überrascht von dem Unerwarteten, erhob sich Elsa. Die Murmel in der Faust. Vernunft und ihr Gegenteil rangen miteinander. „Kann ich reinkommen?" Wie kam sie dazu? Was fuhr in sie?

„Hast du den Schlüssel? Sie hat ihn abgezogen, als sie das letzte Mal hier war."

Elsa tastete nach dem Riegel. „Ja." Gottes Fügung! Gott wollte nicht, dass sich Elsa in diese Sache einmischte. Welche Sache? Vielleicht hatte Gott damit aber gar nichts zu tun, sondern Reinhilde ließ seit dem Streit von neulich mehr Vorsicht walten.

„Sie hat den Schlüssel am Bund bei den anderen." Die Stimme, ganz nah jetzt, war dicht hinter der Tür stehen geblieben. In Elsas Nase strömte vor vielen Jahren vernommener Duft: so lebendig in ihrer Erinnerung, als habe sie ihn gestern zuletzt wahrgenommen: der Duft von feuchter Erde und etwas Leichterem wie Staub, aber nicht so fad. Eher wie Wolle, die vor einem Feuer zum Trocknen hängt. Heiße Wolle und feuchte Erde. Das war sein Duft. Sie hatte es nicht vergessen.

„Andres?" Im Innern tat sich nichts. „Du kannst es mir sagen, wenn du da drin bis. Sie suchen nach dir." Töricht, das zu erwähnen! Sie wich vor der Tür zurück. Aber es blieb still in der Kammer. Elsa versuchte es ein zweites Mal, hörte aber nichts als seine Schritte, die sich von der Tür entfernten.

Diese nächtliche Begegnung ging ihr auch am folgenden Tag nicht aus dem Kopf. Als sie des Tags ihren Erledigungen nachging, blieb ihr Blick am Rathaus hängen. Einem Bau, dem sie sonst nie viel Bedeutung geschenkt hatte. Ein Gebäude, das immer schon da war, so weit sich Elsa an ihren ersten Schritt über den Ring erinnern konnte. Ein Haus, eine Institution, mit der sie nichts zu tun haben wollte, vor der sie sich fürchtete, wie die meisten Leute ihres Standes.

Das Rathaus thronte als Eckhaus am westlichen Rand des Ringmarktes. Die unscheinbare hölzerne Treppe passte nicht zur Tür, die prunkvoll ins Mauerwerk gearbeitet war. Elsa nahm die unteren Stufen und legte den Kopf in den Nacken, um zum im vergangenen Jahr zu Wachtzwecken fertiggestellten, über hundert Fuß aufragenden Turm aufblicken zu können. Über ihrem Kopf an der Seite des Turmes: das in Stein geschlagene Wappen des Königs Matthias Corvinus. Der Hunyadi war ein weiser König gewesen. Einer dessen Herrschaft durch die Jagellonen abgelöst worden war und nun in den Händen des Königs Ludwig von Böhmen lag. Wie hätte er gehandelt?

„Und wenn er doch ein Ketzer ist?“, murmelte Elsa und tastete auf der Wolle ihres Tuches nach der harten Wölbung des Bergkristalls. Und wenn es doch der Beelzebub war, gezeugt vom Leibhaftigen, geboren aus dem Odem des Fegefeuers? Ihre Gedanken kreiselten. „Zwei Gulden, Els!“

Unentschlossen beugte sie sich über den Handlauf der Rathaustreppe und spähte gen Westen, woher der Schneesturm brauste. Jemand huschte eben in die Apotheke an der Ecke der Apothekergasse. Niemand nahm Notiz von ihr. Der Frost kniff in ihre Finger. Elsa steckte die Hände in die Tasche ihres groben Überwurfs. Ihre Fingerspitzen stießen auf die Murmel, die sie vergangene Nacht dem Geächteten nicht zurückgegeben hatte. Das Glas schien eine Wärme zu verströmen, die darin begründet liegen mochte, dass Elsas Finger beinahe steifgefroren waren. Von der Treppe aus hatte man einen vortrefflichen Blick über den Ring mit der Waage, dem heut verwaisten Podest mit Schandpfahl, den abgehenden Gassen, dem festgefahrenen Dreck, mit Kindern, die sich von Erwachsenen zu entfernen versuchten, mit Hunden, die von Kindern, die sich von Erwachsenen zu entfernen versuchten, geneckt oder geärgert wurden – je nachdem – Bettler und Gesindel und …

„Was machst du denn hier?"

Siegtraut.

Elsas Schwester schaute von der Gasse herauf. Ein Korb, scheinbar leer, baumelte in ihrer Armbeuge. „Was du hier machst, frag ich."

„Nichts." Elsa trat die Stufen wieder hinunter und stellte sich vor ihre Schwester, die, wie es ihre Art nun einmal war, die andere misstrauisch beäugte.

„Nichts? Bei dem Sturm?"

„Ich wollte nur mal von da oben runtergucken."

„Runter gucken?", echote Siegtraut und folgte dem Blick der Schwester.

Elsa nickte. „Nur so."

Siegtraut war so verblüfft, dass sie eine Weile gar nichts sagte. Niemand erklomm freiwillig und nur, um hinunterzusehen und *nur so*, die Rathaustreppe. Das Rathaus war der Inbegriff von Strenge, Strafe und nicht selten ungerechter Urteile.

Elsa versuchte ein Gespräch anzuregen. Siegtrauts Misstrauen jedoch blieb ungebrochen.

Später, als Elsa auf dem Hof Wasser holen ging und den Blick hinauf zum Giebelfenster schickte, schwand ihre Gewissheit, dass sie Andres beim Rat hätte verpfeifen können, nachdem sie für ihn die Pilgerlüge erdacht hatte.

„Was hast du bloß angestellt, Andres Hinterthur?" Elsa nahm aus der Tasche die Murmel. Im Innern des durchsichtigen Rundes sah sie ein kleines grün schimmerndes Fleckchen wie ein zartes erstes Blatt an einem im Frühjahr aufbrechenden Baum. Wie sehr ihr das Grün fehlte. Sie hob die Murmel gegen die milchige Sonne, die hinter den goldgeränderten Wolken nicht hervorkam. Trotz des trüben Lichtes, wurde das Grün durchflutet und sprengte es in alle Facetten auf. So viele Grüntöne hatte Elsa zuletzt in ihrer

Kindheit an den saftigen Wiesen, dem Weinberg und den Ufern des Schwarzbaches gesehen. Und da, plötzlich, war ihr so, als regte sich das Pergament hinter dem kleinen Dachfenster. Elsa blinzelte an der Murmel vorbei. Vielleicht Einbildung im grünlichen Zwielicht?

Es vergingen ein paar Tage, bis sich Elsa sicher war, dass Andres kein Wort von ihrem Besuch bei ihm der Reinhilde verraten hatte und sie sich getraute, abermals an seine Tür zu schleichen.

„Ich wollte dich verpetzen, hab es aber nicht getan."

Einen Moment war es still, dann hörte sie ihn leise schnauben. „Soll ich dir eine Lobesrede darauf schreiben?"

„Nein."

Über die Stille, die sich zwischen sie zwängte, legte sich ein Tuch, gewebt aus feuchter Erde und heißer Wolle. Elsa, im Begriff, zu Bett zu gehen, erschrak fürchterlich, als seine Stimme ganz dicht hinter der Tür zu hören war. „Ich muss hier raus. Hol den Schlüssel und schließ auf!"

Elsa schüttelte den Kopf, was der andere freilich nicht sehen konnte.

„Bitte!"

„Nein. Das geht nicht." Selbstverständlich nicht. Schon darüber nachzudenken, war absurd. Wie immer war ihre Kühnheit kein zuverlässiger Partner, sondern eher ein wankelmütiger Gast. „Tut mir leid."

„Ich muss hier raus."

„Tut mit leid." Von Furcht gepackt, entfernte sie sich leise von der Tür.

„Bitte."

Elsa antwortete nicht.

„Bitte, sag mir wenigstens, wie du heißt." Die Stimme war nur ein Flüstern, aber in ihr steckten so viele Farben und Facetten, dass es Elsa leid tat, wie feige sie war.

„Tut mir leid, gute Nacht." Sie schloss die Tür ihrer Kammer, bettete sich neben Peternelle, betete, den Bergkristall umklammernd, zur heiligen Barbara, Schutzpatronin aller Gefangenen, und schwor sich, nicht wieder zum Andres Hinterthur an diese Türe zu gehen. Einen Schwur, den sie bald brechen sollte.

Das stakkatoartige Klimpern, schnell und streng, zog Elsas Beobachtungen auf sich. Sie ließ Reinhildes Schlüsselbund kaum mehr aus den Augen. Andauernd dachte Elsa darüber nach, was geschehen würde, wenn sie Andres Hinterthur zur Flucht verhalf. Törichter Gedanke!

„Holst du für mich den Schlüssel?", war seine Begrüßung, als sie sich das nächste Mal an die Tür wagte.

„Nein."

„Was willst du dann?"

„Ich will wissen: Warum bist du hier gefangen gehalten?"

„Ich werde nicht gefangen gehalten."

„Du bist eingesperrt, kannst nicht raus, also bist du ein Gefangener."

„Wie du meinst", sagte die Stimme und Elsa konnte nahezu sehen, wie er die Achseln zuckte.

„Was hast du verbrochen?"

„Gar nichts."

Einen Moment schwiegen beide. Elsa wollte schon umkehren, da bat er sie abermals darum, den Schlüssel zu holen. Dieses Mal klang er sehr flehend und eigentlich schon resigniert, weil er die Antwort erahnte. „Ich muss etwas erledigen, etwas Dringendes."

Elsa überlegte. Sie sparte sich, danach zu fragen, was es für ihn Dringendes zu erledigen gab. Es konnte nur die Buhlschaft mit dem Teufel sein. Als sie sich bereits entfernte, rief er sie halblaut zurück. „Bist du Peternelle oder Elsa?"

Richtig, sie besann sich: Er mochte die Namen der Mägde kennen, aber nicht mit Vaternamen und deren Gesichter hatte er wohl auch noch nicht gesehen. Elsa bezweifelte, dass Andres Hinterthur klar war, dass sie in Kindertagen Nachbarn gewesen waren. „Elsa."

„Gute Nacht, Elsa."

26

Der Papst tut wohl daran, dass er nicht durch die Schlüsselgewalt (die er nicht hat), sondern durch seine Fürbitte den Seelen Vergebung gewährt.

Sie beobachtete, wie sich Christian ächzend aufs Bett setzte. Es war nicht ihrer beider Stunde, aber die junge Frau war froh, dass er sie am Armesündertor vor dem nördlichen Nikolaiviertel aufgesammelt hatte. Hier war ihr von einer Bekannten Hoffnung auf einen frischen Wecken gemacht worden. Die Bekannte hatte sich dann aber nicht blicken lassen. Der Neuschnee hatte sie bis aufs Schweißhemd durchgeweicht. Sie fror erbärmlich und war froh, dass Christian sie mitgenommen hatte. Er klemmte sich das flachsblonde Haar hinter die Ohren, nachdem er die Kapuze auf die Schultern zurückgestreift hatte. Es überraschte sie immer wieder aufs Neue, wie gut er aussah. Das machte das andere einfacher.

„Was hat dich ins Finsterviertel verschlagen?", fragte sie ihn.

Er schaute kurz auf, seine Augen blitzten geheimnisvoll. „Nichts weiter." Er hob den abgespreizten Daumen vor den Mund. Eine unmissverständliche Geste. Der jungen Frau entglitt ein Lächeln. „Ich hab dem Hoter sein neues Richtschwert gebracht."

Ihr Lächeln erstarb und sie fröstelte bei der Vorstellung, dass das Werkzeug, das vielen Menschen das Leben kosten würde, von ihrem Gönner gemacht worden war. „War heut nicht Ratskür?", schüttelte sie die Gedanken an das Grässliche ab. Er nickte, während er sich die Augen rieb.

Einmal im Jahr, wenn der neue Rat gewählt wurde, buhlten jene Braumeister, die eigentlich gar nicht Brautag hatten, um die Gunst des Rates, ein Fass aus der Reihe brauen zu dürfen. Sie beobachtete Christian, wie er an der Fibel seines Umhanges nestelte, die auf seiner linken Schulter ruhte. Er bekam sie nicht auf. Das Mädchen stellte sich neben ihn, schob den Hahn über den Bügel und nahm ihm den Umhang ab. „Wer hat das Rennen gemacht?"

„Franz Schneider wurde gewählt." Christian beugte sich vor, um seine Stiefel zu öffnen.

Im Grunde war es gleich, überlegte das Mädchen. Der oder ein anderer. Wer Bürgermeister war, machte keinen Unterschied. Noch kein Bürgermeister hatte sich um die Bettler gekümmert. Man verbot ihnen das Betteln während der Marktstunden. Erst, wenn der letzte Stand aufgehoben war, durften sie sich auf dem Markt einfinden. Die meisten hielten sich nicht daran, das setzte Hiebe, weil ein Bußgeld vom Bettler nicht zu bekommen war.

„Sie reden über diesen Martin Luther", sagte sie und kaum war der Name ausgesprochen, schnaubte Christian abfällig. Erst der eine, dann der andere Stiefel schoss vor den erlöschenden Kamin.

„Martin Luther!", stieß er abfällig aus.

„Wer ist das?"

„Ein Hetzprediger." Christian ließ sich nach hinten aufs Bett fallen und knetete seine Augen. Vielleicht war er angetrunken und das Mädchen merkte es nur nicht, vielleicht war er müde vom langen Tag im Rat. Wie auch immer, sie hoffte, nicht allzu sehr in Anspruch genommen zu werden. Er mochte gut aussehen, er mochte Geld haben, aber am Ende war er auch nur ein Mann, angetrieben von Sünde, und gierte nach dem, was in eine rechtschaffene Ehe gehörte. Sie wusste, dass sie mit dem einen Bein schon in der Hölle stand. Wenn sie sich ihm erst zur Gänze hingegeben haben würde, wäre es ganz vorbei mit ihrem Seelenheil. Das wollte sie, so weit es ging, hinauszögern. Die Hoffnung bestand, dass sie ihre Schuld mit einer guten Tat aufwiegen konnte. Sie war eine gute Tochter. Mit jedem einzelnen von Christians Hellern und Pfennigen kaufte sie Lebensmittel oder das ein oder andere Stück Tuch. Nichts für sich, nur für die Familie. Allerdings log sie, wenn sie von jemandem gefragt wurde, woher das Brot oder das Tuch kamen. Sie gab vor, es sei ihr von einer edlen Dame überlassen worden.

Sie rubbelte ihre Arme. „Es ist kalt." Im Kamin kämpften die letzten Flämmchen um das Recht des Stärkeren. Die kleinere Flamme leckte am glatten Scheit. Die größere überwältigte die kleinere und verschluckte sie. Das Mädchen wusste, im Leben war es stets die kleinere Flamme gewesen.

Christian hob lediglich den Kopf, um nach dem Kamin zu sehen. Dann deutete er auf die Handvoll Scheite, die daneben lagen, und hieß das Mädchen, sie aufzuschichten.

„Genieß es. Das ist das letzte Holz."

„Dann solltest du vielleicht deine Münzen sparen?", schnurrte sie, während sie das Holz nachlegte.

Seine Augen waren geschlossen, vielleicht war er eingeschlafen? Nein. Über sein Gesicht mit dem wenige Tage alten blonden Stoppelbart huschte ein schelmisches Lächeln. „Nein. Es gibt keins mehr. Nicht für die Armen und nicht für die Reichen. Wegen der schlechten Münze. Es wird kein Brennholz eingefahren." Davon hatte auch das Mädchen berichten hören. Sie hatte mit angehört, wie sich zwei Kaufherren über den Verfall des Münzwertes aufgeregt hatten. Es war offensichtlich so, dass die Stadt ihre Zinsen an die Obrigkeit nicht mehr begleichen konnte. Was eine Mark böhmische Pfennige hätte wert sein müssen, brachte die Stadt lediglich auf ein Schock Görlitzer Pfennige.

Die Kaufherren hatten wider ihren König geschimpft. Die Böhmen waren so weit gegangen, ihrem elfjährigen König Ludwig bei seiner Krönung, die Huldigungen zu verweigern und sahen ihn im Eigentlichen nicht als ihren Herrscher an. Aufgrund der schlechten Münze überwarfen sich die Stände von Land und

Stadt und waren sich längst nicht mehr einig. Die Leute wetterten, König Ludwig sei mit seinen elf Jahren nicht in der Lage, zwei riesige Reiche zu regieren. Böhmen und die Niederlande. Die junge Frau wusste weder wie groß Böhmen noch wo überhaupt die Niederlande waren. Sie wusste, wo es in der Umgebung unauffällig erreichbare Schweinetröge gab und wann es sich lohnte, sie zu durchstöbern.

„Hat es was mit diesem Luther zu tun?"

„Herrje, nein", lachte Christian auf. „Zieh dich aus und komm unter die Decke." Dasselbe erledigte er im Liegen mit behäbigen Bewegungen. „Oder?", keuchte er, während er sich unter die Decke schob. „Vielleicht doch. Seit Jan Hus, dem Ketzer, gibt es immer mehr Anhänger der Evangelien. Man hat Angst, dieser Martin Luther schütte Öl ins Feuer und die Leute, die Dummköpfe würden wieder der falschen Lehre hinterherrennen, sodass weniger Geld in die Kassen kommt."

Während sie sich auszog, überlegte sie, welchen Stellenwert dieser Martin Luther einnahm. Vielleicht war er ein Landeshauptmann oder ein Ritter? Wie auch immer. Zumindest hatte das Mädchen jetzt einen Namen, dem sie die Schuld an der erkaltenden Stadt geben konnte.

Christian sah ihr zu, wie sie sich entkleidete. Wenn sie zur verabredeten Abenden herkam, dann zog sie sich zu allererst die feinen Bürgerinnenkleider an. Genauso lange wie das Anziehen dauerte dann auch das Ausziehen. Heute nicht, heute schlüpfte sie aus ihrem kalten, schmutzigen Kittel. Und so schäbig der Kittel, so federleicht, so sanft ihre Bewegungen. Mittlerweile wusste sie, wie sehr Christian es genoss, sie beim Ausziehen zu betrachten. Sie wusste, dass sie sich besonders mit der letzten Schicht Zeit lassen und ihre Hüften rund und weich bewegen musste. Das mochte er gern. Auch, wenn ihr Haar über ihre Spitzen streiften, Strähnen hängen blieben und das Kitzeln ihrer Locken ihren ganzen Körper mit einer Gänsehaut überzogen.

Heut bedurfte es weder der Locken noch der Verführung an

sich, dass ihre Brustwarzen so hart und steif waren, dass es unangenehm spannte. Das Feuer im Kamin vermochte nicht, die über den Tag erkaltete Stube aufzuwärmen. Die junge Frau spürte jeden seiner Blicke auf sich. Und sie erkannte, wie er allmählich wieder wach wurde. Sie wartete noch ein, zwei Herzschläge, bis sie es nicht mehr aushielt und schlüpfte unter die Decke.

Es war nicht üblich, hatte ihr eine aus der Hotergasse erzählt, und doch liebkoste sie seine Lippen mit den ihren, neckte mit der ihren seine Zunge, zupfte mit den Zähnen an seinem Mund, bis ihm wohlige Laute entwischten. Wenn sie ihm schon nicht ihr Geheimnis preisgab, dann brauchte es anderweitige Dienste. Ihre Rechte wanderte tiefer unter die Decke, wo seine Männlichkeit steil aufgerichtet und hart wie der Lederknüppel des Büttels auf sie wartete. Was zu Beginn eine schier unüberwindbare Grenze markiert hatte, machte ihr jetzt nichts mehr aus. Und wie hatte sie sich anfangs vor ihm gefürchtet? Sie war keine geborene Verführerin, das nicht; jeden einzelnen Handgriff hatte er ihr gezeigt. Nur so und nicht anders mochte er es, jede Regung war eingeübt. Er mochte es fest zu Beginn, dann zarter. Die meisten Männer, so hatte er gesagt, mochten es eher anders herum. Nicht er. Er wollte es, wie er es wollte und sie hatte sich alles genau eingeprägt. Sie brauchte das Geld und war froh, dass er nahm, was sie ihm gab und nicht das, was er haben wollte. Er drückte das Kreuz durch, als sie begann, und seufzte wohlig, hielt den Atem an, stieß ihn hastig aus. „Oh Gott, gib mir mehr."

„Nein."

Er drehte sich auf die Seite. „Oh Heilige Jungfrau."

„Ganz genau." Ihre Stimme: fürsorglich, verspielt. Ihr Lächeln war nicht aufgesetzt. Mit der Linken kraulte sie seinen Nacken. Er suchte ihren Mund, knetete ihren Busen, drückte sein Becken gegen ihre Hüfte und rieb sich an ihr. Ein kehliges Keuchen und seine Stirn an ihrem Hals. Seine Anspannung löste sich. Einen Moment lang verharrten beide. Unauffällig wischte sie seinen Saft am Laken ab.

Noch einen Augenblick hielt er sie fest umschlungen, bevor sich sein Griff lockerte und sein Atem ruhig und gleichmäßig wurde. Er war eingeschlafen. Während sie sich ankleidete, überlegte sie, ob es ratsam wäre, eigenhändig in seine Geldkatze zu greifen. Sie sollte es nicht tun, wenn sie es sich mit ihm nicht verscherzen wollte. Sie wollte aber auch nicht ohne Groschen nach Hause kehren. War sie den halben Nachmittag auf den Beinen, nur um dann mit leeren Händen auf der Türschwelle zu erscheinen?

„Bleib doch noch hier", murmelte Christian, drehte sich aber nicht zu ihr um.

Das Mädchen blieb nicht, ließ von dem Vorhaben ab, seine Taschen nach dem Geldbeutel zu durchwühlen und verschwand in der Dämmerung.

27

Menschenwerk predigten die, die da sagen, dass sobald der Groschen im Kasten klingt, die Seele befreit werde.

Siegtraut konnte einzig auf die Mildtätigkeit Bessergestellter hoffen, wenn sie es ein wenig warm in der Stube am Jakobsstift haben wollte. Ans Betteln gewöhnte man sich überraschend schnell, wenn einem der Magen in den Knien hing, aber an die Blicke gewöhnte man sich nicht und an die Kälte auch nicht. Es war so kalt, dass die Scheiße in den Pissepfützen gefror und der Gestank erträglicher wurde. So kalt, dass die auf die Wege geworfenen Strohhalme wie Messer an den Knöcheln schnitten. So kalt, dass der an die Fachwerke geworfene Dreck in kleinen Krümeln herunterbröckelte. So kalt, dass der Kalk an den Reichenhäusern Risse bekam und sich die Kopfsteine auf dem Neuen Markt hoben. So kalt war es, dass der Frost sich durch sämtliche Schichten der Kleidung fraß, kaum, dass man einen Fuß aus der kalten Stube getan hatte. Vom Wind, der sich durch die engen Gassen wand, ganz zu schweigen. Nicht einmal den Reichenhäusern entströmte ein erbarmender warmer Lufthauch. Niemand heizte unnötigerweise die Stuben.

„Gott vergelt's", murmelte Siegtraut. Einer hatte ihr einen halben Heller in die hohle Hand gelegt, bedacht darauf, dass die feinen Handschuhe nicht ihre zerschrundenen Hände berührten.

Mit kleinen, langsamen Schritten und gesenktem Haupt streifte sie wie eine Schreckgestalt durch die Stadt. Siegtraut war ein oft gesehener Besucher hier. Sie zog ihren Kreis vom Neuen Markt zum Ring, einmal die Runde um die Waage und dann wieder hinunter. Sie war nicht allein. An jeder Ecke standen Bettler oder Mönche und Siegtraut wusste, dass sie es ihrem hübschen Gesicht zu verdanken hatte, dass sie nie mit leeren Händen in die Vorstadt zum Jakobsstift zurückkehrte. Aber so sehr die Stadt unter der schlechten Münze litt, so freigiebig waren die Reichen, wenn das schlechte Gewissen besonders schwer wog. Siegtraut hatte schnell gelernt, dass sie gaben, wenn sie gesündigt hatten. An den Kirchen stand man besonders gut, wenn man nicht von den Priestern fortgescheucht wurde. Und das wurde man meistens.

Die Priester gaben so gut wie nichts. Der Bürgermeister auch nicht. Aber das lag daran, dass Michael Schwartze ein arroganter Emporkömmling war. Zu bezweifeln blieb, dass sein Nachfolger mildtätiger sein würde. Siegtraut beobachtete, wie der geschniegelte Gockel mit seinem federbebuschten Barett und den geschlitzten Ärmeln in den schlesischen Farben und den Entenschnabelschuhen vor den Stadträten her marschierte. Üblicherweise kehrten sie mittags in einer Schänke ein, danach watschelten sie ins Rathaus zurück und am frühen Abend ging die Prozession in Richtung des Brauhauses, das an der Reihe war. Dort betranken sie sich und beglückwünschten sich, die Verwalter des Universums zu sein. Mit Genugtuung hatte Siegtraut zur Kenntnis genommen, dass in diesem Jahr nicht der Tylike anlässlich der Ratskür außer der Reihe brauen durfte, auch wenn er sich darum beworben hatte. Dass Tylike nicht aus der Reihe tanzte, berührte Siegtrauts Schwester weder, noch fügte der Ratsentschluss Elsa, der einfältigen Ziege, direkten Schaden zu. Doch allein die Gewissheit besonders schlechter Stimmung im Hause von Elsas Brotherrn umspülte Siegtraut wohlig.

„Nun?“, stellte sich Siegtraut neben einen der Franziskaner in die windgeschützte Nische der Pforte zum vorderen Klosterhof.

„Gehen die Geschäfte?" Siegtraut wusste genau, wann sie an welchem Flecken zu stehen hatte, um ein paar mehr Münzen zu ergattern. Leider wussten das die meisten anderen Bettler auch. Allein die Mönche hatten ihre festen Plätze, aber seit der Name Martin Luther auf den Zungen geführt wurde, machten sie noch längere Gesichter als sonst.

„Scher dich davon", murrte der Mönch, ohne den Blick zu heben.

„Du weißt, dass du mehr davon hast, wenn ich neben dir stehe … Gott vergelt's", knickste Siegtraut, weil abermals eine kleine Münze vom geringsten Wert in ihre Hand gegeben worden war.

„Der Herr sei mit Euch", sagte der Mönch, weil ihm dasselbe widerfahren war.

„Sag ich doch."

„Und ich sage: Geh mit Gott, aber geh!"

Siegtraut zog eine Grimasse und ging ihrer Wege. Es dunkelte bereits, als sie den Weg gen Süden zum Frauentor einschlug.

28

**Gewiss ist, dass, wenn der Groschen im Kasten klingt,
Habgier und Geiz zunehmen können;
die Fürbitte der Kirche steht allein im Belieben Gottes.**

Elsa träumte von diesen Schlüsseln. Sie ließen sie nicht mehr los. Sie klimperten und klapperten in ihrem Traum herum und am Tag hörte sie sie glockenklar, obwohl Reinhilde gar nicht in der Nähe war. Selbst wenn Elsa vorgehabt hätte, Andres Hinterthur bei seinen satanischen Machenschaften zu helfen, es würde nicht gehen, weil sie nicht an die Schlüssel herankam.

Nach dem Mittagsmahl, wenn die Brauersleute sich ausruhten, konnte sie versuchen, den Eisenhaken von Reinhildens Gurt zu lösen, aber Elsa getraute es sich nicht. Sie beobachtete die Herrschaften beim Schlafen und fühlte sich ganz und gar unwohl dabei, so als ob Gott sie dabei beobachtete, wie sie wiederum ihre Herrin beim Schlafen beobachtete.

„Und wenn du es jetzt probierst?", drängte der junge Mann am späten Abend, als Elsa ihm von ihrem Misserfolg berichtete. Die Stimme kam von unterhalb und Elsa vermutete, dass er auf dem Boden oder zumindest auf dem Bettgestell saß.

„Ich weiß aber nicht, wo sie des Nachts das Schlüsselbund hintut", gab Elsa zu bedenken und darauf sagte der Mann auf der anderen Seite der Tür nichts. Nach einer kurzen Weile hörte sie Glas auf Glas.

„Das herauszufinden, kann doch nicht so schwer sein, Herrgott."

„Führe unseren Herrn nicht so nachlässig auf der Zunge!" Elsa erhielt ein Schnauben zur Antwort. Sie runzelte die Stirn und durchbohrte die Dunkelheit mit ihrem allerbösesten Blick. „Wieso sollte ich mir noch mehr Arbeit aufhalsen? Wer bist du, dass du so etwas von mir erwarten kannst, und was ist der Preis? Ich weiß nicht, was du angestellt hast, Andres Hinterthur! Die ganze Stadt sucht nach einem Ketzer. Wusstest du, dass zwei Gulden auf deinen Kopf gesetzt sind?!"

„Ich bin in Rom."

„So lange das nicht erwiesen ist, wird es beim Kopfgeld bleiben."

„Zwei Gulden sind nicht viel, wenn man bedenkt, dass ..." Er unterbrach sich.

„Was?" Sie ließ einen Moment verstreichen, aber er nahm seine letzte Bemerkung nicht wieder auf. Sie legte die Handfläche auf das Holz und lauschte in die Kammer. „Was muss man bedenken? Dass du ein Ketzer bist?" Sie erhielt keine Antwort, weder im Wort noch in irgendeinem Laut von ihm. „Es wird schon seinen Grund haben, warum du gesucht wirst und warum Reinhilde dich hier versteckt und überall herumerzählt, dass du auf Pilgerfahrt bist. Du willst mir den Grund nicht sagen. Auch gut. Aber wenn du abhaust, bin ich tot!" Sie überließ den anderen sich selbst.

Elsa ärgerte sich über den Kerl, der so viel von ihr verlangte und sich noch nicht einmal erklärte – hatte er überhaupt *bitte* gesagt?

Der Ärger hielt auch die nächsten Tage an und Elsa konzentrierte sich auf ihre Haushaltspflichten, anstatt darüber nachzudenken, wie sie aus Andres eine Erklärung herausbekommen konnte. Am Abend versuchte sie so lautlos wie möglich von der Stiege zu ihrer Kammertür zu huschen, aber Andres hörte sie, rief sie beim Namen und Elsa konnte nicht widerstehen, nach hinten zu gehen. „Und wenn es Peternelle gewesen wäre?"

„Nein. Die trampelt wie ein Esel. Man hört sie schon, da hat sie unten noch nicht mal die Stiege betreten." Seine Stimme war ganz dicht an der Tür. Elsa legte ihre Stirn ans Holz.

„Ich muss hier raus, Elsa", flüsterte er und quälte sie nur damit.

Elsa schloss die Augen und glitt von der einen Dunkelheit in eine andere, aber viel wärmere. Es war seine Stimme, die sie so erwärmte und sein Duft, der sie in ihre weit entfernte Vergangenheit entführte. Sie glitt von der warmen Dunkelheit unwillkürlich zurück in die eisige des Jenners, dann nickte sie für sich. „Woher willst du wissen, dass ich nicht mit ein paar bewaffneten Bütteln vor der Tür warte."

„Weil du mich schon längst hättest verraten können, aber es nicht getan hast."

Als Elsa Peternelle über Reinhildes Gewohnheiten auszufragen suchte, streckte die erste Magd den Zeigefinger vor: „Das Geklimper darf man bei allen Heiligen nicht anrühren. Das nimmt die Reinhilde selbst vom Gurt ab und legt es in ein Kästchen."

Elsa schlich noch in derselben Nacht, als alles schlief, ins Schlafgemach der Herrschaften. Das Binsenlicht, das sie sich gestattete, ließ sie vor der Tür stehen, und nur der schwache Schein durch den Spalt sollte ihr den Weg weisen. Es gab mehrere Kistchen und Truhen in dem Zimmer. Und eine jede brachte ein Problem mit sich.

„Sie schließt den Schlüssel mit einem Schlüssel in einer Truhe ein?", war Andres ratlos, als Elsa mit der Neuigkeit nach oben auf den Dachboden kam. Sie stellte sich seine enttäuschte Miene vor und musste grinsen, obschon sie sich auch eingestand, dass sie ihn sich als Erwachsenen nicht vorstellen konnte. Das Bild des blässlichen, schmalen Knaben passte überhaupt nicht zu der Stimme. „Und den Schlüssel zum Kistchen wiederum? Sperrt sie den in eine Truhe? Und der Truhenschlüssel? …"

„Ist ja schon gut! Reinhilde liebt es offenbar, Dinge wegzusperren. Zum Beispiel dich. Wieso sperrt sie dich hier ein?"

„Damit mich niemand findet." Wie er das sagte, setzte das Klacken Glas auf Glas und das Kullern auf dem Boden ein.

„Hier." Elsa zog aus ihrem Kittel die Glasperle heraus und rollte sie unter dem Türspalt hindurch. Einen Moment brauchte es, bis das Kullern zurückkam. Elsa hob die Murmel auf, aber es war nicht die, die sie eben unter der Tür hindurch in die Kammer hatte rollen lassen, denn sie war größer und schwerer und nicht von ihrem Körper angewärmt wie die grüne. Elsa hätte gern gesehen, welche Farbe diese hier hatte, aber ohne ein Binsenlicht konnte man in diesem Winkel des Hauses die Hand nicht vor Augen sehen. Elsa ging vor der Tür in die Hocke, suchte aus der Kitteltasche zwei Feuersteine und ein paar Fitzelchen Binsenstroh, das sie beim Verschneiden der Lichter im Haus in ihre Tasche gesteckt hatte. Sie zog einen ihrer Holzschuhe aus. Vorn, in die Mulde zwischen Zehen und Schaft legte sie die Binsenfitzel und entzündete sie. Das Holz war mit den Jahren dermaßen glatt geschliffen, dass es mit Sicherheit nicht Feuer fing. Das Glimmen reichte aus, um die Gespenster aus ihren Ecken zu locken. Über die Dielen huschten sie, an den Wänden krochen sie entlang. Sei nicht närrisch, mahnte sich Elsa. Gespenster, Geister, Dämonen! Sie konzentrierte sich auf das im Licht rot glühende Glas in ihrer Hand. Sie fixierte das scharlachrote Blättchen im Innern der Murmel so lange, bis ihre Augen schmerzten. Und dann fiel ihr Blick auf das Schloss im Riegel. Es war ein ganz einfaches Schnappschloss. So kam ihr eine Idee, die ihr vor Tagen schon hätte kommen können, wenn sie das Schloss gesehen hätte. Also zog sie aus ihrem Brusttuch die kleine metallene Fibel, bog sie auseinander und steckte sie ins Schlüsselloch. Sie rührte eine Weile und stocherte darin herum. „Was machst du?", fragte es von innen. Elsa konzentrierte sich auf den kaum vernehmbaren Widerstand an der Nadelspitze.

Die Binse verlosch in dem Moment, als der Schnapphahn nachgab und Elsa das Schloss aufbekam.

Knarzend schwang die Tür von der einen in die andere Finsternis. So abrupt beide vor Verblüffung erstarrt waren, so plötzlich fuhr Leben in den Gefangenen. Elsa, die immer noch in der düstersten Dunkelheit auf dem Boden kauerte, hörte den Mann geschäftig in der Kammer, hörte, wie Stoff knisterte, roch die frisch gewalkte Wolle, aus der kleine weiße Funken blitzten, das Reiben von Hornknöpfen, die in Ösen geschoben wurden und das Rascheln von Papier.

Und als Nächstes spürte sie den Windhauch, mit dem er an ihr vorbeistob. „Bist du hier?"

„Ja." Vom Fußboden.

Seine Hand tastete nach ihr, traf ihren Kopf, arbeitete sich vor zu ihrer Schulter und weiter hinab zum Ellbogen, zu ihrer Hand und zog das Mädchen auf die Füße. Sie standen so dicht voreinander, dass sie seinen Atem auf ihrem Gesicht spürte, seinen milden Duft mit dem herben Nachklang einatmete und seine Wärme fühlte. „Danke."

Dann drückte er sich in der Enge des Dachbodens an ihr vorbei. Elsa hörte, wie sich seine Schritte zielstrebig entfernten, als kennte er das Haus in- und auswendig. Nicht ein einziges Mal schien sein Fuß unsicher zu werden. Er sprang sogar die letzte Stufe hinab, eilte durch die Küche, über die hölzerne Galerie, durch die Hallendurchfahrt, durch die Mannpforte… und Elsa wusste, sie war tot.

29

Wer weiß, ob alle Seelen im Fegefeuer befreit sein wollen, wie vom heiligen Severin und Paschalis erzählt wird.

Im schwachen Binsenlicht suchte sie in der Mägdekammer ihre Habseligkeiten zusammen, verschnürte sie zu einem Bündel und schenkte der schlafenden Peternelle einen Abschiedsblick.

Elsa bewegte sich, so leise sie konnte, über die Dielen des Dachgeschosses. Das Licht verzerrte die Schatten der Gerätschaften, die hier herumstanden. Gespenster, Geister, Dämonen! Elsa hatte nichts zu verlieren. Also ging sie hinüber zur verwaisten Dachkammer und mit jedem Schritt wurde Andres' Duft intensiver. Einen Moment zögerte sie noch, dann ließ sie den kleinen, einsamen Lichtschein durch die Kammer wandern. Die Laken, Decken und das Fell auf dem Bett waren zerwühlt. Der Tisch, der einst als Hausaltar gedient hatte, stand in der Dachschräge, direkt unter dem kleinen verhängten Dachfenster. Er war über und über mit Büchern und Papieren bedeckt. Eine Feder steckte in einem Halter und ein Tintenfass stand verkorkt daneben.

Elsa ließ ihr Bündel in der Tür liegen und trat mit ihrer Lampe näher an den Tisch. Sie verlor das Gleichgewicht, weil sie auf etwas getreten war. Ihren Aufschrei erstickte sie hinter ihrem Arm und ihr Herz stach vor Schreck. Es schlug bis zum Hals. Sie tastete mit schwachen Lichtschein den Fußboden ab, fand aber nicht die zu vermutende fette Ratte, sondern die eine oder andere Murmel, die verhalten und unschuldig im Kämmerlein umherkullerte. Elsa bückte sich und angelte nach einem Ledersäcklein, in dem eine Menge solcher Murmeln steckten. Sie ließ im Halbdunkel die Finger hineingleiten und das kalte Glas umspielte sie mit leichtem Druck. Ein wohliges Gefühl. Ihre Pflichtbeflissenheit ließ sie allen Ernstes die Murmeln zusammensuchen. Törichte Magd!

Sie setzte sich auf den Bettrand an den Tisch, so wie es wohl Andres den ganzen Tag lang tat, und harrte der Dinge, die da kommen mochte. Ihre Augen flatterten müde über das Papier und fanden Buchstaben, die sie entziffern konnte. Sie erkannte *Leben – im – Namen de...* Es war nicht viel, was sie mit der ersten Hälfte des Alphabetes und den davon nicht ganz verblassten wenigen Lettern anfangen konnte. Außerdem war die Handschrift unstet. An einigen Stellen war sie so schief und krumm, dass Elsa Zweifel hatte, dass irgendwer sie würde lesen können. Des Verbrechens einer unleserlichen Handschrift hatte er sich längst schuldig gemacht! Doch was immer Andres zu einem Verbrecher hatte werden lassen, der eingesperrt werden musste, konnte wohl kaum mit Papieren zusammenhängen. Denn was hatten Papiere schon Gerfährliches an sich? Und Elsa fiel mit einem Male das Mädchen ein, das sie vor Wochen entblößt und gedemütigt vor dem Wachstübchen am Frauentor hatte stehen sehen. War nicht auch ihr das Mitführen von Papieren zum Verhängnis geworden?

Elsas Gedanken wurden vom Glockenschlag von Sankt Peter und Paul unterbrochen. Mitternacht. Von Osten her mischte sich das Gebimmel der Klosterglocke der Dreifaltigkeit ein. Das Mädchen saß da, starrte auf den von Papieren überfrachteten Tisch und überlegte, was mit ihr und ihrer Familie nun geschehen würde. Die Erkenntnis, dass es keinen Ort auf der ganzen weiten Welt gab, wohin sie gehen konnte, wo sie aufgehoben sein würde, traf sie beinahe so hart wie die, dass ihre Familie verloren war. Reinhilde würde das Fehlen ihres Sohnes sofort auf Elsa zurückführen und nach ihr suchen lassen. Bei Elsas Mutter würden man sie als Erstes suchen und man würde die ganze Familie ins Verhör nehmen, um herauszufinden, wo der entflohene Andres Hinterthur steckte. Nicht nur die Stadtbüttel würden sie in die Mangel nehmen, sondern auch Reinhilde. Deren Zorn hatte Elsa nicht heraufbeschwören wollen, aber er wäre berechtigt. Und nur wegen dieses Ketzers würden ihre Mutter und ihre Schwestern als Komplizinnen eines Geächteten gefoltert werden.

Eine tiefe Traurigkeit lastete auf ihr, drückte ihre Schultern, ihren Kopf und ihr ganzes Wesen in die Matte – oder die Müdigkeit.

Gedanken kreisten, während sich Elsa auf dem Bett zusammenrollte. Sie musste gestehen! Bußfertigen Sündern war seit jeher ein schnelles Urteil vergönnt. So dürfte sie wenigstens die Art und Weise wählen, wie sie zu Tode kommen würde. Margarete Rieger kreuzte ihre Gedanken. Welche Art des Todes würde Elsa wählen? Tränen nässten ihr Wolltuch. Ihre Überlegungen hasteten wie Blitze zwischen den Bildern mannigfaltiger Todesstrafen hin und her, das eine grausliger als das andere. Die Gesichter des Todes vor Augen, wurde sie von der Verzweiflung gepackt.

Die blutige Fratze wird unter die Eisdecke gezogen, Worte dringen aus dem Mund, gerändert von geronnenem Blut, hallen wie Glockenschläge nach, Worte, die sie nicht verstehen kann, von der Eisdecke verschluckt. Verschorfte, gekrümmte Finger greifen nach ihr, schließen sich um ihren Hals, drücken fest zu und rütteln an ihr. Elsa wehrt sich, schlägt um sich, versucht die Arme der Fratze zu packen und von sich zu stoßen. Es gelingt ihr nicht, sie versucht zu schreien, kein Ton dringt aus ihrer Kehle. Die verschorfte Hand ruht auf ihrem Mund.

„Hör auf zu schreien, Weib!"

Elsa riss die Augen aus, konnte sich nicht orientieren, wo sie war und warum.

„Beruhige dich." Seine Stimme hier zu hören, war nicht logisch. Die Hand hob sich von ihrem Mund ab.

Das metallische Bimmeln waren Kirchenglocken in der Ferne. Es schlug die vierte, die fünfte, nein, die sechste Stunde. Sie musste eingenickt sein. Wieso? Der Mann!

Seine Silhouette erkannte sie, mehr nicht. Die Binse war bis auf ein unbrauchbares Glimmen verloschen.

Ihr Atem ging stoßweise wie der eines gehetzten Tieres. Sie schlug die Hand weg, die jetzt auf ihren Schultern ruhte.

„Kschschh! Beruhige dich doch, um Gottes willen!"

Ihr Blick fiel auf den Haufen von Papieren und Büchern und sie erinnerte sich, in Andres' Kammer auf ihr Urteil gewartet zu haben. „Sag nicht kschschh zu mir! Das macht deine Mutter auch immer." Wo war Reinhilde? Sie hätte sie finden müssen! Elsa verstand gar nichts mehr. Sie stieß ihn von sich weg und rappelte sich auf der knotigen Matratze auf, die unter ihrem verschwitzten Körper knirschte.

Andres lachte leise und Elsa hätte ihm gerne eine geknallt für das Unglück und die Angst, die er ihr bereitet hatte „Was machst du eigentlich hier? Ich dachte, du bist auf und davon!" Elsa drückte sich noch fester an die Wand.

„Ich bin müde und will jetzt schlafen. Rück mal ein Stück."

Mit einem Satz war Elsa aus dem Bett und der andere lachte abermals auf. Und jetzt, als er sich den Mantel aufband, erkannte sie, dass er nur einen Arm hatte. Zumindest sah es im Zwielicht so aus, als habe er nur einen Arm. Der andere steckte in einer Schlinge, dicht an den Körper gepresst.

Elsa schob sich dicht an der Wand Richtung Tür, sodass sie dem Mann nicht in die Quere kam.

„Wo soll's denn noch hingehen heut Morgen?", fragte er, setzte sich auf die Bettkante und deutete auf das Bündel, das zu Boden geglitten war.

„Nirgends." Elsa schnappte sich die inzwischen erloschene Lampe und ihre Habseligkeiten, schritt in Richtung Tür und ... legte sich der Länge nach hin, wobei sie mit Hintern und Rücken hart auf den Boden schlug. Sie hatte vorhin nicht alle Murmeln erwischt, das wusste sie jetzt. Der Binsenhalter schlitterte irgendwohin und das Bündel landete auf ihrem Gesicht. Gedämpft, aber unverkennbar war das Grinsen in der Stimme des Mannes herauszuhören, als er anmerkte, dass sie lieber langsam gehen solle.

„Wenn du nicht überall diese dämlichen Murmeln herumliegen lassen würdest!", empörte sie sich und schüttelte die Hand ab, die ihr unter den Arm hatte greifen wollen.

„Niemand hat dich eingeladen." Elsa glättete ihre Röcke und den Kittel, ordnete Wolltuch und Haube.

„Ich hatte nicht erwartet, dass du zurückkommst", murmelte sie wütend gegen die Schattengestalt. „Ich war darauf gefasst, von deiner Mutter gefunden, rausgeworfen und von den Stadtbütteln aufgegriffen und verhört zu werden."

„Pfff! Die Stadtbüttel. Umso herzlicher muss ich mich entschuldigen, deine Pläne durchkreuzt zu haben."

Dunkelheiten verwoben sich und Elsa erkannte, wie er sich wieder auf die Bettkante setzte. Sie beobachtete seine düstre Gestalt einen Moment und sah den dünnen unscheinbaren Andres nicht darin. Sie erkannte vor dem heller werdenden Rechteck der Fensteröffnung seinen vollen Haarschopf, der in wirren Strähnen und unordentlichen Locken in seinen Nacken und vor sein Gesicht fiel, als er den Mantel abstreifte.

Schließlich wandte sie sich ab und ging sehr vorsichtig zur Tür. Das Binsenlicht fand sie nicht. „Was machst du bloß mit all den Murmeln?"

„Ich versuche einen Turm zu bauen."

„Einen Turm aus Glasperlen?"

„Ja."

Elsa schüttelte den Kopf über den Einfältigen. „Ich glaube, du spinnst."

„Ja."

Sie zog die Tür ins Schloss, schob den Riegel vor und ließ den Hahn zuschnappen.

„Els?"

„Was?“ Sie hielt inne. Vom im Osten hervorbrechenden ersten Lichtschimmer war hier draußen nichts zu sehen. „Was denn?“

„Kommst du nächste Nacht wieder?“

„Ich weiß noch nicht.“

30

Niemand ist sicher der Echtheit seiner Reue, wie viel weniger der vollkommenen Vergebung seiner Sünden.

Am nächsten Tag roch die Stadt nach Aufruhr. Elsa war unterwegs in die Felder zum Jakobsstift und kam kaum voran. Wie dichte Trauben hingen die Leute um den Schreier auf seinem Podest. Elsa schnappte etwas von „schändlichem Vergehen“, „unchristlicher Tat“ und „ketzerhaftem Verrat an der Heiligen Dreifaltigkeit“ auf.

„Da hat einer Schmierereien an die Pforte zur Peterskirche genagelt“, sagte der Michel, den Elsa entdeckt hatte und nach dem Spektakel hier befragte. Er konnte über die Köpfe der anderen hinwg zum Marktschreier schauen.

„Schmierereien?“

„Das weißt du nicht? Ein paar Blatt Papier, bedruckt wie Buchseiten und für jeden, der lesen kann, gut sichtbar.“

„Und was steht denn drauf?“

„Schlimmes.“

„Was denn?“ Elsa mochte Michels Großspurigkeit nicht.

„Spott über den Papst und die katholische Kirche im Allgemeinen.“

„Versteh ich nicht.“ Elsa versuchte von dem, der da vorn den Menschenpulk um sich versammelte, ein Wort aufzuschnappen.

„Ja, weil du ein Mädchen bist.“

Mit konsternierter Miene machte Elsa kehrt und wühlte sich durch die Menschenmenge weiter Richtung Süden. Die Empörung dessen, was vergangene Nacht passiert sein musste, war enorm. An jeder Ecke redeten die Menschen über das Papier, das an der Kirchenpforte geklebt hatte.

Sogar im Jakobsstift redeten die Mädchen von nichts anderem. Elsa platzte geradewegs in einen Streit zwischen ihren Schwestern. Freilich hatte keine der Mälzerinnen die Schrift mit eigenen Augen gesehen und selbst wenn, sie hätten sie ohnehin nicht lesen können, außer Katharina, aber der Herr hatte entschieden, dass ihre Augen nie wieder ein Wort lesen würden.

„Wenn ich aber genügend Münzen hätte, könnte ich Mutter sogar noch nach deinem Tod von ihren Sünden befreien und sie würde ins Himmelsreich einkehren", hob Siegtraut wissend den Zeigefinger und belehrte Anneruth.

„Wir reden nicht über Mutters Tod", ging Elsa dazwischen, schritt auf den Alkoven zu, der im Halbdunkel des Zimmers lag, und legte der Mutter die Hand auf den Arm. „Mutter kommt sowieso ins Himmelsreich", bemühte sie sich, ein Lächeln in ihre Stimme zu legen. Elsa war zerschlagen nach der kurzen Nacht. „Ich kann es nicht fassen, worüber ihr redet", raunte sie, wobei sie mit dem Haken das sterbende Feuer zum Leben erweckte.

„Sobald das Geld im Kasten klingt, die Seele aus dem Fegefeuer in den Himmel springt", sang die kleine Irmel und klatschte dabei in die Hände. Ablassbriefe waren durch Papst Leo X. in Umlauf gebracht worden. Sie fanden durch Johannes Tetzel ihre Verbreitung. Ein beliebtes Schriftstück, das jedes Kind kannte. Die Ablassbriefe von Papst Leo X. warben für die völlige Vergebung der Sünden und den direkten Eingang ins Paradies und das auch für die lieben Verstorbenen im Fegefeuer. Auch Elsa fand das eine tröstliche Gelegenheit der Wiedergutmachung. Sie hätte gern ein Silberstück gehabt, das sie in einen Ablassbrief eintauschen könnte. Aber sie besaß keins.

„Mutter blickt dem Tod so sehr entgegen, wie ein Maulwurf

der Sonne, hab ich recht?" So setzte sie sich ans Bett der Mutter und nahm deren Hand. „Wie geht es dir?"

Die Augen in Richtung des Betthimmels gerichtet, hastete Katharinas Blick in der Leere umher, um ein Lächeln bemüht.

Elsa half der Frau, sich ein wenig aufzusetzen, um ein paar Schluck zu trinken. Sie hatte heimlich einen halben Krug Bier vom Tylike abgezapft. Der würde das nicht merken. Elsa tat das immer wieder und würde das weiterhin tun. Sie durfte sich nur nicht erwischen lassen.

Während Elsa um ein zwangloses Gespräch mit ihrer Mutter bemüht war, spitzte sich der Streit zwischen ihren Schwestern zu. „Es gibt nicht so viel Münzen in ganz Görlitz, um dich von deinen Vergehen freizukaufen", konterte Anneruth auf eine von Siegtrauts Gemeinheiten.

Siegtrauts vergifteter Pfeil traf die jüngere Schwester jedoch viel tiefer: „Und selbst wenn wir so viel Geld hätten, würde ich für deine Seele keinen Heller ausgeben!"

Anneruth lief heulend aus der Kammer in den Schneesturm. Elsa, die Siegtraut tadelte, war hin und her gerissen von der Krankheit der Mutter und dem Schmerz der jüngeren Schwester. Sie fand Anneruth draußen im Hof. Ihre Schwester weinte und trat gleichzeitig wütend mit dem Holzschuh gegen die verkümmerte Birke, dem einzigen Baum hier.

Es war nicht schwer, das Mädchen zum Reden zu bringen. Etwas lastete auf ihr. Das merkte Elsa. Schließlich gab Anneruth zu, neulich gestohlen zu haben. „Aber nur, weil wir so Hunger hatten und Irmel hat so erbärmlich geweint." Elsa, der das im Herzen wehtat, zog Anneruth zu sich heran. Anneruths Arme umschlangen sie. „Wie soll ich bloß in den Himmel kommen, nachdem ich so etwas getan hab?"

„Die Heilige Jungfrau wird dir vergeben und Jesus Christus unser Herr auch und Gottvater erst recht, weil sie ja wissen, wie schwer ihr es habt."

„Aber wenn ich kein Geld für einen Ablassbrief habe …"

Elsa schob behutsam die Vierzehnjährige von sich, um ihr in die Augen sehen zu können. Aber Worte des Trostes hatte sie keine. Stehlen durfte man nun einmal nicht.

„Ich habe so oft gestohlen und ich will nicht ins Fegefeuer."

„Du kommst auch nicht ins Fegefeuer!"

„Woher willst du das wissen?", begehrte Anneruth auf. „Ich brauche einen Ablassbrief. Der Pater hat gesagt, mir kann vergeben werden, wenn ich zwei Heller zahle."

„Anneruth. Mir hat der Pater gesagt, dem armen Sünder wird vergeben, der aufrichtig Buße im Gebet tut ..."

„Das hast du vom Blatt an der Kirche", trotzte das Kind, rückte ein Stück ab und starrte die andere wütend an. „Das plapperst du nur nach, aber es stimmt nicht."

„Ich habe nichts von irgendeinem Blatt. Man hat das uns gelehrt. Die Bibelstunden und der Katechismus haben uns das gelehrt. Habt ihr alles vergessen?"

Anneruth wischte mit dem Ärmel ihr Gesicht trocken. „Ich brauche so einen Brief!", zog sie den Rotz hoch und verschränkte bockig stierend die Arme vor der Brust. „Dringend! Und Siegtraut auch."

Elsa seufzte. Einer der Momente, in denen sie ratlos war. „Hat Siegtraut auch gestohlen?"

„Nein, sie tut Schlimmeres", murrte Anneruth nach einigem Zögern. „Ich will so einen Ablassbrief, Elsa. Für mich und Siegtraut." Die Jüngere schaute ihre Schwester herausfordernd an. Ihre Arme blieben vor der Brust gekreuzt.

„Na schön." Elsa war nicht glücklich, dass sie klein beigab. „Aber du wirst diesen Blödsinn nicht wieder vor Mutter ansprechen und du wirst deine Aufgaben gewissenhaft erledigen. Und wenn es bei euch wieder gar so knapp wird, kommst du zu mir, anstatt zu klauen!" Auf alles nickte Anneruth und ihre Augen strahlten. Insgeheim war Elsa dankbar, dass Anneruth so mutig war, auf dem Markt zu stehlen – für ein Zubrot.

31

So selten ein wahrer Reuiger ist, so selten ein der wahren Erlösung Teilhaftiger, d. h. höchst selten.

Noch am selben Tag stieg Elsa die Anhöhe zum Burgberg hinauf und reihte sich in die Warteschlange beim Schreiber. In der Tür zur Sakristei von Peter und Paul hatte der Kirchendiener seinen Tisch aufgebaut, auf dem eine Unmenge Papierrollen lagen. Elsa stand eine geschlagene Stunde, bis ihr die Füße schmerzten, ihr die Kälte im Gemäuer zusetzte und sie an der Reihe war. Doch während des Wartens, erfuhr sie einiges darüber, was sich des Nachts an der Kirchenpforte zugetragen hatte. Wider die päpstliche Anordnung sei eine Schrift an die Kirchenpforte genagelt worden. Ein Blatt in lateinischem Einerlei, das nur die Räte und die Gebildeten lesen konnten. Die Priester hüteten sich davor, es in die Volkssprache zu übertragen, aber wenn etwas Lateinisches an die Kirchentür genagelt wurde, dann konnte es nur etwas Ketzerisches sein!

Um vier Heller erleichtert, schleppte sich Elsa mit ihren beiden Ablassbriefen – der kleinen Variante, die nur die kleinen Sünden wie Stehlen und Falschzeugnisablegen vergab – in die Neißgasse.

Die Nadel der Fibel ließ das Schloss aufspringen und Elsas Binsenlicht beleuchtete den kleinen Raum, auf dessen Fußboden der Mann saß. Er lehnte mit dem Rücken am Bettkasten und sein Blick flog direkt in den ihren. Elsa hielt den Atem an. Von den

Entstellungen seines Gesichtes waren nichts als ein paar Schürfungen an Braue und Kinn übrig. Ihr Blick haftete an seinen schmalen, dunklen Augen; wie zwei glänzende Murmeln aus Lava in geschwungenen Fassungen. Da saß er, den sie in ihrer Kindheit zu kennen geglaubt hatte und der im Grunde ein Fremder für sie war. Was immer Andres in den vergangenen fünf Jahren getrieben hatte, es hatte alles Kindliche von ihm genommen. Die verhärmten, gehöhlten Wangen waren straffen, sicheren Gesichtszügen gewichen, auf dem die Bartstoppeln trotzig sprossen. Dort, wo einst der strenge Strich saß, zeigte sich jetzt ein geschwungener Mund, der lächelte.

„Bei allen Heiligen! Wenn das nicht Elsa Mälzer ist."

Elsa war froh, dass das schwache Binsenlicht nicht verriet, wie sie errötete.

„Des Panschers Tochter."

„Wie nett." Schamesröte wandelte sich in die des Zorns.

Der Mann hievte sich hoch. Sein Grinsen war unverwüstlich. „Ich wusste nicht, dass meine Mutter mit einer *Elsa* dich in den Dienst genommen hat. Sie hat nie deinen Nachnamen erwähnt."

„Glück für mich. Du erlaubst?" Elsa ging einen Schritt in die Kammer, langte an dem Mann vorbei und angelte nach dem Binsenhalter, den sie vergangene Nacht hier verloren hatte. Sie wollte seine Kammer verlassen, da wurde sie von ihm am Ellbogen gefasst. „Lass mir das Licht." Elsa machte sich energisch von ihm los. „Bitte."

„Nein!" Sie schaute die leere Drahthalterung an und wieder hinauf in sein Gesicht. „Der Strunk ist alle, Andres, da ist kein Licht."

„Ja schon, aber die Vorstellung, dass da Licht sein *könnte* ..."

„Sei nicht närrisch. Ich kann von Glück reden, wenn er der Reinhilde nicht aufgefallen ist. Sie würde mir den Hals umdrehen." Elsa wollte sich ein zweites Mal abwenden, wurde aber abermals aufgehalten.

„Geh noch nicht, Elsa, ich sterbe hier vor Langerweile. Das mit dem Panscher hab ich nicht so gern… Was haben wir denn da?“, unterbrach er sich und untermalte seine Entdeckung mit einem anzüglichen Pfiff zwischen den Zähnen. „Schau an, schau an.“ Er war schneller als sie, weil sie den Binsenhalter trug. So gelang es ihr nicht, die Pergamentrollen vor ihm in Sicherheit zu bringen. Sie protestierte, es gehe ihn nichts an, aber er hielt die Schriftstücke hoch empor, sodass sie da nicht rankam. Während sie sich nach den Pergamenten reckte, hatte er schon erfasst, worum es sich dabei handelte. „Das ist nicht dein Ernst, oder?“

Elsa bekam eine wirkliche Wut auf ihn. „Für meine Schwester, die hat geklaut.“

„Ablassbriefe?“ Sein Lachen mündete in ein Zungenschnalzen, gepaart von einem Kopfschütteln. Er entrollte die beiden Schriften. Elsa konnte es nicht verhindern. „Was kann deine Schwester gestohlen haben, dass sie gleich zwei braucht?“

Elsa antwortete nicht. Das ging ihn nichts an. Sie war wütend und wollte einfach nur die Schriftstücke zurückhaben. So oft sie danach griff, so oft zog er sie nach oben. Er las den Inhalt und grinste vor sich hin, ab und an entwischte ihm ein schrilles Auflachen, das ansteckend gewesen wäre, wäre Elsa nicht rasend wütend auf ihn.

„Oh, da wird sich Leo aber freuen, und mit ihm die zweitausend käuflichen Kirchenämter …“ Wieder zog er die Papiere vor ihrer Hand weg. „Vollkommener Ablass, lese ich. Zwei zum Preis von einem? Ich hoffe, du hast dich nicht über den Tisch ziehen lassen. Dir ist schon klar, dass du mit denen hier …“ Er winkte ordinär mit den Zetteln, „nur der zweiten Hauptgnade teilhaftig wirst?“ Elsa kreuzte die Hände vor der Brust, um abzuwarten, wann Andres Hinterthur sein Ketzermundwerk wieder schließen würde.

Sie versuchte sich nicht darauf zu konzentrieren, dass er unheimlich gut aussah, so erwachsen, obwohl der Schelm in seinen Augen lauerte. „Man hat mir gesagt, meine Schwestern sollten die

Beichtbriefe beim zuständigen Beichtvater vorzeigen und die Sünden würden vergeben werden."

„Jetzt sind es schon zwei Schwestern, wie?", sagte er und tat ganz nachdenklich und so, als ob er die Briefe studierte.

„Was hat die andere angestellt?"

„Weiß ich nicht, Andres, gib her." Aber sie bekam die Papiere nicht zu fassen.

„Lass sehen, lass sehen. Sündenvergebung ohne Beichte", sagte er, als wollte er die Briefe anpreisen. In Wahrheit aber machte er sich immer noch lustig über sie. „Und natürlich wirkt der Papst nicht mehr nur *per modum suffragii*, sondern *per modum dispensationis*. Ihm steht immerhin der *thesaurus meritorum* zur Seite: die vierte Hauptgnade, die volle Vergebung aller Sünden einschließlich derer im Fegefeuer und die dritte Hauptgnade: Erlösung der Lebenden wie der Toten und in allen Gütern der allgemeinen Kirche."

„Gib das her!"

Andres, von Elsas Verrenkungen in seinem Vortrage gestört, schnalzte mit der Zunge, hob das Schriftstück so hoch, dass sie es unmöglich zu fassen bekam. Aber mit einem Male wurde er ernst, dass sie erschauerte. Er baute sich vor ihr auf und neigte sein Gesicht dicht zu dem ihren herab. „Glaubst du wirklich, dass der Papst – ein MENSCH! – der *gratia jubilei* teilhaftig ist? Sich die erste Hauptgnade anzumaßen ist Häresie, Els, und sonst gar nichts!"

„Fragt sich nur, wer hier der Ketzer ist!" Andres zuckte zurück, weil Elsa ihm pfeilschnell die Pergamente entriss. „Verrotte hier drin!" Elsa zog sich blitzschnell aus der Kammer zurück und verriegelte die Tür. Sie hörte ihn eine Entschuldigung sagen, das Lachen in seiner Stimme ebenfalls. „Du kannst mich mal!", schimpfte sie und nahm sich vor, seine Speisen zu versalzen, in seinen Bierkrug zu spucken und nie wieder diese Tür aufzuschließen.

„*Nulla poene sine culpa*, komm schon, Els!", hörte sie Andres Hinterthur eine gespielte Reue ausrufen, aber Elsa blieb standhaft und kehrte nicht noch einmal zu ihm um.

Natürlich ging er ihr nicht aus dem Kopf. Sie versuchte seine strahlenden Augen und seine jugendliche Unbedarftheit mit dem Ketzerwerk, welches ausgerufen wurde, übereinzubringen.

32

Verdammt in Ewigkeit werden mit ihren Lehrern diejenigen sein, die durch Ablassbriefe ihres Heils gewiss zu sein glauben.

Sie blieb standhaft: ganze zwei Nächte. Elsa hielt sich so lange mit ihren Aufgaben auf, bis ihr die Augen zufielen, dann schlich sie barfuß, die Holzschuhe in den Händen, auf den Dachboden. Aber über das, was sie von der rückwärtigen Kammer hörte, musste sie lächeln. „Bitte, Els …" Er verstellte seine Stimme, sodass sie klang wie die eines gerügten Kindes, und kratzte an der Tür, aber Elsa antwortete nicht und sie verbat sich, vor dem Einschlafen über Andres Hinterthur nachzudenken.

Bald darauf brachte sie die beiden Ablassbriefe zu ihren Schwestern. Nachdem, was Andres ihr angetan hatte – auch wenn sie das Lateinische nicht verstand und er ein Ketzer war –, litt ihr Vertrauen in den Ablass. Sie beobachtete, wie Siegtraut und Anneruth die Briefe vor der Mutter, die sie ohnehin nicht sehen konnte, versteckten und versprachen, sie bei nächster Gelegenheit dem Beichtvater vorzulegen.

In dieser Nacht fand Elsa keinen Schlaf, weil Andres die Sache mit dem Turm probierte. Es war ein Rätsel, wie Peternelle seelenruhig schlafen konnte. Elsa jedenfalls war dem Wahnsinn näher als der Vernunft, schlüpfte in ihre Pantinen, entfachte die Binse und stapfte wie so oft hinüber, um ihn zur Ruhe zu mahnen. „Ich will schlafen, Herrgott!"

„Ich auch, aber ich kann nicht, weil ich was zu erledigen hab!", murrte er. Die Zeit, sich bei ihr einzuschmeicheln war offenbar verstrichen.

„Und was?"

„Etwas Dringendes und deshalb musst du mich rauslassen."

„Erstens muss ich gar nichts, zweitens gibt es nichts Dringendes, was ein Ketzer des Nachts zu erledigen hat."

„Ketzer, ja?", kam es lakonisch aus der Kammer und dann begann das Klacken und Kullern der Murmeln von Neuem. „Hast du die Ablassbriefe brav zum Beichtvater getragen?"

Elsa wüsste nicht, was es den anderen anging, trotzte sich aber ein klares und stolzes Ja ab. Drinnen hörte sie es verzweifelt auflachen. „Du bist dümmer als ich dachte, Elsa Mälzer!"

„Halt die Klappe!" Wieso ging sie jetzt nicht einfach? Ihre Hand ruhte auf dem Holz der Maserung, deren Linien, Wurmlöcher und Kratzer im Schein des Binsenlichtes ein geheimnisvolles Bild ergaben. Sie hörte Andres' Versuchen zu, etwas Rundes übereinanderzustapeln. „Hast du etwas mit den Zetteln zu tun, die in der Nacht, als du geflohen bist ..."

„Ich bin nicht geflohen, du hast mich rausgelassen und ich bin zurückgekommen."

„... Hast du etwas mit den Zetteln zu tun, die in der Nacht, als ich dich rausgelassen habe, an die Türe der Peterskirche gehängt wurden?"

Seine Stimme wurde energischer: „Haben sie an der Kirchentür gehangen?"

„Nun tu doch nicht so, als wüsstest du von nichts."

„Mach auf, Els, ich muss etwas erledigen."

„Nein."

Darauf folgte Geklimper von den Glasmurmeln. Nervtötendes Geklimper. Nicht auszuhalten. „Versprich, dass du nicht abhaust, wenn ich aufmache." Das Geräusch erstarb.

„Ich schwör's bei allen Heiligen, Elsa, mein Arsch klebt am Boden dieser Dachkammer."

Wie er es gesagt hatte, saß er auf dem Boden, mit dem Rücken gegen das Bettgestell gelehnt, als sie die Tür öffnete und wie neulich fuhren auch jetzt seine dunklen Obsidianaugen ihr in Mark und Bein. Elsa konnte seinem Blick nicht standhalten, sondern schaute auf die Murmeln, die er zusammengeschoben hatte. „Man kann mit Murmeln keinen Turm bauen", flüsterte sie. „Schon gar nicht in stockdustrer Finsternis."

„Da siehst du, wie schlecht ich es hab." Sein Gesicht zeigte gespielte Gequältheit.

„Sie fallen immer wieder runter, weil sie rund und glatt sind. Ohne Licht kannst du nicht einmal sehen, wohin du sie stapelst." Sie schüttelte den Kopf über ihn.

„Wenn man daran glaubt, dann klappt es auch. Der Glaube braucht keine Lampe. Könntest du mir die Binse hier lassen?"

„Nein."

Elsa beobachtete ihn, der versuchte, eine Murmel auf die andere zu setzen. Freilich funktionierte es nicht, wie sollte es auch. Die obere Murmel fiel belanglos von der unteren und die rollte unbehelligt davon.

„Sag mir, warum dich deine Mutter hier versteckt."

Er schaute ihr zu, wie sie sich ihm gegenüber an der Wand hinabgleiten ließ und auf den Fußboden setzte. Einen Moment lang kalkulierte er, was er verraten, was er verschweigen sollte. „Damit mich keiner findet."

Das hatte er neulich schon gesagt. Dieses Mal genügte es ihr nicht. „Und die Zettel? Hast du sie an die Kirchentür genagelt?"

Seine Augen wurden noch schmaler als sie ohnehin schon waren, weil er lächelte: so spitzbübisch, dass ihr Herz einen überraschten Hüpfer machte. Keine Antwort war auch eine.

„Die Stadt ist ein Tollhaus deswegen!"

„Hast du sie gesehen? Die Blätter meine ich." Seine Begeisterung schien grenzenlos. Elsa schüttelte den Kopf. „Weißt du, was das für Blätter sind?“ Seine Augen funkelten immer noch wie Bernsteine, die man ins Feuer geworfen hatte. Oder wie Lava. Ihre Mutter hatte einmal vom Lavastein erzählt, den man polieren kann, bis er glänzt: schwarz und undurchsichtig, regt er die Lebensgeister Kranker an. Andres' Lächeln war unverwüstlich und beinahe so einnehmend, dass Elsa sich gar nicht von ihm sattsehen konnte.

Aber sie schlug die Augen nieder. „Ketzerwerk, sagt der Stadtschreiber Haß.“ Haß' Name war Programm: ein Oligarch, Schöppe und Hüter der Ordnung in der Stadt. Die einfachen Leute fürchteten ihn und wechselten die Straßenseite, wenn man seine weite, goldbestickte Schaube in den Ausdünstungen der Stadt flattern sah. Man senkte die Stimme, wenn man seinen Namen in den Mund nahm und auf jeden Fall achtete man darauf, dass man in Gegenwart eines Haß-Beführworters nichts Schlechtes über den Emporkömmling sagte.

„Der Haß?“, lachte Andres auf und Elsa musste ihn zur Stille ermahnen, weil Peternelle nicht geweckt werden durfte. Es verunsicherte Elsa, wie Andres sie musterte. „Du hast keine Ahnung, was das für Papiere sind, die da ausgerufen werden, hab ich recht? Ich meine mich zu erinnern, dass du lesen gelernt hast.“ Er ließ von den Murmeln ab und hatte keine Ahnung, wie sehr er sie verletzte. Immer wieder.

Elsas Blick flog zu einer gemächlich davon Rollenden. „Es war Latein.“ Dass sie die Wörter nur mit den Buchstaben der ersten Hälfte des Alphabets entziffern konnte, verschwieg sie geflissentlich. „Hast du sie an die Kirchentür geheftet?“

„Leider nein.“ Sein Blick verlor sich im Nirgendwo, wohin er sie nicht mitnehmen wollte oder konnte.

Er brach das Schweigen, das eine Weile zwischen ihnen gehangen hatte. „Es ist in Latein“, nickte er. Dann erhob er sich und stellte sich an den Tisch. Hier begann er in den Papieren zu wühlen, als suche er etwas Bestimmtes. „Es ist nicht gut, dass die Leute nicht wissen, was auf den Blättern steht", sagte er und klang sehr unzufrieden.

Elsa erwiderte nichts, beobachtete seine Handgriffe.

„Es ist nicht gut, dass die Thesen in Latein sind. Hier ..." Unter den dicken Büchern mit den eisernen Buckeln und Schließen zog er ein paar zerknitterte Blätter hervor, vor deren Anblick Elsa vom Boden aufsprang. Panisch wie ein verschrecktes Tier, starrte sie das mit Buchlettern bedruckte Blatt an und ging vorsichtig rückwärts. „Du bist also doch der Ketzer!" Sie bekreuzigte sich.

„Was denn für ein Ketzer! Ihr immer mit euren Ketzern!", sagte er und legte die Blätter wieder auf den Tisch. „Ich kenne keinen."

Elsa war schon an der Tür, als sie ihn abermals bitten hörte, ihm die Lampe zu lassen.

„Nein."

„Bitte."

„Nein!"

In dem Moment, als sie die Tür schließen wollte, schnellte sein Fuß zwischen Blatt und Rahmen. Nackte Panik ergriff sie. Es wäre ihm ein Leichtes, die Tür wieder aufzudrücken.

„Siehst du?", sagte er, während er die Tür, die sie versuchte zuzudrücken, aufhielt. Sein Lächeln war erloschen. „Ich könnte dich ganz leicht überwältigen und verschwinden. Dann würdest du Schwierigkeiten bekommen. Ich will nicht, dass du Schwierigkeiten kriegst, Elsa Mälzer. Also lass mir das Licht." Er wartete keine Reaktion von ihr ab. Seine unverletzte Hand schnellte durch den Türspalt und bemächtigte sich des Binsenlichts. „Geh jetzt schlafen, kleine Els." Damit zog er die Tür seines Karzers eigenhändig zu.

Elsa stand noch einen Moment lang ganz verdutzt vor der Tür. Sie beobachtete den Lichtschein unterhalb der Tür, der dorthin wanderte, wo der Tisch stand. Sie hörte die Schreibfeder im Tintenglas klimpern.

33

**Hüten soll man sich vor denen, die sagen,
die Ablässe der Päpste seien die unschätzbare Gabe Gottes,
durch die der Mensch mit Gott versöhnt wird.**

Die Hälfte des Jenner war herum, da verlangte die Reinhildin, Elsa möge abermals den Arzt aus dem Judenviertel holen. Elsa war wachsam, Reinhilde schien keinerlei Verdacht, Andres' nächtliche Machenschaften betreffend, geschöpft zu haben.

Elsa hätte gern auch für ihre Mutter einen Arzt geholt. So aber blieb ihr nichts anderes übrig, als zur Heiligen Jungfrau und allen Heiligen zu beten, die Kräuter der Mutter wirksam werden zu lassen.

Der Weg durch die Gasse hinunter zur Neiße, die sie über die große Brücke überqueren musste, wurde begleitet von den Neuigkeiten, die sich in der Stadt wie ein Lauffeuer verbreiteten. Was war denn bloß los, dass alle so aufgeregt waren?

„Hast du nichts davon gehört?", fragte der Mann. „Den Ketzer hat man gefasst."

„Den Ketzer?"

„Der die Irrlehren an die Kirchentüre genagelt hat. Hatte sich in der Krypta der Peterskirche versteckt – und damit unser Gotteshaus entehrt."

Elsa begriff gar nichts mehr. Den Andres hatte sie doch letzte Nacht wieder ordentlich mit den albernen Glaskugeln klimpern hören und heute Morgen hatte sie bemerkt, wie die Reinhilde so heimlich, wie nur möglich, ihren Sohn versorgt hatte. Nein, der Ketzer war noch gut verwahrt.

Zu ihrer Überraschung erfuhr sie weiter, dass nicht Andres, sondern Matthes Weidner gemeint war. „Dem soll der Prozess gemacht werden." Der Mann wollte ganz genau gehört haben, dass der Hoter vor der Stadt bereits den Galgen frisch aufschnürte. Man wusste, welch pingeliges Prozedere dem Strang vorausging. Zuerst musste der Verdächtige verhört werden. Der Hoter half da meist nach, damit der Rat das zu hören bekam, was er erwartete, danach würde ein Urteil gefällt werden, dass für den Delinquenten meist so ausfiel, dass er als Krähenfutter endete.

„Und die Schlampe von Hexe kriegt man auch noch! Soll sie in der Hölle braten!" So in Rage geredet, zog der Mann von dannen und Elsa suchte eine Weile in ihrem Bewusstsein nach dem Grund ihres Ausfluges. Gedanken kreuzten einander und überlappten sich. Wenn sie Weidner hatten, würden sie Andres auch kriegen, denn nach allem, was man wusste, waren Andres und Matthes miteinander im Bunde.

Eine meckernde Küchenmamsell – „Nicht zu fassen, so was!" – und ein kullernder Korb brachten Elsas Sinne wieder in Ordnung. Die Gänsefedern hingen der anderen im Haar, im ausgebreiteten Schoß und stoben wie Schneeflocken über die Gasse. „Und wer fegt die wieder zusammen?"

Elsa nicht. Sie nahm die Beine in die Hand, rannte gen Osten über die Brücke und trieb keine Viertelstunde später den Doktor Ismael zur Eile an, als sei, anstatt ein geschienter Arm zu versorgen, ein Kindlein auf diese verlotterte Welt zu holen.

In der Tylike'schen Brauerei angekommen, versuchte Reinhilde Elsa loszuwerden, um mit Ismael vertraulich sprechen zu können. Sie verstand Elsas Zeichen nicht zu deuten: das Zupfen am

Ärmel, das Räuspern, das Handzeichen, eine kurze Unterredung signalisierend. Bis es einfach aus Elsa herausplatzte wie aus einer Klatschtante.

„Herr im Himmel, der Matthes!“ Da Reinhilde ohnehin von milchiger Blässe gesegnet war, konnte Elsa deren Gemütsregung nicht ergründen. Doch Reinhildes Augen irrten einen Moment haltlos in der Schwarzen Küche umher, als ergründe sie, ob die Zeit genaht war, die Wände wieder einmal zu weißen. Abrupt und noch entschlossener als zuvor stieg sie die Dachtreppe empor. Ismael hinterdrein. Nur Elsa wartete, bis die beiden ganz hinten in der Kammer verschwunden waren. Alsbald schlich sie auf Zehenspitzen zumindest bis zum Kopf der Treppe hinan. Nicht, dass sie neugierig war, sie wollte nur wissen, wie es Andres ging.

Zu hören war das Klappern von Instrumenten und das Klimpern von Glasphiolen. Der Schlagabtausch zwischen Mutter und Sohn schwängerte die Luft mit Anklage, Schuldzuweisungen und Missverständnissen. Dann Schritte im hinteren Teil des Flures.

Elsa wäre beinahe die Treppe hinuntergefallen, so überstürzt floh sie in die Küche zurück. Dermaßen zornesrot wie in diesem Moment hatte Elsa ihre Herrin nie zuvor gesehen. Sie mahnte die Magd zur Eile mit was auch immer. Welchen Dienst Ismael versehen hatte, konnte Elsa anhand der Schienen erkennen, mit denen Reinhilde noch am selben Abend das Feuer fütterte.

Bei nächster Gelegenheit suchte Elsa den Weg nach oben.

„Sie haben Matthes gekriegt“, begann er, kaum, dass sie sich bemerkbar gemacht hatte.

„Ich weiß.“

„Lass mich raus, ich muss ihm helfen.“

„Du kannst ihm nicht helfen. Du kannst dir nicht mal selbst helfen.“

Seine Streiteslust war Vergangenheit und Elsa – weil er ihr leidtat, oder weil sie selbst etwas tun wollte, was ihm half – versprach ihm, sich für ihn in den Gassen umzuhören.

Hätte sie geahnt, dass sie ihrer Schwester über den Weg laufen würde, wäre sie vielleicht nicht noch einmal rausgegangen. Am großen Brunnen auf dem Ringmarkt stand sie mit ein paar anderen jungen Frauen herum – Töchter oder Gemahlinnen einfacher Handwerker, armselig allesamt. Siegtraut gehörte zu jenen, die sich das Maul über die jüngsten Geschehnissen zerrissen und dabei vergaßen, dass der Frost in die Zehen und die Finger biss und die Lippen froren, dass man eigentlich gar nicht mehr richtig reden konnte.

Wie immer, wenn das Einerlei der Tagesgeschäfte durch äußere Widrigkeiten gestört wurde, waren die Leute euphorisch: in die eine, wie in die andere Richtung. Berauscht wie Scharlatane setzten sie ihrem Tagwerk jenes Zierwerk auf, an das sie sich noch in Jahren erinnern würden. Die Augen der Frauen, während sie die Nachrichten breitklatschten, leuchteten wie irr. Die Männer bliesen sich auf und fällten ihr ganz eigenes Urteil. Viele standen in größeren Grüppchen zusammen, anstatt mit dem Erledigten nach Hause zu gehen.

Weil sie von ihrer Schwester entdeckt wurde, konnte sie schlecht an ihr vorübergehen und so tun, als hätte sie sie gar nicht gesehen. Letzteres hätte eine dieser lästigen Streitereien zur Folge, was Elsa momentan nicht gebrauchen konnte.

Elsa entbot eine pflichtbeflissene Begrüßung. Die wurde von den Mädchen erwidert, nicht aber von ihrer Schwester. Von ihr wurde Elsa gemustert, als habe sie sich geirrt und eine völlig Fremde angesprochen. „Haben Sie den Ketzer in die Büttelei gebracht?“

Die Mädchen bejahten zurückhaltend. Elsa begriff, dass keine der jungen Frauen sich mit ihr unterhalten wollte. „Du bist die Magd aus dem Ketzerhaus“, stellte eine der jungen Frauen fest. Da ihr Gesicht eher ausgemergelt schien, vermutete Elsa in deren Leibesbürde eine vorangeschrittene Schwangerschaft, versteckt unter schwerem Wolltuch.

Ketzerhaus. So sagte man. Und wenn Schlauheit und Dummheit aufeinandertrafen, verlor meist Erstere. Einmal als Ketzer verschrien, würde Andres Hinterthur – Pilger nach Rom oder nicht –

diesen Makel so schnell nicht wieder loswerden und seine Sippe sowie das Haus, in dem sie lebten, auch nicht.

Das alles berichtete sie Andres, als sie sich spät am Abend zu ihm schlich. In der Tür, wo sie stand, zog es.

Sein Schweigen versuchte sie mit Belanglosigkeiten zu füllen. Er saß am Tische. Die Binse, die noch immer gewohnheitsmäßig auf der falschen Seite stand, nötigte seiner Schreibhand, erlöst von der Schiene, jetzt einen langen Schatten auf das Papier ab. Seine Schrift war jetzt ebenmäßiger als vorher. Wie es seinem Arm ginge, ob er Schmerzen litt. Er verneinte wortlos.

„Elsa, du musst mir einen großen Gefallen tun."

Du musst! Eine Forderung, keine Frage und schon gar keine Bitte. Elsa verschränkte die Arme vor der Brust. Weil sie nichts erwiderte, schaute er kurz auf und der Anblick seiner geröteten Augen erweichte sie. Ihre Hände legten sich auf ihren Rock zurück.

„Hier." Er schniefte und trocknete seine Augen an den weiten Ärmel seiner Schaube die er wegen der Kälte hier oben nicht ablegte, und erhob sich von der Bettkante. Er wedelte das Blatt in der Luft, damit die Tinte trocknete und legte es auf einen Stoß Papiere. Mit sauberen Buchstaben waren sie eng beschrieben. „Bringst du das bitte raus?" Er zog abermals die Nase hoch und tat jetzt ganz gefasst, als er Elsa wieder ansah.

„Was ist das?"

Beide schauten auf die Papiere in seiner Hand: sie misstrauisch, er so, als habe er es eben erst entdeckt.

„Du musst nicht wissen, was es ist. Du musst es nur rausbringen: zum Hause von Ignatius Weidner."

„Nein." Elsa schüttelte hastig den Kopf und wich einen halben Schritt vor den Blättern. „Nein."

Keuchend, wie nach einem großen Kraftakt, ließ Andres sich wieder auf die Bettkante fallen, dieses Mal aber warf er sich der Länge nach hintüber und walkte sein Haar. „Oh Gott, bitte." Elsa hatte keine Ahnung, ob sein Gesuch an oberste Stelle ihrer Ablehnung gegolten hatte oder gnadenvollem göttlichem Beistand. Sie beobachtete ihn einen Moment. Er rieb seinen Arm, als schmerze er immer noch. Einen Moment lang schwiegen sie beide.

„Wer hat dir das angetan?", flüsterte sie zögerlich und kaum war es ausgesprochen, wollte sie es gern zurücknehmen, denn es ging sie gar nichts an. Sie sah, wie sein Blick an der Dachschräge umherirrte, als suche er dort die Antwort auf ihre Frage.

„Keine Lutheraner, so viel steht fest."

Elsa beobachtete sein bitteres Lächeln. Sie konnte sich gut vorstellen, was Lutheraner waren. „Klingt wie eine Hunderasse."

Andres lachte auf.

Elsa, sachlich: „Und warum haben sie dich fast zu Tode geprügelt?"

„Übertreib nicht."

„Dein Gesicht war Brei und sie haben dir bestimmt nicht nur den Arm gebrochen … also?"

„Es waren Leute, die Martin Luthers Lehrsätze als Angriff gegen den *catholicus* verstehen."

„Lehrsätze?" Sie ruckte knapp den Kopf gen Nordosten, wo Sankt Peter und Paul schlief. „Die Zettel von der Kirchentür?"

„Ganz recht."

„In der Nacht zu Allerheiligen hat sie jemand an die Wittenberger Dompforte genagelt. Alle behaupten, Luther selbst sei es gewesen." Andres unterbrach sich, zuckte dann mit den Achseln und fuhr fort. „Er war es aber nicht. Luther würde nie etwas an die Dompforte nageln. Es wäre Sachbeschädigung." Dieses Auflachen war jetzt jungenhaft, sodass Elsa sich ein Lächeln erlaubte. „Er ist handwerklich nicht geschickt. Niemand würde ihm Hammer und Nagel in die Hand geben. Er würde sich wahrscheinlich den Daumen platt hauen!" Andres' Lächeln versank in Nachdenklichkeit.

„Und wer war es sonst?" Andres' Antwort war ein verschmitztes Grinsen, gerichtet in die Dachschräge. „Matthes?" Elsas Frage beantwortete Andres nicht. Sie beobachtete, wie er abermals seine Augen rieb. „Ihr alle drei?" Wieder folgte ein Schweigen. Elsa musste akzeptieren, dass es Dinge gab, die sie von ihm jetzt nicht erfahren würde.

„Bitte, Els …“ Andres raffte sich auf, setzte sich wieder an den Tisch und klopfte mit dem Zeigefinger auf den Stapel Papiere. „Wenn du es rausbringst zu Ignatius, wird er wissen, was damit zu tun ist. Du musst gar nicht viel tun. Wenn Ignatius diese Papiere bekommt, wird man Matthes begnadigen.“

„Was macht dich da so sicher, und was ist das überhaupt?“ Sie deutete mit einer laxen Geste auf den Papierstapel.

„Es ist die Übersetzung.“

„Die Übersetzung wovon?“

„Du hast mich drauf gebracht. Du hast gesagt, niemand konnte Luthers Thesen lesen, weil sie in Latein waren. Also hab ich sie übersetzt.“

„Ach, jetzt willst du mir die Schuld dafür geben?“ – „Nein, Elsa …“ – „Und wie soll das Ketzerwort dem Matthes den Hals retten?“

„Denk doch mal nach! Wie soll er etwas verbreiten, wenn er eingesperrt ist?“

Darüber dachte sie tatsächlich nach. „Wenn er es aber nicht getan haben könnte, wird man wieder dich unter Verdacht stellen.“

„Ich bin in Rom“, kam es trotzig von Andres.

Elsa stützte die Hände in die Hüfte und kaute auf ihrer Unterlippe herum. Dann schüttelte sie entschlossen den Kopf. „Bei solchem Teufelswerk mach ich nicht mit.“ Resigniert ließ sich Andres wieder auf die Bettstatt plumpsen und starrte wie vorhin an die Decke. „Soll es doch diese Claudia soundso machen.“

„Carolina. Sie ist weg, hört man auf den Gassen Neues von ihr?“

Selbst wenn es Neuigkeiten von der Hexe gegeben hätte, Elsa hätte es Andres nicht mitgeteilt. Über eine Hexe zu reden, bringt den Beelzebub ins Haus. Das weiß man doch! Elsa berührte die Stelle über ihrem Herzen, so als könne der Bergkristall sich in Luft aufgelöst haben beim Gedanken an die Hexe. Er war dort, wo er immer war.

„Ich verstehe ja, dass du mir nicht helfen willst. Aber dann lass mich zumindest gehen.“

„Wenn du nicht wiederkommst, bin ich tot.“

Sein Seufzen rührte nicht an ihr. Als sie schon gehen wollte, sprach er sie auf die Ablassbriefe an, die Elsa ihren Schwestern gekauft hatte.

„Sie werden sie dem Priester vorgezeigt haben.“

„Hat es sie zu besseren Menschen gemacht?“

Stille machte sich zwischen ihnen breit. Einen Moment lang.

Gedankenverloren versuchte er die Namen ihrer Schwestern zusammenzubekommen, aber bis auf Siegtrauts fielen ihm die anderen nicht ein.

Und mit einem Male hatte Elsa das Bedürfnis, über ihre gemeinsame Kindheit zu reden, sich ins Heimatdorf entführen zu lassen, zurück in eine Zeit, als die Väter noch lebten und alles besser war. Doch kaum setzte sie zum Sprechen an, unterbrach er sie: „Diese Ablässe … haben sie deine Schwestern geläutert und auf den rechten Pfad gebracht?“

Wie meinte er das jetzt? Elsa betrachtete ihn ungeniert. Weil die Füße auf dem Boden standen, war sein Kreuz durchgedrückt und ließ seine gespannten Bauchmuskeln und Oberschenkel erahnen. Aus dem schmächtigen Burschen von damals war ein stattlicher Kerl geworden.

„Meine Schwestern sind Mädchen, die nichts verbrochen haben, was so schwer wiegt, wie das, was du offenbar getan hast, dass du hinter Schloss und Riegel sitzt und in der Acht steckst.“

„Weil ich mich noch nicht aus Rom gemeldet hab, haben sie die Acht noch nicht aufgehoben.“

„Du bist nicht in Rom!“

„Das ist eine Frage der Perspektive.“

Davon verstand Elsa nichts.

„In Gedanken bin ich unablässig in Rom und bei den Pfeffersäcken, die die Wahrheit als ein Verbrechen ahnden.“ Andres schaute jetzt nicht mehr die Decke an, sondern hob den Kopf so weit, dass er Elsa ansehen konnte. „Meinst du, deine Schwestern werden sich in Zukunft tugendhafter verhalten? Oder kaufst du ihnen beim nächsten Vergehen den nächsten Ablassbrief?"

„Nein."

„*Nein,* sie werden sich nicht tugendhafter benehmen, oder *nein,* du kaufst ihnen keinen neuen Ablassbrief?"

„Letzeres. Ich hab nicht genug Geld."

Er lachte kurz auf. „In diesem Fall lass dir gesagt sein, dass du auch Ablässe auf Raten kaufen kannst. *Amnestia tuam peccatum* – Vergebung deiner Sünden sofort; Bezahlung später." Obwohl er sich über sie lustig zu machen schien, gefiel ihr sein Lächeln, in dem eigentlich Anteilnahme steckte und weniger Arroganz. „Els, die Kirche ist reich, weil sie die einfachen Leute ausnehmen. Sie drückt den Bauern Steuern auf. Wenn du mich fragst, sollten die Mönche arbeiten und die Geistlichen sollten sich um die Armen kümmern, anstatt um ihre Mätressen und ihre Kinder, die sie schamlos anerkennen. Willst du wissen, wie dieser Betrug funktioniert? Willst du wissen, wie unser Papst, Stellvertreter Gottes auf Erden, sein Amt versteht?" Er wartete keine Antwort ab. „Leo X. genießt sein Papsttum. Genauso sagt er es. *Genießen!* Keuschheut, Armut, Demut im Sinne Christi weit gefehlt! Der Medici lebt seine Gelage, Gesöffe, seine Hurerei."

„So kannst du nicht vom Papst sprechen!"

„Doch!" Andres schoss hoch und blitzte sie an. „Denn so ist es. Seit der Borgia die Tiara trug, sich offen eine Mätresse nach der anderen hielt wie Haustiere und seiner Nachkommenschaft zu hohen Ämtern verhalf, ist die Heilige Stadt mit ihrer Engelsburg ein Sündenpfuhl! So sieht es aus, Els! Der Papst ist auch nur ein Mensch: ein maßloser und anmaßender Mensch in allem, was er tut. Das Christentum ist kein Kuhhandel, aber der Papst und seine Anhänger sind Stallwirte! Sie verfolgen diejenigen, die sich für ein Leben gemäß der Heiligen Schrift entschieden haben. Den Ablassbrief hat Leo X. erfunden, weil er pleite ist und den Petersdom, die hässliche Bauruine, der eine fette Kuppel wie das Gesäuge der

Hure des Papstes aufgesetzt werden soll, fertig kriegen will, um sich ein Denkmal zu setzen."

Andres ignorierte, wie Elsas Mund vor Entrüstung offen blieb. Er redete mit den Händen: schnell und fließend, als habe er diese Sachen schon Dutzende Male erzählt, und sein Blick betastete die Kammer und Elsa, gerahmt von den Türbalken wie ein Madonnenbildnis.

„Viele Leute wollen was vom Ablassgeld abhaben! Anstelle einer Kommission kassieren die Augsburger Bankherren ein Drittel der Erlöse aus den Ablassbriefen. Ein weiteres Drittel dient der Schuldentilgung des Bischofs von Mainz: Er hat sich seine Mitra vom Papst teuer erkauft. Sie kaufen sich Ämter, Els. Sie verdienen sie nicht durch Taten, nein, sie kaufen sie. Stell dir das vor! Das letzte Drittel geht in den Bau dieser Basilika, die nicht die Deutschen betrifft."

„So darfst du nicht reden." Ihr Zeigefinger stach in die Luft.

Er ignorierte auch dies. „Aber siehst du das denn nicht? Du hast deinen Schwestern ihr frevelhaftes Verhalten gerechtfertigt, indem du ihnen mittels eines Stück Papiers vergeben hast, anstatt, dass sie von allein auf den Pfad der Rechtschaffenheit zurückkehren."

„Rechtschaffenheit!", blaffte Elsa. „Rechtschaffenheit, wenn dir der Magen im Arsch hängt und du auf deinen Schuhen herumkaust?" Sie ließ es nicht zu, dass er sie unterbrach, jetzt war sie an der Reihe. Elsa begehrte auf, was denn dieser gewisse Martin Luther für eine Lösung wider die Armut habe und was er gedachte zu tun, wenn der Hunger einen zum Stehlen verleitet.

„Gott vergibt dem Stehlenden, der sich selbst vergibt."

„Ach ja? Aber satt macht seine Vergebung auch nicht!" Elsa musste sich zügeln, um nicht laut herumzupoltern. Gut, dass Peternelle den Schlaf eines Bären hatte.

„Doch, weil sie auf den richtigen Pfad führt, Elsa. Du musst größer denken."

Sie knirschte zwischen den Zähnen hervor: „Ich kann nicht *größer denken.*"

„Ich weiß. Das liegt daran, dass du ein Mädchen bist; macht nichts." Sein ehrliches Bedauern verärgerte sie nur noch mehr. „Überleg doch mal: Wie viel Brot hättest du für die Münzen kaufen können, die du für die Ablassbriefe ausgegeben hast?"

Elsa verbiss sich eine Antwort. Viel, sehr viel Brot. Vielleicht auch etwas Süßes für die Mädchen. Es ärgerte sie, dass er recht hatte. Sie ahnte hier noch nicht, dass sie einer Sorte Mann begegnet war, die immer recht behielt.

„Martin Luther sagt, dass jene die Milde *papyrum* kaufen, ebenso in die Hölle fahren, wie jene die Milde *papyrum* verkaufen!"

Elsa drückte sich die Hände fest auf die Ohren.

„Er sagt, nur Gott allein kann den Reuigen verzeihen, nicht der Papst und nicht das Papier!" Seine Worte waren nur gedämpft, nicht aber unhörbar. „Die Vergebung werde gewährt, nicht ausgehandelt. Die Kirche habe die Aufgabe, das Wort zu verkünden, nicht Handel zu treiben. Höre zu!" Mit einem Satz war er vom Bett aufgestanden und stellte sich dicht vor sie, um ihre Hände herunterzudrücken.

Seine Berührung war sanft, aber entschlossen. Dennoch entwand sich Elsa seinem Griff. „Nein!", und wirbelte aus der Kammer. Sein Fuß hinderte sie daran, die Tür ins Schloss zu drücken.

„Elsa, hör zu, bitte."

So gerne wäre sie davongerannt, hätte zur Heiligen Jungfrau Maria gebetet, bis sie vor Erschöpfung umfiel, aber zuerst musste sie den Häretiker wieder einsperren. Sie drückte ihr ganzes Gewicht gegen das Holz. Es schien ihn überhaupt nicht zu beeindrucken.

„Sie belügen euch und sie nehmen euch aus. Die Ablassbriefe haben überhaupt keinen Sinn, begreifst du das nicht?"

Elsa schüttelte den Kopf, was der Mann freilich nicht sehen konnte. Sie japste vor Anstrengung. „Ich brech dir den Fuß."

„Glaub ich nicht." Ihre Holzschuhe scharrten auf den Dielen, als er die Tür mitsamt der Frau aufschob. Doch er sprengte nicht an ihr vorbei, um wie neulich das Weite zu suchen, sondern zog sie bis zur Türschwelle heran, hinter der er stand und keinen Schritt in die Freiheit tat. Er hielt ihre Schultern umklammert. „Hör mir zu! Hast du es nicht satt, von den Priestern angelogen zu werden?" Sein Flüstern war eindringlich und ganz nah an ihrem Ohr. Vielleicht war sie gelähmt wie ein in die Falle getapptes Tier, vielleicht war sie gefesselt von seinen Worten. Was immer es war, es ließ sie ganz ruhig werden. Das Leinen ihres Hemdes wurde warm, dort, wo er ihre Schultern berührte, und ihr Atem beruhigte sich allmählich. „In der Bibel steht nichts von Ablassbriefen, oder?"

Elsa schwieg. Ihr Herz war schwer. Sie war so traurig, wie wenn sie an Mutters Bett saß und zur Heiligen Muttergottes betete, ihre eigene Mutter solle gesund werden.

Seine Worte waren nur noch ein tonloses Raunen. „Ich hab es satt, angelogen zu werden. Deswegen bringe ich jetzt diese Papiere zu Ignatius, und ich schwöre dir, bei allem, was mir lieb und teuer ist, dass ich zurückkomme." Nach einer kleinen Stille fügte er hinzu: „Bitte glaub mir das."

„Ich weiß nicht mehr, was ich noch glauben soll."

„An Gott, Els, und nicht an das, was die Priester reden, denn die wollen nur Geld für einen neuen Kandelaber oder ein paar neue Kirchenfenster."

Elsa schwieg. Ihre Gedanken überschlugen sich, fieberten umher und fanden keinen Halt.

„Elsa, du kennst mich doch. Ich bin kein Ketzer."

Kannte sie ihn? Als Kind hatte sie ihn nicht verstanden. Ihn, der damals schon weiter war als sie alle zusammen, hatte niemand verstanden. Er hatte ja auch mit niemandem geredet. Er war immer für sich gewesen. „Ich kenne dich nicht und ich weiß nicht, was ich glauben soll. Ich weiß nur, dass der Johannes Tetzel versichert, dass die Ablassbriefe vom Papst gesegnet werden und dass sie wirken." Er ließ ihre Schultern los. Schade fand sie das. Sie hörte ihn seufzen, erkannte im Schatten seiner Gestalt, wie er sich die losen Haarsträhnen hinters Ohr steckte.

Sein Flüstern: „Sag mir, was tut Gott mit den Ablassbriefen?"

34

Denn jene Ablassgnaden betreffen nur die von Menschen eingesetzten Strafen oder Beichtbriefe lösen wollen, Reue nicht nötig sei.

Stille zwängte sich zwischen sie beide.

Elsa dachte ernsthaft über seine Frage nach. Was macht Gott mit den Ablassbriefen? Ihr Blick haftete auf seiner Brust. Sie reichte dem Mann kaum bis zum Kinn. Was macht Gott mit den Ablassbriefen? Sie hatte keine Ahnung.

„Sie müssen sich ja türmen im Paradies." Ein Lächeln steckte in seinen Worten. „Elsa, ich kann mir nicht vorstellen, dass Gott eine *bibliotheka* besitzt, wo er sie alle ablegen kann. Und wann soll er sie alle lesen? Du bist ja nicht die Einzige, die sich dieses Papier gekauft hat. Wer bekommt das Geld? Hat Gott da oben im Himmel eine Wechselstube?"

„Rede nicht so!"

„Verzeih, Els. Wie kommen die Ablassbriefe zu Gott? Wie erlangt der Sünder Gehör bei Gott, wenn er einen vorgefertigten Brief kauft, den er nicht mal lesen kann, weil er in Latein ist? Alle Briefe sind gleich, Elsa. Für Mord gibt es den gleichen Ablassbrief wie für Diebstahl! Wie kann denn das rechtens sein?"

„Ich weiß es nicht." Elsa klang erschöpft. Es war dumm gewesen, das Geld auszugeben.

„Es ist nur ein Stück Papier“, sagte Andres und klang versöhnlich. „Das Papier und die Tinte zusammengenommen sind mehr wert, als der Blödsinn, der draufsteht.“ Weil Elsa schwieg, fuhr er fort: „Der Glaube schafft das Verhältnis zwischen den Gläubigen und Christus. Gott braucht keine Vermittler und Gott braucht keinen Ablassbrief. *In principio erat Verbum.* Am Anfang war das Wort und nicht der Ablassbrief, Els.“

Sie nickte. „Und weil du so darüber denkst, hat man dich halb tot geprügelt?“

Stumm standen sie einander gegenüber: sie diesseits, er jenseits der Türschwelle. Zwischen ihnen die schier unüberbrückbare Dunkelheit.

„Eine neue Zeit bricht an, Elsa. Eine Zeit der Selbstentäußerung. Es gibt Leute, die das erkannt haben: Philipp Melanchthon und Johannes Bugenhagen. So vieles wird erprobt und entdeckt, aber Entdeckungen müssen widerrufen werden, weil der Papst fürchtet, von einer der neuen Entdeckungen vom Heiligen Stuhl gestoßen zu werden. Kopernikus. Schon mal gehört? Nein. Kaum einer kennt diese großen Denker, aber jeder kennt Johannes Tetzel!“

„Tetzel übt Bescheidenheit!“ Elsa überging Andres’ abschätziges Schnauben. „Doch! Als er vor zehn Jahren zum ersten Mal hier war, verwahrte er seinen Ablasskramen in einem kleinen niedrigen Kämmerchen unterhalb der Sankt Peter und Paulskir…“

„Das ist eine Mär, Elsa!“, unterbrach er sie schneidend. „Es ist nur eine Sage und völlig idiotisch! Der Ablasskrämer erschien nicht als schnöder Mönch, sondern als ein vom Mainzer Erzbischof Albert bestallter Gnadenprediger. Tetzel hat nicht in diesem Kämmerchen gesessen!“

Elsa schaute auf ihre Fußspitzen. Vielleicht, so überlegte sie, meinte die gemeißelte Figur, die den Ablasskrämer darstellen sollte – aber keinerlei Ähnlichkeit mit ihm aufwies – und im Straphinus-Brauhof aufgestellt worden war, überhaupt nicht Tetzel?

„Weißt du, wie viel in seinem Ablasskistchen war, als er mit Görlitz fertig war?“

„Nein, woher auch!"

„Dreizehnhundertfünfzig Gulden und sechseinhalb Schock. Und wie durch Zauberei war im Jahr darauf das Kupferdach der Kirche fertig geworden. Dein Johannes Tetzel übt sich garantiert nicht in Bescheidenheit, Els! Genauso wenig wie die Kurie."

Wenn das so ist, überlegte Elsa, würde sie vielleicht doch nicht für die Sünden, die sie an Andres verübt hatte als sie Kinder waren, im Fegefeuer landen.

Weil er sich regte, wurde sie aus ihren Gedanken gerissen. „Wenn ich erwischt werde, sage ich, ich hätte die Tür selbst aufgekriegt ..." Er drehte sich um und suchte auf dem Tisch seine Papiere zusammen.

„Ich weiß nicht, ob ich dir vertrauen kann." Elsa blinzelte ihn verunsichert an.

„Ich vertraue dir ja auch."

Elsa entschied, ihm keineswegs zu vertrauen, und fasste einen Entschluss, von dem sie nicht wusste, ob er richtig oder falsch war.

So fanden sie sich gemeinsam auf der Gasse wieder. Elsa gehörte nicht zu denen, die sich gern des Nachts draußen aufhielten. Ihre Ängste galten weniger den Ehrlosen, die sich in den Gassen herumdrückten, als den Totenseelen, die auf der Suche nach dem Weg ins Himmels- oder Höllenreich umherwandelten. Wer wusste schon, was die alles mit einer armen Magd anstellten.

Mit tief in die Gesichter gezogenen Kapuzen traten sie hinaus in den Schneesturm, der wieder erstarkt war. Alle paar Schritte mussten die beiden sich verbergen, um nicht vom Gassenrichter entdeckt zu werden. Zum ersten Mal in ihrem Leben wurde Elsa klar, dass der Nachtwächter nicht ein Fünkchen Sicherheit versprach: Unaufmerksam und nachlässig schlurfte er schlaftrunken durch die Stadt. Er bemerkte sie nicht, niemand bemerkte sie, als sie an der östlichen Seite des Rings unter den Arkaden, wo jetzt die Händlerstände verlassen standen, hindurchschlüpften und weiter Richtung Norden bis zur Peterskirche gingen. Dann wandten sie sich scharf nach Westen, in Richtung des Nikolaitores, wo am

Nikolaizwinger, der doppelten Stadtmauer, das Haus des Weidners stand.

Elsa hielt sich dicht hinter Andres und ließ sich von ihm die Geschichte erzählen, was sich vor Wochen in Wittenberg zugetragen hatte und wie er in jenem erbarmungswürdigen Zustand nach Görlitz gekommen war. So erfuhr sie, dass Martin Luther an Allerheiligen des Vorjahres Briefe an Erzbischof Albrecht von Hohenzollern und dem Brandenburger Bischof Hieronymus Schulze geschrieben habe. In den Briefen erbat er, sie mögen bitte die Vorgehensweise des Johannes Tetzel überdenken, denn die Ablässe hätten keine guten Auswirkungen auf die Seelsorge. Luther hatte seine Bitten mittels fünfundneunzig Behauptungen untermauert. „Du kannst dir denken, dass der Hohenzoller und der Brandenburger nicht sehr erfreut waren“, raunte Andres, während sie hinter einer Hausecke harrten, dass der Gassenrichter, gut fünfzig Schritt voraus um eine Biegung schwankte.

„Und da kamt ihr auf die Idee, diese fünfundneunzig …“

„Lehrsätze …“

„… an die Kirchentür zu nageln?“

„Ein Dummejungenstreich. Idiotisch …“

„Milde ausgedrückt, ja.“ Trotz der Dunkelheit erkannte sie sein bitteres Lächeln. Sie pirschten sich nicht gleich auf die andere Straßenseite. Er sah sie so merkwürdig an jetzt, so zweifelsfrei.

„Wir haben es nicht gemacht. Wir hatten es vor, einige von uns, nicht nur Matthes und ich, hatten es vor, aber wir haben es nicht geschafft. Die Nachtwächter in Wittenberg sind aufmerksamer.“ Das galt der Schnarchnase, die nicht bemerkte, dass die jungen Leute in einigem Abstand hinter ihr die Stadt von Süden nach Norden durchquerten.

„Wir hätten die Pferde nicht stehlen dürfen“, kam da die späte Reue und Elsa wäre ihm gern zum Trost durch den Lockenschopf gefahren. Wie sich also herausstellte, waren die Pferde, die Matthes, Carolina Müllerin und Andres entwendet hatten, schon zu Beginn nicht mehr frisch gewesen. Man hatte die Drei schnell eingeholt. Das Verhör, irgendwo zwischen hier und Wittenberg, sei halb so schlimm gewesen, behauptete Andres. Es klang wie Angeberei. Es sei alles schnell gegangen, erzählte er. Die Wachen leerten den Dreien die Taschen. Sie verlangten, sie sollten Luthers Schriften verbrennen. So sei die Sache eskaliert.

„Da wurde es ungemütlich, das kannst du mir glauben." Andres zog die Kapuze tiefer gegen den Schneesturm in die Stirn. Die Gasse ließ er nicht aus den Augen. Elsa konnte sich das böse Erwachen der Studenten gut vorstellen, als sie bemerkten, dass aus dem Bubenstreich Häresie geworden war, weil die Drei auf Luthers Wort beharrten und keineswegs bereit waren, es zu vernichten. „Ich hab nicht mitbekommen, wie ich nach Görlitz gelangt bin. Zu dem Zeitpunkt wurden wir noch nicht gesucht. Offenbar kamen wir unbehelligt durch die Tore. Ich war wohl in keinem ansehnlichen Zustand, sonst hätten mich die Wachen erkannt. Vielleicht haben Matthes und Carolina mich auf einem Wagen in die Stadt gebracht. Keine Ahnung." Sie hätten ihn auf die Türschwelle seines Mutterhauses gelegt wie ein Findelkind, erklärte er, und das klang wirklich traurig, fand Elsa. Wer bescherte seiner Mutter schon gern solchen Kummer? Matthes' und Carolinas Verstecke seien wohl nicht so gut gewählt gewesen, urteilte Andres. „Es war leichtsinnig von Matthes, die Thesen auszuhängen."

„Hast du nicht neulich mit Matthes reden können, als du abgehauen bist?"

„Nein. Wir hatten zu viel mit dem Satz zu tun." Was der *Satz* bedeutete, sollte Elsa später erfahren.

Es tat ihr leid um Andres' besten Freund. Niemand hatte es verdient, einem peinlichen Verhör unterzogen zu werden. Aber wieso er jetzt aufs Neue sein Leben riskierte, um dem anderen zu helfen, begriff sie nicht. Schon allein davon überzeugt zu sein, dass er dem anderen überhaupt helfen konnte, war irrsinnig! Elsa beharrte nicht auf ihrem Standpunkt, sondern konzentrierte sich darauf, mit Andres Schritt zu halten, ohne auf dem vereisten Straßenpflaster und den Spurrinnen auf den Wegen auszurutschen oder gar über die gefrorenen Fäkalanhäufungen zu stolpern. Abrupt blieben sie stehen. Andres deutete auf eines der hinteren Häuser in der Reihe, welches des Druckers sein musste. Er drückte sich ans Fachwerk der gegenüberliegenden Häuserreihe. Den Kopf in den Nacken zurückgelegt, sodass seine Kapuze auf seine Schultern rutschte, spähte er hinauf zu den Gaubenfenstern des mit Priegeln gedeckten Daches. Elsa folgte seinem Blick. Aus einem der Fenster lugte der Zipfel eines Vorhanges, der beim Verschließen nicht richtig zurückgeschlagen worden war.

„Komm."

Obzwar Elsa das Haus kannte, schon Hunderte Male hier vorbeigegangen war, hatte sie es nie betreten. Die Kassettenfenster versprachen auf Holztafeln mit fein gemalten Schriftzügen teure Dienste der Schwarzen Kunst. Elsa kannte niemanden, der die Werke des Druckermeister Weidner je hätte bezahlen können. Sie wüsste auch nicht, welchen Grund es haben sollte, es je zu tun.

Die Tür unter dem tiefen, kehligen Rundbogen öffnete sich, nachdem Andres eine bestimmte Abfolge von Lang-, Kurz-Zeichen geklopft hatte. Meister Weidner spähte zunächst nur durch einen Spaltbreit. Auf seiner Miene rangen unerwartete Überraschung und Unverständnis miteinander. Als er Elsas gewahr wurde, kam unverhohlenes Misstrauen hinzu.

„Das geht in Ordnung. Ihr könnt ihr vertrauen", sagte Andres. Doch musterte der Weidner die junge Frau abschätzig von oben bis unten, schaute dann die Nikolaigasse hinauf, hinab und ließ die beiden eintreten.

Als Erstes fiel Elsa dieser Geruch auf. Ein schwerer Geruch, viel intensiver als der, der aus Reinhildes Tintenfässchen strömte, schwer und kräftig und unauslöschbar. Der Raum, in den Andres sie schob, war nicht groß, hatte eine seltsame Form wie ein Halbkreis, von ihm ging eine eisenbeschlagene Tür ab und eine rundbogige Öffnung zu einem Treppenabgang. Andres schlug die Kapuze zurück, sodass der Schnee hier drinnen genauso stiebte wie draußen.

Er ließ sich von Ignatius Weidner fest in die Arme schließen, wodurch Elsa dessen schwarze Fingerspitzen sehen konnte. Während die Männer die jüngsten Ereignisse flüsternd austauschten, weidete sich Elsa an den Büchern. Als Magd eines achtbierigen Brauhofes sollte man Elsa nicht der Ungebildetheit bezichtigen. Doch so viele Bücher wie hier hatte sie selbst in Reinhildes Prahlhans nicht stehen sehen. Sie drängten sich dicht in den Regalen, die, wie Elsa jetzt bemerkte, so aufgestellt waren, dass sie es waren, die dem Raum diesen halbkreisförmigen Riss gaben. Der Raum selbst musste rechteckig sein. Vor den Regalen standen einige Pulte und auf ihnen lagen geöffnete Bücher mit bunten Bildern, so prachtvoll, wie es Elsa nicht für möglich gehalten hatte.

Andres hatte die Bezeichnung solcher Büchertheken genannt, aber das Wort hatte Elsa schon wieder vergessen.

Und jetzt fiel die Rede auf sie, die durch Andres vorgestellt wurde und sie machte, wie es sich gehörte, einen ordentlichen Knicks vor dem Meister. Von Ignatius Weidner beobachtet, nahm Andres sie bei der Hand und erklärte ihr, während sie zu dritt das Ladenlokal durch das rundbogige Portal verließen und die schmale Steintreppe hinunter in ein Kellergewölbe stiegen, dass der Weidner die Bücher verlieh und verkaufte. „Woher wisst Ihr, dass die Leute die Bücher zurückbringen, wenn Ihr sie nur verborgt?" Das Flackerlicht der Öllampe, die der Meister vom Brett am Kopf der Treppe mit hinuntergenommen hatte, erhellte das Mysterium nur unwesentlich.

Ignatius, der sich auf der steilen Treppe nach ihr, die drei Stufen über ihm war, umsah, zeigte sich zuerst verwundert, dann amüsiert und lachte auf. „Die Herren tun es einfach. Alles andere wäre unschicklich und außerdem kenne ich meine Kunden. Es wäre nicht nur Diebstahl, sondern auch peinlich. Außerdem wollen die Herren immer wieder Bücher bei mir ausborgen."

Darüber dachte Elsa nach. „Frauen auch?"

„Gott bewahre! Nein", rief der Meister ins Gewölbe, das sie

erreicht hatten. „Frauen sagt man Habgier nach. Sie würden die Bücher nicht zurückbringen, fürchte ich."

Andres' sicherer, fester Händedruck in ihrer Rechten hinderte sie daran zu widersprechen. So durchquerten sie eine Reihe kleinerer und auch einen großen Gewölberaum, die unregelmäßig aus dem felsigen Erdreich gehauen worden waren.

35

Die predigen keine Christenlehre, die lehren, dass denjenigen, die Seelen oder Beichtbriefe lösen wollen, Reue nicht nötig sei.

„Die Herren kommen mit allen möglichen bemühten Werken zu mir“, klang der Drucker etwas angestrengt, schenkte aber Elsa, deren verlorenen Eindruck er aufgeschnappt haben dürfte, seine Aufmerksamkeit. „Wenn sie jung sind, kommen sie mit Liebesgedichten für ihre Angebetete. Wenn sie erwachsen sind, kommen sie mit Verträgen. Wenn sie vergreisen, kommen sie mit ihrem Vermächtnis und Testament.“

„Und was ist mit Geschichten?“, fragte Elsa den Druckermeister. Sie sah wie Andres, der ein Leinen von einer schwarzen Apparatur entfernte, über sie lächelte.

„Ja, Geschichten hab ich auch, junges Fräulein.“ Er zog ein Buch aus einem Regal.

Elsa war kein Fräulein. Diese Bezeichnung über ihren Stand hinweg hätte sie korrigieren müssen, aber der Redefluss des Alten ließ ihr gar keine Gelegenheit dazu. „Kennst du Sebastian Brant?“ Das Buch mit schweren Schlössern lag jetzt vor ihm.

Elsa schüttelte den Kopf.

„Wir drucken, seit Gutenberg, alles, was sich drucken lässt.“ Mit der Handkante schlug er auf das Buch ein. „Auch den Sebastian Brant. Der ist beliebt." Er atmete schnaufend unter den Hieben, die er dem armen Werk versetzte. „Die Bilder, freilich sind Holzschnitte ... Na! Willst du wohl? ..." Endlich sprangen die Schließen auf und Weidner zeigte Elsa eine Darstellung eines Mannes auf einem Bierfass reitend. „Mit den beweglichen Lettern lassen sich die Texte ganz schnell setzen. Wir drucken auch die alten Heldenlieder und Abenteuer der Ritter. Aber großer Beliebtheit erfreuen sich Schwänke. Kennst du Schwänke, junge Dame?"

Auch eine Dame war Elsa nicht. Sie schüttelte abermals den Kopf. Die Bedeutung der meisten Begriffe, die der Meister verwendet hatte, kannte sie nicht, aber warum die Reinhildin ihr verboten hatte, ein Buch *aufzuschlagen*, hatte sie jetzt begriffen. Andres, der den Redeschwall des Druckers zu stoppen versuchte, kam nicht zu Wort, denn schon rezitierte der einen jener schön gereimten Schwänke, die momentan sehr in Mode zu sein schienen. In dem Spottvers wurde ein junger Adeliger verhöhnt, der sich von einem alten Brauer ein Fass vergorenes Bier als guten edlen Tropfen hatte aufschwatzen lassen, sich den Betrug aber vor seinen Gästen nicht anmerken ließ und vor jenen ebenfalls die schale Säure pries, obschon die Darmwinde wehten.

„Ich glaube Spötteleien, die Qualität von Bier betreffend, verträgt Elsa nicht so gut." Andres schaute beinahe bedauernd, als der Meister mit seinem Vers vom Bierritter geendet hatte und auf Applaus wartete. Er schlug das Buch wieder zu, die Schließen schnappten ein, das Buch wanderte wieder ins Regal.

Die Zeit für leichte Unterhaltung war vorüber, da begehrte der Meister Andres' Plan zu erfahren. Er verfolgte, wie jener die in Mitleidenschaft geratenen Papiere, die er aus den im Schneesturm durchweichten Taschen gezerrt hatte, glättete und sortierte. „Ist es das, wofür ich es halte?" Weidner begutachtete die Seiten. Sein Gesicht bekam rote Flecken vor Aufregung. „Das könnte funktionieren, wenn ihr nur vorsichtig seid."

„Wieso *ihr*?", unterbrach Elsa ihn, was sich nicht geziemte, aber ratsam war, wenn sie ihren Hals aus der Sache heraushalten wollte. „Ich mach da nicht mit. Ich pass nur auf, dass Andres vor dem ersten Hahnenkrähen wieder in der Dachkammer ist." Ihr entging nicht der Blick, den die Männer miteinander tauschten und mit dem sie die junge Frau ausschlossen.

„Ihr ward solche Idioten!", sprach der Meister ihre Gedanken aus und meinte Andres, Matthes und das geheimnisvolle Mädchen, die sich mit einer Blödelei in unnötige Gefahr gebracht hatten. Andres, dem nichts so leicht die Argumente aus dem Mund nahm, schaute den Druckermeister betroffen an. Zu Elsas Überraschung nickte Andres und murmelte eine Entschuldigung.

„Dann hätten wir das geklärt", gab der Meister zurück. „An die Arbeit!"

Alle Utensilien wurden herangeholt, die es brauchte, um einen Druckvorgang vorzubereiten. Weidner beherrschte es meisterlich, die zu setzenden Papiere in der einen Hand zu halten und zu lesen und gleichzeitig mit der Rechten an der Apparatur herumzufingern. „Sehr gut! Ha, er nimmt kein Blatt vor den Mund", rief er aus, wobei seine Stimmgewalt sich am Gewölbe vervielfältigte.

„Weiß sie, was du hergebracht hast?"

„Die Übersetzung aus dem Lateinischen", sagte Elsa wahrheitsgemäß und es klang entweder altklug oder wie auswendig gelernt.

Der Drucker schenkte ihr ein waches Lächeln. „Die Übersetzung wessen?"

„Der fünfundneunzig Luther-Dinger."

Der Druckermeister lachte auf und nickte, dann verfinsterte sich seine Miene und er taxierte einen fernen Punkt jenseits der Felswand. „Die Übersetzung dessen, was Matthes neulich Nacht an die Kirchentür genagelt hat und was ihn ins Loch brachte! Die Übersetzung der fünfundneunzig Thesen in die Volkssprache, damit die Schafe und Hammel es endlich begreifen!"

Andres und Elsa, namentlich das Schaf, wechselten einen raschen Blick. Andres sprach beruhigend auf den Alten ein. Der sammelte sich tatsächlich, fuhr darin fort, die Schrift zu lesen, wobei er eine Art Tablett von einem hüfthohen Schrank nahm.

„Wir dürfen von Barbara nicht erwischt werden."

„Mein Weib schläft", murmelte der Weidner, „Sie hat sich von Doktor Joppener ein Mittelchen geben lassen und Susanna und ihre Bagage schlafen unter dem Dach und hören rein gar nichts, und wenn doch, dann tut der alte, knittrige Vater, was er eben tut: Er druckt."

„Susanna ist aufmerksam", gab Andres zu verstehen. „Sie hat an das Zeichen oben am Fenster gedacht."

„Ja", Weidner seufzte. „Auch, wenn es Matthes nun nichts mehr nützt."

„Uns hat es genutzt zu wissen, ob der Gassenrichter schon durch die Nikolaigasse durch ist oder nicht."

Wieder seufzte der Druckermeister. Das schwache verständnisvolle Lächeln in Andres' Gesicht sah Elsa, doch wurde er sogleich wieder ernst. „Gibt es Nachricht von Carolina?", fragte er den Meister.

Warum ihr Herz einen eifersüchtigen Hüpfer tat, begriff sie nicht. Andres aber nahm keine Notiz von Elsa, sondern nahm Meister Ignatius' Kopfschütteln zur Kenntnis. „Nichts. Nicht ein Wörtchen. Wie vom Erdboden verschluckt. Vielleicht ist sie doch nicht so treu, wie man uns weißmachen wollte?" Letzteres hatte der Druckermeister wie beiläufig gemurmelt. Andres beließ es dabei.

Entschlossen legte der Meiser die Papiere auf einen Ständer. Unterhalb dessen zog er breite und sehr tiefe, aber nicht unbedingt hohe Schubladen auf, in denen sich die Lettern befanden. Elsa stellte sich neben ihn und erkannte die Buchstaben. In kleinen Fächern lagen stets mehrere von einer Sorte in alphabetischer Reihenfolge. Aber die Buchstaben auf den kleinen Metallblöcken sahen ungewohnt anders aus. „Du kannst mir helfen, wenn du willst."

Elsa nickte. „Na schön, aber ich kann's nur bis zum P."

„Wieso nur bis zum P?"

Aus den Augenwinkeln bemerkte Elsa, dass sich Andres nach ihnen umsah. Sie blieb den Männern eine Antwort schuldig. Andres musste nicht wissen, dass Elsas Interesse am Alphabet mit Josts abnehmenden Interesse an ihr schwand.

Der Drucker wandte sich mit einem teils erstaunten, teils ratlosen Blick an Andres. „Nun, es braucht auch nicht mehr als das A und O, nicht wahr? Alpha und Omega." Letzteres rückte als ein verhaltenes Murmeln hinter des Meisters Konzentration, während er die erste Zeile von Andres' Schrift in eine Schiene legte. Die Zeile konnte man gar nicht lesen und Elsa ging ein Licht auf, dass die Lettern spiegelverkehrt sein mussten. Auch die Reihenfolge der Wörter war falsch herum. Das war verwirrend, aber irgendwie auch logisch.

Elsa nahm ein kleines und ein großes P und zwei kleine A und legte jenes Wort, das sie als Erstes von ihrer Mutter gelernt hatte. Der Meister merkte auf und starrte das Wort an.

„Den können wir nicht so gut leiden, Els", stellte sich Andres zwischen die junge Frau und den Meister und nahm die eben gelegte Buchstabenfolge *papa,* Papst, vom Brett. „Wie wäre es mit GOTT?" Andres legte das Wort, das Elsa nicht entziffern konnte. „Ach nein, die T… Ich fürchte, mir bleibt nichts anderes übrig, als dir den Rest beizubringen."

Elsa musste Andres ungläubig angestarrt und verharrt haben, denn sie wurde vom Drucker beinahe über den Haufen gerannt, als der an ihr vorbeigriff, um nach links zu den ersten Buchstaben zu langen. „Ich kann sie erkennen, auch ohne, dass ich weiß, was sie bedeuten, sagte Elsa und legte geschwind die Buchstabenfolge C-h-r-i-s-t-u-s aus der ersten These Luthers vor sich hin. Der Meister merkte auf und starrte das Ergebnis der Halbanalphabetin an. Dann ergoss sich ein Redeschwall aus seinem Mund, der erklärte, dass es sich bei dieser Type – dieser Schriftart – um eine der gebrochenen Schriften, eine Fraktur handele. Die seien momentan sehr in Mode, nicht aber immer leicht zu entziffern und es schien den Mann zu beeindrucken, dass es der jungen Frau dennoch gelungen war, das Wort zu setzen.

So gingen sie ans Werk. Elsa wurde ein länglicher Setzrahmen in die Hand gedrückt, wohinein sie die Luther'schen Thesen einfügen sollte. Meister Ignatius zeigte ihr, wie sie die Typen richtig herum in den Setzrahmen einzustecken hatte. An der Einkerbung der Letter erkannte Elsa, wo vorn war und jede Schriftart und Größe hatte eine eigene Höhe der Kerbe. Anfangs noch vergaß Elsa zwischen jedem Wort Blindmaterial einzusetzen, damit die Worte voneinander getrennt standen. Wenn sie eine Zeile fertig hatte, prüfte Andres sie und steckte sie ins Setzschiff, einer Art Tablett, wo sich mit jeder Zeile eine Buchseite ansammelte. Es wurden Quadrate, also blinde Typen, zum Auslaufen der Zeilen und Regletten zum Erweitern der Zeilenabstände eingefügt.

So standen sie zu dritt nebeneinander, umfangen von konzentrierter Stille. Einzig Andres' Erläuterungen, die zweite Hälfte des Alphabetes betreffend, durchbrachen das Schweigen. Es waren viel zu viele neue Buchstaben, als dass Elsa sie sich würde merken können, aber sie war glücklich, dass sie endlich erfuhr, wie es nach dem P weiterging.

36

Jeder wahrhaft reuige Christ hat Anspruch auf völlige Erlösung von Strafe und Schuld auch ohne Ablassbriefe

Wenn Meister Ignatius den Setzrahmen mit einem in Schwärze getränkten Rahmen betupfte, färbten sich seine Fingerspitzen dunkel. Das noch feuchte Blatt hängte er wie eine Fahne an eine Leine. Andres stellte sich mit einem Grafitstift davor, während Ignatius die eingeschwärzten Lettern mit einer beißend riechenden Tinktur reinigte. Im Grunde schrieb man so, wie man sprach, erklärte Ignatius, weil Andres' Grafitstift gar so fleißig über das Blatt wanderte. „Aber jeder Schnabel ist eben anders gewachsen." Am häufigsten waren die Fehler in Elsas Setzschiene, was mit voranschreitender Nacht und zunehmender Müdigkeit immer häufiger vorkam.

Sie war inzwischen so müde, dass sie sich nur noch mit Mühe auf den Beinen halten konnte. Elsa hörten die Glocke der Peterskirche zur vierten Morgenstunde schlagen, als jede einzelne These in Form gebracht war und in Schließrahmen ruhte. Meister Ignatius verbarg die fertigen Rahmen in einer Truhe, die er verriegelte, damit seine Gehilfen, die am Morgen hier auftauchen würden, sie nicht sahen. Elsa und Andres machten sich auf den Weg durch die verschneite Stadt Richtung Neißgasse. Die Blätter würden sie in der kommenden Nacht aushängen.

Elsa schleppte sich durch den Tag. Die durchwachte Nacht in

der Druckerei forderte ihren Tribut. Wenn man unkonzentriert ist, trägt man das Herz auf der Zunge. Seinen Namen, ausgesprochen in Reinhildes Gegenwart, kriegte sie nicht wieder in den Mund zurück. Und dabei hatte Elsa sich lediglich angeboten, seine Schmutzwäsche zu waschen, weil sowieso Waschtag war.

Reinhilde, unentschlossen und erschrocken, kalkulierte, wie viel Zweck es hatte, Andres' Anwesenheit länger zu leugnen. Sie entschied sich für die Wahrheit. „Nicht die Schmutzwäsche! Die müsstest du unter deinen Röcken herunterbefördern. Eine Jungfrau sollte nicht die Kleider eines Jünglings zwischen die Beine nehmen. Bring ihm zum Nachtmahl von der Suppe." Elsa war zumindest froh, dass ihr der Schlüssel anvertraut wurde, sodass nicht länger ihre Fibel an dem Schloss würde leiden müssen.

„Doktor Ismael sagt, Andres' Arm wird bald nicht mehr schmerzen. Er braucht Ruhe und viel Schlaf." Als habe sich die Frau nach dem Tag gesehnt, an dem sie endlich würde frei sprechen dürfen, sprudelte es nur so aus ihr: „Er wird dich um ein Licht anbetteln. Er kriegt keins. Zur Strafe für das, was er seiner armen Mutter antut!"

Elsa brachte ihm also später am Abend von der Suppe. Das Essen der Familie hatte sich verzögert, da Niklas Tylike wieder einen seiner Tobsuchtsanfälle bekommen hatte. Grund war eines der älteren Fässer, welches trotz der strengen Einhaltung der Gär- und Reifezeiten vergoren und Elsa obendrein die Bierrittergeschichte des Ignatius Weidner aus dem Munde gepurzelt war. Reinhilde war es zu verdanken, dass Niklas Tylike nicht handgreiflich geworden war.

Während Andres die Suppe löffelte, beobachteten sie einander. Es gab nichts, was Elsa mit ihm bereden wollte, aber er schien auf etwas zu warten. Er ließ den Löffel sinken und bedankte sich für ihre Hilfe von letzter Nacht. „Du siehst sehr müde aus. Das tut mir leid." Elsa erwiderte nichts, nickte nur. „Ich muss heut wieder raus." Es war überflüssig, das zu erwähnen, wusste Elsa doch, was er vorhatte. „Hilfst du mir?"

Elsa nahm die ausgelöffelte Schüssel in die Hand. „Wer ist Carolina?"

Andres' erwiderte Elsas prüfenden Blick, dann nickte er, als sei ihre Wissbegier berechtigt. „Ich hab dir doch gesagt, dass wir zu dritt waren. Sie war Nummer drei."

Elsa nickte knapp. Er wollte nicht über Carolina Müllerin sprechen. Auch gut. Dass sie unbedingt wissen wollte, wie Andres zu ihr stand, ärgerte sie. Dennoch schien er ihre Gedanken zu erraten. Seine Miene veränderte sich. Ein kleines Lächeln huschte über sein Gesicht. Ohne sie aus den Augen zu lassen, riss er das Brot entzwei und versicherte sich ihrer Hilfe in der kommenden Nacht. Elsa hatte keine Ahnung, wie sie das alles durchstehen sollte.

Sie stand es nicht durch.

Sie schreckte aus tiefem, traumlosem Schlaf auf, weil sie an der Schulter gerüttelt wurde. Es fiel ihr schwer, sich zu orientieren. Andres kauerte vor ihr. „Tut mir leid. Wir sind so weit." Elsa rappelte sich auf und fand sich allmählich in der spärlich ausgeleuchteten Druckerwerkstatt wieder, in der der Meister und Andres ein Dutzend Bögen mit Luthers Thesen bedruckt hatten. „Komm, wir gehen", half Andres ihr auf die Beine.

Der schneidende Wind peitschte ihr ins Gesicht, als wollte er sie mit saftigen Ohrfeigen wach bekommen. Ihre Augen brannten. Sie konnte kaum mit ihm Schritt halten. Andres wies sie an, nur dort zu gehen, wo der Schnee bereits zertreten war. „Ich denke, es ist besser, wenn unsere Spuren nicht bis vor unsere Haustür führen."

An der Ecke Nikolai- und Petersgasse schob Andres das Mädchen in eine Nische, weil sie Schritte hörten. „Das war knapp", flüsterte er und Abenteuerlust schwang in seiner Stimme mit.

Er stand so dicht vor ihr, dass ihr sein intensiver, würziger Duft nach feuchter Erde und warmer Wolle in die Nase stieg. Noch einen Moment verharrten sie, während er über seine Schulter auf die Gasse spähte, dann nickte er zur stummen Frage, ob die Luft rein sei, nahm Elsas Hand und zog sie mit sich zum Burgberg hinauf.

Das Unsägliche und unter Todesstrafe Stehende war mit einem Wimpernschlag erledigt, dass es kaum zu fassen war, wie lange die Vorbereitungen gedauert hatten. „Sieht es gut aus?" Andres' Augen wanderten über die weißen Blätter auf dem dunklen Grund der Kirchenpforte. Aus sicherer Entfernung betrachteten sie ihr Werk. Elsa nickte, obwohl es nicht ihrer Einschätzung bedurfte, ob die Schandtat gut oder nicht gut aussah.

„Ich wünschte, ich könnte morgen dabei sein, wenn die Leute sich die Mäuler zerreißen." Als er das sagte, legte er den Kopf in den Nacken. Seine Kapuze rutschte und mit dem Winterwind wirbelte ihm das zerzauste Haar ums Gesicht. „Eine herrliche Nacht, oder?"

Die Luft schnitt in der Kehle, so kalt war es. Elsa legte genau wie er den Kopf zurück und folgte Andres' Blick zum Nachthimmel. Durch die Löcher des göttlichen Mantels schimmerte das gleißende Licht des Paradieses durch. „Wann wirst du ein Priester sein?"

„Wahrscheinlich nie, wenn ich bis an mein Lebensende eingesperrt sein werde."

Elsa knuffte ihn gegen den Arm, was ermutigend wirken sollte. „Du bist nicht eingesperrt. Ich hab dich befreit." Ein flüchtiges Lächeln streifte sein Gesicht. Das konnte sie genau sehen.

„Ich hab gerade mal das *studium generale* geschafft. Ich bin ein *Baccalaureat in artibus*. Das ist nichts."

Wenn sich ein Sternenschweif am Himmel zeigte, hieß es, dass Gott seinen Mantel gelupft hatte, um auf die Erde zu schauen, überlegte Elsa. „Was lernt man da so als Backa...?"

„*Baccalaureat de septem artes.* Die sieben freien Künste: Grammatik, Rhetorik, Dialektik, Arithmetik, Geometrie, Astronomie, Musik."

„Das ist eine Menge Zeug. Du bist mächtig schlau, was?"

„Nur ein Dummkopf bildet sich ein, viel zu wissen. Der Schlaue wird immer das Gefühl haben, dumm zu sein."

Darüber dachte Elsa nach. „Hältst du mich für einen Dummkopf?"

„Nein, kleine Els", sagte er und senkte flüchtig den Blick. „Du bist kein Dummkopf."

„Wir sollten hier nicht anwurzeln", sagte sie und ging voran, immer auf der Suche nach bereits vorhandenen Fußspuren im Schnee. „Wie wird das weitergehen?", fragte sie über ihre Schulter und vergewisserte sich, dass er ihr folgte, „Wenn du wieder nach Wittenberg darfst, meine ich." Elsa wollte gar nicht, dass Andres wieder fortging, aber das sagte sie ihm nicht.

Er schloss auf und ging neben ihr her. „Ich muss das *Quadrivium* schaffen, damit ich Magister der freien Künste werde. Ich muss die höhere Mathematik, Philosophie, Arithmetik und Sprachen studieren."

„Und dann?"

Sie sah, wie er die Wangen aufblies. „Und dann? Dann muss ich mich entscheiden: Theologie, Rechtsgelehrsamkeit oder Medizin."

„Weißt du schon, was?" Er schwieg. Sie drang nicht in ihn. „Das kostet eine Menge Geld, oder?"

„Ja. Meine Mutter hadert mit mir, weil ich mich danebenbenommen und meinen Studienabschluss riskiert hab." Abermals blieb er stehen und schaute wieder hinauf zum funkelnden Firmament. Es war nur verständlich, dass er die Rückkehr in seinen Arrest hinauszögerte. Sie hingegen war so müde, dass sie die Augen mit Mühe offen halten konnte. „Mutter hat Angst, dass mich Doktor Luther aus der *Leucorea Wittenberga* rausschmeißt."

„Was unterrichtet er?"

„Er ist *Sententiarius* und hält Vorlesungen der *Lectura in biblia,* Bibelstudium. Soll ich dir zeigen, was wir tun müssen, um uns zu verdingen?"

Elsa nickte und Andres zog sie hinter sich her zu einem Portal und stellte sich auf einen der Tratschsteine. Auf solchen einander gegenüber in den Türrahmen gehauenen steinernen Sitzen trafen sich die Weiber zum Austausch von Klatsch. Elsa beobachtete ihn, der mit bittend vorgehaltenen Händen und gesenktem Haupt ausharrte. Sie wurde allmählich ungeduldig, trat von einem Fuß auf den anderen. Er blieb starr stehen, bis Elsa begriff. Sie kramte in der Falte ihres Hüftbandes und legte einen halben Heller in seine Hände.

„Der Herr sei mit dir. Du wirst geschmückt mit den Verdiensten deiner guten Taten vor Gott treten."

„Amen."

Andres sprang vom Tratschstein. Er grinste. „Es ist ein Kuhhandel, Els." Er warf die Münze, fing sie auf und gab sie ihr wieder zurück. Ihr Lächeln erstarb. „Du verfolgst einen Zweck damit, dass du dem bettelnden Studenten etwas gibst: die Vergebung deiner Sünden. Das kann ich aber nicht. Es ist vermessen. Ich hasse es. Zu Gott allein kehrt aller Glanz zurück. Du solltest demütig sein und dich kleiner machen, denn deine Eitelkeit und dein Stolz entfernen dich nur von Gott." Er hielt inne, weil Elsa ihn gar so entgeistert anschaute.

„Du solltest dich bei unserem Herrn entschuldigen", sagte sie rau. „Die Bettelei lehrt die Demut, oder? Ist es nicht eine Augustinerregel? Du aber bist hochmütig!"

„Verzeih. Du hast recht. Ich bin kein Mönch und will auch keiner sein. Die Wahrheit ist, ich habe das Noviziat nicht durchgestanden, weil ich immer wieder meine Gelübde gebrochen habe."

„Welche?" Wieso bloß musste Elsa als Erstes an das Gebot der Keuschheit und an Carolina Müllerin denken?

„Gehorsam und Demut."

In ihr atmete etwas auf.

Er begehrte auf: „Doch nur, weil es falsch ist, wie die Leute vor Gott zittern. Ich will kein Mönch sein, aber ich will die Lehre in die Welt tragen. Ich kann es. Ich bin gut darin." Elsa gab einen unwilligen Laut von sich. „Du hast ja recht. Ich bin hochmütig. Es fällt mir schwer, mich zurückzuhalten, weil ich denke, dass es falsch ist, sich die Vergebung der Sünden zu erkaufen."

Er griff nach ihrem Ellbogen, aber sie entwendete ihn ihm. „Es ist kalt. Lass uns gehen, bevor uns doch noch der Nachtwächter erwischt."

37

Jeder wahre Christ, er lebe oder sei gestorben, hat teil an allen Gütern Christi und der Kirche als von Gott ihm gegeben, auch ohne Ablassbriefe.

Die Ratsstube spiegelte das Toben in den Gassen wider. Alles redete wirr durcheinander und obwohl die Fenster zum Ring fest verschlossen waren, drang der Lärm bis hier herauf. Die verbotenen Blätter waren viel zu spät von der Pforte abgenommen worden. Und da die meisten Leute nicht lesen konnten, behielten sie sich deren Inhalt im Kopf und gaben ihn so von Mund zu Mund weiter. Erschwerend hinzu kam, dass der Frevel dieses Mal in der Volkssprache verfasst worden war, was das Breittreten des Inhalts nur noch erleichterte.

Hatte dann doch einer so ein Blatt ergattert, wurde es prompt laut vorgelesen. Einem Bürgersohn ein Papier aus der Hand zu reißen, wagte kein noch so ranghoher Büttel. Man ließ die Leute gewähren, brüstete man sich doch, eine Stadt von Welt zu sein. Unglücklicherweise passierten Händler auf dem Weg zu den Stapelhäusern den Ringmarkt der Weltstadt, Pilger auf dem Weg zum Heiligen Grab in der östlichen Vorstadt und Reisende der Via Regia, sodass das Ungeheuerliche schon bald die Stadttore in alle Himmelsrichtungen verließ.

Der Rat stand auf verlorenem Posten, was die Geschwätzigkeit der Leute betraf. Es war wie bei einem Gaukler, dem die Jonglierbälle aus der Hand fielen und der sogleich neue aus dem Ärmel holte.

Pleban Faber litt am Herzstechen. Ihm wurde von Doktor Joppener Wein anempfohlen und von einem Stadtdiener Luft zugefächelt. Der Geistliche, das Gesicht rot und schweißbedeckt, japste nach Luft und nach Worten. Und wenn er beides fand, donnerte er, man solle die Falschredner in die Büttelei sperren. Christian wusste, niemand würde es wagen, Söhne einflussreicher Kaufherren einzusperren, nur, weil sie sich auf den Gassen unterhielten.

Solch einen Schritt würde sich Franz Schneider, der frischgebackene Bürgermeister, zu Beginn seiner Amtszeit nie und nimmer erlauben. Es sei ein Bubenstreich, eine Schelmerei, die sich noch vor Tagesende ausgegaukelt haben würde, versuchte er den Pleban zu beschwichtigen. Der aber schüttelte hastig den Kopf und neue Schweißperlen traten auf seine Stirn. Ketzerwerk sei das, beteuerte er, bekreuzigte sich, was alle Versammelten – der ganze vollzählige Rat – ihm gleich taten und beschwor die Heiligen und Seligen obendrein. Die, die diesen Unfug zuließen, sollten genauso im Fegefeuer brennen, wie die, die die Schandtat vollführt hatten. Ja, das Vorlesen des Unsäglichen sei eine noch größere Sünde als das Anschlagen der Ketzerschrift dieses Häretikers Luther. Erst das Vorlesen trüge das falsche Zeugnis zum armen, unwissenden Sünder.

„Wer hat sie angeschlagen?“, kam es von einer rauen Stimme ganz hinten aus dem Saal. Berechtigte Frage. „Der Weidner-Bube ist doch weggesperrt! Wer also war das?“

Die Stille, die folgte, war selbst für Christians Dafürhalten gespenstisch. Er sah sich, genau wie es alle anderen taten, im Saal um. Zustimmendes Gemurmel erstarkte allmählich.

„Genau! Der Weidner kann es nicht gewesen sein!“ – „Noch ein Ketzer in der Stadt?“ – „Ein ganzes Nest?“ – „Matthes Weidner begnadigen?“ – „Er kann es ja wohl schlecht selbst gemacht haben!“ – „Dem Weidner müssen Luzifers Engelsflügel gewachsen sein, um aus der Büttelei zu flattern." Letzteres war nicht als Scherz zu verstehen gewesen.

Bald war das Gequake so laut, dass Christian die Einfälle der Ratsmitglieder nicht mehr genau verstand. Ein Krachen. Ruhe im Saal. Christians Blick schnellte nach vorn zu Faber, der mit der vermeintlich schwachen Hand doch recht kräftig auf den Tisch geknallt hatte. „Der Weidner nicht, aber einer seiner Komplizen", sagte er. „Vielleicht sitzt diese Carolina Müllerin wie die Königin in einem Bienenstock, umgeben von Arbeitern, die gerade jetzt die Irrlehre weiter verbreiten!"

Daraufhin schwoll abermals die Wort gewordene Verunsicherung der Versammelten an. Faber war zu wirr, zu müde und zu alt, um abzuwägen, was zu tun sei. Zunächst musste das Vorlesen der schändlichen Schrift aufhören!

„Erst geht uns die Hexe abhanden und nun findet sich ein Übersetzer unter uns!", gab der neue Bürgermeister zu bedenken und Faber betupfte sich nickend die Stirn. „Einer sollte bei den Tylikes nachfragen, ob der Andres etwa aus Rom zurückgekehrt sei."

Der Rat griff einstimmig nach diesem hauchdünnen Rettungsseil. Alles feierte diesen Vorschlag. Außer einem: „Die verhängte Reichsacht und das Kopfgeld für die Ketzer zeigen offenbar keine Wirkung."

Mit Johannes Haßens dröhnendem Urteil war es schlagartig mucksmäuschenstill im Saal geworden. Er ließ den Blick umherschweifen und vergewisserte sich der Aufmerksamkeit auch der zuhinterst Sitzenden. „So sollte man das Unkraut mit der Wurzel ausreißen." Seine Redepausen verliehen seinen Worten gebührende Bedeutsamkeit. Sein massiger Kopf drehte sich langsam in die Richtung, wo der Pleban saß. „Ihr solltet an den Pontifex schreiben!" Die letzte Silbe verhakte sich an den Graten der schönen Schnitzereien der Täfelung im Ratssaal. „Der Papst wird erstens herausfinden, ob ein Andres Hinterthur als Pilger in Rom weilt und zweitens, was mit den Häretikern, Luther allen voran, weiter zu tun sei." Die Menge im Saal schwieg, weil man eben schwieg, solange der Protonotarius sprach.

Doch offenbar war jener fertig und forderte den Pleben nun zu sachrichtigen Entscheidungen heraus. Fabers Blick, der sich aus dem Trüben des Wahnsinns allmählich ans Licht der Tatsachen wagte, wurde fest. Und als Nächstes rief er, als ob es seine Idee gewesen war, den Heiligen Stuhl mit dieser Angelegenheit zu behelligen: Einzig Papst Leo X. werde wissen, was in dieser Sache zu tun sei! „Luther hat die päpstliche Machtvollkommenheit angetastet und wird das nicht ungestraft getan haben!" Als habe Faber vom Jungbrunnen genippt, sprang er behände aus seinem Stuhl und erhob den Zeigefinger, dass die Wucht seiner Bewegung ihn beinahe wieder ins Polster zurückgeworfen hätte. „Und wenn der Pontifex bis dato der Sache zu wenig Ernst beigemessen hat, dann sollte er jetzt mit dem Ausmaß des ganzen Unheils konfrontiert werden!" Zustimmendes Raunen war vernehmbar, was den Priester nur noch mehr anstachelte: „Einer, der den böhmischen Ketzern nahesteht, ist selbst ein Ketzer! Und ein Ketzer, der Schriftliches verbreitet, verbreitet Ketzerwort! Und wie viele Seelen sind verloren, die dem Teufelswerk auch nur *zuhören*?"

Das letzte Wort dröhnte selbst in Christians Gehörgang, als befinde er sich in der Hölle. Es waren nur Worte. Verquickte Worte, deren Zusammenhalt so fragil war, dass einer wie Christian kaum deren Inhalt begriff.

„Die gequirlte Kacke wird uns doch nicht den Kopf kosten?", wandte sich Christian, um den eigenen Berufsstand bangend, an den Hoter, der mit Kennermiene dem Schauspiel gefolgt war. Alfons Sieder schüttelte knapp den Kopf. „Keine Sorge. Die werden die Nachtwächter nicht zur Rechenschaft ziehen. Des Teufels Werk geht so heimlich und vorborgen vor, dass ihr es unmöglich hättet entdecken können." Auf Sieders Worte atmete Christian erleichtert auf. „Zum Arschabwischen könnte man das Papier gut gebrauchen“, urteilte Alfons Sieder klug und Christian grinste in sich hinein.

Gassenrichter und Hoter fanden sich nach der Versammlung auf ein Bier beim Braumeister ein, der heut an der Reihe war.

38

Die Erlösung durch die Mitwirkung des Papstes ist aber keineswegs zu verachten, weil, wie ich sagte, sie die Erklärung der Erlösung durch Gott ist.

„Und es war bestimmt nicht der Marktschreier?", vergewisserte sich Andres, nachdem Elsa ihren Bericht abgeschlossen hatte. Die Menschenmasse war zu sehen und zu hören gewesen, da hatte Elsa kaum drei Schritte vor die Türe getan. Sie war zur Neißgasse hinaufgegangen, hatte sich durch die hinteren Reihen gezwängt, um näher an den Vorleser heranzukommen und besser zu hören. Sie nickte. Sie kauerte am einen Bettende, er saß am anderen, drei manierliche Ellen Papierkram zwischen sich. „Es war kein Stadtbüttel, der deine Thesen …"

„Luthers Thesen …"

„Luthers Thesen vorgelesen hat. Es war ein Bürger, ein ganz normaler."

„Ein ganz normaler", echote Andres nachdenklich.

„Ich konnte nicht erkennen, wer es war, aber alle hörten zu. Nach jeder These musste er innehalten, um der Menge Zeit zu geben, sich zu beruhigen, denn nach jeder These peitschten sich die Leute hoch, es war lästig! Wieso können die Leute nicht einfach zuhören, wieso müssen die zu allem ihren Senf dazugeben?" Andres antwortete nicht. Er war in Gedanken und starrte vor sich hin. „Am schlimmsten war es bei Nummer fünfundvierzig."

Andres' Blick kreuzt den ihren. Er nickte. „Gut."

„Jedenfalls ...", Elsa erhob sich vom Bett. Sie hatte eine Menge zu tun und musste irgendwie noch zum Jakobsstift gelangen. Ihrer Mutter wollte es einfach nicht besser gehen. „Jedenfalls wurde weit vor dem Ende der Vorleser von den Stadtdienern am Weiterlesen gehindert. Während sie mit dem einen beschäftigt waren, fuhr ein anderer mit Lesen fort. Die Büttel kamen nicht hinterher mit ihren Maßregelungen und Drohungen. Es fand sich jedes Mal ein weiterer, der die Thesen vorlesen wollte."

„Sehr gut." Andres nickte versonnen, starrte durch die Papiere, die auf dem Bett ausgebreitet waren.

Sie beobachtete ihn einen Moment lang beim Nachdenken.

„Du kannst zufrieden sein. Martin Luthers Thesen kennt jetzt jeder." Doch ihr war so, als sei er erschrocken über sich und das, was er losgetreten hatte. „Dein Werk, Andres. Gott wird es dir vergelten, so oder so ..." Sie sah zu, wie er ein Stück Papier zu sich heranzog und mit einem Schabmesser begann, die Buchstaben abzukratzen. Das knuspernde Geräusch hing so eine Weile zwischen ihnen.

„Ich muss das nach Wittenberg berichten."

Sie beobachtete, wie er dem Papier seine Unschuld zurückgab, wie er die Tintenkrümel wegpustete und es mit dem Ärmel glatt strich, wo es zerknittert war.

„Andres, wer um alles in der Welt soll in Zeiten wie diesen einen Brief nach Wittenberg bringen? Das ist irrsinnig."

Die Feder schwebte über dem Papier. Langsam, sehr langsam hob er den Blick. Die zwei Obsidiane glühten, seine Kiefermuskeln waren angespannt wie wohl jede Faser seines Körpers. Elsa las jedes einzelne Wort in seinen Augen, die Bitte auf seinem Gesicht. Mit dem Begreifen ist das so eine Sache. Es fühlte sich an wie Ewigkeiten zwischen dem etwaigen Missverständnis und der Aufforderung in seinem Blick.

Sie nickte, weil sie meinte, verstanden zu haben. „Und was soll ich als Grund angeben, dass ich für ein paar Tage verschwinde?"

Auf seiner Miene spiegelten sich seine ernsthaften Überlegungen. „Pilgerreise?"

Ihren schallenden Lacher versteckte sie hinter beiden Händen.

„Oder vielleicht musst du jemanden besuchen?"

Elsa schüttelte knapp den Kopf. Unnötig zu erwähnen, dass alle Menschen, die ihr geblieben waren, vor den Toren der Stadt hausten. Seine Enttäuschung tat ihr beinahe weh. „Mir wird schon was einfallen." Das, worauf sie sich einließ, war jetzt nur ein Konstrukt, eine wage Idee, nichts Handfestes. Vielleicht, so überlegte Elsa, sollte sie endlich gutmachen, was sie Andres in ihrer Kindheit angetan hatte.

Die Angst vor dem, was sie vereinbarten, sollte viel später kommen. Sie wusste, Wittenberg war keine Weltreise, aber auch kein Katzensprung. Ihr Universum erstreckte sich in vier Wegstunden mit dem Ochsenkarren zwischen einer kleinen Parochie am Schöps und Görlitz. Mehr kannte sie nicht. Mehr Vorstellungskraft hatte sie nicht.

„Geh zu Meister Weidner", durchstieß er die Seifenblasen, in denen ihre vorsichtigen Vorahnungen des Unbekannten schwebten. „Er wird dir alles erklären. Er wird wissen, wann die nächste Kutsche ins Anhaltische geht, mit welchem Tross du unbesorgt reisen kannst, und so weiter. Bis dahin wissen wir, was wir den anderen sagen." Elsa nickte und wandte sich ab, sie hatte lange genug getrödelt. „Els?"

Sie hielt inne. Er suchte nach dem Wort, dem kleinen Wort.

39

Es ist auch für die gelehrtesten Theologen höchst schwierig, gleichzeitig die Fülle des Ablasses und die wahre Reue vor dem Volke zu preisen.

Siegtraut verfolgte Elsas Besuch im Jakobsstift mit Argwohn. Elsa stand selbstverständlich gut vor der Mutter da, seit sie vorschlug, sich nach einem Cornelius-Stein für deren Gesundheit umzuschauen. Beinahe täglich erstattete sie Bericht: habe mit diesem Krämer und jenem Händler gesprochen, aber war nicht fündig geworden und nun das! Jetzt ging die Heilige Elsa so weit, sich nach dem *corneolus* auf Reisen zu begeben. Selbst ihre Mutter war noch nie im Besitz eines Karneols gewesen, wer wusste schon, ob es den Lungenstein überhaupt gab?

„Und wo genau willst du ihn suchen?", fragte Siegtraut, bekam aber keine Antwort, was typisch war, wenn sie ihre Schwester durchschaut hatte, aber diese es nicht zugeben wollte. Alles war höchst seltsam und passte gar nicht zu ihrer verhuschten Schwester, die immer so vorsichtig und besonnen durchs Leben ging wie die Heilige Jungfrau höchstselbst. Mutters Versuche, Elsa von dem irrsinnigen Vorhaben abzubringen, zerschlug jene im Wind. Elsa wollte das unbedingt! Wieso?

Siegtraut ertrug Elsas Buhlschaft um die Gunst ihrer Mutter

nicht einen Atemzug länger. Sie hatte das Gefühl, ihre nach Anerkennung hechelnde Schwester nahm ihr die Atemluft.

Siegtraut machte sich aus dem Staub, floh in die Stadt, wo sie schauen wollte, ob sich vor Einbruch der Dunkelheit nicht noch etwas ergattern ließe. Die offene Heuchelei der Almosenspender war ihr hundert Mal lieber als die geheuchelte Aufrichtigkeit ihrer Schwester.

Das Opfer, das Elsa sich einbildete darzubringen, indem sie für die Mutter den kostbaren Stein beschaffte, war keins. Das eigentlich Opfer brachte Siegtraut. Das sah nur niemand. Ohne es zu merken, wuchsen Geringschätzung und Neid gegen ihre Schwester zu Hass.

40

**Wahre Reue sucht und liebt die Strafen,
die Fülle des Ablasses mildert sie und macht sie hassen,
wenigstens bei Gelegenheit.**

Als Meister Weidner eine Fuhre gen Nordwesten organisiert hatte, wurde Elsa vom Gewicht dessen, was sie Andres versprochen hatte, erdrückt. Jetzt erst begriff sie, was es bedeutete, die schützende Stadt zu verlassen. Bis es so weit war, besuchte Elsa ihre Leute im Jakobsstift regelmäßig, sorgte sich um die Mutter, bereitete Rauchbäder aus Thymian und Salbeiblättern, fertigte Kräuterwickel für die Brust und Aufgüsse zum Trinken. Es widerte sie selbst an, wie sie sich anbiederte, nur um an der dringenden Notwendigkeit eines Lungensteins keinen Zweifel zu lassen. Sie wusste, einen Karneol würde sie nie und nimmer auftreiben – schon gar nicht in Wittenberg. Nicht einmal Andres machte ihr da Illusionen. „Du wirst in der *bibliotheca* dutzendweise Abhandlungen zum *corneolus* finden, in der ganzen Stadt aber nicht einen einzigen solchen Stein."

Wie ermutigend!

Die Abreise rückte näher und Elsa wurde von ihrer Mutter wie schon einmal bedrängt, die Zunfturkunde an sich zu nehmen. Und weil sie gar so sehr aufbegehrte, gab Elsa schließlich klein bei. Papier war zu dieser Zeit nicht leicht in die Stadt zu bringen.

Am Frauentor wurde sie durchsucht. In dieser beklemmenden Situation bekam Elsa eine Vorstellung von den Ausmaßen der Umwälzungen, die Andres ins Rollen gebracht hatte. Der Torwächter fand natürlich die Papierrolle, drehte und wendete sie unschlüssig in der Hand. „Es ist nur eine Zunfturkunde, die hat mir die Mutter gegeben."

„Ich muss das prüfen, ist doch klar!" Der Wächter entrollte das Schriftstück und tat so, als könne er es entziffern, hielt die Urkunde dabei verkehrt herum.

„Sag ...", rückte Elsa, einer Eingebung folgend, ein Stück näher an ihn heran, „Hältst du immer an diesem Tor Wache?"

„Nicht immer." Der Mann, von der Nähe der Frau aufgewärmt, ließ sich hinreißen, ihr zu erklären, in welchem Zirkel die Wache den Dienst wechselte und Elsa bemühte sich, den Plan genau im Kopf zu behalten. Von der leichten Plauderei erweicht, ließ der Wächter das Pergament zusammenschnipsen. Nicht ohne ihren Oberkörper mit ihren weichen Rundungen an ihn zu schmiegen, nahm sie es wieder an sich. Dem Wächter schien die unverhoffte Nähe zu gefallen und Elsa stahl sich die Zeit, mit dem Fremden noch einen Augenblick zu plaudern, alles, damit sich ihr Gesicht, ihre Stimme, ihr Lächeln in sein Gedächtnis eingrub.

Aber ihre Knie zitterten, als sie vom Frauentor fortkam und Scham über ihr Verhalten nagte an ihrem Gewissen. Die Angst kam immer des Nachts, wenn Elsa versuchte zu schlafen. Auch Zweifel an dem Vorhaben. Was wollte sie in Wittenberg? Die Leute sprachen dort ganz anders als hier! Elsa träumte schlecht und verlor den Appetit, je näher die Abreise heranrückte.

In der Zwischenzeit wiederholte sich *das Werk*, wie es Andres nannte. Mehrere Male noch hängten sie die fünfundneunzig Thesen in der Stadt an verschiedenen Stellen auf. Es gab vier Kirchen: die Peterskirche, die Annenkirche, die Dreifaltigkeitskirche am Kloster und die Nikolaikirche nahe dem Heiligen Grab außerhalb der doppelten Stadtmauer. Die Blätter an die Pforte der Letzteren zu heften, stellte sich als schwierig heraus, dafür gelang es ihnen am schlafenden Torwächter, dessen Wachtplan Elsa mittlerweile auswendig kannte, vorbei bis zur Kirche *Unserer Lieben Frauen* zu gelangen. Gegen die Brüder des Franziskanerkloster hegte Andres eine besondere Abneigung. Die nächtlichen Ausflüge zählten fortan zu ihrem Zeitvertreib, aber vor dem Einschlafen kroch zuverlässig diese Angst wie ein Gast hervor, den man nicht loswurde.

Es war am Abend des Valentin, der Tag vor ihrer Abreise, als Elsa ins Gebet vertieft länger als sonst in der Wohnhalle der Tylikes vor dem Hausaltar kniete. Alle Tylikes schliefen längst. Sogar Peternelle war zu Bett gegangen und hatte Elsa mit dem von schmutzigem Geschirr überfrachteten Tisch zurückgelassen.

Der heilige Laurentius, aufgestellt auf dem Bierfass war nicht gerade der geeignete Ansprechpartner in der Reisesache. Elsa wäre gern in die Kirche Sankt Peter und Paul gegangen und hätte viel lieber zur heiligen Elisabeth, Schutzpatronin der Armen und Kranken, gebetet. Doch für die Heiligen in der Peterskirche hatte sie kein Geld.

„Herrgott, ich bitte dich …" Sie sprach die Standards: die Fürbitte für ihre Schwestern, sogar für die Herrschaften, hielt sich aber beim Gebet für ihre Mutter länger als sonst auf. Elsa hatte ein Hühnchen mit Gott zu rupfen, der sich nicht entschließen konnte, in der ein oder anderen Weise ihre Mutter vom Leid zu erlösen. Sie klang wütend. Ja, sie haderte mit ihm. Das *Ave Maria* leierte sie herunter, ohne auf den genauen Wortlaut zu achten, und war in Gedanken bei der Angst, ihre Mutter könnte nicht mehr am Leben sein, wenn Elsa zurückkehrte. Sie bekreuzigte und erhob sich.

Der Schreck fuhr ihr durch Mark und Bein, als sie sich umdrehte, starr beim Anblick dessen, der im Türrahmen lehnte und nicht den Eindruck machte, erst eben hier aufgetaucht zu sein.

Seine dunklen Augen funkelten und schienen durch sie hindurchzusehen. „Stehst du da die ganze Zeit schon?" Ihre Stimme hallte an den tiefen Decken mit dem flachen Gewölbe wider und ließ bleischwere Stille zurück. In dieser Umgebung sah er so anders aus als oben, eingeklemmt unter der Dachschräge. Selten, auch nicht beim Druckermeister Weidner, sah sie ihn in so hellem Licht, das die Schatten unter den Haarsträhnen tiefer und sein Gesicht kantiger wirken ließen.

Er umschiffte ihre Frage mit einem Lächeln und setzte sich in Bewegung, um auf der langen Bank ganz hinten, nahe der Tür, Platz zu nehmen, ein Bein auf jeder Seite. Er faltete die Hände und ließ eine geduldige Weile verstreichen, bevor er sagte: „Weißt du ... Es steht uns nicht zu, Gott vorzuschreiben, was er zu tun, was zu lassen hat."

Elsa stutzte. „Mach ich ja nicht. Ich bitte ihn nur, gerecht zu sein." Es hätte noch gefehlt, dass sie in ihrem kindischen Trotz mit dem Fuß aufgestampft hätte. Stattdessen aber stemmte sie die Hände in die Hüfte: „Wie bist du eigentlich rausgekommen?" Mit dem Kopf ruckte sie gen Gewölbe, über dem der Dachboden lag und begann, die Altarkerzen zu löschen.

Er zuckte die Achseln. „Es war nicht abgeschlossen und ich hatte Hunger. Ihr habt mich vergessen." Das sagte er genauso trotzig, wie sie eben geklungen hatte.

„Ich wollte eben raufkommen und Eure Hoheit bedienen."

Er überging ihre Gereiztheit und nickte zum Altar hin. „Was ist das für eine hässliche Neuerung?"

„So ein Studiosus hat den Altarunterbau für sich beansprucht", als sie sich wieder zu ihm umdrehte, bohrte sich sein Blick fest in den ihren.

„Dann ist es wohl kein Wunder, dass ich so schlaue Sachen zu Papier bringe, wenn ich auf dem *Altaruntersatz* schreibe." Ein verschwörerisches Grinsen tauschten die beiden, dann setzte sich Elsa auf die diesseitige Kante der langen Bank, zwei Klafter Sittsamkeit zwischen ihnen. Eine verlegene Stille türmte sich zwischen ihnen auf.

„Willst du es wirklich tun?", neigte er den Kopf, als könne er sie so besser ansehen.

Elsa nickte. „Ja." Sie wünschte sich so sehr, dass die Reise sie vom schlechten Gewissen ihm gegenüber befreien würde, das sie seit ihrer Kindheit plagte. „Und was du vorhin gesagt hast, das mache ich nicht. Ich schreibe Gott nicht vor, was er tun soll. Ich bitte ihn lediglich, sich ein bisschen zu beeilen. Es kann ihm ja keine Freude machen, meine Mutter leiden zu sehen." Sie wurde von Andres aufmerksam gemustert.

„Gott ist barmherzig ..."

Eine Predigt ertrug sie jetzt nicht. „Da bin ich mir nicht so sicher. Meine Mutter quält sich, hat Schmerzen und ist dem Tode näher als dem Leben. Was für eine Barmherzigkeit soll das sein?"

„Er lässt ihr Leid erträglich werden durch dich, durch deine Hände, durch deine Stimme, durch deine Gegenwart. Er hat dich geschickt."

„Wer hat die Krankheit geschickt?"

Er lächelte, wahrscheinlich war dies einer der einfacheren Dispute für ihn: „Die Feuchtigkeit in ihrem Zimmer."

„Wer hat sie zum Siechtum in dieser feuchten Kammer verurteilt?"

„Dein Vater, der das Bier nicht rein gebraut hat. Deshalb verwehrt man deiner Familie den Altersgroschen aus der Zunftlade."

Elsa reckte widerborstig das Kinn: „Und wer hat meinem Vater eingegeben, die Briu unrein zu machen?"

„Seine Geldgier vielleicht?" Andres' Augenbraue zuckte angriffslustig.

„Und wer hat meinem Vater diese Geldgier eingegeben?"

„Der Blick in die Nachbarschaft."

„Du meinst, weil deine Leute reich waren?"

„Els, ..." Andres rutschte auf der Bank ein Stück näher. „Sei's drum. Sie sind tot. Dein Vater, mein Vater. Sie sind tot. Gott hat uns allen dasselbe auf den Weg gegeben: Herz und Geist, Seele und Körper, was der Einzelne daraus macht, liegt nicht in Gottes Hand. Gott führt uns und gibt uns seine Gebote mit auf den Weg, was wir daraus machen ..." Er beendete seinen Satz mit einem resignierten Achselzucken. „Elsa, das Leben ist eine Aneinanderreihung von Entscheidungen, die jeder selbst zu fällen hat."

„Das ist Blasphemie, das weißt du! Gott schenkt und lenkt.“ Im Bemühen, vor Andres, der noch ein Stück herangerutscht war, wegzurücken, fiel sie beinahe nach hinten von der Bank.

„Es ist nicht Blasphemie, sondern es ist die Schrift. So steht es drin!“ Er sah hinreißend aus, wenn er die Augenbrauen zusammenzog, aber solch schwärmerischen Gedanken musste sich Elsa verbieten. Sie stand von der Bank auf, Andres rückte noch ein Stück näher. „Im ersten Brief Paulus’ an die Römer steht drin, dass die Kraft Gottes den selig macht, der daran glaubt. Nur der Gerechte wird aus dem Glauben leben.“

„Er richtet und urteilt“, blieb Elsa stur und verschränkte die Hände vor der Brust.

Andres schüttelte den Kopf. „Nein, er ist voller göttlicher Gnade für den sündenbeladenen Menschen. Gott hat mit der Krankheit deiner Mutter nichts zu tun. Die Entscheidungen deines Vaters brachten sie in diese Lage, aber Gott hat ihm längst vergeben, wenn auch du es tust. Gott hat die Kraft und die Macht, deiner Mutter beizustehen ... Durch dich. Du bist Gottes Hände, du bist sein Werk ...“

„Halt den Mund!“ Elsa wich noch ein Stück zurück und Andres sackte in sich zusammen, weil er wohl erkannte, dass Elsa ihn nicht verstand. „Gott richtet.“

„Ja“, er klang erschöpft. „Aber der, der an seine Barmherzigkeit glaubt, ist auserwählt.“ Er schaute ihr zu, wie sie den Kopf schüttelte. „Du verstehst mich nicht.“ Er blickte kläglich aus der Wäsche. „Keiner versteht das, was in der Heiligen Schrift steht! Niemand versteht die Heilige Schrift!“ Er seufzte und machte eine hilflose Geste.

„Ja, weil sie niemand lesen kann ... “, gab Elsa trotzig zurück, „... und die Priester reden im Gottesdienst Latein. Die wenigsten verstehen alles, was sie sagen. Die meisten schnappen nur Bruchstücke auf. *Gratia Dei* ...“ Elsa verzog das Gesicht, auch dann noch, als Andres begann zu grinsen. „*In Nomine Patris* ...“ Sie begann mit gereckter Brust wie ein Gockel durch die Stube zu marschieren, „*Et filii, et spiritus sankti et* trullala-tirallala." Ihre Arme wedelten unerhört kokett. Glockenklar ertönte ihre Laienpredigt in der Sprache, die sie kaum beherrschte, Andres' Grinsen wurde weicher und vervollkommnete sein hübsches Lächeln. „*Mea maxima culpa in* Rummtata – schrumtata *patris domine* ..." Andres schnaubte, während sie durch die Wohnhalle fegte, dass ihr Rock um ihre Beine tanzte. „*Ave* ... *Ave verum corpus* ... *et lux interna* – laterna... *Amen* und Peng!" Sie verbeugte sich für ihr amüsiertes Publikum und Andres klatschte ein, zwei Mal in die Hände, bemüht, sich das Grinsen zu verkneifen. „So kommst du mir nicht aus meiner Kirche, Bürschchen!" Galant bot sie ihm die Hand dar, fordernd und unmissverständlich.

„Sicher", Andres suchte in seinen Taschen, kehrte das Innere nach außen. „Wie Ihr seht, Kaplan ... ich bin blank."

„Mmh." Elsa spielte die Verstimmte, dann lockerte sie ihre Bühnenpose und sackte wieder auf die Bank zurück. Einen Moment schwiegen beide. Sie schüttelte den Kopf. „Es ist so sinnlos." Sie spürte, dass er sie beobachtete.

„Ja, weil es eben in Latein ist."

Sie nickte.

Einen Moment sahen sie sich stumm an, dann begann Elsa das Geschirr vom Tisch zu räumen. „Wie dem auch sei. Latein hin oder her. Mein Glaube scheint wie ein Blatt im Wind. Eigentlich weiß ich überhaupt nicht mehr, was ich glauben darf und was nicht. Und daran bist du schuld." Sie wusste, dass sie unverwandt von Andres beobachtet wurde. Er erhob sich und half ihr dabei, die Teller übereinanderzustapeln.

„Das tut mir leid. Und es beruhigt dich sicherlich nicht, wenn ich dir sage, dass es mir genauso geht."

„Glaub ich nicht."

„Doch. Es fühlt sich an, als würde man ein Gefäß sein, das mit Wasser gefüllt wird. Nur dass man eben ein Loch hat und nie voll wird. Man hat immer das Gefühl, gar nichts zu wissen."

Elsa hielt inne und schaute ihm zu, wie er Frauenarbeit verrichtete. „Ja.“ Sie brachten das Geschirr hinüber in die Küche. Auf dem Dreibein über der Glut hatte Peternelle Wasser erhitzt, bevor sie hinauf in die Schlafkammer gegangen war. Elsa tat das Wasser in einen Bottich, um das Geschirr zu spülen. Andres nahm das Steinzeug aus ihrer Hand entgegen und trocknete es ab. Danach verspeiste er sein Nachtmahl.

Später schlichen sie gemeinsam hinauf. Andres ordnete die Papiere, bevor er sie mit dem Stempel, den Elsa sehr gut kannte und den Andres mitsamt Wachs und Schmelzflamme der Reinhilde stibitzt haben musste, versiegelte. Obendrein verschnürte er das Ganze mit einer Kordel und reichte ihr den dicken Packen Papiere.

Sie hatte Andres versprochen, ihn vor ihrer Abreise zu wecken, damit sie sich verabschieden konnten. Doch sie brachte es nicht übers Herz, ihn aus dem Schlaf zu reißen. So stand sie vor ihm, das Bündel geschnürt, dick eingepackt und betrachtete sein schlafendes Antlitz, das so ruhig, so arglos lag.

„Du hast alles durcheinandergebracht in mir“, schüttelte sie den Kopf, beugte sich vor und gab Andres einen Kuss auf die Wange.

41

**Vorsichtig ist von päpstlichen Ablässen zu predigen,
damit das Volk nicht in den Irrtum verfalle,
jene seien den andern guten Werken
christlicher Liebe vorzuziehen.**

So verließ die Druckerei-Gesandtschaft am Siegfriedstage, mitten im Februarius, die Stadt. Die Papiere für Doktor Luther trug Elsa unter ihrem Kleid auf der einen Hüfte, ein Gegengewicht auf der anderen. Niemand würde auf die Idee kommen, dass ihre Leibesbürde theologischer Natur war. Der Büttel, der Elsa mithin ziemlich gut kannte, wünschte ihr einen erfolgreichen Handel mit dem Stein. Ihm hatte Elsa die Taschen über ihre Mutter vollgehauen. Er kam gar nicht auf den Gedanken, sie zu durchsuchen und weil Elsa eines der zwanglosen Gespräche anstimmte, wurden die Druckereierzeugnisse nur oberflächlich in Augenschein genommen. Elsas Begleiter waren ein Druckermeister und zwei Lehrlinge, die dem Weidner das Versprechen gegeben hatten, die junge Frau wohlbehalten dorthin zu bringen, wo sie hin wollte, und sie auf ihrer Rückreise von Norden wieder mitzunehmen.

Der Abreisetag war trüb. Es war nicht ausgeschlossen, dass sie von einem Schneesturm heimgesucht würden. Genau, wie der Weidner es gesagt hatte, wurde lediglich für die Notdurft gehalten, bis sie an der Schänke ankamen, wo sie übernachten wollten.

Die bittere Kälte und der zugige Wind machten die Fahrt zu einer Erschwernis. Dicht gedrängt saß man unter der Plane und steckte die Füße unter ein Ochsenfell, damit man nicht völlig durchfror.

Elsa staunte, als ihr vom Druckergesellen erklärt wurde, dass Wittenberg ein Nest von kaum zweitausend Seelen sei und man froh sein konnte, dass die Elbe gut Wasser führte. Mehr als Fisch gab es hier nämlich nicht. Die Universität sei von einem Landesherrn, Friedrich dem Weisen, gegründet worden und deshalb nicht ernst zu nehmen.

„Und der Ketzer Luther ist auch gekauft!", wusste der andere Bursche zu berichten. „Man sagt, der konnte sein Doktorenamt nicht bezahlen, da habe Friedrich der Weise ihm fünfzig Gulden vorgestreckt. Als Gegenleistung verpflichtete sich Luther, zeitlebens in Wittenberg zu unterrichten."

„Besser für die anderen Universitäten. So bleibt denen der Skandal erspart."

Elsa hütete sich davor, sich einzumischen. Sie vermisste Andres und es stach in ihrem Herzen, wenn sie sich vor ihrem inneren Auge sein Lächeln nachbildete. Worauf hatte sie sich bloß eingelassen?

Schlimmer noch als die Kälte und die altklugen Unterhaltungen der Lehrlinge während der Fahrt war die Langweile am Abend in der Schänke, als die Männer mit Würfelspielen und Bier beschäftigt waren und Elsa kaum ein Auge zutat, weil die Gemeinschaftsstube überfüllt und die Ausdünstungen der Leute mit ihren Körpergeräuschen wetteiferten.

Und als sie am Morgen zerschlagen und übermüdet auf dem Karren unter dem Ochsenfell Platz nahm, öffnete der redselige Druckerlehrling seinen Mund und schloss ihn nicht wieder, bis sich im nachmittäglichen Zwielicht eine unscheinbare Silhouette am Horizont, untermalt vom silbrigen Band des Elbstroms, abzeichnete. Schüchtern drückte sich das Städtchen gegen die Elbfurt, als könne es sich so unsichtbar machen und sich vor den Gefahren von den Sachsen im Süden und der Mark von Norden und Westen her verbergen. Elsa hielt Ausschau nach dem von Andres beschriebenen, am Himmel kratzenden Turm der Schlosskirche und erahnte im Abendnebel besagten Gottesfinger, aber auch einen trutzigen Doppelturm. Von Ferne waren weder Baum umsäumte Schlosstürmchen und verspielte Dachreiter zu sehen noch die Fanfaren spielenden Wachen der Stadtmauer. Das, was sich verborgen hinter den über der Elbe schwebenden Nebeln abzeichnete, schien so, als ob über ein Briugeschirr ein graues Tuch gestülpt worden war. Sich spitz unter dem Tuch abzeichnend: der Deckel des Bierkruges, in einen mit Speck- und Zwiebelstücken gehäuften Teller übergehend und zu einem kleineren, geduckten Becher mit Salz daneben mündend.

Die Druckerleute entrichteten den Zoll, erklärten, auf der Durchreise zu sein, nein Schriftstücke waren nicht abzugeben, auch nicht abzuholen. Lediglich diese – ein Fingerzeig auf Elsa – feine Magd sei auf Besuch zu geben; eine Täuschung, die wohl der Druckermeister Weidner seinen Zunftkollegen mit auf den Weg gegeben hatte.

Weder Misstrauen noch Neugier zeichnete sich auf den Gesichtern der diensthabenden Büttel ab, als man das Gefährt durch das Tor lenkte. Doch wies man darauf hin, dass die Drucker keine Erlaubnis zu logieren bekamen und sich verrichteter Dinge wieder zu entfernen hätten. Elsa war froh, dass sie nicht allein die Gassen der fremden Stadt nach der Universität absuchen musste. Sie war froh, noch ein paar Augenblicke in Gewahrsam der Drucker zu sein.

Die Straßen lehmig und durchlöchert, die Häuser mit brüchigem Gefach, machte dieses Städtchen auf Elsa zunächst einen schmuddeligen Eindruck. „Nur in Görlitz und in Rom gibt es Straßenpflaster“, deutete der Druckerlehrling Elsas entrückte Miene und den Versuch, die Schlaglöcher abzufedern, um nicht jedes einzelne in die Knochen zu bekommen. Ihr war nicht bewusst, dass Görlitz eine Weltstadt war. Sie hatte geglaubt, jede Stadt hatte befestigte Straßen, Kanalisation – auch wenn der Hoter kaum hinterherkam, sie von toten Leibern zu reinigen, wodurch sie regelmäßig verstopfte und bis zum Himmel stank – und öffentliche Bäder, dazu mehrere Stadtbrunnen und Waschhäuser.

Vor einer Mauer mit unscheinbarem Durchlass lud man sie ab, wünschte ihr einen angenehmen Aufenthalt und zog von dannen. Elsa schaute dem Wagen nach, bis er hinter einer Biegung verschwand. Sie wandte sich um und blickte unschlüssig durch das Sitznischenportal westlich des Gebäudes, das die Männer als Universität ausgegeben hatten. Die Häuser in Görlitz waren nicht weniger imposant. Allerdings erinnerte Elsa sich daran, wie sie als Mädchen, gerade nach Görlitz gebracht, ebenso verschüchtert über den Ringmarkt geschaut hatte, als könne sie sich woanders hinwünschen, wenn sie nur ganz fest daran glaubte.

Elsa fühlte sich zumindest völlig deplatziert und einsam. Vorsichtig, als würde sie im Lehmmatsch des schmalen Durchganges stecken bleiben, durchschritt sie das Tor und fand sich auf einem Hof wieder. Eine imposante, wenig einladende Tür am Kopfe einer geschwungenen Treppe musste der Eingang zum *Fridericianum* sein, wie der Druckermeister – nicht der Lehrling – das gedrungene Universitätsgebäude genannt hatte. Oben an der Tür befand sich kein Klopfer. Die Faust tat es auch. Hinter der Pforte war Lärm zu hören, aber niemand reagierte auf Elsas Pochen.

Sie wirbelte herum. Ein junger Mann kam hinter ihr die Freitreppe heraufgehetzt. Er schien so spät dran zu sein, die Zukunft im Blick, dass er für die Gegenwart keinen Wimpernschlag übrig hatte und Elsa beinahe über den Haufen rannte. Sie wich ihm aus. Er riss einfach die eindrucksvolle Türe auf und wurde vom Steinklotz verschluckt. Elsa schaute sich um, ob es noch mehr Menschen gab, die beabsichtigten, in aller Hast und Unhöflichkeit hier einzudringen und gewährte sich dann durch die offen stehen gelassene Türe Einlass. Der Blick wurde in einen langen Flur geboten.

Der Erste, den sie ansprach, um nach dem ehrenwerten Herrn Professor zu fragen, marschierte an ihr vorbei, wohl, weil er Elsas dünnes Stimmchen nicht vernommen hatte. Bevor sie den Nächsten ansprach, räusperte sie sich. Der wies ihr den Weg: eine Treppe hinauf, Flure entlang, rechts, links, Arkaden kreuzen, Hallen durchqueren. Letzter Korridor. Ganz hinten. Elsa wollte am liebsten die Beine in die Hand nehmen und nach Hause zurückrennen.

„Doktor Luther ist beschäftigt, Mädchen", wurde Elsa, als sie sich endlich in den gewiesenen Gang gefunden hatte, von einer Frau mit einem Gesicht wie aus einem Eisenguss abgefertigt. „Was begehrst du? Es ist schon spät." Elsa stutzte, hatte sie doch in der Universitätsstadt, wo alle ach so klug waren, mit mehr Beredsamkeit gerechnet.

„Ich habe Nachricht für Doktor Luther von einem seiner Studenten."

Die vielfach gefaltete Kugelhaube der Eisernen bebte beim zackigen Kopfschütteln. „Das hat morgen noch Zeit." Elsa wurde von der Frau gemustert, als sei sie ein schleunigst zu zertretendes Spinnentier, das es an Widerwärtigkeit mit nichts anderem aufnehmen konnte. „Husch, verschwinde."

„Aber es ist dringlich", antwortete Elsa kleinlaut. Ihr Blick schweifte an der Frau mit dem kantigen Gesicht vorbei.

Die eiserne Maske blieb ungerührt. Dann zeigte sich ein Kopfrucken, das von unverhohlenem Interesse einerseits, aber auch von Missbilligung andererseits zeugte. „Dringlich? Seit Wochen wird er von *dringlichen* Nachrichten überhäuft, aber wisse, Kind, er hat keine Zeit für eine … für ein einfaches Mädchen, wenn er mit dem Kurfürsten, dem Generalvikar und sogar mit dem Papst korrespondiert."

„Oh, ich weiß, … mit dem Papst?" Elsa war sich nicht sicher, ob sie ebenso skeptisch und vorsichtig wirkte, wie sie sich fühlte. Auch wusste sie nicht, wie sie die Frau anzusprechen hatte. An den Äußerlichkeiten konnte Elsa die Funktion der Fremden nicht deuten. Die zu schmalen, schwarzen Linien gezupften Brauen und der schmale Mund passten nicht zu einer Magd, das Gewand nicht zu einer Dame. Das schlichte, dunkelgraue Kleid war nicht wie der Habit einer Nonne geschnitten, sondern wie die Robe einer Kinderfrau. Die ballonartige Haube konnte auf eine Mamsell, aber auch auf eine Hausherrin schließen lassen. Insgeheim schüttelte Elsa den Kopf über diese unerhört mehrdeutige Kleiderordnung, die keine Ordnung im Eigentlichen war. Zu Hause hatte alles seinen gottgefälligen Platz: Das einfache Volk trug Erdfarben und schlichte Hauben, alles höherrangige trug Farben und sogar Gold, prächtige Hauben in Form von Kugeln und Hörnern, Zylindern mit und ohne Schleier oder mit Perlenschnüren durchwundene Turbane. Zumindest die andere schien Elsas niederen Rang längst erkannt zu haben, obwohl Elsa ihre besten Kleider am Leibe trug.

Schneidend und pfeilschnell wurden Elsas Gedanken durchkreuzt: „Woher kommst du, Mädchen?"

Elsa antwortete und untermauerte das Gesagte mit einem Knicks.

Bei Erwähnung der Neißestadt bemerkte Elsa eine Regung der starren Eisenmaske: Die Frau streckte fordernd die Rechte aus: „Ich werde deine Nachricht an Doktor Luther zu gegebener Zeit …"

„Nein, verzeiht, aber … Ich habe mein Versprechen geben müssen, die Briefe nur dem Doktor Luther persönlich zu überreichen." Elsa betonte *Versprechen* und *persönlich*, sodass die Brauen der Frau einen interessierten Hüpfer taten. Die Fremde war im Gehen begriffen.

Langsam, ganz langsam und mit steifem Rücken, so, als ob jede hastige Bewegung ihre Kugelhaube zusammenpuffen lassen würde, hielt die Frau inne. „Von wem, sagtest du, seien die Zeilen?"

„Andres Hinterthur, Stiefsohn des Braumeisters Niklas Tylike zu Görlitz."

„Warum bringt er sie nicht selbst, sondern schickt seine …" Ihre Augen wanderten unverhohlen über Elsas Figur. Wieder das Zucken der Brauen.

Elsa sog die Luft scharf ein. Es war die eine Sache, dass diese Fremde über sie schlecht dachte, aber sie durfte nicht auch noch Andres in ihre schmutzigen Gedanken einbeziehen. „Weil er eingesperrt ist", zürnte Elsa, „seit er die fünfundneunzig Thesen des ehrenwerten Herrn Luther an die Schlosskirchentür hatte nageln wollen, um das große Werk des Meisters der Welt zu offenbaren." Zugegeben, der Zynismus in Elsas Stimme war beabsichtigt. „Und weil sein Freund, der Matthes Weidner, in der Büttelei schmort und Andres durch die Veröffentlichung der Thesenübersetzung versucht, eine Begnadigung zu erwirken." Dass sich mit Elsas Aufbegehren ein Grüppchen Studenten um sie ansammelte, vernahm sie aus den Augenwinkeln, taxierte aber diese Person unter der Kugelhaube, deren Arroganz an den zitternden Nasenflügeln und zuckenden Augenbrauen nur zu gut ablesbar war. „Und weil er sich in der Acht befindet und als vogelfrei gilt und weil sich diese Carolina Müllerin nicht herablässt, den beiden zur Hilfe zu eilen, sondern das Weite gesucht hat, nachdem sie …"

„Carolina?" Die Eisenmaske zersplitterte. „Du meinst die Carolina Müllerin, die aus Wittenberg fliehen musste?" Elsa meinte, die Scherben klirren zu hören.

Nicht gerade unsanft wurde Elsa von der Fremden am Oberarm gepackt und den Gang hinunter geführt. Ein feiner Duft von exotischer Milde, den Elsa zuvor nur im Alkoven gut betuchter Priester gerochen hatte, stieg ihr in die Nase. Während die duftende Dame ein recht hastiges Schritttempo durch die nach feuchtem, kaltem Holz müffelnden Gänge anschlug, begehrte sie die ganze Geschichte der Drei zu hören. Elsa war keine Klatschtante! Sie gab die Kurzversion dessen, was in aller Munde sein dürfte.

Die Frau, deren Miene sich nach vollendeter Geschichte wieder zur starren Maske formiert hatte, bat Elsa vor einer der ungezählten Türen zu warten. Elsa lehnte im Rahmen des Fensters, das der Tür gegenüberlag und spähte in die Finsternis des Abends hinaus. Ihre Gedanken flogen in die Heimat. Was wohl die Mutter und die Schwestern heut zu essen bekamen? Ob Reinhilde und Peternelle mit ihr haderten, weil sie die niederen Arbeiten der zweiten Magd erledigen mussten? Das Denken fiel ihr schwer. Sie war so erschöpft von den Tagen auf dem Karren, der durchwachten Nacht im muffigen Stroh, ihrer Furcht vor dem Ungewissen und dem Streit mit der Eisenfrau. Wäre die Tür nicht mit einem Krachen aufgeflogen, Elsa wäre im Stehen eingeschlafen.

42

Man soll die Christen lehren, dass es des Papstes Meinung nicht ist, dass die Erlösung durch die Ablässe irgendwie den Werken der Barmherzigkeit zu vergleichen sei.

Er hätte groß aussehen müssen: Doktor Martin Luther. Entzweier der Kirchenväter, Schlächter Johannes Tetzels, Zweifler an der verordneten Gottgefälligkeit und Gottesfurcht. Er hätte groß aussehen müssen. Doch mit seinem aufgequollenen Gesicht, in dessen Mitte eine knorpelige, unschlüssige Nase prangte, dem teigigen Teint, der von wenig Sonnenlicht erzählte, seinen wulstigen Fingern und dem fisseligen Haar, das in Strähnen in seinen Nacken piekste, zu schweigen von den tief liegenden Augen, die ihrem, Elsas Blick, dem Blick einer Magd nicht standhalten konnten, sah er so aus als ob er ihr gerade mal bis zur Taille reichte. Als er sich erhob, um sie zu begrüßen, zeigte sich, dass er sie um anderthalb Köpfe überragte und sein anfänglich zweifelnder Blick in einem entschlossenen Ernst mündete.

Elsa war verunsichert, als er ihr die Hand zum Gruß darbot. Sie hatte in ihrem ganzen Leben noch keinem Mann die Hand geschüttelt. Wo war der Schmuck, der ihn als Priester auswies? Wo der Ring, den zu küssen, es ihre Christenpflicht gewesen wäre? Sein Händedruck war nicht halb so entschlossen wie seine Schriften. Mit nichts als einer dunkelbraunen Robe bekleidet wollte er derjenige sein, der das Fundament des Christentums aushebelte?

Er wies ihr einen der klobigen, mit dunklem Leder bespannten Lehnstühle und platzierte sich wieder hinter dem viel zu kleinen, mit Papieren überladenen Tisch. Er jonglierte die Dogmen der Kirche von einer kärglichen Schreibstube aus, in die nur wenig Licht durch ein kleines Fenster mit milchigen Butzen fiel. Dieser kleine Tisch maß in etwa die Mitte. Ein weiteres Schreibpult befand sich schräg dahinter. Ein schmaler Prahlhans mit nur wenigen Büchern darin sollte des Mannes ganzer Wissensschatz sein? Reinhilde Tylike hatte mehr Bücher in ihrer Wohnhalle!

Der Mann von Mitte dreißig musterte sie mit diesem eigenwilligen Zug um den Mund, beobachtete sie aus seinen kleinen, hellbraunen Augen, kalkulierte, wie er auf ihre Nachricht reagieren könnte.

„Nun?"

Elsa knickste, bevor sie sich setzte und gebot dann einen „ehrerbietigen Gruß von An…".

„Andres, ja, meine Haushälterin sagte mir, dass du Nachricht von ihm bringst." Seine Haushälterin. Die Eisenmaske die Haushälterin des streitenden Kirchenmannes? Er blätterte einen Moment in seinen Papieren, als habe Elsa ihm bereits den Papierpacken ausgehändigt. „Hat es der Bengel geschafft, nicht auf dem Scheiterhaufen zu landen?" Das, was wohl als Scherz gemeint sein sollte, kam trocken und robust aus dem Mund des Mannes. „Meine Gebete richteten sich gegen seinen Stursinn und für sein Leben." Die wachen Augen des Doktor Luther umspielte jetzt ein Lächeln, sein Mund aber verzog sich nicht. „Der Bubenstreich hat ihm beinahe das Leben gekostet."

„Ja." Elsa war nicht geübt darin, mit Männern von Rang und Amt zu sprechen. Ihre Hände zerwühlten den Saum ihres Umhangs. „Nun, eigentlich nein … nicht der Bubenstreich, mit Verlaub, sondern Eure Schrift, die ihm beinahe das Leben kostete … Verzeiht." Elsa senkte den Blick und kaute auf ihrer Unterlippe herum. Was war bloß in sie gefahren? Wie konnte sie so töricht daherreden? „Verzeiht, es war eine weite Reise, ich …"

„Ja?"

Sie riskierte einen Augenaufschlag in seine Richtung, murmelte eine dritte Entschuldigung und zog Andres' dicken Brief aus der Tasche, der warm von ihrem Körper war und dessen Ecken von der Reise in Mitleidenschaft gezogen waren. Aber das Siegel war unversehrt. Elsa erhob sich nicht vollends, sondern beugte sich lediglich nach vorn, um den anderen nicht zu überragen, und legte den Packen auf die vorderste Kante des Tisches.

Doktor Luther seufzte. „Ich weiß noch, wie meine Professoren immer Furcht vor meinen Aufsätzen hatten, weil sie so lang waren", sagte er. „Mir geht es mit Andres' genauso."

Elsa sagte dazu nichts, weil sie nicht wusste, was.

Der Mann nickte ihr aufmunternd zu, dann nahm er das Sendschreiben an sich. „Ich bin froh, dass ich endlich von ihm Nachricht erhalte. Ich hörte eine ganze Weile nichts von Matthes. Wie mir meine Haushälterin berichtet, wurde Matthes Weidner festgesetzt?"

Elsa nickte.

„Bedauerlich." Der Mann wägte ab, was er als Nächstes sagen würde. „Andererseits höre ich von vielen, die starben, weil sie sich gegen die Ausbeutung durch die Kirche auflehnten. Und sie alle schließe ich in meine Gebete ein." Und plötzlich verlor sich sein Blick. Er lehnte sich im Stuhl zurück und starrte auf den Tisch vor sich. „Dir ist nicht klar, welch großen Dienst du uns tust, nicht wahr?"

Elsa stutzte, war aber zu verlegen etwas zu erwidern, beziehungsweise fiel ihr gar nicht das Richtige ein.

„Du bist ein mutiges Mädchen, Elsa Mälzer, Tochter des Johannes Mälzer und Magd der Reinhilde Tylike. Sehr mutig. Du kannst stolz auf dich sein."

„Oh, Euer Gna… Doktor Luther", schüttelte Elsa verlegen den Kopf. „Stolz ist eine Todsünde …"

„Ääääh“, machte er wie eine Gans, die sich gegen die Eintönigkeit ihres Tages aufregte. „Todsünde, wenn ich das schon höre. Wer redet dir das ein, hä?“

Elsas Blut pulsierte in ihren Wangen vor Verlegenheit. „Ich weiß nicht, Euer Exzell… Herr …“

„Die Kurie, nicht wahr? Das, was dein Vater, möge er selig ruhen, deine Mutter und deren Vorväter eingetrichtert bekamen. Gott hat kein Maß der Dinge!“ Der Mann verzog das Gesicht. „Er nimmt nicht den Scheffel und wägt ab: *siebenhundertvierundzwanzigste Todsünde für Elsa Mälzer – bitte notieren.*“

„Ich …“ Elsas Wangen glühten, ihr Herz überschlug sich beinahe, weil der Mann ihr gegenüber immer energischer wurde.

„Ich will dir mal was sagen, mein liebes Kind.“ Er konnte ja nicht ahnen, dass hinter Elsas Lidern die Tränen der Scham und Verzweiflung bissen, weil dieser fremde Mann mit ihr schimpfte. „Gott richtet nicht! Er ist gut, er liebt dich und er wäre stolz auf dich.“ Martin Luther nickte und taxierte sie. „So ein wunderhübsches Kind Gottes. Und versteckst dich hinter Bescheidenheit, dass es dich beinahe in den Boden hinabzieht! Richte dein Haupt auf!“ Er betonte, wobei ihre Scham sie beinahe umbrachte, ihr Mut habe drei Menschen das Leben gerettet.

„Hat er das?“ Elsa schaute sich verwirrt in der Schreibstube um, als ob ihr Mut da in einer staubigen Ecke herumlungerte. „Wirklich?“

Was sie kaum für möglich gehalten hatte: Auf Doktor Luthers Gesicht zeigte sich ein kleines Lächeln. Und er insistierte, Andres sei dumm, wenn er sie nicht halten würde.

„Oh, also wir, Andres und ich, sind nicht … es ist … nicht … wie Ihr vielleicht denkt.“

„Äääähhh“, machte wieder die Gans. „Also, schauen wir mal, was er will, der Frechdachs.“ Als ginge es darum, das Mittagessen auf den Garpunkt zu prüfen, nahm er sich der Kordel, mit der die Papiere umschnürt waren, an. „Das Papsttum ist eine große, üppige Hure“, sagte er und bekam den Knoten nicht auf.

Elsa schickte ihren Blick in den Schoß vor Schreck.

„Dort redet man nur vom Geld. Vom Popo der Kardinäle bis zur Soutane der Priester. Ablässe werden meistbietend verkauft. Aber am gemeinsten und gefährlichsten ist die Dummheit des Klerus', sie wissen nicht, was sie sagen, weil ..."

„... es in Latein ist."

Des Mannes eben in Grimmigkeit verzogene Miene erhellte sich. „Richtig." Er ruckte und zuckte an der Schnur. Elsa rutschte auf der Sitzfläche ihres Hockers weit nach vorn und nahm dem nervös an der Schnur zerrenden den Papierpacken ab, knüpfte den Knoten auf und schob den Stoß zurück zum Mann.

Luther brach das Wachssiegel. Dass Andres sein Schreiben mit einem Brauereizeichen versiegelt hatte, fand er köstlich, wie er meinte, und lächelte vor sich hin. Dann vertiefte er sich ins Lesen.

Elsa war sich nicht sicher, ob sie sich entfernen sollte. Langsam raffte sie die Röcke, um sich zu erheben, da hob der Mann die Hand. Elsa sank auf den Schemel zurück und beobachtete ihn. Der las, schrieb aber auch nebenbei. Mehr als „Mh-hm" oder „Aha", sagte er nicht und schloss mit in Falten gelegter Stirn: „Das ist traurige neue Zeitung. Aber das Evangelium bringt uns gute neue Zeitung und die sind gewiss von Jesu Christi, unserm lieben Herrn und Heiland, sonst weiß ich wenig gutes Neues in der Welt."

„Amen", sagte Elsa mit staubtrockener Kehle.

Luther überflog das Schreiben abermals und fegte dann die Papiere, die er vor Elsas Eintreten studiert hatte, beiseite. „Er soll bleiben, wo er ist." Mit hastiger, kratzender Feder schrieb er auf ein neues, frisches Papier. „Christus ist nicht unserer eitlen Ehre Willen gestorben." Andres und Matthes hätten selbstherrlich gehandelt, grummelte er. „Sie erhofften sich Ruhm. Christus ist gestorben, dass sein Name geheiligt werde." Er schrieb so schnell und flüssig, dass Elsa sich nicht einen Menschen denken konnte, der das Gekliere würde lesen können. „‚Ihr werdet größere Werke tun als ich', sagte Christus zu seinen Jüngern, ‚ich bin nur ein Senfkörnlein; ihr aber werdet die Äste und Zweige sein, auf welchen die Vögel nisten.'" Er hielt inne, beschaute sich die Bescherung der krakeligen Zeichen und nickte bestätigend.

Als Nächstes klagte er die Stände an, die vorschnell reagiert hatten, indem sie die Jungen wegen ihres Bubenstreiches in die Acht getan und beschlossen hatten, bußfertige Burschen aus ihnen zu machen. Luther unterstrich seine Zuversicht, dass man die Delinquenten aus der Acht herausnehmen würde, damit sie ihr Studium fortsetzen könnten. Buße müsse sein, hob er den Zeigefinger. „Meine Eltern haben nie begriffen, dass sich zur Rute der Apfel gesellen sollte." Das bekräftigte er mit einem klickenden Schlusspunkt hinter dem letzten Wort, bevor er das Schreiben trocken pustete. „Das Wegnehmen einer Nuss ist kein Diebstahl, aber das Entwenden einer Schrift? MEINER Schrift?"

Elsa war ganz seiner Meinung.

„Wie dem auch sei", schloss er. „Meine Thesen sind in aller Munde. Sie gehen als Büchlein in alle Welt, ob es mir nun recht ist oder nicht." Er beschied, Elsa solle zunächst Gast seines Hauses sein, denn er wolle eine treffliche Antwort nach Görlitz gut abwägen.

Elsa nickte, erhob sich, knickste höflich und wandte sich um, hielt vor der Tür aber inne, weil ihr noch etwas eingefallen war.

„Ja?", riet der Mann ihre Gedanken.

„Die Bücher, Herr Luther. Wo sind die vielen Bücher, von denen Andres berichtet hat."

Martin Luther folgte ihrem skeptischen Blick hin zum schmalen Prahlhans und lächelte versonnen. „In der *bibliotheca*, liebes Kind."

Elsa verließ die Schreibstube. Kaum stand sie draußen auf dem Flur hatte sie immer noch das Gefühl, zum weltberühmten Martin Luther in geschmücktem Ornat und beringten Fingern, umgeben von Lakaien und Büchern, vorgelassen zu werden und es würde sich herausstellen, dass man sie auf den Arm genommen hatte und der unscheinbare Mensch, den sie eben getroffen hatte, sei nur ein bedeutungsloser Schreiberling gewesen. Aber nichts dergleichen geschah.

Ihr wurde eine Kammer mit einem richtigen, echten Bettgestell, mit Federbett und Kamin zugewiesen. Und die Versuchung war so groß, sogleich in die Kissen zu sinken und zu schlafen, sieben Tage und sieben Nächte, doch widersprach der Müßiggang ihrer ehrbaren Christenpflicht. So machte sie sich auf die Suche nach der Küche. Nicht, um sich der Völlerei hinzugeben, sondern um ihre Dienste anzubieten.

Die Weiber hier hießen sie willkommen. Sie beschieden, bevor Elsa helfen durfte, sollte sie sich erst einmal satt essen. „Doktor Luther ordnete an, dich aufzupäppeln, du seiest recht dünn", sagte die eine und ihre Worte mündeten in schallendes, aber gutmütiges Lachen, was Elsa nur wieder in maßlose Verlegenheit versetzte. Die Weiber waren lustig, führten ihre Zungen aber auch lose und tratschten offen über die Lehrer und Matrikeln. Und wenn sie den Herrn auf der Zunge trugen und über einen Heiligen stolperten, bekreuzigten sie sich nicht einmal, sondern fragten, was wohl die Schrift dazu sage und das klang so närrisch, dass sich die Frauen bogen vor Lachen. Dass sie sich über die Scholasten lustig machten, begriff Elsa sofort. Ihr Appetit, den sie auf der zweitägigen Fahrt eingebüßt zu haben glaubte, war vom Stockei in Saublase, gedämpftem Kohlgemüse und den süß eingelegten Pflaumen sofort geweckt.

Als Elsa sich in die Vorbereitungen für das morgige Frühmahl einreihte, drifteten ihre Gedanken endlich wieder zu Andres. Sie versuchte ihn sich hier in diesen weiten, hellen Mauern vorzustellen, wie er mit seinen Studentenfreunden scherzte und den einen Tag den Professoren Gehorsam zollte und den nächsten eben jenen verweigerte. Andres, der Bengel und Frechdachs. So hatte der Doktor ihn genannt. Elsa vermisste ihn.

Sie musste eingeschlafen sein, kaum, dass sie tief im Federbett eingesackt war.

Elsa wurde an die Morgentafel geladen. Ein jeder im Hause,

ganz gleich ob Student, Kaminknecht oder Küchenmagd hatte einen Platz an der langen Tafel. An dessen Kopf saß Doktor Luther, die Eisenfrau zu seiner Linken, ein bleicher Professor zu seiner Rechten. Einige der Studenten schrieben emsig während des Essens mit, was Doktor Luther erzählte.

Dies musste das offene Haus des Martin Luther sein, von dem Andres erzählt hatte, überlegte Elsa, während sie ganz hinten bei den Mägden Platz nahm und an einem Stück Brot, das auf ihrem Holzteller lag, knabberte, während der Theologe da vorn beschloss, dass es kein Fegefeuer geben könne, denn das Fegefeuer diene nur den Kassen der Kirche. Die Schreibefedern der Umhersitzenden erzitterten. Elsa verbat es sich, eingedenk der frevelhaften Worte das Kreuz zu schlagen. Man hielt hier offenbar nicht viel vom Zeichen.

„Jesus starb am Kreuz, um die Menschen zu erlösen. Der Glaube ist ein Geschenk Gottes, das demjenigen gewährt wird, der bereit ist, es anzunehmen", sagte er weiter, als sei dies das Vorspiel für die Vorlesung, die er heut halten würde.

Das mit dem Geschenk gefiel Elsa. Ein Geschenk hatte sie in ihrem ganzen Leben noch nicht erhalten, selbst den Bergkristall am geflochtenen Haarfaden bezahlte sie mit jedem Heller ab, den sie der Familie überließ. „Ein hübsches neues Lächeln, möchte ich begrüßen", deutete Doktor Luther mit der zweizinkigen Fleischgabel nach hinten und aller Augen waren prompt auf Elsa gerichtet, sodass ihr der Bissen im Halse stecken blieb. „Wie der Glaube da zappelt, steht in deinem Gesicht geschrieben, liebe Tochter. Wie fühlt man seine Schwachheit, wie regen sich die Zweifel! Das einzige Wort, ‚Ich bin der Herr, dein Gott'. Wie schwer ist das!" Der Mann sprach in Rätseln, entschied Elsa und fand einige Gesichter amüsiert, andere nachdenklich in Falten gelegt.

Luthers kleine, wachsame Augen wanderten einen Moment lang über die Tischgesellschaft, dann sprach er langsam und ruhig: „Die Heilige Schrift ist ein großer weiter Wald voller fruchtbarer Bäume. Bäume voll schöner Früchte von mancherlei Art. Und in diesem Wald ist nicht ein Baum, an dem ich nicht geklopft, davon ich nicht eine Frucht abgeschüttelt habe. Andres und Matthes leiden mit Christo“, nickte er, schob sich ein Stück vom Brot in den Mund und fügte kauend an: „Die Bibel ist den Papsttreuen völlig unbekannt, das prangern wir an.“ Und dann lachte er mit einem Male los, dass sich die Tischgesellschaft fragende Blicke zuwarf.

„Einst, während meiner Zeit in Rom, fragte einmal der Bischof Cajetan den Papst: ‚Heiliger Vater, was machen Eure ehrfürchtliche Gnaden mit dem Buch?“ – ‚Ich weiß gar nicht, was das für ein Buch ist‘, gibt der Papst zur Antwort. ‚Alles, was darinnen ist, ist wider Uns.‘“ Die Weise, wie Doktor Luther die Personen nachäffte, brachte alle in haltloses Gelächter.

Papstwitze machten ihre Runde. Aber man sah, dass Doktor Luther auf seinem Essen herumkaute und es nicht recht rutschen wollte. „Mich fragte einer, warum ich die Schrift so lieb habe.“ Alles schwieg und war gespannt auf die Antwort. „‚Darinnen steht die Wahrheit‘, antwortete ich.“

Das hing so einen Moment über der Tafel. Das Amen stimmte einer an und alle wiederholten es. Dann erst begann das eigentliche Mahl. Dass Elsa Kunde von Andres brachte, hatte sich bereits herumgesprochen und diejenigen, die ihr am nächsten saßen, wollten alle Einzelheiten ganz genau wissen. Elsa begann zu begreifen, von welchem Stolz und welcher Eitelkeit man beseelt wurde, wenn man einer Gemeinschaft angehörte, die sich so einig und so schlüssig war wie diese.

43

**Man soll die Christen lehren, dass,
der den Armen gibt, oder den Bedürftigen leiht,
besser tut, als wenn er Ablässe löst.**

Am meisten ärgerte Siegtraut, dass sich das Fehlen der Schwester schon bald an der kargen Kost bemerkbar machte. Die ausbleibende wöchentliche Zuwendung grub Furchen in die Mägen der vier Mälzerinnen. Jetzt war Siegtraut die Älteste und da Mutter immer noch mit ihrem Husten darniederlag, hatten die Jüngeren auf sie zu hören. Als Elsa nach zwei Wochen immer noch nicht zurückgekehrt war, meinte Siegtraut, sie habe endlich die Gelegenheit beim Schopfe gepackt und kuriere sich von den familiären Verpflichtungen. Als Elsa auch nach vier Wochen noch nicht daheim war, meinte Siegtraut, Elsa nie wiederzusehen.

Es war die Passionszeit, in der der scharfe Winterwind von einem gnädigeren Lufthauch abgelöst wurde. Auch wenn es auf dem Monatsholz stand, konnte von Lenz noch nicht die Rede sein, zumindest aber wurde es milder. Und jetzt wurden in den Gassen die Kackhaufen, die Pissepfützen, die Schlammrillen, die Strohbatzen und im Stadtgraben jenseits der doppelten Stadtmauer die Tierkadaver aus dem Klammergriff des Frosts freigelassen, sodass es bis hinauf zum Allmächtigen stank, dass er sicherlich die Nase rümpfte.

Der aus dem Winterschlaf erwachende Gestank drang auch bis in Andres' Dachkammer herauf. Hier hockte er zerknirscht, betete für Elsa, von der er kein Sterbenswort hörte, haderte mit ihr, weil sie länger fortblieb als abgemacht, und sorgte sich um sie, weil er nicht in Erfahrung bringen konnte, ob ihr etwas zugestoßen war. Er schrieb Briefe, von denen er wusste, dass sie niemals ihre Adressaten erreichen würden, nur um das Papier, auf das sie geschrieben waren, wieder blank zu kratzen, und harrte tagein, tagaus der Dinge, die kommen mochten. Andres wurde von Tag zu Tag ruppiger, seine Mutter hatte kein Leichtes, ihn bei Laune zu halten, statt des Ausharrens, schmiedete er mannigfache Fluchtpläne, einer waghalsiger als der nächste, und wusste, es gab überhaupt keine Möglichkeit, ungesehen aus der Stadt zu kommen. Seine Mutter hatte von den Wachposten erzählt, die seit Carolinas Flucht und Matthes' Gefangennahme verdreifacht worden waren. Die Gassenrichter streiften durch die Nächte und Andres hätte es nie für möglich gehalten, dass sich dieses selbstgefällige und von Gott bevorzugt erachtete Städtchen bedroht fühlen könnte. Was seine Mutter an Neuigkeiten mit in die Dachkammer brachte, machte seine Fluchtpläne zunichte.

Er wusste, seine Mutter hatte längst beim Stiefvater erbeten, dass sich der Junge zumindest nachts, wenn alles schlief, im Hause frei bewegen durfte und Andres hatte sie angefleht, nachts nicht abzuriegeln. Aber Niklas Tylike war unerbittlich. Er hatte Andres schon nicht gemocht, als er dessen Mutter geehelicht hatte, aber nun verachtete er ihn zutiefst. Die Geringschätzung eines Niklas Tylike jedoch war nicht mit der Abneigung zu messen, die Andres dem Alten entgegenbrachte.

Sein Stiefbruder Gunnar war ein Idiot. Daran war nichts zu ändern. Vielleicht war Gunnar nicht von Geburt an ein Blödian, aber der väterliche Einfluss hatte ihn mit Blödigkeit gesegnet, dass einem Hören und Sehen verging, wenn man mit Gunnar Zeit verbringen musste.

Reinhilde hatte bewirkt, dass Andres ab und an zum Nachtmahl anwesend war, und zwar dann, wenn Peternelle Ausgang hatte. Er hasste es. Kaum, dass er in der Tylike'schen Wohnhalle eintraf, sehnte er sich nach seiner Dachkammer. Sein Stiefvater sparte nicht an abfälligen Bemerkungen Andres' Situation betreffend. Dass er sich in seinen Sticheleien zurückhielt, lag einzig daran, dass er in seinem Brauereigeschäft von Reinhildens Wohlwollen abhängig war. Andernfalls hätte Tylike die Brut, wie er es nannte, längst vor die Tür gesetzt. Er haderte mehr, als es ein leiblicher Vater je tun würde, mit Andres' Ausrutscher.

Also blieb Andres nur das Abwarten und Hoffen, dass seine Nachricht Martin Luther erreicht hatte, andernfalls würde er in dieser Kammer hocken, bis ihn der Mut oder der Wahnsinn so weit getrieben haben würde, dass er ausbrach. Er würde sicherlich nach drei Schritten gefasst werden. Jeder kannte ihn hier.

44

Denn durch das Liebeswerk wächst die Nächstenliebe und wird der Mensch besser, sondern nur freier von der Strafe.

In Elsas dritter Woche in Wittenberg – das Wetter blieb frostig, obschon sich die Sonne bemühte, und Doktor Luther hatte sich noch immer nicht herabgelassen, Elsa eine Antwort auf Andres' Briefe auszuhändigen – geschah etwas Eigenartiges. Nicht, dass sie sich an die Tischreden der Gelehrten und Studenten gewöhnt hätte, das nicht. Seit sie von Studenten und Mägden gleichermaßen mit Fragen, Andres' Reise und Befinden betreffend, bestürmt worden war und das Interesse nun endlich abebbte, hatte sie Gelegenheit gehabt, sich im *Fridericianum* und der näheren Umgebung umzuschauen. Während man sie als fernöstliche Schüchternheit betitelte und Elsa sich fragte, was es bei *fernöstlich* jedes Mal zu kichern gab, fügte sie sich da hinein, von Luthers groß klingenden Worten, nicht die Hälfte zu verstehen.

Doch eines hatte sie begriffen, nämlich, dass sie falsch damit gelegen hatte, mit einem Heller im Klingelkasten etwas Gutes für ihre Mutter zu tun. Nie mehr wollte sie Geld in einen Klingelkasten verschwenden, um Heil und Labsal zu erbitten. Elsa wollte von nun an nicht mehr die Zeichen der Kirche anbeten, sondern in sich horchen und Gott in ihrem Handeln und Denken suchen.

Gelegenheit, dies zu erproben, gab es in den Gottesdiensten, die man hier abhielt.

Aber mehr noch als in die Küche mit den lachenden Weibern und zur Tischgesellschaft zum in Rätseln sprechenden Luther, zog es Elsa hinaus in die kräftiger werdende Sonne. Sie getraute sich nicht, den Platz zu verlassen, denn sie fürchtete, sie könnte sich verlaufen, dennoch fühlte sie die Sonnenstrahlen auf ihrem Gesicht, schloss die Augen und bildete Andres' Gesicht vor ihrem inneren Auge. Er fehlte ihr. Wie ein schwerer Stein lagen Heimweh und Einsamkeit auf ihrer Brust.

„Träum' nicht", wurde sie unsanft aus ihren Gedanken gerissen. Die Frau mit der eisernen Maske stand vor ihr. Die Kugelhaube trotze dem Lenzewind. „Komm mit, ich muss dir jemanden vorstellen." Ehe Elsa es sich versah, wurde sie von der anderen am Ellbogen gepackt und – wenn auch nicht unsanft, so doch entschlossen – mit sich gezogen. Elsa stemmt die Fersen in den Boden, schob die Küchenarbeit als Ausrede vor und wollte auf keinen Fall entführt werden. Die Eisenfrau aber war für ihren Widerstreit taub, raffte das Bündel, das sie mit sich trug, fester und zerrte Elsa durch die Gassen nach Norden. „Vertrau mir, dir wird schon nichts passieren!"

Vertrauen? Einer so kalten Frau wie der ? Alles Zureden beeindruckte die Fremde nicht. Nachdem das widerborstige Gespann vom offenen Marktplatz abgebogen war, bemerkte Elsa die unvorteilhafte Enge dieser Stadt. Je gedrungener, desto schmuddeliger und übel riechender waren die Gassen. Menschen lungerten dort herum, wo das Licht vom Marktplatz, um den herum sich die bedeutsamen Gebäude der Stadt gruppierten, nicht hinlangte. Die Frau antwortete auf Elsas Fragen, wohin es ginge, wen sie ihr vorstellen wolle, nur ausweichend. Zu allem Überfluss schien die Fremde das nördliche Stadttor anzuvisieren. Elsa aber hatte nicht vor, die schützende Stadt zu verlassen. Man wusste ja nicht, ob man wieder hineingelassen würde. So entwand sie der anderen mit einem solchen Ruck, der sie beinahe hintüber in die Kloake geworfen hätte, den Arm, dass diese unwillig stehen blieb. „Ich gehe keinen Schritt weiter, bevor Ihr mir nicht erklärt, wohin Ihr mich bringt."

Der anderen Blick wanderte zwischen Elsa und dem Tor hin und her. „Carolina Müller."

Elsa schnappte nach Luft wie ein Fisch. Den Namen, den sie so häufig vernommen hatte, der mittlerweile der Inbegriff von Häresie und Unzucht war, brachte sie nicht über die Lippen. „Ihr kennt sie?" Unnötige Frage. „Was hab ich mit ihr zu schaffen? Ich will nicht zu ihr." Andres! Dieser Gedanke durchzuckte sie. Andres und Carolina! Und Elsa als Vermittlerin. „Nein!"

Elsa hätte durchaus noch eine Weile vor dem Tor stehen und das Kräftemessen mit der Frau ins Unerträgliche ziehen können, aber es war kalt und die Sonne stellte sich an, hinter einer Wolkenwand zu verschwinden. „Sie ist meine Schwester, schwer krank, stirbt, weiß Gott!"

Was war das? Schmolz das Eisen unter einem echten menschlichen Gefühl? Elsa hasste die andere dafür, dass sie ihre Entschlusskraft ins Schwanken brachte. Sie suchte am Horizont, der durch den Torbogen zu erahnen war, nach einem Entschluss. „Ich habe was gut bei Euch!"

Beim Tor wurde das Gepäck der Frau keines Blickes gewürdigt, was Elsa, die pingelige Durchsuchungen gewohnt war, überraschte. Mit dem Versprechen, vor Einbruch der Dunkelheit zurückzukehren, verließen die beiden die Stadt in Richtung Norden. Hier, wie es Elsa durch Tischgespräche mitbekommen hatte, begannen die Wiesen der Hirten. Fläming nannte man diese Gegend. Weit draußen in der unwirtlichen Einöde sollte sich Carolina Müllerin verborgen halten. Elsa hatte Zeit, über sie und Andres nachzudenken.

Es war ein Fußmarsch, der seinesgleichen suchte. Elsa hatte sich zwar zur Reise ein paar lederne Pantoffeln geliehen, die aber rieben nicht weniger als die Holzpantinen, wenn man zügig marschierte. Eine ganze Zeit folgten die beiden einem Weg, auf dem kaum Fuhrwerke unterwegs waren, der jedoch auch nicht gottverlassen schien, denn die Spurrinnen waren ausgefahren, der Bewuchs des mittigen Streifens würde es im Frühjahr schwer haben, hervorzubrechen.

Eine kahle Landschaft zeichnete sich nördlich des Städtchens Wittenberg ab. Hutungen mit Spuren der sommerlichen Zeidlereien, statt tiefe, undurchdringbare Wälder. Weideflächen, die jetzt unter lichtem, wie hingespucktem Schnee ruhten, anstelle von Feldern. Eine seltsame Gegend. Und als sich in der Ferne unter dem grauen Himmel ein Gehöft oder eine Häuseransammlung abzeichnete, atmete Elsa hörbar auf.

Als sie die Häusergruppe hinter sich ließen, schwanden ihre Kräfte. Nachdem sie nicht nur einmal auf die Frage, wann sie denn endlich ankämen, keine Antwort erhalten hatte, sparte sie sich die Fragerei und plötzlich bog die Frau, deren Namen Elsa noch immer nicht kannte, vom Wege ab.

Sie steuerte eine der Hutung-Baumgruppen an, die im Winter wenig einladend wirkten. Weil der Bewuchs licht und zur Weidung bestimmt war, fiel Elsa sofort die Hütte auf, die sich versuchte im Zentrum der Baumgruppe zu verstecken. Von Weitem betrachtet eine Einsiedelei, vielleicht eine Jägerhütte, wie sie Elsa aus ihren Kindertagen her kannte, eine Zeit, an die sie jetzt nicht unbedingt zurückerinnert werden wollte, und dennoch folgte sie fasziniert dem Schauspiel, das sich ihr bot. Es war das Klopfzeichen, dass Elsa als jenes wiedererkannte, das Andres benutzte, mit dem die Frau sich jetzt Einlass in die Hütte gewährte. Elsa folgte ihr.

Drinnen, im Dämmerlicht kaum auszumachen, lag auf einem Bettgestell, das die einzige Einrichtung des kleinen, zugigen Raumes ausmachte, eine Gestalt.

„Carolina", flüsterte die Fremde und hatte alles Eiserne verloren. „Carolina, bist du wach?" Eine kleinlaute Erwiderung mit sehr heller, mädchenhafter Stimme war die Antwort. „Ich habe Nachricht aus Görlitz", fuhr die andere fort. Etwas in Elsa protestierte gegen diese Lüge, die die Eisenfrau der armen Kreatur antat. Die einzige Kunde aus Görlitz bestand darin, dass Elsa von dort gekommen war, um ein Schreiben eines unartigen Studenten bei Doktor Luther abzugeben. Die Frau auf der Bettstatt regte sich. Es schien ihr Mühe zu bereiten, sich aufzusetzen, so sehr, dass sie hörbar stöhnte.

Und als Elsa das Gesicht der anderen erkennen konnte, blieb kein Zweifel daran, dass sie sie vor Monaten nackt am Frauentor gesehen hatte. Es war das erste Mal, dass Elsa eine als Hexe Verrufene bewusst anblickte. Damals, vor vielen Jahren, als man Margarete Rieger im Fluss ersäuft hatte, hatte sie nicht hinschauen können, hatte mit dem Bier, das sie verkaufen musste, ihre liebe Not gehabt. Was unterschied eine Hexe von einer unschuldigen Frau? Andres hatte damals schon gesagt, dass die Beschuldigte für die Sünden starb, die andere verbrochen hatten. Wie war das bei Carolina? Wenn ihre ganze Schuld darin bestand, zwei Studenten begleitet zu haben, während die eine Schrift hatten verbreiten wollen, dann behielt Andres recht.

Vermutlich starrte Elsa Carolina Müllerin an.

Sie bot jetzt, anders als damals, eine sehr verhärmte Erscheinung. Die Wangen eingefallen, die Augen saßen tief in den Höhlen. Die Farbe erinnerte Elsa nicht. Das Haar, das blond und glänzend gewesen war, rahmte jetzt in ungepflegten Strähnen das schmale Gesicht wie ein von Katzen in Fetzen gerissener Vorhang. Die Hand, die den Vorhang beiseiteschob, damit die tiefsitzenden Augen Elsa besser mustern konnten, war knochig, das Handgelenk zeichnete sich hart ab.

„Sprich“, fand die, die eben noch einen kränkelnden Eindruck gemacht hatte, zu einer kräftigen Stimme. „Wer bist du und was hast du zu bieten, dass es meine Schwester sich erlaubt, dich in mein Versteck zu bringen.“ Letzteres war mit einem unbestimmten Augenaufschlag für die eiserne Frau gedacht.

„Ich ...“ Etwas in Elsa widerstrebte der herrischen Ansage dieser Carolina Müller. „Andres geht es gut. Ich habe ein Gnadengesuch für ihn zu Doktor Luther gebracht.“

Sie stirbt, hatte die Eisenfrau vorhin gesagt. Elsa hatte den halben Winter über gemeint, ihre Mutter sterben zu sehen. Wenn es der Tod war, der sie anblickte, dann schaute er durch die freudlosen Augen dieses Mädchens. Elsas Mutter würde nicht sterben. Diese Erkenntnis überraschte sie.

„Ein Gnadengesuch?" Carolinas Stimme schwamm. „Wie geht es Matthes?"

„Matthes?"

„Wie geht es ihm?" Ein Hauchen, ein Sehnen. Ganz deutlich zu hören. Matthes, nicht Andres, galt die Sorge dieser Frau. Elsa atmete innerlich auf. „Gut, denke ich. Das Gnadengesuch wird ihn aus der Haft entlassen."

Auf Elsas Worte sank Carolina wieder in die zerschlissenen Decken, denen der süßliche Geruch nach Krankheit entströmte.

„Ich lass dir das Bündel hier. Du musst etwas essen!", sprach die Frau, mit der Elsa hierher gekommen war, streckte die Hand aus, um Carolina über den Kopf oder zumindest über die Schultern zu streichen. Carolina aber wich der Berührung aus, indem sie sich umdrehte.

„Ich wollte, Matthes wäre mit mir aus Görlitz abgehauen, als wir Gelegenheit dazu hatten", hörte man Carolinas raue, bittere Stimme, die mit jedem Wort härter wurde. „Aber er wollte nicht ohne Andres gehen. Dieser Narr!" Dann ruckte ihr Kopf hoch und ihre Augen schienen aus den dunklen Höhlen hervorzublitzen, wie man es den Hexen nachsagte. „Sag ihm, wenn du ihn wieder siehst, meine Liebe zu ihm ist aufgebraucht."

„Ich komme jeden zweiten Tag her", löste sich das Schweigen zwischen Elsa und der Eisenfrau, die die Baumgruppe durchquerten, um zurück zum Weg zu gelangen. „Meine Schwester ist vogelfrei." Das bedurfte keiner Erwähnung. „Ich hab ihr gesagt, sie soll sich vom Studenten fernhalten! Das hab ich ihr gesagt." Der Zeigefinger, den die Frau auch damals vor ihrer Schwester erhoben haben mochte, schnellte jetzt vor Elsas Gesicht. „Es bringt für eine wie uns nichts als Ärger, sich mit den Studenten einzulassen."

Elsa nickte nur stumm.

„Als Carolina und dieser Matthes miteinander schäkerten, sich heimlich trafen, hatte ja niemand damit gerechnet, dass sie bei diesem Blödsinn mitmachen würde. Für die feinen Bürgerssöhne besteht die Hoffnung auf ein Gnadengesuch, nicht aber für meine Schwester."

„Sie wird als Hexe verschrien."

„Denkst du, das weiß ich nicht?"

Elsa beschloss, kein Wort mehr in der Angelegenheit zu verlieren. Sie war in eine Sache hineingeraten, in der sie gar nicht sein wollte. Vielleicht war es Wut, vielleicht, die Erschöpfung des strammen Marsches, die ihr hässliche Gedanken gegen Andres' und Matthes' Eigensinn durch den Kopf jagte.

„Ich habe etwas bei Euch gut."

„Was denn?"

„Karneol. Kennt Ihr das?"

„Lungenstein."

Elsa nickte. „Ich brauche einen für meine Mutter."

Die andere nickte. Sie setzte ihren Weg rasch fort.

Den Tross der Druckereizunft, der etwa drei Wochen nach Elsas Ankunft in Wittenberg erschien, musste Elsa ziehen lassen. Sie hatte noch immer keine Antwort von Doktor Luther für Andres erhalten. Doktor Luther glänzte überdies mit Abwesenheit. Das zermürbte Elsa. Nicht allein, um das aufkommende Heimweh zu ersticken und sich Abwechslung zu verschaffen, sondern weil ihr die Begegnung mit Carolina Müller nicht aus dem Kopf ging, begleitete sie deren Schwester ein weiteres Mal hinaus in die Hutung im Fläming.

Inzwischen kannte sie zum einen den Namen der eisernen Begleiterin und hatte sie sich zum anderen wärmer angezogen. Auch einen Beutel mit einem Trunk, der hier von den Zeidlern feilgeboten wurde und sich Met nannte, für den weiten Weg und einen Wecken als Zehrung hatte sie mitgenommen. Dass sie Met und Wecken Carolina Müllerin überlassen würde, konnte sie da noch nicht ahnen.

„Unser Vater ist gestorben, da waren wir halbwüchsige Dinger", erzählte Traude, wie sich Carolinas Schwester rufen ließ. „Mein ältester Bruder übernahm natürlich die Wirtschaft. Weil er ein Weib anwerben konnte, dessen Vater ein einflussreicher Bauer war, wurde ich in die Dienste des *Fridericianums* gegeben. Zuerst als Küchenmagd, dann als Hausmädchen. Als ich Hausmädchen wurde, war das Erste, was ich tat, meine Schwester in den Dienst zu holen." Traude machte eine kurze Pause und bescheinigte dann grimmig, dass sie den Tag, an dem sie Carolina nach Wittenberg geholt hatte, verfluchte.

Das Wiedersehen mit der Kranken gestaltete sich kaum erfreulicher als neulich. Elsa konnte nur erahnen, was alles an Schlimmen der Frau widerfahren war. Von der Demütigung am Frauentor ganz abgesehen.

Als die beiden Frauen zurück in der Stadt anlangten, bog Traude in eine Richtung ab, in der nicht das *Fridericianum* lag. Zu einem Bader führte sie ihr Weg, obwohl Elsa gottlob keinen Heiler benötigte. Wie sich aber herausstellte, bot der Mann eine Auswahl an Heilsteinen an. Es war nur ein kleines Exemplar eines weiß gebänderten, matt durchscheinenden Corneliussteins, doch Elsa war überaus glücklich, um eine Lüge erleichtert worden zu sein.

Elsa begleitete Trude nicht noch einmal hinaus, weil sie einsah, Carolinas Schmerz durch ihre bloße Anwesenheit nur zu schüren. Sie schwor sich, Matthes niemals von der Bitternis der Frau, der er einst sehr zugetan gewesen sein muss, zu berichten.

In Elsas fünfter Woche erhielt sie endlich die Antwort auf Andres' Schreiben aus Luthers Hand. Zwei Briefe waren es, die der Gelehrte ihr aushändigte. Zwei Briefe von schwerem Pergament. Der eine ganz ohne, der anderen mit beeindruckendem Siegel, das Elsa nicht entziffern konnte. Doktor Luther schärfte ihr ein, als sei es eine seiner Lektionen, Andres zunächst den Brief ohne Siegel zu überreichen, den anderen, versiegelten Brief jedoch erst in der Karwoche. Darauf legte Doktor Luther allergrößten Wert.

Elsa musste die Anweisung wiederholen und kam sich tatsächlich wie ein Scholast dabei vor. Doktor Luther war mit dem Lernerfolg zufrieden. Elsa fragte nicht nach dem Warum der getrennt zu überreichenden Schriftstücke. Sie wusste Martin Luther zu vertrauen und wollte alles tun, wie er es sagte. „Und singe ihm das Lied."

Es dauerte nun nicht mehr lange, bis sich eine Fahrt nach Görlitz einstellte. Wie auf der Hinreise wusste Elsa auch jetzt die Papiere unter ihren Röcken zu verwahren. Bevor sie dem *Leucoreum* den Rücken kehrte, verabschiedete sie sich bei den gackernden Mägden genauso wie bei Traude, die einen noch härteren Eindruck machte als sonst. Wenn sich Elsa gewünscht hatte, dass der Abschied herzlich ausfiele, dann hatte sie sich geirrt.

„Sie ist gestorben."

Elsa, unschlüssig, verlegen, strich ihren Rock glatt.

„Carolina. Als ich gestern nach ihr sah, lag sie leblos in ihrem Bett." Eine schreckliche lange Pause, die in Wahrheit nicht mehr als zwei Atemzüge währte, drängte sich zwischen sie. Die Vorstellung, dass die junge Frau allein mit ihrem Groll und der Bitterkeit gegenüber der ganzen Welt auf dem Herzen und ohne kirchlichen Beistand, ohne die Nähe der Schwester in der Kälte gestorben sein sollte, erschütterte Elsa.

Sie hätte gern gewusst, ob sie Matthes Weidner davon unterrichten sollte, aber die andere, als habe sie deren Gedanken gelesen, schüttelte den Kopf. „Hauptsache ist doch, für Andres Hinterthur und Matthes Weidner wurde ein Gnadengesuch eingereicht."

Gedanken quälten Elsa während der Heimriese. Wieso war es ihr nicht eingefallen, bei Luther ein Wort für Carolina Müller einzulegen, als sie die Gelegenheit dazu gehabt hatte? Elsa hätte am Tag ihrer Ankunft in Wittenberg Carolinas Namen jedes Mal, wenn sie die Geächteten erwähnte, anfügen können. Aber sie hatte es nicht getan. Sie hatte sich nur um Matthes und Andres gesorgt.

Als sie Görlitz erreichte, war sich Elsa sicher, niemandem von ihrer Begegnung mit Carolina Müller und dem, was aus ihr geworden war, zu berichten. Dass sie die Frau, die so tapfer für Luthers Sache eingestanden war, kennenlernen durfte, wollte Elsa mitsamt den kleinen Geheimnissen in ihrem Herzen verstauen und bewahren.

45

Man soll die Christen lehren, dass, wer einen Bedürftigen sieht und dessen ungeachtet Geld für Ablässe gibt, nicht des Papstes Ablass, sondern Gottes Zorn erwirbt.

Er schien zermürbt und schlecht gelaunt. Sie hatte sich eine wärmere Begrüßung erhofft, stattdessen saß er über den Tisch gebeugt und schmierte Zeile um Zeile auf ein Papier. Da war auch nicht die ersehnte Erleichterung in ihrem Herzen, die sie erwartet hatte, nun, nachdem sie gebüßt und Andres einen großen Gefallen getan hatte. Im Gegenteil war ihr Gewissen noch immer so schwer wie vor Jahren, als Andres ihretwegen die Treppe hinuntergestürzt war. Die Gewissensbisse schmerzten noch genauso wie früher. Vielleicht hatte sie auch nicht Buße getan, denn ihr war es in Wittenberg im Hause des Martin Luther zu gut gegangen. Es war keine Strafe gewesen. Die Unterhaltung und Erbauung im Luther'schen Hause würde Elsa sehr vermissen. Elsa hatte in all den Wochen nicht ein einziges Mal gebeichtet und ihr Gewissen gegenüber Andres war nicht erleichtert.

„Ich dachte schon, du bleibst für immer weg", maulte er. Er schaute nur flüchtig auf.

„Nein." Das Letzte, was Elsa gebrauchen konnte, war seine Missgunst. Bereits auf dem Absatz kehrt gemacht, besann sie sich auf Luthers Anweisung. Also räusperte sie sich und stimmte dann dessen Version des *da pacem domine* an. Das Lied begann recht tief, kletterte dann aber in die Höhe. Andres' überraschter, verständnisloser Blick aber …

Elsa musste sich auf den Text konzentrieren. Vor Wochen, als sie ihn zum ersten Mal gehört hatte, war sie schockierte Zeugin gewesen, wie die Lutheraner einen gregorianischen Antiphon in der Volkssprache intonierten. Doch schon nach wenigen Tagen hatte es sich ganz selbstverständlich angehört, nicht nur in der Zunge der Mutter zu beten, sondern auch ein Friedens- und Ruhegesuch in der für alle verständlichen Zunge zu singen.

„Mit schönem Gruß von deinem Professor", sagte sie, als sie geendet hatte.

Sie legte nur den einen der beiden Briefe, den ohne Siegel, auf das Schreiben, das Andres eben dabei war zu verfassen. Genau wie es Doktor Luther angeordnet hatte, behielt sie den zweiten Brief noch für sich.

Andres' Feder schwebte über dem zusammengefalteten Papier. Er starrte den Brief stumm an, hinderte Elsa nicht daran, die Kammer zu verlassen und abzuschließen. Sie blieb vor der Tür stehen, hörte als Nächstes, wie der Brief geöffnet wurde, worauf ein Moment der Stille folgte, in dem Andres offenbar las, und dann, wie der Beutel mit Glasperlen gegen die Tür geschmettert wurde und dessen Inhalt sich im Stübchen verteilte. Elsa war sicher, Andres hätte lauthals geflucht, die ganze Gasse zusammengebrüllt, wenn er nur gedurft hätte.

Während also Andres Luthers Rute zu spüren bekam, verwahrte sie den Apfel wohlbehalten in ihrer Schürzentasche.

Ihrer Mutter hatten die milderen Temperaturen gutgetan. Den Corneliusstein hatte Elsa in ihr jungferliches Haar geflochten und legte ihn der Mutter um den Hals. „Damit du nie wieder so hartnäckigen Husten bekommst", raunte sie und strahlte innerlich, was die Mutter spüren musste, denn ihr Dank war aufrichtig. Dass Elsa mit ihrem wertvollen Geschenk Siegtrauts Neid und Missgunst auf sich zog, musste sie in Kauf nehmen.

Auch dem Druckermeister Weidner stattete sie einen Besuch ab. Nicht ihn, sondern die älteste Tochter Susanna traf sie im kleinen Buchladen an. Vor ihr konnte Elsa den Grund ihres Besuches nicht offen aussprechen. Susanna ließ sich ihrem Umstand entsprechend, ausgesucht viel Zeit, bevor sie sich die steile Wendeltreppe ins Gewölbe hinabschob, die eine Hand ins Kreuz, die andere gegen die gekalkte Wand gestützt.

Es verschaffte Elsa Genugtuung und Freude, sich beim Druckermeister für die Reisevorbereitungen zu bedanken.

Als sich Elsa das nächste Mal bei Andres blicken ließ, saß er wie meist auf dem Boden, mit dem Rücken gegen das Bettgestell gelehnt und stapelte die Glasperlen übereinander.

„Du wirst nicht müde, das zu versuchen, nicht wahr?", sagte sie und legte ein Lächeln in ihre Stimme. Er erwiderte nichts. Elsa kam einen Schritt in den Raum, stemmte die Hände in die Hüften und schaute sich in der Kammer um, als wollte sie sie neu einrichten. „Du hast ja auch genug Zeit, es zu üben, nicht wahr?" Auch dieses Mal erwiderte Andres nichts und Elsa wusste, er haderte mit ihr, weil sie Luthers Rute überbracht hatte. „Waren es die Spartaner, die die Überbringer schlechter Nachrichten in ein Erdloch gestoßen haben, oder die Gallier?"

„Die Spartaner. Was willst du?"

„Ich wollte nur sehen, ob es dir gut geht."

Beider Blicke trafen sich und Andres setzte ein Grinsen auf, das sogleich wieder verschwand. „Mir geht es glänzend, danke."

Solche wortkargen Begegnungen wiederholten sich, bis Andres die Beherrschung verlor. Das geschah am Palmsonntag, nachdem man aus der Messe zurückgekehrt war. So gedämpft, wie er eben zu grollen imstande war, schimpfte Andres mit ihr, ob sie ihm nicht irgendwas von Luther ausrichten wolle, was eine Änderung seiner Lage herbeiführe?

Sie schüttelte den Kopf. Den Apfel, den zweiten Brief, durfte sie ihm noch nicht zuwerfen. Die Karwoche war schließlich noch nicht angebrochen. Also beschloss sie, um dem Leiden des jungen Andres entgegenzuwirken, Reinhilde am Apfel riechen zu lassen.

Sie passte die Brauerin ab, als diese in der Mittagsstunde die in der vergangenen Woche verarbeiteten Zutaten gemäß des ersten Brautages dieses Kirchenjahres in ein Buch mit vielen Eselsohren eintrug. Zu diesem Zwecke saß die Hausherrin in der Wohnhalle im Schein einer Öllampe an der langen Tafel. Die Fensterläden waren gegen den Wind verschlossen, die Kerzen am Laurentiusaltar waren allesamt entfacht, wie es sich anlässlich des Einzuges Jesu in Jerusalem gehörte, das Kruzifix war mit einem blauen Tuch verhüllt.

Elsa stellte sich der anderen gegenüber und wartete bis diese ihrer gewahrte und den Blick hob. „Ein Bote ist gekommen.“ Es war freilich kein Bote gekommen, aber Elsa konnte schlecht sagen, dass sie den Brief, den sie der Reinhildin jetzt über den Tisch schob, selbst befördert hatte und zu diesem Zwecke in Wittenberg gewesen war.

Reinhilde musterte ungläubig den Brief. Doch dann belebte sich alles an ihr. Bei der Inspektion des Siegels sprossen rote Flecken auf ihrem Hals und ihren Wangen. Hastig brach sie das Siegel und atmete ganz flach, während sie die Zeilen überflog. „Was war das für ein Bote, der am Tage des Herrn herkommt?“

Elsa zuckte die Achseln. „Nie zuvor gesehen.“ Sie beobachtete, wie die Augen der Frau abermals über das Papier huschten und sie bald ihren Mund mit der freien Hand bedeckte. Ein Nicken, ein Griff vor das Herz. Ihre Augen weiteten sich und füllten sich sogar mit Tränen. „Gott und allen Heiligen sei Dank!“, rief sie endlich aus und erhob sich. „Es ist überstanden, Els.“

Was ist überstanden? Elsa schaute der anderen hinterher, die aus der Halle durch die Küche rannte und auf den Dachboden emporstieg. Noch bevor die Reinhildin von oben wieder herunterkam, stand Elsa am Feuer und schürte die Glut, um den Getreidebrei für den Abend anzusetzen und so zu tun, als habe sie von all dem nichts mitbekommen. Auch mussten die Fladen für die anbrechende Klagewoche gebacken werden.

Reinhildens Gesicht glühte, als habe sie die ganze Zeit am offenen Feuer gestanden. „Wein für heut Abend, Mädchen."

„Wein? In der Nacht vor dem blauen Montag?" Ob sich das gehörte, wagte Elsa zu bezweifeln.

„Ich warte nicht bis Karfreitag mit dem Wein! Auf keinen Fall! Hol welchen aus dem Keller. Es gibt was zu feiern."

Elsa beobachtete die Reinhildin, die sich ihr Schultertuch überwarf, um das Haus so spät noch zu verlassen, und fragte sich, was es mit dem zweiten Brief auf sich hatte. Er mochte noch abenteuerlicher sein, als der erste aus Luthers Feder, der Andres für Wochen in der Kammer gehalten hatte.

Der Wein, den Elsa aus dem Keller heraufholte, sollte zum Nachtmahl gereicht werden. Bis es aber so weit war, wuselte die Reinhildin, von ihrem Ausflug zurückgekehrt, wieder hinauf in die Dachkammer, wo sie eine Weile blieb. Weil mit dem Maischen die Zeitrechnung der Brauer vorgegeben war und es mehr Hände voll zu tun gab als in der Braupause, bekam Elsa nicht alles mit, was sich hier den restlichen Nachmittag und den ganzen Abend abspielte.

Später saß die Familie an der langen Tafel versammelt, der Wein stand noch unberührt in der Vorratskammer, um eine wohlige Temperatur anzunehmen, da donnerte es an der Hallentür, dass alle zusammenzuckten. Elsa beobachtete, wie sich Reinhilde aufgeregt bekreuzigte, dann nickte sie zur jüngsten Magd, sie solle die Türe öffnen. „Wer so spät um Einlass ersucht?", fragte sie mit bebender Stimme und ihr Blick wanderte haltlos über die Mienen der anderen.

Elsa erhob sich, während die Tylike-Männer ob der Störung ihres Nachtmahls missmutig brummten, ließen vom Grünkohl aber nicht ab. Elsas Holzpantinen donnerten schallend im Gewölbe der Durchfahrtshalle. Die in das große Bogentor eingelassene Mannpforte quietschte zum Gotterbarmen und dann wurde Elsa in einen Schleier, gewoben aus heißer Wolle und feuchter Erde, gehüllt.

„Gott zum Gruß, Jungfer", grinste er und stellte sein Bündel vor Elsas Füße.

„Gott zum Gruß", murmelte sie begriffsstutzig. Er schloss die Türe hinter sich. Heiliges Geklimper, dass sich vom Galeriegang über ihnen näherte, half ihnen über peinliches Schweigen hinweg.

Reinhilde, die Hände vor den Mund geschlagen, sie dann dem Sohn entgegenstreckend, gab – für wen? – das perfekte Schauspiel. Sie nahte ehrfurchtsvollen Schrittes und nahm Andres wortlos, aber wie nach langer Erschöpfung erlöst, keuchend in die Arme. Er überragte sie um anderthalb Köpfe und sein Blick bohrte sich in den von Elsa, während seine Mutter ihn umklammert hielt.

Elsa war ein paar Schritte vor Reinhildens Überschwang gewichen. Und beobachtete Reinhildens Dramatik. Es war nur logisch: Nur mithilfe dieser Darbietung konnte Andres zurück in den Schoß der Gemeinschaft geführt werden.

„Hat dich jemand gesehen? Gab es Fragen am Tor?"

Andres versuchte zu berichten, wurde von seiner Mutter aber andauernd unterbrochen. So reimte sich Elsa zusammen, dass er als Bauer verkleidet im Schatten eines Krämerkarrens die Stadt hatte verlassen können, was pures Glück gewesen sei. Und mit Einbruch der Nacht, als der Pilger in die Stadt zurückgekehrt war, als der er von Reinhilde ausgegeben worden war. Andres zählte die Handvoll Leute auf, die er getroffen hatte, als er die Stadt Richtung Neißgasse durchquert hatte. Angefangen mit der Stadtwache am Nikolaitor, war er sogar beim Pleban Faber vorstellig geworden, wie es sich für einen Scholasten gehört, der von einer Pilgerfahrt heimkehrt. Er berichtete, wie wissbegierig Faber bezüglich der Monate in Rom gewesen sei. „Er kroch vor Scham beinahe unter den Tisch, als er das Schreiben des Kurfürsten durchlas", sagte er seiner Mutter, die endlich vom Zupfen und Ziehen an Andres' Staat abließ und Elsa hieß, das Bündel zu raffen. Elsa hätte zu gern gewusst, welches Schreiben eines Kurfürsten Andres gemeint hatte – das, was sie der Reinhildin ausgehändigt hatte? Elsa begriff gar nichts mehr.

„Hast du dem Rat das Schreiben des Kurfürsten gezeigt?"

Andres nickte.

„Und dem Franz Schneider?"

Wieder das Nicken.

„Und dem Johannes Haß?"

„Allen Mutter, beruhige dich! Sogar dem Henker hab ich' gezeigt.

„Kann der lesen?", verzog Reinhilde skeptisch ihre Miene. „Und was wird aus Matthes?"

„Morgen …"

Bei diesem Wort, hob Reinhilde die Arme in die Höhe. „Heilige Mutter Gottes und heilige Barbara sei Dank."

Elsa sah ganz genau, wie Andres die Augen verdrehte, während er ihr sein Bündel abnahm, um es selbst die Stufen hinauf zum Galeriegang zu tragen.

„Vergiss nicht den Wein", sagte Reinhilde zu Elsa. „Und mach ihm seine Gemächer bereit!"

Elsa, die in gewissem Abstand folgte, entging nicht der Blick, den Andres ihr über die Schulter zuwarf. Das kleine Lächeln in seinen Mundwinkeln entging ihr ebenfalls nicht.

Mit seinem Zimmer war sie nicht rechtzeitig fertig, sodass er dazukam, als sie sein Bett machte. Auch, da Peternelle für das Bad zuständig war, eröffnete sich für Elsa und Andres nicht gleich die Gelegenheit, zu sprechen. Elsa schob die Kohlepfanne unters Deckbett, befreite das Waschgeschirr vom Staub und beobachtete Peternelle, die bepackt mit dem Zuber ins Zimmer geschnauft kam und schnatterte wie eine aufgescheuchte Ente, weil sie tatsächlich im Glauben lebte, Andres habe die vergangenen Monate im Kirchenstaat verbracht. Als sei sie diejenige, auf deren Nachrichten es ankam, erzählte Peternelle vom Missverständnis der Acht und den ganzen Aufruhr der vergangenen Monate. Andres hörte ihr höflich zu und schien dankbar, als Peternelle von Reinhilde aus dem Zimmer gescheucht wurde. Die Herrin persönlich wuchtete die beiden Kübel mit heißem Wasser herauf. Reinhilde erbot sich, ihm noch einen Maß Bier herzubringen, weil es ihm an nichts fehlen durfte.

So fanden sich Elsa und Andres, wenn auch bei geöffneter Türe, so doch endlich allein wieder. Der dampfende Zuber sittsam zwischen ihnen.

„Ein Brief hat dich befreit, soso", sagte sie, obwohl es ihre Stellung nicht gestattete, den Sohn des Hauses anzusprechen. Ein kurzer Augenaufschlag versicherte ihr sein kleines geheimnisvolles Lächeln. „Ein Brief von … Friedrich dem Weisen?" Das zumindest hatte Reinhilde beim Abendessen verkündet, als sie den verlorenen Sohn in den Schoß der Familie zurückführte. Ein Schauspiel allein für Peternelle, die am folgenden Tag alles haarklein in der Stadt breittratschen würde. Sein Grinsen ergründete Elsa in diesem Moment nicht.

Sie hütete ihr Geheimnis und verriet ihm nicht, dass sie die ganze Zeit über, während Andres aufgrund des bösen, bösen Rutenbriefes in seinem Verließ schmorte, einen Brief des sächsischen Kurfürsten in der Tasche gehabt hatte.

46

Man soll die Christen lehren, dass wenn sie nicht Überfluss haben, sie das Notwendigste für ihr Haus behalten und es keineswegs für Ablässe verschwenden sollen.

Die Rückkehr des verlorenen Sohnes und die Aufhebung der Acht gegen Andres Hinterthur und Matthes Weidner auf Anordnung des Kurfürsten Friedrich dem Weisen war das Stadtgespräch der nächsten Tage. Der heimgekehrte Hinterthur sorgte für einen gefüllten Schankraum. Und das spürte Elsa in den wunden Füßen. Ein Dummkopf, der glaubte, Andres' vermeintliche Heilserlangung übertrüge sich auf ihn, wie das Plattgold der Heiligen, wenn man nur lange genug rubbelte. Es fehlte nicht mehr viel und Reinhildens Töchter würden hier Quartier beziehen. Ständig belagerten Johanna und Maria ihre Mutter und belasteten die Tylike'sche Speisekammer nicht unwesentlich. Letzteres wurde als das durch Elsa und Peternelle zu lösende Problem abgetan. Die Hausherrin durfte nicht damit behelligt werden.

„Sie wohnen nur ein paar Schritte entfernt von hier", murrte Peternelle, der die zusätzliche Arbeit genauso in den Knochen saß wie es bei Elsa der Fall war.

„Sei nicht so ungerecht. Sie haben sich genauso um Andres gesorgt wie ihre Mutter."

„Ist es denn zu viel verlangt, dass sie in ihren reichen Kaufherrenhäusern speisen?“

Elsa schüttelte den Kopf und trug die schwere Bratenplatte hinüber in die Wohnhalle. Hier referierte eben einer der Schwiegersöhne über seine Jahre zurückliegende Pilgerfahrt nach Santiago de Compostela, um Andres' Berichte an Originalität und Witz zu übertreffen. Jener saß eingeklemmt zwischen Mutter und Schwester, stocherte eher lustlos denn mit Appetit in seinem Erbsenbrei herum und zuckte ab und an mit der linken Augenbraue, als interessiere ihn einzig, wann sein Schwager fertig sein würde mit Erzählen.

Ein jeder wollte sich von Andres' Rückkehr aus Rom überzeugen, wollte Teilhaben an seiner Erleuchtung und sagen können, er kenne ihn, er habe mit ihm gesprochen und ja, er sei von den Schaltstellen der kirchlichen Macht, von oberster Stelle, für das Priesteramt empfohlen worden. Man gestand sich ein, dass einer wie der Andres Hinterthur, ein Student der Theologie niemals in der Lage sein konnte, ketzerhafte Schriften zu verbreiten. Der Matthes Weidner übrigens auch nicht.

Am schlimmsten von allen, so erschien es Elsa, war Pleban Faber. Er fand es nur gerechtfertigt, dass der aus Rom zurückgekehrte Studiosus, der für so große Verwirrung gesorgt hatte, die Heilige Messe und Osterdienste versah und ihn obendrein bei Audienzen und Ratssitzungen begleitete. Das führte dazu, dass Andres die wenigen Stunden, die er im Hause Tylike zubrachte, wie ein Bär im Zwinger lungerte und sich im Grunde aus Görlitz wegsehnte.

Und Elsa erkannte: Andres war, anders, als es Faber vermuten konnte, nicht vom Lutherschen Pfade abgekommen. Im Gegenteil. Luthers Einfluss auf Kurfürst Friedrich den Weisen und der Zusammenhalt der Studenten hatte Andres darin bestärkt, dass die Sache, für die sie einstanden, die richtige war.

Der alte Tylike genoss die Genesung seiner Brauerei. Wohlgefälliger als zuvor war er dennoch nicht zu seinem Stiefsohn.

Elsa lernte Matthes Weidner kennen.

Ein hagerer Kerl mit ausgemergeltem fahlen Gesicht, dem man die Wochen in der Büttelei ansah. Sein Interesse an ihr, die bei Luther vorgesprochen hatte, währte nur kurz. Kein Wort über Carolina kam ihr über die Lippen. Elsa baute darauf, dass Matthes von seinen Scholastikern in Wittenberg über das Unglück unterrichtet würde. Gedanken, mit denen sich Elsa quälte. Matthes war rastlos, legte Meile um Meile in Andres' Schlafgemach zurück, redete mit den Händen und fuhr sich andauernd durchs Haar oder über die Augen. Der Blick huschte unruhig im Raum herum, sobald sich eine Person regte. Das alles beobachtete Elsa freilich in flüchtigen Momenten: wenn sie eine Karaffe Wein oder eine Brotzeit hinauftrug oder das Bett machte. Sie wurde zuweilen von Andres' heraufbestellt, nur um mit einem Botengang fortgeschickt zu werden.

Elsa verrichtete ihren Dienst. Zu nichts anderem war sie im Hause.

Sie war nicht wie Peternelle, die es verstand, Andres ins Gespräch zu verwickeln, kaum dass er den Raum betreten hatte. Meist verlangte sie, er möge Geschichten aus Rom erzählen und reihte sich so in die Riege derer ein, die ein Stück vom römischen Kuchen und einen Hauch vom Duft der weiten Welt abhaben wollten.

„Mmh." Andres nahm die Hände zwischen den Schlitzen der Kniehose hervor und setzte sich an den breiten, von harter Küchenarbeit zernagten Tisch. „Mal überlegen."

„Erzählt von diesem Künstler."

„Welcher Künstler?"

„Von dem Ihr schon einmal erzählt habt."

„Peternelle! Es schickt sich wohl nicht, sich an den Tisch zu setzen." Elsa erntete von der anderen einen gelangweilten Blick.

„Dieser Michel." Peternelle kicherte.

„Verwechsle ihn nicht mit deinem Michel", schickte Elsa ihren Pfeil zu den Müßiggängern.

„Michelangelo meinst du?“

„Ja, der.“

„Müßiggang ist der Welten Ende!“

„Amen.“

„Ihr habt erzählt, der bemalt eine Kirche?“

„Und Trägheit ebenso.“

„Ja, der bemalt eine Kirche. Michelangelo Buonarroti in Rom.“

„Wir befinden uns in Görlitz. Hier gibt es auch Kirchenmaler. Warum unterhaltet ihr euch nicht über die?“ Elsa ächzte, weil sie den Wasserbottich anhob. „Mach das Fenster auf ... Nicht du ..., sie!“

„Er war schneller!“ Peternelle gefiel sich als Dekoration.

„Achtung!“, rief Elsa und kippte das Waschwasser auf die Gasse. Als sie sich umwandte, hing Peternelle an Andres' Lippen, so weit über den Tisch gelehnt, dass sie eine üppige Berglandschaft aufwarf und Andres einen vortrefflichen Blick auf die Lausitzer Hügel bekam.

Sein Lächeln störte Elsa; dieses wunderhübsche Lächeln, in dem auch eine gewisse, nur für Peternelle inszenierte, Holdseligkeit lag, während er von diesem Michelangelo erzählte, der nicht nur die Schöpfungsgeschichte, das Alte Testament, die Propheten und Sybillen, sondern obendrein auch noch die Ahnenfolge von Jesus Christus an das Gewölbe besagter Kirche gemalt hatte. Andres erzählte es so bildlich, dass selbst Elsa überzeugt davon war, er sei schon einmal da gewesen. „Und allesamt nackt.“

„Nackt?“, quiekte Peternelle auf und rückte noch ein Stück nach vorn.

„Jawohl, so nackt, dass der Papst höchstselbst anordnete, das ein oder andere Lendentüchlein darüber zu malen.“

„Ist nicht wahr!“, warf sich Peternelle zurück, sodass die Hügel von einem Beben erschüttert wurden. Andres sah das ganz genau.

Elsa ließ die Tür hinter sich ins Schloss krachen.

47

Man soll die Christen lehren, dass der Kauf von Ablässen frei, nicht geboten ist.

Ostern im Herrn 1518 war vorüber. Es war noch nicht warm, aber die Temperaturen stiegen um das erträgliche Maß, welches die dicken Schichten an Kleidung erübrigte.

„Ist Lügen nicht eine Sünde?", sagte sie einmal, als sie die Leinen seines Bettes glättete.

Er stand mit dem Rücken zu ihr und sortierte Papiere auf seinem Tisch. „Wer lügt?"

Elsas Fingerspitzen strichen sanft über die Stelle, wo sein Körper die meiste Wärme zurückgelassen hatte. „Du, wenn du behauptest, du seist in Rom gewesen."

„Mach ich nicht."

„Aber du erzählst …"

„Martin Luther hat uns viel von seiner Reise nach Rom erzählt." Jetzt wandte er sich zu ihr um, das Papier locker in der Hand.

„Auch von den gemalten Frauen in nackten Männerkörpern?"

Er lächelte beinahe unverschämt. Die Freiheit, in der er leben durfte, stand ihm gut zu Gesicht. „Ja, auch davon."

„Du machst ihnen allen was vor." Sie schüttelte Decken und Kissen auf. Sie wusste, dass er sie beobachtete.

„Nein." Er stellte sich auf die gegenüberliegende Seite des Bettes. „Sie machen sich was vor. Ich habe nicht ein einziges Mal behauptet, ich sei dort gewesen. Meine Mutter hat ihnen den Floh ins Ohr gesetzt. Ich beantworte lediglich die Fragen derer, die sich etwas vormachen lassen." Ein abschätzender Blick hing zwischen ihnen, der ausmaß, wie viel Distanz oder Nähe noch zwischen ihnen war.

Als Matthes nach Wittenberg reiste, waren die Tage gezählt, wann ihm Andres nachfolgen würde. Diese Erkenntnis machte Elsa traurig. Zum Grübeln und Trübsalblasen blieb ihr aber gar keine Zeit. Damen mit eng geschnürten Taillen, Herren mit wagemutigen Kopfbedeckungen stellten sich ein. So geschah es zum Beispiel, dass an einem besonders regnerischen Frühlingstag Elsa Zeugin davon wurde, wie Andres eine Sendung aus Wittenberg mit dem Druckermeister Weidner diskutierte. Weil der alte Meister sich mit dem Lesen des Sendschreibens Zeit ließ, trat Andres nervös in der Stube auf und ab und knabberte dabei an seinen Fingernägeln.

„*Eynn Sermon von dem ablasz vnnd gnade, durch den wirdigenn doctoru Martinu Luther augustiner tzu Wittenbergk?*", hob der Meister Augenbrauen und Papier.

Andres ließ die Hand sinken, nickte und sein verunsicherter Blick huschte in den von Elsa, die die Weinkelche füllte. „Kannst du das drucken?"

„Hast du das übersetzt?"

Andres nickte ein weiteres Mal.

„Du weißt, was passiert, wenn du das innerhalb der Stadtmauern kundtust?"

Wieder nickte Andres.

„Dann geht der ganze Spuk von vorn los."

Andres zuckte mit den Schultern. „Die Menschen müssen davon erfahren!"

„Mag sein, Andres, aber …" Weidner wandte sich zu Elsa um. Die knickste und wollte die Stube verlassen, weil sie das alles nichts anging. „Nein, bleib, Mädchen, sag ihm, dass es sein Todesurteil ist, wenn er das …", Weidner wedelte mit dem Papier, „… öffentlich macht."

Elsas verunsicherter Blick wanderte von dem einen zum anderen Mann. Und wenn sie in Weidners Zügen bitteren Ernst las, so spiegelte sich auf Andres' Miene Spott wider. „Es ist dein Todesurteil."

Er schnaubte, aber Elsa war noch nicht fertig: „Sie werden eins und eins zusammenzählen und begreifen, dass du hinter all dem steckst. Sie werden die Sache vom vergangenen Jahr ausgraben und die Übersetzung der Thesen mit dem hier in Verbindung bringen. Sie sind nicht dumm, Andres. Sie kontrollieren seit Monaten alles, was die Stadt verlässt und hereinkommt. Und sie werden wissen, dass die Übersetzungen innerhalb der Stadt angefertigt wurden. Sie werden einen Hexenprozess von ungeahnten Ausmaßen draus machen."

„Na und? Sie werden mich in die Acht tun, wenn überhaupt ..."

„Nein." Elsa schüttelte den Kopf und Andres verschluckte sich an den Worten, die er eben noch hatte hervorbringen wollen. „Nein, Andres, sie werden dich nicht in die Acht tun."

„Umso besser." Er legte die Stirn in Falten wie ein trotziger Junge und nahm Weidner das Papier ab.

„Sie werden dich zuerst mit dem Kirchenbann belegen und dann öffentlich hinrichten." Aus den Augenwinkeln sah Elsa, wie Weidner sich nickend das Stoppelkinn rieb. „Ich weiß gar nicht, Meister Weidner, welcher Tod auf falsch Zeugnis steht. Sieden?"

„Nein, das eher bei Vergewaltigern", wog der Druckermeister ab. „Ich denke eher an Säcken oder Vierteilen."

Säcken war eine gar unschöne Sache und erinnerte Elsa an die Margarete Riegerin, der sie beim Sterben nicht zugesehen hatte. Obwohl jene damals nicht in einen Sack eingenäht, sondern lediglich mit Gewichten beschwert zu Wasser gelassen worden war, war das Ertrinken noch immer der schrecklichste aller Tode. Zumindest in Elsas Dafürhalten. „Und Vierteilen gilt für Verräter der Krone. Aber was ist mit Häuten."

„Hallo?"

„Du hast recht, Elsa. Man könnte ihm zuerst die Maulbirne ansetzen ..."

„Um die Zunge herauszureißen, ja …"
„Und ihn danach bei schlagendem Herzen aufschlitzen."
„Möglich, ist aber effektiver im Hochsommer."
„Richtig, damit die Gedärme in der Sonne kochen."
„Halloho!"
„Also doch häuten."
„Gute Idee, Kind. So, wie man dem Gehörnten das Fell abzieht."
„Würdet ihr damit aufhören?"
„Wie beim Gehörnten. Ihr habt das ganz richtig erkannt, Meister."
„Ich denke, für Ketzer steht das Sotten in heißem Öl."
„Oh, ja …"
„HEY!"
Beide wandten sich zu Andres um und Elsa zog ein Fazit. „Andres, man wird dir zuerst die Zunge rausreißen, danach den Bauch aufschlitzen, dir das Fell über die Ohren ziehen und wenn du dann noch zuckst, wird man dich in siedendes Öl schmeißen … Zur Sicherheit." Sie legte eine sachliche Unschuldsmiene auf.

Einen Moment lang schwiegen die Drei, dann folgten die beiden passionierten Scharfrichter Andres' Blick auf das Schriftstück. „Aber die Menschheit muss das lesen."

„Mag sein, aber vielleicht nicht unbedingt aus deiner Feder und nicht jetzt", gab Elsa zu bedenken. „Es ist keine drei Wochen her, da bist du offiziell aus Rom zurückgekehrt. Ich werde nicht noch einmal nach Wittenberg fahren, um deinen Kopf aus der Schlinge zu ziehen."

„Meinen Kopf hat Kurfürst Friedrich aus der Schlinge gezogen … Mein Professor hat mich nur abgestraft!"

Elsa mied Andres' flirrenden Blick und nickte. „Ich meine ja nur, es sollte erst veröffentlicht werden, wenn du wieder weg bist." Als sie diese Erkenntnis aussprach, verbarg sie ihr Gesicht, während sie sich nach dem Tablett beugte, um es in die Küche zu bringen.

48

**Man soll die Christen lehren, dass der Papst,
wenn er zur Erteilung von Ablässen mehr bedarf,
mehr eines frommen Gebetes bedarf als baren Geldes.**

Der Halbmond blinzelte durch das Dachfenster der Kammer, in der Andres monatelang gewohnt hatte. Elsa stand manchmal des Nachts, wenn sie nicht schlafen konnte, an diesem Fenster, weil sie in ihrer Mägdekammer kein eigenes hatte und weil sie sich einbildete, es hinge immer noch ein Rest von Andres' süß-herben Duft in der Matratze und dem Stroh.

„Was machst du denn hier im Dunkeln?" Sein Duft war nicht aus der Matratze oder dem Dach geströmt, sondern er kam direkt von ihm. Andres stand im Türrahmen. Seine Mandelaugen funkelten hinter den Haarsträhnen hervor, die ihm ins Gesicht fielen.

„Ich kann nicht schlafen. Was machst du hier oben?"

„Ich vermisse was." Damit ging er in die Hocke.

Elsa beobachtete ihn, wie er halb auf dem Boden liegend und mit ausgestrecktem Arm unter dem Bettgestell im Staub herumtastete. Bald hörte sie das vertraute Kullern und Anschlagen Glas auf Glas. Nicht nur eine der Murmeln förderte er zutage und verstaute sie in seiner Tasche. Dann, als es unter dem Bett nichts mehr zu holen gab, richtete er sich auf, klopfte sich den Staub von den

Kleidern und schaute Elsa noch einen Moment an, nickte dann, wünschte ihr eine gute Nacht und wandte sich ab.

Ihr Herz machte einen verzweifelt traurigen Hüpfer. Sie konnte es nicht leiden, wenn er sich verabschiedete. Und, als erahne er ihre Not, wandte er sich noch einmal zu ihr um. „Wollen wir einen Ausflug machen?"

„Einen Ausflug?" Was war ein Ausflug und wozu war er nütze? „Jetzt?"

„Ja, lass uns eines der Pferde nehmen."

„Ich hab in meinem Leben noch nicht auf einem Pferd gesessen."

„Dann wird es ja Zeit, komm." Sein Lächeln war nicht spöttisch, sondern ermutigend.

Görlitz rühmte sich des schönsten Straßenbesatzes aller Sechsstädte, aber leider donnerten die Hufe auf den Kopfsteinen und hallten an den Hauswänden wider.

Sie hielten sich in östliche Richtung, wo Andres am Reichenbacher Tor auf unzulässige Ausfuhren durchsucht wurde. Sogar die Satteltaschen durchsuchte die Stadtwache, die Elsa seit dem Gespräch weit vor Ostern nicht vergessen zu haben schien und mit ihr schäkerte. Sie wurden gemahnt, vor Torschluss zurück zu sein, dann verließen sie den schützenden Mauerkreis.

Einen Steinwurf, kaum eine Stunde später, machten sie an der Seite des Berges Halt. Der Berg, eher ein Hügel vor dem Riesengebirge, wurde von den Ängstlichen *Vorhof zur Hölle,* von den Stolzen *Landeskrone* genannt. Geschliffen und nicht wieder aufgerichtet, kragten die Ruinen der Burg Sagan aus dichtem Bewuchs, als klage ein stummelzahniger Mund den Mond an. Kaum jemand wagte sich weiter südlich als bis hierher, wenn er nicht unbedingt in Ostritz oder Zittau Geschäfte zu erledigen hatte. Die Lausitzer und die Oberländer hätten zwei unterschiedlichere Völkchen kaum sein können und doch vereinte sie der Stursinn, sich von den anderen fernhalten zu wollen.

Auf Andres' ausgebreiteten Mantel saßen sie nebeneinander

und schauten ins dunkle Tal hinunter. Bis er ihr mitteilte, worauf sie so lange gewartet hatte.

„Wann?“ Sie legte den Kopf in den Nacken und blickte hinauf zu Gottes zerlöchertem Mantel. Aus dem Augenwinkel erkannte sie, dass er es ihr gleichtat.

„Im Morgengrauen. Ich schließe mich meinem Schwager und einem Tross der Tuchhändler an.“

Elsa erwiderte daraufhin nichts, nickte nur, was er gar nicht sehen konnte, weil es zu dunkel war und weil er genau wie sie hinauf in den Himmel schaute. Sie versuchte die Löcher in Gottes Umhang zu zählen, um sich von der Vorahnung einer Einsamkeit, die auf sie wartete, nicht einnehmen zu lassen. „Es sind so viele“, gab sie schließlich das Zählen auf.

„Es sind ferne Planeten.“

„Nein. Es sind die Löcher im Gottesmantel und nur sie offenbaren einen Vorgeschmack dessen, was uns im Paradies erwartet.“ Elsa merkte, dass Andres sie jetzt musterte.

„Löcher?“, spöttelte er. „Du meinst Löcher wie im Käse? Löcher in einem Umhang?“

Sie nickte und er lachte sein leises schelmisches Lachen.

„Nein, meine kleine Els. Das sind weder Löcher noch ist da oben ein Mantel. Es sind Sterne.“

„Ich weiß nichts über Sterne, da oben ist der Himmel. Mehr muss man nicht wissen. Und wenn es nicht der Mantel der Verheißung ist, wo, bitte, ist dann das Paradies?“

Er war wieder wie vorhin von den Sternenpunkten gebannt. „Vielleicht ist das Paradies in jedem von uns und nicht da oben.“

Elsas Blick haftete an seinem Profil. Die dunklen Augen wie immer, wenn er nachdachte, verengt. Was er eben gemeint hatte, begriff Elsa nicht. „Wie soll es in uns sein, Andres? Das Paradies ist da oben, auf der anderen Seite des Mantels und an dem Tage, an dem wir sterben, treten wir vor das Jüngste Gericht und Gott, den allmächtigen Vater. Er wird entscheiden, wohin die Reise geht.

Ich will dort hinauf. So viel steht fest! Und ich will hinunterschauen auf meine Schwestern und ich wünsche mir meine Eltern an meine Seite." Abrupt endete sie und biss sich auf die Unterlippe, damit sie nicht noch mehr Unüberlegtes sagte.

Andres' Blick glitt in den ihren, aber sie konnte, wie so oft, dem seinen nicht standhalten. „Was ist?"

„Naja, weil doch dein Vater ..."

Die Ahnung des Verstehens wanderte in seine Augen. „Du meinst, er ist in der Hölle?"

Um so zu tun, als ob sie wieder die Sternenhaufen beobachtete, legte Elsa den Kopf in den Nacken wie vorhin. Sie hätte zu gern zurückgenommen, was sie eben gesagt hatte.

„Wer hat dir erzählt, dass er im Fegefeuer ist?"

Elsa antwortete nicht, sondern schaute unverwandt nach oben.

„Er erkannte als Erster von uns die Wahrheit. Was meinst du, warum er mich in die Lateinschule geschickt hat?"

Jetzt schaute Elsa Andres an. Es war vermessen, sich in seine Angelegenheiten einzumischen. Sie wusste nichts über Orwid Hinterthur. Auch kam es ihr so vor, dass sie zum ersten Mal über die Vergangenheit sprachen. „Weil dein Bruder gestorben war."

Andres schüttelte knapp den Kopf. „Nein. Vaters Wunsch war es, dass ich mit der Wahrheit heimkehren sollte. Er konnte ja nicht ahnen, dass wir auf so viel Widerstand stoßen würden."

„Du meinst, dein Vater kannte damals schon Luthers Lehre?"

„Nicht Luthers, nein, aber die von Jan Hus, und mein Vater hat immer gewusst, dass die Kirche, so wie wir sie kennen, die Menschen ausbeutet und zum Narren hält."

Elsa dachte über Andres' Worte nach. Die Erkenntnis, dass Orwid Hinterthur nicht an einer Erkrankung, sondern der Inquisition gestorben war, verblüffte sie. „Doktor Luther hat sowieso gesagt, es gibt die Hölle nicht." Elsa wandte sich ab, weil ihr sein starrer Blick unangenehm war. „Es tut mir leid um deinen Vater."

„Ja, mir auch." Er schob eine kleine Pause zwischen sich und sie. „Elsa, ich weiß, Gott ist seiner Seele gnädig, weil nur Gott die Wahrheit kennt, und du weißt, dass die Wahrheit nicht das ist, wofür Tetzel so viel Geld kassiert."

„Ja."

„Mein Vater ist an einem guten Ort, weil er ein guter Mensch war."

„Ich beneide dich darum zu wissen, wer recht hat und wer nicht."

Und jetzt mit einem Male nahm er ihre Hand und legte sie sich vor's Herz. „Die Gewissheit kommt von hier, Els", murmelte er, was nicht patriotisch, sondern bedrückt klang, und er legte ihre Hand wieder aus der seinen. Einen Moment starrten sie beide das Spiel der Dunkelheiten am Firmament an. „Gott würde keinen Menschen, der nie Schlechtes getan hat, der nach der Heiligen Schrift gelebt und gestrebt hat, bestrafen. Gott vergibt jedem Sünder, wenn er zuerst sich selbst vergibt."

„Aber die Inquisition ..."

„Die Inquisition. Ja." Andres ließ sich ins Gras fallen und weil der Hang recht steil war, konnte er so vortrefflich den Himmel und die Senke, in der die Stadt schlief, überschauen. „Die Inquisition hat meinen Vater als Ketzer zum Tode verurteilt, weil er den Geiz und Eigennutz der Kirchenamtsträger bemängelte. Das war alles, was er verbrochen hat. Er war kein Theologe, kein großer Denker, sondern eher praktisch veranlagt. Er war kein Mörder, kein Dieb, kein Ehebrecher, sondern ein Braumeister. Er war aufrichtig, und jetzt ist er tot."

„Das alles wusste ich nicht."

„Kaum einer wusste davon. Pater Horn, der ihn vermutlich verpfiffen hat, ja, der Zunftvorsteher ebenfalls, doch meine Mutter setzte damals wie heut alles daran, dieses Detail unserer Familienchronik dem Vergessen anheimzugeben. Sie meint, uns alle mit ihrer überzogenen Frömmigkeit reinzuwaschen." Andres ließ einen abfälligen Laut hören. „Elsa, mein Vater ist im Paradies, wo immer das ist. Ganz sicher", sagte er und Elsa wusste, dass das mehr war, als sie mit Gewissheit von ihrem eigenen Vater behaupten konnte. Das sagte sie Andres.

Er lachte leise auf. „Der alte Mälzer. Das Schlitzohr. Keine Ahnung, Els. Er wird an dem Platz sein, wo er hingehört. Da ..." Er deutete mit dem Zeigefinger auf einen der Punkte am Himmel. „Vielleicht ist er das."

„Nein, lieber nicht." Schulter an Schulter spähten sie empor. „Wenn schon, dann sollte mein Vater eine Sternschnuppe sein, eine, die mit lautem Zischen aus dem Paradies geschleudert wird. Mein Vater war vielleicht nicht gerade rechtschaffen und er mochte auch grob gewesen sein, aber er hat seine Familie ernährt." Sie konzentrierte sich auf jede von Andres' Regungen, schaute aber unverwandt zum Himmel hinauf. Doch ihr Vater zeigte sich nicht als Sternenschweif.

Sie beide machten sich einen Spaß daraus, die Leute, die sie kannten, mit den passenden Sternen zu belegen.

„Der Tylike ist leider zu dick, er würde aus Gottes Umhang herauspurzeln mitten auf den Markt in Görlitz", kicherte Elsa und plötzlich drehte sich Andres zur Seite, um sie anzuschauen. So abrupt, dass sie vor ihm zurückzuckte, suchte seine Hand ihr Gesicht und schob ein paar Haarsträhnen zur Seite. „Aber es gibt doch keinen Mantel." Er schaute sie bedauernd an. „Ein Mann namens Nikolaus Kopernikus hat festgestellt, dass sich die Erde um die Sonne bewegt. Die Sonne ist in der Mitte und alles, was du siehst, da oben: alles! Bewegt sich."

Elsa schüttelte über ihn den Kopf. „Da hat man dir aber einen schönen Bären aufgebunden."

„Es nennt sich *Heliozentrismus*. Helios. Die Sonne. Sie ist in der Mitte. Sie macht es möglich, dass es Leben gibt. Nur sie."

„Nein, Dummchen", sagte sie ganz ruhig und faktisch, weil es nun einmal so war und es jeder wusste und es vom Papst so gehalten und von jedem Priester so gesagt wurde: Alles dreht sich um die Welt. „Gott hat die Erde geschaffen und die Sonne dreht sich um die Erde."

„Mmh.“ Er gab sich geschlagen. Sie freute sich darüber. Eine ganze Weile sahen sie einander an. Eine geheimnisvolle Stille wob sie in einen Kokon, gewebt aus Nebel und Nacht. Bis er sich regte. „Und sie dreht sich doch.“ Weil Elsa ihm protestierend den Ellbogen in die Rippen stieß, lachte er auf.

Er erhob sich und trat zum Pferd. Es war Zeit, zurückzureiten. „Die Erde ist keine Scheibe, sondern eine Kugel. Der Horizont ist gewölbt. Und sie dreht sich um die Sonne, was an Tag und Nacht erkennbar ist. Ptolemäus irrt sich.“ Das alles sagte er, während er dem Mädchen aufs Pferd half. „Es gibt keinen Mantel mit Löchern. Das wusste sogar schon Ptolemäus. Halt dich fest.“

Sie erreichten die Stadt noch vor dem Torschluss. Elsa blieb die ganze Nacht wach, packte Andres einen Proviantbeutel zusammen, wartete verborgen, bis Reinhilde sich von ihrem Sohn verabschiedet hatte, um ihn dann, als Reinhilde sich zurück in die Federn verkrochen hatte, Lebewohl zu sagen.

49

Man soll die Christen lehren, dass die Ablässe des Papstes sehr nützlich sind, wenn man sich nicht auf sie verlässt, aber sehr schändlich, wenn man dadurch die Furcht Gottes verliert.

Zuerst hatte sich Siegtraut vor den Stimmen in einer Hallendurchfahrt verborgen, dann hatte sie gesehen, dass es zwei vor dem Haus der Brauerei Tylike waren und schließlich erkannte sie, dass es ihre Schwester und dieser Andres Hinterthur waren, die im Morgengrauen vor dem Tor standen.

Siegtraut beobachtete, wie Andres sein Pferd mit allem Möglichen bepackte und wie sich Elsa mit einem formvollendeten Knicks von ihm verabschiedete. Gerade, als Siegtraut rückwärts in die Durchfahrt verschwinden wollte, erspähte sie, wie Andres ihre Schwester am Ellbogen festhielt und zu sich heranzog. Es versetzte ihr einen Stich ins Herz, als sie sah, wie er sie fest und inniglich umarmte, was sich nicht schickte, was nicht anständig war. Siegtraut sah genau, dass sein Mund Elsas Ohr berührte.

Was sie einander zuflüsterten, verstand sie nicht, aber sie spürte Gift und Galle, Neid und Scham in sich aufsteigen.

50

Man soll die Christen lehren, dass wenn der Papst den Schacher der Ablassprediger wüsste, er lieber St. Petri Dom in Asche zerfallen, als ihn aus Haut, Fleisch und Knochen seiner Strafe aufbauen sähe.

Keine drei Wochen später wüstete wie ein Lauffeuer der *Sermon über Ablass und Gnade* im Reich, schleifte den Pulk an Gegnern wie eine Schleppe hinter sich her und wurde vom Schleier seiner Anhänger verhüllt.

Und so fort:

wird im dritten Teyl erzeleth, wie es sich zugethragen vom Spätsommer anno 1518 bis zum Christfest anno 1519

in der Schwesterstatt Görlitz,
Handelspunkt und Teyl des Sechsstettebundes

—

51

Man soll die Christen lehren, dass der Papst (wie es auch seine Pflicht wäre), müsste er darum auch, wenn es not täte, St. Petri Dom verkaufen, denen lieber von seinem Gelde geben möchte, von denen zumeist die Ablasshändler Geld herauslocken.

Christian beobachtete Bürgermeister Schneider, der wiederum dem Pleban Faber lauschte, wie er sich über den Dünkel der neuesten Nachrichten ausschüttete. Christian selbst hätte nicht sagen können, worum es im ketzerischen *Sermon über Ablass und Gnade* ging, weil es ihn nicht interessierte, aber es musste etwas Ungeheuerliches sein, wenn es den Rat so beunruhigte, dass man außerordentliche Sitzungen einberief.

Pleban Faber sprach darüber, dass die Einfuhr der sektiererischen Schriften vermieden werden müsse. Über das schändliche Bild, das von der römisch-katholischen Kirche gemalt wurde, musste ein Tuch geworfen werden. Auf keinen Fall durfte geduldet werden, dass jene Studenten Görlitzer Herkunft, die die auswärtigen Schulen besuchten, die Schriften des Ketzers den Ihrigen zuschickten.

„Ihr könnt den Briefwechsel nicht verbieten", gab Schneider dem Pleban zu bedenken. Und Christian fiel das entschiedene

Kopfnicken eines weiteren Mannes von substanzieller Entscheidungsgewalt ins Auge.

Es war der Schulmann Valentin Trotzendorf, der sich den Disput zwar schweigend, nicht aber unparteiisch anhörte. Christian wusste, der Schulmann führte das untere Schulamt zu Görlitz und stand wegen seiner Kenntnisse in so hoher Achtung, dass selbst der Rektor und die Kollegen seinen Privatunterricht in der griechischen Sprache besuchten, um ihre Kenntnisse voranzubringen. Eine tiefe Furche zeigte sich zwischen seinen Brauen, weil Faber gar so hitzig weitersprach: „Aber unter Strafe stellen könnte man sie!"

Der Pleban von Sankt Peter und Paul gestikulierte wild mit den Armen, dass es nicht wunderlich gewesen wäre, wenn er bei der gestauten Hitze im Saal wieder einen Herzanfall bekäme. Oder der Schlag könnte ihn treffen, wog Christian ab. Eines von beiden. Faber regte sich immer so schnell auf. „Luther ist ein Häretiker und gehört verboten! Man könnte den Verbreitern der lutherischen Falschrede die Rückkehr ins Vaterlande verbieten! Sollen sie eben im Anhaltischen oder in Böhmen bleiben! Hier brauchen wir sie nicht!" Faber ruckte mit dem Kopf zu seinen Nebenmännern, die zogen abschätzig die Mundwinkel nach unten. Sie schauten auf die wie zum Gebet verschränkten Hände. Der eine oder andere kratzte einen Flohbiss oder schickte seinen Blick zur schönen Prunkdecke des Saales hinauf, die wohl eigens für in den Raum geschobene Verlegenheiten so prächtig und bunt bemalt worden war. Doch Antwort gab niemand dem Choleriker.

„Sollten wir nicht des lieben Friedens willen die Menschen an Gott glauben lassen?", durchdrang eine seelenruhige tiefe Stimme die Stille. Aller Augen wandten sich zum Schulmann Trotzendorf.

Faber schnappte, eine übertriebene Empörung spielend, nach Luft und deutete mit dem nackten Finger auf den Schulbeamten. „Sie an Gott glauben lassen, meint Ihr, Schulmann?"

Der nickte stumm.

„So, wie sie es eben wollen? Auch wenn es falsch ist?"

Nun zuckte der andere die Achseln und erwog, wer denn mit Sicherheit sagen könne, ob es falsch sei, wie es ein Martin Luther empfahl? Er ließ aber den Pleban gar nicht antworten, sondern stellte die Vermutung auf, dass dem Pleban Faber während seines Rombesuches wohl nicht erklärt worden war, welches die einzig aufrichtige und ehrsame Weise war, an Gott zu glauben?

Obwohl Faber in einem Fort nach Luft schnappte wie ein Fisch auf dem Trocknen, sprach der Schulmann Trotzendorf auch dieses Mal weiter: „Wir fragen nicht nach der einzig wahren Religion, ehrwürdiger Vater, sondern danach, auf welche Weise unserer Religion Genüge getan wird. Denn eines müssen wir bedenken: Es steht nicht so in der Bibel, wie wir es für gemeinhin tun, sondern so, wie es Luther sagt."

Faber verschluckte sich an dem, was er eben hatte erwidern wollen, wurde puterrot und durchstach mit dem Zeigefinger die Luft zwischen sich und dem Schulmann. „Blasphemie." Damit erhob er sich und verließ die Versammlung.

Auf diesen Vorfall folgten noch einige, bei denen sich der Pleban und der wohl geschätzte Trotzendorf nicht einig werden konnten und aus denen sich der Rat, Bürgermeister Schneider allen voran, geflissentlich heraushielt.

Es kam so weit, dass der Schulmann Valentin Trotzendorf noch vor Anbruch des Herbstes das Schulamt niederlegte und die Stadt verließ. Verschiedene Gerüchte kursierten, wohin es ihn verschlagen habe, aber Christian interessierte die Sache kaum. Seine Aufmerksamkeit galt dem honigblonden Mädchen, bei dem er keinen Schritt weiterkam und er sich ernsthaft nach einem Ersatz umsah. Der Winter kam oft schneller als erwartet und dann wollte er etwas Wärmendes fürs Bett haben!

52

Eitel ist die Hoffnung auf Heil durch Ablassbriefe, selbst wenn der Ablassvogt, ja der Papst selbst, seine Seele dafür verpfändet.

Die Tylike'sche Brauerei schien verwaist seit Andres die Stadt verlassen hatte. Die Nächte wurden wieder still und schlugen die Brücke von einem belanglosen Tag zum nächsten. Andres hatte seine Leute im Dunkeln darüber gelassen, wann er auf Besuch kommen würde. Elsa hatte sich nicht angemaßt, ihn danach zu fragen.

So plötzlich der Frühling gekommen war, so schnell war er vorüber, glitt in einen unbarmherzigen Sommer, der alle Ausdünstungen der Stadt befreite. Wochen- und monatelang wartete Elsa auf einen Hinweis seitens der Reinhildin, der Andres' Heimkunft ankündigte, aber nichts geschah. Wenn Elsa anfangs noch unaufhörlich an Andres gedacht hatte, war er bald nur ein Gespinst ihrer Fantasie. Das Bild seines Gesichtes verblasste langsam.

Im Ernting begann er sich von ihr zu entfernen, obwohl sie sich beinahe jeden Tag in seine Gemächer schlich, um zumindest seinen Duft bei sich zu behalten. Im Monat, der trefflich auch Scheiding genannt wurde, tat es schon gar nicht mehr weh, die Reinhildin zu beobachten, wie sie die sporadischen Briefe ihres Sohnes in sich aufsog wie ein Lebenselixier. Bald schon sehnte sich Elsa nicht mehr, die Papierbögen an die Nase drücken zu dürfen, um seinen herbsüßen Duft einzuatmen. Bald breitete sich betäubender Gleichmut in ihr aus.

Im selben Monat feierte Gunnar Tylike seine Volljährigkeit und versuchte körperliche Defizite durch sein Mundwerk wettzumachen. Zu Übungszwecken biederte er sich den Mägden an.

Peternelle war nicht auf den Mund gefallen. „Gunnar, deine Bemühungen, Mädchen gegenüber charmant zu erscheinen und ihnen den Hof zu machen, scheitern, wie die eines Leprakranken, mit Messer und Gabel zu essen, merkst du das nicht?“

Auf Peternelles Witzeleien folgte meist eine unbeholfene, deplatzierte Erwiderung, dessen verfehlte Wirkung Gunnar ebenso merkte wie die Mädchen und das Weite suchte, als müsse er dringend in sich gehen und nachdenken. Manchmal tat er Peternelle leid – eine Eigenheit, die Elsa nie widerfuhr – dann zog die andere eine Schnute und versuchte Gunnar zu trösten: „Ein Flötenspieler braucht viel Übung, bevor er sein Instrument beherrscht“, und tätschelte ihm die Wangen. Gunnar zog verunsichert von dannen und Elsa wünschte, sie wäre so schlagfertig wie Peternelle, wenn Gunnar wieder auf den Gedanken kam, sich ihr in den Weg zu stellen, oder sich sogar fest an sie zu drücken, als sei der Treppengang, wo er ihr aufgelauert hatte, zu eng. Wenn so etwas geschah, dann entschuldigte sie sich, ihm im Wege zu stehen, und versuchte, sich mit so wenig Körperkontakt wie möglich zu befreien.

Sie entwickelte ein Talent dafür, ihm aus dem Wege zu gehen.

In der Zeit, da sich Luthers Thesenanschlag jährte, wollte Elsa ihre und Andres' gemeinsame Zeit einer fernen Erinnerung anheimgeben. Sie verbat sich, auch nur einen Tag länger an ihn zu denken. Ein schwer zu haltender Vorsatz. Im Nebelmonat glaubte sie, Andres existiere gar nicht wirklich und im Christmonat ertappte sie sich mit schlechtem Gewissen dabei, versäumt zu haben, nicht mehr an ihn denken zu wollen.

53

Feinde Christi und des Papstes sind, die um der Ablasspredigt Willen Gottes Wort in den andern Kirchen fast zum Schweigen bringen.

Die Zeit verhakte sich im Fachwerk des Brauereihauses in der Neißgasse. Denn gerade, da man vergessen hatte, dass schlechte Zeiten kommen würden, waren sie wieder da: peitschten mit dem Ostwind in die Stadt hinein und trugen die Wärme mit sich fort.

Kaum, dass Elsas Mutter ganz genesen war, kehrte der Husten wieder. Doch dieses Mal legte Elsa alle Hoffnung und Zuversicht in den Corneliusstein. Eine Gewissheit, tief in ihrem Herzen sagte ihr, Mutter erlag diesem Husten nicht.

Längst war unter Elsas täglichen Pflichten und der Fürsorge um die kranke Mutter das Bedürfnis nach Andres' Gesellschaft zu einem unterschwelligen Schmerz, der sich immer seltener in ihre Erledigungen einmischte, verkümmert, Andres' Einfluss auf sie jedoch nicht verblasst.

Selten und nur, wenn es unbedingt notwendig war, ging sie hinauf zur Peterskirche, die mit dicken mahnenden Fingern den Himmel anstupste und jeden zwang, die Beichte zu erledigen. Mithin fühlte Elsa sich beobachtet von den Heiligenstandbildern; in jeder Nische lauerte eines und forderte Münzen gegen Erlösung von den Sünden. Elsas Blick streifte die kostbaren Kirchenkleinodien, die in den vielen vergangenen Jahren der Kirche geschenkt worden waren: Ornate für die Sakristen, Kelche und Becher, Perlenkronen für die Monstranz, Ballen von Samt für eine *Kasul*. Absolution im Tauschhandel gegen Kleinodien.

Das Gewölbe spannte sich fünfzig Fuß hoch über ihr wie ein Spinnennetz. Die Spinne hockte im Alkoven. Wie konnte Gott sie hier, inmitten Hunderter Menschen finden und ausgerechnet ihr Gehör schenken? Hätte er sie hier gefunden und ihren sehnlichsten Wunsch erhört, wäre Andres schließlich nicht fort. Die müffelnde Feuchtigkeit erinnerte an einen Tümpel voll Kröten, Patin der Verdorbenheit. Schmieriger Staub auf den Häuptern der Heiligenstatuetten.

Elsa schaute sich in den Reihen der Kirchgänger um. Schuldeingeständnisse zeigten sich auf jedem der strengen, ja verknitterten Gesichter. Schuld woran? Wofür gab sich ein jeder Schuld? Das Ausmaß des schlechten Gewissens zeigte sich am Klingeln, das die Sünder dem Beutel, der in den Reihen umhergereicht wurde, ertrotzten. Schwer waren die Beutel dann, wenn sie von den Messdienern nach vorn zum Altar getragen und dort gesegnet wurden. Und laut war das Magenknurren, unüberhörbar das Gähnen am Ende einer jeden Messe. Elsa widerte es an. Es wurden jeden Sonntag weniger Münzen, die sie in die Kollekte gab, bis sie es ganz sein ließ. Der Beutel wurde leichter, genauso ihr Gewissen. Und ihr Herz.

Nein. Das Paradies war nicht hier zu finden. Das, was gepredigt wurde, war nichts anderes als ein Garten der Lüste, ein erfundener Ort, der nur der Vorstellung zu erpresserischen Zwecken diente.

Elsas begriff endlich, was es für ihre Mutter bedeuten mochte, von der augenscheinlichen Pracht der Peterskirche nichts sehen zu können, sondern Gottes Nähe, Gottes Wohlwollen und Gerechtigkeit allein im Herzen zu spüren. Zum ersten Mal in ihrem Leben beneidete Elsa ihre blinde Mutter und wünschte, sie selbst könnte ihre Augen vor dem ganzen Schwindel verschließen.

Elsa und ihre Familie verließen die Kirche.

Merkwürdiges Wetter. Während sich dieser Niederschlag weder für Regen noch gegen Schnee entscheiden konnte, zwängte sich ein Sonnenstrahl durchs Grau. Siegtraut führte die Mutter die Stufen hinunter. Elsa stand noch oben auf der Steintreppe und schaute gen Himmel. Eine richtige Silberlockenperrücke hatte sich Gott heut aufgesetzt. „Wie kann Gott den Himmel jeden Tag neu anmalen?", fragte sie sich und Anneruth, die neben ihr stehen geblieben war, hob den Blick, zuckte die Achseln und folgte, die kleine Irmel an der Hand, Siegtraut und der Mutter hinterdrein.

„Ich will doch noch beichten, geht voraus." Und dann: „Vergebt mir, Vater, denn ich habe gesündigt. Meine letzte Beichte ist eine Woche her." Die Kirche leerte sich. Das war an den einzelnen schlurfenden Schritten zu hören.

„So sprich denn, Kind." Seine Worte, in die Länge gezogen, zeugten von der gedanklichen Abwesenheit des Beichtvaters.

Gesündigt habe sie in Wort gegen ihre Schwester, in Gedanken gegen ihre Herrin und Peternelle, von denen sie sich häufig zu hart behandelt fühlte, zählte sie Worte ohne tiefere Bedeutung auf. Dass sie sündhaft an Andres dachte, verschwieg sie.

Der Beichtvater, kaum, dass sie zu Ende geredet hatte, leierte herunter, was er wohl einem jeden zu sagen hatte. „*Abslovo te.* Drei *Ave* und geh mit Gott."

Lange, nachdem der Beichtvater den Alkoven verlassen hatte, saß Elsa noch im Holz: vor Kälte steif, das harte Holz im Steiß drückend. Sie fühlte sich kein bisschen erleichtert: schlechtes Gewissen den anderen gegenüber, Scham gegenüber Andres und dem, wofür sie sich immer noch nicht bei ihm entschuldigt hatte.

Draußen, auf dem Platz vor der Kirche, fiel ihr Blick auf einen Mann und seine Frau. Ein Ehepaar, vermutlich, da beide recht dicht nebeneinander her gingen, wenngleich sie einen Fuß hinter ihm blieb. Im Vorübergehen tat der Mann einem bettelnden Franziskanermönch eine Münze in die gekreuzten Hände. Keine zwei Schritte später gab er seiner Frau einen Klaps gegen den Hinterkopf, weil sie versehentlich einem Bürgerlichen vor die Füße getreten war. Wofür ward ihm vor dem Mönch mit der Münze Buße getan? Die Münze, die er gegeben hat, hatte keinen besseren, bußfertigeren Mann aus ihm gemacht.

Verwirrt, enttäuscht, ja wütend nahm Elsa ihren Weg hinaus aus der Stadt, um ihrer Familie beim Nachtmahl Gesellschaft zu sein.

54

Gottes Wort geschieht Unrecht, wenn in derselben Predigt dem Ablass dieselbe oder noch mehr Zeit gewidmet wird, wie ihm.

„Es ist Weihnachten, da könntet Ihr ruhig etwas mildtätiger sein", murrte das Mädchen, als es sich wieder ankleidete.

Christian murrte zurück, er gebe, was sie vereinbart hatten. Es sei denn, sie kam ihm endlich entgegen. Über ein Jahr stand er schon an der Pforte, aber öffnen wollte sie sich nicht. Das Mädchen warf ihr honigfarbenes Haar zurück, bückte sich nach dem Kittel. Ihr Körper war geschwungen wie eine Mondsichel, die Beine gerade wie die Pfeiler in der Peter- und Paulskirche. Aber ihr Mundwerk, das war der Quell des Stadtgeflüsters. Das wusste Christian, deshalb musste er Vorsicht walten lassen, wenn er nicht wollte, dass sein unstandesgemäßes Verhältnis ans Licht kam. So angelte er am Fuße des Bettes nach seiner Geldkatze und förderte eine weitere kleine Münze zutage. Seine Geste: Der lang gestreckte Arm mit den spitzen Fingern mochte dem Adamsabbild gleichen, von dem das Mädchen erzählte hatte. „Woher, sagtest du, kennst du die Geschichte von diesem Maler und den nackichten Figuren?"

„Das erzählt man sich so auf dem Markt. Ich hab es irgendwo aufgeschnappt."

Seine Hand zog er vor der ihren, die nach der Münze greifen wollte, zurück, das wiederholte er noch zweimal und das Mädchen ließ mit zerknirschter Miene und einem Fluch in den Augen vom Almosen ab. Dabei hatte er sie gar nicht verärgern, sondern nur ein kleinbisschen necken wollen. Er legte die Münze auf den Bettrand und das Mädchen beäugte sie scheel.

„Eine weitere, wenn du mir verrätst, wer sich über Weihnachten in die Stadt geschlichen hat." Versöhnlicher Tonfall. Christian gehörte zwar dem Rat an, aber wer sich unter Hinterziehung des Zolls in die Stadt mogelte, bekam er nicht mit.

Sie nahm die Münze, war noch zu nackt, sie irgendwo hineinzutun und legte sie neben ihr Umschlagtuch auf den kleinen Tisch an der Wand. „Ein Mädchen ist zum Kloster gegangen", begann die Kleine zögerlich.

„Zum Kloster oder hinein?", hakte Christian nach.

„Hinein." Und weil Christian nichts erwiderte, fuhr sie fort: „Ich denke, Ihr seid nicht der Einzige, dessen Nachtlager an so kalten Tagen aufgewärmt werden muss." Christian entwischte ein Lächeln, dann nickte er. „Weiter?"

„Der Humpelhannes ist neulich während des Dienstes eingeschlafen."

„Das tut er immer wieder." Christian tat der Alte leid, der die Nachtwache nicht mehr zufriedenstellend versah. „Was noch?"

„Beim Weidner gehen die Leute ein und aus."

Christian merkte auf. „Beim Weidner?"

Er legte einen weiteren gekrümmten Schrötling in ihre ausgestreckte Rechte.

Sie nickte und erzählte, zu welcher Stunde insbesondere die Leute kamen und gingen.

„Nachts? Du meinst nach Ladenschluss?" Von plötzlicher Erregung beseelt, stand Christian aus dem Bett auf und schlüpfte in seine Beinlinge. Was wollten Leute nachts beim Druckermeister? Das fragte er sich. Auch die letzte seiner kleinen Münzen wurde er an sie los. Dann hörte Christian das Mädchen sich entfernen. Schritte auf der Treppe, wie sie die Türe leise schloss, dann war es still in der Heiligen Nacht.

Der Schneeregen war zu mildem Niesel abgeebbt, der die Stadt wieder in einen Pampebottich verwandelte. Rutschiges Straßenpflaster, als ob man nicht genug Sorgen hätte!

Vom Neuen Markt in die Langegasse führte ein schmales Gässchen, in dem sich selbst in der heiligsten aller Nächte die übelsten Halunken herumtrieben. Christian, von einem Ziel angelockt, hatte keine Lust, die kleinen Betrüger zu stellen. Das Klappern seiner Laterne kündigte ihn ohnehin an: „Wer jetzt und hier nicht Ruhe gibt, bekommt sie nimmer mehr." Das funktionierte jedes Mal. Eilig trippelnde Schritte entfernten sich aus der schmalen Gasse, verhaltene Rufe, dann Stille.

Sein vollgesogenes Barett sackte ihm in die Stirn. Das Gesicht nass und vom Wind eiskalt. Weidners Haus beobachtete er aus der Ferne, meinte aber, weder Licht noch Umtriebe störten hier den Frieden. Es war immerhin Weihnachten und Christian leuchtete es ärgerlich ein, dass wohl ausgerechnet heute keine geheime, verräterische Versammlung, welchen Ansinnens auch immer, aufzumischen sei.

Noch ein, zwei Mal schlich er an dem Haus vorüber, aber mehr als ein paar quiekende Ratten rührten sich nicht. Vielleicht, so kam Christian jetzt der bittere Gedanke, habe die kleine Hure ihn auch bloß angeschwindelt, damit sie einen Heller mehr abbekam. So war Christian im Begriff, den Heimweg anzutreten, da wurde das Gaubenfenster geöffnet. Es war keine Jahreszeit für offene Fenster. Es war auch keine Uhrzeit für offene Fenster. Heraus lugte jemand, den Christian von der Gasse her nicht erkennen konnte. Dem breiten Gesicht nach zu schließen, einer von der Weidnersippe. Dieser Jemand überschaute die Gasse, entdeckte das Licht. Als sich das Fenster schloss, klemmte da ein Zipfel eines Unterrockes zum Auslüften schlaff im Regen.

„Ach je", grummelte Christian, schenkte dem Zeugnis christlicher Ehepflichten in der Heiligen Nacht einen peinlich berührten, ja entschuldigenden Blick und setzte seine Wacht durch die Gassen fort.

55

Des Papstes Ansicht ist natürlich, dass, wenn der Ablass, der ein geringes ist, mit einer Glocke, einem Gepränge und einer Förmlichkeit gefeiert wird, das Evangelium, das das Höchste ist, mit hundert Glocken hunderterlei Gepränge und Feierlichkeit gepredigt werde.

Nichts zog sie in die Neißgasse, wo Reinhildens Töchter für nur noch mehr Arbeit sorgten und Gunnar ihr nachstellte. Aber im Jakobsstift konnte sie schließlich nicht Weihnachten aussitzen. Übernachtungsgäste waren nicht gern gesehen. Eher sollte man die Armen dort herausholen, als sich zu ihnen gesellen.

Weil alles längst schlief, machte sich Elsa über das Geschirr vom Nachtmahl her, das Peternelle im Zuber eingeweicht zurückgelassen hatte. Das Geschirr stapelte sich. Elsa hatte eben noch die Glut vor dem Verglimmen retten können, als sie Schritte hörte, die von der Dachkammer hinab kamen. „Hast du dich des Geschirrs entsonnen, Peternelle?“ Ein zerknirschtes Murren. Peternelle antwortete nicht, sondern stellte sich dicht hinter Elsa. „Sind uns die Schweine ausgerissen, dass du die Teller mitsamt Essensresten einweichen musstest?“ Ihre Wut hatte in der Heiligen Nacht eigentlich nichts verloren. „Himmelkreuzsakra!“, weil das Wasser ihre Taille nass gespritzt hatte.

„Fluch nicht so viel“, schalt die Stimme hinter ihr. Den Blick starr auf das rußgeschwärzte Innere der Kochstelle geheftet, ging ihr ein glühender Pfeil mitten durch die Brust. Dann wirbelte sie herum, fiel ihm um den Hals und wurde von ihm so fest gehalten, dass ihr die Luft wegblieb.

Doch schnell löste sie sich von ihm. „Ein Dreivierteljahr!“ Sie gab ihm einen Klaps vor die Brust, weil er vom Verliebtsein keine Ahnung hatte. „Ein Dreivierteljahr, Andres!“ Sie drehte sich kopfschüttelnd um. Sie hatte wütend auf ihn sein wollen. Das hatte sie sich vorgenommen.

„Es war kein ganzes Dreivierteljahr, Els. Es waren acht Monate“, hörte sie ihn schulmeistern. „Und was brachten uns diese acht Monate? Nichts als eine Altweiberverbitterung?“ Seine Neckerei musste an ihr abprallen, musste einfach! „Ich hab *auch* allen Grund, wütend auf dich zu sein, meine Liebe.“

Auf ihre Wut war nicht Verlass. Sie wandte sich um, holte Luft, um zu protestieren. Ihren erhobenen Zeigefinger, mit dem sie ihn sonstwie hatte maßregeln wollen, schnappte er sich. „Jeden Monat hab ich dir geschrieben.“ Elsas Stutzen bemerkte er gar nicht. „Jeden Monat! Kannst du dir vorstellen, wie schwer es ist, nur die erste Hälfte des Alphabetes zu benutzen, damit du alles leicht lesen kannst? Nicht eine Zeile von dir!“

„Das kann ja jeder behaupten! Ich hab keine Briefe bekommen! Nicht einen!“ Sie warf ihm eine Geste vor die Füße und ging zurück an die Arbeit. „Waren deine Schwestern zum Nachtmahl hier?“

Er bejahte. „Ich hab dir wirklich geschrieben.“ Nun hatte er so verunsichert geklungen, dass Elsa sich wieder umdrehte. Bestürzte Gedanken kreuzten seinen Blick. „Du hast nicht einen bekommen?“

„Nein. Nur deine Mutter. Jeden Monat.“

Andres' Blick verlor sich hinter seinen Gedanken. Im selben Moment, als Elsa begriff, spiegelte sich auch auf seinem Gesicht die Einsicht wider. „Deine Mutter“, nickte Elsa und widmete sich wieder dem Abwasch, dass es schepperte.

„Das tut mir leid“, murmelte er. „Das hatte ich nicht für möglich gehalten.“

Sei tapfer, kleine Els, mahnte sie die Gekränkte in sich. Andres ist zu gut für dich! Verständlicherweise. Aus den Augenwinkeln erkannte sie, dass er sich neben sie stellte und die Teller abnahm, die sie säuberte, um sie zu trocknen und auf das Wandbord zu stellen. Sie war sich nicht sicher, ob sie wollte, dass er Frauenarbeit verrichtete. Sie sprachen eine ganze Weile nichts, bis Elsa etwas einfiel, was ihn interessieren könnte. So berichtete sie, dass der Unterschulmeister Trotzendorf das Amt niedergelegt und die Stadt verlassen hatte.

„Ich weiß und du glaubst nicht, wohin er gegangen ist.“

Elsa, den Abwasch beendet, wischte die Hände an der Schürze trocken und stemmte sie in die Hüfte. „Das sind meine Neuigkeiten, wieso weißt du immer schon alles vorher?“

„Weil ich schlau bin.“ Das Geschirrtuch traf sie auf ihrem Allerwertesten. Sein Lächeln hätte sie beinahe erwischt. Beinahe. „Er war zuerst bei uns in Wittenberg“, sagte er, „dann ist er unter Melanchthons Anhängerschaft gegangen und disputiert in Leipzig.“

„Unser Schulmann?“

„Unser Schulmann.“

„Sei's drum.“ Elsa überschaute die Küche. „Ich bin müde.“

„Das ist schade, ich wollte gern, dass du mich begleitest. Zu Matthes, Ignatius und den anderen.“

„Und dieses Mädchen, Carolina?“ Warum provozierte Elsa den Mann so sehr? Es tat ihr selbst in der Seele weh, so herzlos zu sein, als wolle sie ihrer Wut Genüge tun. Geh schlafen, dumme Wut!

Andres' heitere Laune hatte sie einen Knacks verpasst. „Carolina ist tot.“

Stille. Elsa schämte sich, so zu tun, als habe er ihr erschütternde Neuigkeiten überbracht, obwohl sie längst Bescheid wusste. „Reicht also Luthers Einfluss bei Friedrich dem Weisen nur bis zu den Studenten, nicht aber bis zu den Mädchen?“

Andres kreuzte die Arme vor der Brust.

„Was ist ein Leben wert, wenn es am Fortbestand der gebildeten Bevölkerung nicht mitwirken kann?“ Ihre Wut war nicht schlafen gegangen. Elsa hätte gern gefragt, wie es Traude Müllerin ergangen war, versagte es sich jedoch.

Sie entwand ihm den Arm, den er umklammert hatte. Wieder maßen sie einander. Dann nickte er. „Du hast recht. Es ist ungerecht. Die Welt, in der wir leben, ist ungerecht.“ Und wieder zwang sich ihnen beklemmende Stille auf. „Kommst du nun mit oder nicht?“

Dick eingemummt verließen sie das Haus. Auf dem Weg tauschten sie jene Neuigkeiten, die nicht auf den Tod der Carolina Müllerin zurückfielen. Andres hatte das erste Jahr des Quadrivium beinahe geschafft. Er erzählte von einem gewissen Metaphysikum, unter dem sich Elsa nichts vorstellen konnte und das ihn sehr zu fesseln schien, weil es vom Zusammenhang der Dinge untereinander handelte und nach dem Sinn der Existenz von allem fragte. Elsa fragte sich nicht nach dem Sinn der Existenz von allem, sondern, ob sie abgeriegelt hatte und ob die Reinhilde ihr Ausbleiben bemerken würde.

Andres kam ihr verändert vor. Seinen zu skeptischen Schlitzen verengten Augen und der steilen Denkfalte zwischen den Brauen, wenn er nachdachte, hatte sich ein weiterer Wesenszug hinzugesellt. Denn wenn sie sprach, ließ er sie nicht aus den Augen. Selbst wenn sie nebeneinander hergingen, schaute er sie intensiv an, sobald sie zu sprechen begann. Eine Eigenart, die sie zunächst verunsicherte.

Wie war es nur möglich, dass ihr Leben von der einen zur anderen Stunde wieder voll und beredsam geworden war? Das Einerlei der vergangenen Monate schien in weiter Ferne. In Andres' Gesellschaft erblühte ihr Geist. Das, was monatelang verstaubt im Dunkeln gelegen hatte, wurde nun von seiner Stimme, seinem Augenaufschlag zum Funkeln gebracht und alles Hässliche, was sich in so einer aus engen Gassen gewobenen Stadt zutragen konnte, verschwand mit einem Wimpernschlag. Hinfort waren Siegtrauts

Nichtsnutzigkeit, Mutters Leiden, Reinhildes Strenge und Peternelles Eintönigkeit; belanglos war der Gestank ringsum, über den sie sich so oft ärgerte, einerlei auch die quiekenden Ratten, die vor den Schritten der Nachtgeister davonwieselten und das monotone Klopfen des Brackwassers, das aus den maroden, hölzernen Dachrinnen tropfte. Neben Andres durch die schlafende Stadt zu ziehen, war wie eine Pilgerfahrt ins Innerste und reine Gewissen. Und doch erzählte Elsa ihm nichts vom Kummer, den ihr die Familie und die Arbeit bei den Tylikes bereitete, nichts davon, dass Gunnar zudringlich wurde, kaum, dass sie ihm über den Weg lief. Nein, davon berichtete sie nichts.

Elsa beabsichtigte nicht, auch nur einen Augenblick bis Andres' Abreise zu vergeuden. Jede seiner Regungen studierte sie, prägte sie sich ein, um lange davon zu zehren; etwa, wenn er ihr über einen Trittstein half oder sie vor einem Pferdeapfel wegzog.

„Halt." Er packte sie am Handgelenk und nahm sie hinter die Hausecke, an der sie eben in die Nikolaigasse einbiegen wollten. „Schau ..." Andres deutete hinauf zum Gaubenfenster, aus dem etwas Weißes ums Überleben kämpfte; so zumindest zappelte es im Wind. „Susannas Unterrock."

„Susannas Unterrock?", lachte Elsa auf, sodass Andres sie hinter sich schob, als könne er sie so ruhig stellen.

„Dort drüben, beim Nikolaiturm ...", flüsterte er beinahe tonlos und deutete jetzt die Gasse hinunter. Elsa lehnte sich eine Handbreit vor. Ihr Scheitel streifte sein Kinn. In gut fünfzig Fuß Entfernung die Gasse hinab erkannte sie einen Gassenrichter. Beim Blick hinauf zum Unterrock konnte sie sich das Kichern überhaupt nicht verkneifen und versteckte es in seiner Schaube, aus der es nach feuchter Erde und heißer Wolle roch, so wie sie ihn kannte. Sie spürte seine Hand auf ihrem Rücken. „Wenn der Unterrock draußen hängt, ist etwas faul ..." Angesichts der pittoresken Signalfahne hatte Elsa es schwer, wieder ernst zu werden. „Wenn der Zipfel vom Vorhang hängt, ist die Luft rein, wenn gar nichts hängt ..."

„Ja, was ist denn, wenn gar nichts hängt …", kicherte sie und vergrub ihr Lachen wieder in seinen Ärmel. Ihr Lachen pflanzte sich in seine Worte fort: „Dann musst du selbst achtgeben, weil dann Susanna nicht oben ist, um Ausschau zu halten." Und dann nahm er ihr Kinn zwischen Daumen und Zeigefinger. Trotz des spärlichen Lichts konnte sie seine Augen funkeln sehen. Der Schalk saß jetzt nicht dort und wartete auf die nächste Gelegenheit, sie zu necken, sondern tiefer, zitternder Ernst. „Merk dir das!" Sie nickte.

Sie warteten, bis das Fenster sich wieder öffnete und ein blasser winziger Punkt zwei Herzschläge lang die Gasse hinuntersah, ohne die beiden zu entdecken, den Unterrock wieder hereinnahm und den Zipfel des Vorhangs zwischen den geschlossenen Fensterladen klemmte. „Komm." Andres, nahm sie bei der Hand.

Es war Matthes, der ihnen auf das Klopfzeichen öffnete und beide einließ. Ein prüfender, wachsamer, vielleicht ein wenig eifersüchtiger Blick, den er Andres' Hand in der ihren zuwarf, doch verbeugte er sich tief vor Elsa, als entspräche solch eine Geste ihrem Stande. Das, was sich vor einem Dreivierteljahr zugetragen hatte, spiegelte sich als trauriger Zug um seinen Mund wider. Das gewisse Leuchten, das Elsa damals in seinen Augen bemerkt hatte, obschon die Büttel ihn eingeschüchtert haben mochten, war verblasst.

Unten im Gewölbe drängte sich ein gutes Dutzend Leute dicht an dicht. Die Farbe Schwarz dominierte. Sie saßen auf Stühlen, Schemeln, Kisten, Fässern, umgestülpten Bottichen und Kruken und allem, worauf es sich sitzen ließ. Elsa sah ein paar bekannte Gesichter, wie das der Geflügelmamsell vom Markt. Der Gestank der Lohe ging dem Grüppchen Gerber voraus, die hinten an der Wand standen. Außerdem waren da Ignatius und Barbara Weidner. Das Weib des Druckers nickte Elsa aufmunternd zu, rückte ein Stück, damit sie nebeneinander Platz fanden. „Gesegnete Andacht." Die Weidnerin reichte ihr einen Becher Wein und drückte ihren Unterarm, begleitet von einem Wird-nicht-wehtun-Blick. Elsa schaute zu Andres hinüber, der hatte die Kapuze vom Kopf gewischt und war mit Matthes und dem Meister ins Gespräch vertieft.

Es schien so, als habe man ausgerechnet auf Andres gewartet, denn alsbald eröffnete der Meister die Versammlung. Er entschuldigte jene, auf die man nun nicht länger warten könne, indem er dem Gassenmeister die Schuld am Säumnis der Ausbleibenden zuschob, und bedankte sich bei Susanna, die eben durch den Türbogen trat, für die Obacht über die Gassen. Elsa fiel am Strahlen ihrer Augen und an ihrer geschnürten Taille auf, dass sie seit sie einander zuletzt gesehen hatten, niedergekommen sein musste. So viel Zeit war verstrichen!

Elsa staunte, dass sich Matthes erhob, vor alle Versammelten hinstellte und zu einer Liturgie anhob. Wäre sie vor einem Dreivierteljahr nicht Luthers Tafelgast gewesen, so hätte sie der Schlag getroffen. So aber umspülte sie wohlig der weiche Klang einer Intonation in der Volkssprache. Worte wie Watte, die sie warm hielten. Elsa wusste aus Andres' Erzählungen, dass Matthes nur noch ein Jahr von der Priesterweihe entfernt war. Er würde es gut machen. Das wusste sie. Er nannte Gott beim Namen und anstelle des Sündenbekenntnisses sprach Matthes einen Psalm und die Umhersitzenden sangen ein Gebet in der gemeinen Sprache. Das Sündenbekenntnis zielte nicht darauf ab, was man alles Böses getan und Gutes unterlassen hatte, sondern darauf, dass alle Nöte vor Gott gebracht werden sollten. „Herr erbarme dich, Christe erbarme dich, Herr erbarme dich über uns." Durch Matthes wurden Gnade und Vergebung ausgesprochen, die der Herr für jeden Einzelnen bereithält und dafür dankte die Gemeinschaft Gott.

Es ist so einfach, keine Angst vor Gott zu haben, überlegte Elsa. Die Last des schlechten Gewissens schien zumindest wesentlich leichter zu ertragen. Ihr war so, als habe man das Buch der Bücher endlich für sie geöffnet und ließ sie teilhaben an der Wahrheit, die zuvor hinter lateinischem Mauern verborgen gewesen war.

„Hast du einen Geist gesehen?", gesellte sich Andres zu ihr, als sich die Gemeinschaft zum Plaudern vermischte.

„Ja", nickte Elsa in den Weinbecher, den sie eine gute Stunde lang umklammert gehalten hatte.

Weil Elsa nie trank, fühlte sie schon bald den Alkohol in ihrem Blut kribbeln und in ihrem Kopf kreisen. Sie bekam sehr wohl mit, wie sie neben Andres heimging und sie hörte sich lachen und ihn mahnen, leiser zu sein. Sie hörte die Tür zur Neißgasse öffnen und wieder schließen und sie hörte Reinhildens scharfe Stimme, die sie vollends ausnüchterte: „Treibst du dich rum wie deine Schwester, diese kleine Dirne?"

Reinhilde erstickte Andres' Versuch, seine Mutter zu beschwichtigen.

Elsa war bemüht, Reinhilde in die Augen zu sehen und schüttelte knapp den Kopf, spürte Andres dicht hinter sich. „Sie hat mir die Tür geöffnet, Mutter, sie war abgeriegelt, weil sicherlich alle dachten, ich sei oben." Andres drückte sich eng an Elsa vorbei und trug seiner Mutter beruhigend den Arm an. So führte er sie die Treppe hinauf zur Galerie und in die privaten Gemächer. Bevor er aber um die Ecke bog, drehte er sich zu ihr um und schenkte ihr ein kleines Zwinkern von der Empore herunter.

Als sie sich zur Nachtruhe entkleidete, fielen ihr die Glasperlen in die Hände, die Andres in ihre Tasche geschmuggelt haben musste.

56

Die Schätze der Kirche, aus denen der Papst die Ablässe gibt, sind der Gemeinde Christi weder genugsam genannt noch bekannt.

Es war nicht gerecht, wie die Reinhilde von Siegtraut gesprochen hatte, fand Elsa. Nur würde sie ihre Herrin niemals zur Rechenschaft ziehen und zur Entschuldigung bewegen können. Elsas Tage waren vergrätzt vom Groll gegen die Reinhildin. Nicht nur, wegen der unterschlagenen Briefe. Sie zermarterte sich das Hirn, was es mit deren Anschuldigungen gegen Siegtraut auf sich hatte. Elsa ließ ihren Ärger an den Pfannen und Töpfen aus, den Fußböden und dem Inneren der Kamine, wirbelte absichtlich den Kehricht auf, wenn Reinhilde in der Nähe war und redete nicht mit ihr. Alles, was sie tun musste, war knicksen zum Zeichen, dass sie deren Befehle vernommen hatte.

Ausgerechnet zwischen den Jahren befand es Reinhilde als notwendig, die Speisekammer auszuräumen, alle Borde und Schubkästen zu wischen und wieder einzuräumen. Elsa hatte das Gefühl, der Reinhildin fiel immer dann, wenn sie der Magd über den Weg lief, eine weitere schwere Arbeit ein, die die Jüngere für Stunden beschäftigte, nur damit Elsa nicht zum Jakobsstift kam – so der Verdacht. Das nährte den Groll gegen die Herrin. Oben auf dem

Dach versteckte Elsa sich, um wenigstens ein paar Momente zum Ausruhen zu haben.

Während also die Reinhildin in ihrem Mutterglück, ihre drei Kinder um sich zu haben, aufging, zog sich Elsa, wann immer es ihr ermöglicht wurde, zurück. Zumindest konnte sie sich so vor Gunnar verstecken. Ihn führten neuerdings unergründliche Wege immer häufiger durch die Küche. Selten durchquerte er den Raum als Abkürzung, meisten verharrte er hier und heftete den Mägden ein Gespräch an die Haube. Elsas Strategie, ihn zu ignorieren, funktionierte stets nur so lange, bis er anfing, Fragen zu stellen: „Was machst du an deinem freien Nachmittag?", „Woher hast du bloß diese feine Haut?", „Stimmt es, dass dein Vater nie die Sudpfannen gesäubert hat?", begleitet von entrücktem Lachen. Elsas Antworten fielen karg aus, was nicht hieß, dass er von ihr abließ.

Nieselt es zwischen den Jahren, schwärmt die Münze aus in Scharen.

Da große Wäsche zu dieser Zeit nicht erlaubt war, weil das einen Toten in der Familie im kommenden Jahr bedeutete, trug Reinhilde Elsa auf, das Zinn zu polieren. Davon gab es genug im Haus. Das war insofern günstig, dass sie es immer dann tun konnte, wenn sie wusste, Gunnar schleicht umher. Es war gut, das Zinngeschirr in den Händen zu halten, wenn man viel lieber eine Ohrfeige für eine anzügliche Bemerkung würde austeilen wollen. Auch bot es sich an, auf das Zinn zu spucken, so konnte es nicht passieren, es ins Gesicht des anderen zu tun. Das Spucken hatte auch den willkommenen Nebeneffekt, eine wenig anziehende Erscheinung darzubieten.

„Wenn du noch eine Weile dran rumrubbelst, bekommt sie ein Loch." Setzte sich Andres zu ihr an die lange Tafel in der Wohnhalle, ein Buch in der Hand. Durch die Butzen der Fenster drang schlieriges Mittagslicht. Die Scheibentüren des Prahlhans' standen offen und warfen Lichtschimmer auf die Tischplatte. Elsa musste die Spucke, die sie für eine hartnäckige trübe Stelle an der Kanne angestaut hatte, runterschlucken. „Ich rubbel dir gleich was!“, murrte Elsa und rieb den Bauch der Kanne. Sie achtete nicht auf Andres’ leises Lachen.

„Oder beschwörst du gar einen Geist?“

„Halt den Mund und lerne in deinen dicken Büchern oder schäker mit deinen Schwestern herum“, knurrte sie und vergewisserte sich, dass er die Nase wieder in den Text steckte, den die Studenten über die freien Tage wohl durchzuarbeiten hatten. „Ich dachte, wir unternehmen was. Wir könnten wieder einmal ausreiten, wie damals …“

„Damit mich deine Mutter wieder als Dirne beschimpft?“ Das hatte Elsa auf die Kanne gespuckt.

„Sie hat es nicht zu dir gesagt und außerdem …“

„Sie hat es über meine Schwester gesagt und einen Vergleich mit mir angestellt, ergo …“ *Ergo.* Das hatte sie in Wittenberg gelernt. Es klang so zweifelsfrei und hob sie auf Andres’ Stufe. Sie erkannte sehr wohl sein ergebenes Lächeln.

„Ich bin sicher, meine Mutter hat es nicht so gemeint. Sie war müde und schlecht aufgelegt, also, lass uns ausreiten.“

„Nein.“ Die Becher und Teller hüpften auf dem Brett im Prahlhans, als Elsa die Kanne hineinstellte. Sie schloss die Bleiglastüren und verließ die Halle. Andres verstand wirklich nichts vom Verliebtsein.

Ihr Stolz war sehr erkrankt. Die Reinhildin hatte sie nie auf die Briefe angesprochen, die Andres an Elsa geschrieben hatte oder die geschrieben zu haben er vorgab. Nur, war Reinhilde viel strenger als sonst.

Erst Tage später, der Dreikönigstag rückte unaufhaltsam näher, die Tylikes unternahmen alle möglichen Besuche, bei denen auch Andres und seine Schwestern nebst Familien folgen mussten, ob sie nun wollten oder nicht, rief er sie in seine Kammer.

Elsa war eine Magd, die eine Arbeit erkannte, wenn sie ihr begegnete und so packte sie die Unordnung in Andres’ Stube beim Schopfe. „Lass das, setz dich hierher.“ Er wies auf einen Stuhl auf der anderen Seite seines von Papieren überfrachteten Tisches. Unschlüssig zunächst gehorchte Elsa und saß nun also ihm gegenüber. Einen Moment schwiegen beide, dann eröffnete er, er werde nachher zum Evangeliengottesdienst gehen und wünsche, dass sie ihn dorthin begleite.

Elsa war kokett, indem sie zauderte. Sie würde ihn dorthin begleiten, das wusste sie, kaum dass er zu Ende gesprochen hatte. So oft, wie sie an das warme, erfüllende Gefühl wie Watte zurückdachte – insbesondere, wenn sie sich von Reinhilde ungerecht behandelt fühlte –, würde ihr das Treffen Gleichgesinnter Kraft spenden.

Wie schon einmal vertrug sie den schweren Wein noch immer nicht und kicherte an Andres' Seite nach dem Treffen Richtung Neißgasse, sodass er ernstlich Angst bekam, sie würden vom Gassenwärter ertappt. Dieses Mal aber kamen sie unbescholten durch die Hallendurchfahrt und hinauf in die Wohnräume. Elsa schaffte es, die Glut in der Küche aufzuschüren, ohne das Gleichgewicht zu verlieren, die Treppe zur Dachkammer aber stellte ein Problem dar.

„Na, komm schon", hievte er ihren Arm um seine Schulter, um ihr die Stiege hinaufzuhelfen. „Du sollst vom Abendmahlskelch nippen, ihn nicht austrinken."

Elsa protestierte gegen diese Unterstellung. Er musste wissen, dass bei ihr wenige Schlucke reichten, sie aus der Bahn zu werfen. Andres erstickte ihr Gekicher hinter seinem Zeigefinger, damit sie Peternelle nicht weckten. Sein Duft war so intensiv, dass es sie noch heißer als Wein durchströmte. „Ich zeig dir was", wankte sie in die hintere Dachkammer. „Du musst leise sein", flüsterte sie so laut, dass sie Tote hätte wecken können.

„Das brauchst du mir nicht zu sagen." Er ergriff ihre Hand, damit sie sich im Dunkeln nicht verirrte.

Das Nächste sagte sie sehr bedacht und es klang nahezu klar: „Du musst ganz sacht gehen, nicht trampeln, hörst du? Ich muss erst die Binse anzünden." Elsa ließ ihn einen Moment vor der Tür warten. Ein, zwei Schläge mit den Feuersteinen ließ den Funken springen. Elsa rief Andres herein, nahm das Licht hoch, wankte bedrohlich, fing sich. „Ganz vorsichtig", flüsterte sie, als könne jeder Ton ihre Arbeit zunichtemachen.

Andres aber stand in der Tür, starrte das an, was er nie zuwege gebracht hatte. „Wie hast du das nur gemacht?" Beide kauerten jetzt einander gegenüber. Zwischen ihnen: fünf Kugeln übereinander aufgetürmt. Jeder noch so feine Windhauch würde den Glasperlenturm einreißen.

„Ich habe daran geglaubt, dass es geht", flüsterte Elsa und schaute in Andres' dunkle, zu nachdenklichen Schlitzen verengten Augen.

„Aber wie geht es?"

„Der Glaube versetze Berge, wer sagte das doch gleich?"

„Jesus. Aber wie hast du das geschafft?" Strähnen fielen vor seine Augen.

Elsa schnalzte mit der Zunge, schaute Andres tief in die Augen, holte Luft und pustete so kräftig, dass das Klacken und Kullern laut wurde.

„Wieso hast du es kaputt gemacht?", öffnete Andres verzweifelt seine Arme.

„Du musst selbst herausfinden, wie es geht, Andres."

Dass sie nur diejenigen Perlen mit einer Macke übereinandergestapelt hatte, solche, die eine platte Stelle hatten, dort, wo der Glasmacher, das Stück vom Glasstab getrennt und nur unsauber die Kugeln daraus geformt hatte, musste er nicht wissen. Gott war so gütig, ihr diesen Trick gezeigt zu haben. Sie lächelte matt und schob sich aufs Bett.

Andres schaute immer noch enttäuscht den umherkullernden Murmeln zu, dann hievte er sich zu ihr hoch, streckte sich der Länge nach aus und starrte gegen die Dachschräge. Elsas vom Alkohol beflügelte Kühnheit gestattete ihr, sich neben ihn zu legen. Auf der Seite liegend konnte sie ihn besser beobachten. Sie verhakte ihren Blick mit dem seinen. Das Binsenflämmchen schnappte nach Luft und weckte die im Fachwerk wohnenden grotesken Schatten, in denen Elsa früher Dämonen gesehen hatte. Es waren nur Schatten. Es waren nur Glasmurmeln und eine jede von ihnen hatte eine Schadstelle. „Du schaust mich immer so an."

„Wie denn?" Die kleine Denkerfalte ließ sich zwischen seinen Brauen erahnen, ebnete sich aber unverhofft, weil er ihrer Antwort gewahrte.

„So, als ob du mich küssen wolltest und nicht weißt, wie du es anstellen sollst."

Ein flüchtiges Lächeln huschte in seine Mundwinkel. Er sagte nichts, betrachtete sie weitere drei Herzschläge lang und neigte sich schließlich nach vorn, bis seine Nasenspitze die ihre berührte, seine Lippen die ihren bedeckten. Sie atmete ihn tief ein, konzentrierte sich auf seine kühlen, aber weichen Lippen, notierte seinen Duft, die frische Note, die seine Zunge hinzugab wie die letzte Prise zum Gelingen der Suppe. Ihre Hände tasteten über sein Wams, glitten an seinem Hals entlang, fuhren in seinen Nacken, in sein weiches Haar. Sie presste sich mit all ihrem Mut an ihn und kostete von der verbotenen Frucht so viel und wurde nicht satt, spürte seine Hände in ihrem Rücken, fühlte seine Lippen weiter wandern: über ihre Wangen, ihren Hals. Er atmete hörbar den reizvollen Geruch ein, der aus ihrem Dekolleté strömte und seine Finger begannen das überkreuz geschnürte Leibchen zu öffnen, unter seinen Berührungen erschauerte Elsa. Sein heißer Atem auf ihrer Haut und der sich aufwärmende kalte Bergkristall, ließen sie aufseufzen. Ein paar Schluck Wein weniger hätten ihr sicherlich verboten, ihn auf sich zu ziehen, ihr Becken gegen das seine zu drücken und seiner Aufregung nachzuspüren. Aber sie hatte nicht ein paar weniger Schluck Wein getrunken, sondern ein paar mehr und deshalb lüpfte sie einem inneren Drängen folgend ihren Rock, bereit sich auszuliefern und das aus sich zu machen, was Reinhilde zu ihr gesagt hatte.

Doch bewahrten schließlich Elsa die paar Schluck Wein zu viel vor dem Äußersten: „Andres?"

„Mmh?“ Er kam zwischen ihren Brüsten hervor.

„Mir ist schrecklich übel.“

„Oh.“

Sie schob ihn von sich herunter und er angelte unter dem Bettgestell nach dem Nachttopf.

Er hielt ihren Kopf, strich ihr Haar aus dem Gesicht und half ihr geduldig aus der Not. Als es vorüber war, sie dem vergorenen Wein nachschmeckte, sank sie zerknirscht aufs Bett zurück. „Hab ich jetzt den Leib Christi wieder rausgebracht?“

Andres lachte leise auf. „Nein, ich schätze, der Leib Christi ist Zeichen des göttlichen Willens. Ihn entgegenzunehmen, genügt. Ich glaube nicht, dass er völlig verdaut werden muss.“ Auch Letzteres sagte er mit einem leisen Lachen, strich Elsa, die immer noch schwer atmete, übers Haar.

57

Dass es keine zeitlichen Güter sind, ist klar, denn viele Prediger streuen solche nicht leicht aus, sondern sammeln sie vielmehr.

Wieso erwachte Elsa nicht auf ihrem Strohlager neben Peternelle, sondern in der hinteren Kammer? Wieso trug sie ihr Kleid und nicht das Nachthemd? Warum war ihr Haar noch vom Vortag aufgesteckt, wenn auch verwüstet? Und diese trockene Kehle! Der pelzige Belag auf Zähnen und Zunge! Diese entsetzlichen Kopfschmerzen!

Was Elsa an diesem Tag auch anpackte, nichts wollte ihr gelingen. Peternelle gefiel es, die seltene Gelegenheit beim Schopf zu packen und Elsa anzutreiben. Vom heißen Wasser bereitete Elsa zu wenig, vom kalten holte sie zu viel herauf. Vom Schinken schnitt sie zu dicke Scheiben, vom Brot zu dünne. Peternelle fand vieles zu bemängeln.

„Gut geschlafen?“, holte eine Stimme Elsa aus ihrem Tagtraum.

Er schob mit dem Hintern die Schüssel mit den Äpfeln vom vergangenen Jahr fort.

„Brüll nicht so!“ Sie zog die Schüssel wieder zu sich heran, um den nächsten in kleine Schnitze für den Apfelkuchen zu schneiden. Sie würdigte den halb auf dem Tisch Sitzenden keines Blickes.

„Schädel?“ Er legte seine Hand auf ihre Stirn.

„Letzte Nacht, da …" Elsa betrachtete den Apfel in ihrer Hand. „Was ist da … also …" Eva hatte in den Apfel gebissen, nachdem sie von der Schlange verführt worden war. Sündenlast, o schwere! Verlegen räusperte sie sich, halbierte das Obst. Es brauchte einige Kraft in den Fingern, die ledrige, schrundige Haut durch zu bekommen. Andres schnappte sich eine der Scheiben, die Elsa gedachte auf den Kuchen zu legen, und steckte sie in den Mund. „Du meinst, du kannst dich an nichts erinnern?"

Elsa ließ den Blick durch die Küche schweifen, als fänden sich Splitter ihres zertrümmerten Erinnerungsvermögens im Feuerholzkorb oder im Brottopf. „Na ja."

„Du kannst dich an die aufregendste Nacht unseres Lebens nicht mehr erinnern?"

Elsa taxierte Andres, der arglos einen Apfelschnitz nach dem anderen aß. „*Wie* aufregend?"

Er grinste. Sie deutete mit dem Messer auf ihn. „*Wie* aufregend?" Er lächelte genügsam. Sie gab seiner Hand, die nach dem nächsten Apfelstück greifen wollte, einen Klaps. „Sag!"

„So aufregend, dass du dich zuerst übergeben und dann auf das trockene Brot der Eucharistie geschimpft hast." Letzteres mündete in seinem frechen Grinsen.

Elsa verbarg ihr Gesicht in den Händen. Die Messerspitze zeigte zur Decke. „Heilige Jungfrau Maria, vergib mir." Er schaute skeptisch drein. „Dies eine Mal werde ich sie anrufen dürfen!"

„Tu, was du willst, ich gehe jetzt zum Postmeister und order die Kutsche für morgen."

Elsa starrte das Messer in ihrer Hand an. Sie machte den Apfelkuchen, weil morgen die Heiligen drei Könige kamen. Andres reiste ab am Tage der Heiligen drei Könige. Innerlich seufzte sie, ließ sich aber nichts anmerken. Weil er aber jetzt endlich vom Verliebtsein etwas verstand, las er in ihrem Gesicht, wie in einem offenen Buch. Er zog sie zu sich hoch, sodass sie ganz und gar unzüchtig zwischen seinen Beinen stand und legte die Arme um sie. Ihre Stirn an seiner Schulter verharrten sie. Sie lauschte ihrem und seinem Atem, um nicht sentimental zu werden. Ihr Schnaufen, weil ihre Nase nun doch volllief und sein samtiges Rauschen. „Du bist mein. Wir werden zusammen sein, hörst du?" Sie nickte. „Ich versprech's"

58

**Auch sind es nicht die Verdienste Christi und der Heiligen,
denn diese wirken beständig, ohne Zutun des Papstes,
Heil für den inneren Menschen und Kreuz,
Tod und Hölle für den Äußeren.**

Dass die Reinhildin hinter der Stubentür harrte und beobachtete, wie ihr Sohn den Kopf hinunterneigte, und der Magd am helllichten Tage einen Kuss auf den Mund drückte, konnten die beiden nicht wissen. Dass die Reinhildin die Fäuste still gegen das Türblatt drückte und gleichzeitig ein Stoßgebet zur Heiligen Jungfrau sandte, die ihr Haus vom sündigen Frevel befreien sollte, ahnten die beiden ebenso wenig. Dass Reinhildens Magen sauer gärte, weil Andres dem Mädchen einen Klaps auf den Hintern gab, als er die Küche verließ, konnte niemand verhindern. Dass sie lautlos den Türspalt wieder schloss, hörte Elsa nicht.

Meilen legte Reinhilde mit ringenden Händen in der Wohnhalle zurück, öffnete, um sich zu beschäftigen, ein Fenster, schloss es vor der Kälte und dem heraufziehenden Gestank der Gasse schnell wieder. Jedes Mal, wenn sie am Hausaltar vorbeikam, warf sie dem hölzernen Laurentius einen wütenden Blick zu. „Nein!", rief sie gegen die Figur an, als habe sie sie angeklagt, nicht so streng mit dem Jungen zu sein. „Dies dulde ich nicht!" Wieder brachte Reinhilde eine Runde um die lange Tafel zwischen sich und ihre wirren Gedanken. Der nächste Einfall, ließ sie ergeben nicken. Elsa war ein reizvolles Ding. Ihr musste ein junger Mann nur verfallen! Sie war nicht hübsch im eigentlichen Wortsinne. Nein. Reinhilde schüttelte über ihre Gedanken den Kopf. Elsa war nicht einfach nur hübsch, sondern wunderschön – trotz der Haarfarbe. Die war ungünstig. Doch Schönheit war noch viel schlimmer als Hübschheit! „Blasse Haut wie eine Kaiserin! Gerade Nase wie ein Prinzesschen! Und ihr ist es nicht einmal bewusst! Dumme Gans!" Der steife Atlas ihres Überkleides raschelte mit jedem Schritt. „Tut so unschuldig wie die heilige Barbara in der Peterskirche!" Reinhildens Faust landete auf der Tischplatte, „Oh Maria, Muttergottes!" Der Laut einer fauchenden Katze entfloh ihrer Kehle vor Zorn. Reinhilde wirbelte herum und taxierte den Holzkopf. „Aber sie ist eine Magd, nicht wahr?" Laurentius blieb stumm. Natürlich. „Sie ist die Schwester der Dirne!" Wieder nickte sie, schüttelte abrupt und nervös den Kopf und ließ sich schließlich auf die lange Bank sinken.

„Und mein Andres", ihre Worte galten immer noch dem Heiligen, der mit gleichmütigem Gesicht zuzuhören schien. „Mein letzter, mein einziger Sohn! Er folgt einem anderen Plan!" Reinhilde schnäuzte sich in ihren Ärmel, weil nun doch ein paar Tränen sie überrascht hatten. Tränen aber hatten keinen Platz in ihrem Leben. Tränen hatte sie seit Orwids Tod nur einmal geweint. Das war gewesen, als man Andres zerschunden und mehr tot als lebend hergebracht hatte. Andres' Bestimmung war es, sein Leben als Priester zu erfüllen. Reinhilde schniefte und nickte zu dem Plan, den ihr Verblichener und sie vor vielen Jahren für Andres geschmiedet hatten. Ein kostspieliger Plan, den Andres, in der schwärzesten Stunde der Familie damals mit einem Schwur besiegelt hatte. Diesen Schwur, mit dem er seine Schuld bekannt und sich von ihr reinzuwaschen trachtete, würde er nicht brechen!

„Und wenn es das Letzte ist, was ich tue! Unser Herr kriegt meinen Jungen, aber nicht Elsa Mälzer!"

59

Der Heilige Laurentius nannte die Armen die Schätze der Kirche, aber er sprach im Wortsinn seiner Zeit.

Die letzte gemeinsame Nacht war sternenklar, aber mondlos. Die Eiseskälte fuhr in sie, während sie durch die Gassen schlichen wie Diebe, die sich ein gemeinsames Stündchen stahlen. Sie waren auf dem Rückweg von Weidners Druckerei, wo man auf Andres' Abschied getrunken hatte. Ein scharfer Wind nahm die Gerüche aus den Gassen mit sich hinaus auf die Felder.

„Warte", packte Andres sie am Arm. Er war wie immer der Aufmerksamere von ihnen. Sie verharrten, bis die Luft rein war. Elsa erkannte an seinem Lächeln den in seinem Hinterstübchen gereiften Plan, „komm".

Sie erreichten die Bude des Nachtwächters. Im Schein der Funzel, die beinahe runtergebrannt war, schlief der diensthabende Gassenmeister eingesunken in der Bank. Die Glut im Kohlebecken spendete ihm behagliche Wärme.

Andres nahm dem Wachtmeister die Kappe ab und legte sie vor dessen Füße auf die Gasse, die Öffnung nach oben. Die Schärpe mit dem Amtszeichen wickelte er dem Schlafenden um den Kopf, über Augen und Ohren. Der Schriftzug *Wo ehrlich Leut arbeiten, Gott und die Gilde ruhigen Schlaf bereiten,* lag schön über Augen und Ohren. Die Glocke, mit der der Mann die Sperrstunde hätte verkünden sollen, anstatt sie zu verschlafen, steckte Andres ein, die Laterne, die zu Füßen des Wachtmeisters stand, nahm er in die Hand. Die kleine Flamme züngelte überrascht. „Gute Nacht, Humpelhannes", kicherte Elsa und erhielt ein gegurgeltes Schnarchen als Gegengruß.

Andres tat einen Heller in den Hut, dann zog er Elsa mit sich fort. Sie nahmen einen Umweg an der Peterskirche vorbei. Andres zückte ein Exemplar der *Predigt von der Kraft des Bannes,* das Ergebnis Luthers, nachdem man ihn in Augsburg verhört und ihm, weil er seine Thesen nicht widerrufen wollte, die Exkommunikation angedroht hatte. Und hängte sie an die Kirchentür. Andres hatte es Elsa erklärt: Luther hätte seine Thesen widerrufen, wenn man ihre Fälschlichkeit anhand der Bibel hätte belegen können. Konnte man aber nicht.

Andres stellte die Laterne des Gassenrichters unter das flatternde Schriftstück, nicht ohne den Docht noch ein bisschen aufzudrehen, damit das Papier angestrahlt würde. Des Nachtwächters Glocke hängten sie so über der Laterne auf, dass sie im Wind für die lutherische Sache protestieren konnte. Ein genügsames Lächeln auf den Lippen, betrachtete Andres sein Werk, nahm Elsas Hand, wobei seine Finger zwischen die ihren glitten, und zog sie mit sich zur Neißgasse. Hier war kein Betrieb, weil nicht der Tylike ausschenkte, sondern der Braumeister am Ring. So kamen sie unbehelligt ins Haus zurück.

Es war nicht so einfach, in seine Kammer zu gelangen, wenn man damit beschäftigt war, sich zu herzen, die Nesteln ihres Leibchens, die Kordeln seiner Schaube zu lockern. Ihr Haar legte sich wie ein Fächer auf den Damast.

Verschleierte Erinnerungen an die vergangene Nacht waberten in Elsas Unterbewusstsein, während sie sich ihm entgegensehnte, und dennoch fühlte sie sich herumirren in einem unbekannten Gewässer, vor dessen Untiefen sie sich fürchtete, dessen Gefahren sie zwar nicht kannte, aber erahnte. Sie ließ sich nicht hinreißen, unbekanntes Territorium zu betreten, auf dem Grund eines undurchsichtigen Wassers nach dem Schatz zu suchen, der lockte und

Glück und Unglück gleichermaßen bringen konnte. Abgesehen von ihrer Furcht vor dem Neuen hätte Elsa gar nicht gewusst, was zu tun war. Niemand hatte ihr je erklärt, was Mann und Frau in Verzückung brachte und was Gegenstand so vielen Gekichers und Gelästers war. Andres forderte nichts, was sie ihm nicht geben wollte.

Am nächsten Morgen war er fort.

Elsa blinzelte durch die milchigen Butzenscheiben, die sie vorgab zu wischen. Andres war längst auf dem Ringmarkt verschwunden, längst.

Am Vormittag, als Elsa beim Schneider ein Stück für Reinhilde abholen musste, war auf dem Markt alles in Unordnung. Wurde jemand hingerichtet oder gab es eine Hochzeit?

„Der Wachmann. Der arme Humpelhannes", bekam Elsa Antwort von der, die sie nach dem Chaos befragt hatte und die sich bog vor Kichern.

„Lach nicht über den armen Kerl!", fuhr der Gemahl oder der Vormund der Frau über den Mund. „Wieder so ein Papier!" Mit gedämpfter Stimme, als wüsste nicht schon ein jeder ringsum, was los war, erklärte er Elsa, dass eine neue Schrift veröffentlicht worden sei. Elsa fiel auf, dass viel mehr Leute über den Humpelhannes lachten oder sich über dessen Schicksal aufregten, als über das andere, was vorgefallen war. „Angeschlagen an der Peterskirche. Zum dritten Mal!"

Elsa gab sich erstaunt, streute auch ein Quäntchen Empörung bei. Es überraschte sie, als der Mann, gerade, als sie ihren Gang zum Schneider fortsetzen wollte, anfügte, dass leider viel zu wenig Leute die Streitschrift hatten lesen können, weil sie so schnell eingezogen worden war.

Am Ende des Tages tat es ihr leid, dass man den Humpelhannes aus der Stockgasse entlassen hatte. Sie wollte für ihn beten und hoffen, er würde irgendwo sein Auskommen finden.

Dennoch entzündete die lutherische Schrift eine kleine Hoffnung auf Veränderungen. Immer mehr Leute hielten es mit Luthers Gedanken, das lernte Elsa an diesem Tag.

60

Kühnlich sagen wir, dass die Schlüssel der Kirche, die Christi Verdienst geschenkt hat, jenen Schatz bilden.

An Christian Vollhardt waren die neuesten Scharteken nicht vorüber gegangen, waren sie doch Anlass genug für die Leute, sich zu versammeln. Schon wieder wegen so einer Schmiererei.

Der Rat nagte am Rätsel, wie die Schrift in die Stadt gelangt sein konnten, wo doch die Kontrollen verstärkt worden waren! Humpelhannes hatte Pech. Er hätte nicht im Dienst pennen dürfen! Alles lachte über die Witzfigur, die aus ihm gemacht worden war.

„So kommt keine Ordnung in die Stadt!", donnerte Pleban Faber, der es hasste, wenn man lachte. „Peinlich! Ein Nachtwächter, der bis in den Morgen, eingelullt in seine Amtsschärpe schläft, den Schriftzug vom Schutz der Nacht über Augen und Ohren gezogen! Fehlten nur noch die Kleckser!" Er meinte die Zeichner, die schon morgen Zettel mit der Karikatur des Schlafenden herumreichen würden. Alles wurde neuerdings karikiert. Papierverschwendung.

Christian verfolgte die Anklage aufmerksam. Jeder wusste, dass der alte Humpelhannes eben viel zu alt und lahm war, um für Ordnung in der Nacht zu sorgen. Ihm und dem gesamten Stand der Gassenmeister durfte nicht zur Last gelegt werden, sie würden ihre Aufgaben schlampig erledigen. Sie würden bei Regen lieber in den Stuben mit den Würfeln oder mit den Karten sitzen, als durch die Gassen zu streifen. Dass Faber recht hatte, musste ja nicht zugegeben werden.

Aber so abrupt der Pleban aufgebraust war, so schnell sammelte er sich, um ein paar Blatt Papier auf den Tisch vor sich zu klatschen. „Sie nennen sich *Heilsbegierige*. Heilsbegierige, die die vermeintlichen Religionslehren schriftmäßig vortragen, ist das zu fassen?“ Seine Faust ruhte auf der Ketzerschrift. Er schaute in die Runde, wobei seine Züge erschlafft und fahl wirkten. Einen jeden taxierte er. „Wie können trotz verstärkter Wachen und Kontrollen diese Ketzerworte in unsere fromme Stadt finden?“

„Was deutet Ihr damit an?“, wollte der noch amtierende Bürgermeister Schneider wissen. Seit dem *Sermon über Ablass und Gnade*, verbreitet vor einem Jahr, und mit dieser neuerlichen Lutherschrift war es um die Fortführung seiner Amtszeit nicht günstig bestellt. Aber der Geistliche blieb ihm eine Antwort schuldig, sodass Bürgermeister Schneider seine eigenen Schlüsse zog. „Meint Ihr etwa die Wache sei undicht? Dass wir ein Loch in der Verteidigungsmauer unseres katholischen Christentums haben?“

Auf Letzteres zuckte Fabers Gesicht so schmerzentrückt, als habe Schneider ins Schwarze getroffen. Und jener, kraft seines Bürgermeisteramtes, erhob sich und schaute hinter in die Reihen nahe der Türe, wo sich die Handwerker und die Gassenrichter versammelten. Und auch Christian. „Ist es möglich, dass wir eine undichte Stelle in der Obacht über die Stadt haben?“

Christian hätte nicht mit Sicherheit sagen können, ob des Bürgermeisters Blick einen Moment länger an ihm als an den anderen haften geblieben war, aber in ihm stieg eine leise Nervosität und Schweiß trat in seine Achseln, weil er sich darin ertappt fühlte, durchaus die eine oder andere Wache zugunsten seiner kleinen Gespielin vernachlässigt zu haben.

„Aus unserer Schwesternstadt Buddisin ereilte mich die im

höchsten Grade widersprüchliche Kunde", durchstieß Faber das erstarkende Murmeln, „dass Paul Eichler, Official und Mitglied der Kollegialkirche, Äußerungen von sich gegeben habe, die, sagen wir mal, nicht gerade den rechten Weg weisen."

Der Bürgermeister nickte nachdenklich. „Es wird interessant, wie unsere Schwesternstadt mit einem Verräter wie ihm verfährt", sagte er.

„Wie verfährt man mit Ketzern und jenen, die mit Ketzern im Bunde sind?", galt die Frage allen Anwesenden. Und da Faber mit interessiert hochgezogenen Augenbrauen in die Runde blickte, erweckte es selbst für Christian den Eindruck, dass ein jeder zum Sprechen aufgefordert sei. Ein Schreiber hob vorsichtig und achtsam die Hand. Faber nickte ihm ermunternd zu.

„Auf den Scheiterhaufen?"

Faber klatschte in die Hände, sodass ein jeder im Raum zusammenfuhr. „Auf den Scheiterhaufen mit ihnen! Aber zuvor sollen sie der peinlichen Befragung unterzogen und zur Reue und Widerlegung der falschen Reden gebracht werden!"

Zustimmender Applaus und Jubelrufe waren Fabers Antwort und Bestätigung.

Es bedurfte nur einer kleinen Geste, um die Versammelten zur Ruhe zu bringen. „Und wer es auch sein mag, der seine Pflichten als Gassenwärter nachlässig versieht, den wird Gottes Strafe ereilen." Und warum bei diesen Worten Fabers Blick ausgerechnet an Christian hängen blieb, begriff er nicht. Vielleicht war seine Weste nicht blütenrein, aber er erkannte einen Ketzer auf zehn Meilen gegen den Wind, wenn es sein musste. Er war wachsam, wenn auch nicht regelmäßig anwesend.

Der Einlauf des Plebans hatte bewirkt, dass Christian die nächsten zwei bis drei Wochen seinen Dienst mit größter Sorgfalt versah, bevor er in seine gewohnheitsmäßige Nachlässigkeit verfiel. Aber der liebe Herrgott sollte es ihm mit einer gefügigen Göttin lohnen, deren Wohlgenüsse Christian mit keinem Gassenrichterdienst der Welt eintauschen wollte, auch wenn der honigsüße

Mund von Machenschaften in der Druckerwerkstatt Weidner zu berichten wusste. Christian beschloss, dass solche Machenschaften ihn herzlich wenig betrafen, weil die Nikolaigasse nicht zu seinem Revier gehörte. Der Ehrgeiz von einst, dem Pleban die Teufelsbrut auszuliefern, war Vergangenheit.

Doch Christians Müßiggang sollte nicht von Dauer sein. Im Februarius wurde seine Geldkatze so mager, dass er seine süße kleine Freundin nicht mehr regelmäßig empfangen konnte, was ihn sehr grämte. Stattdessen rannen ihm die Heller, die er für das süßeste aller Schäferstündchen angespart hatte, nur so durch die Finger. Ein Altarist der Elisabethkirche zu Breslau war schuld. Er forderte noch ausstehende Zinsen vom Görlitzer Rat. Also bat man die Einwohner von Görlitz zur Kasse, und zwar energischer als üblich. Das lag daran, dass jener Breslauer mehr als den üblichen Lohn forderte. Die Görlitzer Räte flehten, der Vikar von Breslau möge sich genügsam zeigen, damit man nicht die Stadt und ihre Bürger schröpfen müsste. Das aber interessierte den Breslauer nicht. Um die Kassen zu füllen sollte man laut einer königlichen Verordnung des Meißner Bischofs zusätzliche Messen lesen lassen. Zwei Fliegen mit einer Klappe wollte der Faber totschlagen: Erstens wollte er mit zusätzlichen Messen die Kassen füllen, zweitens wollte er so die Luther'schen Ansichten im Keim ersticken.

Die Ratskür sägte Franz Schneider ab und brachte Peter Tyle auf den Bürgermeisterstuhl. Keine kühne Wahl, wie Christian fand, denn Tyle mangelte es an Objektivität. Er suchte Fabers Schulterschluss. Selbst Haßens Meinung wog ihm wenig, sobald sie von Fabers abwich. So verstand sich Tyle nicht darauf, seine Bürger zu schonen und die Messen auszusetzen, die für den Breslauer Altaristen gelesen werden sollten, damit sich die Säckel füllten und Görlitz der Forderung nachgehen konnte. So machte sich Tyle nicht gerade beliebt.

Im Lenze endlich hatte sich Christians Geldkatze von der Schlankheitskur erholt, sodass er sein Liebchen häufiger einladen konnte. Ein Vergnügen, das nicht lange währte, denn noch vor Ostern wurde die Stadt von neuen Geldnöten heimgesucht, sodass man abermals an die Entsagung der Bürger zum Gottgefallen appellierte.

Dieses Mal handelte es ich um Ausstände der Zahlungen des neuen Kirchendaches. Bei der Versammlung waren nicht nur der Pleban und der Nachfolger des flügge gewordenen Schulmann, ein hagerer Kerl mit teigiger Gesichtsfarbe, sondern auch die Kupferdecker zugegen: zum einen der grünschnabelige Merten Gaerner, der nervös sein Barett knetete, und zum anderen der Meister Opitz, welcher auf einem Halm herumkaute. Von Letzterem wusste man, dass er seine Arbeit am Kupferdache von Sankt Peter und Paul eher nachlässig versah.

Grund der Vorladung in die Sitzung war der Umstand, dass der Bischof wieder einmal die Görlitzer Kupferdecker abziehen wollte, um einen Turm in Wurzen decken zu lassen. Weil Faber und Bürgermeister Tyle sich partout weigerten, ihre Kupferdecker abzugeben, war die Lieferung des Metalls und der benötigten Nägel eingestellt worden. Hierbei beriefen sich die Kupferhändler auf die wertlose Görlitzer Münze, was allerdings bloß ein Vorwand war, wie es Pleban Faber genau zu wissen glaubte.

Christian hatte andere Sorgen, als sich das Gejammer wegen des Kirchendaches anzuhören. Er hatte Streit mit einem Zittauer Vetter seiner Verstorbenen. Es handelte sich dabei um einen Vetter ersten Grades und die Bewandtnis um dessen Anteil von Henriettas Nachlass. Einem Nachlass, den es schon längst nicht mehr gab, Christians Luxus' halber. Jener Zittauer Vetter erhob nun Anspruch auf eine speckige Familienbibel, so einen zerfledderten Stapel Bilderzettel. Dessen Vater hatte angeblich die *biblia picta* Christians Schwiegermutter als Brautgeschenk vermacht. Wer's glaubt, wird selig. Es war egal, die Bibel war längst verkauft!

Und während der Pleban dem Schreiber einen Brief diktierte, kam auch Christian der Gedanke in der Schreibstube einen Brief nach Zittau aufsetzen zu lassen, in dem er sich für den Brief des entfernten Verwandten bedankte. Es dauerte mithin einen Monat, bis mit Antwort zu rechnen war. Bis dahin floss noch viel Wasser die Neiße hinunter und bis dahin würde Christian der nächste Einfall kommen.

Christian konnte von sich nicht behaupten, ein Schriftgelehrter zu sein. Seinen Namen brachte er zustande und wenn er Lust hatte, erkannte er die in seinem Namen wohnenden Lettern an den Anschlägen wieder. Da diese aber auf dem Markt vorgelesen wurden, gab es keinen Grund, es selbst zu erlernen.

In Christians innerem Gehör formte er also manch schmeichelndes, befriedendes Wort für den aufgebrachten Verwandten, während der Pleban an den hochwürdigen Gottvater gnädigem Fürsten und Herrn diktierte, dass das Kupferdach fast vollbracht, die Kirche aber nicht so vermögend sei, zeitnah und bar zu zahlen, und man deshalb erbitte, dass die siebzig Zentner Kupfer bis zum Laetare, dem vierten Passionssonntag, geliefert werden mögen. Die Bezahlung aber mochte auf zwei oder drei Jahre gestreckt werden. Zu wessen Lasten musste nicht erwähnt werden.

Man wusste, dass die Stadt nie genug Geld hatte, um alle Ausstände beizeiten zu begleichen. Christian konnte das gut nachfühlen. Aber anders als die Stadt hatte er keinen Bürgen und das Loch in seinem Beutel wurde durch ein schmeichelndes Kätzchen, und nicht durch die gierige Hyäne gerissen. Die Hyäne gierte nach Kupferdächern, Zinsen der Stiftungen für die Priesterbruderschaft, Spitäler und Tausende Altäre in den Kirchen und Kapellen und, nicht zu vergessen, nach den Bischofszehnten, dem Dezem, und nach den Gebühren für kirchliche Amtshandlungen und kirchenaufsichtliche Bemühungen … Alle wollten Christians Geld!

Derweil lief das Geschäft immer schlechter, weil immer weniger Leute Schwerter brauchten. Der neuartige Degen kam von Süden her. Er war leichter, billiger, hielt länger und man konnte ihn mit einer Hand führen. Christian hatte nicht die Erlaubnis, Degen anzufertigen. Die Lizenz dafür konnte er sich nicht leisten. Ihm blieb der Erlös aus Reparaturen der noch benutzten Schwerter der Wachen oder einem verbotenen Hackbeil hier und da. Manchmal kamen die Hausfrauen, die sich beim Kessel- oder Messerschmied nicht in die Warteschlange einreihen wollten, mit ihrem stumpfen und zerbeulten Gerümpel zu ihm. Vollhardts Ansinnen bei der Schmiedezunft, sein Repertoire erweitern zu dürfen, wurde abgeschmettert. Auch hier fehlte ihm die bare Münze, von den Schwertern zum Küchenutensil wechseln zu dürfen. Dass Christian Vollhardt immer klamm war, freute die anderen Schmiede.

61

Denn es ist klar, dass zum Nachlass von Strafen und zur Absolvierung in gewissen Fällen die Macht des Papstes allein genügt.

Bei Weidners war Elsa mithin ein häufig begrüßter Gast. Nicht nur Susanna wuchs ihr als liebe Freundin ans Herz, sondern es gelüstete ihr nach der wärmenden Watte in Zeiten, die immer kühler und unwirtlicher wurden.

Wie angeschürt, wie aufgestachelt tauchten noch vor Ostern und trotz der getrimmten Stadtdiener weitere Schriften auf. Wer sie eingeführt und verbreitet hatte, konnte nicht herausgefunden werden, denn das mit häretischen Anmaßungen dicht bedruckte Papier hatte zerknüllt im Tonnengewölbe des Frauentores gelegen. Der Überbringer dieses hatte sich dessen entledigt – wohl aus Angst vor den Visitationen.

Fabers Häscher waren überall und ob sie nicht auch in der Druckerwerkstatt des Ignatius Weidner ein- und ausgingen, um zu spionieren, konnte niemand mit Gewissheit sagen. Wie leicht ließ sich ein Glaubensbekenntnis leugnen, um sich in die Gemeinschaft einzuschleichen und Informationen für den Rat zu liefern!

Mittlerweile verstieg sich Luther im Verfassen von Sterbebüchlein. Es stand Elsa nicht zu, sich ein Urteil darüber zu erlauben, ob Luther recht hatte oder nicht, wenn er behaupte, die Gerechtigkeit

Gottes käme durch den Glauben an Jesus. Einem Sterbenden wird vergeben, wenn er selbst vergibt.

Nein, davon verstand Elsa nichts. Sie war froh, wenn sie einschätzen konnte, wann das Federvieh im Topf gar war und wann sie die Rüben ins Wasser geben musste, damit die und das Fleisch zum gleichen Zeitpunkt durch waren. Was sie aber begriff, war, dass die neue Schrift die Feindschaften gegen Luther nur noch mehr verhärtete.

Insbesondere an Tylikes Brautag, wo sich die Scholasten, die Schlauberger und Neunmalklugen trafen, fiel ein Name immer wieder. Luther. Luther, der Ketzer. Luther, das lose Mundwerk. So hörte Elsa die Männer über den reden, der nach der Heiligen Schrift lebte. Andres hatte einmal gesagt, dass die Kleriker einfach nur nicht zugeben wollten, die Schrift nie von vorn bis hinten durchgelesen zu haben. „Wer mit seiner Mätresse und dem Geldzählen beschäftigt ist, hat keine Zeit zum Bibelstudium." Hatte er so etwas nicht über Papst Leo X. gesagt?

Einer, der am lautesten gegen das Unbekannte wetterte, war niemand Geringerer als Oberstadtschreiber Johannes Haß. Der frischgebackene Besitzer des neunbierigen Brauhofes in der Petersgasse mischte sich gern unter seine selbst ernannten Zunftgenossen. Und die sahen auf ihn herab, wie man es auf ein angeheiratetes Familienmitglied tat.

Haß war durch Geld, nicht aber durch Geburt in die Brauereizunft geraten. Er sollte es schwer haben.

An dem Tag, an dem der neue Brauhofbesitzer Haß bekannt gegeben worden war, waren die Tylikes in einen heftigen Streit geraten.

Peternelle behauptete, nie zuvor sei so derb gescholten worden. Tylike selbst hatte sich um den neunbierigen Brauhof beworben. Für seinen Sohn Gunnar hatte er ihn erwerben wollen. Und seinen Hintern wollte er endlich auf einen Platz im Rat breit sitzen. Daraus wurde nichts.

Elsa verhielt sich wie ein Mäuschen, gab weder ihrer Herrschaft noch deren Schankgästen Anlass, über sie zu klagen. Die Zeit in der Weidner'schen Druckerei hatte ihr zur Gewohnheit werden lassen, niemals den Mund zu weit aufzureißen. Sie bedachte jede ihrer Äußerungen und begrüßte den Umstand, keine Klatschtante mit leichtem Mundwerk zu sein, der trotz größter Konzentration doch das Falsche aus dem Maul purzelte.

Das Brauen in Görlitz hatte plötzlich, da Haß Brauhofbesitzer war, noch höheren Stellenwert als ohnehin schon: Haß, so hatte es der Schreier auf dem Markt ausgerufen, stellte fest, Mälzen, Brauen, Ausschenken seien bürgerliche Nahrung, worauf die Stadt gebaut sei – genau wie der Adel auf seiner Ritterschaft. Elsa begriff nicht, was das zu bedeuten hatte.

Reinhilde aber meinte, in Haßens Worten den Vorboten für die Gleichstellung des Bürgers mit dem Adel zu erkennen. So weit würde es noch kommen! Jetzt, da Haß Bierhofbesitzer war, vertrat er die Meinung, dass auch die Brauer dem Vollbürgertum angehörten und gefälligst mit *Herr* angeredet werden sollten. Wie sollte das klingen? *Herr* Tylike? Wie lächerlich!

Der Druckermeister Weidner konnte über solche Hirngespinste nur den Kopf schütteln. „Wenn jemand dem Adel gleichgestellt sein sollte, dann die Drucker. Denn sie sind es, die die Geschicke des Landes mit nur einem Fingerschnippen beeinflussen. Nicht die Brauer!" Er deutete für Elsa auf die Typen in seiner Legeschiene und vertauschte einen einzigen Buchstaben: „Schau, Mädchen, es braucht nur einen kleinen Kniff und schon wird aus der *Forderung der Stadt Görlitz an die Tuchmacher* eine *Foerderung der Stadt Görlitz an die Tuchmacher*." Ignatius lächelte vor sich hin und besah sich das kleine E, das er hinter das O in *Forderung* hineingeschmuggelt hatte. „Ein paar Bleibuchstaben könnten den Tuchmachern eine gerechte Münze und gerechten Warenhandel zubilligen."

Elsa lächelte und nahm dann entschlossen das E wieder aus der Schiene. „Ihr wisst, dass ein Druckfehler nicht gerade zum Sinneswandel des Rates führt."

„Vielleicht nicht des Rates … Neuigkeiten aus Wittenberg?"

Elsa fasste den Inhalt des Briefes, den sie von Andres erhalten hatte, so gut sie konnte, zusammen, sparte dort aus, wo es lieblich wurde. Alle Liebesworte waren kein Trost und kein Ersatz, sondern zerrten nur an ihrer Sehnsucht. Heimlich, wenn sie in ihrer Kammer lag, wo sie seine Briefe unter einem losen Dielenbrett hortete, drückte sie das Papier an die Nase. Kaum ein Hauch seines Duftes. Es dauerte Wochen, bis sie die Münzen zusammen hatte, ihm eine Antwort zukommen zu lassen. Nicht einmal jeden dritten Brief konnte sie erwidern. Außerdem genierte sie es, ihm zu schreiben, weil sie es nicht gut konnte, obschon sie den Rest nach dem P beharrlich übte. Sie wusste nur nicht, was sie ihm Interessantes sagen sollte.

Andres' Briefe hingegen waren so schwer, so vielbedeutend und weltverändernd, wie es Elsa vorkam. So beschrieb er beispielsweise wie Johannes Eck, Professor der Theologie in Ingolstadt und Eichstädter Domherr, seine Angriffe gegen Luthers Thesen fortsetzte. Er malte aus, wie Luthers Gedankengut eine Feuersbrunst auslöste, ein Flächenbrand, der jeden Menschen mit zu wenig Grips auslöschte und fruchtbare Erde für eine klügere Generation zurückließ. „Die Leute ärgern sich zu Recht", schrieb er. „Ärger bringt immer Gutes hervor!" Unter den Lutheranhängern wurde ein Plan geschmiedet, ein öffentliches Streitgespräch in Leipzig anzuberaumen.

Elsa wünschte, die Theologie würde sie mehr interessieren.

Susanna, die mit einem kühlen Trunk für den Vater und seinen Gast in die Druckerei kam, fischte im Vorbeigehen Andres' Brief vom Pult, an dem Elsa wie eine Statue stand. Ehe Elsa ihren Brief zurückbekam, war Susanna im Bilde.

Von nun an war Elsa Adressatin von Susannas Neckereien. Weidners Tochter genoss es, Elsa mit deren Liebelei aufzuziehen. Elsa wusste, sie konnte Susanna vertrauen und tatsächlich fand sie in ihr eine Freundin und Verschwörerin. Was Susanna langweilte war Elsas Drang, ihre Gedanken zu Luthers neuester Streitschrift zu äußern.

„Diese Worte sind lang und kompliziert, Els, und *lang*weilig.“ Susanna machte einen spitzen Mund. „*Disputation.*“ Sie legte Andres’ neuesten Brief wieder zurück und kreuzte die Arme vor der Brust. „*Häresie.*“ Sie schnaubte und winkte hin zur Zeile, die Elsa konzentriert vom Wachsbrett, auf dem sie geübt hatten, abschrieb. „Das sind keine Themen für Turteltauben.“

„Es sind Andres’ Themen.“ Elsa blickte nicht auf. Ihr Federstrich durfte nicht zeigen, dass sie bei den langen Wörtern absetzte, um sich auf dem Wachsbrett zu vergewissern, dass sie die Silben richtig auf das teure Papier übertragen hatte. „Was soll ich denn sonst schreiben?“

„Oh, ich wüsste da einiges.“

Elsas Zunge lugte zwischen den Lippen hervor, bis sie *Exkommunikation* fertig hatte. Es berührte sie, wie Martin Luthers Freunde ihm beistanden, aber wahrscheinlich war er dem Schoß der Kirche für immer verloren.

„Zum Beispiel …“ Susannas Mund nah an ihrem Ohr, ihre Stimme rau und geheimnisvoll, ließ Elsa bei dem, was die Freundin flüsterte, rot anlaufen und schrieb dann fließend, wie sie es nicht für möglich gehalten hatte: *auf Anraten des Kurfürsten Friedrich dem Weisen das Land verlassen.* Mit einem dicken Fragezeichen zuunterst. „Ich kann ihm nicht schreiben, was du gesagt hast. Das ist unschicklich“, erklärte sie Susanna, die vor sich hin lächelte. „Susanna? Findest du, es macht Sinn, wenn sich Luther für einige Zeit zurückzieht? Ich meine, bevor man ihn wirklich noch auf den Scheiterhaufen stellt?

Susanna seufzte, dann nickte sie. Elsa hätte nicht sagen können, ob als Antwort auf ihre Frage oder dass sie, die Jüngere, körperliches Sehnen nicht als gebotenen Gegenstand eines Briefes anerkannte. Elsa pustete die Tinte trocken. „Ich fürchte, ich drücke mich ganz ungeschlacht aus, sodass er Reißaus nehmen und mich auslachen wird.“

Susanna nahm das Tiegelchen vom Dreifuß. „Du musst dich nicht gewählt ausdrücken, Els.“ Sie lächelte hintergründig, während sie einen blutroten Faden Siegelwachs auf die aneinanderstoßenden Blattkanten goss. Der Stempel mit dem Brauereizeichen, den Elsa der Reinhildin stibitzt hatte, machte ein schmatzendes Geräusch im schnell erkaltenden Wachs. „… sondern gewählt ankleiden." Susanna wich Elsas Klaps gegen den Oberarm aus. „Du müsstest nur sehen, wie deine Augen leuchten, wenn du von ihm sprichst. Die Augen meines Mannes leuchten nur so, wenn er von Luthers Thesen redet." Susanna rollte die Augen und streckte die Hand aus, um eine von Elsas braunen Strähnen unter die Haube zu stecken. Doch hielt sie inne und schaute der Freundin tief in die Augen.

Elsa bemerkte nicht gleich, dass Susanna nach einer Schere griff, protestierte jedoch, als sie die geerntete Locke unter den noch weichen Wachstaler schob. Susanna steckte den Brief in den Busen, voll und warm von Muttermilch. „Da ist doch nichts dabei!"

Elsa war sich nicht so sicher. Jeder wusste, dies Zeichen als Offerte zu deuten. Vor der Blamage, die folgen würde, graute es ihr. Der Brief mit ihrer Haarsträhne ging nach Wittenberg.

62

Der wahre Schatz der Kirche ist das allerheiligste Evangelium der Herrlichkeit und Gnade Gottes.

Den vermaledeiten Brief an den Vetter seiner Verblichenen hatte Christian für teuer Geld per Boten nach Zittau versandt. Die Lektion hatte er gelernt, dass die langen Worte beinahe doppelt so viel kosteten wie die kurzen und diese verschnörkelten Buchstaben oben links, irgendwas mit *Ini-*, ein Wort, das Christian sogleich wieder vergessen hatte, machten einen halben Heller extra. Doch schön sah der Wucher eben aus und machte Eindruck! Dem Schreiber war zugutezuhalten, dass er Christian hinsichtlich der geläufigen Wendungen und Floskeln gut beraten hatte. Ein Ungetüm von einem Brief!

Einen weiteren Heller hatte der junge Schwertfeger an den heiligen Augustin in der Peterskirche gestiftet, noch einen obendrein an den heiligen Nikolaus und baute nun darauf, dass sich seine innerfamiliäre Verschuldung in Wohlgefallen auflösen würde.

Beim frischgebrauten Brauhofbesitzer Haß hoffte er einzukehren. Der aber würde erst zu Pfingsten seinen ersten genehmigten Brautag halten, also nahm Christian mit dem Bier vom Tylike vorlieb. Zugegeben: Das Ketzerbier schmeckte immer noch am besten, auch wenn der Haß posaunte, den Tylike übertreffen zu wollen.

„Der Tylike versteht sein Handwerk, das kann auch sein Ketzerkind nicht ändern“, prostete Christian sein *Bier-Loter-Lob* seinem Freund Alfons Sieder zu, der gähnte ihm eine muffige Wolke entgegen, die Christian beinahe den Appetit verdarb.

„Andres ist freigesprochen“, verwies Sieder auf die Tatsachen, rückte noch ein Stück näher, damit sie ungestört reden konnten. Christians Ruf war ruiniert. Ob er nun mit dem Henker zechte, oder nicht.

Christian nickte. „Aber auch wenn er fälschlicherweise in die Acht getan wurde, mit dem stimmt doch was nicht, bei allem, was man so von seinem richtigen Vater hört.“

Alfons Sieder zog die Augenbraue hoch. „Der Tylike ist nicht sein richtiger Vater?“

Christian seufzte. Es gibt so viel Unwissenheit auf der Welt! Er prostete dem Hoter zu. Der schob Christian einen zusammengefalteten Zettel zu.

„Hab ich hier liegen sehen.“

„Zum Henker damit“, lachte der Vollhardt'sche auf, „ich kann nicht lesen“, und er schob das Papierchen ungeöffnet zurück. Man sollte eigentlich nichts berühren, was der Scharfrichter in Händen gehalten hatte.

„Ist nichts zum Lesen“, ging der Zettel wieder auf Rückreise zum Christian.

Christian nahm das Blatt und faltete es schließlich auf. Des Hoters breite Hand drückte die seine mit dem Bildchen, das sich offenbarte, unter die Tischplatte. Auf seinem Schoß strich Christian das Stück glatt. „Kleckskunst.“

Alfons Sieder, riskierte einen Blick auf Christians Schoß. „Nennt sich *Holzschnitzung*.“

„Weiß ich doch“, erwiderte Christian.

„Wollt Ihr Euren Schweinekram nicht lieber zu Hause beenden?“, ließ eine Mädchenstimme Sieders Hand von Christians Schoß hochschnellen.

„Liebreizende Peternelle …“, lachte Christian der Magd zu. Auf dies Lachen war Verlass. Peternelles Hände wanderten von den Hüften hin zu ihrer Haube, prüften deren Sitz und ihre Figur gewann eine geschwungene S-Form. „Darf ich nachschenken?“

„Für mich nicht, Süße, aber vielleicht …“ Christian wandte sich Alfons Sieder zu, der schüttelte den Kopf. „Wie läuft es mit dem Michel?“

Peternelles eben noch einnehmender Liebreiz verhölzerte. „Einen Groschen von jedem und dann macht den Tisch frei.“

Christian raffte, als er nach seiner Geldkatze kramte, das Papier von seinem Oberschenkel und schob es Alfons Sieder zu. „Du weißt, dass du bei mir Trost findest, wenn der Michel nicht mehr nett zu dir ist.“

„Bei dir, Vollhardt? Wenn dem Deibel sein Arschloch zufriert, komm ich in dein Bett!“ Christian lachte auf. „Die ganze Stadt weiß, Schmied, dass du seit Henriettas Tod, Gott habe sie selig, jedem Weiberrock hinterhergaffst … und neuerdings auch Schaube, wie es scheint!“, Letzteres untermalte sie mit einem altklugen Blick für Alfons Sieder.

Die Erwähnung seiner Verblichenen hatte ihn durchaus getroffen. Christian kaute auf dem bitteren Nachgeschmack, den die Briu ihm hinterlassen hatte, herum, warf seinen Groschen auf den Tisch und erhob sich. Gemeinsam mit Alfons Sieder verließ er die Bierstube. Beide gingen still nebeneinander her. Sieder brach das Schweigen. „Das ist schon beinahe drei Jahre her, du musst dich nicht schlecht fühlen, wenn du dich wieder vergnügst.“

„Tu ich nicht.“ Doch tat er! Christian fühlte sich oft schlecht, wenn er seine hübsche kleine Maus in die Nacht hinausließ. Die körperliche Befriedigung reichte nie aus, um ihm innere Ruhe zu verschaffen, jedenfalls nie so lange, dass er davon hätte zehren können. „Ich war kein guter Ehemann.“

„Weiß doch jeder.“

„Na toll!“, lachte Christian bitter.

„Aber niemand hat es dir verübelt, bei den Schulden, die euch Henriettas Eltern hinterlassen hatten.“

„Du bist ja sehr gut informiert, Alfons!“

Der andere zeigte sein schiefes Lächeln. „Der Hoter weiß alles, denn der ist der Letzte, der dich in die Finger kriegt."

„Der Hoter weiß alles?" Christian lachte auf. „Außer, dass der Tylike nicht der richtige Vater vom Andres ist."

„Genau."

Sie gingen unter den Arkaden des Ringmarktes entlang, weiter durch die Brüdergasse, hinunter zum Neuen Markt.

„Hey", Christian hielt den anderen am Arm, bevor der in die Stockgasse abbog. Und siehe da: Den Henker anzufassen, verwandelte einen nicht in ein aschenes Scheusal! „Ich hab sie lieb gehabt, die Henrietta. Aber sie ist nun mal tot, klar? Sie und das Kindlein." Er spürte, wie er von Alfons Sieder gemustert wurde, schaffte es aber nicht, in dessen Gesicht zu blicken. Christian stellte sich nie seiner Vergangenheit, weil sie eben vorbei war. Er konnte die Zeit nicht zurückdrehen. Er konnte nicht ungeschehen machen, dass Doktor Joppener unabkömmlich gewesen war und das Frauentor bereits verrammelt, sodass Christian nicht einmal das Kräuterweiblein aus dem Jakobsstift hatte rufen können. Er konnte die Zeit nicht zurückdrehen. Das ging nicht.

Sieder nickte, legte die Hand, aus welchem Grund auch immer, auf Christians Schulter und tapste dann behäbig wie ein Bär in die Stockgasse.

63

Dieser Schatz wird aber klärlich für sehr gering gehalten, weil er die ersten zu letzten macht.

Wasser macht genauso wenig satt, wie Briefe Sehnsucht lindern. Das Einzige, was ihr half, war Arbeit. Elsa war froh, wenn es viel zu tun gab. War aber wenig los, dann hatte sie das Gefühl, die Zeit verkeile sich zwischen den Schanktischen. Heut war der Ausschank zum Glück voll besetzt bis auf den letzten Tisch. Keine Zeit für Tagträume und Ängste und Nervositäten, wegen des peinlichen Haarlockenbriefes, auf den es noch keine Antwort gegeben hatte. Hätte Elsa gewusst, dass bis zum Pfingstfest nichts bis auf ein einziges Wort von ihm käme, ein Wort, das alles hätte bedeuten können, ein krummes, windschiefes Wort, ungeschlacht, aber eindeutig, wäre sie spornstreichs nach Wittenberg gelaufen, um den unsäglichen Brief zurückzuholen.

Der Holzschuh rieb den Schaft ihres linken Fußes auf, da nützte auch die extra weiche Wollsocke nichts. Elsa beobachtete, wie der Henker auf seinem Platz, unter dem das Kreuz geschnitzt war, in der dunklen Ecke hockte. Der Henker in der Schänke brachte Unglück. Nur gut, dass sich Peternelle anbot, ihn zu bedienen.

„Sie sie dir an!", grummelte Peternelle, als sich zum Scharfrichter noch der Schwertfeger gesellte. „Der Scharfrichter und sein Klingenschleifer. Was die wohl zu bereden haben?"

„Ob der Hoter ein neues Richtschwert braucht vielleicht?"

Peternelle beobachtete die beiden, die dicht beieinandersaßen und die Hände nicht auf der Tischplatte hatten. „So was duldet der alte Tylike nie und nimmer", runzelte sie die Stirn und marschierte hinüber zu den beiden. Offenbar gelang es ihr, den Tisch zügig abzukassieren, sodass die Männer verdufteten und Elsa anrücken konnte, um das leere Geschirr abzutragen und den Tisch sauber zu wischen. Dabei fiel ihr ein vergessener Zettel in der Sitzbank auf. Ihr Blick flog zur Schanktür, die sich hinter den beiden längst geschlossen hatte und Elsa würde bestimmt nicht den beiden hinterherlaufen, um ihnen das Papier zu bringen. „Zum Henker damit!" Der Zettel wanderte unbesehen in ihre Kitteltasche.

Die Vorbereitungen für das Pfingstfest erfüllten das ganze Haus. Alle waren leicht reizbar, weil es viel zu viel zu tun gab und man ständig in seiner Aufgabe unterbrochen wurde, da es – zumeist – der Tylikin einkam, eine andere Arbeit sei gerade dringlicher als die, die man gerade verrichtete. Auch der Tylike war aufgeregt. Nicht aber wegen des hohen Festes, sondern, weil Haßens erster Brautag und öffentlicher Ausschank nahte.

Noch immer war der Streit nicht ausgefochten: Sollten sie das Bier vom Haß kosten oder eher meiden? Ging man zum Haß hin, konnte es sein, man überzeuge sich von einem sehr guten Supper und härter werdender Konkurrenz. Ging man nicht hin, schlief man vielleicht ruhiger, weil man nicht beurteilen konnte, wie gut Haßens Bier war, aber machte sich als Schmäher unbeliebt bei ihm und dem Rest der Zunft. Wie vertrackt!

Wenn die Reinhildin von den unnützen, sich im Kreise drehenden Diskussionen Kopfschmerzen bekam, musste ihr Elsa Mädesüß aufbrühen und kein gutes Haar wurde an ihr gelassen. Es war im Hause kaum auszuhalten. Elsa hätte die große Wäsche gewiss um einen Wimpernschlag hinausgezögert, hätte sie geahnt, dass genau in der Sekunde, als sie auf den Ringmarkt um die Ecke Richtung Waschhaus bog, Andres in der Diagonalen des Platzes die Arkaden durchritt.

Im Waschhaus zerrissen sich die Mägde von Johanna Hinterthur die Mäuler über die Verschwendungssucht ihrer Herrin, was den Prunk der Festtagsvorbereitungen betraf. Und das, obwohl die Hinterthurtöchter sich an Reinhildes Tafel angemeldet hatten, überlegte Elsa grimmig, und beeilte sich, mit dem schweren Korb weiterzukommen. Für Pfingsten war es ungewöhnlich heiß und dennoch drückte die Luft, als braue sich etwas zusammen.

Die Wäsche breitete Elsa unten auf den Bleichwiesen am Neißufer aus. Am Abend würde sie sie dort wieder abholen müssen. Der Humpelhannes war neuer Wiesenwächter und forderte fürs Aufpassen gegen Diebstahl einen Viertelheller. Elsa gab ihm das Doppelte. Das schlechte Gewissen ihm gegenüber verbat ihr den Blick in sein Gesicht.

Der Tumult im Hause wehte bis auf die Gasse heraus, als Elsa zurück zum Brauhof kam. Zweifelsohne galt der Lärm Peternelle, die etwas nicht zu Reinhildens Zufriedenheit erledigt hatte. Die Tylikin hatte sich in den Kopf gesetzt, das üppigste Pfingstmahl herzurichten, von dem die Tratschweiber – Peternelle allen voran – berichten würden. Schlechterdings sollte der erste Adressat dieses Klatsches Johannes Haß sein, der sich nicht einzubilden brauchte, seine Brauerei würde die des Tylike an Pracht und Qualität übertreffen!

Erst spät abends, nachdem Elsa die Wäsche von der Bleiche geholte hatte, gelang es ihr, sich einen Moment in ihre Kammer zurückzuziehen, um auszuruhen. Und hätte hier beinahe ein kleines Papier übersehen, das in ihren Strohschuhen steckte. Reinhilde forderte von den Mägden, des Nachts und in den frühen Morgenstunden die neuerlichen Strohschuhe zu tragen, damit die Mägde nicht solch schlafraubenden Lärm wie mit den Holzpantinen veranstalteten. Die Herrschaft geruhte gern länger zu schlafen. Ein kleines Zettelchen. Knisternd entfaltete sich ein einziges Wort. In einer Schrift, die Elsa nur zu gut kannte und die ihr Herz aufgeregt schlagen ließ.

Ihr blieb keine Zeit, sich in den Sonntagskittel zu kleiden, das Haar ordentlich zu frisieren und unter die Haube zu stecken. Es blieb keine Zeit, sich zu waschen oder sonstwie angenehm herzurichten. Sie musste sich sputen, wenn sie von den Argusaugen ungesehen dorthin verschwinden wollte, wohin das Zettelchen sie rief.

Den ganzen Weg von der Neiß- in die Nikolaigasse überlegte sich Elsa, wie es sich geziemen würde, Andres zu begrüßen. Ihr Herz flehte sie an, ihm um den Hals zu fallen, und seine Lippen mit ihren Küssen zu benetzen. Ihr Verstand sagte ihr, ein Knicks würde es auch tun. Ihre Vernunft mahnte sie, sich für die Haarlocke zu entschuldigen. Die Peinlichkeit schnürte ihr noch immer die Kehle zu. Wie ein vergessen geglaubtes Gebrechen, das mit einer unbedachten Bewegung zog. Überlegungen, die unnütz waren und nur dazu dienten, unachtsam durch die Gassen zu rennen.

„Ich dachte schon, du kommst gar nicht mehr", öffnete er ihr auf das Klopfzeichen und zog sie an sich. „Ich dachte, der Gassenrichter hat dich heimgeschickt, weil es so spät ist." Sein Mund an ihrem Ohr. „Ich dachte schon, du hast meine Nachricht nicht gefunden."

„*Bierritter*, Andres?"

„Öhm." Er ließ ab von ihr und hielt sie auf Armeslänge von sich. „Ich dachte, die Geschichte, die der Meister über den Adeligen und das schale Bier erzählt hat …"

Sie winkte ab, seine Verlegenheit amüsierte sie. Einen Moment ließen sie verstreichen, so bedeutsam und still. Seine Hände an ihren Oberarmen wanderten tiefer, er beugte sich zu ihr herab …

… und ein Räuspern von der Wendeltreppe her, ließ ihn sogleich wieder hochschnellen. „Wenn wir dann anfangen wollen?" Matthes.

Zu dritt gingen sie hinunter und wurden von den Tiefen des Kellergewölbes verschluckt.

Ein gewisser Paul Eichler war das Gesprächsthema in jener Nacht, als Elsa mit den vertrauten Gesichtern beim Weidner saß. Wo sich anfänglich ein Dutzend Leute eng aneinandergedrängt hatten, suchten mittlerweile dreimal so viele einen Platz im Gewölbe. Obwohl die Eingeweihten Verschwiegenheit geschworen hatten, war die Kunde vom jungen Laienprediger, der das wahre Wort Gottes verkündete, weitergetragen worden. Jeder Einzelne wusste, dass er sich in große Gefahr begab, hier zu sein. Wenn herauskam, welche Art von Gottesdienst hier abgehalten wurde, war ihnen allen das Stockhaus sicher. Stillschweigen zu schwören, war der geringste Zoll, den Weidner verlangen konnte.

„Eichler ist nicht stark", berichtete Andres und erklärte, wie er über Bautzen angereist war, um Kunde von den Luthertreuen zu erhalten, an deren Spitze Pleban Eichler für die Wahrheit der Heiligen Schrift kämpfte. „Er wird unter Druck gesetzt: vom Rat in Buddisin und von unserem." Er ließ sich von Matthes, der energisch nickte, den Becher mit Wein füllen und fuhr fort. „Eichler hat Sorge um sein Amt, deshalb wird er dem Druck nicht standhalten."

„Auf ihm ruht unsere Hoffnung", sagte Matthes nahezu verzweifelt. „Ich hatte gehofft, dass er der Vorreiter ist, den wir brauchen, um die neue Lehre zu verkünden."

„Wir brauchen keinen Vorreiter." Was war das? Elsa sah sich nach der Stimme um, wie es alle anderen taten, bis ihr bleischwer auffiel, dass sie es selbst gewesen war, die Matthes unterbrochen hatte. Und das, obwohl sie den Becher erst bis sie zur Hälfte gelehrt hatte. Sie stellte ihn besser beiseite. „Wer Wind sät, wird Sturm ernten", fuhr sie fort, weil Matthes sie erwartungsvoll anschaute. „Eichler hat den Zorn der Kurie heraufbeschworen, oder nicht? Wir haben unser Gewölbe, wir haben Matthes und Andres und wir alle haben einander. Wir sind eine Gemeinschaft." Niemand erwiderte etwas und in Elsa erwuchs das ungute Gefühl etwas völlig Falsches und Peinliches gesagt zu haben. „Und ihn ..." Sie nickte zum Kreuzzeichen, das man seit einiger Zeit an die Wand stellte, um den Zweck der Sache zu heiligen. Ein schlichtes Holzkreuz, ohne den Gekreuzigten selbst. Denn *du sollst dir kein Bildnis machen.*

„Unser Herr weiß, welch großes Werk ihr vollbringt", sagte sie in Andres' und Matthes' Richtung. „Wir brauchen keinen Vorreiter von oben aus den Reihen der Kirche, sondern von hier unten, die die Kirche unterwandern und zu einem solchen Ort machen. Zu solch einem Gewölbe der Gemeinschaft." Elsa schwieg, weil sie meinte, nun genug Lächerlichkeiten gesagt zu haben. Sie griff nach dem Becher und ertränkte ihre Scham.

„Amen", hörte sie Matthes sagen und hob den Blick. „Sie hat recht", nickte er und das Murmeln, das deutlich wurde, war ihr gewidmet. „Ein Gewölbe der Gemeinschaft! Gut gesprochen, kleine Els", prostete Matthes ihr zu.

Nach der Abkündigung mit dem Schlusslied und dem Abendsegen erging sich die Gemeinschaft wie immer in Gesprächen und Kurzweil. Einige verabschiedeten sich beizeiten, andere blieben bis in die Sperrstunde im Gewölbe, selbst wenn die Weidners sich längst zur Nachtruhe begeben hatten. Matthes saß stets bis weit in den Morgen im Gewölbe und disputierte nach Herzenslust, auch wenn seinem Zuhörer die Augen zufielen. Ein solcher Zuhörer war in dieser Nacht Elsa, die an Andres' Schulter gelehnt immer wieder einnickte.

Jemand, der sich an ihr vorbeidrückte, rempelte sie wach und Elsa schnappte halb schlafend auf, was Matthes eben noch Andres fragte: „Also in der Nacht auf Christi Himmelfahrt?"

Elsa setzte sich auf und ließ die Schultern kreisen. „Was ist in der Nacht auf Christi Himmelfahrt?" Sie rieb sich die Augen. „Was ist da?"

Zuerst meinte sie, sich verhört zu haben, dann zu träumen und als das, was Andres ihr anzutragen versuchte, in ihr Bewusstsein tröpfelte, konnte sie es einfach nicht fassen.

„Ich dachte du freust dich. Dein letzter Brief … ich meine …"

Elsa regte sich und fiel ihm um den Hals. „Mein edler *Bierritter.*" Sie wollte nichts anderes als von ihm geheiratet werden. Was sonst, als vom Mann, den sie liebte, geheiratet zu werden, wünschte sich ein Mädchen? Noch dazu eins mit roten Haaren!

Auf dem Rückweg von der Nikolai- in die Neißgasse ließ sich Elsa alles erzählen, was Andres in den vergangenen Wochen in Wittenberg erlebt hatte. Sie hing in seiner Armbeuge und an seinen Lippen, als er an der Ecke zum Ringmarkt nachdenklich stehen blieb und den Fichtenzweig im Fass neben der Pforte betrachtete.

„Was ist?"

„Nichts weiter, komm."

Sein Bett roch noch mehr als sonst nach ihm. Er schmeckte nach Abenteuer und roch nach dem Verbotenen. Seine Berührungen brannten sich in ihre Haut ein, hastige Fingerspitzen zupften an ihrem Brusttuch, an der Kordel ihres Kittels, dass es sie wahnsinnig machte, weil der Knoten nicht aufging.

„Was ist das?" Er setzte sich auf. Elsas benebelte Sinne mussten sich auf das Hier und Jetzt einigen. Er entfaltete ein Stück Papier, das wohl aus ihrer Schürzentasche gefallen war.

„Das ist nichts. Ich hab es in der Schankstube aufgelesen und hab vergessen, es wegzu..." Er runzelte die Stirn, während er das Papier anschaute. Sie rutschte hinter ihn und schaute über seine Schulter. „Oh."

„Weißt du, wer das liegen lassen hatte?"

Elsa überlegte angestrengt, wandte den Blick jedoch nicht von der Abbildung. Ein Wesen war von Scheitel bis zur Hüfte abgebildet. Kein Mensch, aber auch kein Tier, das Elsa kannte. Eine grässliche Fratze, Hörner und einen Schweinerüssel. Das konnte nur der Leibhaftige sein. Man weiß ja, wie er seine Gestalt verändert, wie schrecklich seine Antlitze sind, aber eine Abbildung hatte Elsa noch nie gesehen. Unter dem linken Arm trug er einen abgeschlagenen Kopf. Ein Mönchskopf mit angedeuteter Tonsur und den kleinen dunklen Augen, die Elsa in Wittenberg gesehen hatte. Noch ehe Andres den Druck hatte zerknüllen und ins Kohlebecken werfen können, erkannte Elsa, dass der Teufel unter dem rechten Arm eine zerbrochene Schreibfeder hielt.

Andres verharrte nachdenklich. Elsa fuhr ihm durchs Haar und beobachtete, wie das Papierknäuel in der Glut verglomm. Andres' störrische Locken ließen sich nicht bändigen, nur hinter die Ohren klemmen. „Der Henker und der Schwertfeger“, fiel es Elsa wieder ein. „Die haben da gesessen, wo ich das Papier gefunden habe.“

Andres drehte sich um. Sein Blick, eben noch nachdenklich, forderte ihre Aufmerksamkeit. „Hast du Angst?“

Elsas Blick versank in seinem dunklen Braun. Sie schüttelte den Kopf. „Meistens nicht.“

Er nahm sie in die Arme. Eine Fortsetzung dessen, wobei sie eben unterbrochen worden waren, forderte er nicht. Sie lagen eng aneinandergeschmiegt auf seinem Bett und schauten in den mit Sternen verzierten Betthimmel.

Zum Ferkel, das Elsa behände über dem offenen Feuer in der Küche drehte und beständig begoss, damit ein schöner Bratensaft entstand, mussten die Brote so gebacken werden, dass sie als Schüsseln für die Graupensuppe ausgehöhlt werden konnten und überdies noch warm waren, wenn serviert wurde. Es waren zahlreiche Gäste, Familie und engste Freunde zu bewirten. Die Gläser durften nicht leer werden, das mahnte Reinhilde.

Andres spukte in Elsas Gedanken umher. Sie hatte das Gefühl, ihre Haut kribbelte, wenn er in ihre Nähe kam – und wenn er nur die Küche durchquerte. Sie meinte, seine Anwesenheit zu spüren, auch wenn er noch gar nicht den Raum betreten hatte. Mit ihm gleich mehrere Geheimnisse zu teilen, war abenteuerlich. Sie hielt die Augen nach ihm auf, obschon sie wusste, dass niemand von ihrer Zuneigung wissen durfte. Noch nicht. Bis Mariae Himmelfahrt waren es noch sechzig Tage. Sechzig Tage, die sie irgendwie füllen musste.

„Du machst nur Unsinn!“, riss eine strenge Stimme sie aus ihren Gedanken. Ihr erster Blick fiel auf Peternelles frostige Miene, der zweite auf die Soße, die sie über das Ferkel gegossen hatte. Peternelle ließ einen verdrießlichen Zischlaut hören und nahm Elsa die Soßenkanne ab. Stattdessen drückte sie ihr die Kelle in die Hand, mit der sie Wasser zum Übergießen des Bratens hätte schöpfen sollen, aus dem Soße hätte werden müssen. Fluchend versuchte Peternelle zu retten, was zu retten ging, schöpfte den vergeudeten Saft aus der Pfanne und befüllte die Kanne erneut. „Was ist bloß los mit dir?"

Eine berechtigte Frage.

Seine Lippen heiß, seine Berührungen kribbelnd, sodass es beinahe nicht zu ertragen war. Sein Atem ging schwer, während er sich fest gegen sie drückte. Sechzig Tage! Gott, hilf! Doch ihr Stoßgebet mündete in einem kehligen Seufzen. Die Stimmen der Angetrunkenen hallten blechern in die Vorratskammer, in die sie für einen gestohlenen Kuss geflüchtet waren. Ein letztes Beben, Atem holen, dann nahm er seine Hand unter ihrem Rock hervor. Ihre Schweiß beperlte Stirn an seiner Schulter verharrten sie einen Moment. Sie ordneten ihre Kleider.

„Komm mit, ich hab noch was vor."

„Noch was?" Elsa war noch ganz benommen. Sein Lächeln streifte ihre Ohrläppchen. Dann fanden sie sich im Schutze der Dunkelheit auf der Gasse wieder. „Aber nichts mit Papier, bitte." Sie hielt ihn am Arm fest, stemmte die Fersen gegen das bucklige Kopfsteinpflaster und suchte in der Dunkelheit nach seinen Augen. „Das ist zu gefährlich."

„Weiß ich." Er ruckte mit dem Kopf in die Richtung, wo die Peterskirche lag.

„Andres, das ist mein Ernst." Elsa machte sich los von ihm, der die Herausforderung suchte. „Heute wird nichts an die Kirche genagelt!"

„Vertrau mir." Nicht bis zur Peterskirche gingen sie, sondern bis an jene Ecke, von der sie den Ausschank des Johannes Haß überschauen konnten. Keine Menschenseele weit und breit. „Weiter." Mit fünf Schritten war er an der Eingangspforte, nahm den Fichtenzweig aus dem Fass und trug ihn hinüber zum Brauhof am Ring, der gestern an der Reihe gewesen war. Elsa wollte sich empören, da sie aber den allgemeinen Hass der Lutheraner gegen Haß kannte, erfreute sie sich stattdessen an Andres' triumphalem Lächeln.

64

Der Schatz der Ablässe aber ist klärlich sehr angesehen, weil er die letzten zu ersten macht.

Dass Haßens erster Brautag mächtig danebenging, war vor niemandem verborgen geblieben. Natürlich war die Übeltäterschaft unbekannt. Doch über den verpatzten ersten Ausschank amüsierten sich die alteingesessenen Brauer. Lasterhaft, sich am Schaden des anderen zu ergötzen! Dennoch entsann sich Elsa nicht, den alten Tylike je so heiter erlebt zu haben.

Das Bubenstück ließ sich am folgenden Abend nicht wiederholen. Jeder wusste, das Haß an der Reihe war, sein Bier auszuschenken und niemand würde es wagen, seine Einladung auszuschlagen. Außer Tylikes vielleicht.

„Ich würde nie auch nur einen Schluck probieren“, versprach Gunnar und verfehlte die loyale Tiefe in seiner Geste, war aber noch am selben Abend einer der ersten, der bei Johannes Haß einkehrte, um mit seinen Kumpanen einen zu heben.

Derweil war Andres nach Wittenberg zurückgekehrt und Elsas Rolle war die der Wartenden. Manchen Tag bekam sie Angst, Andres' könnte es sich anders überlegen und würde sie gar nicht mehr heiraten wollen. Ab und an nagte ein hartnäckiger Zweifel an ihr, ob Matthes, selbst noch Studiosus, die Trauung richtig zelebrieren würde können. Andres hatte es ihr genau erklärt, dennoch blieb Skepsis. „Außerdem“, so hatte Andres erklärt, „hat er die Prüfung der heiligen Sakramente abgelegt und ist also berechtigt zu taufen, zu ehelichen, das Abendmahl zu feiern und so weiter."

Elsa hatte ein Problem. Es war im eigentlichen kein Problem, als vielmehr eine Katastrophe. Sie besaß nur ein Kleid.

Alles Waschen, Schrubben und Entlausen half da gar nichts. Ein Mägdekittel blieb ein Mägdekittel. Elsa fragte sich ernstlich, wie sie sich darin wie eine Braut fühlen sollte. Umso erleichterter war sie, als Barbara und Susanna ihr ein Gewand überreichten, das sie ihr zum Geschenk machen wollten. Elsa wusste, sie würde es nicht annehmen können. Und obwohl ihrem Stand die Erdfarben zugedacht waren, war dies Kleid von einem so hellen Braun, dass es eigentlich ein Beige und eine nahezu bürgerliche Farbe war.

Mitten im glühenden Sommer waren alle Leute mit den Vorbereitungen auf das Hochamt und den Feiertag beschäftigt. Tylike hatte mehr Glück als Verstand und Elsa mehr Pech als gute Hoffnung, sodass Tylikes Brauausschank ausgerechnet auf den Tag vor Maria Himmelfahrt fallen musste und die Bierstube voll von Leuten war. Elsa und Peternelle trugen die Humpen, Körbe mit Brot, Schüsseln mit Zwiebeln und Platten mit Speck. Elsa hatte das Gefühl, wie ein gesottenes Schwein zu riechen und in ihren Schweißrinnsalen zu zerfließen. Ihr Haar klebte im Nacken, die Finger glänzten vom Fett der Schwarten, die sie zum Bier reichte. Sie wurde von den Männern absichtlich angerempelt, einer flüchtigen Berührung wegen, und es zerriss sie innerlich zu wissen, dass sie nicht pünktlich mit der Sperrstunde aus dem Ausschank fortkommen würde.

Als Elsa den Fichtenzweig hereinholte und die Mannpforte hinter dem letzten Gast verschloss und sie einen kurzen Moment innehielt, geschah etwas Seltsames: Der Wind, die leichte Brise, die den ganzen Tag lang von den Äckern in die Stadt hereingeweht war, verebbte abrupt. Sie verstummte wie das Orgelspiel von Sankt Peter und Paul und hallte lediglich in den Höhen der Dachfirste nach wie der letzte Ton im Gewölbe. Elsa lauschte in die plötzliche Stille, die das versiegende Rauschen des Windes zurückgelassen hatte. Eine ermüdende Stille, erdrückend schwül, die trotz der Hitze Elsa einen Schauder über den Rücken trieb, als stünde etwas ganz und gar Ungutes bevor.

Das Ausfegen von Ausschank und Hallendurchfahrt brauchte seine Zeit, ebenso der Abwasch. Ihre Silhouette eierte auf der tief in der Erde stehenden Wasseroberfläche. Wenn es nicht bald regnete, reichte die Kette mit dem Eimer bald nicht mehr bis hinab. Das Brunnenwasser roch brackig. Das trank man in diesen Tagen lieber nicht mehr. Elsa wusch sich die wichtigsten Stellen, wobei sie sich danach sehnte, den Bottich über sich zu entleeren und das ein dutzend Mal zu wiederholen. Ihr entging nicht das Gesicht, das hinter einem der Fenster forthuschte, als sie den Blick hob. Dass Gunnar sie beim Waschen beobachtete, ärgerte sie. Wenigstens hielt er sie im Haus nicht auf, indem er ihr eine unsinnige Unterhaltung an die Backe heftete.

Das Beigefarbene hatte sie in der Vorratskammer versteckt, sie konnte sich unmöglich unter Peternelles Argusaugen umziehen. Die würde Fragen stellen, dumme Spekulationen zusammenreimen und es ihr nicht gerade leichter machen fortzukommen.

Die zusammengedrehte Stoffwurst, die aus dem Gaubenfenster in der Nikolaigasse hing, hätte sowohl Susannas Unterrock, als auch der Zipfel des Vorhanges sein können. Auf den Windstoß zu warten, der das Stoffknäuel entwirrte, hatte wohl keinen Zweck.

Das Erste, was Susanna bemängelte, als Elsa in die Druckerei eingelassen wurde, war die Verspätung, das zweite die Haartracht, die so gar nicht nach der einer Braut aussah. In Susannas Privatgemächern wurde Elsas Haar kunstvoll aufgesteckt und jetzt erst bemächtigte sich ihrer eine Ahnung von der Bedeutung dessen, was sie heut Nacht vorhatte. Barbara hatte dem jungen Paar eine Kammer im Weidner'schen Hause vorbereitet. Andres würde nicht länger als diese eine Nacht in der Stadt sein. Nur zu diesem Zwecke, seinen und Elsas Bund zu besiegeln, war er heimgekehrt, und nicht einmal seine Mutter sollte erfahren, dass er diese eine Nacht hier verbrachte.

Susanna trat vor sie und musterte die Braut mit Kennermiene. Der Ausschnitt des Kleides war tief, reichte beinahe bis zum Bauchnabel, war durch gekreuzte Nesteln geschnürt und würde so den Blick auf das weiße Unterkleid freigeben. Dabei blieb das Dekolleté frei. Das darüber gelegte Brusttüchlein war so hauchfein – Seide? –, dass man alles durchsehen konnte. An den Schultern waren die Ärmel durch Zwickel gerafft, gingen in einen kleinen runden Puff über, durch dessen modische Schlitze das reinweiße Untergewand schimmerte, und endeten in langen Armen, die bis aufs zweite Fingerglied reichten und hier am Daumen festgenestelt waren. Für die Zeremonie würde man Elsa ein hauchdünnes, beinahe durchsichtiges Tuch über den Kopf legen, das sie nach dem Ritus auf der Türschwelle zum Schlafgemach zurückließ. Susanna steckte Elsas Haar so auf, dass es ein auf dem Hinterkopf ruhendes und aus geflochtenen Zöpfen verwobenes Kissen bildete, um das sie ein feines, mit Goldfarben durchwirktes Haarband legte. Beider Blicke kreuzten sich und Susannas Ausdruck sagte: eine glückliche Braut sieht anders aus. War es hochmütig, wenn sich Elsa ihre Mutter an ihre Seite wünschte? Hochmut war eine Todsünde und der Fall kam sowieso danach. Das weiß ja jeder.

Bevor sie die vier Geschosse tief ins Kellergewölbe hinabstiegen, nahm Susanna das Stoffstück im Fensterladen und ordnete es. Es war der Unterrock. Die Signalfahne, und Elsa war es einen Moment mulmig zumute.

„Und nun?“, fanden sich Elsa und Andres in der Hochzeitskammer wieder. Die Gäste, die sie mit Rasseln und Trommeln hier herauf begleitet hatten, waren im Treppenhaus zu hören. Sie beobachtete, wie er ein Öllicht anzündete. Dann stellte er sich vor sie hin und begann ihr Haar aus dem Knoten zu lösen. Ihre Augen wanderten an Andres vorbei zum frisch bezogenen Kastenbett. Er folgte ihrem skeptischen Blick. „In der Bibel steht nicht zufällig drin, wie das geht?“

Andres lachte auf: „Nein.“

„Da steht alles drin, was man zum Leben wissen muss, aber nicht, wie das geht!"

Er bedeckte ihren Mund mit dem seinen und begann damit, sie vom Überkleid zu befreien. „Sogar die Wanzen können das …" Ihr Unterkleid glitt zu Boden. „Da kriegen wir das auch irgendwie hin."

Mehr wurde nicht gesprochen fürs Erste.

65

Deshalb sind die evangelischen Schätze die Netze, mit denen man ehemal die reichen Leute gefischt hat.

Es war eine dieser hitzestarrenden Augustnächte, in denen man darauf wartete, dass der kühlende Morgen hereinbrach, obwohl er beinahe schon vorüber war. Er wusste, was folgen würde. Sie würde ihre Beine spreizen, sich über ihn beugen und seine Gier würde das Maß an verträglicher Wollust weit übertreffen. Seine Gedanken an das, was kommen würde, machten es nur noch schlimmer. Sein Geschlecht würde bersten! Sie würde ihn langsam in sich aufnehmen und mit langsamen kreisenden, vielleicht auch stoßhaften Bewegungen ihn in den Sündenpfuhl hinabschicken. Sie wusste seine Anzeichen zu deuten und er wusste um seine Schwäche. Er war ihr ausgeliefert und es war eine Frage des Wertes der Münze, ob sie vor dem Ziel aus dem Sattel sprang. Christian hatte auch die letzten Heiligtümer seiner Verblichenen verpfändet, damit sein Honigmond für ihn aufging und mit ihm bis über das Sternenzelt hinauspreschte.

Sein inbrünstiger Ausruf bescheinigte dem Mädchen das Ende der Reise. Mit einem Klaps auf seinen Oberschenkel stieg sie ab und begann sich anzukleiden.

Christian zog eine weitere Münze heraus. „Schau her." Seine Stimme klang, als habe er binnen einer durchwachten Nacht die gesamt Stadtwache mit neuen Schwertern ausgestattet. Es bedurfte eines Blickes, eines prüfenden Augenaufschlages und das Mädchen wusste, was er für einen weiteren Dienst von ihr erwartete.

In Betrachtung der Münze zwischen seinen Fingern zögerte sie. „Zwei Bettler in der Hotergasse keilten sich, der Gassenrichter ging dazwischen“, begann sie ihren Bericht. Wie üblich. „In der Fleischergasse hörte ich einen Streit zwischen dem Fleischer und seiner Frau. Vielleicht hat er sie geschlagen.“ Obwohl sie die Augen auf ihr Leibchen richtete, das sie zuschnürte, spürte sie seinen erwartungsvollen Blick, wie immer, wenn sie seine versäumte Gassenrichterarbeit erledigte. Es gab nicht viel in dieser lähmend heißen Nacht, was von Interesse für einen Nachtwächter sein konnte. Als sie ihre letzte Notiz rausrückte, beugte er sich im Bett vor, damit er sie besser betrachten konnte. Seine Augen waren zweifelnd verengt. „Du verscheißerst mich auch nicht?“

Sie schüttelte den Kopf.

„Eine festlich gekleidete Frau kehrt beim Meister Weidner ein und du erzählst erst jetzt davon?“ Er warf die Münze auf die Bettkante, dass sie um Haaresbreite auf den Boden gerutscht wäre. Die junge Frau starrte das Geldstück an. Christian sprang auf. So, als habe die Gassenrichterpflicht an ihm gezerrt, schüttelte er die lahmen Glieder. Dann aber hielt er in der Bewegung inne, starrte Richtung Fenster, als könne er durch die schweren zugezogenen Vorhänge schauen.

Die junge Frau wusste, sie würde vor Morgengrauen nicht mehr aus der Stadt kommen. Sie wusste, er würde sie nicht einladen, bei ihm zu übernachten. „Mach dich unsichtbar und schau, was dort los ist“, sagte er stumpf. „Was geht vor beim Weidner?“ Eine Frage, nur an sich selbst gerichtet. Die junge Frau rührte sich, um die Münze einzustecken. Sie schenkte Christians Rücken einen erwartungsvollen Blick. Den mochte er erahnt haben. Er schaute über seine Schultern. „Komm morgen früh wieder her.“ Seine hellblauen Augen wirkten im fahlen Lampenlicht beinahe schwarz und unergründlich. Sie nickte knapp. Er erwiderte diese Geste und schenkte ihr ein schwaches Lächeln.

Sie fuhr in die Holzpantinen und als sie die Stadt auf der Suche nach dem Morgengrauen durchstreifte, gelangte sie unweigerlich auch in der Nikolaigasse an. Auch wenn die Menschen, die hier ein- und ausgingen, sich vorsichtig verhielten, entdeckte niemand die Gestalt in der Türnische gegenüber. Der Geruch von Christian Vollhardt war längst vom beißenden Gestank der Fäkalien auf der Gasse übertüncht worden. Irgendwo musste die Kanalisation verstopft sein. Die Atemzüge des Mädchens wurden vom Scharren der Pferde in den Stallungen, vom Grunzen schlafender Schweine übertönt. Nichts deutete auf die Beobachterin hin und doch war sie da und zählte bald Dutzende Leute, die die Druckerwerkstatt des Meister Weidner verließen.

Was sie am Abend, als sie zu Christian Vollhardt unterwegs gewesen war, nur undeutlich hatte erkennen können, wurde ihr jetzt, mit Einbruch des Tages ganz deutlich, weil der festlich gekleideten Frau die Kapuze des wie Luft wogenden Umhanges vom Haupt rutschte. Elsa Mälzer war jetzt ganz deutlich zu erkennen. Gekleidet wie eine Bürgerin. Elsa Mälzers schwebenden Gang, ihr leichter, unbeschwerter Hüftschwung. Sie war nicht allein. Unsichtbar verfolgte die junge Frau Elsa und ihren Begleiter. Der aber, den sie als Andres Hinterthur erkannte, verabschiedete sie noch vor der Biegung zum Ringmarkt mit inniglichen Küssen und einer schier endlosen Umarmung, dann ging er zurück Richtung Nikolaigasse.

Und die junge Frau wusste, mit dem, was auch immer sie Christian Vollhardt verraten würde, hatte sie Elsa Mälzers und Andres Hinterthurs Leben in der Hand.

66

Die Schätze der Ablässe sind die Netze, mit denen man jetzt die Reichtümer der Leute fischt.

Die schlimme Neuigkeit dessen, was sich im Hause des Ignatius Weidner zugetragen hatte, ereilte Elsa noch vor Beginn des Gottesdienstes anlässlich Maria Himmelfahrt.

Die Rede war von einem Pulk Gassenrichter, der bei Sonnenaufgang in die Druckerei eingedrungen war und Meister Weidner und seine Frau festgesetzt hatte. Das Wenige, das Elsa in Erfahrung bringen konnte, war widersprüchlich. Ihre Sorge um ihre Freunde zwang sie in eine ohnmachtgleiche Starre. Sie konnte nichts ausrichten. Es gab nichts, was sie für die Weidners hätte tun können. Und ihr Gemahl? Ihr Gatte? Andres? War er rechtzeitig aus dem Hause des Druckermeisters entkommen? Der Tratsch sparte ihn zumindest aus. Also musste es so sein. Elsa betete zum heiligen Christ und allen Heiligen, wie es eigentlich ihre Art nicht mehr war. Die Verzweiflung katapultierte sie in alte Gewohnheiten.

Beim Weidner triebe der Teufel höchstselbst sein Unwesen, fröne der Buhlschaft mit der Weidnerin und würde auch die Susanna verführen, wenn man dem nicht Einhalt gebot!

Elsa kam so schnell nicht von ihrer Familie und dem Zwang der Messe los. Sie sah sich genötigt, von Sankt Peter und Paul mit einer Prozession hinaus zur Jakobskapelle zu ziehen, sich hier die Füße platt zu stehen, um einer Seelenmesse beizuwohnen. Es war nicht so sehr die Mutter, es war Siegtraut, die darauf bestand, Elsa müsse den hochheiligen Feiertag im Kreise der Familie, draußen im Armenstift verbringen; überraschender, plötzlich über Siegtraut kommender Familiensinn! Elsas Gedanken kreisten um das, was sie nur bruchstückhaft erfahren hatte. Barbara und Ignatius Weidner ins Angstloch gesteckt? Wer glaubte daran, dass ein Ignatius Weidner ketzerische Werke vollbrachte? Wer hatte sie verraten? Ausgerechnet in dieser Nacht?

„Ist dir nicht wohl?", vergewisserte sich Siegtraut. „Du bist ganz blass um die Nase." Elsa schüttelte den Kopf, murmelte ihren Dank und folgte ihrer Schwester, die Mutter in der Armbeuge, aus der Kapelle hinaus. Weder das katholische Ritual noch die Stunden im Jakobsstift konnten sie von ihren Gedanken an Andres abbringen. Sie war innerlich so sehr beunruhigt, dass sie keinen Bissen herunterbekam.

Das Spätmahl schob sich zäh wie Gewitterwolken in den Abend.

Elsas Rückweg führte sie direkt in die Arme einer verzweifelten Frau, die nicht wusste, was mit ihren Eltern geschehen würde. Andres und Matthes, so erfuhr Elsa von Susanna, waren noch vor dem Sturm der Stadtdiener nach Wittenberg aufgebrochen. Elsa schämte sich für ihren Herzenstrost, während sich Susanna um ihre Eltern sorgte. Sie habe, so versicherte Susanna, sogleich die neue Zeitung dorthin aufgegeben. „Sie sind noch nicht einmal angekommen. Stell dir vor. Sie haben keine Ahnung, was hier los ist, dass wir verraten worden sind."

Fallstrick oder Zufall? „Verrat?" Egal wie es zur Verhaftung der Weidners kommen konnte, Elsa fühlte sich mitschuldig, weil sie Susannas Unterrock am Fenster nicht als Warnsignal gedeutet hatte.

Susanna bemühte sich, tapfer zu sein. Eines ihrer Kinder lugte, die Fingerchen um das Fußende des Bettes gekrallt, zur Weinenden herüber. „Verrat lasten sie meinem Vater an und Verbreitung der Irrlehre." Elsa erhob sich vom Bett, auf dem die beiden Frauen gesessen hatten, tröstete das Kind und schickte es zu seinen Geschwistern nach draußen.

Ihre Hände bewegten sich gewohnheitsmäßig in der Kammer, verrichteten das, wozu Susanna an diesem Tage keine Kraft gefunden hatte.

„Man muss doch was tun!"

„Du kannst nichts tun, außer die Füße still und den Mund zu halten."

„Vater hat zu viele Neue aufgenommen. Das war leichtfertig."

„Was sonst, als Vertrauen in die zu setzen, die vertrauensvoll kamen, um Trost im Glauben zu finden, bleibt ihm übrig?"

„Einer hat uns verraten."

„Vielleicht hat uns keiner verraten, vielleicht waren die Gassenrichter aufmerksam." Das Bett gab weich nach, als Elsa sich wieder neben die andere setzte. „Wir haben hier gestern ein Fest gefeiert, Susanna. Es war leichtsinnig gewesen, so eine große Sache daraus zu machen."

Susanna schüttelte den Kopf. „Eine Hochzeit ist eine große Sache. Eine protestantische Hochzeit ist Gotteswerk!"

Sie erhob sich, schritt in der Kammer umher, fächerte sich Luft zu, öffnete ein Fenster, nur um es vor der sengenden Abendhitze wieder zu schließen. „Vater würde nicht wollen, dass wir klein beigeben." Das kam entschlossen aus der jungen Frau. Bis ein Ratsurteil gesprochen würde, wollten Susanna und ihr Gatte die Druckerei allein betreiben. Elsas schlechtes Gewissen erdrückte sie beinahe.

Der Termin der Anhörung von Ignatius Weidner wurde scheinbar überstürzt veranlasst. Es blieb keine Zeit, Andres und Matthes zu benachrichtigen. Der Gerichtssaal war vollgestopft von Schaulustigen jeden Standes. Öffentliche Gerichte dienten immer noch der Abschreckung und waren eine willkommene Abwechslung.

Elsa hielt sich von der Ratsstube fern. Sie wollte nicht dabei sein, wenn man den Druckermeister und seine Frau bezichtigte, mit dem Teufel im Bunde zu sein. Sie wollte nicht miterleben, wie man ihr Ansehen befleckte und zum Gespött der Leute machte. Reinhilde und ihr gesamter unsäglicher Anhang verfolgten das Spektakel. Ein jeder aus unterschiedlichen Beweggründen. Elsa und Peternelle hatten also Ruhe, ihren Erledigungen nachzukommen. Die Arbeit diente Elsa doch nur dazu, von ihren Ängsten abzulenken! Die andere nutzte die unbeaufsichtigten Stunden, um sich zu ihrem Michel zu stehlen.

Und schließlich, später dann, trieb es Elsa doch hinaus auf den Ring. Als könne sie so das Urteil mildern oder alles ungeschehen machen. Als wäre sie so nicht eine der Gaffer. Der erste Gedanke galt Barbaras Händen. Elsa bekam stets rasch Ameisen in den Händen, wenn sie sie beim Staubwischen oder Fensterputzen zu lange über den Kopf hob. Barbara Weidners Hände, hintereinander in zwei Löcher des Holzes gesteckt, im dritten ihr Hals, mussten längst taub sein.

Elsa, was nie ihre Art gewesen war, drängelte und schubste, um näher an die Frau heranzukommen. Barbara Weidner erblickte sie sofort und trotz der Zankgeige um den Hals, schaffte sie ein unmissverständliches Kopfschütteln und verbat Elsa so, sich ihr weiter zu nähern. Elsa starrte die Gestrafte wie gebannt an. Dann nickte sie der anderen ermutigend zu und begab sich in die Druckerei.

Ihre Füße raschelten wie an einem Herbsttag durch die Fitzelchen, die man da gelassen hatte. Nicht alles hatten die Büttel mitgenommen, nicht den kantigen Duft nach Druckerschwärze und nicht den runden nach Firnissen. Als Erstes fiel ihr seine Haut auf, dünn wie Pergament, als sie Meister Weidner in einem der hinteren Gewölbe auf einer Kiste sitzen und an die Wand starren sah. Das Haar wüst, die Kleider verknittert und an einigen Stellen beschmutzt. Nicht ausgehöhlt wie einer, der gefoltert worden war, ließ er den Blick rastlos umherschweifen, sondern wie einer, von Eisen angeklopft, aber nicht gebrochen, eher beleidigt, des Kampfes noch nicht müde, nagte er an seinem Grimm.

Er hob den Blick. Elsa blieb reglos stehen. „Els", rief er aus, und hatte mit ihr hier wohl als Allerletztes gerechnet. Einen Moment erforschten sie das Echo seines Wortes in den Gewölben. „Selbst die Geschichte mit dem *Bierritter* haben sie mitgenommen."

Elsa nickte, schaute sich um, als habe sie die Sache längst noch nicht ergründet und bückte sich nach einem der vergessenen Zettel. „Ich hätte nicht gedacht, dass die Pressen hier raus zu kriegen wären. Ich dachte immer, sie seien vor allem anderen da gewesen, der Berg hätte sich um sie herum aufgeschichtet.

„Oh nein." Weidner ließ den Blick jetzt durch die Leere schweifen. „Sie haben sie zerlegt. Eingezogen."

Und nun?, wollte sie fragen, doch ihr schlechtes Gewissen, am ganzen Unglück des Druckermeisters Schuld zu sein, schnürte ihr die Kehle zu.

„Alles gepfändet", murmelte er wahrscheinlich für sich selbst.

Elsa blieb auf ihrem Flecken stehen, leistete ihm darin Gesellschaft, ihrer beider Atem zuzuhören. Und nun?

„Komm, mein Suschen soll nicht mit dem Essen warten." Seine Knie knackten, als er sich erhob.

Um Susannas Mund zeichneten sich scharfe Falten ab, die Elsa nie zuvor aufgefallen war. Elsa würde nicht zum Essen bleiben, sie durfte nicht zu lang weg sein. „Mutter wird das überstehen." Holz auf Holz klopfte resolut, als Susanna den Tisch deckte. Es würde Barbaras schlimmster Tag in ihrem Leben sein, schätzte Elsa. Ja, sie würde es überstehen.

„Wir kriegen doch noch was für Übersetzungen der Schriften, nicht?" Sie leckte den Daumen ab, der beim Tragen der Schüssel im Gerstengries gesteckt hatte. „Das bringt genug ein, um eine Presse und einen Satz Typen zu leihen, nicht?" Aus dem Krug schäumte es knisternd. „Wir werden die Zinsen für die noch laufenden Kredite erhöhen. Viele Kunden haben unsere Arbeit noch nicht abgezahlt. Das können wir tun, oder?"

Zu allem nickte ihr Vater und auf jedes Nicken atmete Susanna hörbar durch.

Sie überredeten Elsa zu bleiben. Der Meister sprach das Tischgebet und Elsa staunte, dass er nicht auf den Gedanken kam, mit Gott für das, was seiner Familie widerfuhr, zu zürnen.

„Amen."

67

Die Ablässe, welche die Ablassprediger als höchste Gnaden ausrufen, werden insofern dafür erachtet, als sie ihnen Geld einbringen.

Geld war vergänglich und der Ruhm war von kurzer Dauer, als Christian den Ring der Verschwörer hatte auffliegen lassen. Dem, was sein Mädchen ihm zugesteckt hatte, war er mitsamt einer Brigade von Bütteln im Morgengrauen von Maria Himmelfahrt nachgegangen. Doch in der Anhörung, der ein Richterspruch folgen sollte, wurde sein Name nicht ein einziges Mal erwähnt. Und der Urteilsspruch würde ihm auch nicht gefallen.

„Es steht nicht zum Besten, was die Beweise für ein ketzerisches Vergehen betrifft“, schloss der Bürgermeister Tyle die Anhörung ab. Das sagte er nur, weil der Weidner der eine, der bedeutende Drucker der Stadt war und Tyle den Chronisten Haß nicht bezahlen konnte, sodass er auf Weidners Entgegenkommen hoffte. „Weder ketzerische Hinweise noch denkbare Anzeichen für eine Versammlung zur Verbreitung der Irrlehre waren erkennbar.“ Tyle räusperte sich. „Ein Fest zu Ehren Maria Himmelfahrt zu feiern, ist nichts Verbotenes.“ Was Tyle weiter sagte, untermalte er mit einer Geste hin zum Angeklagten und seiner Frau. „Doch sind in Zeiten wie diesen jegliche Zusammenkünfte von mehr als fünf Personen anzumelden! Dies Versäumnis darf nicht ungestraft bleiben. Er versicherte sich, dass der Protonotarius Haß alles ordentlich aufschrieb. Dessen Federkiel tänzelte dicht unter seiner Nase. Dann fällte Tyle Kraft seines Amtes als Bürgermeister und Ratsvorsitzender das Urteil, das den Ratssaal belebte wie einen Pferdestall, in dem eine Katze ein Junges aus einem Schwalbennest geraubt hatte. Christian war nicht die Katze!

Nur hätte das Weib des Druckermeisters mal lieber die Klappe gehalten. Über die veranschlagte Strafe von einem Monat Druckverbot brach Barbara Weidner in solches Schimpfen und Fluchen aus, das nicht haltmachte vor der Heiligen Römischen Kirche und alles nur verschlimmerte. Man sah von einem Monat Berufsverbot ab und verhängte eine empfindlich hohe Geldstrafe, die kein normaler Mensch so schnell begleichen würde. Das Weib des Weidners sollte den restlichen Tag in der Zankgeige auf dem Ring verbringen.

Erst am Abend wurde Christian vom Obergassenrichter ein Säckchen Münzen für seine Pflichterfüllung zum Schutze der Mutter Kirche und Ruhe der Stadt ausgehändigt. Christian wusste das Geld gut anzulegen.

68

Tatsächlich sind sie aber sehr geringe Gnaden im Vergleich zu der Gnade Gottes und der Gottseligkeiten des Kreuzes.

Ebenso wie Ignatius' und Barbaras Bestrafung und deren Demütigung war der Widerruf der Luther'schen Lehre durch den Bautzener Official Paul Eichler ein herber Rückschlag für Andres' und Matthes' Auflehnung gegen das Papsttum. Dennoch hatten Paul Eichlers Predigten einen bleibenden Eindruck hinterlassen und mussten Nachahmer finden!

Es blieb dabei, dass in Elsas Stadt die lutherischen Erkenntnisse nicht öffentlich vorgetragen werden durften. Es waren unter der Asche glimmende Funken, die das Feuer bewahrten, das sich eines Tages wie ein wütender Schnauf ausbreiten würde. Das Pfund blieb im Schweißtuche begraben, das Licht ward unter den Scheffel gestellt und niemand traute sich, es darauf zu platzieren, damit es leuchtete denen, die im Hause wohnten.

Mit nie zuvor da gewesener Gründlichkeit demonstrierte die Görlitzer Geistlichkeit ihre Macht. Barbaras Tag am Schandfleck war nur der Anfang einer Reihe unschöner Vorfälle, bei denen Frauen und Mädchen der Verbreitung der Irrlehre bezichtigt und angeprangert wurden. Andres flehte Elsa in jedem seiner Briefe an, sich still zu verhalten, Weidner nur des Tags, nie des Nachts aufzusuchen, in den katholischen Gottesdienst zu gehen, auch wenn es Heuchelei und langweilig sei, aber sie müsse in diesen Zeiten auf sich achtgeben, so lange sich die Zustände nicht beruhigten.

Bis der Herbst in die Markgrafschaft eingezogen war, hatte die Görlitzer Geistlichkeit mit den Drohgebärden gegen ihre Einwohner treffliche Wirkung erzielt. Die Kälte und Dunkelheit des Weinmonats und die Feuchtigkeit des Nebelung trieben die Menschen wieder zuhauf in die Messen. Ein jeder gab das Vorletzte den Bettelmönchen und das Letzte in den Klingelbeutel. Die Leute waren an die Zeremonien der Gottesdienste so sehr gewöhnt, dass ihnen die vielen Zeichen, die Verrenkungen, der Singsang, der unsinnige Kniefall, Erheben, wieder auf die Knie, bekreuzigen, das Anbeten von Holzköpfen fehlen würde. Nur in diesen Albernheiten, die Elsa allein um Andres' willen durchführte, sahen die Leute das Wesen ihrer Religion und Lebenssinn. Für Elsa war es hohl.

Fraglich, wer aufgeregter war, Andres wiederzusehen: die Reinhildin oder Elsa. Einerlei. Denn während Elsa sich bemühte, ihre Handgriffe bis nach Einbruch der Dunkelheit zu strecken, damit sie wie im Brief von Andres vereinbart, nicht zur Messe Allerheiligen mitgehen musste, fegte Reinhilde durchs Haus, um alles für den Besuch der Töchter und den Empfang des Sohnes fertig zu haben.

„Vergiss nicht, sein Bett frisch aufzuziehen", winkte Reinhilde ungeduldig und wandte sich ab, um die Kandelaber auf dem Hausaltar mit frischen Kerzen zu bestücken. Nicht Talklichter, sondern echte Kerzen wollte sie zu Allerheiligen stiften. „Kohle ins Becken und Holz vor seinen Kamin!"

Elsa knickste und fügte im Stillen hinzu, dass die Kälte in Andres' Zimmer das Letzte war, um das sich Andres' Mutter sorgen musste.

Es kam so, wie sie es berechnet hatte. Sie blieb mit einem glaubhaften Vorwand im Haus, während die Tylikes zur Andacht Allerheiligen gingen.

Nur schafften es Elsa und Andres nicht bis in sein Bett. Die Liebeswucht packte sie und riss sie mit sich, zerrte an ihnen und drohte sie zu zersprengen, wenn nicht an Ort und Stelle Abhilfe geschaffen würde. Und erst, nachdem der Durst nacheinander gelöscht war, ließen sie voneinander ab und Elsa bereitete ihrem Mann ein Nachtmahl.

Das Spektakel, das Reinhilde und Andres' Schwestern veranstalteten, als sie ihn seelenruhig in der Küche den Ochsenbraten essend vorfanden, anstatt in der Messe, wie per Brief verabredet, wollte Elsa gar nicht mit anhören. Das Opferlamm hockte auf der Schlachtbank, die drei Henker ihm gegenüber.

Gestenreich formulierte Reinhilde den schlechten Eindruck, den Andres, der Priesteranwärter, bei Faber hinterlassen hatte, weil der mit einem zusätzlichen Messdiener gerechnet hatte. Der Reinhildin fiel nicht einmal auf, dass der Küchentisch neuerdings wackelte. Ausladend malte sie ihre Enttäuschung in die Luft. Elsa beobachtete, während sie den Hinterthur-Frauen vom heißen Kräuterwein eingoss, wie Reinhilde die Finger auf der Tischplatte kreisen ließ, wo eben noch Elsas nackter Po gewesen war, wo er sie fest umklammert gehalten hatte, verweilt hatte zwischen ihren Beinen, bis sich ihrer beider Atem beruhigte. Sie sah zu, wie Reinhilde sich in ihrem Vortrag so weit vorlehnte, dass sie das Liebesspiel hätte riechen müssen. Sie roch nichts. Sie lamentierte.

Elsa bat darum, sich entfernen zu dürfen. In der hinteren Dachkammer, wo sie die Perlen behutsam übereinanderstapelte, hörte sie das Keifen der Reinhildin. Elsa wurde von Andres geweckt, der sich vorsichtig neben sie aufs Lager schob und den Arm um sie legte. So schliefen sie eng aneinandergeschmiegt.

Andres würde nur ein paar Tage bleiben und jeder Moment mit ihm war kostbar, sodass Elsa nicht gedachte, auch nur einen zu verschenken. Er erbot sich, Ignatius beim Einrichten der Druckerei zu helfen. Der Meister hatte tatsächlich Geldmittel locker machen können, die einen Neuanfang erlaubten. Die meisten Gerätschaften hatte Matthes aus dem Anhaltischen eingefahren. Im

Kreise der Vertrauten munkelte man, Luther höchstselbst habe sich für die neue Ausstattung des Druckerbetriebes ausgesprochen. Elsa wusste nicht, ob das stimmte. Sie wusste aber, dass es eine Sache war, über die Andres nicht sprechen wollte oder durfte, also drang sie nicht in ihn.

Für die wenigen Augenblicke, die Elsa und Andres blieben, um vertraulich zu sein, fanden sich Zufluchtsorte. Ob sie sich nun nach der Luther'schen Nachtandacht im Gewölbe der Druckerei im Papierlager oder in der Mittagspause in der hinteren Dachkammer versteckten, war einerlei, entscheidend war, zusammen zu sein.

69

Die Bischöfe und Pfarrer sind verpflichtet, die Kommissare der apostolischen Ablässe mit aller Ehrfurcht zu empfangen.

Zu allererst war sie von einem rhythmischen Klopfen aus dem Bett geholt worden. Das ungeduldige Keuchen hätte ein Aufjaulen des Herbstwindes sein können. Dies drängende Seufzen hätte von den rolligen Katzen auf den Gassen stammen können, aber dieses in alle Anspannung gipfelnde Stöhnen? Dieses Aufbäumen? Wie wenn man sich nach langer gebückter Haltung aufrichtete. Wie das schmerzte! Dieses Stöhnen war weder animalisch noch schien es irdisch zu sein. Es pflanzte in Reinhilde ein Gefühl von Schuld und Scham. Die Suche nach dem lockeren Fensterladen, dem jaulenden Wind, der rolligen Katze führte die Hausherrin bis zur Tür von Andres' Schlafgemach. Das Blut stockte in ihren Adern, während sie ihr eigenes Kind in der Todsünde der Wollust belauschte. Das Lauschen aber konnte sie selbst dann nicht lassen, als die Schwerstarbeit in erleichtertes Kichern des Mädchens und sein Flüstern mündeten. Ihr Sohn, ihr Fleisch und Blut, versprochen dem Dienst und Gehorsam der heiligen römischen Kirche verlustierte sich … Mit wem eigentlich? Eine eisige Ahnung packte Reinhildes ganzen Leib, dass sie fröstelte. Erst als es ganz still in Andres' Kammer wurde, schlich sie hinüber in den Schutz des im

Schatten liegenden Türrahmens, um zu beobachten, welche Hübschlerin sich aus ihrem Hause schleichen würde.

Aber niemand schlich. Es blieb still und Reinhilde, steif gefroren an Leib und Seele, musste dem Drang widerstehen, durchs Schlüsselloch zu spähen, um herauszufinden, welche Dirne ihn vom göttlichen Pfade abbrachte und ob sich ihre schlimmsten Vorahnungen bewahrheiten würden.

Reinhilde würde es sich sicherlich nicht getrauen, ihren Sohn zur Rede zu stellen. Als neugierig und lasterhaft dazustehen, war das Letzte, was sie wollte. Doch fand sie, dass es sie etwas anging, was ihr Sohn in ihrem Hause trieb! Sie konnte es nicht leiden, wenn sie die Kontrolle über die Geschehnisse in ihrem Hause verlor, wenn sie ausgeschlossen wurde von Machenschaften.

Sie beobachtete ihren Sohn, hinterfragte jede seiner Gesten: Strich er das Haar kokett aus dem Gesicht? Ihr Andres? Ein eitler Geck? Nein, das war es nicht. Oder horchte er bei gewissen Themen auf? Auch diese Prüfung führte nicht zum gewünschten Ergebnis. So oft Reinhilde mit Liebestratsch aus der Nachbarschaft begann, so rasch suchte er nach einem anderen Gesprächsthema. Was es auch war, Reinhilde biss sich die Zähne an ihm aus. In seiner vorletzten Nacht daheim saß er so lange in der Wohnhalle über den Büchern, dass Reinhilde vor lauter Müdigkeit die Freude am Spionieren verlor.

In der Nacht vor seiner Abreise war er überhaupt nicht zu Hause. Reinhilde machte es sich zur Aufgabe, die Rückkehr ihres Sohnes abzuwarten und ihn dann zur Rede zu stellen. So setzte sie sich mit ihrem Handarbeitskorb an den Kamin in der Wohnhalle, ließ sich von Elsa noch einen Becher Wein bringen, bevor sie beide Mägde zur Nachtruhe entließ und harrte der Dinge, die da kommen mochten. Socken zum Stopfen gab es genug, auch musste sie Gunnars Schaube ausbessern und einige von Tylikes Beinlingen waren gar nicht mehr tragbar.

Gelächter schreckte sie aus leichtem Schlaf, über den sie sich ärgerte. Lautlos schlich sie hinter dem Gekicher her. Es war dasselbe wie neulich. Dasselbe Mädchen, das sich von Andres nahm, was ihr nicht zustand. Reinhilde tastete sich bis zum Galeriegang voran, blieb hinter einem Stützpfeiler verborgen, um nicht gesehen zu werden. Und dann gefror ihr Blut in den Adern, schäumte Galle im Bauch. Das erste Zeugnis der fleischlichen Gelüste ihres Sohnes, derer sie um die Jahreswende ansichtig geworden war, hatte sie einer spontanen Laune ihres Sohnes zugeschrieben, umso bitterer schmeckte die Erkenntnis, dass Andres dieser Liebelei treu geblieben zu sein schien. Es stieß sie ab, wie sie miteinander poussierten. Verhext musste sie ihn haben mit ihren blaue Augen und den roten Haaren!

Nun gut, mahnte sie sich. Er ist jung, er ist schön, klug, gewandt. Natürlich flogen ihm die Frauenherzen zu. Doch, so entschied Reinhilde, hatte er sich mithin zur Genüge ausgetobt, sodass seine Zeit für den ernsten Teil des Lebens als katholischer Priester angebrochen sein dürfte.

Es ärgerte sie. Nicht nur, dass sie ihrem Sohn hinterherspionierte, sondern auch, dass sie warten musste, bis die beiden mit ihrem Geplänkel in der Halle fertig waren, damit Reinhilde über den Galeriegang zum hinteren Flur und zu Bett gehen konnte, nagte an ihrem Stolz.

Der Abschied von Andres war anders als sonst nicht von mütterlichem Kummer beseelt, sondern von verhohlener Nervosität. Und anders als sonst, wünschte sie sich nicht, dass er sobald wie möglich zurückkam, sondern dass er fleißig lerne, das Messamt über Weihnachten annahm, wenn es gelang, aber das Studium zumindest vorantrieb, um bald ein Magister der Theologie zu sein. Seinen verständnislosen Blick und sein kleines Kopfschütteln ignorierte sie und mahnte ihn zur Eile, aus der Stadt zu kommen.

„Willst du mich loswerden?“, lachte er und gab ihr einen Abschiedskuss auf die Wange.

„Im Gegenteil, ich will dich als Priester zurückhaben“, erwiderte Reinhilde, rang die Hände aus Angst, er könnte den Anschluss an die Händlerfuhre verpassen und noch einen Tag länger in den

Armen der Schwester der Bettlerin liegen. Reinhilde schenkte Elsa, die in sicherer Entfernung am Fuße der Treppe zu den Wohnräumen neben Peternelle stand, einen scheelen Blick. Die ließ sich zu keiner Gefühlsregung verleiten. Vielleicht glaubte Reinhilde nicht ernsthaft, dass Elsa eine Hexe war, aber irgendwie musste sie sich erklären, warum Andres plötzlich vom rechten Wege abkam. Andres schloss die Mannpforte hinter sich und Reinhilde trieb die Mägde zur Eile.

Wie sie Elsa zur Rede stellen würde, wusste sie noch nicht, aber dass sie es tun *musste*, war so sicher wie das Amen in der Kirche. Reinhilde war nicht dumm. Zwei Wochen lang musste sie geduldig sein, bevor sie Gewissheit über die Konsequenzen der Tändelei ihres Sohnes mit dem Mädchen bekam, und sie würde mit Elsas Mutter ein ernstes Gespräch führen müssen. Vor Letzterem graute es ihr besonders. Niemand ließ sich mit dem Kräuterweib ein. Niemand kam ihr zu nahe. Ein jeder war froh, dass die außerhalb der Stadt gut verwahrt war und Reinhilde hatte sich stets gern damit gebrüstet, die Gönnerin des Kräuterweibes zu sein. Das gab sicherlich Ansehen vor dem Jüngsten Gericht. Reinhilde ließ es sich nicht anmerken. Niemand wusste um ihren Schmerz, um ihre Dunkelheiten, in die sie nachts fiel, tief fiel. Niemand wusste, dass sie Orwid noch immer nachtrug, was er ihr angetan hatte, als er damals die Irrlehre des Jan Hus für bare Münze genommen hatte.

Seit ihr Orwid genommen worden war, arbeitete sie hart an seinem Seelenheil. Buße für sich und für ihn zu tun, nahm sie sehr in Anspruch, da passte es nicht, dass eine dahergelaufene Magd, ihren und Gottes Plan durchkreuzte. Andres war Teil ihres Heilsweges. Nur wenn Andres die Priesterrobe trug, würde Orwid aus dem Höllenfeuer herauffahren ins Paradies. So weit ihr Verständnis. Nach jedem Ablass, den sie für Orwid gekauft hatte, war es ihr nur mäßig besser gegangen. Andres war Orwids Schlüssel ins Paradies. Und Andres' eigenes Sündenregister war so voll, dass er gut daran tat, eher heut als morgen mit dem Studium fertig zu werden!

An einem hässlichen grauen verregneten Nebelungtag – das Fasten forderte seinen Tribut und den Leuten kamen Kohl und Rüben bereits zu den Ohren heraus, obwohl der Advent noch nicht einmal begonnen hatte – erspähte sie die Schnorrerin Siegtraut Mälzer beim Betteln. Entschlossen stieg Reinhilde über den Haufen Pferdeäpfel vor ihrer Haustür und sprach die junge Frau an, nachdem sie ihr eine Münze in die hohle Hand gelegt hatte.

„Gott vergelt's."

„Amen. Siegtraut, wie geht es deiner Mutter?"

„Warum fragt Ihr das nicht Elsa?"

„Weil ich nicht weiß, ob sie das recht einzuschätzen vermag, sie sieht sie seltener, also Mädchen, antworte."

„Es geht. Der Husten ist noch nicht zurückgekehrt."

Reinhilde zog ihr Tuch ungeduldig enger. Sie wollte in der Kälte nicht Wurzeln schlagen. „Ich möchte Katharina zum ersten Advent auf ein Stück Honigkuchen in mein Heim einladen, kannst du dafür sorgen, dass sie wohlbehalten in die Stadt kommt und wieder hinaus?" Sie wurde von der Jüngeren misstrauisch beäugt. „Ich bezahle natürlich für deine Unannehmlichkeiten."

Siegtraut zeigte sich einverstanden.

70

Aber mehr sind sie verpflichtet, Augen und Ohren offenzuhalten. Dass jene nicht statt des ihnen vom Papst gewordenen Auftrages ihre eigenen Träume predigen.

Dass sich Reinhilde Hinterthur die Finger am Atlas ihres Überkleides abgewischt hatte, nachdem sie Siegtraut den Rücken zuwandte, hatte die sehr wohl gesehen. Was auch immer die Reinhildin mit ihrer Mutter zu besprechen hatte, es war ihr nicht geheuer.

„Vielleicht will sie die Bürgschaft für uns aufkündigen?“, spekulierte sie am Abend, nachdem sie die wenigen in Brot und Hirse umgesetzten Heller auf den Tisch brachte.

Ihre Mutter antwortete nicht, während sie sich im Zimmer voranarbeitete, um am Tisch, wo Irmel und Anneruth schon ungeduldig auf das Essen warteten, Platz zu nehmen. „Was es auch sein mag“, faltete Katharina Mälzer die Hände und ihre Kinder taten es ihr gleich, „Gott wird es fügen.“ So führte sie das Gebet an, dankte Gott für die Mildtätigkeit derer, die gaben, brach das Brot, verteilte den dampfenden Hirsebrei und Siegtraut merkte, dass sie längst keinen Dank mehr von ihrer Mutter erwartete. Den Bettlern musste man nicht dankbar sein, aber es machte satt und der Kamin war in diesem früh eingebrochenen Herbst mit seinem Regen und Sturm noch nicht ausgegangen. Siegtraut konnte für ihre Familie sorgen, sie brauchten Elsa nicht.

71

Wer gegen die Wahrheit der päpstlichen Ablässe redet, der sei verdammt und verflucht.

Es war verwunderlich, warum zum ersten Advent die Mutter plötzlich in der Wohnhalle an der langen Tafel saß. Beide, Reinhilde und Elsas Mutter, machten besorgte Gesichter. Siegtraut, die sich in der Küche den Bauch mit Honigkuchen vollschlug, wollte den Grund des Besuches nicht wissen. Die Reinhildin habe es so angeordnet, sagte sie, und Elsa befürchtete, Reinhilde würde die Bürgschaft für die Mälzers aufgeben. Das wäre der Todesspruch für sie alle. Elsa konnte unmöglich vier Menschen im Jakobsstift durchbringen.

Die Mutter wollte keine Andeutungen das Gesprächsthema betreffend machen. So verabschiedete Elsa die beiden Gäste, versprach bald vorbeizusehen und blieb mit einem unguten Gefühl zurück. Oben in der Küche nahm sie eben ihre Handgriffe wieder auf, als sie von Reinhilde in die Wohnhalle gerufen wurde. Die Hausherrin wies sie an, Platz zu nehmen, schritt selbst aber auf und ab, spähte hier und da durch eines der Butzenfenster in die Dämmerung hinaus, auf die Gasse hinunter und rang die Hände, ehe sie das Wort ergriff.

„Deine Mutter und ich sind übereingekommen. Wir sehen es als trefflich an, dich mit Gunnar zu vermählen."

Elsas Fäuste stemmten sich gegen das Holz der Bank. Der

Versuch, aufzuspringen, wegzurennen, wurde vereitelt durch Reinhilde. Die stand wie zufällig hinter ihr. Wie glühende Eisen trieben sich ihre dünnen Finger in Elsas Schulter, als sie sie auf die Bank zurück drückte.

„Eine bessere Verbindung kann es für deine Mutter und Niklas Tylike gar nicht geben."

„Ich habe keine Mitgift."

„Die Mitgift, die du bringst, ist mehr wert, als jede Brauttruhe, Els." Reinhildes Schmeicheleien schmerzten. Während sie ihren Gang durch die Halle fortsetzte erklärte Reinhilde: „Das Zunftpapier, Elsa. Deine Mutter meinte, es ist bereits in deinem Besitz. Ich schätze deine Mutter als eine sehr kluge, strategische Frau." Die Reinhildin blieb am Kopf der Tafel, wo sie sich am wohlsten fühlte, stehen. Ihre Knöchel traten beim Verkrallen in die Stuhllehne hervor.

„Ich kann nicht Gunnars Frau werden."

„Oh doch, du kannst." Reinhildens Stimme zitterte in jenem Zorn, den sie womöglich schon eine Weile mit sich herumtrug. „Und du wirst!"

„Ich kann nicht, weil ..."

Reinhilde Zeigefinger schnitt durch die Luft und ihr das Wort ab. „DU WIRST!"

Elsa war vor dem Groll der Reinhildin zusammengezuckt. Eine leise Panik beschlich sie. Andres. Ihr ganzes Denken galt ihm.

„Du wirst Gunnar heiraten, Els." Die Milde in Reinhildes Stimme war geheuchelt.

Elsa hob den Blick. Bedacht auf jede Silbe sagte sie, was das Wichtigste war: „Ich bin bereits verheiratet."

Zuerst stutzte Reinhilde, dann lachte sie affektiert auf, schließlich verschloss sie die Augen vor dem, was sie gehört hatte. „Was redest du da für einen Blödsinn und mit wem überhaupt?"

Elsa sagte es ihr, nannte ihr Ort und Datum und Matthes' Beitrag.

Reinhilde lachte abermals auf, erleichtert dieses Mal. „Matthes

Weidner? Der ist kein Priester, was immer ihr in dieser Nacht getan habt, nichts davon ist rechtsgültig."

„Doch!" Elsa reckte trotzig das Kinn. „Vor Gott geschlossen und gelobt vor Jesus Christus!"

„MATTHES IST KEIN PRIESTER!" So rasch ausgebrochen, zog der Feuerberg sich wieder in sich zusammen. Reinhildes Juwelenring glitzerte, als sie ihre Schläfen massierte. „Versteh das, Kind. Matthes' Weihe steht noch bevor. Im kommenden Jahr, wenn ich den Erzählungen meines Sohnes Glauben schenken darf. Er kann euch gar nicht ... es geht nicht! Gunnar heiratest du noch in diesem Jahr ..."

„Ich bin verheiratet und die Ehe ist vollzogen."

Mit dem Gesagten froren Reinhildens Bewegungen ein, als entsinne sie sich, etwas Bedeutungsschweres fragen zu wollen. „Bist du schwanger?"

Elsa brauchte einen Moment zum Antworten. „Ich glaube nicht."

„Du glaubst oder du weißt? Warst du unrein, seit Andres das letzte Mal hier war?"

Elsa zögerte, kalkulierte, wie dicht sie die andere in ihr Leben lassen wollte. Reinhilde donnerte mit der Hand auf den Tisch. „ANTWORTE!"

Elsa nickte wortlos. Reinhilde atmete erleichtert auf.

„Na bitte, umso besser! Gunnar ist so dämlich, ihm wird nicht auffallen, dass du nicht mehr frisch bist, und wie ich meinen will, hat er auch keinen Vergleich, wie es sich anfühlen müsste. Also, dann hätten wir alles besprochen. Deine Mutter und ich ersehen Weihnachten als allerbeste Hochzeitszeit."

„Ich werde das nicht tun."

Das hing ein paar schier endlose Wimpernschläge lang zwischen ihnen.

„Wie du willst." Reinhilde rieb die Hände, als wolle sie sich von all dem Unreinen zwischen ihnen säubern. „Du wirst noch heute Abend deinen Krempel packen und aus meinem Haus verschwinden. Deine Mutter und deine drei Schwestern werden das Jakobsstift, das ich bezahle, räumen. Ich wünsche euch ein schönes Leben in der Gosse. Und dieses sogenannte Eheversprechen, das dir mein Sohn angeblich gab … Das ist nichtig, so oder so."

Elsa schaute der anderen hinterher, wie sie sich langsam zur Tür bewegte.

„Warte."

Reinhilde drehte sich um und zeigte ein versöhnliches Lächeln. „Weißt du, Els, mein Sohn hat mir einst einen Eid geschworen. Ich möchte ihn ungern daran erinnern, dass er ihn bricht, wenn er auf eine Verbindung mit dir beharrt. Also, mache es uns nicht so schwer, schreibe ihm, dass du es dir anders überlegt hast, deine Gefühle zu ihm seien eingeschlafen, und so weiter und so fort … Beende dieses Techtelmechtel unverzüglich!"

Elsa nickte.

„Gutes Kind."

Als Nechstes:

wird im vürrten Teyl erzehlet, wie es sich zugethragen vom Christfest anno 1519 bis Ausgang anno 1520

in der Schwesterstatt Görlitz,
Handelspunkt und Teyl des Sechsstettebundes

—

72

Wer aber gegen den Mutwillen und den Übermut der Worte des Ablasshändlers auftritt, der sei gesegnet.

Andres hatte zwei Briefe erhalten. Einen von seiner Mutter, einen von seiner Ehefrau.

Der eine hätte nicht erschütternder als der andere sein können. Sein Eheweib forderte eine Unterschrift von ihm. Doch sein Signum unter eine Urkunde, die von Reinhildes *Advocatus* aufgesetzt worden war und die ihn von Elsa entbinden sollte, konnte er nicht leisten. Er würde sich eher die Fingernägel ausreißen als sein Kürzel unter Elsas Namen unter der Scheidungsurkunde setzen! Das stach im Herzen, biss in den Augen.

Er glaubte kein Wort, das sie ihm schrieb. Ihre Wortwahl war gestelzt, ihre Schrift unstet und ganz anders als sonst. Er kannte sie besser! Wie seine Mutter von ihrer heimlichen Ehe Wind bekommen hatte, erfuhr Andres weder in dem einen noch in dem anderen Brief. Sowieso blieb vieles, was die Vorgänge zu Hause erklärt hätten, im Dunkeln. Er und Elsa waren sich einig gewesen, dass sie alle, die es betraf, erst nach seinem Studium einweihen wollten. Dass seine Mutter nicht gerade begeistert über diese Neuigkeit sein würde, war zu erwarten gewesen. Aber dass sie spornstreichs die Annulierung der Ehe forderte, war unfassbar.

Und dass beide Briefe – Elsas und der seiner Mutter – etwas miteinander zu tun hatten, war ihm sonnenklar. Nur kam Andres hier nicht weg. Er saß fest in Wittenberg.

Mittlerweile war er ein Lizenziat, einer, der die Studenten im Studium Generale unterrichtete, und hatte Prüfungen abzunehmen. Darüber hinaus wurde die Lehrbefähigung der *licencia* regelmäßig auf den Prüfstand gestellt und es war nicht abzusehen, wann Andres an die Reihe kam. Er wünschte nur, er könnte sich zu Elsa nach Görlitz zaubern, aber zwei Mal zwei Tagesreisen, nur um ein Missverständnis aus der Welt zu schaffen, konnte er sich nicht erlauben. Er wog ab: Sollte er sein Studium oder seine Liebste aufgeben? Er hing an beidem. Er wollte beides. Und er wurde von beidem zerrissen.

Matthes, der Andres so gut kannte wie kein anderer, redete auf ihn ein wie auf einen kranken Gaul, sich doch endlich zu beruhigen. Andres schritt auf und ab, wie ein gefangen gehaltenes Tier in seinem Käfig. In die Bibliothek fiel kaum mehr Tageslicht.

„Sie zweifelt die Rechtsgültigkeit meiner Zeremonie an?“, schnippte Matthes das Papier aufs Schreibpult, vor dem Andres stehen geblieben war: die Ellbogen darauf gestützt, den Kopf in die Hände gelegt, das Haar walkend. Ein Denker durch und durch. Legte er den Kopf nur einen Moment schräg, wandelte der Denker sich in ein Kind, das Rat vom Vater erbat.

„Ich hab Angst, dass Mutter recht hat, Matthes.“

Matthes zuckte die Achseln: „Ich habe alle theologischen Examina und Gelübde abgelegt, mir fehlen nur noch die der Grammatik und Rhetorik sowie der aristotelischen Logik. Und all das beeinträchtigt nicht mein Recht vor Gott, die Sakramente zu spenden!“

Andres schnaufte in seine Handflächen.

„Andres, du warst dabei, als wir mit Doktor Luther disputierten, ab wann ein Student befähigt ist, den Heilsweg zu beschreiten.“

Andres fuhr sich über die Augen. Er wollte jetzt nicht über

den Unterricht sprechen. Er wollte sein Leben, das gut gewesen war, in geordnete Bahnen zurückführen. Er tunkte die Feder ins Tintenfass, um wenigstens auf dem Papier Trost zu spenden. Elsa musste von ihm hören.

„Doktor Luther meinte, nach jeder erfolgreich abgelegten Prüfung im Quadrivium dürfen wir die dem Bereich entsprechenden Handlungen vollführen, also ..."

„Matthes, ich komme mir vor, als hätte ich die schlimmste aller Sünden an Elsa begangen."

„*Absolvo te.*" Matthes legte die Hand auf Andres' Schulter. Der hielt im Schreiben inne „Sei froh, dass du sie hast."

„Ja." Andres bannte Matthes' Blick. „Tut mir leid", und schloss ihn fest in die Arme. Wie selbstsüchtig er war, wo doch Matthes noch immer um sein Mädchen trauerte. Andres schrieb seinen Brief zu Ende. Elsa war seine Frau, was immer der Advokat dagegen behauptete. Sie war sein! Er würde es dem Sesselpuper nicht so leicht machen, ihn und Elsa auseinanderzubringen. „Frauen dürfen sich gar nicht scheiden lassen", knurrte er und hörte Matthes bitter auflachen.

„Nur wenn der Mann nachgewiesenermaßen impotent ist oder das Weib Ehebruch begangen hat", sagte er.

Weder das eine noch das andere wollte er sich und Elsa nachsagen lassen.

Auf jeden Brief seiner Mutter antwortete Andres, dass er nicht gedenke, seine Verbindung zu Elsa Mälzer zu lösen. Das ging den ganzen Advent so. Matthes konnte ihn weder bei Laune halten, noch zum Lernen anregen. Andres war ein Nervenbündel und erlebte seine Mutter hartnäckiger denn je. Er erinnerte sich an nur eine einzige Begebenheit, als er sie leidenschaftlich und aufopfernd gesehen hatte: Das war gewesen, als man seinen Vater wegen Rede wider die katholische Kirche festnahm. Da hatte sich seine Mutter wie eine Harpyie vor ihren Gemahl geworfen und Schwüre auf alle Heiligen geschworen, dass ihr niemals wieder einer ihrer Männer genommen werden sollte. „Du bist mein Letzter", hatte sie zu ihm gesagt und Andres sah jetzt wie damals ihre vom Weinen verquollenen Augen. „Dich gebe ich nicht so einfach her!"

Und dann hatte er ihr zuliebe einen Schwur geleistet, den er jetzt und für alle Zeiten bereute. Heute, als Erwachsener und Gelehrter wusste er, dass ein Versprechen, basierend auf emotionaler Schwäche, einzig der Rückversicherung desjenigen diente, der den anderen mit diesem Versprechen an sich band. *Erpressung* konnte man auch dazu sagen.

Reinhildens neuester Brief, Weihnachten war nur noch einen Steinwurf entfernt, machte Andres krank. Zuerst wurde ihm schlecht, dann begann er zu zittern, sodass es ihn ans Bett fesselte. Man ließ den Physikus kommen, nicht, um ihn zu kurieren, sondern um einige Krankheiten auszuschließen, insbesondere die eiligste von allen, die ungeduldigste. Man schröpfte ihn, verabreichte Klistiere. Als man feststellte, dass Andres am weniger ansteckenden, wenn doch viel quälenderen Liebeskummer litt, ließ man ihn in Ruhe.

Wo keine rechtsgültige Vermählung, da sei auch keine ordentliche Scheidung vonnöten, hatte das letzte Schreiben offeriert. Seine Mutter hatte ihm somit die simpelste aller Lösungen präsentiert.

„Komm wenigstens zum Spätmahl runter", ging Matthes neben Andres' Bett in die Hocke. „Du musst was essen."

„Ich muss nach Hause." Seine Stimme: müde und rau. Er hob den Todesstoß aus der Feder seiner Mutter hoch, Matthes nahm den Brief entgegen. Andres hörte, wie sein Freund die Luft scharf einsog, während er das Schreiben überflog.

„Sie laden dich zu Gunnars Vermählung mit Elsa ein?"

Andres starrte an die Decke. „Ich muss nach Hause."

Matthes las weiter die letzte Forderung, die Reinhilde an ihren Sohn stellte. „Die sind unsagbar dreist!"

73

Wie der Papst gerechterweise diejenigen mit dem Bannstrahl trifft, die zum Schaden des Ablasshandels arglistig vorgehen.

Die Tage hingen wie in einem Nebelschleier über ihr, lediglich durchstoßen vom kantigen Anschlagen der Zimmermannshämmer, die aus dem maroden Nebengebäude ein Wohnhaus machten. Elsas ganzes Sinnen war auf das gerichtet, was ihre Hände taten. Und das war sehr viel. Eine neue Magd war noch nicht gefunden. Peternelle, die es nicht bewerkstelligte, sich Elsa als ihre zukünftige Herrin vorzustellen, hatte der Reinhildin aufgekündigt.

Peternelles Stolz musste über alle Maßen stark sein, dass sie eine so gute Anstellung aufgab. Man hörte auf dem Markt, dass Peternelle in allen Herrenhäusern und sogar im Rathaus um Arbeit ersuchte. Elsa sah sie manchmal von Weitem, wie sie schier geschäftig in der Stadt unterwegs war. Gerüchte bestätigten nicht, was Peternelle vorgab. Und Elsa wurde es kalt in der Dachkammer.

Von morgens bis spät war sie in Bewegung. Die Hochzeit sollte zwischen den Jahren stattfinden. So hatte es Reinhilde bestimmt, nachdem sie Elsas monatliche Unpässlichkeit durchgerechnet hatte. Es durfte auf keine Fall während der hässlichen Tage geheiratet werden und sie wollte nicht bis nach Neujahr warten.

Von Andres war bislang nur ein einziger Brief für sie beim Weidner eingetroffen. Andres' Zeilen hatten sie nicht getröstet. Mit seinem Stursinn machte er die ganze Angelegenheit zu einem Kampf. Jedes Mal, wenn sie sein Gesicht vor ihrem inneren Auge modellierte, seinen Lippen auf den ihren nachspürte, immer, wenn sie sich ihrer Nähe zu ihm erinnerte, verkrampfte sich ihr Herz, dass sie sich krümmte vor Schmerzen. Was hatte sie geglaubt? Dass er ihren Abschied klaglos hinnahm und unterschrieb?

An einem Nachmittag kurz vor Weihnachten, so grau und trüb, dass er Elsas Stimmung nur zu gut widerspiegelte, wurde sie Zeugin eines Streites zwischen Reinhilde und ihrem Gatten. Gunnar bekam von nichts etwas mit. Er genoss es, im Mittelpunkt zu stehen, seit Reinhilde die Tylike'schen Hochzeitspläne umsetzte, damit es auch der hinterletzte Krebsgassenhalunke mitbekam. Dieser Narr! Er scharwenzelte mehr noch als früher um Elsa herum und versuchte sie davon zu überzeugen, die beste Partie der ganzen Welt zu sein. Elsas kalte Schulter deutete er als züchtige Zurückhaltung und jungferliche Unerfahrenheit. Wobei er derjenige war, der, sobald ein hübsches Mädchen in seiner Nähe aufkreuzte, schlimmer denn je stotterte und rot anlief. In solchen Situationen fehlte Peternelles Schlagfertigkeit. Es war ein Trauerspiel.

Die Wände wären dick genug gewesen, den Streit zwischen Tylike und Reinhilde für sich zu behalten. Starke Felssteinwände. Doch stand die Tür einen Spaltbreit offen, sodass Elsa alles mit anhören konnte. Während Tylike darauf beharrte, die Lächerlichkeit einer Scheinehe Gunnar zu verraten, damit er wisse, worauf er sich mit der Elsa einließ, bestand die Reinhildin darauf, von dem Schmutz dieser Nichtigkeit müsse der Junge unbehelligt bleiben. Der Eigennutz der Reinhilde schwang mit jedem Ton.

„Bringt mich nicht so weit, zu bereuen, dass ich es Euch gesagt hab", begehrte sie auf. „Ist es nicht genug, den Advokat fürs Schweigen zu überhäufen?"

Darauf war ein Schnauben aus Tylikes Mund zu vernehmen. „Ihr werdet nicht müde, Geld für den Bengel zum Fenster rauszuwerfen!“, donnerte der Braumeister und meinte Andres. Elsa konnte sich gut vorstellen, wie die Reinhildin eine Drohgebärde loswurde.

„Gunnar kriegt doch sowieso nichts mit. Außer von der Briuwerkunst versteht er doch nicht viel. Und selbst die …“

Tylike duldete es nicht, dass sein Weib Gunnars – zugegebenermaßen bemühte – Braukünste thematisierte. Bebend forderte er eine Bedingung, die die Hütung des Geheimnisses mit sich brachte, nämlich …

Doch jene Bedingung äußerte der Braumeister so gedämpft, dass Elsa sie nicht hören konnte.

Nach diesem Streit schien Reinhilde den Kampf beigelegt und ihren Entschluss gefestigt zu haben. Noch am Abend desselben Tages ließ sie sich herab, Elsa in der Wohnhalle zu empfangen. Dicht stellte sich Reinhilde vor sie hin, packte ihre Hüften und begutachtete sie. „Deine Figur werden wir betonen.“ Elsa schaute an der anderen vorbei, taxierte einen Schmutzfleck auf der gekalkten Wand nahe dem Hausaltar. „Wir betonen deine Figur und dein Dekolleté und deinen schlanken Hals.“ Bei der Erwähnung tippte sie jedes entsprechende Körperteil an. „Du wirst aussehen wie die Braut eines Kaisers.“ Von Elsa kam keine Regung. Wer würde, wenn sie nicht mehr Magd war, die beschädigte Stelle an der Wand kalken? Der auffrischende Wind zerrte an ihrer Aufmerksamkeit für den Schandfleck. Es jaulte, wallte auf, verebbte, und spielte in der Ferne auf wie geblasene Hörner.

„Du musst nicht lächeln“, kommentierte Reinhilde Elsas Teilnahmslosigkeit. „Das ernste Antlitz folgt der Mode. Außerdem ist die Ehe nichts, was man leichtfertig und lachenden Gemüts eingeht … Schau …“ Damit wandte sich Reinhilde ab und hob ein flaches, in blaues Leinen gewickeltes Paket vom Stuhl, das Elsa zuvor nicht gesehen hatte.

Elsas Blick streifte das, was Reinhilde zutage förderte, als sie die Stofflagen auseinanderfaltete. Es waren drei gelbe, von Goldfaden durchwirkte Teile, die sie über den Tisch und die Stuhllehnen ausbreitete: ein Übermieder, der dazu passende Rock und der breite Gürtel, der zwischen beidem vermitteln sollte. An den Säumen des Mieders war der Brokat mit feinster Spitze besetzt, der Ausschnitt war viereckig und so tief, dass es unterhalb der Brüste einschneiden würde. Das Schweißhemd würde Elsas Rundungen zwar zu verbergen wissen, denn die Mode ging hin zum platt gedrückten Dekolleté, dem Bräutigam dennoch einen Vorgeschmack auf das, was ihn in der Hochzeitsnacht erwartete, geben. In Elsas Bauch rumorte die Galle beim Gedanken daran.

Reinhilde hob die überlangen engen, an die Korsage genestelten Ärmel an, die am Handgelenk gerafft werden würden und draußen in der Kälte als Handschuhersatz dienen konnten. „Es ist italienisch. Eine sündhaft teure Anfertigung. Über- und Unterkleid wird es bald nicht mehr geben."

Elsa schaute längst wieder stur geradeaus zum Fleck an der Wand.

„Mein Stiefsohn heiratet schließlich nur einmal. Und da er der einzige Erbe des Tylike'schen Vermögens sein wird, lässt Tylike es sich einiges kosten." Während sie das sagte, hielt Reinhilde Elsa das Mieder zur Probe an.

Elsa wusste nicht, ob die Reinhildin wirklich so heiter aufgelegt war oder nur so tat, um das Eis zwischen ihnen zum Schmelzen zu bringen. Das Eis war so dick wie das auf den Karpfenteichen.

„Und das hier …"

An Elsas starrem Auge blitzte etwas vorbei, was Reinhilde aus einem kleinen samtenen Beutelchen hervorgezaubert hatte. Eiskalt lagen die Steine an ihrem Hals und fühlten sich so schwer an, als wollten sie sie in eine dunkle Tiefe hinabzerren. „Es wird gut, kleine Els", raunte sie dicht an ihr Ohr: „Wir werden uns gut verstehen: als Schwiegertochter und Schwiegermutter."

Unter dem Collier pulsierte es in Elsa, denn erstens war Reinhilde nicht Gunnars leibliche Mutter, zweitens war Reinhilde durch Elsas und Andres Vermählung längst ihre Schwiegermutter und drittens verstanden sie sich kein bisschen gut.

Weil es draußen krachte, dann Flüche bis herauf drangen, beobachtete Elsa durch die Butzenscheiben jener Fenster, die nach dem Hinterhof rausgingen, die verschwommenen, krummen Umrisse zweier Packer, die einen Tisch durch die schmale Haustür des einstigen Gesindehauses zu hieven versuchten. Sie wartete ab, bis es die Männer geschafft hatten, das klobige Ding hineinzuwuchten, dann sagte sie tonlos: „Bigamie ist vor Gott die schlimmste aller Sünden."

Reinhilde versuchte, sich in Elsas Blick zu schieben, Elsa aber wich ihr aus. „Ich habe dieses Thema vor Pleban Faber angesprochen – selbstverständlich, ohne zu konkretisieren oder Namen zu nennen." Reinhilde rubbelte die Oberarme der Jüngeren. „Es besteht kein Anlass zur Sorge. Wie gesagt …" Sie ließ von Elsa ab, die nach wie vor aus dem Fenster schaute. „Wir sprechen nicht von Ehe, sondern vorehelichem Verkehr. Unzüchtig ist das und nicht schicklich. Aber es geht nun mal nicht zu ändern und Gunnar weiß von nichts."

Elsa konnte nicht widerstehen. Ihr Blick wanderte kalt und ungerührt in den von Reinhilde. „Und wenn ich es ihm sage?"

Zuerst froren die Züge der anderen ein, dann packte sie Elsa grob am Arm. „Niemand weiß davon, niemand, hörst du? Von deiner Unzucht weiß niemand etwas! Auch mein Advokat nicht. Der denkt, wir annullieren die Ehe, weil sie nicht vollzogen ist und weil ihr Zeremonienmeister ein Theologiestudent ohne Examina gewesen ist. Von der Schande, dass ihr nach der Luther'schen Lehre gehandelt habt und dass ihr … dass ihr …"

„Uns geliebt haben?" Elsa hielt dem eiskalten Blick der anderen stand.

„Davon weiß niemand. Und das wird auch so bleiben." Reinhildes Griff wurde noch fester. „Solltest du es wagen, Geschichten in die Welt zu setzen, dann … Gnade dir Gott!" Noch einen Moment lang maßen sich beider Blicke, dann packte Reinhilde mit der anderen Hand Elsas Kinn und wandte ihren Kopf ruppig gen Fenster. „Sieh dir an, was deiner Familie gegeben wird. Plauderst du, landen sie auf der Straße!" Reinhilde ließ zwar Elsas Kinn los, nicht aber deren Handgelenk.

„Die Gemeinschaft derer, die an die Evangelien glauben, ist groß, Reinhilde", sagte Elsa tonlos, aber mit kräftiger Stimme. „Es sind viele, die bei unserer Trauung Zeugen davon gewesen waren, wie ich das Seidentuch auf der Türschwelle zurückgelassen und mit Andres das Schlafgemach betreten habe."

Reinhildens Gesicht näherte sich Elsas Profil. Ihr unwilliges Knurren klang dicht an Elsas Ohr. „Dann nenne sie mir. Nenne mir alle Ungläubigen dieser Stadt und wir kriegen drei Fliegen mit einer Klappe: Ich bekomme deine Brauerlaubnis, werde dich und deine verlodderte Sippe los und der Rat lässt uns in Ruhe."

„Andres. Wäre der erste Name", Elsa versuchte das Kneifen und Brennen von Reinhildens Fingern in ihrem Fleisch zu ignorieren.

Reinhilde ließ ab von ihr. „Nun. Andres behauptete mir gegenüber, er sei in der fraglichen Nacht auf Maria Himmelfahrt in Wittenberg gewesen. Mein Wort wird gegen das seine aufgewogen werden, sollte er zu dir halten. Und, was meinst du, wem wird der Rat glauben?

Reinhilde würde gewinnen. Etwas anderes kam für sie gar nicht infrage. Elsa würde sich fügen müssen.

Als könne Reinhilde Elsas Gedanken lesen, nickte sie und setzte eine ganz und gar unbekümmerte, nahezu heitere Miene auf: „Pater Fabri sieht eine Beichte vor der Hochzeit für angebracht."

Dem Tisch waren längst vier passende, Samt bezogene Stühle ins Hinterhaus gefolgt, jetzt hievte man eine reich verzierte Truhe hinterdrein. „Ich werde es tun." Elsas Stimme war rau.

Reinhildes Blick folgte dem ihren hinunter zum Hof. „Sehr vernünftig, Elsa. Es wird schön für deine Familie werden: neue Bodendielen, neue Täfelungen an den Wänden. Mobiliar vom Feinsten." Sie wandte Elsa abrupt zu sich um. „Ich verprasse das gesamte Vermögen, das mir mein lieber Orwid hinterlassen hat für deine Mutter und deine Schwestern. Da erwarte ich von dir erstens, dass du dich an das Schweigegebot hältst, zweitens einen strammen Erben für die Brauerei und drittens, dass du meinem Sohn nicht nachstellst!“

Elsas Blick wanderte in Reinhildens. Sie taxierte das Braun, das sie an Andres’ so sehr liebte, dann nickte sie.

74

Umso mehr will er diejenigen mit dem Bannstrahl treffen, die unter dem Vorwande des Ablasses zum Schaden der heiligen Liebe und Wahrheit handeln.

„Vergebt mir, Vater, denn ich habe gesündigt. Meine letzte Beichte ist … eine Weile her.“ Das diesige Wetter trug nicht den Zauber von Winter und Weihnacht. Elsa streifte die Kapuze ihrer Schaube vom Kopf.

„So sprich, meine Tochter“, während der Geistliche auf der anderen Seite das sagte, schob er das Holz vor dem Gitterfenster zurück, sodass es seine Stimme in ein Krächzen verwandelte.

„Ich habe über meine Schwester geschimpft, ich habe über meine Herrin geschimpft, ich …“

Auf der anderen Seite hörte sie ein Räuspern. „Das sind Nachlässigkeiten, meine Tochter. Zur Buße sprich …“

„Nein, wartet, Pater, ich werde morgen vermählt.“

„Meine Gratulation.“ Ungeduldig scharrte der Beichtvater mit den Füßen auf der anderen Seite der Wand.

Elsa schwieg. „Ich habe vor der Ehe Unzucht getrieben.“

Das Scharren verebbte, stattdessen knarrte das Sitzbrett des Alkovens. „Die du in Demut reust?“

Elsa überlegte einen Moment. „Nein, eigentlich nicht.“ Weil es eine ganze Weile auf der anderen Seite still war, wurde Elsa nervös und nötigte nun ihrerseits dem Sitz ein Knarren ab.

„Wie kannst du morgen heiraten und das Gelübde sprechen, wenn du die Sünde nicht bereust?“ Dieses Mal war die Stimme so weich, so ruhig und ohne jede Störgeräusche zu ihr herüber gelangt, dass Elsas Herz einen schmerzhaften Satz tat. Sie wusste, es konnte nicht sein, es durfte nicht sein, aber die Stimme kannte sie besser als alles andere. Ihre eigene Stimme zitterte jetzt und war nur ein Hauchen. „Weil sie sonst meine Mutter auf die Straße setzt.“ Sie hielt ihr Brusttuch vor ihr Gesicht, um das Schluchzen zu dämpfen.

Der Mann auf der anderen Seite des Beichtkastens war geduldig mit ihr. „Els, bitte, beruhige dich.“

Aber ihr brachen alle Dämme. „Andres, ich kann doch nichts dafür!“

Es blieb still auf der anderen Seite des Beichtgestühls. Eine für Elsa unerträgliche Weile, bis sie es seufzen hörte. „Wir sollten nicht hier darüber sprechen. *Te absolvum.* Zur Buße tue, et cetera, p. p.“

Später, als sie sich bei Weidner trafen, war es noch viel schlimmer als vorhin im Beichtstuhl.

„Ich hab keine Wahl. Meine Mutter und meine Schwestern …“ Wie immer, wenn sie von ihrer Familie sprach, deren Schicksal an ihres gekettet war, stiegen ihr die Tränen in die Augen.

„Ich weiß“, er strich mit den Daumen die Tränen von ihren Wangen und erzählte, er habe alles abgewogen, jede Möglichkeit verfolgt, die ihnen blieb. Ignatius hätte die Bürgschaft für ihre Leute übernehmen wollen, da er aber im Sommer angeklagt worden war, habe er nun kein Bürgerecht mehr.

Elsa stemmte sich auf seiner Brust hoch: „Ignatius hat kein Bürgerrecht mehr?“

„*Bürge*recht, Els. Er ist noch Bürger, aber er darf nicht bürgen, jedenfalls nicht, so lange wir uns verstecken und verleumden müssen, Els.“ Weil sie noch so erschüttert schaute, beugte Andres sich vor, küsste sie und zog sie wieder in seine Arme. „Ich finde eine Lösung. Ich habe das Gefühl, dass sich etwas Entscheidendes ereignen wird, aber ich weiß nicht, was."

„Und bevor es so weit ist ..." Sie schaute Andres enttäuscht an. „Werd ich deine Mutter und Gunnar zufriedenstellen?" Sie hatte sich mehr als nur Zukunftsvisionen von ihm erhofft, setzte sich auf und begann damit, sich anzukleiden. „Dein Rhetorikstudium bringt uns hier auch nicht weiter." Sie war mit einem Male wieder so niedergeschlagen.

„Du weißt, dass du nur mit mir nach Wittenberg mitzukommen brauchst und wir wären alle Sorgen los ..."

Elsa schnitt ihm mit einer warnenden Geste das Wort ab. Er wusste, dass sie nicht einfach von hier verschwinden konnte, dass sie nicht einfach *alle Sorgen los* würden. Das hatten sie besprochen. Hundert Mal.

Andres setzte sich auf, raffte die Decke über seiner Mitte und taxierte sie aus schmalen Augen. „Es ist eine Entscheidung zwischen mir und deiner Familie, und du hast dich längst entschieden." Er hatte recht. Sie zog ihm ihre Familie vor. Dass er gekränkt war, war nur verständlich. „Els ..." Er nahm sie zurück aufs Bett und hielt sie ganz fest umschlungen. Sie umklammerte ihn mit all ihrer Verzweiflung.

„Bigamie ist so furchtbar."

„Wer redet dir ein, dass du zur Bigamistin wirst?"

„Ich." Sie wollte es nicht, doch abermals rannen die Tränen.

„Aber das römisch-katholische Zeremoniell ist nichts, Els! Es ist nichts und es taugt nichts und es hat nichts mit uns zu tun! Matthes hat uns rechtmäßig vor Gott getraut, Doktor Luther kann das bestätigen, nun wein doch nicht." Er hielt sie fest, bis sich ihr Weinkrampf löste, dann umschloss er mit den Händen ihr Gesicht und suchte ihren Blick. „Ich verspreche dir bei allem, was mir lieb und teuer ist, dass es eine Lösung geben wird. Nicht jetzt und nicht morgen, aber irgendwann."

„Dann wirst du es hinnehmen, dass ich zu ihm ins Bett steige?"

Bei der Vorstellung, wie sich Gunnar zu Elsa legen würde, konnte er ihrem Blick nicht standhalten. „Nein, weil ich immer noch dafür bin, dass wir einfach von hier verschwinden. Aber da du das nicht in Betracht ziehst, werde ich wohl damit leben müssen. Und glaub mir, wenn wir tauschen könnten, Els, ich würd es sofort tun."

Elsa, die einen Hang hatte, sich alles bildlich vorzustellen, lachte laut auf. „Du und Gunnar!" Sie lachte, bis sie sich krümmte, dann schmiegte sie sich ganz weich an ihn und knetete die Muskeln seines Nackens. „Wieso warst du überhaupt im Alkoven?"

„Das ..." Andres kippte sie, die loskicherte, auf die Matratze und legte sich auf sie. „War der Schachzug meiner lieben Mutter. Sie dachte wohl, sie bringt mich auf den rechten Pfad, wenn sie mich bei Pleban Faber für die Festtagsmesse einteilt. Sie konnte ja nicht ahnen, dass Faber, der faule Sack, mich gleich nach meiner Ankunft in den Beichtstuhl steckte."

„Nein." Elsa reckte sich, um ihn mit ihren Lippen zu kosten. „Hätte sie gewusst, dass die von ihr erzwungene Beichte mich geradewegs in die Arme meines Gemahls treibt, hätte sie nicht darauf bestanden. Deine Mutter meinte, du hättest vor Jahren einen Eid geschworen ... Was für einen Eid?"

Andres setzte zum Sprechen an, als es an der Tür klopfte und Meister Weidner gedämpft durch die Türe der späten Stunde mahnte. So blieb dies weitere Versatzstück aus Andres' Vergangenheit vor Elsa verborgen. Nur widerwillig ließ er sie gehen.

Es gehörte zu Reinhildens und Tylikes Rachefeldzug, dass Andres während der Trauzeremonie dem Pleban als Messdiener zur Seite stand. Auch dass Tylike an Vaters statt die Braut zum Altar führte, hatte System. Jede der Gesten unterstrichen, wer hier das Sagen hatte. Alles war geplant, auch, dass Elsa und Andres während des Essens nebeneinander saßen, sodass Reinhilde sie beide beobachten und auf die Probe stellen konnte. Man hatte die Tische im Ausschank zusammengeschoben und Platz für achtzig Leute geschaffen.

Und trotzdem fanden sie eine Möglichkeit, miteinander zu sprechen, ohne einander anzusehen: die Lippen verborgen hinter Gläsern, die Blicke in die entgegengesetzte Richtung schweifend.

Dass Elsas Hände während der Tafelstunde zitterten, mochte Andres erkennen, Gunnar war zu beschränkt, um die Gefühlsregungen seiner Mitmenschen wahrzunehmen oder gar zu deuten. Elsa beobachtete ihre Mutter, die neben ihrem frischgebackenen Schwiegersohn saß und nicht nur einmal mit ihm anstieß. Katharina ließ sich Gunnars Heldentaten am Sudkessel berichten. Elsa faszinierte jedes Mal, wie sie mit in Richtung des Sprechers gewendeten Nebelaugen einem Gespräch folgen konnte. Man musste sie schon sehr gut kennen, um die unter Fingertrommeln und Haubenzipfelzupfen verborgene Langeweile zu deuten. Zumindest, dass ihre Mutter derart trinkfest war, hatte Elsa bislang nicht gewusst.

Später am vorangeschrittenen Abend, als sich die Festtagsgesellschaft im Hause verstreute und man im Ausschank ein paar Spielleute Aufstellung beziehen ließ, setzte sich Elsa neben ihre Mutter. „Dieser Geruch, der an dir haftet ...", sagte Katharina und ihre nebeligen Augen tasteten den Flecken ab, auf dem Elsa saß. „Es ist nicht Gunnars Geruch."

Elsa tätschelte den Unterarm ihrer Mutter und zupfte das Schultertuch zurecht. „Ich freue mich, dass ihr es jetzt behaglich und warm haben werdet."

„Dieser Geruch. Er kam von dem, der neben dir saß."

Elsa schaute sich im Raum um, ob sie auch nicht belauscht würden. Niemand interessierte sich für die beiden Frauen im Eckchen nahe der Tür.

„Seit gut einem Jahr trägst du diesen Geruch an dir, aber nicht ständig, nicht immer gleich intensiv."

„Wie wäre es mit ein bisschen Gebäck?"

„Ich will kein Gebäck. Wenn ich mich nicht irre, hat Andres Hinterthur heut neben dir gesessen."

„Oder Wein? Dein Becher ist leer."

„Ich trinke nichts mehr, sonst bekomme ich gar nichts mehr mit. Ich muss bei klaren Ohren und Nase bleiben. Der Hinterthur riecht genauso wie du seit einem Jahr …"

„Mutter!" Elsa wartete, bis diejenigen, die sich zu ihr umgedreht hatten, sich wieder ihrem Gespräch widmeten. „Untersteh dich", Letzteres hatte Elsa milder und leiser gesagt, spürte aber, wie sie errötete. „Bitte."

Ihre Mutter nickte, dann schälte sie ihre Hand unter Elsas Berührung hervor und tätschelte nun ihrerseits deren Hand. „Ich weiß das Opfer zu schätzen, dass du für uns bringst. Ich hätte es an deiner Stelle nicht getan."

Den entrückten, ja überraschten Blick, den Elsa ihrer Mutter schenkte, konnte jene freilich nicht sehen, doch schien Katharinas drittes Auge seit der Stunde ihrer Erblindung schärfer zu schauen als je zuvor. Die Mutter nickte. „Ein unnötiges Opfer, fürchte ich. Ich bin bald unter der Erde, Siegtraut ist ein leichtes Mädchen von schlechtem Ruf und die anderen beiden wären auch so irgendwie durchgekommen."

„Nein." Elsa schüttelte energisch den Kopf. Niemand durfte das Opfer, wie es Katharina Mälzer genannt hatte, verspotten, indem er es als wertlos bezeichnete. Niemand, nicht mal ihre Mutter. „Nein. Sie haben jetzt gute Aussichten auf dem Heiratsmarkt. Nur das interessiert irgendwen."

Wieder tätschelte ihre Mutter ihre Hand. „Und du meinst wirklich die Kaufherren und ihre Söhne vergessen, aus welchem Hause die Mädchen kommen und welche Umstände sie ins feine Neißgässchen gebracht hat?"

„Ja." Elsa sog die Luft scharf ein und suchte mit ihren Augen die Halle nach ihren Schwestern ab. Siegtraut hatte sie vor einer ganzen Weile zuletzt gesehen. Irmel und Anneruth kauerten auf dem Boden und spielten mit ein paar Nachbarskindern mit Murmeln. Sie beobachtete einen stillen Augenblick lang ihre Schwestern, die selten Gelegenheit gehabt hatten, etwas anderes zu tun als zu arbeiten. Das sollte sich ändern. Ihre Schwestern würden Zeit zum Spielen haben. Elsa nahm sich vor, ihnen vom Spielzeugmacher Reifen, Hottepferd und vom Instrumentenbauer Trommeln und Flöten zu kaufen. Das konnte sie. Gunnar würde ihr das Geld geben. Dass Elsa im Rang aufwärts geheiratet hatte, wurde ihr in Betrachtung ihrer Schwestern klar. Ihretwegen würde es manchmal nicht mehr so weh tun, redete sie sich ein.

„Nur, wer sie jetzt sind, zählt und die Mitgift, die Reinhilde ihnen zahlen wird. Das hat sie zugesichert." Elsas Blick streifte Reinhilde, die über einen Scherz, den der Nachbar offenbar glücklich platziert hatte, lauthals lachte. Gunnar kreuzte ihr Sichtfeld. Vor ihm ekelte es sie. Ihre Augen suchten ein anderes Motiv und sie ermahnte sich, sich nicht an Andres zu weiden. „Jetzt wird alles gut", bestärkte sie sich. Ihre Mutter zeigte ein kleines Lächeln.

„Ich werde zu Bett gehen", sagte diese und erhob sich. „Führe mich zu deinen Schwiegereltern und deinem Gemahl, damit ich mich verabschieden kann. Danach geleite mich hinüber in unser neues Domizil. Ich muss dir etwas geben."

Wie geheißen, führte Elsa ihre Mutter zu jedem, der es wert war, persönlich verabschiedet zu werden. „Auch von dem angenehmen Geruch möchte ich mich verabschieden, Els", hielt ihre Mutter sie auf, bevor sie den Raum verlassen konnten. Elsa bezweifelte, dass ihre Mutter im stickigen Saal Andres ausmachen können würde, wo sich Rose und Minze der Duftwässer, Lavendel von Mottensäckchen, Hyazinthenpuder gegen Flöhe und die kleinen Flakons mit Lockstoffen für Läuse, angenestelt an die Unterkleider der feinen Herrschaften, allesamt miteinander vermischten. Aber Elsa irrte sich, denn zielsicher steuerte ihre Mutter auf den Duft, gemengt aus feuchter Erde und heißer Wolle, zu und stellte sich vor ihn. Elsa tippte Andres an der Schulter, damit er sich zu ihnen umdrehte. So ging Katharina Mälzer mit kerzengeradem Rücken in die Knie, den Kopf neigte sie ein wenig, eine Geste, die im Grunde Familienmitgliedern und engen Freunden vorbehalten war. Andres, der vor Verblüffung den zeitgleichen Einsatz der Geste verpasst hatte, holte das Versäumte sogleich nach.

Elsa signalisierte ihrer Mutter, dass der Gruß vollbracht sei. Mit einem etwas verschlagenem Lächeln, bauschendem Rock und mit nicht mehr zu vermuten gewagter Eleganz wandte sich die Mälzerin um und ließ sich aus dem Raum geleiten.

Drüben im früheren Altenteil, wo man mehrere Zimmer, eine Schwarze Küche, sogar einen Abort für die vier Mälzers hergerichtet hatte, half Elsa ihrer Mutter beim Umkleiden, schürte die Glut im Kamin, schichtete Holz auf und tat von der Glut in eine Wärmepfanne, die sie in Mutters Bett schob, damit sie es schön warm hatte.

„Hier", hörte sie Elsa ihre Mutter sagen und wandte sich zu ihr um. Sie hielt in der ausgestreckten Hand ein Leinensäckchen. Der Geruch, der dem Säckchen entströmte, war Elsa bekannt, dennoch haftete ihm etwas ganz Eigenes an.

Elsa nahm das Säckchen und walkte es zwischen den Fingern. Es war ein fein gemahlenes Pülverchen.

„Wenn du willst, dass er – welcher der beiden auch immer – sich von dir fernhält, so gib in seinen Trank und seine Speise eine Messerspitze davon."

Elsa öffnete die Kordel, um den zuerst süßlichen, im Abgang aber bitteren Duft zu prüfen. „Hopfen?"

„Und Wermut. Es wird vielleicht nicht sofort wirken, aber heut Nacht dürfte er zu betrunken sein, um …"

„Von wem sprichst du?" Dumme Frage. Elsa wusste, dass Katharina das Ringen um Andres gegen Gunnar längst erraten haben dürfte.

„Von dem, der dich heut Nacht nicht beglücken soll." Katharina rollte sich mit wohligem Brummen in ihr Bett. Und Elsa erinnerte sich, dass es Jahre her war, dass ihre Mutter so weich und warm gelegen hatte.

Elsa setzte an, um einiges klarzustellen, besann sich dann und ließ das Säckchen in ihrer Tasche verschwinden. „Danke." Sie wusste, dass ihre Mutter noch nicht schlief. Sie tat nur so und Elsa verließ das Altenteil.

75

**Des Papstes Ablässe für so mächtig halten,
dass sie einen Menschen absolvieren könnte, der –
was doch unmöglich ist – die Mutter Gottes
geschändet hätte – das heißt unsinnig sein.**

Rasseln, Klappern und alles, was hässlichen Lärm machte, der Schleier auf der Türschwelle, Gelächter vom Flur her, Gejohle, Gesang hallte in der hohen Durchfahrt, Musik schwappte mit dem Öffnen der Türen herauf, Gunnar ließ sich ins Bett fallen und raffte die Decke. Elsa saß neben ihm, eine Elle Luft dazwischen und faltete die Hände. Ihr Gebet schloss nicht die gesegnete Hochzeitsnacht ein, nicht den Dank für das Fest, sondern Andres. Gott mochte ihm beistehen in all seinem Gram und Kummer und dass er recht behalten möge und alles gut werden würde.

Elsa öffnete die Augen, weil es neben ihr hölzern röchelte: Ihr Angetrauter schlief tief und fest. Ob Hopfen und Wermut, was sie ihm vorhin ins Bier getan hatte, bereits wirkten oder ob seine Trunkenheit ihn einschlafen lassen hatte, war ihr egal. Und zum ersten Mal an diesem Tag hatte sie Gelegenheit, über alle Umstände nachzudenken. Ihr Name war jetzt Tylike vor dem katholischen Pleban und doch Hinterthur vor dem evangelischen. Obwohl sie mit Andres so viel darüber gesprochen hatte, fühlte sie sich keinesfalls so, als handelte sie rechtens. Ihr Leben war verwirrend. Alles fühlte sich falsch an.

Elsa widerstrebte es, sich neben Gunnar zu legen. Seinen Schnarchern entströmte es sauer. Und mit jedem Grunzen erzitterten seine langen Nasenhaare. Wieso konnte er nicht ein klein bisschen ansehnlich sein? Ihr Mann. Vielleicht war es Wut, die in ihr aufstieg, vielleicht war auch Selbstmitleid dabei, auf jeden Fall aber Ekel. Sie würde keine Nacht neben ihm im Bett liegen können.

Elsa wartete ab, bis sich der Lärm in der Halle verflüchtigte, das Schlagen der Türen der Schlafstuben anzeigte, dass die Tylikes sich zur Nachtruhe begaben, dann erhob sie sich, weil sie Durst hatte und ohnehin keine Ruhe fand.

Gunnars Schnarchen begleitete sie bis in den Korridor. Ihre Kerze schnappte nach Luft und Elsa hatte Angst, dass sie verlöschen könnte. Sie hätte das Wachs um den Docht zurückschneiden sollen. Sie ging auf leisen Sohlen den Korridor zur Schwarzen Küche hinüber, wo sie einen Schluck Wasser zu finden hoffte, mit dem sie einen Becher Bier verdünnen konnte. Schatten leckten an den krummen Lehmwänden. Der Wind heulte durch den Hof, irgendwo piepste eine Maus. Elsa stellte die Kerze mit der nervösen Flamme auf den Rand der Kochstelle und schöpfte mit der Kelle Wasser aus dem Kessel, der im Dreibein hing.

„Kannst wohl nicht schlafen?"

Elsa wirbelte herum. „Herrgottsakra! Musst du dich immer so anschleichen?" Ihr Herz schlug wie verrückt. Die Hälfte des Inhalts der Kelle war auf ihrem Unterkleid verteilt.

„Ich schleiche mich nicht an, ich sitze hier."

Elsa hob den Kerzenhalter, um Andres besser sehen zu können. Er saß am hinteren Anrichtetisch und seine Augen funkelten im Flackerlicht. „Gunnar schläft?"

„Gunnar?" Wer war doch gleich Gunnar? Elsa winkte ab. „Ja, der schläft."

Andres erhob sich. Im Vorbeigehen angelte er ein Leinen vom

Haken, stellte sich vor Elsa hin und betupfte das nasse Unterkleid, wobei seine Berührungen weniger praktischer als vielmehr sinnlicher Natur waren. Das Leinen verfehlte die durchnässte Stelle, seine Hand wanderte unter die Nesteln ihres Ausschnitts. Er ließ sie nicht aus den Augen, während sich ihre Brüste unter seinen Fingern strafften.

„Ich hab nicht bei ihm gel…" Aber Sein Kuss schnitt ihr das Wort ab.

„Versprich mir eins", flüsterte er in ihren Mund und sie seufzte, weil seine Berührungen zudringlicher wurden und ihr ganzes Sinnen ihm gehörte.

„Ich will nichts darüber wissen." Seine Stimme eben noch weich und zärtlich, jetzt hart und sachlich. „Irgendwann wirst du bei ihm liegen müssen. Und dann will ich nicht ein Wort davon hören." Orange züngelte das schwache Kerzenlicht und spielte mit seinen Zügen. „Erzähl's mir einfach nicht. Kein Wort darüber, hörst du?"

Sie nickte und schämte sich, so unbedacht gewesen zu sein. Sie hätte ahnen müssen, wie sehr ihn das alles verletzte, denn seine Idee war die Vermählung mit Gunnar Tylike schließlich nicht gewesen. „Verzeih mir." Sie legte die Arme um seinen Hals und atmete erleichtert auf, als er ihre Umarmung erwiderte. Sie drückte ihn auf die Bank hinter ihm und setzte sich rittlings auf ihn, zog ihr Unterkleid höher und löste den Bund seiner Hose.

Er schnalzte mit der Zunge und das geliebte Lächeln steckte in seiner Stimme: „Die Frau liegt unten, der Mann oben, so gefällt es dem lieben Herrgott."

„Ach wirklich?" Sie glitt über ihn und er keuchte schwer. „‚Der Mann leiste der Frau, was er ihr schuldig ist, desgleichen die Frau dem Mann.' Erster Korintherbrief."

„Da fehlt aber was", er packte ihren Hintern und hielt sie in der Bewegung auf, mit der sie ihn zum Äußersten bringen wollte. „‚Die Frau verfügt nicht über ihren Leib, sondern der Mann.'"

Elsa nahm seine Hände von ihrem Gesäß und bog sie nach

vorn. „Ach ja? Du Schlaumeier, lies weiter: ‚Ebenso verfügt der Mann nicht über seinen Leib, sondern die Frau.'"

Entweder wusste Andres darauf nichts zu erwidern oder ihm blieb die Luft weg, zumindest dämpfte er sein Stöhnen in ihrem Haar. Sie kamen nicht gleich voneinander los, weil sie ihm noch ihre ewige Liebe schwören, sich an seiner Schulter ausweinen und ihm versprechen musste, dass sie daran glaube, alles würde gut. So schniefte sie vor sich hin, trocknete ihre Tränen. „Wieso bist du eigentlich noch hier, ich dachte, du hast dich bei Ignatius einquartiert?"

Er strich die Haare aus ihrem Gesicht. „Ich hab's einfach nicht über mich gebracht zu gehen. Immer, wenn ich es versucht habe, hatte ich ein schlechtes Gewissen, dich mit ihm allein zu lassen." Um ihn am Weitersprechen zu hindern, legte sie ihm die Fingerspitzen auf die Lippen, die er aber runterdrückte. „Komm mit mir nach Wittenberg. Ich beschwöre dich."

Elsa kletterte von ihm herunter, strich ihr Unterkleid zurecht und band es oben zu. Sie schüttelte den Kopf. Dieses Gesprächsthema hatte keinen Bestand.

Friert es zwischen den Jahren, lässt sich der Hausfrieden nur schwer wahren.

„Weib!", weckte sie eine dünne, krächzende Stimme.

Ihr Nacken steif, ihre Knochen eingerostet von den Stunden im Lehnstuhl, rumorte es in ihrem Magen, als sie sich besann, wo sie war und warum. Sie würde von nun an den klitzekleinen Moment lieben, den sie morgens brauchte, um zu begreifen, wo sie sich befand. Diese winzigen Augenblicke, in denen sie sich in Andres' Armen wähnte. Umso schmerzhafter würde aber der Hieb sein, mit der sie jeden Morgen die Erkenntnis treffen würde, mit Gunnar Tylike den Tag zu beginnen.

Er forderte das, was ihm zustand. Elsa schwor sich, ihm nicht eine Regung zu schenken: Weder eine Träne noch ein Laut sollte ihr entwischen, während er sein Geschäft verrichtete und damit die Ehe rechtsgültig machte – zumindest vor seiner Religion. Unterdessen er unbeholfen den Acker pflügte, zählte Elsa die roten Rüben, die sie für die Anzahl der Leute würde einplanen müssen, die für das Spätmahl geladen waren.

Als es vorüber war, wusch sie sich ausgesucht gründlich und beschloss, nicht über diesen Vorfall nachzudenken, sondern ihn schnellstmöglich zu vergessen. Sie hoffte darauf, dass Katharinas Kräuter die Häufigkeit der Begattungen eingrenzten.

Elsa hatte mit vielem gerechnet, nicht aber damit, dass ihr römisch-katholischer Ehemann sein mangelndes Durchsetzungsvermögen an ihr übte. Dass er vor seinem Vater, sogar vor seiner Stiefmutter kuschte, hatte sie früh begriffen, auch, dass er jedem Rock hinterhergaffte, ohne zu wissen weshalb. Doch hatte sie nicht erwartet, dass er ausgerechnet in der Ehe zum Manne reifen wollte, wo doch Hoffnungen auf sein Selbstbewusstsein längst vergraben schienen.

Bereits am ersten Morgen dieser Ehe wurde eine Art Familienrat einberufen, der die Geschäfte der Brauereien, derer zwei Siegel die Tylikes nun führten, zum Gegenstand hatte. Der erste Beschluss galt Elsas Schwestern, die jetzt als Mägde gehalten würden. So formulierte es Niklas: *gehalten*. Das spare den Lohn für ein neu einzustellendes Mädchen. Elsa ließ sich ihren Groll nicht anmerken. Sie würde ihre Schwestern zu schonen wissen. Hottepferd und Reifen.

Die weiteren Gespinste schien Niklas Tylike schon seit geraumer Zeit ausgedacht zu haben. So stellte er seinen Plan vor, der die Erweiterung der Brauerei beinhaltete. Elsa, die keine geschäftlichen Erfahrungen im Brauereibetrieb vorzuweisen hatte, hörte sich still an, was Niklas Tylike mit ihrem Erbe vorhatte. Gunnar nickte jeden Vorschlag ab. Weder widersprach er, noch brachte er eigene Vorschläge, das Tylike'sche Imperium betreffend, vor.

Elsa überlegte, dass Gunnar es auch gut gefunden hätte, wenn man ihn als Dekoration an die Wand gehängt und eine Handvoll fähiger Brauer ins Unternehmen aufgenommen hätte. Gunnars Unsicherheit konnte einem beinahe leidtun.

Und was er vor dem Vater zurückhielt, trainierte er vor seinem Weibe. Er polterte in unpassenden Augenblicken gegen Elsa und kuschte Momente später, weil er Angst hatte, Elsas Gunst zu verlieren. Er mochte ihre Ebenbürtigkeit spüren, aber die missfiel ihm. Seine Launen veränderten sich in Abhängigkeit seines Alkoholpegels. Elsa respektierte Gunnar nicht, wie sie es hätte sollen, doch war sie achtsam und vermied es, sich etwas zuschulden kommen zu lassen. Und obschon er es weder mit Esel noch mit Ratte aufnehmen konnte, so war ihm doch eines mit allen anderen Männern gemein: sein Mannesdrang.

Hopfen und Wermut allein kamen dagegen nicht an.

Es gelang Elsa Anneruth und Irmel – Siegtraut stromerte meist irgendwo herum – in die Haushaltung einzubeziehen, sodass sie ihren neuen Alltag besser bestreiten konnte. Die meisten Arbeiten, insbesondere die schweren, erledigte Elsa selbst. Sie wollte nicht von ihren jüngeren Schwestern bedient werden.

Andres reiste ab. Zurück blieb Leere, die sie mit dem neuen Haushalt und der Fürsorge ihrer Mutter und ihrer Schwestern füllte. Vielleicht waren alle Tränen geweint, vielleicht nahm eine lähmende Resignation von ihr Besitz.

Schon bald wurde Niklas und Gunnar Tylike die Führung eines neunbierigen Brauhofes von Rats wegen erlaubt. Tylike war nicht so vermessen, sich einen zwölfbierigen Hof einzufordern. Das hatte es in der Geschichte erst einmal gegeben. Die drei Schock Bierzins, genannt *Geschoss,* für den neunbierigen würden sich die beiden Tylikes teilen, der erste Brautag sollte schon bald starten und Tylike wollte sich als Ratsmann aufstellen lassen. Ferner überlegte die Familie, den Ausschank auszubauen, um noch mehr Gäste bewirten zu können. Gunnar glaubte wohl, wenn sie neunmal im Jahr brauten, kamen auch neunmal mehr Leute zum Saufen. Er war eben neunmalklug.

Tylike setzte alles daran, Gunnars Söhnen einen lohnenden Hof zu vererben. So fand man die beiden Tylikes: Pläne schmiedend und sich für die Gastgeber des Königs wähnend. Dabei wusste jeder, dass der König sich nicht blicken ließ. Die Landesherrschaft war Görlitz so fern wie Gottes zerlöcherter Umhang der Erde.

Und Elsa gab Gunnar in stoischer Regelmäßigkeit in jede Speise eine Prise.

76

Dagegen sagen wir, dass die päpstlichen Ablässe auch nicht die kleinste lässliche Sünde aufheben können, soweit die Schuld in Frage kommt.

Ihr Tagesgeschäft war es, auf Andres' Post zu hoffen. Ihr Wochenhöhepunkt war es, zu Ignatius zu gehen, und einen Brief in Empfang zu nehmen. Meist war ein Brief für sie da. Meist beantwortete sie ihn noch in der Druckerei, blieb auf ein Schwätzchen mit Susanna und entfloh so dem Alltag in der Brauerei. Elsa ging es schlecht, weil sie unglücklich war. Des morgens quälte sie sich aus dem Bett, den ganzen Tag sehnte sie sich in es zurück. Sie musste so niedergeschlagen wirken, dass Gunnar meistens keine Lust auf sie hatte. Vielleicht entfalteten aber auch die Kräuter ihre Wirkung. Sein saurer Atem, der ihr mitsamt seinem unbeholfenen Morgenkuss entgegenströmte, stieß sie dermaßen ab, dass sie sich davon übergeben musste. In der Hölle konnte es nicht fauliger riechen! Der Ekel gegen ihn hielt an, sodass ihr den ganzen Tag flau war.

Es dauerte, zwei, drei Wochen, bis sich die Mälzers in ihrer neuen Wohnumgebung eingerichtet hatten und zurechtfanden. Es würde Monate brauchen, bis die Nachbarn sich an sie gewöhnt haben würden. Es würde vielleicht mehr als ein Leben dauern, bis die Mälzers akzeptiert und anerkannt würden.

Bis Mitte des Jenner hatten die Tylike-Männer das erweiterte

Braurecht geltend gemacht und das Gehöft für den ersten Braugang, der noch vor Aschermittwoch stattfinden sollte, aufgerüstet. Elsa verbrachte viele Stunden im Altenteil bei ihrer Mutter und den Schwestern. Während die Mutter und die beiden Jüngsten, das neue, angesehene Leben genossen, wurde Siegtraut krank. Es war kein Fieber, aber Übelkeit und Erbrechen, das sie ein paar Tage ans Bett fesselte.

Doktor Joppener, den Reinhilde, wenn auch widerwillig, holen ließ, hatte zunächst große Bange ob der Symptome, sprach sich dann aber gegen eine Seuche und für eine Magenverstimmung aus. Es sei, so sagte er, nichts Ungewöhnliches nach einem großen Fest wie dem im Hause Tylike. Zu häufig würden übrig gebliebene Lebensmittel zu lange aufbewahrt, zu lange davon gegessen, obwohl sie sich nicht ewig hielten. Er verordnete einen Krämpfe lindernden Kräuteraufguss, dessen Bestandteile Katharina Mälzer in ihren Vorräten hatte, und kam über die Woche noch einmal nach Siegtraut zu schauen. Da ging es ihr viel besser.

Elsa liebte es, Anneruth und Irmel beim Spielen mit Reifen und Pferdchen im Hof zu beobachten. In solchen Momenten wurde ihr Opfer gelohnt. Niemand ging müßig. Das war nicht die Natur der Mälzerinnen, denen nie etwas geschenkt worden war. Alle, auch Katharina, versahen ihre Pflichten ordentlich. Elsas Schwestern verstanden es, den Knechten aus dem Wege zu gehen, fielen nie im Schlechten auf und niemand schimpfte mit ihnen.

Nur Siegtraut, als sie genesen war, hielt sich aus der Gemeinschaft heraus, obwohl Elsa ihre Mutter auf Siegtraut einreden hörte, sie möge sich behilflich und dankbar erweisen. Elsa wollte keinen Dank weder von der Mutter noch von den Schwestern. Selten ließ sich Siegtraut in der Küche blicken. Ihr schönes Gesicht blieb verborgen hinter harten Zügen und stoischem Ernst. Elsa und Siegtraut waren nicht die Sorte Schwestern, die sich über ihre Befindlichkeiten austauschten, das passte eher zu Anneruth und Irmel.

Elsa und Siegtraut schwiegen einander an, wenn sie im selben

Zimmer zu tun hatten, gingen sich aber normalerweise aus dem Wege. Wenn die eine den Raum betrat, fand die andere bald einen Grund, denselben zu verlassen. Katharina Mälzer war blind, aber nicht dumm, und sie litt unter der Eiseskälte, die ihre ältesten Töchter miteinander teilten.

Dennoch erfreute sich Elsa daran, dass Irmel und Anneruth rosige Wangen und rote Lippen bekamen und dass Letztere bald neben dem hübschen Gesicht recht ansehnliche Rundungen zeigte, die den Burschen auffallen würden.

Am Tage Vera, dem vierundzwanzigsten im Jenner, kam Siegtraut mit einer erstaunlichen Neuigkeit nach Hause, die erklärte, warum Elsa seit einer Woche kein Wort mehr von Andres gehört hatte. So wurde auf dem Markt ausgerufen, dass jeder, der Luthers *Sermon vom Abendmahl* besitze, diese Schrift ungesäumt abzuliefern habe. „Andernfalls …" Die Geste, mit der Siegtraut das Gesagte untermalte, ließ Elsa erschauern.

Elsa wusste einige Dutzend Menschen in der Stadt zu benennen, die Luthers Abendmahlsstreitschrift in den tiefen ihrer Büchertruhen versteckt hielten. Eine Druckschrift, die das elfte Kapitel des ersten Korintherbriefes zitierte und das Abendmahl als eines der drei letzten von sieben gültigen Sakramenten neben der Taufe und Buße tolerierte und sich somit gegen den Schnickschnack überflüssigen Geklimpers und Georgels der anderen römischen Rituale wandte. Das Brot, Symbol des Leibes Christi, der für die Menschen gebrochen ward, und der Kelch, das neue Testament, Jesu Blut, sollten ein christliches Bekenntnis sein, nicht die Beichte oder die Weihe von Ornatträgern.

So gab es, genau wie vor einem Jahr, als der *Sermon über Ablass und Gnade* in Umlauf kam, und vor zwei Jahren, als die fünfundneunzig Thesen übersetzt und verbreitet worden waren, Durchsuchungen in der Stadt. Aber anders als zuvor, nahmen die Leute die Büttel, die durch die Häuser fegten, nicht mehr ganz so ernst. Und die Büttel ließen sich gern auf einen Schwatz, ein Stück Honigkuchen oder ein Bier einladen.

Draußen blieb es noch eine ganze Weile sehr unwirtlich. Dennoch war die Vergangenheit nicht vergessen, in gewissen Haushalten ließen die Stadtdiener bei ihren Durchsuchungen Gründlichkeit walten, die den Bewohnern auf die Nerven fiel.

Elsa bot sich an, die Bücher wieder zurück in den Prahlhans zu stellen, die Speisekammer wieder aufzuräumen. Eine Druckschrift war in der Tylike-Brauerei nicht versteckt.

Elsa wusste, es war zu spät, Andres zu warnen. Sie betete, dass er von den um sich greifenden Kontrollen erfahren hatte und nichts Unbedachtes schrieb.

Jeden Tag hörte man von Einzelnen, die den *Sermon* beim Rat abgaben und sie kamen zwar ungestraft, nicht aber ungezeichnet davon. Es waren Menschen, die bei Elsas Hochzeit, der echten, dabei gewesen waren. Elsa konnte ihnen nicht böse sein, doch bekam sie es mit der Angst zu tun. Niemand wusste, ob die Leute sich neben der Streitschrift nicht auch um ein paar Namen erleichterten.

Elsa fühlte sich krank. „Die Leute, die Luthers Lehre verinnerlicht haben, geben jetzt die Schriften ab, um ihre Ruhe vor den Räten zu haben." Ignatius versuchte sie zu beruhigen. Elsa brauchte Ignatius nichts von ihrer Sorge um Andres zu schildern, Ignatius ging es in seiner Angst um seinen Sohn nicht anders.

Während also die Priester vor einem Schriftstück zitterten und um die Frömmigkeit ihrer Einwohner bangten, kauften sie sich das Wohlwollen des Bischofs zu Meißen in Form einer Loge erlesenen Rheinfalls, ferner noch ein Log ungarischen Weines und einiger Rebhühner. „Soll er an seinem Wein ersticken", zischte Susanna, als das Thema bei einem von Elsas Besuchen auf die Bestechungsweine für den Bischof kam. „Hauptsache, sie predigen Wasser", lachte ihr Ehemann und schenkte eine Runde vom Guten aus.

Die Ratskür ergab für das Jahr 1520 zwei Bürgermeister: zum einen Matthias Rosenberg, zum anderen Franz Zeidler. Beide hätten nicht unterschiedlicher sein können. Während Rosenberg sein Fähnlein gern in jeden Wind hängte, so war Zeidler immer gegen alles, selbst wenn es gut war.

Die Bürgermeister zerstritten sich schon nach Amtsantritt über die maßlosen Geschenke an den Meißner Bischof. Aber Zeidler musste zugeben: Die Stadt hatte durchaus triftige Gründe, um die Gunst des Bischofs zu buhlen, denn mit Einbruch der Lutherlehre waren ihre Einkünfte beträchtlich geschrumpft. Der Bischofszehnt konnte nicht entrichtet werden, wodurch am Tage Leonidas, drei Monate nach dem Verbot von Luthers *Abendmahlssermon*, der Bischof um Aufschub ersucht werden musste. Schließlich riskierte der Erzpriesterstuhl Görlitz mit knapp drei Dutzend Pfarreien seine Einkünfte, wenn die Menschen weniger Hostien, weniger Spenden, weniger Stiftungen tätigten, nur weil ein Herr Luther sagte, dass mit derlei klingender Münze kein Seelenheil und keine Vergebung der Sünden zu erlangen waren.

Elsa ging es mittlerweile etwas besser. Sie hatte sich wohl an Gunnars Odem gewöhnt, denn die Übelkeit hatte sich gelegt. Eine gewisse Mattigkeit schrieb sie ihrer Schwermut zu. Für den Heißhunger, der sich ihrer zuweilen bemächtigte, machte sie ihre verzweifelte Sehnsucht nach Andres verantwortlich.

Es war ein trügerischer Vorbote eines nahenden Frühlings, dem man lieber nicht zu arglos traute, weil die Nachtfröste verheerend sein konnten, als sie von Reinhilde intensiv gemustert wurde. „Ich stelle fest, dass du seit deiner Hochzeit keine unreine Wäsche mehr hattest." Sie legte den Kopf schräg, um Elsa besser ansehen zu können. „Oder hältst du sie geheim?"

Elsa, deren Hände den Tisch in der großen Halle umklammerten, weil ihr selbst die Aufmerksamkeit für sich abhandengekommen sein musste, schüttelte den Kopf. „Ich war krank. Genau wie Siegtraut." Aus den Augenwinkeln sah sie Reinhilde gedankenverloren nicken. Dies Thema ruhte, aber nur für ein paar Tage. Reinhilde nutzte die Gelegenheit, als sie Elsa dabei ertappte, sich vor den Duftfahnen frisch gebackenen Brotes, die Hand vor Mund und Nase zu drücken. Reinhilde stellte sich mit einem dampfenden Laib Brot vor sie hin und brach ihn genüsslich in zwei Teile, dass ihm die Ofenhitze als Wolke entfuhr.

„Es gibt nichts Köstlicheres als frisches Brot, findest du nicht auch?“ Elsa antwortete nicht. Die Hand hatte sie tapfer sinken gelassen, ihr Mageninhalt aber rebellierte gegen den herben Geruch von heißem Mehl; im Mund floss ihr süßer Speichel zusammen.

„Als ich mit Andres schwanger war, ertrug ich den Duft von Nachtviolen nicht.“ Elsas Blick flog in den der anderen. „Damals, in der Parochie stand jedes Jahr im Sommer die Wiese zum Weinberg voller Nachtviolen. Es war unerträglich für mich.“ Reinhilde legte die Brothälften aus der Hand und wischte die Krümel ab, als klatsche sie ihrer Stiefschwiegertochter Applaus für den Segen, der einer Eheschließung für gewöhnlich folgte. Dann verlor sich ihr Blick durch die Butzenscheiben. „So wie ich das sehe, sollte es im Weinmonat so weit sein!“ Sie beschaute sich Elsas Bauch, als könne sie jetzt schon dessen finalen Umfang abschätzen. „Wir brauchen entsprechende Kleider für dich und du wirst dich von den Katzen fernhalten. Bitte deine Mutter um einen entsprechenden Stein, den du dir unter dem Leibchen um die Hüfte bindest. Das verhindert, dass die Frucht vor der Zeit abgeht.“ Sie schien durch Elsas um den Leib geschlungene Arme blicken zu können. „Keine Schnüre mehr an der Kleidung und in den Schuhen! Keine Nadeln mehr im Haar, sondern das Netz. Ein Netz bindet die Frucht an dich. Das habe ich bei all meinen Schwangerschaften …“ Und hier, bei der Erinnerung an ihre vier Kinder, dessen zweites ihr so früh genommen ward, unterbrach sie sich.

„Ja, Reinhilde?“ Ein kleines Hochgefühl, etwas gefunden zu haben, womit sie die andere quälen konnte, durchströmte Elsa. „Auch bei Jost?“

Reinhilde raffte ihren Rock und verließ den Raum.

Elsa, angespannt bis in die letzte Faser, ließ sich auf die Bank sinken. Es war eine Frage der Zeit gewesen, wann das Unglück über sie hereinbrach. Weder konnte sie sich über die Schwangerschaft freuen, noch sie verteufeln. Wie hatte sich der Herr entschieden? Andres oder Gunnar?

Und was, wenn weder des einen noch des anderen Mannes

Frucht in ihr heranwuchs, sondern die Strafte Gottes? Das katholische Mädchen in Elsa trotzte dem evangelischen Protest und in ihr stieg eine betörende Angst vor Gottes Zorn über ihre Bigamie. Sie mahnte sich zur Vernunft, rief sich Andres' Worte ins Gedächtnis und doch wusste sie nicht, wozu Gott und Teufel fähig waren. Denn selbst wenn der liebe Herrgott und der gefürchtete Beelzebub davon absahen, sich in Elsas Angelegenheiten einzumischen, blieb immer noch zu befürchten, dass, sollte sie Andres' Frucht austragen, es nach der Geburt als sein Kind erkannt würde. Eine Befürchtung, die vor wenigen Monaten noch ihre größte Hoffnung gewesen war. Elsa wusste nicht ihre Gebete zu formulieren. Sie wollte kein Kind von dem einen, durfte aber keines vom anderen haben. Sie schämte sich für ihre Hoffnung, die Frucht würde abgehen.

Zumindest Gunnar war hoch erfreut und ließ sie in Ruhe.

Von Stund an verfolgten Elsa Vorstellungen, so mächtig, so nagend, dass sie ihre Begleiter bis in die wirrsten Träume wurden. Würde sie Gunnars Nachkommenschaft überhaupt lieben können? Allein der Gedanke, sein Kind mache sich in ihr breit, stieß sie ab. Solcherlei Gedanken waren ungerecht gegenüber dem Ungeborenen. Es konnte für den Wankelmut der Mutter nichts. Elsa erbat sich keinen Stein von Katharina, trug von nun an das Haarnetz, darunter aber ein paar Nadeln. Elsa legte den beschützenden Bergkristall ab, aber schnürte unter den Röcken ihre Stiefel mit den Riemen.

Elsa war jung und gesund und die Frucht gut platziert. Wenn Gott ein Kind leben lassen wollte, dann war es dieses. Sie entschied sich dagegen, Andres im Brief über ihren Umstand zu unterrichten. Sie hätte nicht gewusst, wie sie es schreiben sollte. Seine Zweifel an der Vaterschaft dieses Kindes wären nur berechtigt.

Am Tage, als Pleban Faber starb, spürte Elsa das erste Mal das Kind in ihrem Leib hüpfen. Es war weniger Mutterfreude, als vielmehr der Schreck, von etwas Fremden in Besitz genommen zu werden, was sie erfüllte, als sie das kleine Beben, einem versetzten

Wind nicht unähnlich, spürte, als jubiliere es mit der Luther'schen Gemeinschaft über Fabers Ableben.

Das war am Dienstag in der Osterwoche gewesen, als der Jubelpriester starb. Während die Stadt Trauer trug und die zu Lebzeiten Fabers geplanten Beisetzungsrituale vollführte, konzentrierte sich Elsa zunehmend auf das kleine Leben in ihrem Leib.

In den Tagen nach Fabers Tod war es still im Hause Tylike, weil man dem Leichenzug folgte. Faber hatte Sonderbares zu Lebzeiten erwirkt: Jeder, der seinem Leichenbegräbnisse folgte, sollte zwei Groschen erhalten. Jeder, der ihm eine Messe las, sollte zwei halbe Groschen bekommen. Dem Meißner Bischof wurden acht Gulden vermacht, der Kirche zu Meißen zehn Rheinische Floren, und wenn man das schon verschwenderisch fand, sollte man nicht wissen, was der Pleban den Räten vermacht hatte, damit sie ihm posthum wohlgesonnen waren.

Wäre Johannes Tetzel zu dieser Zeit in der Stadt gewesen, er hätte das Geschäft seines Lebens mit all jenen gemacht, die gegen bare Münze für Pleban Fabers Seelenheil beteten. Faber, der strengste aller Priester unter dem Erzpriestertum Görlitz, war zwar gestorben, nicht aber die Frömmigkeit mit ihm.

Größer denn je war der Glaube an die Fürbitte und den Schutz der Heiligen. Es wurde dem heiligen Petrus zu Ehren eine große Glocke von knapp zweihundert Zentnern gefertigt und auf den Namen „Maria" getauft. Dem heiligen Holz des Kreuzes zu Lob und Ehren wurde das silberne Kreuz in der Peterskirche aufgestellt. Den Bischofszins aber erbat man wiederum aufzuschieben.

Elsa blieb dem Trubel fern. In der Brauerei gab es immer genug zu tun und Reinhilde war umsichtig. Während Anneruth und Irmel sich einzubringen wussten, erlebte Elsa Siegtraut in einer nie zuvor gesehenen Lethargie. Oft stand sie Ewigkeiten am Fenster und schaute auf den Hof hinunter. Alles, was sie tat, war beseelt von lähmender Langsamkeit, die Elsa manchmal innerlich zum Kochen brachte. Trotzdem es wärmer wurde, kleidete sich Siegtraut in schweres Tuch, band über die Schürze meistens noch ein Küchentuch, obwohl sie so viel in der Küche nun auch wieder nicht half.

Siegtraut war ein Ärgernis. Alles war ein Ärgernis, denn Andres kam über Ostern nicht nach Görlitz. In seinem Brief schrieb er, in Prag sei die Pest ausgebrochen. Man müsse sich in Acht vor Fremden nehmen. Er beschwor Elsa, niemandem zu nahe zu kommen, von dem sie nicht sicher sein konnte, dass er nicht Kontakte in den Süden pflegte. Wie konnte man sich da sicher sein?

Es war an einem dieser nasskalten Tage, an denen man um den nahenden Frühling fürchten musste, als Elsa von Siegtraut überrascht wurde, wie sie vom feinen Pulver in Gunnars Bierkrug gab. Wenn sich an Siegtrauts aufrechter Haltung etwas änderte, so ließ sie es sich nicht anmerken, während ihre Fingerspitzen vorsichtig eine Rinne in das soeben gemahlene Pulver schrieben. Die Schatten unter Siegtrauts Augen standen im starken Kontrast zu ihrem blassen Gesicht, doch die Miene rührte sich ebenso wenig wie ihre ganze Gestalt. Elsa hielt den Atem an, während Siegtraut den ihren besonders tief einsog und damit den herben Duft der zerstoßenen Kräuter. Wenn jemand die Bestandteile des Pulvers herausriechen konnte, dann Siegtraut. Das wusste Elsa.

Die Miene immer noch starr und scheinbar ungerührt, rieb Siegtraut Daumen und Zeigefinger, um auch den letzten Rest des verwerflichen Pulvers loszuwerden. Dann sagte sie beinahe tonlos: „Es kann sein, dass ich in naher Zukunft etwas Geld brauche.“

Erst jetzt kreuzten sich beider Blicke. Es gab sicherlich ein Wort für das, was Siegtraut anstrebte, wenn sie das Wissen um die Kräuter in Gunnars Trank gegen bare Münze zurückhielt. Elsa hätte dies Wort gern gekannt.

Sie nickte. Siegtraut nickte, dann wandte sie sich ab.

Noch am selben Abend steckte Elsa ihrer Schwester ein Säckchen mit kleinen Münzen zu. Ihre Frage, ob dies fürs Erste genüge und wofür Siegtraut es überhaupt bräuchte, beantwortete jene nicht. Elsa folgte ihr mit den Augen aus dem Haus.

Seit beinahe einer Stunde schrubbte Elsa Bierkrüge. Mittlerweile sahen ihre Finger aus wie Hausmacherwürstchen, ihre Fußfesseln fühlten sich spröde an wie Holzkohle. Peternelle hätte sie heut gut gebrauchen können. Während nämlich der Erzpriesterstuhl und die Räte über Fabers Nachfolge diskutierten, nutzte man das Pfingstfest für einen Ausschank sondergleichen. Die Gaststube platzte aus den Nähten. Die Priesterwahl lockte Kleriker an und die soffen. Sie rissen die dreckigsten Zoten, obschon sie die Anwartschaft auf den Priesterstuhl hätten diskutieren sollen.

Am Dienstag nach Pfingsten wurde ein angetrunkener Laienbruder sogar handgreiflich gegen einen Messdiener, der kaum Flaum auf der Oberlippe hatte. Dem Jungen, der vom Konversen ordentliche Klapse gegen den Hinterkopf einkassiert hatte, kam ein Ratsmann zu Hilfe, der dem Laienbruder die Leviten las und dann bestätigte, womit der Messdiener hausieren gegangen war. Im Grunde war es nur ein Name. Aber wie sich die Atmosphäre im Schankraum veränderte, als der Ratsmann frei heraus verkündete, wer die Priesterwahl gewonnen hatte, jagte selbst Elsa einen Schauder über den Rücken.

Es war stets ein Unterfangen, die Nachtschwärmer zur Sperrstunde auf die Straße zu setzen. Und weil es nicht viel gab, das die junge Frau ins eheliche Schlafgemach zog, nahm sie die fünfzig Schritte über den Hof, um bei ihrer Mutter und den Schwestern nach dem Rechten zu sehen. Oben, in der guten Stube, überraschte sie Siegtraut, die in der Familientruhe herumkramte. Ein Blick genügte, um zu sehen, dass sich ihre Schwester mit schlechtem Gewissen ertappt fühlte. Mit geübter Beiläufigkeit sagte Siegtraut, sie habe nachschauen wollen, ob die Lavendelsäckchen gegen die Motten noch kräftig röchen.

„Die habe ich erst vor Kurzem neu aufgefüllt.“ Elsa ließ den Blick nicht von der geöffneten Truhe, deren Inhalt durcheinandergebracht war.

„Umso besser.“ Siegtraut ließ den Deckel krachend auf die Truhe fallen.

„Wo willst du um diese Zeit noch hin?“, fragte Elsa weil jene sich an ihr vorbeischob. Siegtraut zuckte die Achseln. Sie habe noch etwas vor. „Nach der Sperrstunde?“ Elsas Sorge klang beinahe lächerlich. Siegtraut hielt Elsas Blick stand. Ihre Augenbraue zuckte herausfordernd.

Elsa zog das Umschlagtuch enger um ihre Brust. Wie sie von ihrer Schwester angeschaut wurde, behagte ihr nicht. Siegtraut zeigte ein so abruptes, aber freudloses Lächeln, dass Elsa erschauerte.

Weil Anneruth in der Zimmertür auftauchte, vergaß Elsa, dass sie in der Truhe den kärglichen, aber gehüteten Familienbesitz hatte inspizieren wollen. Auch am Tag darauf kam sie nicht dazu, weil sie es als notwendig erachtete, Ignatius Weidner von den neuesten Nachrichten, die sie des Nachts im Schankraum aufgeschnappt hatte, zu erzählen.

„Martin Franz Rupertus?“ Ignatius machte ein nachdenkliches Gesicht, wobei er die Mundwinkel nach unten zog und auf die Lettern in seiner Hand schaute, die er eben in eine Schiene hatte schieben wollen. „Als Pleban zu Görlitz?“

Elsa betrachtete die kleinen Typen in Ignatius' Hand. „Was ist das für einer, dieser Rupertus?“

Doch Ignatius, gedankenverloren, antwortete ihr nicht gleich.

77

Zu sagen, dass auch Skt. Petrus, wenn er jetzt Papst wäre, keine größere Gnade spenden könnte, heißt Petrus und den Papst lästern.

Niklas Tylike war wohl eher Fluch als Segen für den Rat. Das Braurecht war eng mit dem Ratsrecht verknüpft, aber den amtierenden Bürgermeistern war anzusehen, dass sie nicht so erpicht auf einen weiteren Braumeister in der Ratskür waren. Darin schienen sich die Streithähne mal einig.

Zumindest interessierte Christian Vollhardt ein anderer, dieser Tage häufig gebrauchter Namen weitaus mehr: Martin Franz Rupertus. Rothbart nannte man den Geistlichen und Anwärter auf das Priesteramt von Sankt Peter und Paul und Fabers Nachfolger.

Johannes Haß hatte ihn abfällig als guten, simplen Mann bezeichnet, dem in seinem vorherigen Sprengel zu Sprottau kein Mensch hatte zuhören wollen. Rothbart war es zuzutrauen, in Frieden, Liebe und Einigkeit auf dem Priesterstuhl zu sitzen und dem gemeinsamen Volk in christpriesterlichen Sitten zugetan zu sein. Aber da Haß nur auf seinen eigenen Vorteil bedacht und eher verstaubt lebte, gab keiner viel auf dessen üble Nachrede. Haß gehörte zu den Menschen, die die Schwächen jedes anderen zu entlarven und nach außen zu kehren imstande waren. Rothbart jedenfalls sei der Abkömmling eines Umgehers im Weberviertel, so lästerte Haß weiter, aus wenig lobenswertem Hause also.

Christian hatte in der Priesterwahl nicht mitzureden. Er verstand auch nicht viel davon, nur, dass es seinem Geldbeutel über Ostern schlecht gegangen war. Die Badefrau, die seinem Mädchen schon im Jenner hatte den Wechselbalg austreiben sollen, verstand offenbar nicht viel von ihrem Handwerk und nun überlegte er, wie er das Mädchen loswurde. Als Christian in die Gasse hinter dem Kloster einbog und sein Haus betrat, roch er sie schon, noch ehe er sie sah, seufzte bekümmert und stapfte die Treppe zum Wohnraum hinauf. Da stand sie, das Haar züchtig hochgesteckt, nur hier und da eine ungezogene Strähne, die um Stirn und Ohr tanzte. Sie trug einen züchtigen Kittel, das Brusttuch weit darübergeschlagen. „Hier, für dich", hob sie ein Päckchen, das Christian neugierig machte.

„Was ist das?", schritt er auf sie zu, ohne das in graues Leinen gewickelte, flache Paket entgegenzunehmen.

„Das kannst du dem Bruder deiner verstorbenen Frau nach Zittau bringen und dann bist du den Erbstreit los und musst nicht Strafe zahlen und dann …"

„Und dann?" Von Neugier getrieben, nahm er das Päckchen nun doch in die Hände, schlug das Leinen um und: „… sieh an. Eine *biblia picta*."

Das Mädchen nickte.

„Wo hast du sie gestohlen?"

„Ich hab sie nicht gestohlen. Sie gehört zu meinem Erbteil und ich schenke sie dir."

„Du schenkst sie mir?" Er sah, wie das Mädchen schüchtern nickte. Seit die Badefrau das Kind nicht wegmachen hatte können, war das Mädchen verändert, hatte sich in sich zurückgezogen, war nicht mehr Lust, sondern Last geworden. Und immer noch so schön. „Und was willst du dafür?", fragte Christian und beobachtete, wie ihr Blick auf dem Dielenboden umherwanderte. „Sag schon!"

„Ich dachte, du, also wir … dass wir vielleicht.“

„Du meinst, ich sollte dich heiraten?“ Das war vielleicht etwas zu hämisch, zu spöttisch aus ihm herausgeplatzt. Das Mädchen besah sich noch immer den staubigen, speckigen Fußboden, auf dem einst der Teppich lag, den Christian, um seine Gespielin aushalten zu können, verpfändet hatte. „Du meinst, ich würde dich für eine Bilderbibel heiraten?“ Er drückte ihr das Buch vor den Leib, der merklich fülliger geworden war.

Das Mädchen schaute immer noch auf den Boden. „Ja.“

So, wie sie dastand, konnte ihm die Kleine schon ein bisschen leidtun, aber Christian musste an seine eigene Zukunft denken. Er kam als Schwertfeger und Gassenrichter nicht weit, er musste zu Geld kommen. Er musste es ihr schonend beibringen und bemühte sich etwas Zartes in seine raue Stimme zu legen. „Eine *biblia paupera* ist nicht gerade eine umfangreiche Mitgift.“

„Es kommt noch mehr“, fiel sie ihm ins Wort. „Ich bekomme eine Mitgift, das ist versprochen und ich weiß, wie es noch mehr werden kann. Ich weiß …“

Seinen Fingern hätte er gern verboten, eine der dünnen Strähnen aus ihrem Gesicht zu streichen, aber er kam nicht gegen dieses marmorne Gesicht an. „Du scheinst eine Menge zu wissen.“ In seiner Stimme hatte ein Seufzen gelegen.

„Ich weiß Namen von Protestlern.“

Christian stutzte. „Protestanten meinst du?“ Er sah zu, wie sie nickte und dann langsam ihren Blick hob. Er konnte, er wollte sich nicht an sie binden, auch wenn das, was sie ihm berichten würde, ihn im Amt voranbringen konnte. Er wollte seine kostbare Freiheit nicht für sie aufgeben. „Na schön.“ Er nickte, aber etwas in seiner Stimme musste sie gewarnt haben, denn ihre Unterlider zuckten.

Und dann hörte er das Mädchen eine ganze Reihe von Namen derer nennen, die die verbotenen Luther'schen Schriften unter dem Kopfkissen verbargen.

78

**Dagegen sagen wir, dass auch der jetzige
und jeder andere Papst weit größere Gnaden besitzt,
nämlich das Evangelium, die Tugenden,
die Gabe zu heilen usw.,
wie 1. Corinther, 12. geschrieben steht.**

Elsa, nachdem sie wie jeden Abend bei ihrer Mutter nach dem Rechten gesehen hatte, stand einen Moment unschlüssig vor der alten, schadhaften Truhe und zog mit den Fingerspitzen die von Holzwürmern gezeichneten Wege nach. Im Grunde stand ihr nicht der Sinn danach, ihrer Schwester Misstrauen entgegenzubringen, aber vielleicht war diese Stimmungslage schon längst zur Gewohnheit geworden. Vielleicht, wie um das Gute in Siegtrauts Wesen heraufzubeschwören, ließ Elsa von der Truhe ab und ging hinüber ins Vorderhaus. Doch beobachtete sie Siegtraut von Stund an genauer. Siegtraut schulte ihren Gleichmut, als wäre sie eine Nonne in Klausur. Die nächtlichen Ausflüge jedoch waren nicht die einer Nonne.

Die Woge, die mit dem *Abendmahlssermon* durch die Stadt gerauscht war und die man abebben sehen hatte, brandete abermals auf, als eine Reihe von Verhaftungen das Volk verunsicherten. Auch Elsa bekam mit, wie scheinbar willkürlich Menschen ins Stockhaus geholt wurden, einige gestanden bußfertig und wurden nach einigen Tagen – verschüchtert und zerschunden – freigelassen, andere gestanden nichts und wollten auch keine Namen nennen und wurden mit dem schrecklichsten aller Todesurteile bedacht, lebendig vor der südlichen Vorstadt zwischen Dieben und Vergewaltigern als Mahnung auf Pfählen aufgesteckt und danach mit einem Querbalken im Nacken fixiert. Langsamer, qualvoller Tod derer, die Elsa gut kannte.

Das wechselhafte Wetter mit viel Sonne und Regen sorgte dafür, dass ihre Leiber scheußliche Laute von sich gaben, weil sie wegen des Querbalkens nicht tiefer rutschen konnten. Laute, als prangere die Seele der Hingerichteten die Schandtat an und bete um Vergebung vor dem Jüngsten Gericht. Elsa mied den Nordwesten der Stadt, wo auch die Weidners lebten. Man sagte, der Gestank wehe, wenn der Wind das so wollte, bis zu Sankt Peter und Paul.

Die Verhaftungen zeigten kein System. Elsa erfuhr, dass zuerst Weidners Magd, dann ein Druckergeselle verschwanden und sich vor der Stadt aufgepflockt wiederfanden. Sie lebte mit der Angst, die Nächste zu sein. Niemand im Hause Tylike verwunderte es, dass sie bei jedem Pochen mit dem Türklopfer zusammenfuhr. Man schob es auf ihren Umstand. Es schien so, als kreiselten die Büttel den Ring der Lutherischen ein, bis sie auf den keimenden Muttersamen stießen und ihn ausmerzten. Es war eine Frage der Zeit, wann auch Elsa, die Weidners und schließlich Matthes und Andres festgenommen wurden.

Ein quälender Tag nach dem anderen verstrich, ohne dass sich das Beängstigende ereignete.

Elsa berichtete Andres von den Vorgängen in der Stadt, so wie ein jeder Mensch in diesen Tagen in seinen Botschaften von der Unruhe berichten mochte.

Als sie Andres, der sich für Fronleichnam angekündigt hatte, wiedersehen wollte, musste sie noch überlegter vorgehen, als ohnehin schon.

Ihr Ohr ruhte noch auf seiner Brust, lauschte seinem ruhiger werdenden Herzschlag und seiner Stimme mit den Worten, die kaum in ihr Bewusstsein drangen. Martin Franz Rupertus mit dem roten Bart war sein Thema, nicht sie, nicht sie beide, sondern Rothbart. Hatte sie etwas anderes erwartet? Jeder sprach über den Neuen. Andres berichtete von der richtigen Gesinnung des Priesters, was so viel bedeutete, als dass ihm die lutherische Lehre bekannt war und es also Hoffnung für die Görlitzer gab.

„Es wird alles gut, Els, wie ich's dir versprochen hab." Sie spürte seine Hände an ihrem Rücken auf- und abwandern, seine Berührung, die sie so lange hatte entbehren müssen und die ihr nur auf Zeit blieb. Seine Stimme veränderte sich, als er weitersprach. „Ich hab an der Landstraße mehrere Gehängte gesehen."

„Diebesgesindel."

„Und die Gepfählten, von denen du geschrieben hast."

Elsa rekelte sich unbehaglich.

„Einige waren dabei, an deren Stirn man mit einem Nagel Luthers Schrift festgemacht hatte."

Elsa stemmte sich hoch, stützte den Arm auf Andres' Brust und betrachtete ihn. Sein Blick irrte am Himmel des Kastenbettes umher. Er schüttelte den Kopf. „Sie haben sie ans Kreuz genagelt, wie unsern Herrn. Nur, weil sie ein Schriftstück besaßen, das sie nicht hatten abgeben wollen."

„Sie müssen verraten worden sein", sagte sie. Er nickte, ohne sie anzusehen und strich ihr gedankenverloren durchs Haar. Dann fand sich sein Blick in ihrem. In seinen Augen flackerten tausend Fragen auf: als wolle er so vieles über sie wissen und wagte nicht, sie zu fragen, aus Angst, dass ihre Antworten ihn verletzen würden, weil sie auf Gunnar Tylike zurückfielen. So blieb vieles unausgesprochen, das sie sich gern von der Seele geredet hätte. Sie küsste Andres, dann rappelte sie sich auf.

Sie erlaubte sich nie länger, als eine Stunde auszubleiben, um in den Tylikes kein Misstrauen zu wecken. „Man munkelt, der Rat, allen voran Haß, habe den Bischof von Meißen eingeladen? Weißt du was darüber?"

„Genauso viel wie du."

Elsa beeilte sich, ihr Unterkleid anzuziehen, damit Andres nicht ihre Fülle sah. Obschon ihr Umstand noch kaum zu erahnen war, hatte sie das Gefühl, Hüften wie die einer Kuh mit sich herumzutragen. „Der Erzpriester Leisse hat dem Rat mitgeteilt, dass der Bischof in der Nähe sei und prompt wurde der eingeladen. Es geht wohl darum, die Nikolaikirche neu zu weihen."

„Ja." Andres hinter ihr, erhob sich, um sich ebenfalls anzuziehen. „Weil vergangenen Herbst die beiden tödlich verunglückten Bauleute sie entweiht haben … Els?" Sie drehte sich zu ihm um. „Du riskierst zu viel, wenn du hierher kommst."

Elsa winkte ab, eine gespielt gleichmütige Geste, die ihre Wirkung verfehlte.

Fronleichnam fiel in diesem Jahr auf den Tag Bonifatius, Anfang des Brachmonats. Man hatte Bischof Johann VII. durchs Reichenbacher Tor geführt, damit er die Gehängten und Gepfählten an der Landstraße vor dem Nikolaitor nicht sehen musste, und bereitete ihm einen pompösen Empfang, zu dem es eines jeden Einwohners Pflicht war teilzunehmen. Johann VII. war beseelt von dem Vorhaben, der aufkommenden lutherischen Neuerung einen Damm entgegenzusetzen und die bedrohte Kirchengewalt zu festigen. Und was er sich vornahm, erwirkte er in der Regel auch.

Es war für jede Hausfrau eine gar ungünstige Zeit für den Bischofsaufzug. Das Mittagsmahl musste früher als sonst bereitet und verspeist werden, denn der Bischof gab sich eine Stunde vor Mittag die Ehre. So erschallten gegen elf die Glocken jeder Kirche und Kapelle und jeder Mensch hatte sich auf den Gassen zu finden: im feinsten Zwirn, gekämmt und geglättet.

Elsa und Andres saßen stumm einander gegenüber, während die übrige Gesellschaft dem Ruf der Glocken nachfolgte.

„Wieso hast du es mir nicht gesagt oder geschrieben?"

Elsa, die den Blick nicht heben konnte, wollte in tausend Stücke zerspringen. Reinhilde hatte weder bis zum sechsten Monat gewartet wie der Erzengel Gabriel, noch war Elsa so furchtsam wie die Jungfrau Maria, sondern eher voller Zorn, angesichts des Genusses, den Reinhilde bei der Verkündigung empfand. Elsa hätte sie gern an den Haaren aus der Halle geschleift.

„Ich hab dir das Versprechen gegeben, mich über diese Dinge nicht zu äußern." Durch die Wimpern erkannte sie sein Nicken und sie hörte seinen gedehnten Atem.

„Na schön, lass uns gehen." Er erhob sich, wartete aber nicht, dass sie ihm folgte. Es wäre für beide nicht gut gewesen, wenn sie gemeinsam auf die Gasse getreten wären, und es wäre nicht gut gewesen, wenn er gesehen hätte, wie sie die verräterischen Tränen trocknete. Ihr Herz war so eng, als sei es umgürtet und festgekettet. So mischte sich Elsa ein paar Augenblicke nach Andres unter's Volk.

Auf Reinhilde war Verlass. Sie versäumte nicht, Elsa an Gunnars Seite zu schieben. Der hatte keine Augen für sie, sondern reckte den Hals nach dem Bischof. Wie es üblich war, entzündete man Kerzen oder schwenkte Fahnen in den Bischofsfarben. Elsa tat nichts dergleichen, starrte vor sich hin, meinte Peternelle hinter ihren neuen Herrschaften und diese wiederum in Bischofs Gefolge ziehen zu sehen und harrte des Moments, da der Trubel vorbei sein würde. Man drängte sich dicht an dicht auf dem Marktring. Elsa wurde von Gunnar vor sich hergeschoben, seine Jubelrufe summten in ihren Ohren. Alles war auf den Beinen: die Geistlichkeit in ihren besten Chorlappen, die Schullehrer, die einfachsten Leute, die Handwerker, die Bettler sowieso. Selbst diese blickten aus sauber gewaschenen Gesichtern, dass die Flohbisse leuchteten.

Elsa beobachtete Andres, der Katharina am Arm führte. Ein Bild, so skurril, und Elsa hoffte, dass es Reinhilde nicht auffiel, dass Katharina Mälzer sich vom falschen Schwiegersohn führen ließ. Andres' Miene schien ungerührt von dem Trubel. Der heiße Wind fuhr ihm in die Locken und wirbelte sie vor seine Augen, wodurch seine Stimmung kaum zu ergründen war. Er schien wie ein stiller Beobachter einzuschätzen, ob dies ganze Spektakel irgendeinen Nutzen verfolgte. *Ecce sacerdos magnus!* war der Spruch, mit dem Rupertus und der Rat den Bischof empfingen. *Siehe da, der große Priester!*

Elsa und Andres waren nicht die Einzigen, die nicht in den Choral einstimmten. Vom Ring führte die Prozession weiter zur Peterskirche. Hier hatte die Geistlichkeit nebst Mönchen, danach die Schulleute wie Lehrer, Schüler, Studenten und der Rat nebst seinen Bütteln und Gassenrichtern das Vorrecht auf einen Platz in der Kirche. Erst dann durften sich die Handwerker je nach Gewerk und Rang innerhalb ihrer Zunft ein Eckchen suchen. Weil die Mälzerfrauen durch die Heirat in die Tylike'sche Brauerei sich wieder zur Zunft gehörig betrachten durften, traten sie noch vor den Tischlern, Seilern, Bäckern, Hutmachern und den vielen Gewerken in die Kirche ein, zuletzt war es den Webern, Gerbern, Färbern und zum allerletzten Schluss den Töpfern erlaubt, sich einen Stehplatz zu sichern. Die Kirche war insofern voll, dass die Bettler höflichst gebeten wurden, draußen zu warten. Ein Weitersprecher stand an der Kirchenpforte. Er würde den draußen Stehenden wiedergeben, was drinnen geschah.

Die Monstranz war mit schönem Tuch geschmückt und dies war der Spende der Bürgermeister und den Räten zu verdanken. Man tuschelte, es habe einiges Federlesen und Schleißen gegeben, welcher der beiden Bürgermeister – Matthias Rosenberg oder Franz Zeidler – die Monstranz begleiten durfte. Rosenberg hatte das Rennen gemacht. Zeidler schaute verdrießlich, weil er wie bei allem auch hierin dagegen war.

Elsas Blick schweifte hinüber zu Andres, der mit unverkennbarem Desinteresse das Sakrament verfolgte. Flog ihr Blick zu Ignatius, Barbara, Susanna und Matthes, sah sie dieselben Gesichter. Ein verschwörerisches Lächeln wurde ihr von ihrer Freundin geschenkt, das sie matt erwiderte. Nach Lächeln war ihr nicht zumute. Die Frucht in ihrem Leibe fühlte sich schwer und hart wie ein Stein an, vielleicht war es auch das Kind, das sich weigerte, hier zu sein. Dann wäre es wohl Andres' Kind. Und Elsa lächelte jetzt doch.

Die Fronleichnamsprozession zog sich hin und Elsa unterdrückte das ein oder andere Gähnen. Ihre Füße schmerzten. Früher, als sie nur in Holz- oder Strohschuhen herumlief, dachte sie, alles Fußweh musste von dem wiederborstigen Schuhwerk kommen. Seit sie in weichem Leder lief, wurde sie eines Besseren belehrt.

Die Tatsache, dass Bischof Johann vor Ermattung in Ohnmacht fiel – das war, als die Zeremonie die zweite Stunde anschnitt – sorgte für Abwechslung und nährte die Hoffnung, dass dem Ganzen damit ein jähes Ende bereitet würde.

Elsa entging nicht Andres' schiefes Lächeln, das er dem Gewusel um den Bischof zollte. Zu ihrer großen Enttäuschung wurde das Sakrament keineswegs abgebrochen. Denn wenn sich Bischof Johann schon einmal an den äußersten Zipfel sächsischer Kirchentümer begeben hatte, dann machte er seinem Amt auch alle Ehre. Die Glocke „Anna" war getauft, da musste der ganze Staat hinaus aus der Stadt zur Nikolaikirche, wo der Gottesacker mitsamt Gotteshaus geweiht werden sollte.

Die Kälte in der Kirche tat ihr wohl. Hier sollte die Weihe des Kruzifix' erneuert werden, da sie beim Umsetzen verletzt worden war. „Es ist nur ein Stück Holz, Herrgott", hörte Elsa die wohlbekannte warme, geliebte Stimme unweit hinter sich murmeln, als man das Holz mit Wasser besprenkelte. Matthes stimmte ihm zu. „Vielleicht", so raunte er, was Elsa gut hören konnte, „tät er besser daran, die Bauleute, die beim Bau des Klotzes getötet worden sind, zu heiligen, anstatt das Holzding!"

Elsa erkannte in Andres' Stimme sein bitteres Lächeln, „Rothbart konnte den Rat nicht davon überzeugen, die Neuweihe des Kreuzes durch den Bischof aus Rücksicht auf die Familien der Verstorbenen abzusagen und ihnen stattdessen das Geld, das somit gespart würde, zukommen zu lassen."

Der Bischof blendete sie alle, die durch diese Machtdemonstration nur wieder enger an den Papst gefesselt würden. Seit Fabers Tod ruhten alle Hoffnungen auf Rothbart, der der Schrift näher als dem Papst war.

Als die Menschen endlich in den Vorabend entlassen wurden, schien es Elsa so, als seien ihre Hüften und Knie eingerostet. Doch wenn sie geglaubt hatte, sich ein paar heimliche Momente mit Andres stehlen zu können, so wurde ihr Sehnen noch am selben Abend herb enttäuscht. Er saß bereits auf gepackten Sachen, als sie in die Druckerwerkstatt kam. In ihr zerbarst etwas, als er ihr seinen Entschluss mitteilte, erst wieder nach ihrer Niederkunft in die Stadt zurückzukehren. Immerhin waren das noch über vier Monate.

Er blieb unnachgiebig. „Die stehen wir auch durch."

Elsa sackte auf dem Bett zusammen und starrte vor sich hin. Keine Träne, kein Gefühl nur dieses Splittern in ihr.

Andres stellte sich vor sie hin, die Hände stützte er in die Hüften. „Das kannst du nicht von mir verlangen", sagte er. Seine Stimme: ruhig, aber entschlossen, ernst und fest. „Du kannst nicht von mir erwarten, dass ich immer, wenn ich dich sehe, daran denke, dass es sein Kind sein könnte und dass er dich jede Nacht besteigt, wie es ihm beliebt."

„Er besteigt mich nicht!" Ein Wutschnauben aus ihrer Kehle. Sie bohrte die Fäuste in die Matte.

Sein Gemüt passte sich dem ihren an und so grollte er, was er wahrscheinlich seit dem Tage der Hochzeit seines Stiefbruders zurückgehalten hatte: „Aber er wird es wohl zumindest einmal getan haben, um jeden Zweifel auszuräumen. Andererseits hätte man dich längst verstoßen!"

Das stimmte. Er hatte recht. Wenn Gunnar beanstandet hätte, die Ehe sei nicht vollzogen worden und das Kind könne gar nicht von ihm sein, wären Elsa, ihre Mutter und ihre Schwestern längst vom Hof geflogen. Sie nickte und erhob sich.

„Es tut mir leid, Els", versuchte er sie aufzuhalten. Elsa drehte sich nicht noch einmal zu ihm um. „Hättest du auf mich gehört, wären wir jetzt in Wittenberg und nicht in dieser Situation."

Wieder nickte sie. Sie verstand seinen Zorn. „Aber meine Mutter wäre mit hoher Wahrscheinlichkeit tot und meine Schwestern würden am Hübschlertor in der Hotergasse stehen. Die Kleinste wahrscheinlich auch. Irmel ist noch nicht mal zehn!"

„Els …"

Aber Elsa entwand ihm ihre Hand, nach der er gegriffen hatte, und öffnete die Tür. „Du vergisst nur, dass es genauso gut dein Kind sein könnte."

Erst unten, auf der Gasse, sprang der Schmerz und der Kummer stoßweise aus ihr heraus. Das unterdrückte Schluchzen schüttelte sie so sehr, dass sie sich an eine Hauswand lehnen musste, was eine ältere Frau, die Elsas Umstand durchaus erkannte, ihre Hilfe antragen ließ. Elsa konzentrierte sich aufs Atmen, dankte der Alten und schleppte sich in die Neißgasse. Nicht hinauf in ihre Gemächer ging sie, sondern über den Hof zum Altenteilhaus, wo sie sich zur Mutter setzte und bis in die Nacht in den kalten Kamin starrte, während ihre Mutter selig schlief.

79

Zu sagen, dass das mit dem päpstlichen Wappen geschmückte, in der Kirche aufgestellte Ablasskreuz dem Kreuz Christi gleichkomme, ist Gotteslästerung.

Andres schwirrte der Kopf. Er hatte das Gefühl, vor lauter Entscheidungen, Umwälzungen und Neuerungen zu bersten. Es fiel ihm schwer, sich auf die Priesterweihe vorzubereiten und er zweifelte jeden Tag, ob er sie überhaupt über sich ergehen lassen wollte. Viele Stunden saß und sprach er mit Matthes und auch mit Doktor Luther, der ganz eigene Ansichten von den sieben Sakramenten hatte.

Am Bernhardtage, in der Mitte des Brachmonats, ereilte Wittenberg eine Nachricht aus Rom. Der Papst reagierte entschieden auf Luthers Angriffe gegen die Kurie, indem er ihm den Kirchenbann androhte. Diese Mitteilung war so ungeheuerlich, dass sämtlicher Unterricht zugunsten der Disputation ausfiel. Luthers Anhängerschaft war mächtig, entstammte jeder Bevölkerungsschicht, selbst Ritter wie Ulrich von Hutten, der ebenfalls mit der Feder gegen Rom kämpfte, zählten sich dazu. Ein jeder forderte Reformen, ein jeder lechzte nach Gerechtigkeit, der Neuordnung der Kirche.

Selbst der einfachste Mann hatte begriffen, dass die Kirche jahrhundertelang Ansprüche geltend gemacht hatte, die nur dazu dienten, die Geldsäcke zu füllen. Die Heilige Schrift war nur aus einem Grund vor der Menschheit ferngehalten worden: damit die Kurie walten und schalten konnte, wie sie wollte, und nicht, wie es geschrieben stand.

Luther nannte die Kurie freimütig „unaussprechliche, unzählige, unerträgliche römische Diebe, Buben und Räuber“, was ihm bei seinen Studenten noch mehr Beliebtheit einbrachte. „Die Jugend hat niemanden, der für sie sorgt! Die Zeit zu schweigen ist vergangen und die Zeit zu reden ist gekommen.“ Anstelle der dummen Reichen wollte er die schlauen Armen in den Unterrichtsbänken sitzen sehen. Die vielen Bücher, Schund, sollten auf das Minimum reduziert und das Studium der Heiligen Schrift in den Mittelpunkt rücken, hörte man ihn zuweilen ausrufen, wenn wieder einer der reichen Dummen die Examina nicht bestanden hatte.

Und wenn er nicht für die Neuordnung der Universität und die pingelige Auswahl der Studenten predigte, dann dichtete er Lieder. Manchmal erlebte man ihn so vertieft in eine Melodie, dass er gar nicht merkte, wie er vor Erschöpfung auf dem Schemel wankte.

Auf die Bannandrohung reagierte Doktor Luther nur mit noch schärferen Forderungen: Das Pilgern nach Rom sei zu verbieten, betonte er. Priester sollten nicht im Zwangszölibat leben, da es nicht vereinbar mit der Schrift war. Die Anzahl der Kardinäle sollte auf ein erträgliches Mindestmaß reduziert werden und nichts mit dem Verwandtschaftsverhältnis zum Papst zu tun haben. Am besten sollte die Kurie auf ein Hundertstel ihres bestehenden Umfanges reduziert werden. Wer brauchte so viele Priester? Für jeden Altar einen?

Andres' Stadt allein hatte zweiundvierzig Priester. Die wollten alle ihr Auskommen! Görlitz ächzte unter den Zinsen für die vielen Priester und Ämter. Doktor Luther predigte von Festtagen, die allesamt auf Sonntage fallen sollten, und die Mönche sollten nach eigenem Wunsch aus dem Orden ein- und austreten können, wie ihnen beliebt. Manche Forderung war selbst für Andres' Ohren sehr kühn, so zum Beispiel, dass das Fasten jeder Mensch für sich selbst gestalten oder gar weglassen soll, wenn es denn die Gesundheit verlange, oder dass Kapellen und Feldkirchen, die nicht zu normalen Gottesdiensten verwendet würden, weggerissen werden sollten.

Das Betteln sollte verboten werden und die Bedürftigen sollten in Armenhäusern versorgt werden, auch ohne Bürgen. „Wer nicht arbeitet, soll nicht essen!" Luther sprach von einem Wort, dem *Beruf*, das sollte der Sinn des Lebens sein. Kurzum: Die Kirche sollte keine Privilegien mehr besitzen, denn die wahren geistlichen Schätze ruhten schließlich in jedem einzelnen Christen.

Manchmal fühlte Andres sich von so vielen neuen Forderungen schlichtweg überfordert und litt Heimweh und Sehnsucht nach seiner Frau. Von Elsa aber erhielt er keine Nachrichten. Ihre Wut war berechtigt. Ignatius beantwortete seine drängenden Fragen in den Briefen an Matthes. Das war praktisch für den Druckermeister, der nicht ahnen konnte, wie sehr Andres sich von der Heimat abgeschnitten fühlte. Fragen nach Elsa beantwortete Ignatius anständig, aber sparsam, weil er sie, wie er schilderte, kaum zu Gesicht bekam. Über die Beförderung eines Gassenrichters schrieb er umso ausführlicher.

Andres verkroch sich hinter den Büchern und ertränkte seinen Kummer zuweilen in viel zu viel Wein. Über das Kind wagte er nicht nachzudenken. Er ertappte sich dabei, vor den Erinnerungen an ihren Umstand zu erschrecken, weil er ihn vergessen hatte.

80

**Die Bischöfe, Pfarrer und Gottesgelehrten,
die solche Reden vor dem Volke zulassen,
werden dafür Rechenschaft ablegen müssen.**

Anfang des Erntemonats ließ Elsa ihre Matte ins Altenteil legen, weil sie von ihrer Mutter und den Schwestern mehr Beistand in schweren Stunden zu erwarten hatte als von ihrer Schwiegermutter und deren Töchtern, die sich alle paar Wochen blicken ließen, um ihre neuen Kleider, die ungeratenen Kinder und das traute Glück mit ihren Ehemännern vorzuzeigen. Das alles interessierte Elsa nicht. Es war ihr willkommen, zu den Hinterthurs Abstand zu gewinnen. Sie beantwortete keinen einzigen von Andres' Briefen.

Es war an einem schwülen Sommertag, so klebrig, dass er alles, außer der drückenden Hitze und den Gestank, der von der Gasse heraufzog, vergessen machte, als Siegtraut wie aus dem Nichts hinter Elsa auftauchte und sich neben sie an den Tisch stellte, wo Elsa, die sich unbeobachtet gewähnt hatte, das Pulver mischte. Im Grunde war es ihre Vorsorge für die Zeit nach dem Wochenbett, die sie bedacht die Kräuter mischen ließ.

Siegtraut hob das Tuch, das Elsa eben hastig über die Zutaten geworfen hatte. Im schweren unförmigen Kittel musste ihre Schwester schrecklich schwitzen. Doch ihr blasses Antlitz zierte nicht eine Schweißperle. Siegtraut zog ihre Finger zurück. „Ich bräuchte etwas Geld.“ Ihre Augen hafteten am Pulver.

Elsa suchte nach einer Erwiderung. Doch anstelle einer schulmeisterlichen Belehrung, Siegtraut habe jedwede Abnötigung zu unterlassen, räusperte sich Elsa verlegen und sah sich in die Enge gedrängt. „Und wenn ich es dir nicht gebe?“

Siegtrauts Antlitz wirkte noch wächserner und ungerührter als sonst. Sie zuckte die Achseln und fragte mit monotoner Gelassenheit: „Wie hoch ist die Wahrscheinlichkeit, dass Gunnar der Vater deines Kindes ist, wenn du ihm von Anfang an dieses Pulver verabreicht hast?“ Langsam, beinahe herausfordernd wanderte Siegtrauts Blick in Elsas Augen.

Elsa griff unter den Kittel und zog ein paar Münzen aus der Geldkatze. Siegtraut betrachtete die Münzen in Elsas rechter, die Geldkatze in Elsas linker Hand. Beide Frauen maßen einander. Siegtraut griff die Geldkatze und verbarg sie unter ihrem Kittel.

Obschon dies Verhalten Elsa verwunderte, brachte sie weder den Geist noch die Kraft auf, sich ihrer Schwester entgegenzustellen. Sie hatte mit sich und ihren täglichen Wehwehchen zu tun. Dennoch blieb nicht vor ihr verborgen, dass Siegtraut den einen Tag einen neuen, zurückhaltend erdfarbenen, aber dennoch in der neuesten Mode geschneiderten Dreiteiler trug. Und am nächsten Tag roch sie nach einer Seife oder einem Wasser, das Elsa bekannt vorkam. Es war nicht schwer zu erraten, das ihre, Elsas, Münzen den bescheidenen Luxus ihrer Schwester prägten. Elsa staunte, dass es ihr schlichtweg gleichgültig war.

Sie schlief schlecht, manche Nacht überhaupt nicht. So wie in dieser klebrigen stickigen Nacht Mitte des Scheidings. Eine Kerze leuchtete ihr den Weg zum Wasserfass, während sie ihren Achtmonatsbauch voranschob. Davor hatte sie nicht für möglich gehalten, wie schmerzhaft und unerträglich Durst sein konnte. Elsas Wut auf die fette Ratte, die sie in der Vorratskammer zischeln hörte, war ungebrochen. „Elendes Biest!“ Das gurgelnde Geräusch war verebbt. Eben als Elsa den Weg zum Wasserfass fortsetzen wollte, hörte sie ein stoßartiges Schnaufen, dann ein leises Wimmern, wieder das Schnaufen, das Zischeln und dann kurze Stille, bevor es von vorn losging.

Geräusche jenseits Gottes Erdenscheibe – und sie fuhren ihr durch Mark und Bein. Ihre Arme überzog trotz der Hitze eine Gänsehaut. Das Zischen, das auf das stoßweise Schnaufen folgte, war am schlimmsten. Elsa stellte sich einen dreibeinigen, doppelköpfigen Hund vor mit Fischschuppen und Flügeln, der da in der Vorratskammer hockte und die guten Sachen, die einen langen Winter über reichen mussten, verspeiste. Ruckartig öffnete sie die Tür.

Elsa riss Mund und Augen auf. „Oh HERR!" Anstelle des dreibeinigen, doppelköpfigen, geflügelten und beschuppten Hundes lag auf dem Boden Siegtraut. Die Beine gespreizt, die Innenseite ihrer Schenkel blutig, das Hemd besudelt, das Gesicht schweißnass und gerötet, brach sie in Tränen aus, als sie Elsa in der Tür stehen sah. „Vergib mir", presste sie hohl heraus, hielt die Luft an, kniff die Augen zusammen. Jenes stoßhafte Schnaufen folgte, dann das Zischeln, das ihr ersticktes Schmerzenswimmern war. Elsa kauerte sich vor ihre Schwester, stellte die Kerze so hin, dass sie zwischen die Schenkel schauen konnte.

„Ich kann den Kopf schon sehen, Siegtraut", sagte sie fasziniert und erschüttert zugleich.

„Ich wollte es wegmachen, aber es hat nicht geklappt", knirschte Siegtraut zwischen zwei Presswehen hervor.

„Was soll ich tun?", fragte Elsa und krempelte sich die Ärmel hoch.

„Nichts", schnaufte Siegtraut.

Elsa schüttelte den Kopf. „Wieso hast du nichts ges..." Aber weiter kam sie nicht, weil Siegtraut sich abermals aufbäumte, wieder die Luft anhielt, die Augen zusammenkniff und das rot-violette Köpfchen ein Stück weiter aus ihrem Leib presste. „Siegtraut ... Wer ist der Vater, was soll denn nun werden?"

„Nichts, lass es sterben oder leg es vor Sankt Peter und Paul!"

Elsa schüttelte nur wieder den Kopf. „Dafür hast du also das viele Geld gebraucht!“, grollte Elsa. „Damit man es dir nicht anmerkt!“

Siegtraut konnte die Entrüstung an ihrer Schwester nicht sehen, weil sie für die allerletzte Presswehe den Kopf zurückwarf und die Zähne zusammenbiss, um keinen Laut von sich zu geben. Ihr Gesicht purpurn, die Adern traten unter der schweißnassen Haut an Hals und Schläfen hervor und schließlich rutschte auf den blanken Dielenboden das kleine Geschöpf, aus dessen Bauch ein weißlich blauer Wurm in Siegtrauts Mitte führte. Es glich eher einem Tier als einem Menschen: rot, verschmiert, klein und runzelig, wie es sich krümmte. Mit einem weiteren Kraftakt, dem ein flatschendes Geräusch folgte, brachte Siegtraut die Nachgeburt heraus und zog die Beine an. „Bring es auf die Treppe“, flüsterte sie. Das Gesicht hielt sie abgewandt, bedeckte ihre Blöße und mied jeden Blick auf das Kind und ihre Schwester.

Elsa regte sich aus der Schockstarre, denn das Geschöpf, begraben unter dem Kuchen regte die kleinen Fingerchen und Elsa fuhr ein böser Stich in die Brust. „Nein, Siegtraut. Auf Kindsmord steht der Strang und ich mache mich nicht zur Komplizin.“

Entschlossen griff sie nach dem gurgelnden Kind, das den ersten Atemzug nicht zuwege brachte, griff nach dem Käsemesser im Regal, tat ohne nachzudenken das, was sie für richtig hielt, durchtrennte den Wurm, den sie am Bauch des Kindes mit einem Knoten abdrückte und hob es mit dem Kopf nach unten hoch. Weil sie nichts anderes wusste, klopfte es ihm auf den Po. Jetzt erst sah sie das kleine Geschlecht zwischen den Beinen des Kindes. Siegtraut wimmerte. Die Schmerzen mussten auch nach der Niederkunft erdrückend sein. Ob ihr klar war, dass sie einen Jungen geboren hatte, wusste Elsa nicht.

„*Quid pro quo,* Schwester!“, durchstieß Elsa das Keuchen der anderen. Siegtraut nahm alle Kraft zusammen und schaute ihr in die Augen. „Dein Schweigen für das meine!“

Einen Moment lang musterten beide einander, dann nickte Siegtraut. Und Elsa ertappte sich, erleichtert aufzuatmen. Sie wollte über das abgenötigte Geld ergeben hinwegsehen.

„Bring ihn fort, Els!"

„Nein, Siegtraut. Versündige dich nicht noch mehr, nachdem du schon genug Schande über dich und dieses Haus gebracht hast." Es tat Geräusche wie eine Katze, gellendes Kreischen, kaum lauter als das Heulen des Windes. „Hier!" Elsa rutschte an dem Blut und dem Wasser vorbei und packte Siegtraut am Arm, um sie aufzusetzen, zog die Nesteln vor deren Busen auf und zwang den Mund des Kindes an die dunkelbraune Brustwarze. Siegtrauts Miene, gemischt aus Ekel, Ratlosigkeit und Widerwillen veränderte sich in heillose Verzweiflung und schließlich brachen ihr alle Dämme. Während der Knabe gierig die erste Milch trank, weinte Siegtraut an Elsas Schulter alle Tränen, die sie vierzig lange Wochen zurückgehalten hatte. „Er nimmt mich nicht zur Frau, Els."

Auf die Frage, wen sie meinte, erhielt Elsa keine Antwort. Stattdessen schluchzte Siegtraut, dass niemand von dem Kind etwas wisse, außer der Kindsvater, der sich wohl hüten würde, irgendetwas auszuplaudern. „Els, bitte bring den Kleinen zur Kirchentreppe."

„Nein!" In Elsas Hinterstübchen reifte ein Plan, über dessen umsetzbare Details sie sich noch nicht im Klaren war. „Alles wird gut, Siegtraut."

Erst im Morgengrauen steckte sie Siegtraut ins Bett. Den kleinen Jungen aber verwahrten sie in einem Winkel auf dem Spitzboden, wo nie eine Menschenseele hinkam. Gut eingepackt lag der Knabe in einem Wäschekorb und seine Geräusche wurden gedämmt von dicken Wänden aus Lehm und Gefach. Siegtraut verbrachte die meiste Zeit auf dem Spitzboden. Erst in fünf Wochen durfte der namenlose Knabe seine kleine Kammer verlassen.

Die Ankunft des Tylike'schen Sprosses kündigte sich am Vorabend des Josephinentages Ende des Weinmonats an. Ein Ziehen im Rücken, das sich wie eine Welle durch ihren Leib Richtung Mitte voranbewegte, auf- und abebbte wie eine Woge, sich dann stundenlang nicht meldete, um von Neuem aufzubrausen, bis es so unerträglich wurde, dass Elsa schrie und sich mit aller Kraft an den Bettpfosten klammerte, damit das Gewicht des Kindes es nach unten und aus ihr herauszog.

Ihr Beistand waren Siegtraut und ihre Mutter, sonst keiner. Nur diese beiden: Siegtraut, die wusste, dass dem Bauch, in dem nur ein Kind gereift war, zwei entspringen würden. Und ihre Mutter, die nicht sah, dass eines der Kinder fälschlicherweise in die Wiege fand. Was die Wehmutter und Anneruth zunächst verstört hatte, dass sie nicht erwünscht waren, musste akzeptiert werden. Elsa kam in den ersten Morgenstunden des Josephinentages nieder. Wenn ihr jemand hatte weismachen wollen, dass man mit dem Blick in die Augen des Neugeborenen alle Schmerzen und Qualen der Geburt vergaß, war das schlicht gelogen.

„Sie sind sehr verschieden", sagte Reinhilde als sie in die Wiege schaute, die für ein Kind gerade genug Platz bot, für zwei aber sehr eng war. „Er ist kräftig!", sagte sie anerkennend und lupfte die Decke über dem Leib des Knaben, der lebhaft in der Wiege zappelte und Grimassen schnitt. „Aber sie?" Der verächtliche Kommentar galt dem Mädchen. Elsa würde damit leben lernen, dass ihrer Tochter stets weniger Anerkennung gezollt werden würde als dem Buben. „Macht die Kleine auch mal die Augen auf?"

„Darauf hoffen wir so bald nicht", war, was Katharina Mälzer, matronenhaft in der Ecke sitzend, zu sagen hatte. Elsa warf ihrer Mutter einen Schweigen gebietenden Blick zu, den diese leider nicht sehen konnte. „Sie schläft mal besser noch ein paar Tage durch nach den Anstrengungen", raunte Katharina und es klang wahrhaft aufrichtig. Doch wusste Elsa genau, warum ihre Mutter hoffte, die Kleine sollte die Augen so lange als möglich geschlossen halten.

„Ja, die Geburt von Zwillingen ist nicht ohne", pflichtete Reinhilde bei. „Eine Laune der Natur, ein eigenwilliger Streich Gottes." Sie schenkte Elsa, die im Wochenbett saß und die Besucher empfing, ein bemühtes Lächeln, das nicht bis zu den Augen reichte. „Wenn ich dir einen Rat geben darf, Elsa", sagte sie und zog ihre Augenbrauen in die Höhe. „Hänge dein Herz nicht an sie." Ihr Finger stieß in Richtung des kleinen schlafenden Mädchens. „Du kannst damit beginnen, sie zu mögen, wenn sie das dritte Jahr überstanden hat. Im Allgemeinen gilt: Sie gern zu haben, wenn sie ins zehnte Jahr kommen und wenn sie das Erwachsenenalter erreicht haben, ist immer noch genug Zeit, sie zu lieben, aber noch nicht jetzt … Und da das Mädchen sowieso so winzig ist …"

Elsa wusste, ihre Tochter sah neben dem Jungen so winzig aus, weil er fünf Wochen älter war als sie. In Wahrheit war sie gut entwickelt. Nur blieb zu hoffen, dass sich die beiden Kinder in ihrer Entwicklung der gemeinsamen Linie großmütterlicherseits besannen und einander ähnlicher würden. Der Knabe: rothäutig, blauäugig und mit weißem Flaum auf dem sonst kahlen Schädel war das ganze Gegenteil der Kleinen.

„Auf die Jungen kommt es an."

„Wonach der Junge riecht, weiß ich nicht", raunte Elsas Mutter, nachdem Reinhilde ihre Neugeborenenvisite beendet hatte und Katharina Mälzer mit ihren ältesten Töchtern unter sich war. „Aber wonach die Kleine riecht, weiß ich ganz genau. Nicht nach Gunnar jedenfalls."

„Schweig still!", zischelte Elsa und deckte den Jungen wieder zu. Beide Schwestern, die sich in der Not gefunden zu haben schienen, wechselten einen teils wachsamen, teil verschworenen Blick.

Elsa und Siegtraut schafften es, den Kindern einen gleichen Rhythmus angewöhnen. So kam es nicht zu Störungen, die katastrophale Folgen gehabt hätten, weil die Frauen und die Kinder genau wussten, wann es an der Zeit zum Füttern war.

Gunnar war einer der Letzten, der kam, um seine Nachfolge zu inspizieren. Er schenkte dem Mädchen kaum Beachtung, stürzte sich aber voller Stolz und Wohlwollen auf den Stammhalter. Stramm und wohlgenährt lallte der in der Wiege vor sich hin.

Am Tage ihrer Niederkunft hatte Elsa Irmel in die Neißgasse geschickt, um beim Drucker die Geburtsanzeige drucken zu lassen.

Das war natürlich nicht der Hauptgrund, warum Elsa dies Geld ausgab, sondern, damit Ignatius an Andres berichten konnte. Den Irrtum um die Zwillinge nahm sie in Kauf. Das würde sich schon fügen, doch wollte sie Andres endlich wiedersehen. Die Mutterschaft wirkte sich milde auf ihren Groll gegen ihn aus.

81

Solche freche Ablasspredigt bewirkt, dass es selbst gelehrten Männern schwer fällt, die dem Papste geschuldete Ehrerbietung gegen die Schmähreden oder die scharfen Einwürfe der Laien zu schützen.

Es war üblich, schon am Tage nach der Geburt die Kinder auf den Patron des Tauftages taufen zu lassen. Da aber *Wolfhard* wenig Spielraum und kaum Wohlklang bot, bediente man sich des Patrons des Geburtstages der Kinder. So gingen Josephine und Joseph in den Tylike'schen Stammbaum ein.

Niemand konnte wissen, dass Joseph eigentlich ein Cornelius sein müsste. Und die Verschiedenartigkeit der Kinder wurde schon bei der Taufzeremonie als göttliches Wunder ausgelegt. Elsa war es gleich. Sie litt Qualen in der kalten, feuchten Kirche: Rücken und Bauch schmerzten, ihre Brüste drohten zu platzen, die Fußsohlen kribbelten und sie hatte das Gefühl, dass der Wochenfluss ihre Beine entlang hinablief. Es dauerte entsetzlich lange, bis Pleban Rupertus und die Vikare fertig waren.

Elsa zählte die Atemzüge, bis sie wieder in ihrem warmen, trocknen Wochenbett, die Kleine im Arm, plaudernd mit Siegtraut, sitzen würde. Sie lernte ihre Schwester als genügsame Zuhörerin kennen. Sie lernte Siegtraut überhaupt erst kennen, hatte sie den Eindruck und sie begriff die Not und die Kälte, in der

Siegtraut die vergangenen Jahre gelebt hatte, als Rechtfertigung für ihr unterkühltes Wesen.

Während Elsa sich aus der Kirche wünschte, passierte dem Rothbart eine Unachtsamkeit. Zumindest hielt man seinen Ausrutscher zunächst für ein Versehen, als ihm das Wort der Predigt nicht im Lateinischen, sondern in der gemeinen Sprache über die Zunge rollte. Vom Vikar wurde er auf seinen Fehler hingewiesen. Rothbart korrigierte seine Worte nicht ins Kirchenlatein. Die Leute beäugten einander verwundert. Der Pleban, als habe er Gefallen an dieser Eigenart gefunden, machte unbeirrt weiter und gab die Täuflinge *Theodisk* in die Obhut ihrer Paten: Josephine in Siegtrauts Arme, Joseph in die von Anneruth.

Wundersame Stille, mischte sich unter die Anwesenden und jenes wattewarme Gefühl bemächtigte sich Elsa, das sie immer dann ausfüllte, wenn Matthes im verständlichen *Theodisc* gepredigt hatte. Es verwunderte Elsa jedes Mal, wie viel Sinn und Klugheit in den Bibelstellen steckte und mit wie viel Klarheit sie sich auslegen ließen.

Leider kam Rothbart nicht bis zum Ende, weil die Vikare seine Vorgehensweise nicht bis zum Schluss duldeten. Elsa hätte gern gewusst, wie die Geschichte um Johannes weiterging. Jeder kennt Johannes den Täufer, aber Elsa hatte bislang nicht gewusst, dass er sich von Heuschrecken und wildem Honig ernährt hatte. Vieles, was in der Bibel stand, verblüffte sie und machte die Figuren zu Menschen, die wirklich einmal gelebt, gelitten, geliebt haben mussten.

Während Siegtraut bemüht war, Joseph, der sich krakeelend in den Streit zwischen den Bürgermeistern und Rothbart einmischte, zu beruhigen, beobachtete Elsa den Schlagabtausch der beiden mächtigsten Männer der Stadt.

Um sie herum erstarkte Getuschel und Geläster. Hinter ihr unterhielten sich zwei Mägde, über das Kalbshirn, das sie bis zum Mittag noch würden in Mandelbrühe kochen müssen.

Joseph schrie zum Gotterbarmen. Einer der braven Vikare

stimmte einen lateinischen Choral an. Viele der vom Schauspiel Verunsicherten stimmten ein: erleichtert, alles in seiner gottgewollten Ordnung zu wissen.

Elsa, die noch nicht ahnen konnte, dass an diesem Tag, am Tage der Taufe ihrer Tochter und ihres Neffen, der Schwelbrand in der römisch-katholischen Kirche folgenschwer hochloderte, war fest entschlossen, Andres vom Ereignis zu berichten.

So gab sie nach der Messe die Kinder in die Obhut ihrer Paten, um Ignatius Weidner einen Besuch abzustatten. Sie würde sich sputen müssen, nicht zu lange in der Nässe unterwegs zu sein.

Meister Weidner, den die Kurie vor über einem Jahr beinahe in den Ruin getrieben hatte, ließ sich von Elsa haargenau jedes einzelne Wort berichten, das Zeidler und Rothbart gesagt hatten. Weidner schrieb alles auf, was sie erzählte. Er sprach sich dafür aus, einen Eilboten nach Wittenberg zu schicken.

Dieses Schreiben würde noch eher eintreffen als das gestrige, das Elsa anlässlich der Geburt der Zwillinge aufgegeben hatte. Daran konnte Elsa nun auch nichts ändern.

Barbara Weidner hatte keinen Jubel für die Verkündigung des Rothbarts, sondern schimpfte mit Elsa, weil sie sich in der Stadt herumtrieb. Wenn sich Elsa auch nur erkältete, war das Leben dreier Menschen in Gefahr!

„Versteht ihr denn nicht, was das bedeutet?“, begehrte Elsa auf und wurde von den Druckerleuten verständnislos angeschaut. „Wir müssen uns nicht mehr heimlich treffen, um nach Luthers Lehre zu leben, sondern können unseren Glauben an die Heilige Evangelische Kirche mit allen anderen draußen teilen.“

„Ja, aber zuerst bringe ich dich ins Wochenbett, wo du zwei Monate lang bleibst!“

Elsa jaulte auf bei der Aussicht auf acht Wochen Langeweile, fügte sich aber in Barbaras Gebot und merkte schon nach wenigen Schritten, wie schwer ihr das Laufen fiel und wie erschöpft sie war.

Die Welt vom Bett aus betrachtet war furchtbar klein. Doch entging Elsa nicht, dass Reinhildens prüfender Blick stets länger an Josephine haften blieb als an Joseph und dass sie sich heimliche Berührungen für das Mädchen stahl, wenn sie sich unbeobachtet wähnte. Es kam so weit, dass sie Josephine zuweilen sogar neckte, während sie Joseph kaum eines Blickes würdigte, und Elsa betete zu Gott, dass Andres' Mutter keinen Verdacht schöpfte. Aber nur eine Närrin, eine gefühllose alte Vettel würde die Ähnlichkeit ihres Sohnes und ihrer Enkeltochter leugnen: die markanten Augen – jetzt noch dunkelblau wie der Ozean –, die feine Nase, das dunkle, lockige Haar. Reinhilde war keine Närrin und die Fassade ihrer Gefühlskälte begann schon nach kurzer Zeit zu bröckeln.

82

Zum Beispiel: Warum lehrt der Papst nicht das Fegefeuer aus heiligster Liebe und tiefstem, seelischem Drange als gerechtestem Grunde, wenn er unzählige Seelen befreit um schnöden Geldes willen, gegeben zum Bau einer Kirche, also aus sehr leichtwiegendem Grund?

Zunächst hatte der Dekan der Universität zu Wittenberg Andres die Erlaubnis verwehrt, während der Examina nach Hause zu reisen. Man hatte mit der Schrift *De captivitate babylonica ecclesiae – Von der babylonischen Gefangenschaft der Kirche* – genug um die Ohren; eine Schrift, die in alle Welt hinausgegangen war und für die Bewältigung der Antwortschreiben jeden Studenten brauchte.

Eine der ersten Antworten war aus Görlitz gekommen und Andres war stolz auf seine Vaterstadt gewesen, die so viel Weitsicht besaß, dem Kernstück der römischen Kirche, nämlich den sieben Sakramenten, den Kampf anzusagen. Leider nur hatte die Kurie seit der Kaiserwahl von Karl V. den Kampf gegen den Wittenberger Ketzer auch wieder aufgenommen. Die neuerliche Streitschrift traf Rom mitten ins Herz.

Doch als Andres dem Dekan den jüngsten Brief aus Görlitz vorlegte, blieb dem nichts anderes, als Andres nach Hause reisen zu lassen, um die tragende Veränderung in seinem Leben anzuerkennen.

Auf eine Übernachtung in einer Schänke an der Via Regia verzichtete Andres und wechselte alle paar Meilen die Pferde, um schneller voranzukommen. Als er die Türme seiner Stadt von Weitem sah, spornte er den Klepper unter sich zum letzten Kraftakt an, um endlich anzukommen. Mithin hatte er nicht einmal zwanzig Stunden gebraucht, war aber erschöpft und vom anhaltenden Niesel durchnässt. Er musste die Wachen aus der Stube brüllen, damit sie das Tor für ihn öffneten. „Kommst du von Süden?"

„Nein, von Nordwesen."

Der Wachmann, der sich aus seinem Turmzimmer ins Morgengrauen hinausbequemt hatte, prüfte Andres, um einer Lüge, die er aber nicht fand, auf die Spur zu kommen und ließ ihn ein. „Leute aus dem Süden sehen wir hier nicht gern", sagte der Wachmann. Andres war das gleich. Er hatte nur ein Ziel.

Ignatius, obschon aus dem Bett getrommelt, schloss ihn lachend in die Arme. „Ich bin, so schnell ich konnte, hergekommen … Du musst mir alles genau erzählen, hörst du? Matthes wollte mitkommen, hat aber zu viele Prüflinge, sogar Doktor Luther wollte mich begleiten, der muss sich aber bedeckt halten, verstehst schon …"

Ignatius war sich nicht sicher, ob er verstand, er kratzte sich das stoppelige Kinn. „Matthes könnte ich schon mal wieder hier gebrauchen, aber dein Doktor Luther? Was will dein Doktor Luther sich Elsas Zwillinge angucken?"

Andres, sich die Stiefel bindend, hielt in der Bewegung inne. „Was für Zwillinge?"

Ignatius schaute jetzt noch viel betröpfelter drein als eben schon. „Du bist nicht wegen ihres Briefes die Niederkunft betreffend hier?"

„Nein", was wie eine Frage klang, „ich bin wegen deines Briefes, Rupertus' protestantischer Predigt wegen hier. Ich soll mich mit ihm treffen und Bericht erstatten nach Wittenberg." Weil Ignatius starr und verwundert dastand. „Du hast mir von diesem Taufgottesdienst geschrieben …"

„Richtig, der Taufgottesdienst", zog Weidner die Worte in die

Länge und beäugte Andres, als sei er ein Geist. „Der Taufgottesdienst von Elsas Kindern, den Zwillingen."

Zuerst gab Andres das entrückte Starren zurück, dann schüttelte er verzweifelt den Kopf. „Was für ein verdammter ..."

„In diesem Hause wird nicht geflucht", ließ sich Barbaras Stimme in der Tür vernehmen. Andres richtete sich auf. Barbaras müdes Gesicht spiegelte seine eigene Erschöpfung wider. „Du solltest zu deiner Frau gehen, bevor sie von irgendwem anderes erfährt, dass du in der Stadt bist." Der Vorwurf in ihrer Stimme war nicht zu überhören. Vielleicht hätte Andres nicht so hart mit sich und Elsa sein dürfen, vielleicht hätte er in den vergangenen Monate wenigstens einmal nach Hause kommen sollen. Zumindest noch im Sommer hatte es an Gelegenheiten nicht gemangelt.

Pünktlich mit dem Läuten der Morgenandacht betrat er das Hinterhaus in der Neißgasse. Er lief niemandem über den Weg und fand Elsa, wie es Barbara beschrieben hatte, im kleinen Gemach schlafend: von den Kindern keine Spur. Darüber war Andres fürs Erste nicht traurig. Er setzte sich auf die Bettkante und beobachtete sie, unschlüssig, was er tun sollte. Hatte er Unrecht an ihr getan? Was wog schwerer? Sein schlechtes Gewissen oder seine Eitelkeit?

Sie rekelte sich, fuhr sich über die Augen, bekam sie aber nicht auf. „Andres?" Sie drehte sich im Bette um, schien abermals einzuschlafen.

„Ja", murmelte er und strich ihr übers Haar.

Mit einem Wimpernschlag war sie wach: Die Augen weit aufgerissen, rollte sie sich herum: ungläubig und skeptisch. Ihr Zeigefinger stieß in seinen Oberschenkel. „Bist du echt?" Er lächelte matt. Sie war so schön wie eh, so vertraut und trotzdem mit einem veränderten Zug um die Augen. Das Ungestüme war dem Überlegten gewichen.

„Ja, ich bin echt." Er beugte sich zu ihr hinab und küsste sie, spürte ihre Hände in seinem Nacken, ihre Wärme, doch so schnell drückte sie ihn wieder von sich.

„Ich muss dir jemanden vorstellen." Ein geheimnisvolles Lächeln auf den Lippen schlüpfte sie aus dem Bett. Ihm graute es vor dem, was sie vorhatte. Er stand von der Bettkante auf und streifte seine Schaube und die Kappe ab. Er hatte keine Ahnung, wie er auf das, was kommen würde, reagieren sollte, was er sagen musste. Er wollte Elsa weder zu nahetreten noch sie kränken.

Aus dem Nebenzimmer kam sie mit einem Bündel im Arm zurück. „Siegtraut schläft", flüsterte sie. „Die Kinder schlafen abwechselnd bei ihr und bei mir. Anders ist es nicht auszuhalten. Setz dich da hin ... Was hast du?" Sie stutzte, weil er auf das Bündel starrte. Vorsichtig setzte er sich wieder auf die Bettkante und dann, ohne, dass er vorher die Sachlage hätte besprechen können, hatte er das Bündel im Arm. „So, stütze ihren Kopf, sehr gut." Ihre Stimme war ganz weich und hell und das Lächeln darin galt nicht ihm, sondern dem kleinen Paket. „Das ist Josephine." Sie strich das Käppchen, das ein wenig in die Augen gerutscht war, zurück, sodass darunter dunkelbraune Löckchen hervorlugten. „Bilde dir nicht ein, dass sie immer so still ist", lachte Elsa leise und Andres wurde das Kind auf dem Arm zu viel.

Das ging ihm zu schnell und zu nahe und überhaupt ... „Hier, du solltest sie lieber nehmen."

„Nein, das kannst du ganz gut", nickte sie, den Blick nicht von ihr wendend.

Das Kind rekelte sich, rümpfte das Näschen, grub die winzigen Fäustchen unter dem Wolltuch hervor. „Sie mag das nicht ..."

„Oh, doch, sie weiß es nur noch nicht. Siehst du?" Elsa strich mit der Fingerspitze sacht über die Nasenwurzel der Kleinen, auf der sich eine Falte abzeichnete. „Ihr beide seht aufs Haar gleich aus, wenn ihr euch nicht entscheiden könnt, ob ihr was mögt oder nicht."

Andres schluckte trocken und hob das Kind an, damit er es im fahlen Morgendämmer besser betrachten konnte. Sie wand sich jetzt behänder. Er musste sie gut festhalten. Würden sich seine Ängste und schlimmsten Befürchtungen tatsächlich als nichtig erweisen? Und wenn bis jetzt noch Zweifel geblieben waren, so überzeugten ihn ihr Augenaufschlag und das Funkeln ihrer schmalen Augen, in deren dunklen Blau sich bereits das Braun ankündigte. Seine Tochter. Sie starrte ihn an, beäugte den Eindringling, überlegte, ob sie ihn akzeptieren wollte oder nicht, rümpfte abermals die Nase, die Falte auf der Nasenwurzel glättete sich. Das Kind gähnte herzhaft, die Augen schlossen sich und mit einem leisen Seufzen döste sie wieder ein. Es brauchte eine Weile, bis Andres die Sprache wiederfand. „Und das andere? Ignatius sprach von zweien." Er schnappte Elsas prüfenden Blick auf.

„Du hast meinen Brief nicht bekommen?"

Wie er seine Überraschung, seinen ertappten Fehler zu überspielen suchte, entging ihr nicht. „Ähm ... Ich bin auf Ignatius' Brief gleich abgereist."

„Wie schmeichelhaft!", erhob sich Elsa, klang aber nicht ernstlich böse. „Auf ein Wort von deinen Freunden springst du." Das hatte sich schon sehr viel vorwurfsvoller angehört. Warum sie im Zimmer umherging, begriff er nicht. Seine Arme wurden schwer vom schlafenden Kind. „Aber wenn deine Frau dich anfleht, herzukommen ..." Das war eindeutig eine Anklage gewesen. Andres schluckte, mied ihren Blick, schaute stattdessen sein winziges Ebenbild an. Wie Elsa vor ihm stehen blieb und die Arme vor der Brust verschränkte, bemerkte er aber trotzdem. „Das andere Kind ist nicht meins, sondern Siegtrauts." Sie hielt seinem fragenden, verständnislosen Blick stand und dann erzählte sie ungerührt eine so abenteuerliche Geschichte, dass seine Magensäfte gärten.

„Bist du verrückt geworden?", zischte er gedämpft, um das Kind nicht zu wecken. „Bist du von Sinnen? Wie kannst du dir nur so etwas ausdenken?!"

Weil sie immer noch mahnend vor ihm stand, ließ sie jetzt eine Tirade auf ihn niederprasseln, mit der er nicht gerechnet hatte. Wie sie sich das ausdenken könne, echote sie ihn und schien den Ernst der Lüge nicht zu begreifen. Und als hätte sie auf das

Glockengeläut gewartet, das ihre Worte untermauern sollte, sagte sie: „Ich danke Gott für die Fügung!" Andres begriff das nicht. In ihm wühlte der Zorn. „Ein Blick Reinhildens in ihr Gesicht", Elsa deutete auf Josephine in Andres' Arm, „und der Schwindel wäre sofort aufgeflogen und du dürftest mich an der Büßermauer besuchen und dein Kind nicht mal von Weitem sehen. Joseph lenkt von der Möglichkeit ab, dass irgendwer sonst als Gunnar als Vater infrage kommen könnte."

Andres schüttelte den Kopf. Das war alles zu viel für ihn. Er erhob sich und drückte Elsa das Kind in die Arme. „Das ist nicht dein Ernst!" Er nahm Umhang und Kappe.

„Was hast du vor?", hörte er sie dicht hinter sich sagen, während er sich ankleidete. „Willst du wieder für Monate verschwinden?"

Er drehte sich zu ihr um, der Zorn unverhohlen im Gesicht. „Der Gottesdienst ist zu Ende, Elsa. Gleich ist das Haus voller Leute. Ich aber darf nicht hier sein bei meinem Weib und meinem Kind. Ich mache das, was ich seit über einem Jahr tue: Ich spiele deine Spielchen. Ich verleugne nicht nur meine Ehe, nein, ich muss mein Kind verleugnen und das deiner Schwester irgendwann als das meine annehmen. Weiß sie überhaupt, von wem es ist? Oder will sie es nicht verraten? Wunderbar!" – Weil Elsa den Kopf geschüttelt hatte. – „Weißt du?" Er legte seine Hand an ihre Wange. „Mit dieser Lüge machst du es uns noch schwerer, die ganze Sache eines Tages als Irrtum hinzustellen. Mit den falschen Zwillingen bindest du dich fester an die Tylikes als uns guttut. Und falls du doch von ihm wegkommst, musst du erst einmal beweisen, dass zumindest sie …" Andres deutete auf Josephine, die er eigentlich gern noch einmal im Arm gehalten hätte, „… unser Kind ist. Wer wird dir denn glauben, nach so vielen Lügen?" Ihr trauriges Antlitz ertrug er nicht. Er wusste, wie sehr er ihr wehtat.

„Deine Mutter ahnt es!", begehrte sie auf. „Sie hat es von Anfang an gesehen, will es bloß nicht wahrhaben und sie ist verwirrt wegen des Jungen." Zuletzt schwammen Tränen in ihrer Stimme.

„Deshalb spricht sie ihren Verdacht nicht aus und das ist gut so. Fürs Erste."

„Fürs Erste." Andres schüttelte knapp den Kopf. „Elsa, ich glaube, du brauchst mehr als eine göttliche Fügung, um aus dem Wahnsinn wieder rauszukommen." Damit setzte er das Barett auf. Er hatte schon die Klinke in der Hand, als er sich noch einmal umdrehte. „Ich kann das nicht, Els. Ich schaff das nicht." So verließ er sie. Sein Schmerz war unermesslich. Er brauchte ein paar Momente für sich, um das alles zu begreifen. Ihm fehlten fünf Monate. Plötzlich waren da sein Kind und dieses fremde Kind, das er noch nicht einmal zu Gesicht bekommen hatte, und da war seine Frau, die um so vieles reifer geworden war als er, der immer noch glaubte, die Welt bestünde aus einer Universität und viel, viel Papier.

83

Ferner: Warum begeht man weiter Exequien und Jahrestage der Verstorbenen, und gibt sie für jene empfangenen Gelder nicht zurück oder lässt sie zurücknehmen, da es ein Unrecht ist, für Erlöste weiterzubeten.

Niemand nahm Notiz von Elsas Tränen, weil man den Wöchnerinnen verwirrte Gefühle und Eigenheiten nachsagte. Sie wusste nicht, ob Andres noch in der Stadt war und wenn ja, ob er sie vor seiner Abreise noch einmal besuchen würde. In der Nacht des Gertrudstages, mitten im Nebelung, wagte sie, das Haus zu verlassen, weil sie wusste, dass in der Druckerei immer noch heimliche Zusammenkünfte gehalten wurden.

Schon auf der Wendeltreppe war das Stimmengewirr zu hören. Vom Türbogen aus beobachtete sie das Geschehen. Pleban Rupertus diskutierte mit den Versammelten über die Banngewalt der Kurie im Falle Martin Luthers. Den Teil mit dem Gottesdienst hatte Elsa wohl verpasst. Andres saß ganz hinten im Gewölbe und unterhielt sich mit einem Mädchen, einem sehr hübschen Mädchen, eine Tatsache, die Elsa aufregte. Sie fühlte sich immer noch schwerfällig, aufgedunsen und hässlich. Aber weil sie starrte, bemerkte er sie. Auf seinem Gesicht rangen Schuldgefühl und Überraschung miteinander. Er wühlte sich durch die Menge und nahm Elsa mit sich die Treppe hinauf in sein Fremdenzimmer.

Die Worte, die sie sich zurechtgelegt hatte, vergrub er unter seinen Küssen. Die Wöchnerinnenzeit bestimmte, dass sie züchtig, wenn auch aneinandergeschmiegt auf dem Bett lagen und versuchten, die Zeit festzuhalten. „Wenn wir Gunnar zum Unterschreiben der Auflösung des Ehevertrages bringen."

Elsa unterbrach ihn nicht, obwohl, über Tylike zu sprechen, das Letzte war, was sie wollte.

„Wir würden ihm dein Zunftzeichen mit dem Braurecht überlassen und meinetwegen die Logis für deine Mutter und deine Schwestern zahlen."

„Wovon?"

„Ich bin bald Pastor. Wir würden Joseph zur Pflege bei Siegtraut lassen. Irgendein Frauengrund wird uns da schon einfallen." Die Kerze auf der Betttruhe schickte ihr Züngeln über die gekalkten Wände. Da waren sie wieder: die Gespenster, die ihre Realität Lügen straften.

„Gunnar wird nicht einwilligen und du wirst den Schwur deiner Mutter gegenüber brechen."

„Mein Versprechen." Andres legte sich wieder auf den Rücken und starrte mit verengten Augen gegen den Himmel des Bettkastens.

Elsa stemmte sich auf den Ellbogen, um ihn besser ansehen zu können. „Was ist das für ein Schwur?"

„Das ist lange her."

„Was ist lange her?" Sie rüttelte sacht an ihm, damit er in Gedanken nicht davonglitt. „Was ist das für ein Schwur, Andres?"

„Ich habe ihr versprochen, Priester zu werden."

Elsa nickte. Doch abermals zwängte sich Stille zwischen sie.

„Ich habe ihr versprochen, dass ich für sie da sein werde, dass ich in ihrer Nähe sein werde … als Priester." Andres schlug einen Bogen um das, was sie zu wissen begehrte.

„Wann hast du ihr dieses Versprechen gegeben?"

„Kurz nach Josts Tod."

Jetzt war Elsa diejenige, die einen Moment zum Nachdenken brauchte. „Da warst du noch fast ein Kind. Also gilt es nicht."

„Nein, es war Erpressung."

Das war das Wort! Das Wort, das Elsa gesucht hatte, als Siegtraut ihr auf Kosten eines Geheimnisses Geld abnötigte. Elsa nickte und legte ihren Kopf auf seine Brust. Sie merkte, wie seine Finger durch ihr Haar strichen. „Ich weiß, dass du Jost sehr gern hattest", sagte er.

„Zuletzt nicht mehr. Aber anfangs haben wir zusammen gespielt."

„Er hat mit *dir* gespielt, nicht ihr zusammen. Du hast mir leidgetan."

Elsa lehnte sich auf, um ihm wieder in die Augen sehen zu können. „Ich hab dir leidgetan?"

„Jost war ein Scheusal."

Elsa lächelte. „Du warst eifersüchtig?" Sie liebte das Lächeln, das er jetzt zeigte.

„Ich mochte dich damals gern, obwohl du nur Augen für ihn hattest und naiv warst."

Sie zwickte ihn in die Seite. „Du warst zu alt für mich."

„Zwei Jahre älter als du ist nicht *alt*."

„Wenn man zwölf ist, ist vierzehn uralt." Sie legte ihren Kopf wieder auf seine Brust, sein Herz schlug jetzt unruhig.

„Das stimmt." Seine Finger legten sich fest auf ihren Schopf. „Aber ich hab ihn manchmal gehasst."

„Das ist sicherlich normal unter Brüdern."

„Weiß ich nicht. Mir sind nur Schwestern geblieben. Die sind putzsüchtig und denken nie über irgendwas nach. Jost aber, der hatte etwas Ungutes an sich, und ich wusste, dass er dazu geschaffen war, Schlechtes zu tun.

Elsa umklammerte Andres' Rumpf. „Aber du hast nie seine Streiche an eure Eltern verpetzt und hast versucht, ihn aus dem Eisloch zu ziehen, als er auf dem Schöps eingebrochen war, bist sogar selbst mit hineingefallen."

„Nein, eigentlich bin ich hineingeglitten." Er hängte eine Pause zwischen sich und Elsa, seine Finger ruhten auf ihrem Haar und sein Herzschlag beschleunigte sich. „Und ich hab nicht versucht, ihn rauszuziehen." Bei diesen Worten, so betont langsam und gewählt, schnellte Elsas Kopf hoch und ihr Blick fuhr geradewegs in den seinen: Ungerührt, beinahe kalt schaute er sie an. „Elsa?"

„Ja?" Jetzt war es ihr Herz, das aufgeregt schlug.

„Ich trage eine übergroße Schuld mit mir herum."

„Ich auch." Ihre Stimme war hauchdünn. Jetzt würde sie ihm endlich sagen, dass sie das mit dem Harz auf der Treppe gewesen war und dass sie Carolinas Tod für sich behalten hatte.

„Ich hab Jost nicht rausziehen wollen."

Elsa setzte sich im Bett auf und taxierte ihn. „Was?"

Seine Stimme war ruhig und sachlich. „Ich hab meinen Bruder nicht retten wollen. Ich meine, anfangs nicht und dann war es zu spät." Elsa kroch ein Stück von ihm weg und drückte sich ans Fußende des Bettes. Andres setzte sich auf, prüfte ihren Blick. „Ich hab ihm nicht geholfen, verstehst du? Er war kleiner als ich und konnte im Fluss nicht stehen, ich schon. Ich hab ihn nicht festgehalten, weil ich ihn dafür gehasst habe, wie er die Leute ausnutzte, Mensch und Tier quälte. Wusstest du, dass ich wusste, dass er die Hunde vom Gerßdorff erschossen hat? Mit der Armbrust des Wildhüters?"

Elsa schüttelte stumm den Kopf. Darum ging es hier nicht. Mit jedem weiteren Wort wurde seine Stimme leiser und seine Augen verloren sich an die Bilder der Vergangenheit, deren Erinnerungen schwer festzuhalten waren. „Erst als er unter das Eis geriet, wurde mir klar, was ich da tat – oder nicht tat – aber da war es zu spät und ich hab ihn nicht mehr zu fassen gekriegt."

Elsa starrte Andres an.

„Ich weiß, dass er dir an die Wäsche wollte."

„Es war ein Kinderstreich." Ihre Stimme war dünn.

Andres nickte ergeben. „Aber damals hab ich ihn dafür gehasst und mir alle möglichen Tode für ihn ausgedacht und dann, in jenem Winter hat Gott mir diese Gelegenheit geboten."

Elsa schüttelte den Kopf. Ihre Hand, die sie vor den Mund schlug, zitterte. „Nein!“

„Doch. Ich hab es nur Mutter gesagt, sonst niemandem. Sie hat mich in die Lateinschule gesteckt. Sie hat mich nicht mehr ertragen und mir das Versprechen abgenommen, Buße zu tun, indem ich mein Leben Gott weihe. Sie hasst mich.“

„Andres!“ Elsa hatte geglaubt, sie kannte den Mann, den sie geheiratet hatte. Sie kannte ihn nicht. „Sie hasst dich nicht!“

Er rührte sich nicht, sondern schaute sie nur unverwandt an. Er prüfte ihre Treue, ihre Liebe, ihr Herz. Elsa glitt nach vorn und umschlang ihn mit aller Kraft. „Es war dumm, Andres“, sagte sie leise. „Es war so schrecklich dumm!“

„Es war Mord, meinst du wohl?“, murmelte er in ihr Wolltuch.

„Nein, es war ein Unfall, und außerdem meine ich deinen Arm, den Jost und ich dir gebrochen haben. Es war dumm.“

Er drückte sie sacht von sich und bannte ihren Blick. „Du meinst, als ich die Treppe runtergestürzt bin?“

Elsa nickte und schniefte, damit sie nicht anfing zu weinen. „Das Harz hatte ich vom Pechler aus dem Wald geholt, Jost hat mir das Geld gegeben. Ich hab es auf die obersten beiden Treppenstufen geschmiert, damit du kleben bleibst.“ Sie verbat sich das Lächeln, das ihr bei der Erinnerung an ihre Vorstellung davon, wie Andres die Treppe hinuntergefallen war, übers Gesicht huschte.

„Das findest du wohl immer noch witzig?“, kniff er sie in die Seite, dass sie aufquiekte und hastig den Kopf schüttelte.

„Nein, Andres. Es ist so schrecklich. Ich weiß nicht, warum ich das gemacht hab.“

„Weil Jost es dir aufgetragen hat?“, stellte er in den Raum. Elsa vergrub ihr Gesicht hinter den Händen. Sie fühlte seine Lippen auf ihrem Scheitel.

Komm schon, kleine Els, forderte ihre Vernunft sie heraus … doch die Sache mit Carolina Müllerin kam nicht über ihre Lippen, während Andres über sein Schicksal nachdachte.

„Ich kann das Versprechen, das ich meiner Mutter gegeben hab, nicht brechen, Els."

Sie nickte, wahrscheinlich verstand sie ihn jetzt endlich. All seine Bemühungen, seine Studien voranzutreiben. Er hatte ihr erzählt, dass er wohl dieses Jahr nicht mehr für die Priesterweihe zugelassen werde, weil er jetzt hier war, anstatt die Prüfungen abzulegen. „Andres? Wenn du dir vergibst, dann vergibt dir Gott. Dein Doktor Luther hat gesagt, so stehe es in der Bibel. Wer sich selbst verzeiht, dem wird verziehen ..."

„Schuld an Josts Tod zu sein, kann ich mir nie verzeihen."

Elsa strich ihm über die Wange. „Vielleicht nicht jetzt. Buße tut der, der bereut. So hast du es gesagt."

„Ja."

„Und wer bereut, zieht aus seiner Tat die bessernden Schlüsse. Du würdest es nicht noch einmal machen, oder?"

„Nein." Er musterte sie jetzt skeptisch. „Wieso wirst du nicht die Pastorin?"

Elsa lachte auf. „Eine Frau als Priester?"

„Doktor Luther sagt, in jedem Christ liegt das Priesterliche, egal ob Mann oder Frau."

„Oh wei... so weit kommt es noch. Daran glaubt kein Mensch! Mann und Frau gleich."

Wenige Tage später musste Andres nach Wittenberg zurück. Der Abschied, jetzt, da sie sich ausgesprochen hatte, war leichter.

Bis zum Christfest schien die Zeit stehen zu bleiben, weil jeder Tag dem vorherigen glich. Jeder Tag war angefüllt mit der Pflege der Säuglinge. Allen war es nur einleuchtend, dass Siegtraut Elsa den ganzen Tag und die halbe Nacht beistand. Ihnen beiden war klar, warum Joseph viel aufgeweckter war als Josephine, lebhafter und lauter als sie, und Elsa betete dafür, dass die Weissagungen ihrer Besucher sich nicht bewahrheiten würden und dass das Mädchen nicht einging. Sie betete für ihre Tochter und liebte sie entgegen Reinhildens dummen Ratschlag mehr als alles auf der Welt. Sie konnte sich nicht sattsehen an ihren schmalen Augen, die allmählich bernsteinfarbene Flecken bekamen. Elsa liebte es, ihre Nase in die dunklen Locken des Mädchens zu stecken und ihr war tatsächlich so, als könne sie Andres an ihr riechen.

Leider entwickelte sich Joseph in eine so andere Richtung als Josephine, dass Elsa Angst hatte, der Schwindel würde auffliegen. Zumindest ihre Mutter hatte den Braten bald gerochen. Sie witterte nach den Kindern wie eine Hündin nach ihren Welpen. „Reinhilde mag herrisch und gefühlskalt sein, auch penibel und pingelig, meinetwegen, aber sie ist nicht dumm und sie sieht, was sie vor Augen hat."

„Und was hat sie vor Augen?"

Ihre Mutter schnalzte mit der Zunge. „Ich bin blind, aber nicht blöd. Anneruth fragt mich, von wem Josephine diese dunkler werdenden Mandelaugen hat, mmh?" Darauf wollte Elsa nichts erwidern. „Rothbart sprach von einem Wunder. Was gäb ich drum zu sehen, wie verschieden deine Kinder aussehen. Ein Wunder, Elsa?" Während Elsa fieberhaft nach einem Thema, sann, das von diesem hier ablenkte, war Katharina bei nichts anderem. „Oder könnte es möglich sein, dass du zwei Kinder von zwei Männer an ein und demselben Kuchen genährt hast?"

„Mu…!"

Aber Katharina erstickte Elsas Protest im Keim. „Ist mir egal. Ich hab Reinhilde gesagt, dass ich mich freue, dass die Kleine meine Augen abbekommen hat."

„Deine Augen?" Elsa und ihre Schwestern wussten, dass Katharina einst strahlend blaue Augen gehabt hatte, wie der Junihimmel, bevor sie zuerst trüb, dann grau geworden waren. Elsa zügelte ihre Aufregung. Mutters Arm fühlte sich kalt an unter Elsas Berührung. Vielleicht wäre es gut, wenn ihre Mutter als Mitwisserin das wachsame dritte Auge auf die Kinder lenkte. Vielleicht war es Zeit für ein Geständnis.

Es brauchte eine Weile, bis Elsa alles in der richtigen Reihenfolge draußen hatte. Katharina hörte sich die Beichte in Ruhe an. Und nickte. Es war nicht zu leugnen, dass Katharina genauso wenig mit der Lüge einverstanden war wie Andres. Elsa erkannte aber, dass sie sie verstand. Die mütterliche Missbilligung zeichnete sich in Form tiefer Linien um den Mund ab. Katharinas Groll galt wahrscheinlich eher Siegtrauts Fehltritt als Elsas unglücklichen Umständen mit zwei Hochzeiten und dem falschen Kindsvater. „Es ist Bigamie“, war das vernichtende Urteil, das Elsa zurück in den Pfuhl stieß, aus dem sie gedacht hatte, herausgekrabbelt zu sein.

„Niemand darf das je erfahren“, schloss Elsa kühl und wusste, Katharina wäre die Letzte, die auch nur ein Sterbenswort zum Schlechten ihrer Töchter verraten würde. Ja, es fühlte sich gut an, vor der Mutter dieses Geheimnis gelüftet zu haben. Von nun an durfte Katharina ihnen Gesellschaft leisten, wenn sie die Kinder stillten. Anfangs noch versuchte sie Moralpredigten insbesondere bezüglich Siegtrauts Lebenswandel zu halten, ließ es aber bald bleiben, weil es zu spät dafür war.

Regnet es zwischen den Jahren, trägt man die Toten zuhauf auf Bahren.

An den Tagen zwischen den Jahren musste man sehr behutsam mit dem umgehen, was man sagte und tat. Das wusste jeder. Zwischen den Jahren verhängte man die Spiegel, wenn man welche besaß, man wusch nicht Wäsche, wie gesagt. Man sah sich vor, dass einem nicht Krähen vor die Füße flogen und wenn doch, so musste man etwas stiften gehen. Der Aberglaube saß so tief, dass selbst Elsas neu Gelerntes sie nicht davor bewahrte, sich vor Weihnachten ins Gedränge im Waschhaus zu mischen. Siegtraut kam Elsa verändert vor. Irgendetwas beunruhigte sie. Sie verließ das Haus häufiger als sonst und Elsa fürchtete, sie biedere sich wieder einem Dahergelaufenen an. Doch wollte Siegtraut, so sehr Elsa in sie drang, nicht raus mit der Sprache.

zu guter letzt

wird im finften Teyl erzehlet, wie es sich zugethragen
im Jahre 1521

in der Schwesterstatt Görlitz,
Handelspunkt und Teyl des Sechsstettebundes

—

84

Ferner: Was ist das für eine neue Frömmigkeit von Gott und Papst, dass sie einem Gottlosen und einem Feinde gestatten, um des Geldes willen eine fromme und Gott wohlgefällige Seele zu erlösen, und doch dieselbe fromme und geliebte Seele nicht aus freier Liebe und der Not willen erlösen?

Es trug sich zu, dass im Jenner, am Tage Genoveva, der Kirchenbann über Doktor Martin Luther verhängt wurde und diese Neuigkeit sich über das ganze Reich ausbreitete und neuen Hass schürte.

Zumindest wurde der Rat der Stadt an gewaltsamem Aktionismus gegen die Lutheranhänger gehindert, weil sich der Gassenhauptrichter mitsamt Schuldenberg aus dem Staub gemacht hatte. So wurde erst Wochen nach der Bannbulle ein demonstrativer Akt vorgenommen.

An dem Tage, als Andres die Stadttore passierte, wurde alles auf den Kirchplatz zusammengetrieben, um der Zurschaustellung der Schriftenverbrennung beizuwohnen. Andres' Augen wanderten über die Menschenmenge, um nach Freunden und Bekannten Ausschau zu halten. Matthes musste hier irgendwo sein. Andres' Blick blieb an der Kirchentür haften. Er hätte den Satz der Bannbulle gegen Luther unter Tausenden Papieren wiedererkannt. Das Schriftstück war an das Kirchentor angeschlagen, wie es üblich geworden war, und daneben hing das Pamphlet, dass Luthers Schriften unter Strafe stellte. Wie sollte ein Blatt Papier die Wahrheit verbieten?

Sein suchendes Auge wanderte weiter und da erblickte er Elsa. Sie war blass, madonnenhaft schön und Andres' Herz machte einen sehnsuchtsvollen Hüpfer. Flankiert vom Gatten und der Schwiegermutter gab Elsa das Bild ab, das ein jeder von ihr erwartete: stolz, ernst, ohne jede Rührung. Andres stellte sich so hinter seinen Vordermann, dass es Gunnar an Elsas Seite abschnitt.

In Elsas Augen spiegelte sich das Flackern des Feuers, das jedes Mal Funken stiebte, wenn Papier hineingeworfen wurde. Während eines Schneegestöbers ein Feuer am Leben zu halten, war eine blöde Idee. Typisch katholisch. Der Februarwind peitschte immer wieder die Schneewehen auf, sodass die Büttel von vorn beginnen mussten. Sisyphos hätte Verständnis für die Mühsal gehabt, nicht aber die Leute. Das ungeduldige Tuscheln und gelangweilte Trampeln der Menschen beirrte die Priester nicht. „Die haben was von Teufeln, die ums Fegefeuer herum tanzen", merkte Matthes mit Kennermiene an und Andres klopfte ihm zum Gruß auf die Schultern. „Ich dachte, du wolltest dir das ersparen."

„Hab's mir anders überlegt … schon gesehen?", nickte er hinüber, wo Elsa stand. Andres bejahte zerknirscht und Matthes fuhr fort: „Ihr römisch-katholischer Gatte macht einen etwas verlorenen Eindruck neben ihr, findest du nicht?"

„Könntest du dir bitte einfach abgewöhnen, ihn so zu nennen?"

Matthes entschuldigte sich und verfolgte, wie die Priester ein Schriftstück nach dem anderen in die Höhe hielten, um seine Schändlichkeit zu postulieren, bevor sie es ins Feuer warfen. „Ich kann es einfach nicht fassen, dass Doktor Luther das alles kaltlässt", murmelte Matthes.

„Es ist nur Papier."

Elsa hatte ihn längst gefunden. Sie schaute mit derart ruhigem Blick herüber, als nahm sie den Trubel um sie her zwar wahr, doch ginge er sie nichts an.

„Was meinst du? Wird er widerrufen? Starr sie nicht so an. Das gibt nur Ärger."

Andres Blick fiel auf den Rücken des Mannes vor ihm. „Luther wird niemals widerrufen. Du kennst ihn doch. Er ist so beharrlich, wenn er von der Richtigkeit einer Sache überzeugt ist."

„Man lud ihn nach Worms ein, um zumindest *De captivitate Babylonica* zu widerrufen", sagte Matthes.

Andres nickte. Die Infragestellung der römischen Sakramente und damit der Kirche als solche war noch immer nicht verdaut. Widerrief Luther seine Abhandlung, widerrief er alles, was er jahrelang erstritten hatte und wenn er das tat – Andres' Augen wanderten wieder zu Elsa hinüber, die den seinen rasch auswich, und vorgab, das Feuer zu beobachten –, würde er niemals die Scheidung zwischen Elsa und Gunnar und die Rechtmäßigkeit seiner, Andres', Ehe mit ihr erwirken können.

Im Grunde hing sein ganzes Leben davon ab, dass Luther standhaft blieb und vielleicht ging es Tausenden anderen genauso. Geprügelt von dieser Erkenntnis, wandte sich Andres um, wühlte sich durch die Menschenmenge und ging hinüber in die Nikolaigasse, wo er von Ignatius herzlich empfangen wurde. Der Drucker freute sich über alle Maßen, dass Matthes nun jemanden anderen gefunden hatte, an dem er seine Wut über die Schriftenverbrennung auslassen konnte. „Er ist unerträglich dieser Tage, er protestiert, wogegen er nur kann …"

„Sogar gegen zu wenig Salz in der Suppe", mischte sich Barbara Weidner ein und umarmte Andres fest.

„Er ist halt ein Protestant."

Auf Andres' Worte hin lachte der Drucker schenkelklopfend los. „Das passt zu ihm: Protestant! Genau!"

Andres kam nicht umhin, sich bei seiner Mutter und seinen Schwestern blicken zu lassen. Bewährt hatte es sich, die Mutter davon zu überzeugen, dass ein gemeinsames Familienessen genau das war, wonach er sich seit Wochen sehnte, obwohl es nie der Wahrheit entsprach, er somit aber die gesamte Familie an einem

Abend abarbeitete und sich langweilige Besuche in der halben Stadt ersparte.

Aus welchem Grund auch immer platzierte Reinhilde ihren Sohn dieses Mal nicht in Elsas Nähe, sondern in ihrer, was gewohnheitsgemäß weit weg von der Schwiegertochter war. Gunnar Tylike und sein Vater saßen einander an den Kopfseiten gegenüber, um die Sachlage der Herrschaft über die Brauereien Tylike und Sohn klarzustellen. Und die beiden übertrafen sich in der Offenbarung ihrer Heldentaten. Andres fiel es schwer, sich auf den Gesprächsgegenstand zu konzentrieren, ohne sich anmerken zu lassen, dass er bemüht war, nicht eine Gemütsregung von Elsa zu verpassen.

„... Verstehst du?", schnippte einer seiner Schwäger mit zwei Fingern vor seinem Gesicht herum. „Siehst du, deshalb solltest du so schnell wie möglich die Weihe empfangen, bevor es zu spät ist."

Andres bekam nicht zusammen, was sein Schwager ihm erzählt hatte. „Ja."

„Kastrieren die euch auch, wenn sie euch weihen?", war Gunnars anspruchsvoller Beitrag zum Gespräch, und er lachte hämisch auf, sodass man das Zerkaute zwischen seinen Zähnen sehen konnte.

Andres, dem man Abneigung und Verständnislosigkeit ansah, schüttelte knapp den Kopf über seinen auf den Kopf gefallenen Stiefbruder. „Gewiss." – Was Gunnar zu noch mehr Gelächter anspornte. Alle außer der alte Tylike, der solidarisch ins Lachen seines Sohnes einstieg, senkten peinlich berührt von solch überbordender Dummheit die Blicke. „Gunnar?", hob Andres den Kopf. „Welche Brauerei rühmt sich, die größte in Görlitz zu sein?"

Gunnars rotes Gesicht entstellte ein Grinsen mit vollen Backen. „Unsere."

Andres nickte. „Woran zu erkennen?"

„An zwanzig Fässern pro Braugang", klatschte Gunnar in die Hände und ihm wurde von seinem Vater zugetrunken.

„Ach ja, richtig", Andres nickte und stocherte im Essen herum.

Gunnars Gesicht wurde ernst, weil er Andres Reaktion nicht recht deuten konnte. „Was dachtest du denn?"

Andres schüttelte arglos den Kopf, dann schaute er ebenso unschuldig auf. „Ich dachte an den beiden größten Flaschen in der Stadt." Gelächter seitens seiner Schwestern war zu hören. Gunnar und Niklas schenkten einander zuerst einen einvernehmlichen Blick, dann plusterte der eine wie der andere sich auf, kam aber nicht zu Wort, weil Andres sich von der Tafel erhob.

Reinhilde wollte aufbegehren, kam aber gegen Niklas' gebietenden Blick nicht an.

Andres verließ die Tischgesellschaft. Er ärgerte sich. Er ärgerte sich, dass er sein altes Zimmer an diesen Idioten abtreten hatte müssen. Er ärgerte sich, dass seine Mutter dieses Bierfass geheiratet hatte. Er ärgerte sich, dass es diese Dummköpfe schafften, ihn von seiner Familie zu entzweien. Aber am meisten ärgerte er sich, dass Elsa in diesem Hause voller Idiotie und Blödsinn gefangen war.

Er streunte durch die Stadt, bis er das Gefühl hatte zu erfrieren. Sein Gefühl und sein Vertrauen trog ihn nicht, als noch am selben Abend Elsa in seiner Kammertür stand. „Es tut mir leid, dass ich mich nicht beherrschen konnte", murmelte er in ihr Haar, umschlang sie mit den Armen und hielt sie ganz fest.

Elsa erwiderte, es sei ganz amüsant gewesen, die beiden Bierfässer einmal sprachlos zu erleben. Andres hielt sie auf Armeslänge von sich, um sie betrachten und die schrecklich kompliziert geknoteten Nesteln aufknüpfen zu können.

„Amüsant, ja?", grinste er und ließ ihr Oberkleid zu Boden gleiten.

Elsa zog ihm das weite Hemd über den Kopf. „Ob er recht hat?"

„Womit?"

„Dass sie die Anwärter auf das Kirchenamt kastrieren … lass mal sehen." Ihr Kichern steigerte sich in ein Lachen, während er sie neckte und zum Bett trug.

Andres blieb so lange in der Stadt, bis sich die Unruhen beruhigten und keine neuerlichen Hausdurchsuchungen wegen der verordneten Vernichtung der Lutherschriften zu fürchten waren und sich Luthers Reaktion bezüglich der Einladung nach Worms abzeichnete. Wie Matthes, der früher aus Görlitz abgereist war, per Brief berichtete, glich Wittenberg einem Hühnerstall, in dem der Fuchs gewütet hatte. Die Prüfungen wurden ausgesetzt, die Stundentafel war völlig durcheinandergebracht. Man hatte Doktor Luther für seine Reise nach Worms eine zweirädrige Kutsche und drei Pferde sowie zwanzig Gulden zur Verfügung gestellt.

Elsa wusste, Andres blieb ihretwegen länger, obwohl er Hummeln im Hintern hatte. Seine Finger von Tinte geschwärzt von den täglichen Briefen, die er nach Wittenberg beantwortete und sein Gemüt aufgewühlt von den Nächten, in denen er mit Rupertus disputierte. Elsa und Andres teilten nicht das Leben miteinander, wie es Mann und Frau tun sollten, sondern stahlen Momente, gemeinsame Stunden voller Hingabe und Glück, und dennoch verstand Elsa, dass sie Andres mit seinen Kommilitonen teilen musste, mit Jesus Christus, Gottes eingeborenen Sohn, und mit Martin Luther.

Dem Mann umgab längst eine nebulöse, aber gleißende Aura. Luthers rebellischer Feldzug gegen Papst und Kaiser erfolgte über Naumburg, Leipzig bis nach Frankfurt, gelegen am Main. Es waren Orte, die Elsa in ihrem Leben nicht besuchen würde und die Doktor Luther mit einem Wimpernschlag zu verzaubern schien. Sie ließ sich von Andres jeden von Matthes' Briefen vorlesen und fieberte mit Luther, als sei er ein Held in einer alten Saga, von der man nicht wusste, ob man die Fortsetzung je zu hören bekommen würde.

Einmal erfuhr man von ihm, er sei beinahe eingekerkert worden, ein anderes Mal schwer erkrankt, dass man ihn zur Ader lassen musste. Aber schließlich, zwei Wochen nach Ostern, erhielt Andres die Nachricht, Luther habe sich in Worms verantwortet und würde in Wittenberg zurückerwartet.

Elsa wusste, dass dies Andres' Aufforderung war, nach Wittenberg zurückzukehren und seine Studien zu beenden. Es war schwer, ihn gehen zu lassen, weil sie sich so sehr an ihn gewöhnt hatte und vor ihr nicht verborgen geblieben war, wie sehr er an seiner Tochter hing. Auch wenn Elsa nie länger als eine Stunde bei ihm sein konnte, hatte sie, wann immer es möglich gewesen war, Josephine mit zu ihm genommen. Es gab genügend Vorwände, mit dem Kind aus dem Haus zu gehen, sei es, bei der Wehmutter nach Kräutern gegen den Schorf auf dem Kopf der Kleinen zu fragen oder beim Schneider neue Kleider zu besprechen. Nie hinterfragte jemand Elsas Erledigungen.

Und doch hatte sich trotz der Monate in seiner Nähe etwas verändert. Wenn sie zusammen waren, wurde ihre Sehnsucht nach ihm in Unbehagen gewandelt, kaum, dass er sie anrührte. Auf die Nähe, die sie bislang gebraucht hatte wie ein Lebenselixier, konnte sie plötzlich verzichten.

Er stellte sie zur Rede. Das war kurz, bevor er abreiste. Während sie zusammenstammelte, was er zu wissen begehrte, vermied sie den Blick in seine prüfenden Augen. Seine veränderte Miene erkannte sie dennoch.

„Sicher?"

Elsa nickte und Tränen der Verzweiflung stiegen ihr in die Augen. „Tut mir leid."

„Seit wann weißt du es?"

In den Wochen vor Palmsonntag hatte sie sich krank gefühlt; Wehwehchen von eindeutiger Bewandtnis. Karfreitag hatte sie die Erkenntnis wie ein Faustschlag getroffen. Als habe man ihr den mit Galle gemischten Wein zu trinken gegeben und nicht Jesus, unserm Herrn, so verdüsterte sich ihr Gemüt. „Ostern ist es mir klar geworden."

Andres setzte sich im Bett auf, ließ den prüfenden Blick über ihren Leib schweifen.

„Wie kann es sein, nach nur sechs Monaten … ich meine, geht das überhaupt?"

Den Argwohn gegenüber ihrem Wort quittierte sie mit einem düsteren Blick. „Der Heilige Geist war es jedenfalls nicht."

Er öffnete die Arme. So hatte er es nicht gemeint. Er durfte nicht an seinem Fleisch zweifeln. Das war nicht gerecht! Er entschuldigte sich bei ihr. Einen Moment beobachteten sie einander. In seiner Miene las sie von der Besorgnis, die ihn jetzt bewegte. Sie schüttelte entschlossen den Kopf. „Ich werde es nicht tun."

Er hob abwehrend die Hand. Sie wusste, er wollte darüber nicht mit ihr sprechen. Elsa begehrte auf, gedämpft zwar, damit Josephine, die sie im Wäschekorb gebettet hatte, nicht geweckt wurde, trotzdem nachdrücklich: „Ich werde nicht mit Gunnar ins Bett gehen, damit er meint, der Vater des Kindes zu sein. Damit ist Schluss. Ich mach das nicht."

Andres schaute an ihr vorbei, entschlossen, das Gesagte einfach nicht gehört zu haben. „Ich hatte gehofft, wir hätten ein bisschen mehr Zeit, die Scheidung von ihm zu planen. Ich habe Rupertus in die Sache noch nicht eingeweiht und er ist mit sich und der Anhörung Luthers in Worms beschäftigt. Ich weiß nicht, ob ich ihm vollends vertrauen kann … das ist zu früh …" Letzteres untermauerte er mit einem Fingerzeig in Richtung Elsas Bauch.

Vor den Pfeilspitzen verbarg sie ihren Leib unter der Decke. Innerlich schrie sie, äußerlich war sie ganz ruhig. Sie nickte, angelte nach ihrem Überkleid und begann damit, sich anzuziehen. Andres, der endlich merkte, wie wenig feinfühlig er mit ihr umgegangen war, redete versöhnlich auf sie ein, doch Elsa war verletzt und gekränkt. Hatte sie ernsthaft geglaubt, Andres würde ihre Entscheidung, dieses Kind als das seine und nicht als das von Gunnar zur Welt zu bringen, mittragen? Dem Kegel, wie man hierzulande die Unehelichen nannte, und ihr, der Ehebrecherin, das Leben verbauen? Waren ihr ihre Schwestern und die Mutter plötzlich egal? Hatte sie das ernsthaft erwartet?

Es machte sie wütend, dass er recht hatte. Wie immer.

Fertig angezogen, wickelte sie ihr Haar zu einem Knoten, setzte das golden glitzernde Netz darauf, wobei ihm widerborstige

Strähnen entwichen, und hüllte sich in ihren Umhang. Es tat ihr in der Seele weh, Josephine aus dem warmen Bettchen in die mit Fellen ausgelegte Kiepe zu heben. Mit ihr auf dem Rücken machte sich die junge Frau auf den Weg in die Neißgasse. Andres vermochte nicht, sie aufzuhalten.

Noch am selben Abend ging sie in Gunnars Schlafgemach. Er saß bereits im Bett, als sie an seine Tür geklopft und sich selbst Einlass gewährt hatte. Er schaute mit dümmlich verzogener Miene zu ihr herüber und beobachtete, wie sie ihr Überkleid auszog. „Es wird Zeit, Gunnar. Josephine ist schwach und Joseph … wer weiß. Du musst deine Nachfolge sichern", sagte sie kühl und sachlich. Sie hoffte, dass weder Abneigung noch Ekel, von dem sie ausgefüllt war, in ihrer Stimme mitschwangen. So legte sie sich neben ihn und ließ das Unvermeidliche geschehen. Es dauerte nicht lange.

Elsa scheute Andres' Blick, während sie ihm tags darauf Auskunft darüber erteilte, dass niemand Gunnars Vaterschaft an dem Kind anzweifeln würde.

Er reiste ab. Natürlich tat er das. Aber nicht allein seine Studien riefen ihn – er hätte länger bleiben können –, sondern sein Groll ihr gegenüber trieb ihn fort. Es war seine Entscheidung gewesen, das Spielchen weiterzutreiben. So sollte es also sein.

Ihre Verbindung zu Andres Hinterthur durfte niemand erahnen. Elsa hatte dafür zu sorgen, dass sie nicht doch noch als Häretikerin ins Stockhaus geworfen und verurteilt würde. So viele Leben hingen davon ab, dass sie sich still verhielt und vor allem unter den Tylikes keinen Verdacht schürte. Sie gab die stille, sittsame Gemahlin, die man an Gunnars Seite erwartete. Äußerlich trug sie die herrlichsten Farben, die sie als Bürgerin und jene in guter Hoffnung nur irgendwie in die Finger bekam. Innerlich trug sie Trauer.

Sie erhielt Andres' Briefe. Briefe ohne Gefühl, Pflichterfüllung und steife Grüße, viel zu lange Wörter. Er erkundigte sich nach Josephines Gesundheit, das Ungeborene erwähnte er mit keiner Silbe und formulierte auch keine Zukunftsgedanken mehr. Elsa tat alles, um sich von Grübeleien über ihn abzulenken. Sie verbrachte viel Zeit mit ihren Schwestern, die inzwischen sogar schon etwas mit den Säuglingen anfangen konnten. Ein Maler hätte seine Freude an dem Bild vom gemütlichen Familienidyll. In Elsa aber breitete sich eine Lähmung aus, die erst ihren Appetit, dann ihr Herz und bald das Gefühl für das neue Kind erfasste. Sie funktionierte. Mehr musste sie nicht. Und manchmal, wenn sie die Tylikes bei ihren Buchungen beobachtete, überlegte sie, ob sie nicht doch ein bisschen Wärme für Gunnar empfinden und Andres aufgeben könnte.

Andres! Wenn sie in Gedanken seinen Namen schrie, klang er blechern und anklagend. Das nächste Mal, wenn er heimkehrte, würde er Geistlicher sein: im priesterlichen Ornat.

Der Frühling ging vorüber, der Sommer kräftigte Josephine und Elsa gelang es zeitweilig, Andres in die hintersten Windungen ihres Bewusstseins wegzusperren. Das gelang ihr so lange, bis Andres' Priesterweihe zu Reinhildens allumfassendem und einzigem Thema anwuchs.

Reinhildes Euphorie, zu seiner Weihe nach Wittenberg zu reisen, rang mit der Wut darüber, dass er ihr diesen Wunsch absprach. Mehr noch: Er verbat es seiner Mutter. Schließlich musste sie sich Andres' Gebot fügen, haderte aber mit ihm, weil sie sich ihre Reise nach Wittenberg in den allerschillerndsten Farben ausgemalt hatte – so schillernd wie die Kleider, die sie eigens für diesen Anlass in Auftrag gegeben hatte und den sie nun stornieren musste. Was für eine Blamage! Das Gerede in der Stadt! Die Frau des Tuchhändlers, namentlich Andres' Schwester Johanna verkehrte jedwedes zweifelhafte Gerede über Reinhildes geplatzte Reise zugunsten der Familie und des zukünftigen Priesters.

Hätten die Hinterthur-Frauen aber gewusst, was einzig Elsa aus Andres' Briefen erfuhr, nämlich dass er keine römische Priesterweihe empfangen würde, wäre der Skandal perfekt geworden.

Die Zeremonie, die Andres zuteilwerden würde, nannte er *Ordination*, eine Segnung mit der er in die Dienstgemeinschaft aufgenommen und an seinen Sprengel verschickt würde. Am Tage, an dem Andres seine Segnung erhielt und damit das Studium abschloss, hatte Reinhilde sehr schlechte Laune, weil sie lieber dort als hier wäre. Elsa allein wusste, dass Reinhilde besser hier als dort war. Der Schlag hätte sie getroffen.

85

Ferner: Warum werden die Bußsatzungen, die doch tatsächlich und durch Nichtgebrauch längst abgeschafft und tot sind, dennoch wieder durch Geld in Gestalt des Ablasses abgelöst als ob die noch höchst lebendig wären?

Christian Vollhardt war sechs Monate lang vor seinen Gläubigern davongelaufen und jetzt, da sein Schwager ihm verziehen hatte und die *biblia picta* aus seiner Hand entgegennahm, fühlte er sich leichter. Sein Schwager wusste offenbar nicht im Detail, welcher Machart die Familienbibel gewesen war, sodass er das Stück, das Christians Mädchen ihm gegeben hatte, bereitwillig annahm.

Und obschon Christians Verbindung zu diesem Teil der Familie abgebrochen war, lud Simon Ohnesorge ihn ein, zu bleiben. Genau darauf hatte Christian spekuliert, denn sein Mädchen hatte er monatelang nicht gesehen und ihm fehlte es an Gesellschaft, das Geschäft in Görlitz hatte er verpfändet, und trotzdem stand er noch immer mit drei Floren beim Rat in der Kreide. Auf *Mariae Heimsuchung*, Anfang des Heuet, beschloss er, ein letztes Mal nach Görlitz zurückzukehren, um seine Angelegenheiten zu klären, das gepfändete Haus zu veräußern und dann Görlitz für immer den Rücken zu kehren. Auch wollte er die Sache mit seinem Mädchen bereinigen. Sie waren nicht gerade im Frieden auseinandergegangen. Er würde sie nicht heiraten, Gott bewahre, aber vielleicht würde sie ihm den Fluch absprechen, mit dem sie ihn vor der Christnacht belegt hatte, weil er sie ausgenommen und belogen hatte. Christian redete sich ein, dass sie ihn verhext hatte, denn seit Weihnachten gelang ihm nichts, was er anfasste.

Er nahm absichtlich den Weg an den Galgen und Pflöcken vorbei durchs Reichenbachertor, damit er um die lästige Fragerei herumkam und man ihm glaubte, dass er nicht von Süden kam. Die Sonne stach ihm in den Brummschädel. Das Überbleibsel vom Abschiedsgelage mit seinem Schwager. Christian wollte nichts als nach Hause und zusehen, wie er das so lange verwaiste Haus vorzeigbar bekam.

Seine berstenden Kopfschmerzen versuchte er mit einer Kelle aus dem Stadtbrunnen zu lindern und hielt gleichzeitig nach seinem Mädchen Ausschau. Sicher: Es war eher unwahrscheinlich, sie hier zufällig spazieren gehen zu sehen. Es war Waschtag im Neißeviertel. Und dennoch war Christian beseelt von einer kleinen Sehnsucht nach ihrem weichen Körper und duftenden goldenen Haaren. Vielleicht hätte er ihr nicht die Türe weisen sollen. Auch hatte er nie erfahren, was aus dem Bastard geworden war und konnte nur hoffen, sie habe einen weiteren Versuch unternommen, ihn loszuwerden, und dass er geglückt sei.

Ächzend ließ sich Christian aufs Bett fallen. Des Gestanks nach Mäusekot und Hundepisse, Staub und Wasserschaden wollte er sich morgen annehmen. Im Liegen war der Schmerz erträglich, Gedanken an seine Kleine aber nicht und der beherzte Griff in seine Hose brachte nur kurze, vorübergehende Erleichterung.

Am nächsten Morgen waren die Kopfschmerzen zwar etwas milder, jedoch noch nicht verschwunden. Es war unerträglich heiß. Wenn sich einer nur vorstellte, wie heiß es war! Christian schleppte sich mit dem Besen durchs Haus, wog ab, ob er die Dielen mit Wasser schrubben sollte, ertappte sich, aus dem Fenster nach einem Mädchen Ausschau zu halten, die das für einen Heller erledigen würde. Gewiss war da das ein oder andere unter seinem Fenster vorbeigekommen, doch war ihm selbst dieser Heller zu schade. Er ließ das mit den Dielen sein, hängte halbherzig den Baldachin zum Lüften aus dem Fenster und merkte viel zu spät, dass er auf die Gasse gefallen und geklaut worden war. Seine Hände wurden abwechselnd taub und geschwollen. Er fragte sich, was sein Schwager bloß ins Bier gemischt hatte. Von seinem Mädchen hatte er gelernt, dass deren Vater zu Lebzeiten gern mit Tollkirsche und Bilsenkraut experimentiert hatte.

Erst am Nachmittag, die Hitze kochte den Gestank auf, rang sich Christian durch, seinem eigenen süßlich beißendem Geruch zu Leibe zu rücken. Weil die Abende lang waren und die Leute noch bis in die späten Stunden draußen in den Gassen standen, plauderten und lachten, wollte auch Christian sich einen Humpen genehmigen und schauen, ob er seine Geschäfte vorantreiben konnte, ohne gleich dem Haß oder Rosenberg in die Arme zu laufen. Christian traf auf alte Bekannte, die seine abenteuerliche Geschichte gern anhörten, vor denen er aber verschwieg, wo genau er sich das vergangene halbe Jahr herumgetrieben hatte.

Das Frischgezapfte wollte trotz Würfelspiel und Gelächter nicht schmecken, Christians Kopfschmerzen schwollen wieder an und er sehnte sich, als er angetrunken durch die Gasse lief, nach seinem Bett und einer Frau.

Als habe der liebe Herrgott den Winter vor dem Herbst geschickt, fror Christian die ganze Nacht erbärmlich. Man stelle sich nur diese Kälte vor! Er lag voll bekleidet im kalten Schweiß. Und auch am nächsten Tag schnitt die Sonne in die Haut wie der eisige Nordwind, aber selbst der heiße Kräuteraufguss nutzte nichts, er fror. Er wollte seine Geschäfte tätigen, sich ausschlafen und dann nach Zittau zurückkehren. Aber so weit kam er vorerst nicht, denn auf dem Neuen Markt lief er seinem Mädchen geradewegs in die Arme. Sie starrte ihn an wie einen Geist und es bedurfte nur eines kleinen, unmerklichen Ruckens mit dem Kopf gen Osten, wo hinter dem Kloster die Gasse und sein Haus lagen.

Sie nickte, dann drückte sie sich an ihm vorbei, dass ihre Berührung ihm in den Koller und ins Mark fuhr und er erschauerte. Die Gedanken an sein Mädchen beflügelten ihn, aber bis zum Rat schaffte es Christian auch an diesem Tag nicht. Er ging heim, schüttelte die Laken auf, reinigte zwei Becher, aus denen sie Bier trinken konnten, bevor sie miteinander ins Bett gehen würden. Und als es so weit war, er zwischen ihren Beinen versank, seine Nase in ihr goldenes Haar steckte, sie mit all seiner Kraft festhielt, erbebte und zitterte, bereute er es, so lange fort gewesen zu sein.

„Das Kind?" Er schaute ihr beim Ankleiden zu, wie er es Hunderte Male getan hatte.

Sie schüttelte knapp den Kopf.

„Das …" tut mir leid, hatte er sagen wollen, bekam es aber nicht raus.

„Es ist besser so für alle", sagte sie, wofür er ihr dankbar war.

„Denk ich doch auch, du …" Vielleicht hätte er gern gewusst, ob es ein Junge oder ein Mädchen gewesen war, ob sie es bis zum Schluss ausgetragen hatte, ob es ein paar Tage lebte, was aus ihm geworden war. Sie schien seine Gedanken zu lesen, baute sich vor ihm auf und streckte ihm die Hand entgegen, mit der Handfläche nach oben. Christian zog seine Geldkatze aus seinem Kleiderhaufen hervor und entnahm ihm einen Heller.

„Wie großzügig." Die Hand blieb, wo sie war. „Deinen Sohn habe ich auf die Treppe der Peterskirche gelegt."

Ein Junge also war es gewesen. Christian legte noch einen Heller dazu. Die junge Frau rührte sich nicht.

„Niemand weiß von ihm. Niemand hat meinen Umstand bemerkt." Beide taxierten einander. „Willst du, dass es so bleibt?" Einen dritten Heller legte er in ihre Handfläche, die sie endlich zurückzog. „Ich weiß, wer ihn aufgenommen hat. Ich erwarte, dass du für ihn betest und ihm Zuwendungen zukommen lässt."

„Du erwartest?" Christian, der sein Mädchen so resolut noch nie erlebt hatte, lächelte amüsiert, erbebte aber unter einem neuerlichen Schauder.

Das blieb vor ihr nicht verborgen. Sie streckte die Hand nach ihm aus und legte sie auf seine Stirn. „Hast du Fieber?"

Er schüttelte ihre Hand ab, derlei Besorgnisse um seinetwegen war er nicht gewohnt und er wollte das auch nicht. „Nein."

„Ich denke aber schon", flüsterte sie und schaute ihn jetzt aus ihren kornblumenblauen Augen fürsorglich an, dass er sich glatt in sie verliebt hätte – zum hundertsten Male –, wenn er sich Liebe und große Gefühle im Allgemeinen nicht strengstens verboten hätte.

„Mir fehlt nichts, ich habe zu viel getrunken in den letzten Wochen. Das ist alles."

Sie schnaubte abfällig, dann wandte sie sich um.

„Wo ist das Kind untergekommen?" Aber die junge Frau steckte ihr Haar auf und drehte sich nicht noch einmal nach ihm um.

„Morgen um dieselbe Zeit?"

Er hörte sich bejahen, dann schlief er ein.

86

Ferner: Warum baut der Papst, dessen Vermögen heute fürstlicher ist, als das der reichsten Geldfürsten, nicht lieber aus seinen eigenen Mitteln diese neue Kirche, als aus den Mitteln armer Gläubiger?

Andres wurde von Rupertus in die Dresskammer geleitet, wo sie zur Anprobe verabredet waren. Pleban Rothbart redete in einem fort, sodass Andres, der völlig übermüdet, leicht reizbar und schier hilflos seinen Gefühlen ausgeliefert war, ihm schwer folgen konnte.

„Es ist noch von Faber, wenn es dir nichts ausmacht", sagte Rothbart und nahm aus dem von Holzwürmern durchsiebten Schrank ein Ornat. Eine knöchellange Schaube, die weit auslud und seinen Träger breit und mächtig aussehen ließ. Unter dieser Schaube würde Andres ein geschlossenes, ebenfalls knöchellanges, eng tailliertes Gewand tragen, das in Italien *suttana* genannt wurde. Obwohl die Mode es vorschrieb, dass die Männer nur knielange Schauben über den bis zu den Knien reichenden Hosen trugen, worunter dann Strümpfe oder lederne Schäfte in die Schuhe mündeten, würde Andres von nun an bei Hitze und Frost einen schweren, schleifenden Umhang mit sich herumschleppen.

Er ließ sich in den Sack helfen. Rothbart beobachtete, wie Andres aus der Tasche seines abgelegten Wamses ein paar Glasperlen fischte und sie in die Innentasche der Schaube steckte. Rupertus'

Gesicht zierte ein amüsiertes Lächeln. „Du siehst umwerfend aus", gab er ihm einen Klaps auf die Schulter und setzte ihm dann das priesterliche Barett auf den Kopf, das Andres von der römischen Kurie her nicht kannte. „Das ist neu. Extra für dich, Bruder Andres", sagte Rothbart verzückt und verrückte das Barett auf Andres' Kopf, sodass es ihm etwas Keckes verlieh. Und als Nächstes beugte sich Rothbart vor, als könnten sie hier belauscht werden, wo sie doch allein in der Kleiderkammer waren. „Neue Kirche, neue Kleidung." Als könne das Mützchen Andres' gesamten Protest gegen die römische Kirche zum Ausdruck bringen. Rothbart zwinkerte Andres aufmunternd zu und hieß ihm, in die Halle zu folgen.

Auf dem Weg zur gedeckten Tafel befragte Andres Rothbart über die Neuerungen während des Gottesdienstes, musste aber feststellen, dass die Versuche, die Menschen weniger zu schröpfen, eher bemüht als effizient waren. Was Rothbart schilderte war zwar mehr, als er aus Elsas zurückhaltenden Briefen erfahren hatte, aber wirklich gründlich war die Kirche seit dem ersten, mutigen Taufgottesdienst im vorigen Herbst nicht aufgeräumt worden.

Von den Dienern wurde ein üppiges Mahl aufgetragen, während Rupertus jede Anpassung seiner Gottesdienste an die Auslegungen der Heiligen Schrift erklärte, auch wenn es vorsichtige Schritte in die richtige Richtung waren. Andres mühte sich um Konzentration, obwohl er schrecklich zerschlagen war. In Gedanken notierte er alles, was Rupertus ihm berichtete. Dass Rothbart nur noch deutsch predigte, schien für ihn eine Selbstverständlichkeit zu sein.

„Das Gros des Rates hat sich inzwischen daran gewöhnt", erklärte er. „Haß aber macht seinem Namen alle Ehre." Der Pleban verdrehte die Augen und Andres konnte sich bildlich vorstellen, wie sich der Protonotarius Johannes Haß gegen die neue Form der Gottesdienste auflehnte. „Der soll mal bei seinem Bier bleiben", murmelte Rothbart und ließ sich Wein einschenken. „Das hat seine Aufmerksamkeit bitter nötig. Gegen die alten, sturen

Säcke kommen wir nicht an. Aber die leben auch nicht ewig, nicht wahr? … Keinen Hunger?", deutete Rothbart mit der zweizinkigen Fischgabel auf Andres' Teller, der schüttelte knapp den Kopf.

„Wie haltet Ihr es mit Luthers Geboten das priesterliche Zölibat betreffend?" Er wurde von Rothbart angestarrt, als habe der eine Gräte verschluckt, die er mit Wein runterspülen musste. Er betupfte sich den Mund. Dann erhellte sich sein Gesicht.

„Verstehe", nickte der Ältere, ließ Andres aber nicht aus den Augen. Andres wusste, das war die Sekunde, die sein Schicksal, seine Zukunft in die Bahn lenken würde. In welche, das konnte er aus Rothbarts prüfendem Blick nicht lesen. Andres war es in der schweren Schaube mittlerweile so heiß, dass ihm der Schweiß von den Schläfen rann. Er hatte keine Ahnung, ob er Rothbart vertrauen konnte. Noch kannte er ihn zu wenig. Andres wischte sich das Barett vom Kopf und fuhr sich durch seine widerborstigen Locken, entließ Rothbart aber nicht aus seinem Blick. Der nickte abermals. „Ich hatte schon im Frühjahr deine Zuneigung zu ihr festgestellt", sagte er und spickte ein Stück Fisch auf.

„Zu wem?", fragte Andres ehrlich unsicher.

„Elsa Tylike, Gemahlin von Gunnar Tylike, dem Jungmeister der Brauereizunft."

Andres senkte ertappt seine Lider. „Nun …", doch wusste er nicht, was er dem Pleban sagen, wie er die Sache mit Elsa erklären sollte. Es wäre töricht, schändlich und respektlos, dem Pleban gegenüber zuzugeben, dass Andres seit so langer Zeit seine Gelübde, die er als Kirchenamtsanwärter abgelegt hatte, brach. Es musste raus. – „Zu *Maria Verkündigung* werden es zwei Jahre." – Und es war raus. Simple Wörter.

Des Plebans Gesicht hellte sich auf, er nickte. „Soso. Eine kleine Verliebtheit kann uns ein Antrieb in der Heilsverkündigung sein."

„Nein, verzeiht. Ihr versteht nicht …"

„Oh, das Fleisch, es ist schwach, nicht wahr?", verdrehte Rothbart jetzt die Augen gen Hallendecke, als entsinne er sich selbst einer weit zurückliegenden Wonnestunde. „Ich selbst hegte eine so große Zuneigung zu meiner Mutter, dass ich mir schwor, niemals eine Frau auf lüsterne Weise anzurühren." Er kostete von seinem Wein.

„Ja ..." Andres' Augen wanderten Hilfe suchend auf der reich gedeckten Tafel umher. „Nur leider schwankte ich damals im Bestreben, das Amt anzutreten und heiratete sie heimlich."

Rothbart prustete den Wein, von dem er eben genippt hatte, in den Becher zurück. „Geheiratet?" Es war nicht so sehr der Ausruf des Schreckens, sondern der Erheiterung, der dem Pleban entfahren war. „Richtig geheiratet?" Rothbarts Augen funkelten, als höre er eine gar abenteuerliche Geschichte. „Heimlich? Was meinst du mit *heimlich*?"

Andres glitt vom Samt bezogenen Stuhl und ging vor Rothbart auf ein Knie. „Ich habe um Vergebung gebetet, Vater, ich habe nach der richtigen Antwort gesucht: In der Schrift kann ich meinen Fehler nicht finden. Vergebt mir." Andres' Stimme schwamm, seine Augen brannten und sein Herz schlug ihm bis zum Hals. „Zuerst hab ich versucht, meinen Geist und meinen Leib von ihr fernzuhalten, aber ich liebe sie so sehr." Und dann, als er schon nicht mehr mit einer Regung seitens des Plebans gerechnet hatte, spürte er dessen Hand leicht auf seinem Haupt.

„Erhebe dich." Andres wischte die Tränen weg und setzte sich wieder hin. Er hatte sich vor vielen, vielen Jahren zuletzt so elend wie ein mutterloses Kind gefühlt: allein gelassen in der großen Welt, ohne Anker, ohne Sicherheit. „Sieh mich an." Andres hob den Blick und schaute in Rupertus helle, wachsame Augen. Der nickte. „Du hast ein Problem."

Andres' Kopf fiel nach vorn, sein Gesicht vergrub er in den flachen Händen. „Sieh mich an", wurde Rothbart jetzt energischer. „Elsa ist mit Gunnar verheiratet", erinnerte Rothbart ihn unnötigerweise an das Dilemma. Andres blinzelte ein Mal, blinzelte zwei Mal. Statt der Rüge, dem Tadel und die Abnahme seiner priesterlichen Insignien, zeigte Rothbart eine gerunzelte Stirn. „Wie konntest du es zulassen, dass sie Gunnar Tylike heiratet – diesen Idioten?“

Unter anderen Umständen hätte Andres laut aufgelacht, so aber zuckte er verzweifelt die Achseln und erklärte dem Pleban jetzt Elsas Stursinn und ihren selbst gesuchten Trost in der Tatsache, der römischen Trauung sei kein Gewicht und keine Rechtsgültigkeit beizumessen.

„Womit sie recht hat“, füllte der Pleban seinen Weinkelch aufs Neue. „Und deshalb hast du dein Weib in die Bigamie gedrängt?“, schlussfolgerte Rothbart, nachdem Andres ihm Elsas Geschichte und ihr Pflichtgefühl gegenüber ihrer Mutter und ihren Schwestern geschildert hatte.

Andres schüttelte energisch den Kopf. „Ich nicht. Sie wollte nicht mit mir kommen“, meldete sich das trotzige Kind in ihm zu Wort. Er begehrte zu wissen, wie er Elsa von Gunnar losbekam.

Rothbarts Weinkelch schwebte vor dessen Gesicht, während er nachdachte. Bald lehnte er sich in seinem Stuhl zurück und starrte die gegenüberliegende Wand an. Eine Apokryphendarstellung mit Elefanten war dort gemalt. Die Farbe blätterte bereits. So verharrte Rothbart einen Augenblick, so verharrte er eine Weile. Er verharrte so lange, dass Andres ungeduldig auf seinem Hosenboden hin und her rutschte. „Bete für ein Wunder“, zuckte Rothbart die Achseln.

„Was?“ Das war alles? „Ich glaube nicht an Wunder.“

Rothbart nickte. „Ich eigentlich auch nicht. Bete für eine göttliche Fügung.“

Andres atmete schwer durch und knetete seine Nasenwurzel. Er wartete seit anderthalb Jahren auf eine Fügung, die Elsa von Gunnar entband, aber nichts tat sich.

„Du hast es selbst gesagt“, fuhren Rothbarts Worte in Andres’ Gedanken, „wenn wir Elsa von Tylike scheiden, was wir eher heut als morgen tun könnten, sitzt ihre Familie wieder auf der Straße, was keiner von uns befürworten wird, zumal sie zwei Kinder hat und, dem Stadtgeflüster zufolge, das dritte unterwegs …“ Der

Pleban hatte sich abrupt unterbrochen und schaute jetzt Andres wieder mit gerunzelter Stirn an. „Die Kinder …“

Andres legte wie eben schon, das Gesicht in die Hände. „Vergebt mir.“

„Es sind deine Kinder?“

Andres nickte zuerst, dann zuckte er die Achseln. „Es ist kompliziert, es ist … Vater, ich muss noch mehr beichten.“ Damit beugte er sich vor und erzählte alles, wühlte sich durch den Brei an Worten, die sich so lange in ihm verklumpt hatten. Und hatte er vorhin geglaubt, sich durch die Worte, die aus ihm herausquollen zu erleichtern, fühlte er sich nur noch elender, nachdem er auch Josephs Geheimnis gebeichtet hatte.

Der Pleban schaute ihn jetzt so ungläubig an, als habe man ihm roten statt weißen Wein zum Fisch serviert. So nickte er. „Ich hab doch gleich gesagt, dass dieses Zwillingspaar ein Wunder gemacht hat.“ Es fehlte nur noch, der Pleban hätte sich auf die Schulter geklopft, bei seiner Erkenntnis, Zeuge dieser Abnormität zu sein. „Das Opfer wird deinem Weib und dir gutgeschrieben.“ Er meinte die Zuflucht, die dem kleinen Joseph zuteilwurde.

„Ihr wisst, dass keine irdischen Opfer im Himmel gutgeschrieben werden können“, knirschte Andres in Erinnerung an Luthers Lehre hervor und erspähte Rothbarts schelmisches Lächeln. „Ich will meine Frau für mich haben“, trotzte Andres und bekam mit seinem nörgelnden Tonfall das Lächeln nicht vom Gesicht des Plebans.

„Wenn du stark genug für einen Kirchenskandal bist, dann fordere Elsa für dich, decke das, was du mir erzählt hast, auf und nimm deine Frau als Pfarrersweib nach der Lutherschen Lehre in dein Heim. Entweder wird man euch aus der Stadt jagen und die Mälzerfrauen werden von Almosen leben müssen oder ihr werdet hier eine eigene Pfarre und euer Auskommen haben.“ Rothbart neigte sich zu Andres vor und legte seine beringte Rechte auf dessen Unterarm. „Du bist Priester, Andres. Du kannst jetzt die Evangelien auf den Prüfstand stellen, die Scheidung Elsas von

Gunnar Tylike fordern, sie offiziell und mit meinem Segen ehelichen, wirst aber damit rechnen müssen, dass dir die Stadt diesen Schritt nicht verzeiht. Gunnar und Elsa gehören offenbar nicht zusammen. Gottes unermessliches Werk ist es nicht, Menschen zu entzweien, sondern die zu vereinen, die zusammengehören."

Andres hielt Rothbarts Blick stand, dann nickte er. „Amen."

„So sprechen wir über deine Position, die ich dir zugedacht habe."

87

Ferner: Was oder welchen Teil gibt der Papst denen von den Ablassgeldern, die durch völlige Buße das Recht auf vollkommenen Erlass oder Anteil haben?

„Für wen ist das?", stellte sich Elsa neben Siegtraut, die verschiedene Kräuter zwischen den Fingern zerbröselte und in einem Mörser vermengte. „Für einen Bekannten." Elsa nahm ein Leinensäckchen nach dem anderen zur Hand, um daran zu riechen. Sie war nicht im Entferntesten so kräuterkundig wie ihre Mutter oder ihre Schwester, erkannte aber Lindenblüten und Hagebutte, Holunderblüten, Kamille und Salbei. „Fieber?"

„Ja."

Elsa hätte zu gern gewusst, wer Siegtrauts Bekannter war. Und wieder einmal merkte sie, dass sie ihre eigene Schwester kaum besser kannte als eine Nachbarin. Wer waren Siegtrauts Freunde in der Stadt? Womit verbrachte sie ihre Zeit, wenn sie nicht im Brauhof war? Es überraschte sie nicht, dass Siegtraut ihr ein Lächeln anstelle einer Antwort schenkte. Noch am selben Tag erhielt sie Nachricht von Andres' Rückkehr aus Wittenberg. Da war keine überschwängliche Freude in ihr, sondern das Gefühl, eine Aufgabe erledigen zu müssen, für die sie jetzt keine Zeit hatte.

Ein Priester öffnete ihr in der Nikolaigasse. Einer, der fremd aussah, aber vertraut lächelte. Einer, vor dem sie eigentlich das Knie beugen und dessen Ring sie küssen müsste.

„So schlimm?" Er schob eine ihrer entwischten Strähnen unter die Haube zurück. Unter den Duft von heißer Wolle und feuchter Erde hatte sich noch etwas Drittes, etwas Muffiges gemischt. „Das muss gewaschen werden." Ihre Fingerspitzen berührten den Ornat, als wäre er sehr zerbrechlich.

„Ja."

Vielleicht verfälschte aber auch ihr Umstand ihren Geruchssinn. Der Pater an ihm entfernte ihn von ihr. Es ist doch so, dass die Geistlichen den Einfachen seit jeher Respekt einflößen. Sie nötigen Demut und Gehorsam ab. Schon ihr Anblick erinnert an die eigenen Verfehlungen.

Dass Andres nun aussah wie jene, die sie zu verachten gelernt hatte, passte nicht in ihr Bild von ihm. „Hat deine Mutter nun endlich, was sie will."

„Komm schon, sei nicht so streng mit mir", machte er eine verzweifelte Miene und stemmte die Hände in die Hüften. „Es ist anders als bei den Katholischen." Er nahm von einem der Schreibpulte des Ladenkontors eine Kappe und setzte sie schmunzelnd auf Elsas Haube.

Sie zog das Barrett vom Kopf und ließ es nachdenklich in den Händen kreisen. „Ich hoffe, es ist nicht der einzige Unterschied zur Kurie, die man ja kennt", murmelte sie, ließ sich aber von Andres in den Arm nehmen. Nur einen Wimpernschlag lang. „Du riechst nicht nach dir." Sie wollte nicht wissen, nach wem er roch.

„Du bist so schön." Sein Blick blieb an ihrem Leib haften. Das Kind zeichnete sich deutlich ab.

Elsa, in Erinnerung ihrer Meinungsverschiedenheit während ihres letzten Wiedersehens, kreuzte die Arme über ihrem Umstand. „Nein, Pater. Ich …"

„Ich bevorzuge die Bezeichnung Pastor." Sein Mienenspiel veränderte sich. Er nahm ihre Gekränktheit auf, seine gute Laune, mit der der Tag hätte gerettet werden können, verdüsterte sich.

Diese Distanz tat ihr fürs Erste gut. Elsa machte ein paar Schritte in den Raum, stellte sich an die Auslage, um Ignatius' neuestes Werk zu betrachten, als interessierte sie die Buchkunst. „Pastor? Was soll das heißen?"

„Ich bin der Hirte." Er blieb in einiger Entfernung hinter ihr stehen. Kein Lächeln mehr in seiner Stimme.

„Ich bin kein Schaf." Sie drehte sich nicht um.

„Nein."

„Wirst du einen eigenen Altar bekommen?" Jetzt wandte sie sich nach ihm um, hielt sich aber am Bücherbord fest.

„Els ...", er atmete gedehnt aus, dann lehnte er sich gegen das Schreibpult, vor dem er stand. „Nein." Er schüttelte den Kopf.

„Die Stadt hat einundachtzig Altäre, wieso haben die keinen für dich?"

„Weil ... ich nicht wie die Katholischen arbeiten werde."

„Das weiß ich ja, aber du brauchst doch trotzdem einen Altar."

„Ich krieg meine eigene Gemeinde."

„Deine ... Gemeinde?" Eigentlich wollte sie es nicht wissen, weil sie immer noch mit ihm haderte wegen der Sache mit Gunnar und der Schwangerschaft. Oh, die Kluft zwischen ihnen war tief. So tief. „Wo?"

„Ich hab Rupertus noch nicht zugesagt, aber ..."

„Wo?"

„In der Lunitz."

Sie wischte sich die Handflächen am Kleid ab, als habe sie etwas Unsauberes berührt. Ein Räuspern half ihr auch nicht über den Schreck hinweg. Die Lunitz: eng, schmutzig, immer feucht. Ihre Einwohner: Lunitzfischer, die nie genug zum Leben, aber zu viel zum Sterben aus dem brackigen Flüsschen jenseits der doppelten Stadtmauer zogen. Vorwerksbesitzer, die sich wegen ein paar Heller die Kehle durchschnitten, Tuchmacher, Hurenwirte und die Unfreien hausten in Rotten auf engstem Raum. Nicht zu vergessen die Hochwasser, die aus dem kleinen, unbefestigten Nebenarm der Neiße einen reißenden Strom machen konnten, der die Gassen in der Mitte zerriss. „Ach du heiliger Bimbam!“

„Was anderes fällt dir dazu nicht ein?“, lachte er bitter auf.

„Nein.“ Einen Moment lang starrte sie durchs offene Fenster, wo sie die Fassade des gegenüberliegenden Hauses sehen konnte. Das Stimmengewirr Vorbeieilender, Hufgetrappel, Hundegebell, Kinderlachen und -weinen waren von der Gasse her zu hören. Die Küchengerüche des Sommers wehten herein: in der Hitze gegarte Pisse und gebackene Scheißhaufen. „Nun ja … zumindest würde mir da niemand einen Vorwurf machen, wenn ich mich von Gunnar trenne und mit dir da hinginge …“

„Heißt das … du bleibst bei mir?“

Elsa, die die Möglichkeit, er könnte etwas anderes von ihr gedacht haben, noch gar nicht erwogen hatte, trat auf ihn zu, nahm ihn fest in die Arme und fühlte seine Umarmung durch sich strömen. In diesem Moment bekam ihre Zukunft einen neuen Anstrich. Gunnar kam nicht darin vor. Ob sie ihre Schwestern und die Mutter auf die Gassen setzte oder sie mit in die Lunitz nahm … wie groß war da der Unterschied?

„Wir hätten ein Haus, ein Dach über den Kopf, eine kleine Kirche, aus der ich zunächst den ganzen überflüssigen Plunder schmeißen werde, und wir wären weit genug weg von alldem hier.“ Sein Kinn auf ihrem Scheitel.

Es war gut, dass Rothbart eingeweiht war, wie Elsa weiter erfuhr.

Andres hielt sie auf Armeslänge von sich. „Du solltest beim Tylike ausziehen. Eher heut als morgen.“

„Damit ich alles verliere?“

Er stutzte. „Was?“

Sie hätte das Gesagte gern in ihren Mund zurückgetan. Das ging aber nicht. Er wich vor ihr zurück, schüttelte sacht den Kopf. Sie hatte es doch nicht so gemeint! „Vielleicht solltest du dir klar darüber werden, was du gewinnen willst, bevor du darüber jammerst, was du verlieren könntest." Selten hatte sie ihn so wütend gesehen. Sie war zu weit gegangen. Ihre Entschuldigung hörte er offenbar nicht mehr, denn er hatte mit drei Schritten das Ladenkontor über die Tür zu den Privaträumen verlassen. Die Tür knallte ins Schloss. Er hatte recht: Sie wollte zu viel. Sie wollte, dass ihre Schwestern und ihre Mutter so weiterleben konnten wie bisher, und sie wollte Andres. War es zu viel, alles zu wollen?

88

Ferner: Welch größeres Heil könnte der Kirche widerfahren, als wenn der Papst, wie er es einmal tut, hundertmal täglich jedem Gläubigen solchen Erlass und Anteil gäbe?

Die Wut auf seine Frau hatte er mit hinaus in die Gassen genommen. Oh ja, er war wütend. Er hatte es sich anders vorgestellt: Vielleicht hatte er nicht ihren Jubelruf angesichts seiner neuen Stellung in der Stadt erwartet, aber zumindest einen Funken an Optimismus. Er begriff nicht, was sie wollte und seine Zuversicht, hier die richtigen Entscheidungen zu treffen, schwand mit jedem Schritt, den er gen Nordwesten tat. Sie hatte recht: Wenn Görlitz der Welten After war, so war die Lunitz sein Loch. Und es stank zum Himmel. Lunitz' Armut stank zum Himmel. Der Dreck, das Fischgekröse, die Kloake türmte sich in austrocknenden Rinnsalen, die man Kanalisation nannte, die aber nur dazu da war, die Fäkalien und den ganzen Unrat, den man aus den Fenstern kippte, in das Flüsschen zu überführen. Die Fische, die man zum Leben angelte, nährten sich von den Fischresten, die man ausschied. Es war widerwärtig. Elsa hatte recht.

Mit jedem weiteren Schritt, den er durch den Pfuhl tat, schwand seine Zuversicht, hier am rechten Platz zu sein. Seine priesterliche Schaube schien ihn in den Staub zu zwingen. Er stolperte nicht nur einmal über die von der Hitze rissig gewordenen Pfade. Die sommerlichen Temperaturen, die die Gerüche richtig aufkochten, machten ihm das Atmen schwer. Vielleicht hatte Elsa darin recht, dass es eine schmuddelige, unangenehme Gegend war, aber sie hätte nicht den heiligen Bimbam anrufen müssen! Denn war es nicht seine eingeschworene Aufgabe, die Menschen Gott wieder näherzubringen, ihnen einen Sinn im Leben zu geben?

„Habt ihr euch verirrt, Hochwürden?", riss ihn eine Frau mittleren Alters und von zweifelhaftem Leumund aus seinen Überlegungen. Ihr verfilztes Haar stand vor Dreck wirr vom Kopf ab, ihre Kleider waren abgerissen und speckig, und als er sich nach ihr umschaute, hob sie den Rock so weit, dass er ihre schmutzigen Beine und sogar das Dreieck sehen konnte. Andres wandte den Blick sofort ab. Die zwei Schritte, die er vor Schreck rückwärts tat, ließen ihn mit einem Manne zusammenstoßen, der ihn lachend stützte und einen Scherz formulierte, den man einem unachtsamen Gassenjungen nachrief, nicht aber einem Gottesmann.

Ein anderer, der einen Karren hinter sich herzog, blieb amüsiert stehen, um das Ganze zu verfolgen, und so war sich Andres bald ein halbes Dutzend Schaulustiger bewusst.

„Nun … ich", Andres ordnete seine kaum in Unordnung geratene Garderobe, was verhaltenes Gelächter nach sich zog. „Ich suche die Kapelle …"

„Das Heilige Grab?", wurde er unhöflich und zahnlos unterbrochen. Der Mann mit dem Karren, auf dem, wie Andres jetzt feststellte, ein totes Schaf lag, deutete mit schmutziger Hand in jene Richtung, wo hinter Andres ein steil emporragender, enorm spitzer Dachreiter wie ein mahnender Finger den Himmel antippte.

„Nein, das Heilige Grab nicht …" Denn es war ja nicht zu übersehen. „Ein Priesterhaus mit Privatkapelle suche ich. Es muss hier irgendwo sein."

Nachdenklich wurde Andres von einigen beäugt, andere tuschelten unverhohlen über ihn, musterten ihn provokant. Das entging ihm nicht. Weil der Mann mit dem Karren nickend an ihm vorbeidrängte, trat Andres in das rote Rinnsal, das beständig aus dem Gefährt gesickert war. „Folgt mir."

Die Blutspur führte Andres gen Nordosten, am Heiligen Grab vorbei bis beinahe zum äußersten Rand aller menschlichen Bebauung, wo ein als solches durch Rothbart beschriebenes Priesterhaus stand. Die giebelständische Gasse ließ die im Zenit stehende Sonne gerade noch bis auf den Boden treffen. Im Winter musste es schrecklich dunkel und trist hier sein.

Andres war zu früh. Die Gesandtschaft, mit der Rothbart hier am Mittag eintreffen würde, um ihm die Kapelle zu überantworten, ließ auf sich warten. Andres hatte Zeit, sich umzusehen. Die Bezeichnung *Haus* traf es nicht ganz.

Das Gefach, in dem durchaus einst ein dämmendes, schützendes Lehmwerk eingefasst gewesen war, stakte ins löchrige, modrige Strohdach empor. Was er durch das leere Fachwerk erkennen konnte, war nichts als Dunkelheit, durch die er die Berge an heruntergekommenem Stroh und eingefallenem Lehmwerk erahnte. Dem geistlichen Stand des Hauses war es wohl zu verdanken gewesen, dass sich noch keine Vagabunden hier eingenistet hatten. Oder sie kamen erst in den Abendstunden hierher, um zu nächtigen. Bewohnbar war dies Haus nicht. Andres' Hoffnungen, sofort hierbleiben und beginnen zu können, schwanden. Wieder eine Hoffnung, die zertrümmert vor ihm lag. Genau wie die auf eine Aussöhnung mit Elsa.

Und wieder kreisten seine Gedanken um den vormittäglichen Disput mit ihr. Freilich, hatte er sich die Wiedersehensfreude ganz anders vorgestellt. Und auch jetzt, da das ungeborene Kind in seine Gedanken rückte, zog wieder der alte Groll gegen Gunnar hinter seiner Stirn Kreise und schmerzte: schmerzte in seinem Bewusstsein und in seinem Herzen. Ob die Tränen hinter seinen Augen bissen, weil ein stinkender Batzen menschlicher oder tierischer Hinterlassenschaften in einem bräunlichen Rinnsal an ihm vorüberzog oder weil die Gedanken an Elsa und Gunnar ihn so verletzten, hätte Andres in diesem Moment nicht sagen können.

Außerdem kreuzte eine prächtige Kutsche geradewegs das Rinnsal und holte ihn in die Gegenwart zurück.

Das Gespann und die eichenhölzernen Räder wirbelten den Staub auf, der Wagentritt klappte direkt über dem Scheißebatzen auf und ein paar weiche Pantoffeln, mit gutem, starkem Leder besohlt, die Schäfte aus edelstem Goldbrokat genäht, tasteten sich vorsichtig über die beiden Stufen und dann an der Kloake vorbei.

Erzpriester Leiße, ein Tüchlein zückend, welches er sich vor Mund und Nase presste, streckte wortlos die Rechte hervor, kaum, dass er vor dem jungen Priester angelangt war. Andres küsste den Ring des hohen Kirchenmannes, dann den des Rothbart, der der Kutsche entstiegen war. Schließlich und letzten Endes quälte sich ächzend ein beleibter Ratsherr aus dem Gefährt. Er hatte sich der Abordnung angeschlossen, um weltlicher Zeuge der Übergabe der Gemeinde an Pater Andres zu sein.

„Seht Ihr", wandte sich der Erzpriester an Rothbart, senkte das Tuch aber nicht von seiner Nase, „es hat ihm jetzt schon die Sprache verschlagen. Dieser Gestank ist ja unerträglich. Lasst uns hineingehen."

Der Ratsherr zückte ein Schlüsselbund und es brauchte einige Mühe, das alte, verrostete Schloss einer Tür, in der kaum mehr ein Rest Bretter steckte, zu öffnen. „Wir kämen wohl rascher durch die leeren Fensteröffnungen herein", maulte der Erzpriester unwillig. Die Angelegenheit, wegen der er den schützenden Alkoven seines Beichtstuhles hatte verlassen müssen, schien ihm mehr als lästig. Von der Zeit vernachlässigt, eröffnete sich ihnen das ganze Ausmaß der Katastrophe, als sie sich durch den Schutt und die Überreste dessen, was das Haus einmal gewesen war, arbeiteten.

„Wir reißen es ab", sagte Leiße und wollte sich zum Gehen abwenden, wovon ihn Rothbart abhalten konnte, denn sie hatten ihren Rundgang noch nicht einmal bis zum eigentlichen Altarraum fortgesetzt. Es ging abenteuerlich über Hügel von eingestürzter Substanz, bis sich hinter einer ausgeangelten doppelflügeligen Tür ein Kirchenraum auftat. Der zeigte sich, anders als es der erbärmliche Zustand des Vorderhauses vermuten ließ, aus massivem Felssteinen gebaut. Die Wände, um den Altarraum als halbrunder Chor geformt, mündeten in zwei Gewölben, an denen kaum der Kalk abgeblättert war.

„Überraschung", tat Rothbart feierlich. Der Erzpriester ließ ein unwilliges Brummen hören. Ein intakter Kirchenbau forderte die Erhaltung des Gemeindehauses. Eine kostspielige Angelegenheit bei einem Volke, das seit Verbreitung der neuen Lehre nicht mehr leichtfertig die Münzen in die Klingelbeutel gab. Zum allerersten Male sollte Andres erahnen, was es bedeutete, von der Gemeinde Geld zu benötigen, aber keines zu erwarten zu haben, weil man die Sparsamkeit und den gesunden Egoismus gepredigt hatte.

„Ich werde hier wohnen." Andres erschrak vor seiner Stimme, die an den hohen Wänden des Kirchenraumes emporgeklettert und sich am Gewölbe vervielfacht hatte.

„Hier?", rümpfte Leiße hörbar hinter seinem Tüchlein die Nase.

Andres nickte mit in Nacken gelegtem Kopf. Die Höhe des Gewölbes war nicht überragend, reichte kaum an das der Klosterkirche heran, zu schweigen von dem der Peterskirche und doch tat es der Ehrfurcht und Ehrerbietung Gottes Rechnung. „Ja." In Demut und Bescheidenheit wollte er den Augustinerregeln, die er in Wittenberg studiert und nach denen er lebte, gerecht werden. „Ich räume das Vorderhaus auf und werde mir hier ein vorübergehendes Lager einrichten, das ich über den Tag forträume, wenn ich die Messen lese. Es wird zunächst zwei Messen geben: Mittwoch und Sonntag. In der Zwischenzeit werde ich der Seelsorger sein, den die Leute hier nötig haben. Der Rest wird sich fügen." Weil die anderen nichts erwiderten, senkte Andres den Kopf und schaute in drei Paar ungläubig aufgerissene Augen.

Es würde Wochen und Monate brauchen – das wusste Andres – bis er das Vertrauen der Ärmsten der Armen gewonnen und mit ihnen gemeinsam das Priesterhaus aufgebaut haben würde. Vielleicht auch Jahre. Aber er war sich sicher, dass er lieber hier draußen in der Kloake bei den Lunitzfischern hausen wollte als in der Stadt bei den feinen Pinkeln, wo er Elsa jeden Tag über den Weg laufen würde. Das wäre für ihn unerträglich.

Sein Herz war wieder schwer wie vorhin. Stets taten die Gedanken an sie weh, und es würde noch lange wehtun. Ihre Unentschlossenheit, ihr Wankelmut, ihre Rücksicht auf ihre Familie. Das alles waren Tugenden, mit denen er jetzt schlicht überfordert war. Gott allein hatte für ihn und die Frau, die er liebte, einen gemeinsamen oder getrennten Weg vorgesehen.

„Ich möchte beten", sagte er tonlos und tat die beiden Schritte hin zum Klotz, der einst ein prächtiger Altar gewesen sein mochte. Er zog aus der Tasche unter seiner Soutane die Bibel hervor. Seine gesamte Habe, die er hierher, in sein neues Leben mitgenommen hatte. Er legte sie auf die eine Stufe vor dem Altaruntersatz. Das schlicht geschnitzte Holzkreuz, das er um den Hals trug, nahm er ab und lehnte es gegen den Metallstift, auf dem einst ein prächtiges Kruzifix mit dem nachempfundenen Leiden Christi geprangt haben mochte.

Oh Herr, ging er in Gedanken vor, beschütze sie und das Ungeborene und Josephine und bitte, sei gnädiglich mit mir, deinem eingeschworenen Hirten. Bitte, nenne mich nicht vermessen, aber gib mir ein Zeichen: Soll ich sie gehen lassen, sie von meinem Schwur entbinden oder soll ich mich an sie klammern? Ich weiß es nicht. Ein Zeich... Weiter kam Andres nicht. Ein Rumpeln, Beben und Tosen rissen ihn aus seiner Andacht. Als er sich umdrehte, konnte er eine Staubwolke durch die Flügeltür wallen sehen, gefolgt von Flüchen.

„Alles in Ordnung", rief der Ratsherr, der genau wie die beiden Geistlichen, die Kapelle verlassen hatte, um Andres nicht zu stören und über einen Schutthügel gestolpert sein musste.

Andres seufzte, während er sich aufrichtete und fuhr mit dem Ärmel seiner Soutane über seine Augen, die doch wieder feucht geworden waren. Das Holzkreuz beließ er, wo es war und folgte den anderen hinaus.

„Ich werde durch den Gassenrichter, welcher für dieses …“ *Elend,* war vielleicht das Wort, das dem Ratsherrn auf der Zunge gelegen hatte, aber nicht ausgesprochen wurde, „… dieses Viertel zuständig ist, täglich Lebensmittel herausbringen lassen.“ Er seufzte, nahm sein schönes, federnbeschmücktes Barrett vom Kopf und wischte sich mit einem letzten prüfenden Blick auf die Bruchbude den Schweiß von Stirn und Schläfe. „Auch für Eure Sicherheit soll er sorgen, Pater Andres.“

Andres segnete den Ratsherrn mittels des Kreuzzeichens und eines angemessenen Spruches. Dann verabschiedete er sich von Rothbart und Leiße.

Mit den Augen folgte er der Kutsche, bis sie nicht mehr zu sehen war. Und erst, als sich Andres umdrehte und die Baustelle von seiner Warte aus betrachtete, fühlte er sich erdrückt von so viel Einsamkeit und Verantwortung.

Eine ganze Weile musste er so vor dem Trümmerhaufen gestanden haben, denn es gesellte sich zuerst ein Junge von etwa neun Jahren herzu, gefolgt von einem Mädchen, etwa sieben oder acht, der augenscheinlichen Ähnlichkeit nach die Schwester des Knaben.

„Es ist kaputt“, urteilte der Junge sachlich. Das Mädchen stimmte nuschelnd zu.

„Richtig.“ Zu dritt begutachteten sie einen Moment lang das Desaster wie eine Kommission. „Aber Gott wohnt ihm inne. Das ist die Hauptsache.“ Wieso behauptete Andres, woran er im Moment am wenigsten glaubte?

Einer Eingebung folgend, wandte er sich so zu den Kindern um, sodass er vor ihnen stand, legte ihnen die Hände auf die Köpfe, wo die Läuse hüpften, sprach auch über ihnen einen Segen und fügte hinzu: „Sagt euren Eltern, den Bekannten und Verwandten, den Nachbarn und allen, dass morgen, am Heinrichstag, die erste Messe gelesen wird.“

„Seit Ihr ein Priester?“, wollte der Junge wissen, und verzog skeptisch den Mund. „Ich bin Pastor Andres, euer Hirte und Seelsorger. Dies ist unser aller Gotteshaus und jeder ist willkommen und niemand muss für den Gottesdienst bezahlen. Könnt ihr das weitersagen? Morgen sehen wir uns wieder."

„Was kriegen wir dafür?", fragte das Mädchen und kniff ein Auge gegen die Sonne zu.

Andres lächelte. „Eine Waschung gegen die Läuse, schlage ich vor."

Das Mädchen verzog den Mund, wog ab, ob sich eine Entlausung als Lohn rechnete und nickte dann schließlich. Die Kinder rannten in den Nachmittag und Andres war etwas traurig, wieder allein auf der Gasse zu stehen. Aber vom Herumstehen würde sich sein Gotteshaus nicht aufräumen lassen.

Er entledigte sich der furchtbar schweren Schaube und der engen Soutane und machte sich in Hemd und Beinkleid an die Arbeit. Zunächst ging er etwas planlos vor. Die ungewohnte körperliche Arbeit nötigte ihm schon nach kurzer Zeit ab, im nahe gelegenen Schankhaus nach Bier und Wasser zu verlangen. Er war froh, dass er hingegen der augustinischen Bescheidenheit wenigstens ein paar kleine Münzen eingesteckt hatte. Er konnte seine Gemeinde nicht als Bettler gewinnen. Der Schankwirt, der von den Umtrieben in seiner Gegend Wind bekommen hatte, fragte Andres ausgesucht neugierig über alle Umstände aus.

„Was soll ein Pfaffe in unserer gottverlassene Gegend ausrichten?" Eine Frage, die nicht für Andres und wohl nicht zur Beantwortung bestimmt war, sondern für die Tunichtgute, die hier ihren Nachmittag herumbrachten.

„Wir haben in der Nikolaikirche und im Heiligen Grab unsere Münzen zu lassen", keckerte einer der Umhersitzenden. „Genau! Wir brauchen nicht noch einen, der uns schröpft!", grummelte ein anderer in sein verfilztes Gesicht.

Während Letztere vom Schankwirt zur Raison gemahnt wurden, weil es kein Geschick war, sein lästerliches Mundwerk vor sich herzutragen, insistierte Andres, der Mann habe durchaus recht und erklärte, was die Kinder im Viertel herumerzählten: dass er kein Geld verlange und dass der Gottesdienst allein zur Ehre Gottes und zur Reinigung des Gewissens und zur Buße der eigenen Verfehlungen angelegt sei.

Weil Andres von dümmlich, skeptisch, ja furchtsam dreinblickenden Leuten angeschaut wurde, von denen sich der eine oder andere sogar bekreuzigte, nahm er seine beiden Krüge. Die Wirtin wollte keinen Heller dafür. Andres sprach seinen Segen und wiederholte seine Einladung zur ersten Andacht am morgigen Abend.

„Habt Ihr was zum Läuten?“, fragte die Wirtin, bevor Andres durch die Tür war.

Er schüttelte den Kopf.

Die Wirtin nickte, machte ein Gesicht wie ein Ritter bei der Tjost und hieß den jungen Priester warten. Mit einer Bimmel kam sie zurück. „Hier. Von unserer Liese. Die haben wir im Herbst geschlachtet.“

Von ihrem Mann barsch unterbrochen, ob sie sich über den Pfaffen lustig machen wolle, indem sie ihm die Kuhschelle als Kapellenglocke anbot, duckte sich die Frau unter der erhobenen Hand ihres Mannes. Andres, das Gebot auf den Lippen führend, langte über den Schanktisch und nahm die Kuhglocke dankend an. „Euer Weib hat recht: Wie soll ich die Menschen zum Gebet rufen ohne Geläut?“

Verdutzt wurde ihm von den Schankleuten und deren Gästen hinterhergeschaut, als er beladen mit seiner ersten Schenkung das Haus verließ. Die kleine Bimmel im Kirchengestühl aufzuhängen, wäre zu lächerlich gewesen, stattdessen brachte Andres sie am Türstock an.

Seine Hände waren bald schwielig, vom Stroh zerschnitten, von den Klumpen angeschlagen und blutend, sodass er sich aus seinem Hemdsaum Streifen riss und sie um die Hände band. Es war eine mühsame Arbeit, für einen Bücherscholasten, eine Tatsache, von der der Schweiß in seinem Angesicht und das Schnaufen, das durch die Baustelle hallte, zeugten. In den folgenden Stunden türmten sich vor seinem Priesterhaus drei Haufen: der eine mit der getrockneten Lehm-Stroh-Mischung, die aus dem Gefach gebröckelt war, der andere mit den Resten des Strohdaches und der dritte mit Schaulustigen.

Andres bemühte sich, die Fragen, die meist Häme oder Unglaube ob der Sisyphusarbeit beinhalteten, höflich zu beantworten. Staub und Hitze verknappten seine Äußerungen.

Vielleicht gab seine erbärmliche Gestalt, vielleicht das Mitleid für einen Bücherwurm, Anlass, dass bald ein, dann zwei, dann mehrere Paar Hände anpackten. Andres äußerte sich dankbar, blieb bescheiden, die Menschen hätten gewiss eigene Arbeiten zu verrichten, und pries nicht nur einmal sein Glück, Helfer an seiner Seite zu wissen, die mit Hacke und Schaufel in einer halben Stunde mehr Schutt aus dem alten Priesterhaus schaufelten, als Andres am gesamten Nachmittag zuwege gebracht hatte. Die Frau eines seiner helfenden Fischer, bot sich an, seine Hände zu versorgen. Was der Schmutz in den Gassen nicht für möglich gehalten hätte, war die Tatsache, dass die Frau mit sauberen Leinen und einem Tiegel jener Salbe zurückkam, die Andres unweigerlich an Elsas Duft erinnerte. Schmerzliche Erinnerungen, an die er sich würde gewöhnen müssen.

In der Abenddämmerung, als das Priesterhaus und die Kapelle sauber gefegt waren, kam, wie es der Ratsmann versprochen hatte, der Gassenrichter vorbei. Das Scheppern der Kuhglocke spottete der Situation. Der Gassenrichter hatte seine Freude am Bimmeln.

In Ermangelung irgendwelchen Mobiliars breitete der Gassenrichter seine Mitbringsel auf dem Altaruntersatz aus. Selbst dem winzig kleinen Holzkreuz schenkte er einen skeptischen Augenaufschlag. Er musste Pater Andres' Vorhaben für verrückt halten. Doch Andres, dem den halben Tag lang kaum etwas anderes als Skepsis entgegengebracht worden war, richtete sich mit den Decken, die der Gassenrichter in einer windgeschützten Ecke des Altarraums ausbreitete, ein und lud dann jenen zum Spätmahl.

Der Gassenrichter lehnte dankend ab, weil er ja wusste, dass es erst am kommenden Abend das nächste Mahl für den seltsamen eremitischen Priester geben würde. „Ihr könnt einem leidtun, Pater."

Andres schüttelte den Kopf. Mitleid wollte er nicht. Er war sich nicht sicher, was er wollte. Wahrscheinlich einfach nur schlafen. Und auf keinen Fall Mitleid.

„Was habt Ihr ausgefressen, dass man Euch hierher versetzt hat?"

So oder ähnlich war die Frage ein Dutzend Mal an diesem Tage an ihn gestellt worden, aber erst jetzt, da Andres zur Ruhe kam, den nagenden Hunger und lähmenden Durst stillte, dachte er zum ersten Mal über eine richtige Antwort nach. Während er tagsüber ausweichend geantwortet hatte, seinen Weg als den von Gott befohlenen, dessen Pfade wiederum als unergründlich geschildert hatte, überlegte er jetzt, was es eigentlich war, das ihn hierher, in eine scheinbar von Gott vergessene Siedlung verschlagen hatte.

„Ich wollte in der Nähe eines bestimmten Mädchens sein", murmelte er beim Kauen, starrte am Gassenrichter vorbei ins Dunkel, wo der verstümmelte Altar stand.

Der andere zeigte ein Nicken, starrte aber unverwandt auf die Bibel, die Andres vor sich hingelegt hatte. Der Gassenrichter zückte aus seinem Beutel ein Öllicht nebst Ölfläschchen, etwas Zunder und einen Feuerstein, eine Handvoll Talkkerzen dazu. „Ihr solltet die Wohnräume herrichten. Ab dem Scheidemonat wird es empfindlich kalt."

Andres nickte, ließ den Blick nicht von der Bibel. Der Gassenrichter geriet in eine kleine Verlegenheit, während er den auf den Decken sitzenden Priester beobachtete, der mit den Gedanken ganz weit weg war. „Ob Ihr …", begann der Gassenrichter vorsichtig, „ob es möglich wäre, ein Gebet …? Wenn es Euch nichts ausmacht?"

Andres, sprach den Luther'schen Abendsegen.

„Ich habe davon gehört. Rothbart betet und predigt in der Volkssprache. Ich dachte nur nicht, dass es funktioniert."

„Wie meinst du das", fragte Andres, der die Empfindung

kannte, den Funken der Volkspredigt überspringen zu sehen. Es war jedes Mal ein warmes Gefühl, wenn Menschen erkannten, dass sie mehr davon hatten, wenn sie verstanden, was sie beteten und was die Schrift verhieß. Weil der Gassenrichter ganz gefangen war von diesem Moment, hob Andres die Bibel auf und las im Schein eines Talklichtes eine treffliche Bibelstelle, die er für den anderen ins *Theodisc* übersetzte. So fanden sie bis spät Erbauung in der Apostelgeschichte.

89

Da der Papst mehr das Heil der Seele als das Geld erstrebte, weshalb hebt er die einst ergangenen Ablassbriefe auf, die doch ebenso wirksam waren?

Es sorgte für einiges Aufsehen, in den maroden Wänden des alten Priesterhauses und der Kapelle eine Messe zu lesen. Andres hatte lange hin und her überlegt, ob er vorher ankündigen sollte, dass er den Gottesdienst nach dem protestantischen Ritus abhalten würde und so denjenigen die Möglichkeit zum Gehen geben sollte, die noch der römischen Weise anhingen. Womöglich stünde er dann allein vor seinem Altar und hätte alle Hoffnungen auf eine funktionierende Gemeinde verloren. Er entschied sich dagegen.

Als er begann, zeigte sich, dass seine Sorgen unberechtigt gewesen waren. Es waren so viele Menschen, gekommen, dass sie bis ganz dicht am Altar stehen mussten, damit auch der Letzte im Türrahmen Platz fand. Andres hatte das Wort aus dem zweiten Korintherbrief, den Lebensregeln der Gemeinschaft, gewählt. Das geschriebene Wort sprach den Armen aus der Seele. Früher hatten sie alle den lateinischen Singsang immer fromm auswendig gelernt mitgesprochen, ohne zu wissen, was er bedeutete. Andres verstand es, genau wie er es gemeinsam mit Matthes von Martin Luther gelernt hatte, die Lebensbedingungen der Menschen zum Ausgangspunkt einer jeden Predigt zu nehmen. Sie auf ihre Armut hinzuweisen, war unnötig, aber sie an Jesus Christus' Armut und seine Demut in der Bescheidenheit zu erinnern, spendete Trost.

Andres sparte sich Mahnworte, welche die Lebensumstände im Dreck und inmitten von Krankheit und Parasiten kritisieren. Wenn die Menschen Vertrauen in sein Wort gefasst haben würde, war immer noch Gelegenheiten, mit ihnen zu schimpfen – und zwar so, dass sie es verstanden. Es würde ein weiter Weg dahin sein, die Scheißekübel nicht mehr in die Lunitz, sondern in geschaufelte Gruben auszuleeren und die Kinder rein zu halten. Reinlichkeit war keine Sünde. Zumindest das konnte er von Beginn an predigen. Die Reinlichkeit betreffend, lag Andres' Lieblingsstelle seit jeher im Markusevangelium. *Und wenn sie vom Markt kommen, essen sie nicht, sie waschen sich denn. Und des Dinges ist viel, das sie zu halten haben, angenommen, von Trinkgefäßen und Krügen und ehernen Gefäßen und Tischen zu waschen.*

Also geschah es, dass die Leute den Gottesdienst als Gelegenheit wahrnahmen, sich zu treffen, die Arbeit ruhen zu lassen, wenigstens für ein paar Stunden in der harten, langen Woche. Sie begrüßten es, keine Münzen geben zu müssen und nicht gleich nach der Messe aus dem Gotteshaus gescheucht zu werden.

Anstand und Bewegtheit befähigten die Menschen zu Mildtat gegenüber dem einsamen Pastor in seinem kaputten Haus. Und was die Frauen ihm zu viel an Lebensmitteln schenkten, das verteilte er wieder an die Kinder, die sich gern in seinem Hause aufhielten, um zu spielen und einmal satt zu werden. Und bei dem, was er mit seinen eigenen beiden Händen nicht schaffte, halfen ihm die Männer nach ihrem Tagwerk. So waren schon bald die Wände ausgebessert, das Haus rundherum verschlossen, die Tür zwischen Priesterhaus und Kapelle dicht, ein Schlafraum mit Pritsche, Tisch, Stuhl und Truhe eingerichtet und ein etwas größerer Raum, in dem ein Dutzend Menschen gemeinsam speisen konnten, wie es das Abendmahl vorsah.

Der Gassenrichter brauchte nicht länger Lebensmittel herzubringen, dafür aber den Pastor mit Schreibutensilien zu versorgen.

Eine Schreibstube, so winzig, dass Andres sich in ihr kaum drehen konnte, mit einem Stehpult zum Fenster auf die Gasse hinaus, war sein eigentlicher Rückzugsort. Ignatius hatte ihm zwei oder drei Nachrichten von Elsa zukommen lassen, aber auf die Floskeln und leeren Versicherungen ihrerseits zu antworten, fehlten ihm Muße, Wortwitz und Zeit. Er wusste nicht so recht, was er erwartete, worauf er noch hoffte. Tagsüber ging er in seinen Aufgaben auf, dass Gedanken an sie kaum schmerzten, die Nächte aber waren schlimm: Sehnsucht jagte die Einsamkeit.

Wenn es seine Zeit erlaubte, schrieb er Matthes nach Wittenberg, bekam sporadisch Antworten und sehnte sich fast nach der aufregenden Studentenzeit zurück, wo sein Freund am Lehrstuhl festgenagelt schien. Die Briefe seiner Mutter beantwortete er pflichtschuldig, wenn auch einzeilig und fand stets einen Vorwand, nicht in die Neißgasse zum Familienmahl und den häuslichen Messen einkehren zu müssen.

Eine private Messe für seine Familie halten zu müssen, ließ sich für den Moment aufschieben, sicherlich aber nicht aufheben. Seine Mutter mochte von Priestern gehört haben, die in der Volkssprache predigten, war sich sicherlich aber nicht im Klaren darüber, dass er einer von ihnen war. Und wenn ja, würde sie es nicht wahrhaben wollen. Andres war sich nicht sicher, ob er sein Versprechen seiner Mutter gegenüber nun eingehalten hatte oder nicht. Er war Priester, doch gehörte er nicht Gott allein. Er war feige, weil er sich nicht in der Neißgasse blicken ließ. Die Bibel hatte zur Feigheit nicht viel zu sagen. Andres kannte derer Stellen nur drei und sie trösteten ihn nicht, weil sie nicht auf ihn passten.

Von Martin Luther fehlte weiterhin jede Spur.

Seit dem Wonnemonat war er wie vom Erdboden verschluckt und man hoffte und betete jeden Tag auf ein Lebenszeichen. Niemand konnte sich einen Reim darauf machen, wo der Theologe abgeblieben war. Böse Zungen behaupteten, er sei hinabgefahren ins Höllenreich, wo er hingehöre und würde nicht wieder heraufkommen. Luther stand mithin immer noch unter dem Bann und der Exkommunikation. Er konnte überall sein. Nicht aber in der Hölle. Andres glaubte nicht ans Höllenfeuer. Und tot konnte Martin Luther auch nicht sein. Ein toter Martin Luther wäre in aller Munde gewesen. Seinen Tod hätte man angeschlagen, wie einst seine Schriften. Die Kurie hätte diese Tragödie als Hochamt gefeiert. Martin Luther hatte so viele einflussreiche Freunde, dass er mit Sicherheit irgendwo gut verwahrt war. Andres stellte sich seinen Lehrer bildhaft vor, wie er ruhelos in seinem Karzer auf und ab taperte, sich darüber ärgerte, dass er mit gutem Essen gemästet wurde und nach täglich neuen Büchern verlangte. Oder aber mit dem einen ganz zufrieden war. Nein, tot war er nicht. Andres betete jeden Tag für Luthers Leben und Heil.

Zwei oder drei Wochen, nachdem Andres seinen Dienst außerhalb der Stadtmauern angetreten hatte, trieb ihn die Sehnsucht nach Kurzweil und etwas Zerstreuung in die Stadt. Bevor er aber bei Ignatius einkehrte, führte ihn sein Weg zum Ringmarkt. Die Augen hielt er insgeheim nach Elsa auf, obwohl er nicht erwartete, sie in der Mittagshitze auf dem Markt zu treffen. Er hatte sich noch nicht daran gewöhnt, dass der Ornat, den er trug, die Menschen dazu brachte, ihre Demut zu bezeugen und sie im Gedränge eine Gasse für ihn frei machten. Männer zogen die Mütze vor ihm, Frauen sanken in die Knie, Mütter baten um den Segen für ihre Kinder, Greise um ein Heilswort gegen ihre Gebrechen. Die Stadt zu durchqueren stellte sich als schwieriges Unterfangen heraus. Und Andres war sich nicht sicher, ob er es leiden konnte, als Hochwürden nie mehr unbehelligt durch die Stadt gehen zu können.

Ein Bauer schenkte ihm einen Apfel, den Andres dankbar noch an Ort und Stelle aß. Um die Ware zu würdigen, kaufte er eine Handvoll von den Früchten und ließ den Beutel von des Bauers Sohn gegen einen Heller zu Katharina Mälzer in der Neißgasse bringen. „Wenn sie fragt, von wem?“, schielte der Bube ihn von unten herauf an.

„Pastor Andres."

Der Junge wieselte davon und Andres wollte seinen Weg Richtung Nikolaigasse zu Ignatius fortsetzen. Er kam aber nicht weit, weil ein Lärmen anschwoll, ein Geschrei, das ihm eine Gänsehaut über den Leib jagte. Andres suchte und fand den Anstoß der Aufregung und eilte zur Menschentraube hinüber, wühlte sich zwischen den Pulk der Schaulustigen hindurch und erstarrte. „Siegtraut?"

Die junge Frau, über einen am Boden liegenden Mann gebeugt, hob den Blick, Tränen liefen ihr über die Wangen. „Ich weiß nicht, was mit ihm ist, Andr… Pater, ich …"

Andres schob die zu dicht stehenden Leute ein Stück fort und kauerte sich Siegtraut gegenüber auf die andere Seite des Liegenden. Dass er roch wie faule Eier, fiel ihm gleich auf. Die junge Frau wimmerte in ihrer Hilflosigkeit. Andres konnte nicht erkennen, was den Mann zum Stürzen gebracht hatte. „Wurde er angerempelt? Ist er gestolpert?" Siegtraut knetete das Wams des am Boden liegenden und schüttelte den Kopf. „Nein, er ist einfach umgekippt. Er meinte, ihm tue der Nacken weh und dann …" Sie schluchzte abermals auf.

Andres nickte, erfuhr von Siegtraut, wo der Mann wohnte, suchte sich einen Halbwüchsigen aus der Menschenmenge und verlangte mit unmissverständlicher Hochwürdenstimme, er solle Doktor Joppener aus der Krebsgasse holen und ihn dorthin schicken, wo sie jetzt den Mann hinbrächten. Der Bursche nahm die Beine in die Hand. Von einem Gaffenden mit Eselskarren forderte er, Platz auf dem Wagen zu schaffen und wuchtete selbst den Mann auf die Ladefläche. So brachten sie den Gassenwirt Vollhardt hinüber in die Gegend hinter dem Kloster.

Andres flossen die Rinnsale, als er es geschafft hatte, den Mann zu seinem Schlafgemach hinauf und aufs Bett zu wuchten. Er klatschte dessen Wangen, um ihn ins Bewusstsein zu bekommen und orderte bei Siegtraut einen Becher Wasser. Sie zog dem Kranken Schuhwerk und Wams aus und schüttelte das Kissen auf.

Andres entging nicht, dass Siegtraut alle Annehmlichkeiten so behände erledigte, als kennte sie dieses Haus sehr gut.

Vollhardt kam zu sich und erbebte unter einem Hustenanfall. Seine Augen schienen in den Höhlen zu schwimmen wie Andres' azurblaue Murmeln. Andres glaubte nicht daran, dass es ein Hitzschlag gewesen war, der den Mann niedergestreckt hatte. Andererseits hatte er selbst im Elend des Lunitzviertels so etwas noch nicht gesehen. Vollhardt fantasierte von einem Schwert, dass er nicht fertig bekommen hatte und schüttelte das kühlende Tuch ab, das Siegtraut ihm auf die Stirn gelegt hatte. Aus seinen Mundwinkeln troff der Speichel, so als könne der Mann seine Funktionen nicht mehr beherrschen. Auch den Mund wischte Siegtraut sauber. Und dass sie ihm liebevoll über die Wangen strich, entging Andres nicht. Er stand am Fenster in einer schattigen Ecke und beobachtete Siegtraut.

„Ist er Josephs Vater?“ Er erkannte, wie ihre Handbewegungen einfroren. Sie scheute den Blick zu ihm.

„Ich weiß nicht, wovon Ihr redet.“

„Ich denke schon.“ Andres öffnete das Fenster, weil die Luft hier drin unerträglich stickig war und die Ausdünstungen des Mannes sich hier unangenehm ausbreiteten. Er wandte sich wieder zu Siegtraut um. „Vertrau dich mir an, dann geht es dir besser, glaub mir.“ Seine Stimme war jetzt matt und tonlos. Er klang nicht so, als habe er hinlängliche Erfahrungen darin, was man anstellen musste, damit es einem *gut* ging.

Sie schaute nicht zu Andres herüber, nickte aber nachdrücklich. „Ja, er ist es.“ Siegtraut sprach beruhigend auf den ein, dessen Gebrabbel im Fieber unverständlich war. Den Kopf schlug er hin und her. Er schwang die Beine über die dünne Decke, die Siegtraut über ihn geschlagen hatte, nur um sich sogleich fröstelnd wieder in sie einzuwickeln. Dieses Hin und Her von Schweißbad und Schüttelfrost war kaum mit anzusehen. Andres faltete die Hände und betete dafür, dass der Arzt endlich erscheine. Er hätte auch für die Linderung der Schmerzen des Kranken beten können. Warum er es nicht tat, war ihm nicht klar. Siegtraut erfrischte das Tuch und legte es dem Mann auf die Stirn, dann schaute sie Andres an. „Es war nicht meine Idee."

Andres wusste sofort, dass sie die Zwillingsgeschichte meinte. „Das kann ich mir vorstellen", seufzte er und erspähte erleichtert den Burschen mit dem Arzt um die Ecke in die Gasse biegen. „Der Arzt kommt … Siegtraut?"

„Ja?"

„Was wird aus dem Kind, bleibt es für immer bei Elsa?" Er beobachtete den Jungen, der nach getanem Dienst wieder umkehrte und wie vom Teufel gehetzt Richtung Markt zurückrannte.

„Ich weiß nicht. Darüber haben wir nie gesprochen. Vermutlich schon, wieso?"

Andres schüttelte knapp den Kopf, dann wandte er sich in den Raum, weil die Tür aufflog und der Arzt mitsamt der Sommerhitze ins Zimmer stob.

Der Stadtphysikus zog vor Andres den Hut, Andres nickte zum Gruß. Joppener scheuchte Siegtraut aus dem Zimmer, stellte sich ans Bett, schaute dem Kranken in die Augen, indem er dessen geschlossenen Lider aufzog und dann tat er zwei beherzte Griffe unter die Achseln seines Patienten. Joppener nickte und bekreuzigte sich. „Es ist gut, dass Ihr hier seit, Pater", sagte der Arzt.

Andres löste seine dösige Pose und stellte sich dem Arzt gegenüber auf die andere Seite des Bettes. „Wieso?"

„Es ist …" Er flüsterte das eine Wort, diese eine Silbe, so schwarz, schmerzhaft und hoffnungslos. Und es schien, als habe der Arzt es nicht zum ersten Mal in diesem Sommer in den Mund genommen.

„Seid Ihr ganz sicher?"

Der Arzt nickte, ließ den Blick nicht von seinem Patienten, schien aber auch nicht unbedingt ausgefeilte Heilverfahren zu durchdenken.

Andres schluckte trocken, und tat das, was eigentlich des Arztes Aufgabe gewesen wäre: Mut aussprechen, eine noch so geringe

Hoffnung nähren: „Ich habe von Fällen gehört, die nicht an der Pest gestorben sind."

Der Arzt nickte. „Ich auch." Es klang nicht sehr zuversichtlich. Sodann lüpfte Joppener mit einem Schwung das Hemd des Patienten und Andres wich einen halben Schritt vor dem Anblick: als habe man Christian Vollhardts Oberkörper mit kleinen, glitzernden Obsidianen geschmückt. Ein irrsinniger Anblick. „Aber man kann eben nicht hineingucken. Ich kann nicht sagen, woran man jene erkennt, die es überleben werden." Sein Blick verlor sich.

Andres, der die Hilflosigkeit des Arzte kaum ertrug, schlug die Decke über Christian. Davon erwachte er wieder einen Wimpernschlag lang. Sein gläserner Blick schien Pastor und Arzt gut genug zu erkennen, um logische Schlüsse zu ziehen. „Muss ich sterben?" Eine kehlige, raue Stimme. Weil Joppener nicht antwortete, nahm Andres das Wort: „Ein jeder von uns stirbt am Tage, den Gott dafür vorgesehen hat. Nicht früher, nicht später. Ruht Euch aus, Christian Vollhardt."

Dieser sank in einen jetzt ruhigeren und tieferen Schlaf.

„Ich muss das Haus melden und es muss markiert werden", sagte Joppener. „Die Pestglocke muss geläutet werden." Sein leerer, trostloser Blick sagte Andres, dass er mit den Gedanken ganz woanders war. Und dann fixierte der Arzt Andres' Augen. „In der Krebsgasse sind schon ein paar befallen. Ich halte alle Leute, die dort wohnen seit einer Woche eingesperrt, weil ich dachte, so könnte ich die Verbreitung vermeiden. Wer sich ansteckt, stirbt oder erleidet Höllenqualen im Überleben. Warum einige trotz der Erkrankung durchkommen, weiß ich nicht. Ich dachte, nach ein, zwei Wochen, würde es vorüber sein und ich begreife nicht, wieso er hier …" Joppener sprach nicht zu Ende, sondern schaute Christian Vollhardt ungläubig an.

Entschlossen steckte er den Kopf durch die Tür nach Siegtraut, die dort immer noch stand, und wollte von ihr wissen, wo sich dieser Mann in den vergangenen Wochen herumgetrieben habe. Andres konnte Siegtraut losheulen hören, als sie sagte, er sei vor zwei, drei Wochen aus Zittau gekommen und was denn mit ihm los sei. Joppener knallte die Tür wieder zu und stemmte die Hände in die Hüften und es entfuhren ihm Flüche, die Andres so noch nicht gehört hatte. „Ihr seid Priester“, deutete der Arzt überflüssigerweise auf Andres. „Deshalb kann ich euch nicht festhalten. Ihr müsst tun, was Gott euch befohlen hat.“

„Und das Mädchen?“

„Sie muss hierbleiben. Sie wird mit ihm hier eingesperrt, bis ...“ Aber bis wann, formulierte der Arzt nicht, sondern schlug abermals das Kreuzzeichen. „Versprecht mir eins“, sprach er jetzt gedämpft, aber deutlich, „dass Ihr euch schleunigst wascht, verbrennt eure Kleider, schrubbt euch ab von oben bis unten, warnt die, die euch lieb sind, schweigt alle anderen an und sperrt Euch ein, sieben Tage lang, wenn Ihr dann noch kein Fieber habt, Kopf- oder Gliederschmerzen ausbleiben, seid ihr nicht infiziert, bleibt in Eurem Versteck und betet, Pater, betet für alle Seelen dieser Stadt. Und nun geht.“ Joppener wies Andres die Tür. Doch der zögerte, weil er nicht wusste, was er als Erstes tun sollte, obwohl der Arzt alles ganz klar gesagt hatte. „Geht, um Gottes willen!“, herrschte der Arzt.

„Das Mädchen hat einen kleinen Sohn, noch kein Jahr alt ...“

„Es kann von der Brust entwöhnt werden, geht zur Familie und sagt, dass sie ...“ Joppener deutete auf die Tür, hinter der sich die Frau befand, dessen Schicksal er besiegelte, „nicht zurückkehrt ... Geht!“

Wie Andres in die Neißgasse gelangte, wusste er nicht mehr.

Wie im Delirium huschte er durch die Straßen: nicht zu schnell, um nicht aufzufallen und nicht zu langsam, um keine Zeit zu verlieren. Seine Gedanken überschlugen sich, sein Herz stach, seine Lungen brannten. Warum er jetzt zu husten begann, obwohl er eben noch kerngesund gewesen war, begriff er nicht.

Er schob die Mannpforte im Durchfahrtstor auf und jetzt, fort von der Straße, rannte er durch die Hallendurchfahrt zum rückwärtigen Tor. Es war Mittagsruhe, in der Brauerei war nichts los. Andres riss sich die Soutane vom Leib, das Wams, das Hemd, zog Wasser aus dem Brunnen und ertränkte seine Anspannung, seine Angst und den Schrecken, den der Arzt ihm eingejagt hatte. Als er japsend den Kopf aus dem Wasser zog, sah er sie auf sich zurennen.

„Was machst du denn da …"

„Bleib weg, Elsa!", schrie Andres und deutete mit abgespreiztem Daumen, Zeige- und Mittelfinger auf sie. Eine Geste, die jeder verstand. Elsa, mit aufgerissenen Augen, wurde blass im Gesicht. Sie begriff. Sie war ein schlaues Mädchen. Sie verstand sofort.

„Seife", stammelte sie. „Ich hol Seife." So rannte sie mit wirbelnden Röcken zurück ins Haus.

90

**Solche scharfsinnigen Argumente, die Laien bloß
durch den Hinweis auf die Macht und nicht
mit Vernunftgründen widerlegen wollen,
heißt die Kirche und den Papst dem Gespött der Feinde
ausliefern und die Christen unglücklich machen.**

Ihre Hände zitterten, während sie in der Vorratskammer nach Seife suchte. Sie wusste, sie hatte irgendwo welche gesehen.

„Warum heulst du?“ Mutters Stimme hinter ihrem Rücken.

Elsa hielt inne. Sie hatte nicht gemerkt, dass sie geweint und geflucht hatte. Sie blieb ihrer Mutter eine Antwort schuldig. „Bleib hier oben bei den Kleinen, Mutter, rühr dich nicht vom Fleck. Ich beschwöre dich.“ Im Vorbeigehen nahm sie ein Leinen aus dem Regal und rannte die Stiege hinunter. Das Kind in ihrem Leib protestierte gegen die Hektik.

Andres hatte seine Kleider auf einen Haufen getürmt und zog sich die Hose aus. Elsa konnte sich eben noch hinter einer Regentonne verbergen, als sie Gunnar aus der Brauerei schießen und auf den Brunnen zustürmen sah. „Wieso entblößt du dich in meinem Hof, wo dich mein Weib und die Jungfrauen sehen können?“

Andres fuhr unbeirrt fort, sich auszuziehen. „Lass das!“ – weil Gunnar sich nach seinen Kleidern bückte.

„Hat dich die Priesterweihe jetzt völlig um den Verstand gebracht? Zieh dich gefälligst wieder an!" Gunnar nahm die priesterliche Soutane in die Hände und Elsa beobachtete, wie Andres' Bewegungen einfroren, während er zusah, wie sein Stiefbruder sich die Priesterrobe überwarf. „Steht die mir?"

„Gunnar, bitte, zieh sie aus", sagte Andres und hatte einen nie da gewesenen rührenden Ton für den anderen. „Bitte."

„Wenn mich die Leute sehen könnten!", lachte Gunnar.

„Ich sehe dich, das genügt wohl", sagte Elsa und trat hinter der Tonne vor, warf Andres das Stück Seife zu und das Leinen. Er schäumte sich ein, Haare, Arme, Gesicht, überall. Er nahm Sand zu Hilfe, sich abzurubbeln und ließ dabei Gunnar nicht aus den Augen. Der hatte sich das Barrett auf den Kopf gesetzt und stolzierte jetzt wie ein Gockel über den Hof, dabei sprach er unzusammenhängende lateinische Fetzen, die er in der römischen Messe aufgeschnappt, aber zeitlebens nicht in der richtigen Form behalten hatte. In jeder anderen Situation hätte es witzig gewirkt. Gunnar war der Einzige, der sich amüsierte. Andres' Blick kreuzte Elsas. Ein verschwörerischer, kalkulierender Blick. Dann fasste sie einen folgenschweren Entschluss und sagte mit schneidender, aber unmissverständlicher Stimme: „Gunnar, bring seine Kleider in den Zuber, sie müssen gekocht werden."

„Die Stickereien halten nicht im kochenden Wasser."

„Das ist eine priesterliche Anordnung", sagte sie.

Als Gunnar sich begriffsstutzig nach Andres umschaute, nickte jener. Maulend wie ein gerügtes Kind machte sich Gunnar über Andres' Wäscheberg her. Die Schaube ließ er am Leibe, während er den Kleiderhaufen in die Brauerei trug, wo stets ein Kessel mit kochendem Wasser brodelte.

„Vergib mir, Herr", hörte Elsa Andres sagen. Er starrte zur Tür, hinter der Gunnar verschwunden war.

„Gott wird entscheiden", nickte Elsa. „Er hätte auch auf dich hören können."

Andres sagte nichts dazu, kippte sich einen weiteren Eimer Wasser über den Körper und wiederholte das so lange, bis Sand und Seife abgespült waren. Dann trocknete er sich mit dem Leinen ab. „Siegtraut … Ist sie jeden Tag hier? Kommt sie über Nacht hierher? Isst sie mit euch?“

Elsa stutzte. „Wieso willst du das wissen?“

„Elsa, es ist wichtig! Antworte!“ Andres rubbelte sich trocken und untersuchte seinen Körper nach Flohbissen. Elsa rang die Hände. Man wusste, was es bedeutet, wenn Leute ihre Kleider verdarben und nicht zuließen, dass einer ihnen zu nahe kam. Manch einer sagte, die Seuchen würden durch den bösen Blick übertragen, andere sagten, sie kamen über den Atem. Wieder andere behaupteten, schon das Händeschütteln könne einem die tödlichen Krankheiten anhängen. Die meisten aber meinten, der Wind brachte sie. Doktor Joppener war von der Sorte, die den Ratten und Flöhen die Schuld gaben. Wer glaubte das schon!

„Andres?“ Elsas Stimme schwamm im Kummer.

Er hob den Blick. Seine Stimme war ruhig. „Sie ist bei Christian Vollhardt. Er ist krank.“

„Der Gassenrichter?“ Elsa kannte den Namen nur vom Hörensagen. „Ich dachte, er sei fort?“

Andres schüttelte den Kopf.

„Was für eine Krankheit, Andres?“ Eigentlich ahnte sie es.

Seine Lippen formten lautlos das eine, kleine Wort, das vermochte, die Zeit anzuhalten.

Elsa ordnete ihre sich überschlagenden Gedanken. Sie musste wissen, was mit ihrer Schwester los war. „Wieso ist sie bei Vollhardt?“

Andres, das Leinen um die Mitte geschlungen, schraubte sich zur vollen Größe empor. „Er ist Josephs Vater.“

In Elsa wirbelte alles durcheinander. Siegtraut stillte den Kleinen nicht mehr. Es musste ja alles nichts bedeuten. Sie musste ja nicht zwangsläufig auch krank sein, nicht wahr? Und der Junge … der Junge muss sie ja auch nicht haben, die Seuche, oder?

Die Tür der Brauerei wurde aufgestoßen und Gunnar kam auf den Hof zurück. „Hier, das auch“, sagte Andres, löste das Tuch von seinen Hüften und warf es dem anderen in die Arme. Gunnar verschwand mit Murren wieder in der Brauerei.

„Was in Gottes Namen ...!“, rief es aus einem der Geschossfenster. Andres, splitterfasernackt wandte sich nach der Stimme um. Reinhildes Augen sprühten Funken. „Was macht ihr da bloß? Wieso in Dreiteufelsnamen trägst du nichts am Leibe?“

Statt einer Antwort orderte Andres bei seiner Mutter einen Satz neuer Kleider und Schuhe. Schimpfend verschwand Reinhilde im Haus. „Elsa ...“, drehte er sich wieder zu ihr um. „Hör mir genau zu!“ Und dann erzählte er ihr von Doktor Joppener und dessen Wissen um die Seuche in der Stadt und das Andres sich fernhalten müsse für eine gewisse Zeit. „Ich komme in ein paar Tagen wieder her und hole dich und Josephine, wenn ich bis dahin in Ordnung bin, hörst du?“ Sie wimmerte los, kaute auf ihrer Unterlippe herum und nickte. „Du bleibst im Haus!“ Andres deutete hinter sich aufs Wohnhaus. „Schließe dich oben in der Dachkammer ein, hörst du?“

Elsa nickte, weinte aber los. Ihr wurde ganz schlecht. „Was wird aus den anderen?“

Andres schüttelt den Kopf. „Siegtraut wird versuchen, ihn zu holen.“

„Aber ...“

„Nein! Du wirst tun, was ich dir sage! Dieses eine Mal. Versprich mir, dass du mit der Kleinen in der Kammer bleibst, bis ich euch hole.“ Elsa konnte es nicht. „Los!“, grollte er, wie sie ihn noch nie erlebt hatte. „Schwöre das!“

Elsa weinte und nickte. Andres redete pausenlos auf sie ein, während er die Kleider, die seine Mutter schimpfend aus dem Fenster geworfen hatte, anzog. „Halte dich von Gunnar fern. Els.“ Jetzt erst atmete er schwer durch. „Verstehst du?“

Sie nickte. Sie verstand. Sie taxierten einander. „Ein paar Tage“, sagte sie tonlos. Andres nickte und verschwand vom Hof. Das Säckchen mit den Glasperlen lag auf dem Brunnenrand.

91

Wenn der Ablass nach dem Geist und Sinn des Papstes gepredigt würde, würden jene Bedenken leicht gehoben, vielmehr gar nicht vorhanden sein.

Die Geräusche der Stadt mündeten in dem einen tiefen Hall, der erst verhalten und nur wie eine Ahnung, ein böser Hintergedanke, dann mahnender und unverkennbar real anschlug. Die Zeit schien mit dem Schlegel der großen Glocke von Sankt Peter und Paul hin und her zu schwingen und sich dröhnend zwischen den starr Stehenden zu verkeilen. Alles lauschte. Und wer es nicht glauben wollte, rannte auf die Gasse, öffnete die Fenster, horchte, suchte den Blick des anderen, um sich der Richtigkeit des Erahnbaren zu vergewissern, nur um dann dahin zu hasten, wo man meinte, dem Schwarzen Tod entkommen zu können. Vielleicht, so konnte man von der Warte des von allen Seiten abgeschirmten Brauereihofes vermuten, riefen die Menschen durcheinander, vielleicht schrien welche auf. Vielleicht aber, so machte es die Windstille glauben, verstummte die ganze Stadt und ließ sich von der großen Glocke eine düstre Stunde ansagen. Dass aus der Stunde Tage, aus den Tagen Wochen, aus den Wochen Monate würden, ahnte noch niemand. Auch Elsa Tylike nicht, die am Brunnen stand und dem tiefen Grollen der Pestglocke lauschte.

Und jeder Glockenschlag lockte einen weiteren auf den Hof.

Bis sie vollzählig waren: Elsa und ihre Schwestern, ihre Mutter, zudem Reinhilde und Gunnar. Und ein jeder wollte sich des Irrtums versichern, der dem Glöckner widerfahren sein musste und ein jeder musste akzeptieren, dass es eben kein Irrtum war.

„Sie rufen die Pest aus!", fasste Gunnar das Untrügliche in Worte.

Elsa fand zurück zur Logik und zur Sprache „Ja. Und du hast sie jetzt auch, weil du ja unbedingt Andres' Schaube anziehen musstest, du Idiot!" Sie brachte, ein, zwei Schritte zwischen sich und Gunnar. Die anderen taten es ihr gleich.

Reinhilde, als sie das vernommen hatte, brach in Gezeter aus. Was Andres mit der Sache zu tun habe? Und wieso Elsa solche schlimmen Gerüchte verbreite?

Sie antwortete nicht, taxierte das Tor, durch das Andres vorhin verschwunden war. „Ich muss dich melden, Gunnar", sagte Elsa ebenso gefühlskalt wie eben schon.

Gunnar, beseelt von nie da gewesener Entschlusskraft preschte auf sie zu: „Das wirst du mal schön lassen! Mein geliebtes Weib!", und packte sie am Arm, zog sie an sich, wobei Elsa versuchte, sich loszumachen und drückte ihr einen festen, kalten Kuss auf den Mund. Seine Häme und seine Schadenfreude waren unüberhörbar. Dann schob er Elsa von sich. Sie wischte das Feuchte von ihren Lippen und schaute in entsetzte Gesichter. „Hol meine Kinder!", befahl Gunnar.

Anneruth flüsterte ihrer Mutter ein, was sich zugetragen hatte. „Dafür wirst du in der Hölle schmoren, Gunnar Tylike!" Katharina Mälzer hob den rechten Arm, die Finger zum Teufelszeichen abgespreizt, genau wie es Andres vorhin getan hatte. „Ich verfluche dich auf ewig, Gunnar Tylike", sagte Katharina. Ihre Stimme war so hart, so rau, dass Elsa schauderte.

„Das alles ist Andres' Schuld", spuckte Gunnar. Die Angst vor seiner Schwiegermutter wog mehr als die vor der Pest. Er suchte den Schulterschluss mit Reinhilde, wo er aber sichtlich an der falschen Adresse war.

„Du nimmst seinen Namen nicht in dein Maul, aus dem nur Schlechtes kommt!"

Und dann geschah so vieles auf einmal: Reinhilde rannte durch die Durchfahrtshalle auf die Gasse, wohl auf der Suche nach Andres, Gunnar wiederholte, Elsa solle die Kinder holen und ins Haus kommen und ging voraus. Die kleine Irmel klammerte sich an Katharina und begann zu weinen und Anneruth fragte in einer Tour, was jetzt sie machen solle.

Elsa stürmte ins Haus, und hob Josephine aus dem Bettchen. Sie würde nicht bei Gunnar bleiben, so viel stand fest. Sie würde mit Josephine verschwinden. Vielleicht kam sie bei Weidners unter. Zu Andres konnte sie nicht. Würde sie die Stadt Richtung Lunitz einmal verlassen haben, würde sie so schnell nicht wieder hineinkommen. Es war einerlei. Aber hier blieb sie nicht. Eben, als sie die Schlafkammer verlassen wollte, hob Joseph ein Winseln an, das Elsa innehalten ließ. Er strampelte und schlug mit den Ärmchen um sich, als suche er seine kleine Josephine.

Elsa brachte es nicht übers Herz, den Kleinen zurückzulassen. Sie packte beide Kinder in die Kiepe und rannte wieder hinunter auf den Hof. Während sie die Kinder bis auf die Haut auszog, wies sie Anneruth an, die Türe zu Siegtrauts und ihrem Schlafgemach zu verriegeln, die Ritzen mit Leinen abzudichten, dass nicht der Pesthauch hindurch könnte. Anneruth begann nun genauso wie Irmel zu weinen. „Es wird alles gut, wir müssen nur ein paar Tage getrennt sein, um sicherzugehen …", versuchte Elsa die Mädchen zu beruhigen, was schwer war, wenn man die Jüngeren nicht in die Arme nehmen konnte.

„Mutter", sagte Elsa streng und versicherte sich deren Aufmerksamkeit. „Räuchert die Schlafzimmer mit Chrysanthemenextrakt aus, ja?" Sie brauchte ihrer Mutter nicht zu sagen, wie man gegen das Miasma der Seuche vorging. Katharina Mälzer nickte. „Verbrennt die Schlafdecken." Wieder nickte die Mutter. „Haltet euch von Fremden fern." Nicken.

Wie wenig sie gegen die Seuche auszurichten vermochte, wurde ihr klar, als sie die Kleinen in jenes Umschlagtuch wickelte, das gestern noch Siegtraut umgehabt hatte. Hinter Elsas Lidern bissen Tränen der Verzweiflung. Sie war schier machtlos. Überall konnte die Krankheit lauern: in ihren Kleidern, in ihrem Haar, in ihrer Haut, in ihrem Atem. Nur Gott allein erwählte die, die er verschonte und die, die er zu sich rief. Im Vorbeigehen griff sie nach Andres' Glasperlen.

Als sie in die Durchfahrtshalle rannte, wäre sie beinahe nach hinten übergekippt, weil sich Gunnar ihr in den Weg stellte. „Wohin so eilig?" Sein Gesicht war dem ihren ganz nah. Er packte sie am Oberarm und hievte sie die Treppe zu den Wohnräumen hinauf. Er war stark und entschlossen.

Er führte sie ins eheliche Schlafgemach, nahm ihr die Kinder ab und schubste Elsa aufs Bett. „Wie in guten, so in schlechten Tagen, mein liebes Weib." Er wandte sich um und verließ die Kammer, nicht ohne hinter sich zuzuriegeln.

So lange sich Elsa beherrschen konnte, so erschüttert war sie jetzt, betete verzweifelt. Für die Kinder wollte sie stark sein. Aber das war schwer, denn schon bald weinten sie hungrig. Elsa hatte, seit sie schwanger geworden war, kaum mehr Muttermilch. Sie widerstand dem Drang, den Kindern vom Wasser aus dem Waschkrug zu geben, weil es erstens von Gunnar benutzt wurde und zweitens sicherlich schon eine Weile stand. Sie wusste nicht, ob die Krankheit im Wasser sein könnte, auch nicht, ob es gekochtes Wasser war. Manch einer behauptete, durch das Abkochen von Wasser würde der Odem des Höllenfeuers in das Trinkwasser gelangen und das wäre das Schädlichste, was man tun konnte. Aber wenn Elsa etwas in ihrer Kindheit gelernt hatte, dann war es die Tatsache, das Reinlichkeit nur Reinlichkeit nach sich zog. Orwid Hinterthur hatte wie ein Mönch für Sauberkeit in seiner Brauerei gesorgt. Das konnte nichts Schlechtes sein. Nein, das Wasser aus dem Krug rührte Elsa nicht an.

Am Abend erst kam Gunnar mit Milch für die Kinder, Brot und Käse zurück. Es sah nicht danach aus, als würde er Elsa aus der Kammer lassen. „Wie lange gedenkst du, mich einzusperren?"

„Das weiß der liebe Gott", sagte er und stellte sich ans Fenster, als wollte er überprüfen, ob draußen alles in Ordnung war. „Vater ist noch nicht von der Ratssitzung zurück, auch die Knechte sind fort", murmelte er und stemmte die Hände in die Hüften. „Die halbe Stadt macht sich mit Bündeln und Truhen auf den Weg raus. Die Idioten!"

Wer hier der Idiot war, blieb fraglich. Elsa weichte Brot in der Milch auf. „Du hast keine Ahnung, wie sehr ich dich hasse!", murmelte sie, ohne den Blick zum Unwürdigen zu heben.

„Ach ja?" Er stellte sich dicht hinter sie, umfasste ihren gewölbten Leib, der unter seiner Berührung steinhart wurde und drückte sich an sie. „Wenn du nicht trächtig wärst, würde ich dich jetzt so hart rannehmen, dass du mehr Respekt vor deinem Manne bekämst!"

Elsa schüttelte ihn ab und widmete sich den hungrigen Kindern. „Sie brauchen Milch. Die hier reicht nicht bis morgen." Sie flößte den Kleinen fingernagelgroße Mengen vom Brei ein.

Gunnar erklärte, sie so gut zu versorgen, dass sie sich und die Kinder nicht mehr woanders hinwünschte. Sein Grinsen widerte sie an. „Und wenn die Pestilenz dich holt, wirst du nach mir rufen und nach meiner Fürsorge flehen!"

„Das Einzige, wonach ich flehen werde, Gunnar", sagte Elsa, „ist dein schneller Tod." Kaum ausgesprochen, landete seine Hand auf ihrer Wange. In ihr pochte das Blut. Elsa nickte zum Zeichen, dass sie verstanden hatte. Gunnar blieb in dieser Nacht lange weg, weil ihn das Geschrei der Kinder nervte und der Gestank, als Elsa sie säuberte ebenso. Ihr konnte es nur recht sein.

„Dass ihr mir auch recht große Haufen macht", trug sie den Kindern auf. Joseph robbte durch die Kammer und Josephine angelte nach der Decke, die vom Bett herunterbaumelte. Elsas Gedanken aber waren nicht bei den Kindern, sondern bei Andres, der keine Ahnung hatte, dass sie ihr Versprechen nicht halten konnte.

Lediglich am Stand der Sonne konnte sich Elsa orientieren, aber die schlurfte wie eine Greisin an ihrem Fenster vorüber. Die Kinder langweilten sich schnell. Elsa sang für sie und ließ Andres' Glasperlen umherrollen. Die Kleinen waren putzig anzusehen, wie sie den glitzernden Dingern hinterher schauten und sie zu greifen versuchten.

Erst als die Sonne untergegangen war, holte sie eine Stimme aus dem Einerlei.

„Ich fühle mich nackt ohne meine Schlüssel."

Elsa stellte sich an die Tür und legte das Ohr auf das Holz, um die andere draußen gut verstehen zu können.

„Gunnar hat mir alle meine Schlüssel geklaut, dieser ..."

Aber die Verwünschungen, die Reinhilde für ihren Stiefsohn übrighatte, schluckte sie herunter. „Unser Haus ist markiert."

„Hast du was von Siegtraut gehört?"

An Reinhildens Stimme erkannte Elsa, dass diese den Mund verzog. „Nein. Sie wird bekommen, was sie verdient. Nach allem, was Andres erzählt hat ..."

„Andres?" Die geübte Beiläufigkeit verfehlte ihre Wirkung.

„Du brauchst nicht so zu tun, als sei er dir egal. Ihm geht es gut."

Elsa schluckte, sandte ihren Dank gen Himmel und nickte. „Das Brot geht uns aus. Gunnar soll etwas raufbringen, wenn er kommt."

„Gunnar", spuckte Reinhilde den Namen aus. „Der treibt sich in Tavernen herum, so lange er noch kann. Die Leute aus den gezeichneten Häusern dürfen nur des Nachts auf die Gassen. Sie begießen das Ende der Welt. Dann schläft er seinen Rausch aus und ist immer noch klar genug, alle Türen zu verrammeln."

Elsa interessierte es nicht, was mit der Brauerei wurde, fragte aber aus Höflichkeit.

„Die liegt erst mal still. Jeder muss jetzt zusehen, wie er mit seinen Habseligkeiten über die Runden kommt. Draußen kriegt man nicht mehr viel. Die Bäcker backen seit der Pestglocke nur noch für ihre eigenen Familien. Ich habe noch etwas Mehl, deine Schwestern helfen mir in der Küche. Gott vergelt's ihnen."

„Wie ist es sonst draußen?", band sie Reinhilde, deren Stimme den flüchtigen Eindruck hinterlassen hatte, als wollte sie schon gehen. Das Letzte, was Elsa vertragen konnte, war wieder allein gelassen zu werden.

Reinhilde gönnte sich eine kleine Pause, bevor sie weitersprach: „Die Menschen bekommen diesen irren Blick, sobald sie dich erspähen, so als habest du die Pest am Hals und dann, wenn sie vorübergegangen sind, fällt dir erst auf, dass du die anderen genauso entgeistert anstarrst. Das Gute an dem Ganzen ist", lachte Reinhilde auf, „die Gassen sind so gut wie leer. Jeder meidet den anderen. Nichts von dem Gedränge." Ihre Stimme verlor sich in ihren Gedanken. „Jeder kümmert sich um seinen eigenen Kram. Man sagt, dem einen schenkt die Seuche ein paar Stunden lang ihre Aufmerksamkeit, dem anderen ein paar Tage, die meisten verrecken erbärmlich."

„Aber man hört immer wieder von welchen, die gesund werden", sagte Elsa hoffnungsvoll.

In ihrer Vorstellung sah sie Reinhilde nicken. „Mag sein, aber niemand weiß, wen sich Gott aussucht. Andres ist nun Pastor in der alten Kapelle von Lunitz, stell dir vor. Ich schäme mich, die Neuigkeiten von der Gasse und nicht von meinem Sohn zu erfahren. Ich schäme mich, dass er in die Lunitz abgeschoben wurde."

Elsas Faust ruhte auf dem Holz der Tür. Es war jetzt nicht die Zeit, Reinhilde von Andres' freier Entscheidung zu überzeugen. Die Stille, die sich breitmachte und Elsa schon befürchtete, Reinhilde habe sie wieder verlassen, wurde von Josephines Brabbeln durchbrochen.

„Ich weiß, dass Josephine sein Kind ist", kam es von der anderen Seite. „Auf wen Joseph kommt, weiß ich nicht, aber ich habe es sofort an ihr gesehen. Und das, was du im Bauch hast?"

Elsa strich sich unwillkürlich über den Leib. „Ist auch seins." Nur ein Flüstern. Sie bildete sich ein, hören zu können, wie Reinhilde die Luft scharf einsog. „Joseph ist Siegtrauts Bastard“, gestand Elsa. Sie wollte keine Lügen mehr. Wahrscheinlich würde sie hier in dieser Kammer sterben, vielleicht hatten sie alle drei schon die Pest am Hals. Wer, außer der Herrgott, wusste das schon? Keine Lügen mehr. „Ich nahm ihn in Obhut, um meine Schwester zu beschützen. Ich wusste damals nicht, wessen Kind ich austrug, anders als bei diesem hier. Ich liebe ihn, immer noch, und werde es immer tun. Daran kannst du nichts ändern.“

„Ja.“

Weil das so ergeben geklungen hatte, legte Elsa ihre Hände flach auf das Türblatt. „Als ich noch ein Kind war, habe ich dich immer bewundert: wie du den Haushalt geführt hast, wie du deine Kinder großgezogen hast. Du warst mir ein Vorbild.“ Sie hörte Reinhilde auf der anderen Seite der Tür seufzen. „Ich weiß, wie sich Josts Unfall zugetragen hat, Reinhilde. Andres hat sich mir anvertraut. Es tut mir leid.“

Reinhilde antwortete erst nach kurzem Zögern. „Ich hab damals gemerkt, dass zwischen dir und Jost was war. Ich hätte Jost dich heiraten lassen.“ Bei diesen Worten wurde Elsas Brust ganz warm. Ja, so eitel war sie doch, um sich geschmeichelt zu fühlen. „Nicht, weil ich dich gern als Schwiegertochter gehabt hätte ...“, Elsas warmes Gefühl verflüchtigte sich, „... sondern, weil du es ertragen hättest, von ihm hintergangen, betrogen und belogen zu werden. Jost wäre kein einfacher Ehemann gewesen.“ Es tat weh, Reinhilde so etwas sagen zu hören. „Genau wie Gunnar kein einfacher Ehemann ist. Aber du bist stark, du verkraftest einiges.“

„Du musst mich wirklich sehr hassen.“ Daraufhin vernahm Elsa Reinhildes Schritte, die sich entfernten. Zurück blieben Leere und die Hitze in der Stube und Elsas Schluchzen.

Gunnar kam im Morgengrauen angetrunken zurück, wie Reinhilde es prophezeit hatte. Der Schlüssel kratzte auf dem Holz der Tür, bis Gunnar das Schloss fand. Er fluchte, weckte die Kinder, die greinten, schimpfte noch mehr über sie, weil er seine Ruhe haben wollte, und fiel dann mit der Tür in die Kammer. Das Brot, über das er gestolpert war und das wohl Reinhilde auf die Schwelle gelegt hatte, schlitterte durch den Raum. Die Milchkanne blieb zum Glück heil. So unbeholfen er eben noch schien, so behände riegelte er nun die Tür hinter sich zu. Wie ein nasser Sack ließ er sich ins Bett plumpsen, legte weder Kleider noch Schuhwerk ab und schlief sofort ein. Auch wenn sie mit ihm in einen Raum eingesperrt war, so mied sie es, ihm zu nahe zu kommen.

Sie richtete für die Kinder den Brotbrei an, fütterte sie und legte sie in den Korb zu ihren Füßen, während sie versuchte, im Lehnstuhl zur Ruhe zu kommen, bis die Kinder wach würden.

Sie beobachtete den Lauf der Sonne. Sie durchflutete das grüne Butzenglas und warf dessen ungleichmäßige Ringe auf das Bett. Das Lichtspiel zeigte Gunnars Gesicht kränklich und fahl. Weniger sein Schlaf als vielmehr die Tatsache, dass Reinhildens Schlüsselbund unter seiner Hose und unter seinem Lendenschurz am Gurt festgemacht war, interessierte sie.

Elsa hatte zwei-, dreimal den Versuch unternommen, seinen Hosenlatz zu öffnen, aber Gunnar hatte sich grunzend umgedreht oder ihre Finger, die er wohl für Fliegen oder anderes Ungeziefer gehalten hatte, weggestoßen. Elsa versuchte mit allem, was sie fand, die Türe zu öffnen, bemüht, keinen Laut zu verursachen, der Gunnar wecken würde, brach Fibeln, Zahnhölzer und Spangen von Riemen ab, hatte ihre liebe Not damit, die Zeugnisse all ihrer Ausbruchversuche aus dem Schloss herauszukriegen, erschrak bei jedem von Gunnars Schnarchen und Röcheln, und brachte so den Tag herum, bis der Kerl sich mit der Abenddämmerung wieder davonstahl.

An die Schlüssel kam Elsa vorerst nicht ran. Ihre Nächte waren zwar still ohne Gunnar, aber nicht erholsam, weil sie von jedem Gags der Kinder aufwachte, um dann wieder in kurzen, unruhigen Schlaf zu fallen. Viele Glasperlentürme stapelte sie in diesen Stunden. Manchmal war ihr so, als höre sie im Halbschlaf Andres Stimme nach ihr rufen. Sie glaubte den Verstand zu verlieren.

Als die Büttelei das Pesthaus abriegelte und nur ein Pestfenster für die Versorgung ließen, hörte Elsa Gunnar, zum Nichtstun verbannt, im Haus herrschen, mit seiner Stiefmutter streiten, alle Hinterthurs und Mälzers verfluchen und sich wie der Mann im Haus aufführen, der er unter Niklas' Fuchtel nie gewesen war.

92

**Hinweg also mit allen den Propheten,
die dem Volke Christi sagen:
Friede, Friede und ist kein Friede.**

Am schlimmsten war der Gestank. Am Anfang hatte Andres noch würgen müssen, wenn er einen verunstalteten Körper auf den Karren legte. Sie karrten alle Toten auf den Nikolaifriedhof. Die Gruben waren lang und so tief, dass man die Leute hochkant hineinsteckte. Bald ging ihnen der Platz aus.

Doktor Joppener beschwor alle Helfer, die Körper, deren Seele und Geist längst entfleucht waren – woher wollte er das so genau wissen? –, zu verbrennen. Ob es nun christlich war oder nicht.

Eine halbe Nacht lang hatte Andres mit ihm diskutiert und sich dann doch dem ärztlichen Rat fügen müssen. Also verbrannte man die Leblosen. Joppeners Sanktionen waren den Leuten nicht geheuer. Aber da der Überrest der Bevölkerung weitgehend aus den Armen und Leibeigenen bestand, die ohne Bürgerrecht sich keinen Passierschein in die Freiheit hatten kaufen können, war es leicht, ihr Aufbegehren gegen das Verbrennen der Leichen und gegen den Dienst im Namen des Herrn am Leichenkarren, im Keim zu ersticken. Wer sich auf den Beinen halten konnte, musste mit anpacken. Wenn einer umkippte, musste ein Nächster sofort nachrücken. So beschwor es Andres in seinen Predigten.

Mithin hielt er einen allabendlichen Gottesdienst. Die Menschen suchten die Nähe zu Gott. Im Eigentlichen suchten sie vielleicht nur die stärkende Suppe, die Joppener und die wenigen vernünftigen Gassenrichter, niedere Ratsmitglieder, die geblieben waren, jeden Abend ins Lunitzviertel brachten.

Vielleicht, so überlegte Andres, suchten die feinen Bürgerlichen auf diese Weise Absolution, weil sie ihre Kranken und die Schwachen, die als Nächstes erkranken könnten, zur Lunitz abschoben. Man leerte die Angstlöcher unter dem Rathaus und zwang die Gefangenen, beim Räumen der Gassen und der Pflege der Kranken zu helfen. So, das beschwor selbst Rothbart, sollten die Verbrecher ihren Heilsweg finden.

Andres staunte insgeheim, wie schwer das Gewissen manches Verurteilten wog, dass sie bereitwillig und ohne jede Vorsicht die noch fieberheißen Leichname mitsamt den Pestbeulen und den klaffenden Mündern, die vor wenigen Augenblicken noch die Heilige Mutter Gottes, ihren eingeborenen Sohn und alle Heiligen angerufen hatten, zum *Crematore* brachten. Ihn hatte es zu Beginn einige Überwindung gekostet. Joppener war es zu verdanken, dass Andres die Körper nur mit Handschuhen berührte. Joppener bürdete ihm allerdings auf, die Handschuhe jeden Abend in einem kochend heißen Sud aus Pestwurz einzuweichen und über Nacht zum Trocknen über Wachholderrauch zu hängen.

„Gott prüft uns nicht zu hart, indem er die Seuche mitten im Sommer schickt", versuchte Doktor Joppener Optimismus zu verbreiten. Wie sie es an jedem ausklingenden Tag taten, verarbeiteten sie auch an diesem heißen Augustabend den von den Frauen in der Heide gesammelten Johannis- und Meisterwurz, die das pestilenzialische Gift austreiben sollten. „Stellt euch vor, Pastor Andres, wir müssten uns mit herbstlichem Dauerregen herumschlagen?"

Andres schaute sich im Speiseraum seines Hauses um. Eine Hälfte des großen Tisches hatten sie für ihre Kräuterzubereitung reserviert, an der anderen Seite drängten sich Waisen dicht an dicht und löffelten die Suppe. Sie würden die Nacht hier verbringen, würden sich unter dem Tisch, auf dem Tisch, auf den Sitzbänken aneinanderschmiegen und auf dem kalten Lehmboden in den Schlaf finden. Und morgen würden es wieder mehr sein. Gut war, dass es hier so gut wie keine Erkrankungen gab. Die Kinder nahmen bei den ersten Anzeichen der Krankheit an Eltern, Großeltern und Nachbarn, Reißaus. Die Angst vor Krankheiten und dem Gottesurteil, die jedes Kind mit der Muttermilch aufgesogen hatte, saß so tief, dass die Kinder instinktiv wie Tiere die Krankheit mieden.

„Der Herbst mit seinem Regen wird kommen", murmelte Andres gedankenverloren. Er hörte das Seufzen, das Joppener verlautete. Sie beide wussten, es sah nicht danach aus, dass sie das Schlimmste überstanden hatten, und es war immerhin schon Ernting. Andres stellte die Schüssel mit den abgezwickten Johannesblüten vor Joppener hin. Dann machte sich der Jüngere daran, seine Abendpredigt vorzubereiten.

Im Grunde war da nicht viel zu tun. Die Heilpredigten waren überschaubar und um die ging es momentan. Die Leute wollten nichts, als jeden Abend den nahezu selben Wortlaut hören, sich Mut und Trost spenden lassen und darauf hoffen, noch einen Tag geschenkt zu bekommen. Vielleicht, so überlegte Andres, während er die Schrift durchblätterte, betete der eine oder andere auch dafür, in der kommenden Nacht erlöst zu werden. Vielleicht lag die Hoffnung einiger darin, eine ganz plötzliche, ganz rasche Erlösung zu erlangen. Herzstillstand. Amen.

Andres schlief kaum mehr als drei oder vier Stunden pro Nacht. Die Albträume waren furchtbar. Es war immer derselbe, doch sein Ende variierte. Er wusste, sein Albdruck rührte daher, weil er ein paar Mal versucht hatte, bis zu Elsa vorzudringen und es nicht geklappt hatte: Das Tylikehaus war verriegelt. Nicht nur das Tor war abgeschlossen worden, sondern auch die Torbalken vorgelegt und mit dicken Schlössern an festen Ketten verriegelt. Da war kein Hineinkommen. Selbst, wenn er jemanden um Hilfe gebeten hätte, die Schlösser zu brechen, die Türe zu entriegeln, niemand hätte ihm dabei geholfen, in ein Pesthaus einzudringen. Die Fensterläden des Ausschankes und des Wohnsaales, die auf die Gasse gingen, waren vernagelt. Da half alles Rufen nichts. Ans Pestfenster durften nur die Pestmägde, Pestknechte und Joppener. Nicht einmal einem Kaplan war es vergönnt, den Hausbewohnern Trost zu spenden. Wenn man Andres beobachten würde, wie er versuchte, Kontakt ins Haus aufzunehmen, würde man ihn mit hineinsperren. Dann wäre er zwar bei Elsa, käme aber nicht mehr mit ihr heraus, er würde die Lunitz im Stich gelassen haben. Was ihm blieb, war der Versuch, von der Gasse aus nach Elsa zu rufen. Die dicken Mauern ließen keinen Laut hinein.

Seinem priesterlichen Ornat verdankte er, dass er überhaupt in die Stadt und wieder hinaus kam, doch wurden Stimmen laut, die sich dagegen aussprachen, dass die, die draußen, in der Lunitz lebten, hereingelassen werden sollten. Egal ob Priester oder Arzt. Noch hatte Andres Rothbart und Joppener auf seiner Seite. Einen Bürgermeister gab es inzwischen nicht mehr.

Es war schändlich, was sich in der Stadt zutrug.

Die Männer verprassten ihr letztes Hemd, legten sich zu den Weibern; die Weiber meinten, einen letzten Reichtum anzuhäufen, legten sich zu den Kerlen. Jungfrauen forderten das ein, ohne das sie nicht in den Tod gehen wollten. Die Stadt war ein Tollhaus. Andres hatte Männer beobachtet, die sich für die Perlen ihrer soeben aus dem Haus getragenen Frau die Pestilenz kauften. *Ihr sollt das Heilige nicht den Hunden geben und eure Perlen sollt ihr nicht vor die Säue werfen, damit die sie nicht zertreten mit ihren Füßen und sich umwenden und euch zerreißen.* Amen.

Nur in seinem Traum schafft er es irgendwie, ins Pesthaus zu kommen, findet Elsa in der hinteren Kammer, so wie er es ihr aufgetragen hatte. Doch sieht sie zum Fürchten aus: Pestbeulen bedecken ihr wunderschönes Gesicht. Der Geruch, dem er tagtäglich ausgesetzt ist, beherrscht seinen Traum. Sein Blick tastet ihre Gestalt ab. Er entdeckt erst das eine, dann das andere Kleinkind:

saugend an ihrem Busen. Kindergesichter so dunkelviolett, wie es der Schwarze Tod nur zu machen vermag.

Wenn Andres aufwachte: schweißgebadet, angstvoll, tröstete ihn meist kein Gebet, sondern Weinen.

Die Variation seines Traumes hielt Überraschungen bereit: Elsa kommt ihm in der Gestalt einer Pesttoten schon auf der Treppe entgegen, steigt hinab, ohne die Füße zu heben. Das Gewand: ein Leichentuch, umweht ihren gerippehaften Körper und die Kinder flankieren sie. Am schrecklichsten ist es, wenn sein Traum-Ich hinauf ins eheliche Schlafgemacht hastet und dort die Familie Tylike in trauter Friedlichkeit liegen sieht: tot wie in jedem anderen Traum, von der Bourbonenpest entstellt, Elsa und Gunnar sich umarmend, die Gesichter zu Grimassen verzerrt einander zugewandt, die toten Kinder zwischen ihnen.

Nach einer solchen Traumvariation wünschte Andres sich nichts als den raschen Tod und betete um Erlösung.

Andres machte es sich jede Nacht zur Aufgabe, eine Strategie zu entwickeln, in seinem Traum nicht bis zum Hause der Tylikes zu gehen. Und wenn er schon davor stand, versuchte er dagegen anzukämpfen, die Tür zu öffnen. Sein Traum-Ich war hartnäckig, so viel stand fest. Und kaum war es ihm gelungen, sich abzuwenden, wurde die Tür von innen entriegelt. Zuerst Gunnar, Elsa an der Hand, danach die Kinder hübsch hinterdrein schweben unbewegt in ihren Leichengewändern hinter ihm her, verfolgen ihn durch die Stadt. Niemand bietet ihm ein Versteck. Er rennt, rennt bis hinaus ins Lunitzviertel und hier springt er von einer Brücke, die im Traum viel, viel höher über eine viel, viel breitere Lunitz führt. Sein Sprung reicht tief, tief.

Vom Bauchkribbeln und der Angst vor dem Aufprall schreckte er aus dem Schlaf. Seither kämpfte der Traum-Andres nicht mehr dagegen an, die Tür zum Hause Tylike zu öffnen, sondern ließ alles Weitere über sich ergehen.

Joppener, der täglich aus der Stadt hierher kam, begrüßte ihn jeden Morgen mit einem Kompliment wie: „Ihr seht aus, als habt

Ihr die ganze Nacht mit dem Leibhaftigen gewürfelt." Andres' tiefen Augenschatten kommentierte der Arzt: „Wozu die Pechmaske, junger Freund, Pech hilft nichts." Er rang sich ein Lachen ab, Andres blieb stumm. Joppener wusste ja, was Andres eigentlich aus der Stadt begehrte zu hören. „Nichts Neues, mein Freund", klopfte der Arzt dem anderen auf die Schulter und Andres wusste nicht, ob er erleichtert oder erschüttert sein sollte. Doch, so lange Joppener *nichts Neues* aus der Neißgasse mit hinaus ins Lunitzviertel brachte, konnte Andres hoffen. „Doch soll ich Euch von Eurer Frau Mutter grüßen. Es ist eines der wenigen Pesthäuser, die ich aufsuche, wenn ich in der Stadt bin."

„Danke."

Er würde den Arzt kein weiteres Mal überreden, ihn ans Pestfenster begleiten zu dürfen. Das hatte jedesmal in einen Grundsatzstreit geführt.

Der Arzt reichte dem zerknirscht dreinblickenden Mann ein mit Duftwässern getränktes feuchtes Tuch, das die Pestknechte und Pestmägde über Mund und Nase trugen.

Die Patienten starben dem Arzt unter den Fingern weg, noch während er sie zur Ader ließ, um ihre Körper von der Pestilenz zu reinigen. Sie starben dem Prediger unter den Worten weg, noch ehe Andres ein Amen gesprochen hatte. Sie starben alle gleich: egal ob Dienstmagd, Weber, Schuster, Priester, Mönch und Sünder. Den unschuldigen Jungfrauen ging es genauso wie der übelsten Sorte: Mörder, Vergewaltiger.

An diesem Tag geschah etwas Seltsames, denn es tauchte Doktor Ismael, der jüdische Arzt, auf. Andres hatte ihn zunächst nicht erkannt. Er trug eine Lederkappe, die das gesamte Gesicht bedeckte, für die Augen enge Schlitze offen hielt und vor Mund und Nase einen schnabelförmigen Trichter hatte, in dem, wie Joppener später erklärte, Kräuter gegen die Pest steckten.

Den Juden im Viertel zu erblicken, verführte die Passanten dazu, das Kreuzzeichen zu schlagen. Joppener, um als Vorbild gegen den Aberglauben voranzugehen, begrüßte den anderen offenkundig erfreut. Jener beschied, er wolle sich nach den hiesigen Heilmethoden und deren Heilerfolge erkundigen. „Jenseits der Neiße sterben viele“, sagte Ismael trocken und wartete auf eine Reaktion als sei das eine Neuigkeit.

Dem Fachgespräch, das folgte, entnahm Andres tiefschürfende Uneinigkeit. Während Ismael die Meinung vertrat, die Pestilenz käme durch die Luft in den Menschen und man sollte vermeiden, einander anzuatmen oder gar anzuhusten, beharrte Joppener darauf, dass die Krankheit durch Ungeziefer weitergegeben werde. Erleichtert nahmen all jene, die unfreiwillige Zuhörer des Disputes wurden, zur Kenntnis, dass beide Ärzte nicht daran glaubten, die Krankheit käme mit dem Wasser und drang durch die kleinen Hautlöchlein in den Körper, wodurch er vergifte. Beide sprachen sich gegen die landläufige Meinung aus, der Kontakt mit Wasser im Allgemeinen und das Waschen im Speziellen sei sehr schädlich, sondern einigten sich auf gesündere Reinlichkeit, was – wie ein Rundblick des Juden über die Gosse andeutete – ein Problem darstellen mochte.

„Leitet den Dreck in Gruben“, kommandierte er spitz. „Und nicht in den Bach!“

„Wenn wir Leute hätten, die Abortgruben graben könnten …“, insistierte Joppener, wurde aber durch Ismael mittels eines Vortrages betreffs einer gewissen *sanitatis* unterbrochen. Ismael zog wieder ab. Zurück blieb ein unwirscher, an diesem restlichen Tage sehr übel gelaunter Doktor Joppener. Andres hatte den Verdacht, Ismael war einzig zum Schulterschluss und Verbrüderung gegen die Seuche gekommen, um mit dem Aberglauben, die Juden hätten die Brunnen vergiftet, aufzuräumen.

Der Besuch hatte zur Folge, dass noch am selben Abend jedes einzelne Waisenkind gebadet und geschrubbt wurde. Das Wasser dafür wurde aus dem Nikolaibrunnen hergeholt. Eine Beschwerlichkeit, die nicht auf unbedingte Gegenliebe stieß. Das Wasser im Zuber war eiskalt, wurde aber nach jedem dritten Kind ausgewechselt. Die Witwe des Seifensieders, die nach dem Verlust der halben Familie aus ihrer Gasse fortgejagt worden war, zeigte Joppener, wie er mittels Pflanzenasche und Ölen eine reinigende Masse herstellen konnte, mit der sich insbesondere das Haar der Kinder säubern ließ. Das Geschäft, so klagte die Frau, ging seit der letzten Pestepedemie in Görlitz, die noch kein halbes Menschenleben zurücklag, sehr schlecht, weil die Leute sich aus Angst vor den im Wasser ruhenden teuflischen Odem nicht wuschen. Sie vertrieb daher ihre Mischungen als Heilerden gegen Hautentzündungen und Ähnliches. Die Kinder rochen muffig nach vergorener Briu, sahen aber gesund aus, so, wie sie aus ihren vom Schrubben geröteten Gesichtern blinzelten. Als Letztes tat sich Andres die Prozedur an und stellte fest, dass er sich zum ersten Mal seit Tagen wieder wie ein Mensch fühlte.

93

**Wohlergehen aber soll es allen den Propheten,
die dem Volk Christi sagen:
Kreuz, Kreuz und ist kein Kreuz.**

Regelmäßig gesellte sich Reinhilde zu ihr an die Tür. Elsa brannte auf Neuigkeiten von ihren Schwestern und ihrer Mutter. Besorgt hörte sie, dass die Mälzerinnen nicht mehr das Haus verließen. Das konnte alles bedeuten. Elsa wollte Reinhilde nicht darum bitten, drüben nach dem Rechten zu schauen; das würde die ihr zuliebe wahrscheinlich auch nicht tun.

„Eine der Pestmägde hat am Fenster Wundersames über die Geißel Gottes erzählt …“ Elsa ertappte sich, wie sie Reinhilde um das kleine bisschen Freiheit, mit jemandem von Außerhalb zu sprechen, beneidete, „Wenn in einer Familie Mutter, Vater, Schwestern oder Brüder erkrankt sind, so legen sich die anderen im vollen Bewusstsein dazu, morgen, übermorgen oder am dritten Tage auch zu enden. Ist das nicht furchtbar?“ Diese Frage war nicht zur Beantwortung bestimmt und wurde von einem seltsamen kleinen Geräusch begleitet: ein leises Röhren, keinen Herzschlag lang. Weil Reinhilde weitersprach, konnte sich Elsa nicht auf das Geräusch konzentrieren. „Weiter berichtete sie von jenen, die tot auf der Bahre liegen, dass sie so schön seien, als sei nichts Schreckliches an ihnen geschehen. Es sind die Kinder und Jüngeren, die zuerst sterben, die Älteren werden hingehalten, als gewähre Gott ihnen gerade so viel Zeit, über ihre Sünden im Klaren zu werden." Reinhilde ließ einen Moment verstreichen. Wieder drängte sich Elsa so ein kleines gequetschtes Gurgeln auf. „Ich glaub, die Pestmagd ist eine Nonne."

„Sie versucht mit all dem Schrecklichen zurechtzukommen, was mehr ist, als ich von mir behaupten kann", flüsterte Elsa durch die Tür. Sie schämte sich, hier eingesperrt zu sein, nutzlos. Die Scham war der Menschen stärkstes Empfinden, weil es entblößend und erniedrigend war. So fühlte sich Elsa in ihrem Karzer.

„Wofür straft uns Gott?", fragte Reinhilde und durchkreuzte Elsas unsinniges Selbstmitleid.

Elsa schüttelte den Kopf, obwohl die Reinhildin das nicht sehen konnte. Vielleicht war die Krankheit keine Strafe, sondern eine Prüfung. So, als spiele Gott in einem Sandhaufen und siebe ihn sorgsam durch. Die Sandkörner: Mensch und Tier. Was im Sieb hängen bleibt, lässt er gnädiglich überleben, was durch das Sieb geht, muss sterben. Gott wählte diejenigen aus, die er überleben lassen wollte, damit sie sein Werk taten. Und die Kinder? Gott ist allmächtig und allwissend, überlegte Elsa. Er kennt jeden vorbestimmten Weg jedes einzelnen Lebewesens, davon war sie überzeugt. Gott wisse, welches Irdenkind zu Gutem, welches zu Bösem angestiftet, welche Pfade ein jedes beschreiten würde. Und Luzifer, der gefallene Engel, wusste es ebenso. Auch er hat jedem Irdenwesen eine Bestimmung zugedacht und verdüstert so manchen hellen Weg, den Gott für einen jeden vorgesehen hat.

Nur so erklärte Elsa sich, warum er arme, unschuldige Kinder zu sich rief. Er erlöste sie von dem Bösen, das der Leibhaftige ihnen zugedacht hatte, waren sie erst alt genug. Aber da war auch ein Fünkchen Zweifel in dem, woran sie glaubte. Niemand konnte mit Bestimmtheit sagen, dass das göttliche Werk sich wirklich und wahrhaftig so zutrug.

Das kleine gurgelnde Röhren holte sie aus ihren Gedanken. „Wenn Gott Andres überleben lässt, dann hat er Zeugnis seiner wahren Güte und Gerechtigkeit abgelegt. Denn Andres tut nichts als Gutes. Wieso sollte Gott ihn zu sich befehlen?"

Reinhilde erwiderte nichts, sondern wich ihren Worten aus: „Es werden Verordnungen ausgerufen, die Stadt zu verlassen, gegen bare Münze versteht sich. Ein Rat, den mein mich liebender Ehegatte längst befolgt hat." Wieder war da dieses Geräusch, aber Elsa dachte über das nach, was Reinhilde eben gesagt hatte. Sie wusste, dass Niklas Tylike sein Testament versiegelt beim Rat hinterlegt hatte und dass Reinhilde ausgesorgt haben würde, ob Niklas nun hier oder in der Fremde starb.

„Warum bist du nicht mit ihm gegangen?"

In der Stille, die folgte, lag so viel. Doch Reinhilde schwieg.

„Und Johanna und Maria?"

„Alle weg." Dass sich der alte Tylike abgesetzt hatte, konnte vielleicht Gunnars Groll erklären, nicht aber, warum er es seinem Vater nicht gleich tat. „Dein lieber Ehegatte … ", sagte Reinhilde mit Bitternis in der Stimme, als habe sie Elsas Gedanken erraten, „… feiert das Fest des Todes."

Was sonst, überlegte sie, sollte ein Brauer, eingesperrt in seiner Brauerei, auch tun?

„Vertraue Gott und seinem Plan. Etwas anderes können wir nicht tun", sagte Reinhilde monoton, als gab sie nur wieder, was man am Fenster sagte. „Vergiss nicht, Gott hat dich gegen Gunnars Samen geschützt, er schützt dich auch vor dessen todbringendem Odem."

Gott oder die Kräutermixtur? Gott, der ihrer Mutter den Einfall mit den Kräutern eingegeben hatte? Konnte man die Wahrheit tatsächlich drehen und wenden, wie man wollte?

Da war wieder dieses rollende und kurz anschlagende Geräusch. „Was ist das?"

„Was?"

„Dieses …" Da war es wieder. „Dieses Geräusch?!"

„Oh, das ist dein Frosch."

„Mein Frosch? Was für ein Frosch?"

„Du musst dir einen Frosch aufbinden, der saugt die Pest aus dir heraus, falls du sie hast. Ich hab auch einen."

Elsa verzog das Gesicht vor dem Gehörten. „Nein, danke."

„Doch. Das ist besser und funktioniert garantiert. Ich lasse ihn hier im Tontopf und werde dann deinem trunkenen Gemahl auftragen, den Frosch dir auszuhändigen. Ich habe frisches Brot und Milch mitgebracht. Gib Gott, dass Gunnar nicht zu lange in der Brauerei bleibt, damit du die Kinder füttern kannst. Du musst dafür sorgen, dass der Frosch an deinen Lenden sitzt. Denn dort tritt die Krankheit zuerst auf."

Elsa verzog den Mund, doch Reinhilde war mit ihrer Heilkunde noch nicht fertig: „Ich werde die Pestmagd um Pfeffer bitten. Den streue ich auf die Schwelle, dann bleibt die Pestilenz draußen. Du musst dich von Gunnar fernhalten. Lass dich nicht von ihm anatmen, nicht ansehen … Dann wird alles gut."

Von Mutter und Schwestern wusste Reinhilde zu berichten, dass sie gesund waren und sich still im Hinterhaus aufhielten. Nur übers Fenster zum Hof sprachen sie miteinander. Elsa legte die Fingerspitzen auf das Holz, wenn sie Reinhilde nur glauben könnte. „Die Kinder, Reinhilde. Du sagst, sie sterben zuerst. Ich weiß nicht … was soll ich bloß tun, wenn eines von ihnen krank wird?" Es gefiel Elsa nicht, dass Reinhilde einen Moment lang schwieg. „Bist du noch da?"

„Ja. Wenn eines der beiden krank wird, wirf es aus dem Fenster."

„WAS?"

„Um das andere zu schützen." Als fülle sie eines ihrer Kontorsbücher aus, hatte Reinhilde geklungen.

Vielleicht, so überlegte Elsa, hatte das sich wiederholende Bild seinen Schrecken verloren. Vielleicht wurde man blind gegen die Elenden und taub gegen ihre Schmerzenslaute. „Das könnte ich nie und nimmer." Ihr dünnes Stimmchen.

„Peternelle? Bist du sicher?" Elsa war sich nicht sicher, ob sie richtig verstanden hatte.

„Das hat zumindest die Pestmagd behauptet."

Es tat Elsa leid um Peternelle, die sie beinahe ihre Freundin hätte nennen können. Und wie sie darüber nachdachte, war Peternelle das erste Diebesgut der Pest, das Elsa näher gekannt hatte. Einen persönlichen Verlust zu erleiden, war etwas anderes, als die Liste der Pesttoten anzuhören. Sie würde für Peternelles Seele beten.

„Die meisten Leute vertuschen die ersten Anzeichen, verkehren unter den Gesunden, essen und trinken vom selben Geschirr. Erst wenn sie die Beulen am Hals, hinter den Ohren und in der Lendengegend bekommen, werden sie bestraft: ausgestoßen und weggesperrt. Wie wir."

„Wir sind nicht krank."

„Stimmt. Aber gezwungen, in den Häusern zu bleiben. Es gibt Leute, die ihre Kranken ausstoßen, stell dir das vor."

Elsa konnte es sich nicht vorstellen.

„Sie schicken sie direkt vor die Stadt zum Nikolaifriedhof. Dort sollen sie sich unter die Linden setzen und auf das jüngste Gericht warten. Es ist nicht zu fassen! Die Leute sind irr!"

Elsa konnte sich nicht vorstellen, wie die Stadt jetzt aussah. Manchmal, wenn sie das kleine Fenster öffnete, meinte sie, die Feuer riechen zu können, wenn der Wind von Norden her kam.

Der Frosch, den Gunnar auf der Türschwelle fand, überließ er nicht seinem Weibe, sondern band ihn sich unter die Hose. Das Gequake, das folgte, war nervtötend. Gunnar schnarchte. An den Schlüssel kam Elsa nicht heran.

Pfeffer trieb Reinhilde keinen auf, aber der Frosch, den sich Gunnar aufgebunden hatte, war erstickt. Die Neuigkeiten, die Reinhilde mitbrachte, unterschieden sich kaum von den bisherigen. Elsa horchte auf den Schmerz in ihrem Rücken mehr als auf die Liste der Verstorbenen, die Reinhilde herunterleierte als sei nichts dabei.

94

Man ermahne die Christen, dass sie ihrem Haupte Christus zu folgen sich bemühen durch Strafen, Tod und Hölle.

Es vergingen etwa zehn Tage, bis Pleban Rothbart, der dem Elend einen Besuch abstattete, sich zu der Anmerkung hinreißen ließ, die Epidemie habe nie gesehene Ausmaße angenommen. Selbst die letzte Seuche war nicht so plötzlich und verheerend über die Stadt gekommen.

„Dabei ist es erst der Anfang“, nickte er zum Massengrab, auf das man den Kalk streute. Kalk war im Wert höher gestiegen als Bier und Tuch, was bislang die Reichtümer der Stadt gewesen waren.

Andres wollte nicht die Hoffnung verlieren. Die war alles, was er noch hatte. Inzwischen hatte Doktor Joppener von Erkrankten berichtet, bei denen die dunkelvioletten, beinahe schwarzen Beulen aufgegangen waren, der gelbgrüne Eiter mit dem ganzen Ausbund an höllischem Gestank herausgeflossen war und dass sich jene Menschen schon bald danach auf dem Weg der Besserung befanden. Doktor Joppener war mithin aber nicht erfolgreich mit Versuchen gewesen, die Pestbeulen mit dem Messer aufzuschneiden. Die Menschen verendeten unter Qualen. Gott allein wählte jene aus, die trotz Ansteckung überlebten. Zumindest bestand die Zuversicht, dass nicht alle eingingen.

Die Einäscherungen waren auf so großen Unmut gestoßen, dass die Menschen, aus Angst, entleibt zu werden, noch mehr Furcht vor dem Tod hatten. Das erschwerte Andres' Heilsarbeit. Also beschloss man kurzerhand, in der westlichen Vorstadt einen Acker, dessen Bauer unlängst an der Krankheit gestorben war, zum Pestacker zu machen. Hier spielte sich ein Gutteil von Andres' Tag ab. Er sprach, sobald die Totengräber den letzten Leichnam in die Grube gelassen hatten, ein kurzes Gebet hinter dem Tuch über Mund und Nase. Es musste schnell gehen, der nächste Leichenkarren wartete bereits. Und hinter ihm wieder einer. Und dahinter ebenso.

Es war ein schwüler Abend, als Andres in die Lunitzer Gasse und in sein Haus zurückkehrte. Wie er es sich zur Angewohnheit gemacht hatte, ließ er das Übergewand draußen vor der Tür liegen, um die Krankheit nicht mit ins Haus zu nehmen. Als Nächstes wusch er sich mit der öligen Asche Hände und Gesicht gründlich, dann warf er einen Blick in die Stube, wo die Waisenkinder unter der Aufsicht zweier Mägde dabei waren, Kräuter zu sortieren und in Behältnisse zu füllen. Die kleinen Kinder spielten auf dem Fußboden mit Murmeln. Das gläserne Klacken war ein ständiges Begleitgeräusch und erinnerte ihn an bessere Tage, wie zum Beispiel an seine Zeit als Eingesperrter in der Dachkammer. Damals hatte er geglaubt, es ginge ihm schlecht. Lachhaft! Vier Jahre waren seitdem vergangen, eine so lange Zeit. Andres versuchte zu überschauen, ob in den vergangenen vier Jahren die Welt zu einem besseren Ort geworden war. Er kannte die Antwort nicht.

„Es muss sehr weh tun …“, riss ihn eine nur allzu bekannte Stimme aus seinen Gedanken. Er wirbelte herum.

„Mutter?“

Sie stand in der Flügeltür zwischen Priesterhaus und Kapelle.

„Wie …?“ Wie kam sie bloß hier her? „Das Pestzeichen?“

Vielleicht war er überrascht, sie wohlauf zu sehen? Hatte er eine verhärmte, abgerissene Gestalt erwartet? Sie war von gepflegter Blässe wie eh und je. Den Bürgern mangelte es an nichts, so lange sie zahlten. Pestzeichen hin oder her. Der schlichte, steingraue Aufzug war das einzige Ungewöhnliche an ihr. Doch bei genauerer Betrachtung erkannte Andres, dass der Ansatz ihres Haares unter dem Schleier vielleicht doch ein wenig silbriger geworden war.

„Es muss sehr weh tun, diesen Kindern zuzusehen, wo deine eigenen eingesperrt sind."

Er schluckte trocken. Tausend Fragen kreuzten seine Gedanken, aber nicht eine brachte er über die Lippen.

„Sie sind am Leben ...", beantwortete seine Mutter zumindest die erste, die brennendste Frage, als lese sie sie in seinen Augen.

„Doch Gunnar macht keinen guten Eindruck ... Kann aber auch an der Sauferei liegen. Muss nichts heißen."

Andres ließ seine Mutter sprechen. Es war eine Traumgestalt, ein erhörtes Gebet, das zu ihm gefunden hatte.

„Siegtraut. Es gibt Gerüchte, die besagen, dass sie im Hause des Gassenrichters gestorben sei." Und wenn, dann hätte Andres ihr Antlitz unter den Hunderten von graublauen zerschrundeten, zerbeulten Gesichtern nicht erkannt. „Andere behaupten, Siegtraut sei aus der Stadt verschwunden. Wofür sie das Geld dazu haben soll, bleibt ein Rätsel. Sie bräuchte eine Bürgschaft." Seine Mutter hatte sich auf einen Schemel im halbdunklen Korridor gesetzt. Sie klang erschöpft, aber nicht krank.

Was Siegtraut betraf, war das natürlich tragisch, ging aber Andres nichts an. Er begehrte von Elsa zu hören, wagte aber nicht, seine Mutter, nach ihr zu fragen. Zumindest nicht fürs Erste. „Wie bist du rausgekommen?"

Als habe er sie an etwas längst Erledigtes erinnert, flog ihr Blick, der sich einen Moment verloren hatte, in den seinen. „Ich hab die Pestmagd bestochen", zuckte sie die Achseln. „Es klappte bei ihren Vorgängerinnen nicht. Die sind alle gestorben." Es folgte ein freudloses Auflachen. „Stell dir das vor. Die, die sich um die

Pesthäuser kümmern sollen, damit sich die Stadt nicht ansteckt, sterben an der Pest. Aber die eine, habgierig wie nichts, die war bestechlich. Wurde auch Zeit."

Andres, verwirrt, aber glücklich, endlich von seiner Familie zu hören, konnte es noch immer nicht fassen.

„Gunnar hat meine Schlüssel geklaut. Stell dir das vor! Ich hatte darüber nachgedacht, ihm einfach eine Bratpfanne über den Kopf zu ziehen, damit ich an die Schlüssel herankomme." Reinhilde strich sich über ihren makellosen Rock, dann erhob sie sich. Sie durchquerte den Korridor und schaute durch das geöffnete Fenster hinaus. Die Gasse wurde leerer. Die Menschen waren von einer Langsamkeit und Stille ergriffen, die unheimlich war. „Es sind meine Schlüssel!"

„Wie kommst du heut Abend wieder rein?" Das war eine Sache, die Andres durchaus interessierte, eröffnete es ihm doch, ebenfalls ins Tylike-Haus zu kommen.

„Das Bierfass geheiratet zu haben, war der zweitgrößte Fehler meines Lebens." Reinhildes Blick haftete unverwandt auf der Gasse.

„Mutter, bitte, antworte. Wie kommst du heut Nacht wieder in die Stadt und ins Haus?"

„Und dich und Jost an jenem Wintertag zum Schöps hinunter zu lassen. Das war mein größter Fehler."

Andres' Herz stolperte. Dass der Gram seiner Mutter bis hierher, bis in diese schwärzeste Stunde anhielt, hatte er nicht für möglich gehalten.

„Alles wäre anders gekommen, wenn ihr nicht zum Fluss gegangen wäret! Dein Vater, durch und durch ein Zweifler der Heiligen Römischen Kirche, hätte nicht vollends den Verstand verloren. Wenn das damals nicht geschehen wäre; wir würden noch heute in der Parochie leben. Gemeinsam und ohne diese Pestilenz!"

Ob sie mit Pestilenz die Krankheit, Andres' Schuld am Tod seines Bruders oder Elsa meinte, konnte er in diesem Moment nicht sagen. Hatte seine Mutter ein Recht, immer noch mit ihm zu hadern? Wie lange konnte man einem anderen Menschen gram sein? Wie verbittert seine Mutter mit den Jahren geworden war! „Wie kommst du wieder zurück ins Haus?“ In seiner Stimme lag eine Mischung aus Groll und auch Liebe, die er trotz allem für seine Mutter empfand.

So, als sei Reinhilde aus der Zeit gefallen und im Jetzt gelandet, zuckte sie unter seinen eindringlichen Worten zusammen. „Ich komme nicht wieder rein“, rümpfte Reinhilde die Nase. „Das heißt, du müsstest mich begleiten als mein Häscher. Du hast mich, die Flüchtige aufgegriffen und bringst mich zurück.“

„Du könntest genauso gut hier bleiben, Mutter. Du kannst nicht ernsthaft zurück ins Pesthaus wollen.“

Jetzt wurde er wie einer angeschaut, der geradewegs vom Mond kam. „Es ist mein Briuwerhof.“ Sie stieß es aus, als habe Andres an der Echtheit ihrer Mutterschaft ihm gegenüber gezweifelt. „Mein neunbieriger Briuwerhof. Natürlich will ich zurück. Ich wollte dir nur sagen …“ Sie hielt inne und schien sich jetzt erst zu entsinnen, was eigentlich der Grund für ihren kostspieligen Ausflug gewesen war. „Dass ich …“ Und wie schwer es ihr fiel! „… stolz auf das bin, was ich über dich höre. Die halbe Stadt spricht von meinem Sohn.“ Sie schaffte es nicht, ihm in die Augen zu sehen. Der Stolz für ihn, spiegelte sich in ihrem selbstentäußernden Ehrgefühl wider.

„Ich muss zu Elsa“, sagte er und beobachtete ihre Regung.

„Natürlich musst du das.“ Sie tat einen Schritt, der nicht klar sagte, ob sie bereit war, in die Stadt aufzubrechen oder vielleicht noch einige Wichtigkeiten mit ihm besprechen wollte.

Ihre unnahbare Miene kannte Andres zu gut. „War es vielleicht dein dritter größter Fehler?“

Sie regte sich nur so weit, dass sie wieder durchs Fenster schauen konnte.

„Sie mit Gunnar zu verheiraten, obwohl sie und ich …“

„Es war ungezogen von dir …“ Sie raffte ihren Rock und schritt durch den Flur, zauderte, ob sie sich die Tür nun selbst öffnen sollte, rang sich dazu durch und schwebte auf die Gasse.

Sie sprachen nichts, als sie durch die Gassen gingen. Sie verhielten sich genauso, wie es Reinhilde gesagt hatte. Pater Andres brachte die aus dem Pesthaus geflohene Reinhilde Tylike zurück. Er hatte sie anzukündigen, wenn sich jemand in den Straßen blicken ließ, aber eigentlich war wenig los an diesem Abend.

95

**Und umso mehr darauf zu vertrauen,
durch viele Trübsal ins Himmelreich einzugehen als
durch die Vertröstung: es ist keine Gefahr!**

Elsa hielt die Fenster geöffnet und sich und die Kinder vom Bett fern. Gunnar war noch bei so viel Verstand, um die Schlüssel zu sichern. Sie betete, dass der Schweißfilm auf seinem Gesicht, sein Stöhnen und Japsen von seinen Saufgelagen herrührte und von nichts anderen. Ja, dieses eine Mal in ihrem Leben betete sie für ihren römisch-katholischen Ehemann.

Doch sie machte sich nichts vor. Er verließ das Bett nicht mehr. Sein Zustand verschlechterte sich zusehends und er stank wie ein lang nicht mehr gesäuberter Hühnerstall: beißend und süßlich zunächst und im Nachgang wie faule Eier. Spätestens als es damit anfing, dass er sich im Fieber schüttelte, war sie davon überzeugt, dass es kein Kater war.

Noch immer war die Angst vor ihm so groß, dass sie es sich nicht getraute, das Schlüsselbund von seiner Hose zu nehmen. Es war sonderbar: Als sie eingenickt war, waren sie noch nicht da, aber als sie von den Kindern geweckt aus scheinbar kurzem Schlaf aufschreckte, fiel ihr Blick als Erstes auf diese eine dunkelviolette, beinahe schwarze Beule an seinem Hals. Sie kam nicht dagegen an, dieses Ding anzustarren. Die Kinder greinten, weil sie Hunger hatten. Elsa musste mit dem letzten Rest Milch und dem kargen Kanten gut haushalten. Es nutzte nichts, Kleinkindern zu erklären, dass bald alles besser würde. Sie lebten in der Gegenwart, ohne vom Morgen eine Ahnung zu haben.

Es kam vor, dass Elsa in ihr Weinen einstimmte, dann wieder dämmerten die drei in der Hitze vor sich hin. Vom Stöhnen des Mannes aufgeschreckt, ging das Spektakel von vorn los und dann hasste Elsa Gunnar für sein Gejaule. Die Schlüssel ruhten unter seinem Gesäß. Es musste doch unbequem sein, darauf zu liegen.

„Dreh dich um, du musst bequem liegen“, versuchte sie es einmal mit Fürsorge. Ihrer Heuchelei geschah es ganz recht, dass Gunnar sie mit hasserfüllten Fieberaugen anstarrte und sie anschrie, die Schlüssel bekäme sie nie und nimmer. In einem reuigen Moment überlegte sie, dass der Mann möglicherweise in dieser Ehe genauso unglücklich gewesen war wie sie.

So tief er auch im Delirium lag, so plötzlich hatte er helle Momente, setzte sich auf, um etwas zu trinken und Elsa zu beschimpfen. Er nannte sie ein schlechtes Eheweib, das sich nicht um ihren Mann kümmern wollte. Elsas Gebete schwenkten von Fürsorge um in Erlösung. Erlösung für Gunnar. Sie wusste, die Zeit spielte für sie, doch war es eine elendiglich gedehnte Zeit. Für die Kleinkinder kaum auszuhalten. Stunden verschmolzen zu Augenblicken. Augenblicke quollen auseinander zu Endlosigkeiten.

Seit sechsunddreißig Stunden hatte er sein Lager nicht mehr verlassen, stöhnte vor Schmerzen, faselte Unverständliches und stank aus allen Poren. Seiner Mitte entrann Beißendes, Braunes, Flüssiges. Elsa ekelte sich, blieb mit den Kindern in ihrer Ecke am offenen Fenster sitzen, das Gesicht vom Bett abgewandt. Obacht und Aufmerksamkeit waren ihr ganzes Tagesgeschäft. Gunnar nicht zu nahe zu kommen, und ihn nicht an die Kinder zu lassen, das Brot gut einzuteilen, das war ihre ganze Aufgabe. Bei jedem Ton, den die Kinder von sich gaben, sandte Elsa Stoßgebete aus, Gunnar möge sich nicht aufregen oder gar den Versuch unternehmen, das Bett zu verlassen. Er kam nicht mehr hoch. Seine Flüche, sein Leiden, alles spielte sich in dem eingenässten Bett ab.

„Alle krepieren wir hier“, schrie Gunnar, sodass die Kinder abermals vor Schreck anfingen zu weinen. Sie wiegte die Kinder, in jedem Arm eins.

Der zweite Abend seines Kampfes brach an. Irgendwo kläffte ein Hund, obwohl man die Hunde abschlachtete, weil man ihnen die Schuld gab. Die Nächte waren selbst von den Gassenrichtern verlassen. Elsa lauschte der lähmenden Stille einer sterbenden Stadt. Und dann, plötzlich …

Ein Krachen, ein Rumpeln riss alle aus der Lethargie.

Gunnar stöhnte. Er schrie längst nicht mehr. Die Kinder weinten. Das Brot war alle. Elsa, die Kinder umklammernd, war mit einem Satz auf den Füßen. Ein weiteres Krachen, das Holz splitterte. Es war ein Hammer oder eine Axt, die auf das Schlossblatt hieb. Ein gutes, gusseisernes Schloss, das jedem Feuersturm standhalten würde. Nicht aber einer Zimmermannsaxt. Das Holz flog in die Kammer, Elsa verhüllte die Kinder, damit sie nicht von Splittern getroffen würden. Gunnar schimpfte lallend, setzte sich auf, angelte in lähmender Langsamkeit, über die er nur noch mehr wütend wurde, seine Schaube, schimpfte, brachte den Umhang nicht über seine Schulter, langte wie ein Betrunkener immer wieder ins Leere, überdehnte sich, was ihm Schmerzen zu verursachen schien und wodurch für Elsa die Schwellungen an seinem Hals deutlich sichtbar wurden.

Vielleicht war sie tot oder träumte vom weichen Duft nach heißer Wolle und dem Erdigen darüber, träumte, dass mit den Tritten gegen das klaffende Holz zuerst Andres, dann seine Mutter im Zimmer erschienen. Unwirklich seine Umarmung. Die Worte, die er sprach, trafen zwar auf ihr Ohr, nicht aber in ihren Verstand. Reinhilde nahm Josephine an sich, während Elsa Joseph umklammert hielt wie sie es seit Stunden tat. Gunnar wütete, verkrallte die mit bläulichen Adern übersäten Hände in den Bettpfosten, um sich hochzuziehen und schaffte es zumindest, sich aufzustemmen.

Weil Andres und Reinhilde mit der Rettung der drei Eingesperrten beschäftigt waren, merkte niemand, wie Gunnar sich am Bettkasten entlangtastete und voranschleppte.

Andres befühlte die Kinderstirnen und in dem Atemzug, als er Elsas Hand nehmen wollte, sprang ihm Gunnar wie der fleischgewordene Pesthauch in den Nacken. Reinhilde floh mit der schreienden Josephine, Joseph greinte in Elsas Armen, Gunnar wütete und klammerte sich an Andres fest. „Du nimmst mir meine Kinder nicht weg!", öffnete er den Mund und holte aus. Aber sein Biss ging in das Sabbertuch, das Elsa zwischen Gunnars gebleckte Zähne und Andres' Hals gestopft hatte. Sie drückte Gunnars Gesicht fort, Andres schüttelte seinen Stiefbruder ab.

„Gott möge dir vergeben, Gunnar Tylike!"

„Du nimmst mir meine Kinder nicht weg!", wiederholte der am Boden Liegende.

Elsa wollte nichts anderes, als von diesem Unglücksort zu verschwinden, aber Andres wandte sich Gunnar zu, der sich unter einem Schüttelfrostanfall auf das Bett schleppte. Andres wartete, bis sich Gunnar beruhigt hatte, dann reichte er ihm den Wasserbecher, den Gunnar in einem Zuge leerte. „Gott sei mit dir, Gunnar."

„Gib mir die letzte Ölung, Andres", japste Gunnar.

Andres schüttelte knapp den Kopf. „Ich bin nicht katholisch, Gunnar. Ich kann dir das Sakrament nicht geben. Ich praktiziere das letzte Mahl mit den Sterbenden. Nimm hin den Kelch", er deutete auf den Becher, den Gunnar eben geleert hatte, „als Zeichen Jesu Blut, der gestorben ward für deine Sünden, nimm hin seinen Leib, dass er werde dein Leib …" Er nahm vom Brotrest, der auf dem Nachttisch gelegen hatte, brach ihn und gab dann den dreizehnten Psalm wieder. „Amen." Gunnar aber schlug das Brot aus Andres' Hand. Und japste im Schweiße seines Angesichts, dass er mit der Blasphemie des Häretikers nichts zu tun haben wolle.

„Lass uns gehen", zupfte Elsa an Andres' Kapuze. Er stand noch immer an Gunnars Bettstatt. „Komm."

„Du nimmst mir nicht mein Weib und meine Kinder weg", lallte Gunnar und seine glasigen Augen irrten an der Decke des Kastenbettes umher.

„Es ist nicht dein Weib, Gunnar." Andres' Stimme war ganz ruhig. Er schien interessiert zu beobachten, wie Gunnar auf die Tatsachen reagieren würde. „Ich habe sie geehelicht und geschwängert, noch bevor du Gelegenheit dazu hattest. Wir sind vor Gott und den Heiligen Evangelien und auf dem Papier von Amts wegen am Tage Mariae Verkündigung vor genau zwei Jahren getraut worden."

Gunnars heftiger werdendes Kopfschütteln hatte etwas Irres an sich. Elsa hielt es für angeraten, die Kammer zu verlassen. „Lass ihn, Andres, komm jetzt …"

Andres rührte sich nicht. „Gott vergib mir, aber ich muss es ihm sagen." Zu wem Andres das gesagt hatte, war Elsa nicht klar. „Gunnar, Joseph ist Siegtrauts Bastard, mein Neffe also. Josephine ist meine Tochter, genau wie das Ungeborene, das sie trägt." Gunnars Augen wurden weit, sein Kopfschütteln nur noch ein erahnbares Zucken. „Nun geh hinüber mit Gott. Er möge dir all deine Sünden vergeben, Gunnar."

Elsa beobachtete, wie sich der fiebrige Glanz in Gunnars Augen trübte, wie ein gewisses Strahlen erlosch; erlosch wie alle Geräusche ringsum, Reinhildes Schritte im Treppenhaus, Josephines Geschrei, selbst Joseph war jetzt andächtig still.

„Nicht", murmelte Elsa, weil Andres die Hand nach Gunnar ausstreckte, um die Augen des Verstorbenen zu schließen. Andres besann sich, hielt inne und erhob sich, schenkte seinem Stiefbruder ein letztes Gebet, legte dann eine Decke über dessen Kopf und verließ gemeinsam mit Elsa die Kammer.

Elsa wurde vom Duft warmen Brotes geweckt. Es brauchte immer noch jeden Morgen jene zwei Herzschläge Zeit, um sich zurechtzufinden. Was war geschehen? Wo war sie? Gebrabbel der beiden Säuglinge in ihrer Wiege, Stimmengewirr von Kindern aus dem Speiseraum. Das Bimmeln einer Kuhschelle im seichten Wind.

Andres lag neben ihr. Nicht der Priester, nicht der Familienvater, nicht ihr Geliebter, nur er. Er lächelte im Schlaf. Das war nur er.

Im Jenner des Herrn 1522 war es vorüber. Es gab einige – nicht viele, aber doch einige – Menschen, die das halbe Jahr verborgen in den Pesthäusern überstanden hatten. Man bauschte das Erlebte nicht auf wie Pluderhosen, sondern war froh, wenn man nicht gemieden wurde. Die Menschen waren bemüht, in dezimierter Zahl zwar, aber immerhin, die Gewerke wieder aufzunehmen. Die Brauer heizten die Sudkessel an und gaben dem Görlitzer Bier die bitter-herbe Note.

Die Ratskür im Jenner musste aussetzen.

Erst gegen Ostern getraute sich der Rat zurück in die Stadt, die sich aus der tödlichen Umarmung allmählich erholte, wie sie sich nach jeder Epidemie erholt hatte. Der feige Rat enthob Pleban Rothbart nach nur zweijähriger Dienstzeit seines Amtes, weil der von der Wahrheit der Luther'schen Lehre nicht ablassen wollte. Er verließ die Stadt.

Die einfachen Menschen, die alle Schrecknisse überlebt hatten, aber kehrten nicht zurück zur römischen Unwahrheit, sondern fanden in den jungen Priestern und der neuen christlichen Botschaft Trost und Verständnis. Das Stadtbild veränderte sich. Weil die Almosen für die Mönche weniger wurden und die Mönche selbst den Evangelien folgten, wurde das Kloster bald aufgelöst. Es wurden Schulen geöffnet, die die Evangelien auf der Stundentafel führten.

Görlitz blieb fromm, ließ sich aber von Rom nie wieder bevormunden.

Andres und Elsa, wie, um die *rinascita,* die ihrer Stadt und ihren Bewohnern, widerfuhr, zu demonstrieren, heirateten in der kleinen Kapelle in der Lunitz. Diesmal intonierte Matthes den protestantischen Ritus nicht heimlich des Nachts im Kreise Eingeweihter, sondern umgeben von allen, die ihnen lieb und wohlgesonnen waren, im Schoß der Gemeinde.

Josephine und Joseph sollten noch einige Kinder folgen. Was aus ihnen geworden ist, weiß ich nicht, doch dass es Menschen wie Andres Hinterthur waren, die aus der Sechsstadt eine der ersten Schaltstellen des evangelischen Kirchentums machten, ist gewiss.

Nachbemerkung

Glossar

Advocatus – Advokat, Amtsträger im juristischen Sinne, Anwalt
Bader – Betreiber einer Badestube, wendet Heilmethoden zweifelhaften Rufs an, zum ersten Mal in Görlitz mit Bürgerrecht in Lohn und Brot im Jahre 1408/09
Bannbulle – Am 15. Juni 1520 wurden in der Bulle Exsurge Domine die Schriften Martin Luthers verboten. Luthers Erwiderung war die öffentliche Verbrennung der päpstlichen Bulle. Am 12. Juni 1521 fand die Verbrennung der Schriften Martin Luthers in Rom statt, zugleich wurde Luther selbst in effigie, also in Abwesenheit, symbolisch mitverbrannt.
Bier-Loter-Lob – Loblied auf ein Bier oder seinen Brauer
Buchdrucker – zum ersten Mal in Görlitz mit Bürgerrecht in Lohn und Brot im Jahre 1525
Bürgermeister – zum ersten Mal in Görlitz mit Bürgerrecht in Lohn und Brot im Jahre 1533
Brachmonat – Juni
Briu – mittelhochdeutsch Bier/Brühe/Bierbrühe
Briuwe/r – Brauer/Braumeister
Cervisiae – Brauen, latein cervisiam coquere
Courante – Kreistanz, Gesellschaftstanz, der im 16. Jh. Vermutlich vom Völkischen ins Höfische adaptiert wurde
culpa et poena – vollkommene Vergebung aller Sünden

Diener – zum ersten Mal in Görlitz mit Bürgerrecht in Lohn und Brot im Jahre 1501

Ernting – August

Floren – anstelle der Bezeichnung Gulden in den Rechenbüchern aufgeführt; Abk. Flr., jedoch gleichwertig mit Gulden

Folter – erstmals erwähnte Züchtigung und Bestrafung in Görlitz 1416

Gassenrichter – Wächter, einem Viertel der Stadt überstellt

Geschoss – Brausteuer, bei einem neunbierigen Hof 9 mal 19 Groschen = 171 Groschen = 2 Schock, 51 Groschen

Gulden – Goldmünze, Floren; Görlitz erhielt um 1305 das Münzrecht; Görlitz unterstand der Leipziger Münzverordnung von 1500.

Gilbhard – Oktober

Heumonat, Heuet – Juli

Hoter – ugspr. Schlachter, Häuter, Henker, Hoher, Züchtiger, Nachrichter

Hotergasse – erste urkundliche Erwähnung 1305 (Hotergasse, Hotirgasse, Hottergasse) nördlich aus der Stadt führend, mit späterem Nordtor; zuerst Gerber (Häuter) ansässig; altniederländisch hoter = Gerber

Märzen – Braurecht pro Pfanne

Kasul – Kasel, Teil des priesterlichen Ornates, urspr. in casula (Kapuze), darauf von hinten her zu sehen ein Kreuzzeichen

Kretscham – Dorfzentrum, Schenke, Gericht

Kürbuch – Listen, die eine kleine Anzahl der in besseren Verhältnissen lebenden Bürger aufweist

Nebelung, Nebelmonat – November

Notarius – Stadtschreiber, zum ersten Mal in Görlitz mit Bürgerrecht in Lohn und Brot im Jahre 1427

Pfarrer – zum ersten Mal in Görlitz mit Bürgerrecht in Lohn und Brot im Jahre 1567

protonotarius – Stadtschreiber, zum ersten Mal in Görlitz mit Bürgerrecht in Lohn und Brot im Jahre 1427

Physicus und **Doktor** zum ersten Mal in Görlitz mit Bürgerrecht in Lohn und Brot im Jahre 1569

Quid pro quo – dieses für jenes; Rechtsspruch

Ratskür – Wahl der Räte im Januar des jeweiligen Jahres, außer in den Pestjahren → **Kürbuch**

Richter (königlicher) – zum ersten Mal in Görlitz mit Bürgerrecht in Lohn und Brot im Jahre 1535

Scharteken – abfällig über Luthers Lehre

Scheiding – September

Schock – Währung, 60 Groschen

Schwertfeger – zum ersten Mal in Görlitz mit Bürgerrecht in Lohn und Brot im Jahre 1490

Stadtphysikus – Arzt, Andreas Joppener, 1507 eingestellt (wohnhaft Krebsgasse) nachgefolgt durch Johann Tröger, Johann Sigmund (alle ohne Bürgerrecht)

Supper – wie Briu, auch Biertrinker (abfällig)

Theodisc – (deutsche) Volkssprache

Umgeher – Schauer, Aufsicht

Weinmonat, -mond – Oktober

Weiteres zu den historisch belegten Personen

Haß, Johannes – Brügermeister, Stadtschreiber (Chronist) und Ratsmitglied; „Persönlichkeit gewordene Stadt“ (Zobel) wählt mit → **Rothbart** einen Pfarrer, der sich nach dem Rat richten würde.

Hinterthur, Andre(a)s: nachweislich Student zu Wittenberg aus Görlitz, erhält 1541 aus Wittenberg ein Empfehlungsschreiben.

Joppener, Andreas → siehe Stadtphysikus

Leo X. – Papst (1475–1521) Theologie war nicht Leos X. Stärke; geistliche Fragen berührten ihn kaum, umso mehr Jagden und Kartenspiel.

Luther, Martin – 1483–1546 Theologe

Rothbart, Franziscus – (Franz Rupertus), 1480–1570, entstammte angesehener Görlitzer Familie; möglicherweise 1503–1511 Umgeher bei den Gerbern, dann Lateinschüler, ab 1508 Student in Leipzig, 1514 Magisterexamen, 1520 Prediger zu Sprottau, 1520–1521 erster Pfarrer, der die Luthersche Lehre in Görlitz verbreitet, tritt 1521 nach nur zweijähriger Amtszeit ab.

Schmied, Martin, gen. Faber – Pleban und letzter katholischer Priester zu Sankt Peter und Paul

Schulmann, Valentin Trotzendorf – Unterschulmeister zu Görlitz, gibt 1518 seine Schulstelle auf, um nach Wittenberg zu gehen und Luthers Lehren zu lernen; großer Anhänger Melanchthons

Vollhardt, Paul inspiriert durch den Schwertfeger **Paul Vollegell**, 1521 heimlich mit weib und kinde und allem baurote von hinnen gezogen, sich nie entbrochen (?) ist auch dem Rate Zins und sust leuten schuldig blieben, hat inen auch etzliche klingen mitgenommen und sich gen der Zittau gesatzt, die sie ohne Briefe aufgenommen haben, Actum (Tag fehlt) post Martini 1521 [am Rande] Hat sich vom Rate entbrechen ufer 3. post Conceptionis Mariae [Dezember 9] 1522.

Die Frau während der Reformation

Wer kennt nicht Katharina von Bora, die Martin Luther durch ihre Ideen inspirierte und ihn stärkte, als Gefährtin, Freundin und Mutter seiner Kinder. Aber wer kennt sonstige weibliche Gesichter der Reformation?

Sie waren Botengängerinnen, Bibelschmugglerinnen, traten mutig für die protestantische Lehre ein. Ihnen gebührt der wesentliche Anteil an der Verbreitung der Lehre, die mit der Muttersprache als die Mutterreligion an die Kinder weitergegeben wird.

So lassen sich neben Argula von Grumbach (492–1554), der ersten Flugschriftenautorin Olimpia Morata (1526–1555), der die seltene Ehre eines Lehrstuhles an einer Universität zuteilwurde, Herzogin Elisabeth von Rochlitz (1502–1557), die insbesondere in Sachsen für den Durchbruch der Reformation sorgte, sowie Wibrandis Rosenblatt (1504–1564) nennen, die als Pfarrersfrau den regen Austausch mit den Reformatoren und deren Frauen als Antrieb eines reformierten Katholizismus nahm.

Dank

Mein Dank gilt Jeannette Hofmann, Jasmin Hübner, Stefan Biele und meinen lieben Sängerinnen und Sängern aus unserem Kirchenchor für die fruchtbaren Diskussionen die Weiten der Religionslandschaft betreffend; Herrn Pfr. Helmut Törne i. R. und Herrn Pfr. Ulf Schwäbe für die mitreißenden theologischen Debatten und Ideenfunken; R. R. M. für die Ermutigung, es einfach zu schreiben.

Den Mitarbeitern der Oberlausitzischen Bibliothek für ihre Geduld und Mühe beim Heraussuchen der Stapel an Texten, meinem Agenten Dr. Patrick Baumgärtel, der von Beginn an viel Hoffnungen in das Skript gelegt hat. Vielen Dank auch Erdmute Hufenreuter für das hervorragende Lektorat und die hilfreichen Anregungen. Nicht zuletzt möchte ich Frau Tamara Stöbener und Iris Zwiener für die schönen Bilder danken, die das Ganze zu einem Augenschmaus machten.

Hintergrundinformationen und Quellenmaterial entnehmen Sie gern: ivonnehuebner.worpress.com

Da öffnete er ihnen das Verständnis, dass sie die Schrift verstanden.
Lukas 24.45
Lutherbibel 2017

Abbildungsnachweis

Umschlag: Die Fabel vom Mund der Wahrheit. Cranach, Lucas d. Ä. (1472–1553) und Werkstatt, 1534. Wikimedia Commons – Anagoria.

S. 8: Die Statt Görlitz. Merian, Matthaeus, der Ältere; Zeiller, Martin (Texte): Topographia superioris Saxoniae, Thüringiae, Misniae, Lusatiae etc. [Bd. 12 der Topographia Germaniae]. Frankfurt am Main. Merian, 1650.

www.mitteldeutscherverlag.de

Gesamtherstellung: Mitteldeutscher Verlag, Halle (Saale)

ISBN 978-3-95462-785-1

Printed in the EU